Jürgen Heimbach · Alte Feinde

Deutschland 1947: Der Wiederaufbau des Landes schreitet voran. Für den Geschmack von Kommissar Paul Koch zu schnell. Viele ehemalige NS-Verbrecher bekleiden wieder verantwortungsvolle Posten und machen ihm das Leben schwer. Zudem bekommt es Koch mit einem bestialischen Mord zu tun. Die Ermittlungen laufen schleppend an. Die Kommunikation über die Zonengrenzen hinweg ist mühsam. Zeugen und Täter sind schwer auffindbar. Nicht wenige haben in den letzten Kriegswirren ihre Identität gewechselt. Andere sich reingewaschen. In Nürnberg wird NS-Ärzten der Prozess gemacht – wegen Mordes und Zwangssterilisation. Könnte das eine Spur sein?

Jürgen Heimbach wurde 1961 in Koblenz geboren. Er studierte Germanistik und Philosophie in Mainz, arbeitete als Regieassistent am Theater Mainz. Er organisierte Theaterfestivals und Ausstellungen und ist als Redakteur bei 3sat und ZDFkultur beschäftigt. Jürgen Heimbach ist Autor zahlreicher Kurz-Krimis und Kriminalromane. Zuletzt erschien 2012 von ihm der Kriminalroman „Unter Trümmern“ im Pendragon Verlag.

„Unter Trümmern“ ist eine detaillierte und nachdenklich stimmende Bestandsaufnahme des Nachkriegsdeutschlands. Ein packendes, zeithistorisches Werk.
KrimiCouch, Jörg Kijanski

Oktober 1939

Die Kälte hatte sich in jede Falte seiner Haut hineingefressen. Sebastian rieb seine Hände kräftig aneinander, erhob sich vom Boden, trat in schneller Folge mit den Füßen auf der Stelle und bewegte seine Zehen dabei auf und ab. Die Nacht war sehr dunkel, nur die Umrisse einiger Bäume, dreißig oder vierzig Meter entfernt, konnte er erkennen. Die Stadt war nicht weit, aber wegen der Verdunkelungspflicht war kaum ein Licht zu sehen von den Häusern, in denen die Menschen schon lange schliefen, um am Morgen frisch zu sein. Für die Arbeit. Und für den Krieg.

Er hoffte, dass er an der richtigen Stelle wartete. Dem Brief war eine Zeichnung des Treffpunkts beigelegt gewesen, die Brücke, die Straße, die Baumgruppe etwas entfernt, das Gebüsch und der Fluss. Sebastian hatte sich umgesehen, es gab weit und breit keine andere Brücke, keine, über die die Eisenbahn fuhr, keine, an der die Straße so nahe vorbeiführte. Jedes Mal, wenn ein Zug die Brücke überquerte, bebte der Boden unter seinen Füßen.

Mit klammen Fingern versuchte er den Brief aus seiner Hosentasche zu ziehen. Sie waren so steif, dass er ihn kaum halten konnte. Als er das Papier endlich in den Händen hielt, entglitt es ihm und fiel auf den Boden. Hastig bückte er sich, um es schnell wieder an sich zu nehmen, damit es auf dem feuchten Boden nicht durchnässte und die Tinte verlief. Es war zu dunkel, um die Buchstaben zu erkennen, aber Sebastian brauchte kein Licht. Er hatte den Brief in den letzten Tagen wieder und wieder gelesen, so oft, dass er ihn nun auswendig kannte.

Aber das Papier in seinen Händen gab ihm Sicherheit und machte ihm klar, dass er keinem Hirngespinst hinterherlief.

Mein geliebter Sohn,

So hatte keiner der anderen Briefe begonnen. Sie hatten keine Anrede gehabt, waren knapp, kühl fast und das Deutsch holprig und voller Fehler.

das ist der letzte Brief, den ich Dir schreiben werde. Mein Freund Jean-Luc aus der Schweiz, den Du bald kennen lernen wirst, hat ihn übersetzt, damit Du nichts falsch verstehst. Mein Deutsch ist nach all den Jahren nicht mehr so gut. Und ich möchte auch nicht, dass Du am Ende über mich und meine Fehler lachst.

Ich bin sehr aufgeregt, Dich bald zu sehen und in meiner Nähe und in Sicherheit zu wissen. Seltsam, dass ich aufgeregt bin. Als Soldat habe ich gelernt, meine Gefühle zu unterdrücken. Das musste ich tun, weil ich an Sondereinsätzen hinter den feindlichen Linien teilgenommen habe.

Ich lese aus Deinen Briefen eine große Wut auf Deine Mutter heraus. Ich würde Dir jetzt gerne viel Gutes über sie schreiben, aber damit warte ich, bis Du hier bei mir in Frankreich bist und ich es Dir von Angesicht zu Angesicht selbst erzählen kann. Aber ich bitte Dich: Sei nicht wütend auf sie!

Ich habe das Bild von Dir, das Du mir geschickt hast, neben meinem Bett liegen. Es ist das Letzte, das ich sehe, bevor ich einschlafe, und das Erste, wenn ich aufwache.

Viele Jahre habe ich nicht an Dich gedacht. Wie auch, ich habe Dich ja nie gesehen. Erst Deine Briefe haben all die verschütteten Erinnerungen wieder hervorgerufen. Zuerst wollte ich es nicht glauben, nach Deinem ersten Brief, ich konnte mir nicht vorstellen, dass es Dich tatsächlich gibt, einen Menschen aus Fleisch und Blut, mit einem Herz und einer Seele, das auch mein Herz und meine Seele und mein

Blut ist. Und dann habe ich mir vorgestellt, was diese Nazis mit Dir machen, diese Tiere in ihren braunen Uniformen. In dem Éclair-Journal, so heißen bei uns die Wochenschauen, sehe ich mir das jede Woche im Kino an. Und ich glaube, dass es in Wirklichkeit noch viel schlimmer ist. Viel schlimmer wie damals, als ich gegen die Boches gekämpft habe. Ich habe das Töten gelernt und viele Männer getötet, lautlos, ohne Erbarmen. Ich habe gelernt gut zu töten, sie langsam sterben zu lassen, sie zu quälen. Es hat mir nichts ausgemacht. Es hat mich hart gemacht.

Vielleicht kann ich jetzt etwas gutmachen, wo ich in meinem Leben so viel falsch gemacht habe.

Sebastian hätte gerne gewusst, wie spät es war, wie lange er noch warten musste, bis der Unbekannte kam, der ihn mitnehmen würde. Er konnte es immer noch nicht fassen, dass der Kontakt zustande gekommen war und dass er diese zweite Chance erhielt. Der erste Versuch, aus Deutschland zu fliehen, war gescheitert. Sie wollten sich an der Grenze zu Frankreich treffen. Doch dann brach der Krieg aus, Frankreich und England erklärten dem Deutschen Reich den Krieg, und das Grenzgebiet zu Frankreich wurde zum Sperrgebiet. Sein … Vater … hatte es organisiert. Es war ihm noch immer seltsam, dieses Wort zu denken, da er diesen Menschen in fünfundzwanzig Jahren nie kennen gelernt hatte und er noch nicht einmal wusste, wie er aussah. Der Schweizer, sein Geschäftsfreund, würde ihn dort in Sicherheit bringen.

Zwei Jahre war es her, dass er den letzten Brief von seiner Mutter bekommen hatte, der Brief, der alles veränderte.

Wenn er sich konzentrierte, konnte Sebastian den Fluss hören, das leise Plätschern der Wellen gegen die Ufersteine. Er faltete den Brief zusammen, steckte ihn in seine Hose und rieb seine Hände wieder aneinander. Vielleicht wäre er doch besser noch einmal zu Hause vorbeigefahren, auf den Hof der Großeltern, um sich wärmere Sachen anzuziehen und etwas Essbares einzustecken, eine Mohrrübe, ein Stück Brot. Aber er hatte befürchtet, dass sie dort auf ihn warteten. Also hatte er das Fahrrad, das neben der Poststation stand, genommen und war losgefahren. Durch den Wald, nicht auf der Straße. Er hatte einen guten Orientierungssinn. Bei jedem verdächtigen Geräusch hatte er sich versteckt. Wenn er doch mal eine Straße benutzen musste, hatte er seine Mütze tief ins Gesicht gezogen, damit man ihn nicht erkennen konnte. Seine dunklere Haut fiel nicht sofort auf, das krause Haar war verdächtiger. Die Bewegung beim Radeln war gut gegen die Kälte gewesen, nur die Finger, die regungslos auf den Lenkergriffen gelegen hatten, waren bald steif geworden und hatten geschmerzt. Immer wieder hatte er anhalten müssen, um sie in die Hosentaschen zu stecken. Getrunken hatte er Wasser aus den Bächen im Wald. Am ersten Tag war der Hunger noch erträglich gewesen. Die letzte Nacht hatte er auf einem Hochsitz verbracht, geschützt vor Wildschweinen und anderem Getier und vor dem Wind, aber nicht vor der Kälte. Er hatte sich in eine Ecke gekauert, die Knie angezogen und gewartet, dass es Tag wurde. Dann hatte er sich wieder auf das Fahrrad gesetzt und war weiter gefahren. Je näher er der Stadt kam, desto gefährlicher wurde es. Der Verkehr nahm zu, der Wald wich Äckern und weiten Rebenfeldern mit freiem Blick. Auf den Straßen sah er die Militärlaster, die nach Westen, an die Front, fuhren.

Aber er hatte es geschafft, ohne ein einziges Mal angehalten zu werden, bis zu dem Punkt, der in dem Brief beschrieben war.

Die Kälte kroch immer tiefer in Sebastians Körper hinein. Beweg dich!, forderte er sich selbst auf und begann erneut die kleine Runde zu laufen, hinter dem Gebüsch, das ihn vor Blicken von der Straße schützte. Er zählte die Schritte, bis er eine Runde vollendet hatte. Zwölf, das nächste Mal dreizehn, er machte große Schritte, da waren es elf. Der Hunger wurde immer unerträglicher. Lange konnte es nicht mehr dauern, bis dieser Schweizer kam. Bestimmt hatte der Wasser im Auto und ein Stück Brot, das wenigstens den schlimmsten Hunger lindern würde.

In der Schweiz, hatte Erich ihm erzählt, gäbe es die beste Schokolade der Welt. Erich hatte ihm von der Welt erzählt, von den Ländern, in denen es anders zuging als in Deutschland. Von Frankreich, von England und Amerika hatte er ihm erzählt. Hatte ihm Bücher gezeigt, die verboten waren, die verbrannt wurden. Hinter einer Mauer seiner Wohnung hatte er ein geheimes Regal. Das ist die wahre Welt, komm, ich zeige sie dir, Sebastian, hatte Erich gesagt, und die Bücher, die dort standen, ehrfürchtig in die Hand genommen und ihm dargeboten. Namen, die Sebastian noch nie gehört hatte: Klaus Mann, Julien Green, André Gide, Jean Cocteau. Erich hatte ihn gebeten, nein, beschworen, sich die Namen zu merken, Namen, die ihn in eine neue Welt führten, wenn er sie las, ein anderes Leben, jenseits des dunklen Deutschlands. Ob er denn wisse, was sein Name bedeute, hatte Erich ihn einmal gefragt und gelächelt. Ein römischer Soldat und ein Heiliger, ein Märtyrer sei Sebastian gewesen, ein attraktiver Jüngling, wenn man den Bildern glauben durfte.

Sebastian wollte jetzt aber nichts von Heiligen und Märtyrern und Büchern wissen, er wollte die Schokolade, von der Erich erzählt hatte. Er stellte sich Berge von Schokolade vor. Mit Nüssen oder Mandeln, kräftige dunkle

Schokolade, so wie Erich es ihm erzählt hatte. Sogar eine dreieckige Schokolade gäbe es in der Schweiz, hatte er gesagt, wie kleine Berge sähe die aus.

Aus der Ferne hörte Sebastian einen Motor. Ob das schon der Schweizer war? Es war noch viel zu früh, der Himmel schwarz. Er hockte sich hin und wartete. Das Motorengeräusch wurde lauter und kam näher. Der schwache Lichtkegel der abgedunkelten Scheinwerfer zeigte genau auf ihn. Dann flog er vorbei und das Motorengeräusch verebbte langsam in der Ferne.

Vorsichtig erhob sich Sebastian hinter dem Busch, trat einen Schritt nach vorne und blickte dem davonfahrenden Wagen nach. Die roten Rücklichter waren kaum mehr zu erkennen und verschmolzen bald mit dem Schwarz der Nacht.

Sebastian setzte seine Runden um den Busch fort. Elf weite Schritte, zwölf normale, dreizehn, gar vierzehn, wenn er trippelte. Und so fort. Drei weitere Runden. Zwölf, elf, dreizehn. Immer wieder. Er rechnete. Elf Schritte gleich elf Meter mal vierzig Runden, das macht vierhundert Meter. Vom Hof bis in das Dorf waren es drei Kilometer. Er musste also das Ganze fast zehnmal wiederholen … Er rechnete, sieben und einhalbmal, dann hätte er die drei Kilometer geschafft.

Mit einer Hand vergewisserte er sich, dass sich der Brief noch in seiner Hosentasche befand.

Wenn Du diesen Brief in Händen hältst, hast Du noch drei oder vier Tage Zeit. Jean-Luc wird am 10. Oktober in Deutschland sein. Er hat einen Termin mit einem Geschäftsfreund in Mainz und wird dort übernachten. In den Morgenstunden des 11. Oktober wird er Dich abholen. Es ist schon so lange her, dass ich in Mainz gewesen bin. Deshalb habe ich die Straßen und Orte nicht mehr in Erinnerung. Aber ich weiß, dass es im Norden der Stadt eine Eisenbahnbrücke gibt, die damals Kaiserbrücke hieß. Über den Rhein. Eine Straße führt daran entlang und da sind Bäume und Sträucher. Ich habe mich einmal mit Deiner Mutter dort getroffen, kurz bevor ich nach Frankreich zurück musste. Etwa fünfzig Meter rechts von der Brücke gab es ein dichtes Gebüsch. Versteck Dich dort und warte auf Jean-Luc. Er wird anhalten und dreimal Gas geben. Dann erst kommst Du aus deinem Versteck. Er wird Dich in seinem Auto verstecken und in die Schweiz bringen, wo Du in Sicherheit bist. Ich werde dort auf Dich warten.

Schau Dir die Zeichnung am Ende des Briefes genau an. Und pass auf, dass kein Mensch außer Dir den Brief liest. Präge Dir die Stelle, wo Jean-Luc dich treffen wird, gut ein und zerreiße den Brief dann in viele kleine Stücke, oder noch besser, verbrenne ihn.

Ich umarme Dich, mein Sohn. Pass auf Dich auf. Es sind nur noch wenige Tage, dann bist Du in Sicherheit vor den Boches.

Dein Vater

Warum hatte Weller ihm den Brief nicht einfach gegeben? Wie immer hatte der Postmann ihn beschimpft. Nur weil er anders war. Die dunklere Haut. Die Locken. Einen Bastard schimpfte Weller ihn. Eine Schande und Schmach. Dabei war er doch Deutscher. Es hatte sogar in seinem Pass gestanden. Und Weller? Der, ja der hatte doch gar nichts von einem Arier! Er war nicht groß, er hatte dunkle Haare und einen Bauch. Wenn er auf seinem Fahrrad die Post ausfuhr, dann schwitzte und keuchte er.

Bei ihrer letzten Begegnung in der Poststation war er besonders grausam gewesen. Weller hatte den Brief nicht herausrücken wollen. Fast so schlimm wie damals, bei dem letzten Brief seiner Mutter, in dem die ihm schrieb, dass sie nicht mehr leben würde, wenn er den Brief in den Händen hielt. Damals hatte Weller gelacht und gesagt, dass man Hurenpost nicht ausliefern darf. Dann hatte er den Brief an seine Nase gehalten, tief die Luft eingesogen und „Hurenparfüm" gerufen. Und dabei so einen lüsternen Glanz in den Augen gehabt. Dieses Mal hatte er noch bösere Sachen gesagt. Dass Sebastian bald abgeholt werden würde. Dass man ihm etwas abschneiden würde. Schnipp, schnapp, hatte er immer wieder ausgerufen und dabei mit Zeige- und Mittelfinger vor seiner Hose eine Scherenbewegung gemacht. Gelacht hatte er dabei. Und gesagt, dass er den Brief nicht mehr bräuchte. Er würde bald auf seine letzte Reise gehen. Wie der Erich. Und wieder hatte er gelacht. Sebastian hatte genau gewusst, was dann kam. Vorne „Er", hinten „ich". Tausendmal schon hatte er den Spruch von sich gegeben. Und trotzdem lachte Weller, als hätte er ihn zum ersten Mal gehört.

Sebastian hatte den Brief gefordert. Ein leichtes Kopfschütteln war die Antwort. Hurensöhne, hatte Weller erwidert, die haben keinerlei Anrecht auf Briefe. Und so weiter und so fort. Aber er brauchte den Brief. Sein Vater hatte ihm in seinem letzten Brief angekündigt, dass er mit dem nächsten Geld schicken und einen Treffpunkt nennen würde. Er müsste sich bereithalten. Der Schweizer hatte den Brief in Luzern übernommen und warf ihn dann in Stuttgart in den Briefkasten. Das war unauffälliger. Genau der Brief, den Weller in seinen Händen hielt. Doch Weller wollte ihn nicht herausrücken. Lachte stattdessen, machte seine schalen Witze, zeigte seine schlechten Zähne, und da verlor Sebastian die Beherrschung und stürzte sich auf den Mann, schlug zu, so heftig, dass Weller sofort umfiel und zu schreien begann. Sebastian war kräftig durch die Arbeit auf den Feldern der Großeltern. Er schlug noch einmal zu und noch einmal, bis Weller aufhörte zu schreien, dann schnappte er sich den Brief. Dabei starrten ihn Wellers aufgerissene Augen leblos an.

Er hatte den Postmann getötet, erschrak Sebastian. Er bückte sich zu ihm herunter und stieß ihn an, aber er bewegte sich nicht. Er hielt sein Ohr an Wellers Nase. Er spürte keinen Luftzug.

Hastig sah er sich um, dann riss er den Brief aus Wellers Hand und rannte nach draußen, riss den Briefumschlag auf. Das ging so einfach, dass es den Anschein hatte, als wäre er gar nicht richtig verschlossen gewesen, als hätte Weller ihn schon geöffnet gehabt.

Ja, da stand es. Nach Mainz sollte er. Da würde ihn Jean-Luc aus der Schweiz abholen. Ein Ort stand da. Eine Wegbeschreibung. Und eine Zeichnung. Aber kein Geld. Hatte er vergessen es beizulegen? Oder hatte Weller den Brief schon geöffnet und das Geld eingesteckt?

Sebastian lief zurück. Der Postmann lag noch genauso da wie vorhin. Sebastian zögerte einen Moment, dann kniete er sich neben den Mann und durchwühlte dessen Hosentaschen. Nichts. Außer ein paar Reichsmark in Münzen fand er kein Geld.

Er rannte nach draußen, um die Ecke, wo das Fahrrad des Postmanns an der Wand lehnte. Er schwang sich darauf und fuhr los, fasste mit einer Hand in seine Hosentasche, um zu prüfen, ob er den Brief auch tief genug hinein geschoben hatte.

Sowie er das Dorf hinter sich gelassen hatte, verließ er die Straße und bog auf einen Waldweg ab. Er trat so heftig in die Pedale, dass er nach wenigen Kilometern anhalten und durchatmen musste.

Er dachte an seine Mutter. Konnte er ihr böse sein? Sie hatte nicht gewollt, dass sie das mit ihm machten. Es war ihr neuer Mann, hatte sie geschrieben, in ihrem letzten Brief. Der habe sie gezwungen, dass sie mit ihm zu dem Arzt ging. Warum sie ihm nachgegeben hatte, konnte sie ihm nicht erklären. Seit das andere Kind da war, sein Halbbruder, ließ der neue Mann sie links liegen, beachtete sie nicht mehr. Sie konnte nicht länger mit dieser Schuld leben, hatte sie geschrieben. Aber warum war sie nicht zu ihm gekommen? Zu ihren Eltern? Sie hätten doch zusammen auf dem Hof leben können?

Sebastian hielt im Laufen um den Busch inne. Er war müde. Der Hunger. Der Durst. Das viele Herumgehen. Die Angst. Ein Zug überquerte die Brücke. Das gleichmäßige Rattern hatte etwas Beruhigendes. Unter seinen Fußsohlen spürte er das leichte Beben des Bodens.

Erich war weg. Im Dorf sagten sie, dass er verreist war. Aber Sebastian glaubte das nicht. Erichs Mutter lag noch immer in der kleinen Wohnung über dem Laden, krank, unfähig aufzustehen. Erich hätte sie nie alleine gelassen. Er wäre nie weggefahren, ohne ihm, Sebastian, Bescheid zu sagen. Einmal hatte er ein Gespräch zwischen zwei Waldarbeitern belauscht. Er saß auf einem Baum, hatte sich da oben zwischen den dichten Ästen versteckt, weil er die anderen Jungs aus dem Dorf gehört hatte. Er wollte nicht schon wieder Streit, bei dem er doch nur den Kürzeren zog. Sie waren viele, er alleine. Sie trugen ihre HJ-Uniformen, er seine kurze Hose. Volksschädling nannten sie ihn, Reinigung forderten sie, wenn sie ihn wieder schlugen, den Bastard, die Schande, die Schmach. Auf dem Baum blieb er sitzen, auch nachdem die Jungs schon weitergezogen waren, und bald kamen die Waldarbeiter und ließen sich genau unter ihm zur Mittagspause nieder, packten ihre Brote aus und öffneten die Flaschen mit dem Bier, redeten. Auch über Erich. Dass die Schwuchtel jetzt in einem Lager wäre. Mit den Juden, den Asozialen, den Kommunisten. Richtig, dass aufgeräumt werde, so einer habe im Dorf nichts zu suchen, man müsste ja Angst um seine Kinder haben. Aber um seine Mutter habe er sich gekümmert, warf der andere ein, ja, das habe er, stimmte der Erste zu. Aber mit dem Bastard habe man ihn oft gesehen, der würde auch bald ins Lager kommen, so welche gehören ins Lager, sagte er, und der andere widersprach, dass er doch niemandem etwas tue. Darauf stießen sie ihre Flaschen gegeneinander und Sebastian hielt den Atem an.

Seit dem Tag wusste er, dass sie ihn abholen würden. Bis dahin hatte er die Angebote seines Vaters, nach Frankreich zu fliehen und bei ihm zu leben, abgelehnt. Er wollte seine Großeltern nicht alleine lassen, aber seit diesem Tag auf dem Baum war die Angst größer.

Dreißig Runden war Sebastian gelaufen, nun konnte er nicht mehr. Er setzte sich auf den Boden, lehnte sich an einen der dünnen Äste des Buschs. Er schloss die Augen. Das Plätschern der Wellen schläferte ihn ein. So nahe am Boden waren sie viel klarer als vorher zu hören. Darüber nickte er ein. Das Zittern des Bodens weckte ihn. Wieder ein Zug. Dieses Mal fuhr er sehr langsam, bremste laut, fuhr wieder an. Sebastian meinte die Last zu spüren, die die Lokomotive zu ziehen hatte.

Er öffnete seine Augen. Der Nachthimmel war aufgerissen, helle Flecken zeigten sich zwischen den dunklen Wolken.

Mühsam erhob er sich, mit den steifen Gliedern war das nicht einfach. Das tiefe Dröhnen eines Lastwagenmotors näherte sich. Sebastian ging schnell in die Hocke und wartete, bis der Wagen an ihm vorbeigerumpelt war.

In den nächsten Minuten kamen noch zwei Autos, keiner der Fahrer machte Anstalten anzuhalten. Sebastian überlegte, dass der Schweizer bald kommen musste, wenn er kurz vor Anbruch des Tages von seinem Hotel losfahren wollte.

Er lauschte, aber es blieb still. Er stieß sich mit den Händen vom Boden ab. Selbst das schmerzte mit den kalten Fingern. Kein Auto, kein Mensch, er streckte sich, umschlang mit den Armen seinen Oberkörper und schlug sich mit den Handflächen auf den Rücken. Er dachte an die Schokolade, von der Erich gesprochen hatte. Er stellte sich vor, dass der Wagen, der gerade vorbeifuhr, voller dreieckiger Schokolade wäre. Und er dürfte sich davon nehmen, so viel er tragen konnte. Ein Traum, aus dem ihn das tiefe Horn eines Rheinschiffes riss.

Er nahm seinen Lauf um den Busch erneut auf. Zählte seine Schritte, schaffte die Umrundung einmal sogar mit zehn, aber das strengte ihn zu sehr an. Zwölf waren genau richtig. Einmal, zweimal, fünfmal, zehnmal lief er um den Busch, mal etwas schneller, dann wieder langsamer, aber immer zwölf Schritte.

Er konnte lange und ausdauernd laufen. Und schnell. Nur deshalb war er den Jungs aus dem Dorf meist entwischt, wenn sie ihm nachgestellt hatten. Aber wehe, sie erwischten ihn. Anfangs schubsten sie ihn nur herum, boxten ihm ins Kreuz und an die Brust. Aber mit der Zeit nahm ihre Brutalität zu, sie schlugen ihm ins Gesicht, erst mit der flachen Hand, dann mit der Faust. Einmal hatte Horst, der brutalste von ihnen, die anderen aufgefordert, ihn auf den Rücken zu legen und an den Händen und Füßen festzuhalten. Dann hatte sich Horst über sein Gesicht gestellt und auf ihn gepinkelt. Sie hatten gelacht. Laut und böse. Brause für den Bastard, hatten sie gegrölt.

Danach war er noch lange liegengeblieben. Die Jungen waren schon längst abgezogen. Er schämte sich und fühlte sich so erniedrigt, dass er Rache schwor. Bis dahin hatte er sich damit zurück gehalten. Aber das war zu viel. Einmal traf er Horst im Wald alleine an. Abends, kurz vor dem Dunkelwerden. Da hatte er ihn von hinten gepackt und in den Schwitzkasten genommen, so dass Horst seinen Kopf nicht bewegen konnte. Er hat ihn tief in den Wald geschleppt und an einen Baum gefesselt. Die ganze Nacht und den nächsten Tag stand Horst an dem Baum. Sebastian war nicht sofort nach Hause gegangen. Er war nur hinter einer kleinen Anhöhe verschwunden und wartete, bis es völlig dunkel war. Der Mond schien hell in dieser Nacht, aber bis zum Waldboden unter den dicht bewachsenen Baumkronen drangen seine Strahlen nicht. Und Sebastian schlich sich an Horst heran und machte ihm Angst. Er ahmte Tiere nach, das Fauchen von Katzen, das Schaben der Wildschweine im Waldboden. Horst schrie und Sebastian hoffte, dass er sich vor Angst in die Hose machte.

Am nächsten Tag pirschte sich Sebastian von hinten an ihn heran und löste die Fesseln. Bevor Horst begriff, was geschah, war er schon wieder verschwunden und beobachtete, wie der andere sich langsam von dem Baum löste und an seiner Hose herunterblickte. Nun war Sebastian sicher, dass Horst die Hosen voll hatte.

In den nächsten Wochen geschah nichts und Sebastian nahm an, dass Horst der Vorfall so peinlich war, dass er seinen Freunden nichts davon erzählt hatte. Aber die zweimal, die sie sich noch sahen, sprühten seine Blicke reines Gift, und das war genau die Genugtuung, die Sebastian brauchte, um die eigene Schmach zu ertragen.

Die Wolkendecke war mittlerweile weiter aufgerissen.

Ab und zu fuhr ein Auto vorbei, dazwischen rumpelte ein Zug über die Brücke, die Wellen schlugen vernehmlich gegen das Ufer, wenn ein Schiff vorüberfuhr, und Sebastian träumte weiter von Schokolade, in fester und flüssiger Form. Er überlegte, ob er an den Rhein schleichen sollte, um etwas Wasser zu trinken, aber er wollte jetzt warten, wo der Schweizer doch jeden Augenblick kommen konnte.

Wieder näherte sich ein Wagen, Sebastian ging automatisch hinter dem Busch in Deckung, wartete, dass das Auto vorbeifuhr. Aber dieses verlangsamte die Geschwindigkeit. Sebastian versuchte durch die Blätter zu linsen und etwas zu erkennen, aber der Wagen fuhr weiter.

Nun kam ein Auto aus der anderen Richtung. Er konnte deutlich hören, dass es langsamer wurde, dann hielt es an, genau vor dem Gebüsch, genau vor ihm.

Nichts geschah. Nur der Motor lief. Dann wurde ein erstes Mal Gas gegeben, ein kurzer Stoß. Dann ein zweiter und schließlich, mit kurzer Verzögerung, ein dritter. Genau wie es in dem Brief stand. Aber Sebastian konnte sich nicht aufrichten. Etwas ließ ihn in seiner gekrümmten Haltung verharren. War es Angst? War es Furcht vor dem letzten, dem entscheidenden Schritt?

Eine Autotür wurde geöffnet. Behutsam erhob sich Sebastian nun, atmete noch einmal durch. Er wusste, dass er keine Wahl hatte. Wenn er raus aus Deutschland wollte, in Sicherheit, zu seinem Vater, dann musste er diesen Schritt jetzt wagen.

Sebastian trat aus dem Gebüsch. Er musste kleine Schritte machen, konnte seine Beine kaum bewegen.

Dort stand das Auto, ein Mercedes, und vor dem Wagen ein Mann, groß gewachsen, blonde Haare. Steif stand er da, mit durchgedrücktem Rücken, wie ein Soldat. Sebastian bekam Angst. Was, wenn das eine Falle war? Wenn

Weller den Brief doch gelesen hatte? Wenn er doch nicht tot war?

Sebastian blickte zu dem Wagen. Ein elegantes Auto. Fuhr man so elegante Autos in der Schweiz? Ihm fiel auf, dass die hinteren Fenster mit Vorhängen zugezogen waren.

Der Mann lächelte. „Sebastian?", fragte er.

Der Junge nickte.

„Komm, ich bringe dich hier weg!"

Hatte er da so einen Unterton gehört? Weg, wie klang das? Wie … wegmachen …

Zitternd vor Angst und Kälte ging er auf den Mann zu, der neben die hintere Tür getreten und seine rechte Hand auf den Türgriff gelegt hatte.

„Beeil dich!" Es klang wie ein Befehl.

Sowie Sebastian das Auto erreicht hatte, zog der Mann die hintere Tür mit einem schnellen Ruck auf. Sebastian beugte sich vor, um ins Innere zu schauen, doch plötzlich bekam er von hinten einen Stoß versetzt. Er fiel unsanft auf die Rückbank. Dort saß schon ein Mann, der ihn ängstlich anstarrte.

Der Mann, der ihn gestoßen hatte, drängte sich neben ihn und schlug ihn mit der Faust auf die Schläfe. Sebastian kippte zur Seite.

„Fahr los!", rief der Mann nach vorne. Sofort richtete sich dort jemand auf und zwängte sich hinter das Lenkrad.

„Da wollte der schwarze Mann doch tatsächlich unser schönes Deutschland verlassen", erklärte der neben Sebastian zynisch und lachte. Der Fahrer fiel in das höhnische Gelächter ein, legte den Gang ein und fuhr los.

März 1947

I

Von Ferne leuchtete in der dunklen Straße schwach die einzige intakte Laterne. Ihr nebelhafter Lichtschein verlor sich auf der Oberfläche des Wassers, das sich auf den zerklüfteten Mauerresten einer Ruine gesammelt hatte. Der kalte Wind brach sich an dem Gemäuer zu einem sirrenden Geräusch. Paul Koch zog seinen Hut tiefer in die Stirn und überquerte mit gebeugtem Rücken die Straße. Die wenigen Menschen, die noch unterwegs waren, hatten die Mantelkragen hochgeschlagen und gingen mit eingezogenen Schultern und schnellen Schritten meist auf der Mitte der Straße, um nicht von herabstürzenden Mauerteilen getroffen zu werden.

Zwei Frauen wichen schnell zur Seite aus, kurz bevor sie ihn erreicht hatten. Er ignorierte ihre lauernden Blicke. Auf dem Rücken und vor ihrer Brust trugen sie in alten Armeerucksäcken ihre Beute. Die Größere der beiden hielt einen dicken Ast in der Hand. Heute Nacht würde er ihr ein wenig Wärme spenden. Jetzt war er eine veritable Waffe. Koch blickte an ihnen vorbei.

Kurz darauf bog er auf den Neubrunnenplatz ein. Der Wind trieb ihm Brandgeruch in die Nase. Er fragte sich, ob das zwei Jahre nach dem Krieg nur Einbildung war, so wie man nach einem längeren Aufenthalt auf dem Meer noch lange glaubte, dass der Boden unter den Füßen schwanke. Irgendwo rief eine Mutter ihr Kind, dann war es wieder ruhig, bis das tiefe Röhren eines französischen Militärlasters ertönte und langsam in Richtung Rhein verebbte.

Im Bleichenviertel wurde Koch durch das Aufheulen eines Hundes jäh aus seinen Gedanken gerissen, ein jämmerlicher, kurzer Hilferuf, der sogleich erstarb. Koch beschleunigte seine Schritte und hatte bald das Capitol, das alte Kino in der Bleiche, erreicht, in dessen notdürftig hergerichtetem Vorführsaal im letzten Herbst schon wieder Filme gezeigt worden waren. Mit Dorle hatte er sich das Drama „Le voile bleu“ angeschaut, einen französischen Film, der im Original gezeigt wurde, die rührselige Geschichte um ein Kindermädchen, das sich bei der Erziehung fremder Sprösslinge aufreibt.

Immer noch besser als die alten UFA-Filme, die auch wieder gezeigt wurden. Dennoch hatte Koch Dorles Vorschlag ins Kino zu gehen befremdlich gefunden. Keine zwei Jahre war es her, dass in Europa ein grauenvoller Krieg gewütet hatte, und er sollte ins Kino gehen, als sei nichts gewesen. Aber das war ja diese allgemeine Stimmung, die ihn so anwiderte, das Verdrängen und Vergessen und sich selbst als Opfer fühlen. Trotzdem überkam ihn Wehmut bei dem Gedanken an Dorle. Ihre Hand, die in der Dunkelheit erst seine gesucht und die dann ihren Kopf auf seine Schulter hatte sinken lassen. Das Ende des Films hatte er verpasst, so innig hatten sie sich geküsst. Es hatte einige Bemerkungen von den umliegenden Sitzen gegeben. Ihnen war es egal gewesen.

Koch sah auf seine Uhr. Halb sieben. Er war spät dran. In der Nähe der Kaiserstraße blieb er vor einem rußgeschwärzten Haus stehen, von dem nur das Erdgeschoss und die erste Etage erhalten waren. Eine Straßenlaterne spendete etwas Licht. Er sah sich um. Kein Mensch in der Nähe. Er war irritiert über diesen Reflex. Er tat nichts Illegales, dennoch war es ihm lieber nicht gesehen zu werden. Das schmale Fenster im Erdgeschoss war mit einem Brett vernagelt. Mit ungelenker Schrift hatte jemand „Metzgerei Jäger“ auf das ausgeblichene Holz gepinselt. Koch starrte die Schrift an und fragte sich, wie oft schon versucht worden war, das Holz aus der Halterung zu brechen, um in den Besitz von Brennmaterial für ein oder zwei Stunden zu kommen. Er blickte noch einmal die Straße rauf und runter, nur am Ende konnte er auf dem breiten Mittelstreifen mit den abgeholzten Baumstämmen einen einsamen Spaziergänger erkennen. Mit seiner behandschuhten Faust klopfte Koch gegen das Holz, aber nichts passierte. Er klopfte ein weiteres Mal, nun fester.

„Sind Sie verrückt?!"

Koch schrak zusammen. Aus einem schmalen Spalt rechts lugte ein Kopf hervor. Ein Augenpaar funkelte ihn wütend an.

Koch atmete durch und ging langsam die wenigen Schritte zu dem Mann herüber.

„Reuber schickt mich", flüsterte er, und fragte sich, warum er sich wieder so konspirativ verhielt.

„Quatschen Sie nicht so viel! Kommen Sie!"

Für einen kurzen Moment trat der Mann ganz aus dem Eingang hervor. Koch war erstaunt über dessen massige, kräftige Figur. In seiner linken Hand hielt er lässig eine Eisenstange.

„Machen Sie schon!" Mit einer energischen Bewegung seines Kopfes unterstrich der Mann seine Aufforderung und verschwand sogleich in dem schmalen Einlass.

Koch überlegte, ob das eine Falle war. Der Mann wirkte nicht Vertrauen erweckend, dennoch folgte er ihm. Sofort umfing ihn Dunkelheit, die ihn blind vorwärts stolpern ließ, bis er erst das Zuschlagen der Tür und dann die Stimme des Metzgers hinter sich hörte. „Weiter!", zischte der und drängte sich an Koch vorbei in das Haus. Trotz der Dunkelheit bewegte sich der Mann völlig sicher. Der schmale Gang endete in einem großen Raum. Eine Gaslaterne gab Koch nun ein wenig Orientierung. Der Metzger stand wenige Meter von ihm entfernt an einer Treppe, die in den Keller führte. Koch meinte zu sehen, dass dem Mann der rechte Arm fehlte.

„Warten Sie hier!“, befahl er barsch, ohne sich nach seinem Besucher umzuschauen und verschwand in den Abstieg.

Koch sah sich um. Über dem Raum fehlte ein Teil der Decke, so dass der Blick in den Nachthimmel und auf einige vereinzelte Sterne freigegeben war.

Zwei oder drei Minuten stand er dort, bis ein Geräusch in seinem Rücken ihn aufschrecken ließ. Geistesgegenwärtig drückte er sich an ein vorstehendes Mauerstück. Erst erkannte er einen dünnen Lichtstrahl, dann vernahm er Schritte auf dem losen Untergrund. Langsam wanderte der Lichtstrahl an ihm vorbei. Koch hielt den Atem an, drückte sich noch fester gegen die Wand. Er spannte seinen Körper an, um abwehrbereit zu sein, wenn er entdeckt würde.

Er fluchte innerlich, dass er sich auf den Vorschlag seines Kollegen Gerhard Reuber eingelassen hatte, sich bei diesem Metzger Jäger noch etwas Wurst für die Feier an diesem Abend zu besorgen. Zwar gegen einen Abschnitt seiner Lebensmittelkarte, also offensichtlich legal, aber dennoch erschien ihm dies alles zu merkwürdig, als dass es völlig rechtens sein konnte. Es wäre zu dumm, wenn er sich als Kommissar der Kriminalpolizei illegal Fleischwaren besorgen würde. Doch er wollte seinen Gästen etwas bieten, nicht nur von dem trockenen Brot und dem alten, schon harten Käse, von dem er noch einen kleinen Vorrat in seiner Wohnung bereithielt.

Vorsichtig trat er aus seiner Nische und konnte gerade noch erkennen, wie das Licht die Kellertreppe hinabwanderte, die der Metzger schon genommen hatte. Einige Sekunden später stand Koch auf der obersten Treppenstufe und blickte in das dunkle Loch, das sich unter ihm auftat. Mit seiner rechten Hand ertastete er ein Metallgeländer. Trotz der Handschuhe drang die Kälte bis zu seinen Fingern durch.

Er war die ersten drei oder vier Stufen hinabgestiegen, da ertönte aus dem Keller erst ein Schrei, dann ein Scheppern, als sei ein Eisenteil auf den Boden gefallen. Koch kniff seine Augen zusammen, aber die Dunkelheit vor ihm blieb undurchdringlich. Von unten drangen die Geräusche eines Kampfes zu ihm herauf.

„Du dumme Sau!“, hörte er die Stimme des Metzgers. „Glaubst wohl hier einbrechen zu können.“ Dann folgten wieder Kampfgeräusche, bis diese von einem erneuten Aufschrei abrupt beendet wurden.

Koch eilte, so schnell ihm das in der Dunkelheit möglich war, nach unten, dabei immer mit einer Hand Halt am Geländer suchend. Trotzdem rutschte er mit dem Absatz seines linken Fußes an einer beschädigten Stufe ab. Sofort meldete sich seine alte Verletzung. Koch atmete mehrmals tief durch, bis der Schmerz nachließ, dann stieg er weiter in den Keller hinab, nun die Stufen noch genauer vor jedem Tritt prüfend. Der schwere Geruch von Fleisch und Blut drang ihm in die Nase. Gerade hatte er die letzte Stufe verlassen, da näherte sich ihm ein Licht, in dessen Schein Koch einen Mann erkannte, der etwas Schweres über seiner Schulter trug. Als der Fremde ihn fast erreicht hatte, trat er vor.

„Bleiben Sie stehen!“, forderte er laut. Er hoffte auf den Überraschungseffekt, aber ohne in seiner Bewegung innezuhalten, stieß der Mann Koch mit seinem Rucksack auf die Treppe zurück, machte kehrt und verschwand in der Dunkelheit des Kellers. Koch benötigte einige Sekunden, bis er sein Gleichgewicht wiedergefunden hatte, trat mit seinem gesunden Bein den Rucksack zur Seite und machte sich an die Verfolgung. Er humpelte in die Dunkelheit, dabei tastete er sich mit seinen Händen vorwärts, um Hindernisse rechtzeitig zu erkennen.

Hinter sich hörte er das Stöhnen des Metzgers. Einen Moment lang war er versucht, dem Verletzten zu Hilfe zu eilen, doch nun hatte ihn das Jagdfieber gepackt und er setzte die Verfolgung des Eindringlings fort. Im Gehen zog er aus seiner Tasche ein Sturmfeuerzeug. Nach drei Versuchen glimmte endlich der Docht. Koch erkannte in dem schwachen Lichtschein einen langen Tisch, über dem von der Decke das Ende einer schweren, eisernen Gliederkette baumelte. Er stützte sich an der Kante des Tisches ab und horchte. Seltsam gedämpft glaubte er ein Geräusch zu hören, stolperte über eine Stufe und taumelte erschrocken zurück. In seinem Gesicht spürte er etwas Kühles und Feuchtes, das er mit seiner Berührung in Bewegung gesetzt hatte. Er riss seine Hände hoch, um seinen Kopf zu schützen, dabei ließ er das Sturmfeuerzeug fallen. Sofort herrschte völlige Finsternis um ihn. Langsam ließ er sich auf seine Knie niedersinken und suchte mit der flachen Hand den Boden ab. Nachdem er das Feuerzeug endlich zu fassen bekam, rieb er an dem Feuerstein, bis der Docht erneut glimmte, erhob sich und streckte die Hand mit dem Feuerzeug nach der Decke aus. Der dünne Lichtschein verfing sich in einer Reihe von gehäuteten Tierleibern, deren Fleisch seltsam rot glühte, und die sich sanft hin und her bewegten. Koch musste einen Würgereiz unterdrücken und wischte sich mit seinem Handschuh übers Gesicht, dann zog er den Kopf ein und eilte unter den Leibern hindurch in den nächsten Raum, wo er über einen Absatz stolperte und auf etwas Weiches fiel. Erneut dauerte es einige Sekunden, bis er das Sturmfeuerzeug gefunden und wieder entzündet hatte. Er saß auf einem Haufen achtlos ausgebreiteter Felle.

„Wo sind Sie denn?", hörte er hinter sich erst die gedämpfte Stimme des Metzgers, dann das Zuschlagen einer Tür aus der Richtung, in die der Einbrecher geflohen war.

„Hier!", rief Koch über seine Schulter zurück, während er eines der Felle in die Hand nahm und in den Schein des dünnen Feuerzeuglichtes hielt.

Der Kopf eines Hundes starrte ihm entgegen.

„Kommen Sie endlich!" Die Stimme des Metzgers klang gereizt und ungeduldig.

Koch reagierte nicht auf den Zuruf, sondern legte das Hundefell zur Seite und hob nacheinander mehrere andere Felle auf. Neben den Schnauzen verschiedener Hunderassen erkannte er auch die Köpfe von Katzen. Unwillkürlich musste er an die aufgehängten Tierleiber in dem vorderen Raum denken.

Er blickte in die leeren Augenhöhlen eines Schäferhundes. Einen Augenblick später wurde er an der Schulter gepackt und hochgerissen.

„Machen Sie, dass Sie hier rauskommen!", schnauzte ihn der Metzger an und schob ihn an den Tierleibern vorbei zu der Treppe. In der Hand hielt er die Eisenstange, sichtlich bereit, damit zuzuschlagen, wenn Koch sich widersetzen sollte.

„Was sind das …?", setzte Koch an, aber der Mann gab ihm keine Zeit, den Satz zu vollenden. Er stieß Koch die Treppe hoch zu der Tür, die auf die Straße führte.

„Warten Sie hier!", befahl er barsch und verschwand erneut, um kurz darauf mit etwas zurückzukehren, das in ein Stück Zeitungspapier eingewickelt war und das er Koch in die Hand drückte.

„Für Sie! Kostet Sie nichts. Kleines Dankeschön für Ihre Hilfe!“, sagte er und machte deutlich, dass für ihn damit das Gespräch beendet war und Koch verschwinden sollte.

Der ging nicht darauf ein. „Wer war der Mann?“, fragte er stattdessen und konnte jetzt die blutige Wunde an der Stirn des Metzgers erkennen.

„Fleischdieb“, war die einsilbige Antwort. „Passiert ständig. Wenn die Leute nichts zu fressen haben, werden sie zu Tieren.“

„Sind Sie verletzt?“

Der Metzger lachte. „Schramme. Mein ganzer Körper ist schon voll davon.“

Koch dachte einen Moment nach.

„Gehen Sie jetzt und grüßen Sie Reuber von mir.“

„Die Tiere da unten …“

„Kaninchen. Manchmal Wildschweine.“ Der Mann grinste Koch an und zwinkerte ihm zu.

„Die Felle …“

Der Metzger unterbrach ihn rüde. „In der Dunkelheit sehen die alle gleich aus. Für Laien wie Sie. Kommen Sie!“

Er schob Koch durch die Tür auf die Straße.

„Sagen Sie Reuber nichts. Wegen der Kaninchen und Wildschweine“, sagte er. Kochs skeptischer Blick war ihm im Schein seiner Lampe nicht verborgen geblieben. „Ist nicht ganz legal. Und der Herr Kommissar ist so genau. Wir wollen doch alle nur irgendwie überleben!“

Mit diesen Worten trat er zurück und schloss die Tür.

Koch sah auf das Papier in seiner Hand und musste unwillkürlich an die Tierleiber in dem Keller denken. Automatisch hielt er das Päckchen ein Stück weiter von sich weg, während er sich auf den Weg zu seiner Wohnung machte, wo schon bald seine Gäste eintreffen mussten.

Mit jedem Schritt wuchs das Ekelgefühl in ihm, und als ein kleiner, gefleckter Hund, der einen zerfetzten Lappen in seinem Maul trug, in der Nähe des Bahnhofs seinen Weg kreuzte, warf er das Päckchen auf das Grundstück eines zerbombten Hauses.

II

In seiner Wohnung stellte Koch befriedigt fest, dass es Strom gab und das Licht funktionierte. Dafür war das Zimmer völlig ausgekühlt, die Kohle, die er am Morgen noch in den Ofen gelegt hatte, niedergebrannt. Er zündete einige dünne Äste an, die er in Reserve hielt. So wie sie brannten, legte er zwei Holzscheite nach und blieb für mehrere Minuten vor dem sich langsam erwärmenden Ofen stehen. Mit einer Hand umfasste er einen kleinen Kessel, der auf der Heizplatte des Ofens stand. Es würde noch dauern, bis das Wasser kochte. Bis dahin wollte er seine Vorbereitungen abgeschlossen haben. Viel war nicht zu tun. Er warf die einzige Tischdecke, die er besaß, fleckig und steif, auf den niedrigen Tisch und kramte aus einer Kiste an der Wand zwei Flaschen Wein hervor. In der Küche, in der die Feuchtigkeit an der Wand den Putz fleckig erscheinen ließ, schnitt er den Käse, den er in einem Steinbehälter aufbewahrte, mit einem alten Militärmesser in kleine Stücke und verteilte sie auf einem Teller. Zusammen mit ein paar Scheiben Brot stellte er den Käse neben die Flaschen auf den Tisch. Er hatte gehofft, seinen Besuch mit etwas Schinken oder Fleischwurst überraschen zu können, aber das war ja kolossal schiefgegangen. Einen Moment überlegte er, ob es nicht zu überhastet gewesen war, das Paket wegzuwerfen.

Koch schob einen weiteren Scheit Holz durch die Luke des Ofens. Ein Funkenregen stob ihm entgegen. Den Rahmen des Fensters in dem nur karg möblierten Zimmer hatte er mit Papier zugestopft, um den Windzug wenigstens ein wenig einzudämmen. Vor der Scheibe hing eine graue Militärdecke voller Löcher.

Aus der Blechkanne auf dem Ofen entwich nun der

Dampf kochenden Wassers in den Raum. Koch nahm einen dicken Lappen, umfasste den metallenen Henkel und goss das Wasser in einen Becher, auf dessen Oberfläche jetzt einige grüne Blätter schwammen. Der Geruch der Minze verteilte sich schnell im ganzen Raum. Vorsichtig umfasste Koch den Becher mit beiden Händen. Er hatte das Gefühl, dass die Wärme von dort seinen ganzen Körper durchströmte. Er trug noch immer seinen Mantel. Viele von den getrockneten Minzeblättern besaß er nicht mehr, aber er hoffte, dass nach diesem verfluchten Winter, der noch eisiger als der erste Nachkriegswinter war, der Frühling bald Einzug halten würde. In den vergangenen zwei Wochen war es nicht mehr so kalt gewesen wie die Monate davor, doch jetzt bescherte das Tauwetter weiten Teilen Deutschlands Hochwasser, wodurch sich die angespannte Versorgungslage weiter verschlechterte.

Es klopfte. Koch trank schnell noch einen Schluck, stellte den Becher ab und öffnete die Tür. Ein Mann, einen Kopf kleiner als er selbst, mit einem dunklen Schnurrbart, trat schnell ein. Vor seiner Brust trug er einen Karton.

„Warm haben Sie es, Koch“, stellte er fest und setzte den Karton vorsichtig auf dem Boden ab.

„Sie Witzbold“, antwortete Koch. „Sie kommen von draußen. Da kann man auf den Gedanken kommen, dass es hier drinnen warm ist. Lange hält das nicht.“

„Sie verheizen Ihr Treppenhaus?“, fragte der Ankömmling und deutete auf den Ofen.

„Das ist nicht witzig, Reuber“, antwortete Koch. Vor einiger Zeit, da hatte die Kälte sie noch fest im Griff, hatte jemand einzelne Holzdielen aus der Treppe gebrochen, jetzt musste Koch, besonders abends, wenn es keinen Strom gab und er im Dunkeln zu seiner Wohnung hinaufstieg, höllisch aufpassen, nicht in eines der Löcher zu treten.

Gerhard Reuber, wie Paul Koch Kommissar bei der Kriminalpolizei in Mainz, vertiefte das Thema nicht weiter, sondern ging zu dem Tisch mit den Getränken und Speisen.

„Versorgt Sie Ihr Nachbar noch immer so gut?", fragte er mit spöttischem Unterton und begutachtete eine der Flaschen. Reuber war im Dezernat für Raub- und Schwarzmarktdelikte, Koch gehörte dem Morddezernat an.

Reuber griff in seine Tasche und nestelte eine Zigarettenpackung heraus.

„Darf ich?"

Koch nickte.

Reuber ließ mit einer Fingerbewegung die Klappe seines silbernen Feuerzeuges hochspringen und zündete die Zigarette an. An der Seite waren deutlich seine Initialen eingraviert, GAR. Koch hatte gelacht, nachdem Reuber ihm die Bedeutung des A in der Mitte erklärt hatte. Arbogast. „Wer heißt denn so?", hatte er gefragt und Reuber hatte lachend geantwortet: „Na, ich! Ein Geschenk meiner Frau. Und der war wichtig, dass die vollständigen Initialen drauf sind."

„Gerhard Arbogast Reuber", schmunzelte Koch jetzt.

„GAR, ja. Alles ordentlich erworben", entgegnete er mit Blick auf den Wein.

Koch nahm den Becher mit dem Tee wieder in die Hand. „Auch einen?"

„Aus eigenem Anbau?"

„Aus Dorles Garten."

„Na denn, gerne", antwortete Reuber.

Koch ging in einen Nebenraum und kam mit einem Becher zurück, in den er heißes Wasser füllte.

„Passen Sie auf, ist sehr heiß", warnte er den Kollegen.

„Dieser verfluchte Winter", entfuhr es Reuber, „ist noch

schlimmer als im letzten Jahr. Nichts hat sich verbessert. Die Versorgungslage ist noch desolater. In der britischen Besatzungszone wird gestreikt. Man spricht von Massenkundgebungen."

„Die Schwarzmarkthändler freuen sich", erwiderte Koch.

„Es ist eine blöde Sache, mein Lieber", begann Reuber, während er seinen Mantel auszog und über einen Stuhl hängte. „Diese Kerle verdienen sich dumm und dämlich, leben in Saus und Braus, aber auf der anderen Seite: Wie sollen die kleinen Leute sonst überleben. Der Staat kann nicht für sie sorgen. Die Toten in diesem Winter ..." Er schnippte die Asche seiner Zigarette in die hohle Hand.

„Aber wenn all die ...", wollte Reuber fortfahren, doch ein erneutes Klopfen ließ ihn mitten im Satz abbrechen und warten, bis Koch wieder ins Zimmer zurückkam. Hinter ihm betrat ein hagerer Mann, der ganz in Schwarz gekleidet war, den Raum. Auf seiner schmalen, spitzen Nase trug er eine kleine runde Brille.

„Ach, der Herr Kunstphotograph", begrüßte Reuber den Mann. „Fertig mit der Arbeit?" Dabei pustete er die Oberfläche seines Tees kühl und trank laut schlürfend die heiße Flüssigkeit.

Georg Bresson, Kochs Nachbar, verzog nur kurz den Mund und stellte zwei Flaschen mit einer klaren Flüssigkeit auf den Tisch.

„Wer kauft eigentlich Ihre pornographischen Bilder, Bresson?"

Der lachte kurz, zog seine Brille von der Nase und schüttelte leicht den Kopf. „Sie sind Polizist, Reuber", entgegnete er. „Ich würde Sie in arge Not bringen, wenn ich Ihnen das verrate."

„Trotzdem. Es interessiert mich."

„Non, Monsieur! Genießen Sie den Schnaps und belasten Sie nicht Ihr Gewissen.“

Koch unterbrach das Gespräch. „Fehlt nur noch Siggi …“

Reuber nahm den Ball auf. „… dann kann der Junggesellenabend beginnen. Haben Sie sich das auch gut überlegt, Koch? Sie sind doch gar nicht der Typ für die Ehe.“ Er stellte die Tasse mit dem Tee zur Seite.

Koch verzog den Mund. „Ich habe nie von Heirat gesprochen, Reuber. Ich ziehe zu Dorle ins Haus. Luftlinie zwei Kilometer, vielleicht drei. Mehr nicht.“

„Mir werden Sie fehlen“, fügte Bresson hinzu, der sich in einen der beiden alten Sessel, die Koch nach seinem Einzug aus einem ausgebombten Haus besorgt hatte, plumpsen ließ. Die Federn gaben bedenkliche Quietschgeräusche von sich. Alles in diesem Zimmer war karg. Die Tapeten an den Wänden ließen ihr ursprüngliches Muster nur noch erahnen, die Möbel bildeten ein wildes Sammelsurium, der Ofen war viel zu klein für die Wohnung. Auf dem Boden stapelten sich Bücher.

Draußen fiel eine Tür ins Schloss. Koch und Reuber sahen zu Bresson, der zuckte mit der Schulter.

„Bei Ihnen …?“, fragte Koch.

„Maria“, antwortete er.

„Eine Heilige, nehme ich an“, kommentierte Reuber und konnte einmal mehr seinen spöttischen Unterton nicht lassen. Bresson hielt sich mit pornographischen Bildern über Wasser, die er in seiner Wohnung aufnahm.

„Wann wollen Sie denn damit aufhören, Bresson?“

„Solange die Nachfrage groß genug ist … Sie wissen doch, der Markt. Und leben muss ich auch. Sie wollen das doch übrigens auch.“ Er zeigte auf die Getränke. „Oder können Sie darauf verzichten?“

„Ich verstehe", erklärte Koch, nahm eine der Flaschen mit dem Brand und füllte drei Gläser viertelvoll, um zwei davon den beiden anderen Männern zu reichen.

Sie stießen miteinander an und tranken.

„Ach, das hätte ich ja fast vergessen", sagte Reuber, stellte sein Glas auf den Tisch und hievte den Karton, den er auf dem Fußboden abgestellt hatte, auf einen freien Platz auf dem Tisch.

„Habe ich für Sie … organisiert …"

Er hob den Deckel des Kartons an.

„Schauen Sie nicht so, Koch. Ganz legal. Von meinem Freund Lieutenant Chavez. Nur weil ich im Dezernat für Raub- und Schwarzmarktdelikte arbeite, bin ich nicht selbst ein Schwarzhändler."

Der Angesprochene trat hinter Reuber. Bresson füllte sein Glas und setzte sich wieder in den Sessel, in den er tief einsank.

Reuber griff mit beiden Händen in den Karton, schien irgendetwas darin zu suchen, dann hielt er mehrere Schallplatten in der Hand, die er neben den Karton auf den Tisch legte, um erneut hinein zu greifen. Nach mehrmaligem Hin- und Herrucken hielt er ein Grammophon in den Händen.

„Was soll das denn?", fragte Koch überrascht.

„Musik! Leben! Wie heißt das in Frankreich? ‚Savoir vivre'. Nicht alles so ernst sehen. Mit Musik geht vieles leichter. ‚Ohne Musik wäre das Leben ein Irrtum.' Hat der gute alte Nietzsche gesagt."

Mit seinem Ellenbogen schob Reuber den Karton vom Tisch und stellte an dessen Stelle das Gerät. „Ein paar Jazzplatten hat Chavez mir auch mitgegeben. V-Discs. Victory-Discs", erklärte er dabei. „Wurden für die amerikanischen Überseetruppen aufgenommen." Er sah auf die

Hüllen. „Glenn Miller. Cab Calloway. Fats Waller. Louis Armstrong. Alles aus God's Own Country."

„Dekadente Negermusik hieß das noch vor nicht allzu langer Zeit, wenn ich das richtig in Erinnerung habe, und hier müssen Sie lange nach Gott suchen, nach dem, was in Deutschland geschehen ist", bemerkte Bresson bitter aus seinem Sessel und prostete den beiden Männern zu.

„Das kann ich nicht annehmen, Reuber. Das kostet doch ein Vermögen. In dieser Zeit. Musik, wo die Leute hungern und …"

„Koch, Sie verfluchter Moralist", widersprach ihm Reuber und lachte. „Hat mich so gut wie nichts gekostet. Chavez müsste diese V-Discs vernichten, hat er mir gesagt. Ist so eine blöde Bestimmung. Aber er denkt, dass die bei Ihnen in besseren Händen sind. Die Amis, alles im Überfluss."

Reuber zog noch einmal an seiner Kippe, dann drückte er den Filter an dem Karton aus und warf den Stummel hinein.

„Ich weiß nicht", setzte Koch an, doch Reuber ging nicht darauf ein und drehte stattdessen die Kurbel des Grammophons, nahm eine der Platten aus der Hülle, legte sie auf den Teller und setzte die Nadel in die Rille.

Es knisterte, dann war eine Stimme zu hören. „This is Captain Glenn Miller, speaking for the Army Air Force Training Command Orchestra, and we hope that you soldiers of the Allied Forces enjoy these V-Discs that we're making just for you." Gespannt hörten die Männer im Raum zu. Nach einem weiteren Knistern erfüllte ein warmer Posaunenton den Raum. Einige Sekunden lauschten die drei bewegt der Musik.

„Star Dust … Man könnte meinen, es wäre Frieden", bemerkte Reuber sarkastisch und füllte sich erneut sein

Glas. Er ließ seinen Blick über die Speisen auf dem Tisch gleiten.

„Musik, ein Tisch voller Speisen und das nach diesem verflucht kalten Winter." Bresson war aufgestanden, um sich ebenfalls nachzuschenken.

Reuber trat neben ihn und hielt ihm sein Glas entgegen, zog es zurück und sah Koch an.

„Ich sehe gar keine Wurst, Koch", sagte er. „Waren Sie nicht bei Jäger?"

Koch reagierte nicht sofort.

„Ist was?", hakte Reuber nach und trat neben seinen Kollegen. Er steckte sich dabei eine neue Zigarette an.

Koch ließ sich Zeit, nahm eine Scheibe von dem Käse, legte ihn auf die andere Seite des Tellers.

„Gab es Probleme?" Reuber beugte sich vor und versuchte Koch in die Augen zu schauen, der wich ihm aus.

„Woher kennen Sie den Mann, Reuber?", fragte er stattdessen.

Zu der Posaune waren andere Blasinstrumente hinzugekommen. Reuber zog vernehmlich an seiner Zigarette und hielt den Rauch lange in seiner Lunge.

„Wie man sich so kennt", sagte er schließlich und zuckte mit den Schultern.

„Guter Leumund?"

Reuber ließ sich einen Moment zu viel Zeit mit der Antwort.

„Ja", antwortete er schließlich. „Warum?"

„Wo bekommt er seine Tiere her?"

Reuber fuhr sich mit Daumen und Zeigefinger seiner freien Hand durch den Schnurrbart, bevor er antwortete.

„Von Bauern, nehme ich an. Aus dem Hunsrück, glaube ich." Er zog an seiner Zigarette.

„Sicher?"

„Was soll das, Koch? Sie klingen ja, als ob der Mann kleine Kinder schlachtet."

Koch drehte sich zu seinem Kollegen um. Bresson hatte sich sein Glas erneut gefüllt, sah zu den beiden Männern, prostete ihnen still zu und trank. Ein Klavier begleitete jetzt die Bläser.

„Kinder? Keine schlechte Idee, Reuber. Wie sauber ist der Mann?"

„Was ist, Koch? Jeder versucht irgendwie durchzukommen. Kann schon sein, dass er ab und zu wildert. Aber können Sie es ihm verdenken …?"

„Sie sind Polizist, Reuber!"

„Wenn wir all dem nachgehen würden, Koch, dann müsste unser Tag zweiundsiebzig Stunden haben."

„Wildern ist der falsche Ausdruck … Ich habe bei ihm im Keller die Felle von Hunden und Katzen gesehen …"

„Hunde und Katzen?" Reuber lachte spöttisch. „Nicht Mäuse? Trinken Sie jetzt auch tagsüber? Sie waren doch gar nicht in meinem Büro!"

Bresson sah den beiden Männern interessiert zu, sagte aber nichts.

„Kein Witz, Reuber. Wenn ich es Ihnen sage, da hingen die abgezogenen Leiber von Katzen und Hunden von der Decke."

„Kennen Sie sich so gut aus …"

„Ich habe die Felle gesehen, in einem Nebenraum …"

„Koch, Koch, Koch. Ich kenne den Mann schon lange. Ich kann Ihnen versichern, dass er keine Hunde und Katzen schlachtet."

„Es wäre aber ein einträgliches Geschäft. Überlegen Sie mal, was ein Kilo Rindfleisch kostet. Mit den richtigen Gewürzen … Hunde und Katzen laufen genug herrenlos herum …"

„Jetzt sehen Sie wirklich Gespenster, Koch. Aber wenn es Sie beruhigt, ich werde mit Jäger darüber sprechen. Sobald ich Zeit habe. Ich empfehle Ihnen doch niemanden, der Hunde oder Katzen schlachtet.“ Hastig zog er noch zweimal an seiner Zigarette, bevor er sie ausdrückte und zu der anderen in den leeren Karton warf.

Bresson hatte sein Glas geleert und auf den Tisch gestellt. Er trat neben die beiden Kommissare. Reuber nahm die Glenn-Miller-Platte vom Teller und legte eine andere auf.

„Louis Armstrong“, teilte er mit. Kurz war das Kratzen der Nadel zu vernehmen, dann erklang eine Trompete. Er wiegte sich leicht zu der Musik, zündete sich eine Zigarette an und nahm sein Glas in die andere Hand. Dabei lauschte er Bressons Ausführungen.

„Ich weiß gar nicht, was Sie haben, Koch! Was glauben Sie denn, was die heldenhaften deutschen Soldaten bei ihrem aufopferungsvollen Kampf bis zur letzten Patrone alles gefressen haben, um zu überleben? Katzen und Hunde werden da ganz schnell zu einer ausgesprochenen Spezialität, und die sind wirklich noch appetitlich. Und, wenn ich mich recht erinnere, sind Hunde bei einem so kultivierten Volk wie den Venetern, übrigens bis vor vier Jahren unsere Waffenbrüder, noch heute eine Leckerei. Und der große Forscher Scott hat auf seiner Antarktis-Expedition seine Schlittenhunde als Nahrungsreserve eingeplant. Also, Ihr Herr Jäger ist da in keiner so schlechten Gesellschaft. Und wie heißt es doch: In der Not frisst der Teufel Fliegen. Und wenn ich den Weltenlauf um mich herum richtig deute, ist die Not im Moment nicht unbeträchtlich. Es posaunt ja niemand laut hinaus, wie viele Leute in diesem Winter draufgegangen sind. Wegen der Kälte und der Unterernährung. Wird schön verschwiegen, damit es keinen

Aufstand gibt. Sind die Leute aber wahrscheinlich sowieso zu schwach für."

„Bresson", unterbrach Koch den Mann, „lassen Sie den Zynismus", während Reuber lachte und an seinem Schnaps nippte.

„Sagen Sie nicht, Koch, dass Sie das Fleisch weggeschmissen haben!"

„Ich …", hob er seine Stimme an, doch ein lautes Krachen von draußen ließ ihn innehalten. Alle drei Männer wandten ihre Köpfe zur Tür. Gedämpft drang ein „Entschuldigung. Bitte entschuldigen Sie!" zu ihnen, dann war es für einige Sekunden still, bis an die Tür geklopft wurde.

Kurz darauf betrat Siegfried Maus, Siggi genannt, ein schmächtiger, semmelblonder junger Mann, den Raum. Er war seit einem Jahr Kochs Assistent.

„Na, Siggi", begrüßte ihn Reuber, der seine Zigarette ausdrückte. Die Platte drehte in der Leerrille. „Hatten Sie eine Erscheinung? Sie sind ja ganz rot im Gesicht."

„Ich, ich …", stotterte er.

„Die Erscheinung war kein Gespenst, sondern gut aussehend, vielleicht leicht bekleidet, ich meine, zu leicht bekleidet für diese Jahreszeit", frotzelte Reuber weiter und ihm war anzusehen, dass es ihm Spaß machte, den jungen Mann hochzunehmen.

„Und heißt Maria. Künstlername", ergänzte Bresson lachend.

„Lassen Sie besser die Finger von der Dame", warnte Koch ihn und gab dem jungen Mann mit einer Geste zu verstehen, seinen Mantel abzulegen.

„Dame?", spottete Reuber weiter. „Koch, Sie sind einfach zu gut für diese Welt."

Bresson stand auf und trat an den Tisch, wo er das vierte Glas füllte und es Siggi in die Hand drückte.

„Auf Sie, Koch!“, prostete Bresson und hielt sein Glas mit seinen dürren, langen Fingern in die Luft. „Ich werde Sie und unsere nächtlichen Gespräche vermissen.“

Die drei anderen hoben ihre Gläser ebenfalls und nahmen einen kräftigen Schluck. Siggi versuchte ein Husten zu unterdrücken.

„Na, na, Siggi, nicht so hastig.“ Reuber hatte wieder sein spöttisches Grinsen aufgesetzt. „Diese Dame eben … aufregend?“ Er legte noch einmal die Glenn-Miller-Scheibe auf den Drehteller des Grammophons und ließ dabei den jungen Kollegen nicht aus den Augen.

Siggi zuckte mit den Schultern, während Koch einen der wenigen noch vorrätigen Holzscheite in den Ofen warf.

„Sind Sie eigentlich noch Jungfrau?“

„Reuber, bitte!“, ermahnte Koch seinen Kollegen.

„Nein, ich meine das ernst.“ Reuber ließ sich nicht beirren. „Wie alt sind Sie jetzt? Dreiundzwanzig, vierundzwanzig?“

„Dreiundzwanzig“, antwortete Siggi kleinlaut.

„Waren Sie schon mal im Puff, Siggi? Das schon, oder? Sagen Sie nicht, dass Sie noch nie im Puff waren!“

Eine leichte Röte legte sich auf das bleiche Gesicht des jungen Mannes.

„Tatsächlich. Sie sind tatsächlich noch Jungfrau. Siggi, Siggi. Sie sind bei der Polizei, nicht im Priesterseminar. Vielleicht kann Bresson ja mal eine seiner Damen … Sie könnten ihn doch zum Filmstar machen …“ Reuber sah zu Bresson herüber.

„Kommen Sie, Reuber, es ist wirklich genug. Wir sind heute hier, um meinen Abschied aus dieser Wohnung zu feiern und nicht, um uns auf Siggis Kosten zu amüsieren.“

„Na gut“, lenkte Reuber ein, „war doch nur ein Scherz.

Ich weiß doch, was wir an unserem Siggi haben. Einen der besten Nachwuchspolizisten und dazu ist er noch ein begnadeter Autofahrer."

Bei den letzten Worten wandelte sich Siggis Mund zu einem breiten Grinsen.

„Wussten Sie, dass es jetzt eine Autozeitschrift gibt?" Der junge Mann blickte erwartungsfroh in die Runde, erleichtert über den Themenwechsel. Bresson nahm die Flasche vom Tisch und füllte die Gläser.

„Langsam!", ermahnte ihn Koch. „Der Abend ist noch jung."

Bresson verstand ihn absichtlich falsch. „Keine Sorge. Ich habe noch genügend in meiner Wohnung."

„Na denn", sagte Reuber und nahm einen kräftigen Schluck.

Siggi stellte sein Glas ab.

„Im Dezember ist schon die erste Ausgabe herausgekommen. Eine Reichsmark fünfzig. ‚Das Auto' heißt sie …"

„Wie sinnig und phantasievoll", witzelte Reuber.

Siggi ließ sich nicht beirren. „Herausgeber ist Paul Pietsch …" Er sah erwartungsvoll in die Runde, erkannte aber nur unwissende Gesichter.

„Paul Pietsch ist Rennfahrer. Privatfahrer. Hat sich von seinem Erbe einen Bugatti gekauft und ist Rennen gefahren. Teufel noch mal, das will ich auch."

„Na ja, Siggi, …", begann Koch seinen Einwand, aber sein Assistent wollte nichts hören.

„Er hat seiner Mutter einfach gesagt, dass er Rennfahrer wird. Einfach so gesagt, dass er Rennfahrer werden will und hat sich ein Auto gekauft. Er ist mit Rosemeyer gefahren …" Siggi sprach immer schneller, verschluckte die Silben beinahe.

„Siggi!“ Koch hatte seine Stimme erhoben.

Mit einem Mal war es ruhig in dem Zimmer, nur das Knistern der Scheite in dem kleinen Ofen störte die Stille.

Nach Sekunden des Schweigens erhob sich Reuber. „Das war vor dem Krieg, Siggi. Das war eine andere Zeit. Sie haben sich entschlossen, Polizist zu werden. Und ich glaube, dass Sie ein guter Polizist werden. Und Sie haben einen verdammt guten Lehrer.“ Er sah kurz zu Koch herüber, der mit einer Handbewegung abwinkte. „Doch, doch, Koch, ich glaube, dass unserem Siggi nichts Besseres passieren konnte. Was meinen Sie, Bresson?“

„Ganz Ihrer Meinung, Reuber. Manchmal vielleicht zu ernst, der Mann, und zu verkniffen … nein, Entschuldigung, das war falsch, nicht zu verkniffen, moralisch zu rigide, würde ich sagen …“

Reuber nahm die Vorlage gerne auf. Er fürchtete, dass ihr Zusammentreffen zu ernst werden würde.

„Tja, wenn er jetzt zu seiner Dorle zieht, dann kehrt an dieser Stelle zumindest wieder Moral ein. Meiner Frau ist das auch ganz recht. Sie denkt ja jedes Mal, wenn ich ihr sage, dass ich Koch besuche, dass da eine andere Frau im Spiel ist. Oder Orgien. Und Sie, mein lieber Bresson, das kann ich Ihnen ja heute verraten, hält sie auch für keinen guten Umgang. Aber seitdem Koch seine Dorle kennt“, Reuber blickte die anderen nacheinander kurz an, „seitdem ist er nicht mehr ganz so rigide, so mit dem Kopf durch die Wand und so. Selbst mit Arnheim … Wenn ich da an die Streitereien vor einem Jahr denke … Wollen Sie eigentlich heiraten, Koch?“

„Können wir nicht über etwas anderes reden? Ich dachte, wir machen uns einen schönen Abend, trinken, essen, reden. Es fällt mir nicht leicht hier auszuziehen. Das wird natürlich nichts an unserer Freundschaft ändern. Wissen

Sie …?“ Koch hielt inne und sah zum Fenster herüber, bevor er mit ernster Stimme weitersprach. „Sie kennen ja meine Ansichten zu dem Umgang in diesem Land mit den Verbrechern, die bis vor zwei Jahren regiert haben. Es laufen noch viel zu viele davon frei rum und viele schämen sich nicht einmal für das, was sie getan haben. Sehen Sie sich doch nur bei der Polizei um! Obwohl man dort verhindern will, dass alte Nazis wieder ihren Dienst aufnehmen, und die Franzosen unterstützen das ja ausdrücklich, ist dieser Geist trotzdem noch massiv vorhanden. Und wenn ich nicht Menschen wie Sie, Reuber, Bresson und Siggi, getroffen hätte, ich glaube, ich wäre schon längst wieder nach Frankreich zurückgekehrt. Besonders Sie, Reuber, trotz Ihrer Spottfreude, ich würde es in der Direktion keinen Tag länger aushalten …“

„Na, na“, sagte der, dem so viel Lob offensichtlich unheimlich wurde, „vergessen Sie unseren Siggi nicht. Der hat schon Kopf und Kragen riskiert, seinen Kopf im wahrsten Sinne des Wortes.“

Bresson hatte wieder nachgeschenkt. Alle hoben ihre Gläser. Siggi stand schon nicht mehr so sicher. „Wir sind so was wie die Musketiere“, rief er aus. „Auf die Musketiere.“

Alle lachten und tranken.

„Und jetzt ab ans Essen!“, forderte Koch seine Besucher auf.

In den nächsten zwei Stunden saßen sie zusammen, unterhielten sich, aßen, tranken, Reubers Zigarettenrauchschwaden füllten den Raum und irgendwann spürten sie auch die feuchte Kälte nicht mehr, die sich trotz des ständig leise bollernden Ofens nicht vollends vertreiben ließ.

Kurz vor zweiundzwanzig Uhr gab Reuber das Signal zum Aufbruch. „So, ich muss los. Sonst kommt meine

Frau doch noch auf dumme Gedanken und glaubt mir nicht, dass ich bei Ihnen war. Und ich habe auch keine Lust, in eine französische Kontrolle zu geraten."

Siggi tat es ihm nach und stand auch auf. Beide leerten im Stehen ihre Gläser, wobei Siggi einen wenig trittsicheren Eindruck machte.

„Wollen Sie nicht hier auf dem Sofa übernachten?", fragte Koch seinen jungen Assistenten.

„Vielleicht ist ja bei Bresson noch ein Plätzchen frei?!", witzelte Reuber und grinste. „Ein warmes an der Seite einer seiner Mesdames. Wäre die Gelegenheit heute Nacht …"

„Reuber, verschrecken Sie unseren Siggi nicht. Wer weiß, was Bressons Damen …"

„Ich darf doch wohl bitten!", echauffierte der sich künstlich. „Alles sauber!"

Alle lachten, dann verabschiedeten sich Reuber und Siggi und verließen die Wohnung.

„Und wir beiden Schönen", sagte Bresson, „trinken doch noch einen? So zum Abschluss …"

Koch nickte ernst, während sein Nachbar aufstand und ihre Gläser füllte.

„Irgendwie scheinen Sie mir nicht so recht glücklich?" Bresson reichte Koch das Glas.

Der antwortete nicht sogleich. Schweigend tranken die Männer und starrten aneinander vorbei.

„Ich weiß nicht, ob ich für das Eheleben geboren bin", sagte Koch schließlich.

„Na, na, Koch, ich denke, Sie wollen nur zu Dorle ziehen und sie nicht gleich heiraten."

„Über kurz oder lang … So werden die Leute sich schon das Maul zerreißen. Ohne Trauschein zusammen … Und ihr Mann ist gerade mal vor einem halben Jahr für tot erklärt worden."

„Koch, der Moralapostel. Das steckt tiefer als man denkt. Manche verrohen durch den Krieg völlig, andere entdecken da erst ihre moralische Seite. Sie gehören eindeutig zur zweiten Kategorie. Karriere werden Sie so nicht machen." Er lachte und nahm einen tiefen Zug aus seinem Glas, dann stand er auf, füllte es auf und stellte anschließend die Flasche neben sich auf den Boden. „Sie lieben Dorle doch, oder?"

Koch ließ sich zwei, drei Sekunden Zeit mit der Antwort. „Ich denke schon."

„Überzeugung klingt anders."

„Doch, doch. Aber wie gesagt, Dorles Mann ist erst vor einem halben Jahr für tot erklärt worden …"

„Haben Sie da Zweifel …?"

Koch schüttelte den Kopf.

„Oder hat es mit Ihrer Frau in Frankreich zu tun …"

„Béatrice ist nicht meine Frau. Das ist schon lange aus. Abgehakt. Ende. Wir waren auch nie verheiratet." Koch sagte das heftiger, als er es vorgehabt hatte.

„Bien", beschwichtigte Bresson, „aber da ist auch Ihr Sohn. Irgendwann wollen Sie den wiedersehen. Und er Sie vielleicht auch …"

Koch seufzte und nippte an seinem Glas.

„Ich frage mich, ob ich für die Ehe oder überhaupt für das Zusammenleben mit einer Frau geeignet bin … Das hat nichts mit Dorle zu tun … Ich meine das ganz allgemein", er machte eine Pause, dachte nach, trank einen Schluck, bevor er fortfuhr, „ich will schon zu ihr ziehen, Dorle ist … sie ist schon eine … besondere Frau. Ich …" Wieder wollte er einen Schluck nehmen, agierte aber zu hastig und verschüttete einen Teil des Inhalts über seinen Pullover.

Bresson sah Kochs Versuchen, die Flüssigkeit mit einem Taschentuch aufzutupfen, ungerührt zu, dann griff er die Flasche neben sich und füllte, ohne zu fragen, das Glas seines Nachbarn, dem der Alkohol sichtlich zusetzte.

„Koch, Koch“, sagte Bresson schließlich und drückte seine kleine, runde Metallbrille, deren beide Bügel geklebt waren, nach oben. „Ich glaube, dass Ihr Impuls, wieder nach Frankreich zu gehen …“

Koch beugte sich etwas schwerfällig nach vorne, um zu protestieren, aber Bresson ließ ihn nicht zu Wort kommen.

„Nein, nein, nicht wegen Béatrice, sondern wegen der Zustände hier … Ich bin zwar der Meinung, und das habe ich Ihnen schon oft genug gesagt: Wer, wenn nicht Leute wie Sie, sollen für ein besseres Deutschland sorgen? Aber das müssen Sie schließlich selbst wissen. Aber …“, er trank wieder einen Schluck, „… zu glauben, dass es dort besser ist, halte ich für eine Illusion. Warten Sie es ab! Lesen Sie ab und zu die Zeitung? Frankreich ist schon wieder im Krieg … Indochina … ja, ja, die Kolonien, ich höre schon die Leute, dass das gar kein Krieg ist, aber …“ Bresson fuhr sich mit einer fahrigen Bewegung über den Kopf. „Sie müssen wissen, was Sie wollen, Sie müssen glücklich werden und … vielleicht geht Dorle ja mit Ihnen nach Frankreich … Und jetzt machen Sie verdammt noch mal Musik. So lange Sie noch hier sind, will ich das genießen. Wie heißt der Mann?“

„Louis Armstrong“, sagte Koch und hatte Mühe, sich aus seinem Sessel zu erheben, zu dem Grammophon zu gehen und die Nadel ohne Schaden auf die Rille zu setzen.

Bresson schenkte in der Zeit die Gläser wieder voll und prostete Koch zu, der sich in der Mitte des Raumes leicht zur Musik wiegte.

III

Endlich hat Koch den Mann vor sich, den er so lange gejagt hat. Er kniet auf dem staubigen Boden, hat ihm den Rücken zugewandt. Jetzt ist der Moment der Rache gekommen. Jetzt wird Glodkowski büßen für alle seine Untaten, für den Tod seines Vaters, für all die anderen Toten, die er auf dem Gewissen hat. Irgendwo in der Ferne heult ein Hund. Die Eisenstange in seiner Hand fühlt sich leicht an. So leicht, wie Koch sich fühlt. Er hat gedacht, dass es ihm schwerer fallen würde, diesen Mann umzubringen, wenn er ihn vor sich hätte. Aber er spürt, dass ihm der Schlag leicht von der Hand gehen wird. Glodkowski keucht noch, sein Atem geht schwer, die Verfolgung hat ihn mitgenommen. Seine Hände liegen ineinander gefaltet auf seinem Hinterkopf. Koch sieht sich noch einmal um. Kein Mensch zu sehen. Wie auch. Sie sind im Wald, auf einer kleinen Lichtung, es dämmert bereits, der nächste Ort ist weit weg. Niemand wird ihn belangen können, wenn dieses Schwein seine gerechte Strafe erhält. Er wundert sich, dass Glodkowski nichts sagt, keine Gegenwehr leistet. Er hebt die Eisenstange, zielt, schließt seine Finger noch fester um den Griff, spannt seine Muskeln an, hebt die Stange noch höher, bis er seine Arme zu voller Länge ausgestreckt hat, und lässt sie niedersausen. In dem Moment wendet ihm Glodkowski das Gesicht zu, ein zähes Drehen, gleichzeitig verlangsamt sich sein Schlag, alles ist mit einem Mal so unwirklich verzögert. Koch versucht mehr Wucht in seinen Schlag zu bekommen, aber es ist, als hindere ihn eine übermächtige Feder daran. Glodkowskis Gesicht wird sichtbar, während sich die Stange nur millimeterweise darauf niedersenkt. Koch drückt und mobilisiert alle seine Kräfte, Glodkowskis Profil … nein, das ist … er … sein Arm schnellt mit einem Mal vor, als habe die unsichtbare Feder ihn freigegeben, das Stahlrohr nimmt mit einem Mal Fahrt auf, das Gesicht ist ihm jetzt ganz zugewandt … nein … Koch will den Schlag stoppen, aber nun treibt ihn die unsichtbare Kraft … das Rohr hat fast den Kopf des Mannes vor ihm erreicht, zielt genau auf dessen Stirn, sein Mund verzieht sich zu einem Lächeln, Koch bringt alle Kräfte auf, um den Schlag zu stoppen, es geht nicht, warum … jeden Moment muss sein Schlag die Stirn zerschmettern, seine Stirn, sein Gesicht, ihn …

„Herr Koch!", hörte er eine Stimme, gedämpft, wie von weit her, durch einen Schleier, dann wieder einen Schlag. Er fuhr in seinem Bett hoch. Der Schlitz zwischen der Wand und der Decke vor dem Fenster ließ genug Licht in das Zimmer, dass er den Metallständer, an dem ein paar wenige Kleidungsstücke hingen, und die schmale, zerbrechliche Kommode erkennen konnte. Mit einem Stöhnen setzte Koch sich auf. Trotz der Kälte in dem Zimmer war er verschwitzt. Glodkowski! Warum wurde er dieses Schwein nicht los?

„Herr Koch!" Ein gedämpftes Klopfen folgte. „Sind Sie wach?"

Nun erkannte der Kommissar Siggis Stimme. Er griff nach seiner Uhr, die neben dem Bett lag. Kurz nach neun erst. Er hatte diesen Samstag frei genommen, um seine Sachen zu packen. Siggi sollte am frühen Nachmittag mit dem Wagen kommen, um sie zu Dorle zu transportieren.

„Ja", rief er gereizt mit dünner Stimme.

„Herr Koch!"

Er hatte kaum fünf Stunden geschlafen. Bresson mit seinem unerschöpflichen Vorrat an Branntwein. Geredet hatten sie noch lange. Über Politik, über Schuld und

Recht. Über die Liebe und die Ehe. Und die Moral. Erinnern konnte sich Koch nicht mehr an alles.

„Herr Koch! Machen Sie auf! Wir haben einen Fall!" Das klang fast erfreut.

Langsam quälte sich der Kommissar aus seinem Bett und fuhr sich mit beiden Händen durch die Haare. In seinem Kopf drehte es sich.

„Ja", antwortete er noch einmal. Wieder war er nicht sicher, dass Siggi ihn gehört hatte. Woher nahm der junge Bursche nur diesen Enthusiasmus?

„Herr Koch?!"

Er warf sich die Decke über die Schulter und stolperte zur Tür.

„Ja", rief er zum dritten Mal. „Ich komme ja schon", fügte er gereizt hinzu.

Dann hatte er die Tür erreicht und zog den dürren Metallriegel zurück.

Siggi sah ihn erschrocken an.

„Ja, Siggi, was ist?"

Auch der junge Kollege sah nicht gut aus. Er war von Natur aus ein blasser Typ, doch schien jetzt jegliche Farbe aus seinem Gesicht gewichen zu sein.

Er räusperte sich. „Ein Toter, Herr Koch. In Bingen."

„In Bingen? Das ist nicht unser Revier."

„Herr Arnheim hat gesagt, dass der Kollege dort nicht da ist …"

„Nicht da?", unterbrach ihn Koch. „Was heißt das, nicht da?" Er hatte seine Stimme erhoben und sogleich verstärkte sich der Schmerz in seinem Kopf.

„Ich …", antwortete Siggi eingeschüchtert, „ich weiß es nicht."

Wortlos drehte sich Koch um und ging zurück in die Wohnung.

„Kommen Sie rein. Wenn es Strom gibt, können Sie schon mal mit dem Tauchsieder Wasser heiß machen. Ich brauche zuerst einen Kaffee."

Er verschwand in seinem Schlafzimmer, um sich anzukleiden. Als Koch mit einem dunkelgrauen, abgetragenen Anzug bekleidet zurückkam, hielt Siggi ihm eine dampfende Tasse entgegen. Koch löffelte Ersatzkaffee in den Becher und rührte ihn um.

Die beiden Männer hatten bis dahin kein weiteres Wort mehr miteinander geredet. Auch jetzt verspürte Koch noch kein Bedürfnis dazu, und Siggi hatte in dem einen Jahr, seitdem er mit dem Kommissar arbeitete, gelernt, dass es Momente gab, in denen es besser war, zu schweigen und darauf zu warten, dass sein Vorgesetzter das Gespräch eröffnete.

Er umfasste den Becher mit beiden Händen, genoss für einige Sekunden die Wärme und nahm dann vorsichtig einen Schluck zu sich. Er verzog seinen Mund.

„Wann wird es endlich wieder anständigen Bohnenkaffee geben?!", zischte er vor sich hin, kaum verständlich für Siggi, und ging zu dem Tisch, auf dem noch die Flaschen des vergangenen Abends standen. Er hob sie nacheinander ins Licht, bis er in der dritten noch einen Rest Brand entdeckte, den er in seinen Kaffee schüttete.

Er sah zu Siggi herüber, der sogleich seinen Kopf schüttelte.

Nach dem nächsten Schluck fühlte Koch sich besser. Siggi stand vor dem Grammophon und besah sich die Hüllen der Schallplatten, die neben dem Abspielgerät lagen. Alles war noch so, wie am Abend zuvor.

„Da spielen ja auch Neger mit", stellte er erstaunt fest.

Koch sah zu seinem Assistenten. „Ja und, Siggi, warum denn nicht?"

„Ich meine nur, das ist doch …“

Koch überlegte, was er erwidern sollte, beließ es aber bei einem „Die Zeiten haben sich geändert!“ und trank den Rest seines Bechers leer.

„In Bingen, sagten Sie?“

Siggi schüttelte den Kopf. „Das habe ich ganz vergessen. Der Tote ist schon hier. In Mainz. Im Keller.“

Koch sah seinen Assistenten verwundert an.

„Wer hat ihn hergebracht?“

Siggi zuckte mit den Schultern.

„Ich bin heute Morgen ins Büro und da kam Arnheim und befahl mir, dass ich Sie abholen soll. Ein Toter, da könne er keine Rücksicht auf Ihren Urlaub nehmen. Der Tote ist in Bingen gefunden worden. Mehr hat er nicht gesagt. Und dass ich Sie holen soll.“

Koch dachte nach. Soviel er wusste, gab es in Bingen einen Kollegen, der für Mordfälle zuständig war. Warum sollte er sich darum kümmern?

„Hat Arnheim denn gesagt, wie der Mann umgebracht wurde?“

Auch diese Frage konnte Siggi nicht beantworten.

„Ich glaube, dass Reuber Sie gestern ein bisschen zu sehr gelobt hat, Siggi. Fragen Sie! Immer fragen! Egal, ob Arnheim oder jemand anderen. Je früher und je mehr Sie wissen, desto besser.“ Er machte eine Pause, betrachtete seinen leeren Becher und gab seinem Assistenten das Zeichen zum Aufbruch. An der Tür nahm er seinen Hut von der Ablage, zog den Mantel über und ließ Siggi an sich vorbei durch die Tür ins Treppenhaus. Dessen verstohlener Blick hinüber zu der Tür in Bressons Wohnung blieb ihm nicht verborgen.

Der kalte Windstoß, der Koch ins Gesicht traf, als er auf die Straße trat, schmerzte. Den gut viertelstündigen Fußweg zur Polizeidirektion in der alten Kunstgewerbeschule, wo man sie provisorisch untergebracht hatte, legten die beiden Männer schweigend zurück. Dabei versuchte Koch eine Erklärung dafür zu finden, dass Arnheim ihnen einen Fall übertrug, für den Kollegen aus der dreißig Kilometer entfernten Stadt zuständig waren.

Vom Foyer der Polizeidirektion, einem großen, quaderförmigen Bau, dessen vier Flügel einen Innenhof umschlossen, von denen zwei weitestgehend zerstört waren, wollte Koch sogleich die Treppe in den Keller nehmen, dorthin, wo derzeit die Leichen gelagert und obduziert wurden.

„Herr Arnheim hat gesagt, dass wir zuerst zu ihm kommen sollen", rief Siggi seinem Vorgesetzten nach, der sich nur kurz umschaute, „Später!" erwiderte und sogleich die Treppe hinabstieg. Siggi zögerte kurz und folgte ihm dann.

Zwei schwach leuchtende Birnen zeigten ihnen den Weg durch den langen und breiten Gang an, in dem es kälter war als draußen. Vom Ende des Gangs war ein lautstarkes Rumpeln zu hören, das sich an den unverputzten Betonwänden vielfach brach. Kurz darauf kam ihnen aus einem Seitengang ein Karren entgegen, der von einem gebückt gehenden Mann geschoben wurde.

„Tach!", grüßte der kurz, ohne die beiden Polizisten anzuschauen und ohne das Schieben zu unterbrechen.

Am Ende des Gangs öffnete Koch eine breite Tür. Außer einer Lampe spendeten mehrere Kerzen in dem weitläufigen Raum ein wenig Licht, in dem sich die Schemen mehrerer Metallgestelle und eines Holzschreibtischs abzeichneten. Die Szenerie wirkte gespenstisch.

„Was gibt's denn noch?", ertönte vom anderen Ende des Raumes eine dunkle Stimme.

Koch brauchte einen kurzen Moment, um den Sprecher zu orten, der über einem der Metallgestelle gebückt stand, über dem eine nackte Birne hing, und der trotz des Lichts fast mit der Wand hinter ihm verschmolz. Wortlos ging er zu dem Mann, der, bevor Koch ihn erreicht hatte, schnell ein Tuch über den Körper auf dem Tisch warf, um den Näherkommenden dann mit wachen Augen zu mustern. Er war mit einem Kittel bekleidet, aus dem der Pelzkragen eines Mantels ragte, und einer fellbesetzten Mütze, wie sie die Rotarmisten trugen.

„Paul Koch", stellte sich der Kommissar vor und lupfte seinen Hut ein klein wenig. Siggi war hinter ihn getreten. Seine Lippen zitterten. Koch sah zwischen dem zugedeckten Körper und dem Mann mit der Pelzkappe hin und her. Er war nicht groß, hatte sich einen fisseligen Vollbart wachsen lassen, und trotz des dämmrigen Lichts konnte Koch erkennen, dass seine breite Nase mit blauen und roten Äderchen durchzogen war.

„Koch? Paul Koch?", sagte der Mann und betrachtete den Kommissar unverhohlen aus seinen kleinen, in tiefen Höhlen liegenden Augen.

Der drückte seinen Rücken durch.

„Ja. Gibt es daran etwas auszusetzen?"

Langsam schüttelte der Mann seinen Kopf.

„Warum? Für den Namen können Sie nichts. Ist auch kein schlechter Name …"

„Aber …?"

Der Mann lachte kurz.

„Aber er hat nicht überall einen guten Klang."

Koch sah sein Gegenüber scharf an, aber das schien ihn nicht zu beeindrucken.

„Ihnen eilt ein bestimmter Ruf voraus."

„Ist eben so. Habe ich mir nicht ausgesucht."

„Ich mache Ihnen auch keinen Vorwurf. Aber es ist doch

spannend, den Mann kennen zu lernen, den einige Leute offenbar so sehr fürchten." Er machte eine kurze Pause, während er ein Tuch aus der Tasche seines Kittels zog und sich die Nase putzte. „Haben die was zu befürchten?" Die letzte Frage hatte er in einem fast obszönen Tonfall gestellt.

„Das wird sich zeigen", erwiderte Koch. „Ich habe Sie hier noch nie gesehen."

„Dr. Werner Malmann", stellte sich der Mann vor, „ich bin vertretungsweise als Gerichtsmediziner hier, bis der neue kommt."

Er besah sich den Inhalt seines Tuchs, verzog leicht angewidert den Mund, knüllte es zusammen und steckte es zurück in die Kitteltasche.

„Scheißwetter!", bemerkte er und sah zu Siggi, der mittlerweile am ganzen Körper zitterte.

„Ist das die Leiche aus Bingen?" Koch deutete auf den Körper unter dem Tuch.

„Ja!", antwortete der Arzt, und seine Stimme klang jetzt noch tiefer und dumpfer.

„Kann ich mal sehen?"

Der Mann zog seine Augenbrauen nach oben. „Wollen Sie das wirklich?"

„Ja. Oder gibt es ein Problem?"

Statt einer Antwort sah der Mann zu Siggi.

„Das muss er aushalten, wenn er ein guter Polizist werden will."

„Der hält ja kaum die Kälte aus. Aber wenn Sie meinen. Hat ja wahrscheinlich an der Front genug Mist gesehen. So jung, wie die eingezogen wurden."

Mit diesen Worten packte er das Tuch an einem Ende und zog es bis zu den Knien von der Leiche. Hinter sich vernahm Koch ein Würgen, dann zwei, drei schnelle Schritte.

„Hab ich mir gedacht." Es klang, als wäre Malmann enttäuscht gewesen, wenn Siggi anders reagiert hätte.

Koch unterdrückte ebenfalls einen Würgereiz. Aber weniger der Anblick an sich war das Schlimme. Vielmehr erinnerte ihn das, was er vor sich sah, an die Leichen, die er in Spanien gesehen hatte. Francos Truppen waren nicht zimperlich gewesen und hatten ihre Gefangenen oftmals erst lange und grausam gefoltert, bevor sie sie umbrachten.

Trotz des zerschmetterten Schädels erkannte Koch, dass dem Mann, der vor ihm lag, mit einem sauberen Schnitt die Kehle durchtrennt worden war. Doch das war noch nicht alles. Er musste sich zwingen, auch die andere Stelle genauer anzuschauen. Da, wo einmal die Genitalien gewesen waren, war nur noch blutiges Fleisch zu erkennen.

„Die Leiche wurde in einem Steinbruch gefunden. Ist mindestens zwanzig, dreißig Meter hinabgestürzt", erklärte Malmann und hustete.

„Da war er schon tot?"

Der Arzt nickte kaum merklich. „Ja. Vielleicht wollte sein Mörder sichergehen, dass er wirklich tot war, was aber unnötig war. Der Schnitt durch die Kehle ist sehr professionell ausgeführt worden. Sehr scharfes Messer. Da wusste jemand ganz genau, was er tat."

„Das können Sie trotz des zerschmetterten Schädels erkennen?"

„Ich hoffe, dass das nicht despektierlich gemeint ist?", fragte der Arzt zurück.

Statt einer Antwort sah Koch sich um. Siggi stand in sicherem Abstand, so, dass Kochs Körper den Blick auf den Leichnam verdeckte.

„Wahrscheinlich wird er im Sturz gegen überhängende Felsen gestoßen sein."

„Waren Sie vor Ort?"

Der Mann schüttelte seinen Kopf, dabei schlenkerte der Ohrschutz auf beiden Seiten seiner Mütze hin und her.

„Wer hat ihn gefunden?“ Koch deutete auf den Körper vor ihm.

„Kinder, soviel ich weiß. Sollten wahrscheinlich Steine organisieren. Die haben im nächsten Ort Bescheid gesagt. Und die Kollegen von der Ordnungspolizei haben die Leiche dann hierher gebracht.“

„Warum hierher?“

Malmann zuckte mit den Achseln. „Keine Ahnung. Ich schätze, dass die dort keine Unterbringungsmöglichkeit haben.“

„Bei der Kälte kann man eine Leiche im Moment doch überall lagern“, zweifelte Koch die Aussage des Arztes an.

Der lachte kurz und tief auf. Das Echo, das sich an den Wänden brach, klang gruselig. „Natürlich können Sie den auch auf der Straße oder im ungeheizten Büro lagern“, er betonte das letzte Wort süffisant, „aber wer will das schon sehen? Und so kalt ist es auch nicht mehr. Vor drei oder vier Wochen, da wäre das kein Problem gewesen.“

„Aber es gibt in Bingen einen Kriminaler?!“ Das war mehr eine Feststellung als eine Frage.

„Ja, eigentlich schon“, bestätigte Dr. Malmann. „Aber heutzutage …“, fügte er vieldeutig hinzu. „Sie wissen das doch besser!“ Er grinste Koch frech an.

Der ging nicht darauf ein. Er wusste das Verhalten des Arztes nicht einzuschätzen. Er forderte ihn mit einem Blick auf weiterzusprechen, aber der machte keine Anstalten dem zu folgen.

„Können Sie denn sagen, wann der Mann umgebracht wurde?“

Malmann wiegte seinen Kopf hin und her. „Ich schätze, dass das vorgestern war. Gestern haben ihn die Kinder gefunden. Gestern Abend wurde die Leiche dann hergebracht."

Koch nickte nachdenklich. „Und wer ist der Mann?"

Wieder ließ der Arzt sein tiefes Lachen hören. „Woher soll ich das wissen? Er hatte keine Papiere bei sich …"

„Und seine Kleidung?", unterbrach ihn Koch.

„Da hinten!" Er zeigte auf einen Tisch in der Nähe des Eingangs. Koch sah Siggi an. Der verstand und war froh, sich von der Leiche entfernen zu können.

„Können Sie das Alter schätzen?"

Malmann wiegte seinen Kopf kurz hin und her. „Um die fünfzig, würde ich sagen. Etwa einssiebzig groß, muskulös, ausgeprägter Bizeps, Schwielen, kein Anzeichen akuter Unterernährung. Verletzung am rechten Auge, leichte Ätzung."

„Arbeitsunfall?", hakte Koch nach.

„Könnte einer gewesen sein, ja. Dann könnten Sie in den Fabriken suchen, in denen mit entsprechenden Chemikalien gearbeitet wird. Aber wer weiß, ob der von hier ist. Kann aber auch sein, dass es eine Verletzung aus dem Großen Krieg ist. Westfront. Irgendwo bei einem Gasangriff passiert."

„Sie würden einen guten Kriminalpolizisten abgeben", bemerkte Koch. „Vielleicht können Sie mir auch sagen, warum der Kollege in Bingen den Fall nicht übernommen hat?"

„Danke für die Blumen, aber ich bleibe bei meinen Leisten." Er dachte kurz nach. „Offiziell munkelt man was von Krankheit. Ist bei diesem verflixten Wetter und der mangelhaften Ernährung auch kein Wunder. Und glaubhaft, oder?"

Wieder grinste er.

„Munkelt man?“, fragte Koch zurück.

„Tja, heutzutage kommen und gehen die Menschen, Schmidt ist plötzlich Müller. Und aus einem Müller wird Schulz. Nichts ist mehr, wie es war, würde ich sagen.“

Er sah Koch an. Der schwieg.

„Wenn ein Mann hier, ich meine, in Mainz, plötzlich nicht mehr auftauchen würde, Herr Koch, ohne Begründung, offizielle Begründung, was, meinen Sie, würden die Kollegen glauben?“

Koch nickte zum Zeichen, dass er verstanden hatte.

„Wie lange sind Sie noch hier?“, fragte er.

„Keine Ahnung, wann der Neue kommt.“

„Und Sie wollen nicht hier bleiben?“

Koch hatte den Eindruck, dass er mit Malmann gut zusammen arbeiten könnte.

„Zwischen Wollen und Können gibt es immer ein ‚und‘“, erklärte der Arzt. „Ich lasse Ihnen eine Nachricht zukommen, wenn ich noch etwas herausfinde.“ Damit wandte er sich der Leiche zu.

Koch ging zu Siggi, der die Kleidung des Toten mit spitzen Fingern zusammenlegte.

„Und Siggi, irgendeinen Hinweis auf die Identität des Toten?“

„Nein, Herr Koch, nichts. Kein Ausweis, kein Ring oder Kette, nichts.“

„Gut, dann lassen Sie uns diesen Höllenort verlassen.“

Das ließ sich Siggi nicht zweimal sagen und stieß die breite Tür zum Gang auf. Koch drehte sich noch einmal um. Malmann stand neben der Leiche und nahm einen Schluck aus einem Flachmann. Er bemerkte Kochs Blick und prostete ihm zu.

„Wer macht so was?“, fragte Siggi, während er neben Koch den langen Flur entlangschritt.

Koch schüttelte seinen Kopf. In dem dunklen Gang bekam Siggi das nicht mit.

„Menschen!“, antwortete er und ging schweigend weiter.

IV

„Sie sollten sich erst mal so richtig aufwärmen, Siggi, und trinken Sie was Heißes! Das beruhigt auch Ihren Magen wieder. Und schauen Sie in die Vermisstenkartei. Fünfzig Jahre, Ätzung unter dem rechten Auge, kräftig und muskulös, wahrscheinlich Arbeiter“, forderte Koch seinen Assistenten auf, bevor er zu dem Büro von Bernd Arnheim, dem Leiter der Kriminalpolizei, abbog.

„Sie sind spät! Herr Arnheim erwartet Sie schon längst“, begrüßte ihn dessen Sekretärin im Vorzimmer, in dem es nach Kaffee roch. Nach echtem. Koch musste sich auf die Zunge beißen, um nicht zu fragen, ob er eine Tasse haben könnte. Arnheim würde ihm nur eine anbieten, wenn er etwas von ihm wollte. Der Tonfall der Sekretärin verhieß ihm allerdings das Gegenteil.

Sie öffnete die Tür zu Arnheims Büro, rief kurz „Herr Koch“ hinein und trat zur Seite, um den Kommissar in das Zimmer zu lassen. Hinter ihm fiel die Tür ins Schloss.

Bernd Arnheim war ein ehemaliger Offizier der Marine, der das Schneidige pflegte und der stets äußerst akkurat auftrat, bei seinem Anzug angefangen bis zu seinem gezwirbelten Schnurrbart, der Koch an diesem Vormittag noch ausladender als sonst erschien.

Während Koch auf ihn zuging, las der Mann weiter in einem Dokument, das vor ihm auf dem dunklen Schreibtisch lag. Einen Meter vor dem Tisch blieb Koch stehen und räusperte sich. Arnheim überhörte das, nahm den Füllfederhalter, der auf einer hölzernen Schatulle lag, zog die Kappe ab und unterschrieb das Dokument, pustete kurz auf die feuchte Tinte und legte es dann zur Seite.

„Mein lieber Koch …“, begrüßte er den Kommissar, der dem Schauspiel ungerührt zugeschaut hatte. Er kannte solche Inszenierungen seines Vorgesetzten nur zu gut und ließ sich davon nicht mehr provozieren, „… ich warte schon auf Sie!"

„Herr Maus hat mich abgeholt. Ich hatte mir heute frei genommen. Sie wissen ja, der Umzug."

„Ach, Ihre Verlobte, ich erinnere mich. Wie geht es Frau Becker?"

„Danke, gut", antwortete Koch, der eine Korrektur unterließ und spürte, dass diese Worte nur das Vorspiel zu etwas anderem waren.

„Ich begrüße das sehr. Ich habe den Eindruck, dass die Dame einen guten Einfluss auf Sie hat. Das ist doch eine sehr positive Entwicklung, Koch."

Der schluckte seinen Ärger hinunter und wartete, dass Arnheim ihm einen Platz anbot, aber der schien nicht daran zu denken. Er blickte wieder auf das Papier vor ihm auf dem Schreibtisch, als wenn dort der Fortgang des Gesprächs und sein nächster Einsatz niedergeschrieben stünden.

„Ja, Koch", sagte er endlich, seinen Blick weiterhin auf dem Blatt Papier ruhen lassend, „der Tote in Bingen. Unschöne Sache. Gehen Sie nachher mal in den Keller und sehen Sie sich die Leiche an. Werden Sie in Ihrem Exil", er dehnte den Begriff so in die Länge, dass er etwas Gespreiztes bekam, „nicht gesehen haben. Sehen Sie sich also vor. Kein netter Anblick. Herr Maus sollte das besser nicht sehen. Zarte, junge Seele."

„Ich war schon unten bei Dr. Malmann und habe mir die Leiche angeschaut. Übrigens bin ich mit dem Anblick solcher Leichen aus meinem Exil, wie Sie das zu nennen pflegen, in Spanien nur zu gut vertraut und …", erwiderte Koch, doch bevor er weitersprechen konnte, hatte Arnheim seinen Kopf gehoben und blickte ihn zornig an.

„Ich hatte Herrn Maus die Anweisung gegeben, dass er Sie direkt zu mir führen soll. Schicken Sie mir den Herren mal her!"

„Herr Maus kann nichts dafür", entgegnete Koch. Er musste sich bemühen ruhig zu bleiben. „Er hat es mir mitgeteilt, aber ich habe es vorgezogen mir die Leiche anzuschauen, bevor ich zu Ihnen komme."

„Hört das denn nie auf, Koch? Sie missachten systematisch meine Anweisungen. Wo hat man Ihnen das beigebracht? Bei Ihren anarchistischen Freunden in Spanien? Koch, was denken Sie, warum die mit Pauken und Trompeten untergegangen sind?"

Koch biss sich auf die Lippe. Ihn ödeten diese Anspielungen und die Gespräche mit seinem Chef nur noch an.

„Haben Sie dazu nichts zu sagen?"

„Dem Mann wurden die Kehle durchgeschnitten und die Genitalien entfernt, bevor er den Felsen hinabgestürzt ist. Die Identität des Toten ist noch ungeklärt. Papiere hat er keine bei sich getragen. Durch den Sturz wurde sein Gesicht bis zur Unkenntlichkeit entstellt."

Arnheim schluckte.

„Warum, Koch, warum entlasse ich Sie nicht auf der Stelle aus dem Polizeidienst?"

Der ließ sich einen Moment Zeit mit der Antwort. „Wollen Sie das wirklich wissen, Herr Arnheim?", fragte er schließlich zurück.

Einen Moment lang sah es so aus, als wollte Arnheim seinem Kommissar direkt ins Gesicht springen, dann beruhigte er sich.

„Ich könnte mir vorstellen, Koch, dass es DPs waren, die den Mann umgebracht und so zugerichtet haben. Rache. Man kennt diese Russen ja."

Koch wunderte sich, dass Arnheim die Verstümmelung

des Körpers kalt zu lassen schien, zumindest wirkte das so.

„Entschuldigen Sie, Herr Arnheim“, korrigierte er seinen Vorgesetzten. „Unter anderem haben auch ehemalige jüdische Gefangene den Status von Displaced Persons …“

„Und wenn einer von denen einen ehemaligen Aufseher erkannt hat …“, griff Arnheim diese Erklärung auf.

„Dann sollten wir uns davor hüten, dass man uns vorwirft, den Tod dieses Mannes nicht genauestens untersucht zu haben.“

Reuber, und auch Arnheim, hatten wohl Recht. Die Bekanntschaft mit Dorle hatte ihn ruhiger und besonnener werden lassen. So ruhig, zumindest äußerlich, hätte er vor einem Jahr nicht argumentiert.

Auch sein Vorgesetzter schien an einer weiteren Eskalation nicht interessiert zu sein. „Da könnten Sie Recht haben, Koch. Ich gebe Ihnen eine Woche. Dann will ich ein Ergebnis.“ Er sah wieder auf eines der Dokumente, die vor ihm lagen. „Ich denke, dass Sie zunächst mit der Klärung der Identität des Toten beginnen sollten.“

„Ich werde mit Siggi, ich meine, Herrn Maus, zum Tatort fahren …“

„Ist das nötig, Koch? Geht das nicht auch von hier? Sie wissen doch, wie die Fahrzeuglage ist. Ich habe erst gestern Abend Meldung bekommen, dass derzeit nur ein Fahrzeug betriebsbereit ist. Für die anderen fehlen Ersatzteile, von der Benzinversorgung ganz zu schweigen. Und ich nehme nicht an, dass Sie mit dem Zug fahren wollen.“

„Wenn ich die Identität des Toten klären soll, geht das nur vor Ort …“

„Vorausgesetzt, mein lieber Koch, der Mann kommt auch aus der Gegend hier. In diesen Zeiten ist es nicht so unwahrscheinlich, dass er auf der Durchreise war.“

„Dennoch“, widersprach Koch, „sollten wir alle Möglichkeiten ausschöpfen. Wenn wir wissen, wer der Mann ist, finden wir vielleicht ein Motiv, und darüber den Mörder. Und die Verstümmelung zeigt auch, dass wir es nicht mit einem normalen Verbrechen zu tun haben."

Arnheim ließ sich Zeit mit der Antwort. „Gut, Koch", willigte er schließlich ein, „aber versprechen Sie mir, dass Sie das nötige Fingerspitzengefühl walten lassen. Die Fahrbereitschaft soll Ihnen den Wagen geben. Und bitte: Vorsicht damit. Es ist, wie gesagt, unser einziges Auto im Moment."

Damit wandte er sich wieder seinen Papieren zu.

„Entschuldigen Sie, Herr Arnheim", forderte Koch die Aufmerksamkeit seines Vorgesetzten noch einmal, „warum übernimmt den Fall nicht der Kollege von den Kriminalern in Bingen?"

Mit einem Ruck sah Arnheim von seinem Papier auf und fixierte Koch.

„Ich weiß manchmal nicht, Koch, ob Sie ein äußerst gewiefter Schauspieler oder naiv sind …?"

„Oder ehrlich?" Der Kommissar konnte sich die Bemerkung nicht verkneifen.

Arnheim ging nicht darauf ein. „Der Mann ist krank, eine Kriegsverletzung, die wieder ausgebrochen ist … oder wissen Sie mehr, Kollege Koch?" Er sah den Mann vor seinem Schreibtisch sehr nachdrücklich an.

„Leider nein", erwiderte Koch.

„Das ist wohl auch besser so. Und nun machen Sie, dass Sie nach Bingen kommen, sonst treffen Sie dort niemanden mehr an. Lassen Sie sich in meinem Vorzimmer die Adresse des Kollegen von der Ordnungspolizei vor Ort geben."

Koch verabschiedete sich, verließ das Büro, sah im Vorzimmer sehnsüchtig auf die dampfende Tasse Kaffee, die vor der Sekretärin stand, ließ sich den Namen des Kollegen der Ordnungspolizei, Hartmut Drescher, und die Adresse seines Reviers aufschreiben, und eilte in die Kantine, wo Siggi bei seinem Eintreten aufsprang und ihm einen Becher Ersatzkaffee besorgte.

Mit dem Geruch des Bohnenkaffees in der Nase fiel es ihm noch schwerer, diese Flüssigkeit zu trinken. Immerhin war sie heiß und die nächsten Stunden würden sie in der feuchtkalten Märzluft verbringen.

V

„Na, Siggi, ob wir dir das glauben sollen?“

Jörg, der Leiter der Fahrbereitschaft, lachte den jungen Mann frech an, während er seine Handschuhe auszog und auf den Kühler eines Opel P4 legte, dem ein Trittbrett und die Tür auf der rechten Seite fehlten.

„Herr Koch hat das mit Herrn Arnheim besprochen“, verteidigte der sich. Siggi war sehr bleich und ihm war nicht nach Scherzen zumute. Koch war am Tor der großen Halle der Fahrbereitschaft stehen geblieben.

Jörg sah kurz zu ihm herüber und Koch nickte beiläufig, bevor er zu dem kleinen Bollerofen ging, der für den großen Raum völlig unzureichend war.

„Dieter, bring mal den Schlüssel für den Adler Junior und sieh nach, ob der genug Treibstoff hat“, rief er durch die Halle. „Bingen, hast du gesagt?“, wandte er sich Siggi zu, der zustimmend nickte. „Macht dreißig Kilometer eine Richtung und zurück noch mal, also sechzig …“

„… und noch ein paar drauf“, ergänzte Siggi ernst. „Wir müssen noch zu dem Steinbruch.“

„Ob das mal stimmt, Siggi? Willste nicht einfach noch ein paar Kilometer schinden, mit dem schönen Adler, unserem derzeit besten Stück. Du weißt, spätestens um vier muss der Wagen wieder hier sein. Dann ist Feierabend.“ Er grinste. „Siggi, Siggi, mir graust es, wenn ich ihn dir in die Hände gebe.“

Nun war Siggi aufrichtig erbost. „Was soll das denn heißen? Ich bin der beste Fahrer im ganzen Haus!“

Jörg hob beschwichtigend die Hände. „Ist ja gut, Siggi, ich erinnere nur daran, wie du im letzten Jahr …“

Koch trat zu den beiden Männern und unterbrach den Disput. „Ich passe auf unseren jungen Nuvolari auf.“

Tazio Nuvolari war Siggis erklärter Lieblingsrennfahrer und sein Idol.

Aus dem Büro kam Dieter mit dem Schlüssel. Auch er konnte sich eine Bemerkung nicht verkneifen.

„Ich werde dann schon mal Ersatzteile besorgen", erklärte er lachend, während er sich umdrehte und zurückging.

„Auf, Siggi! Wir haben keine Zeit zu verlieren!", trieb Koch zur Eile an. Er hoffte, dass sie es rechtzeitig zurück schafften, damit er seine wenigen Sachen packen konnte, um sie dann mit Siggi am Abend bei Dorle vorbeizubringen.

„Ihr werdet euch noch wundern", erwiderte Siggi. Es sollte scherzhaft klingen, aber die Autofahrerei war sein wunder Punkt und der Kommissaranwärter da leicht zu verletzen. Er riss Dieter den Schlüssel aus der Hand und ging zu dem dunklen Adler, der in einer Ecke stand.

„Was hat er denn? Ist ja heute völlig humorlos", sagte Jörg so leise zu Koch, dass Siggi es nicht mitbekam.

„Ziemlich übel zugerichtete Leiche", erklärte der Kommissar. „War etwas viel für ihn."

Jörg nickte verständnisvoll, während Dieter Siggi hinterherrief „Gas ist rechts und die Bremse in der Mitte" und in ein Lachen verfiel, das kurz darauf von dem unrund knatternden Motor übertönt wurde.

Koch öffnete das Tor und verabschiedete sich mit einer knappen Geste von den Männern, die Siggi bei seinem Rangiermanöver feixend beobachteten. Am Tor hielt er an und Koch stieg zu.

„Lassen Sie sich nicht ärgern!", empfahl er seinem Assistenten, als sie den Hof verließen.

„Fahren Sie zuerst nach Gonsenheim, zu Dorle", wies Koch seinen Assistenten an, der nickte und mit gefühlvollem Gasgeben den noch kalten Motor am Laufen hielt, während er gleichzeitig mit seinem linken Unterarm die beschlagene Scheibe vor sich frei wischte.

Koch lehnte sich in den Sitz zurück. Der Spaziergang und die kalte Luft, dazu der Ersatzkaffee, hatten seinem Kater gut getan, er verspürte nur noch ein leichtes Stechen im Kopf.

„Vorsicht, Siggi!", schrie Koch plötzlich auf, als ein Hund vor ihnen auf die Straße sprang. Mit einem waghalsigen Manöver konnte Siggi ausweichen, dabei kam der Wagen jedoch ins Schleudern und schlug mit dem Hinterrad gegen einen großen Steinbrocken, der am Straßenrand lag.

„Verdammter Mist!", fluchte Siggi. Er öffnete die Tür und wollte aussteigen, um den Schaden zu begutachten.

„Fahren Sie weiter!", forderte ihn Koch auf. „Ich nehme das auf meine Kappe. Haben Sie eigentlich bei der Vermisstenstelle was rausgefunden?"

Siggi schüttelte den Kopf. „Nein, nichts, aber ich habe nur oberflächlich geschaut. Die Zeit war zu kurz. Ich werde das noch prüfen."

Koch nickte und lehnte sich wieder zurück. Er wischte sich ein Loch auf der Seitenscheibe frei und sah hinaus. Auf den ersten Blick hätte man glauben können, dass sich seit dem letzten Jahr nicht viel getan hatte, aber bei genauem Hinsehen fiel auf, dass die Straßen weitestgehend vom Schutt befreit waren, dass viele der einsturzgefährdeten Häuser entweder abgerissen oder soweit gesichert waren, dass sie keine unmittelbare Gefahr mehr für vorbeigehende Passanten darstellten. Er wagte aber nicht zu spekulieren, wie lange es dauern würde, bis seine Heimatstadt wieder so aussehen würde, wie er sie 1934 verlassen hatte.

An Dorles kleinem Haus am Ortsrand von Gonsenheim, einem Vorort von Mainz, gab er Siggi ein Zeichen im Wagen zu warten.

Vor dem schmalen Tor, hinter dem der Hof des Hauses seiner Freundin lag, blieb er einen Moment stehen und atmete durch. Er wusste, wie sehr sie sich auf diesen Tag gefreut hatte, den er nun durch die Verzögerung trüben würde.

Dann klopfte er gegen das Holz. Kurz darauf stand Dorle vor ihm, ihr dickes blondes Haar wie meist zu einem Zopf geflochten und mit einer Schürze über einem wollenen grauen Kleid bekleidet. Koch war immer wieder fasziniert, wie gut ihm diese Frau mit ihren nun fünfundvierzig Jahren gefiel, wie viel Jugendlichkeit sie sich trotz der Schicksalsschläge, die sie in den letzten Jahren erlebt hatte, bewahrt hatte und mit welchem Glanz ihre blauen Augen strahlten.

Sie lachte ihn an und kleine Fältchen bildeten sich um ihre Augen, gleichzeitig umfasste sie seinen Hals mit beiden Händen und zog den Mann, der einen Kopf größer als sie selbst war, zu sich herunter, um ihn zu küssen.

Dann ließ sie ihn los und trat einen Schritt zurück. „Wo ist Siggi?“, fragte sie. „Und wo sind deine Sachen?“

„Ein Toter in Bingen …“, weiter kam er nicht, weil Dorle ihn gleich unterbrach.

„In Bingen? Du bist Kommissar in Mainz. Das sollen die da selbst machen. Franzi kommt nachher mit Robby hierher. Sie hat extra einen Kuchen gebacken. Wir wollen deinen Einzug feiern.“

„Ich komme ja, nur etwas später. Arnheim hat mir den Fall übertragen, weil der Kollege in Bingen angeblich krank ist.“

„Angeblich?“, hakte Dorle nach, dann fiel ihr auf, dass sie noch immer auf der Straße in der Kälte standen.

„Komm doch rein und wärm dich auf!“, forderte sie ihn auf und lächelte, aber Koch machte eine abwehrende Geste.

„Je eher wir fahren, desto früher bin ich zurück. Und Siggi wartet …“

Dorle trat ein Stückchen zur Seite, sah an ihm vorbei zu dem Wagen und winkte. Sie konnte nicht erkennen, ob Siggi ihren Gruß erwiderte.

„Muss das denn sein?“, versuchte sie ihn noch einmal von der Fahrt nach Bingen abzuhalten, aber er nickte mit ernstem Gesicht.

„Na gut“, sagte sie und umfasste seine beiden Hände. „Dann beeil dich! Und Siggi bekommt natürlich auch ein Stück Kuchen.“

Koch spürte ihre Enttäuschung. Er ließ ihre Hände los und nahm sie in den Arm, drückte sie fest an sich und sog den Duft ihres Körpers ein. „Versprochen! Nachher bin ich da. Ich muss mir nur den Tatort ansehen und kurz mit dem Kollegen vor Ort sprechen.“

Mit einem flüchtigen Kuss verabschiedete Dorle ihren Freund und blieb in der Tür stehen, bis Koch ins Auto zu Siggi gestiegen war.

„Na, dann zeigen Sie mal, was Sie können!“, spornte er seinen Assistenten an. „Auf uns warten nachher Kaffee und Kuchen.“

Das ließ sich Siggi nicht zweimal sagen, setzte den Wagen in Bewegung und steuerte ihn sicher durch die schmalen Straßen des Ortes.

„Verdammt!“ Koch schrie so plötzlich auf und schlug mit der flachen Hand gegen die Türverkleidung, dass Siggi heftig erschrak.

„Was macht der denn draußen?“, fragte Koch, leiser nun und mehr zu sich selbst gesprochen.

Siggi folgte Kochs Blick und entdeckte jetzt den Grund für die Aufregung seines Chefs. Ein älterer Mann ging nahe an den Häusern entlang. Er war mit einem dunklen, langen Mantel bekleidet. Auf dem Kopf trug er einen schwarzen Hut. Trotzdem erkannte auch Siggi ihn sofort.

„Der ist doch im Knast", rief er aus.

„Dieses Schwein", zischte Koch, „da hat der wieder seine Beziehungen spielen lassen."

Vor einem Jahr hatte Koch Richard Neubert ins Gefängnis gebracht, mit Hilfe von Franzi, Dorles bester Freundin, und nicht ganz legal, aber verdient hatte der Mann es in seinen Augen allemal, zumal er aus seiner Sympathie für die ehemaligen braunen Machthaber auch nach deren Ende keinen Hehl gemacht hatte. Zudem war er Dorle gegenüber zudringlich geworden.

„Fahren Sie zurück, Siggi!", forderte Koch seinen Assistenten auf, der gleich den Rückwärtsgang einlegte und wendete, aber Neubert war schon verschwunden. Koch wollte zu gerne glauben, dass er eine Erscheinung gehabt hatte, aber er wusste, dass dem nicht so war.

Kurz überlegte er, noch einmal bei Dorle vorbeizufahren, beschloss aber, sie jetzt nicht unnötig aufzuregen.

Hinter der Stadtgrenze von Mainz waren nur noch wenige direkte Auswirkungen des Krieges zu sehen. Bombentrichter rechts und links der Straße blieben einzelne stumme Zeugen.

Siggi steuerte den Wagen konzentriert, überholte ab und an Menschen, die alleine, in Zweier- oder Dreiergruppen, einen Leiterwagen hinter sich herziehend, am Straßenrand gingen. Sie trugen Rucksäcke und Taschen und waren auf dem Weg zu den Bauern, um ihr Hab und Gut gegen etwas Essbares einzutauschen. Die schlechte

Ernte im letzten Jahr und die ausbleibenden Hilfslieferungen hatten die Lebenssituation der meisten Menschen in den vergangenen Wochen drastisch verschärft.

„Haben Sie sich Gedanken darüber gemacht, warum wir nach Bingen müssen?", wandte sich Koch nach einigen Minuten stummer Autofahrt an Siggi, der das Lenkrad mit beiden Händen fest umklammert hielt und seinen Blick nicht von der Straße ließ.

„Die Leiche …", antwortete Siggi, und Koch konnte sein Bemühen hören, sich das, was er in dem Keller gesehen hatte, nicht vorstellen zu müssen.

„Das meine ich nicht", erwiderte Koch. „Warum der Kollege von den Kriminalern vor Ort den Fall nicht übernimmt?"

„Herr Arnheim hat gesagt, dass der Kollege ausgefallen ist. Krank wahrscheinlich. Bei dem Wetter …"

Koch knurrte etwas Unverständliches.

„Bezweifeln Sie das? Ich meine, dass der Kollege krank ist?"

Koch kniff seine Lippen zusammen.

„Ich bin misstrauisch, Siggi. Krank werden kann jeder, ja, aber was glauben Sie, kann denn noch dahinterstecken?"

„Sie meinen …?", begann der Assistent nach ein paar Sekunden.

„Arnheim hat schon wieder so komisch reagiert. Anspielungen gemacht."

„Anspielungen?"

„Mensch, Siggi", wurde Koch mit einem Mal lauter. „Wie lange arbeiten Sie schon mit mir? Da müssten Sie doch wissen, was gespielt wird. Vielleicht sehe ich ja schon überall Nazi-Gespenster, aber wie viele Polizisten waren in die Verbrechen der Braunen verstrickt. Eine Menge, sage ich Ihnen. Aber das interessiert niemanden. Und wenn hier bei uns in Mainz was rauskommt, bin ich für Arnheim das Schwein, das die armen Kollegen verpfiffen hat. Der Denunziant. So läuft der Hase!“

Koch hatte sich wie so oft bei diesem Thema in Rage geredet. Siggi kannte das, dennoch ärgerte es ihn, dass sein Chef ihn für naiv hielt.

„Der Tote … haben Sie schon einen Verdacht, Herr Koch?“, versuchte Siggi das Thema zu wechseln.

„Woher denn?“ Er hatte sich noch nicht beruhigt. „Arnheim meint Displaced Persons. Die müssen für alles herhalten. Passt ja auch so gut. Und wenn: Jemand, der sich so brutal rächt, der muss schon eine Menge Wut und Hass in sich haben. Ist doch interessant zu erfahren, welche Verbrechen der Tote möglicherweise begangen hat.“

Siggi gähnte. Ihm steckte der vergangene Abend noch in den Knochen.

„Ach ja, Herr Koch“, warf Siggi plötzlich ein, „das habe ich ganz vergessen …“, begann er herumzudrucksen.

„Ja, Siggi!“, forderte Koch streng.

„Also, ich soll Ihnen sagen, dass … dass das Verfahren gegen Sie, also wegen Glodkowski, eingestellt ist. Eindeutig Notwehr. Das soll ich Ihnen sagen.“

Koch schüttelte irritiert den Kopf. „Hat Arnheim das gesagt?“

Ohne den Blick von der Straße zu nehmen, bestätigte Siggi mit einem kurzen „Ja“.

„Warum sagt er mir das nicht selbst?“

„Ist das nicht in Ordnung?“ Siggi klang unsicher. „Ich meine, es ist doch gut, dass Sie da kein … ich meine …“

„Ist gut, Siggi“, erwiderte Koch strenger, als er es vorhatte. „Wenn Arnheim Mumm hätte, würde er mir das ins Gesicht sagen.“

„Ist doch nicht schlimm“, versuchte Siggi zu widersprechen, „ich meine, das ist doch eine gute Nachricht.“

„Ja, ja“, sagte Koch kurz und machte deutlich, dass er nicht weiter darüber sprechen wollte.

In Ingelheim ließen beide Männer ihre Blicke nicht von der großen chemischen Fabrik Boehringer, die im Krieg nur wenige Schäden erlitten hatte. Ein kleines Stück hinter dem Ort kamen sie in eine französische Militärkontrolle. Zwei Soldaten standen am Straßenrand und bewachten einen alten Mann und einen Jungen, der nicht älter als zwölf oder dreizehn Jahre alt war. Neben ihnen stand ein Leiterwagen, auf dem zwei Säcke und zwei tote Hasen abgelegt waren. Koch musste unwillkürlich an die Tierleiber in dem Keller des Metzgers denken. Ob er sich da mit den Katzen und Hunden tatsächlich getäuscht hatte, wie Reuber meinte? Er war unsicher. Oder wollte sein Kollege den Metzger schützen? Auch wenn Reuber jemand war, der gewisse Dinge pragmatisch und unideologisch anging, so konnte Koch nicht glauben, dass er diesen Betrug gutheißen würde.

Der Alte und sein junger Begleiter suchten den Augenkontakt zu den beiden Männern in dem Auto. Vielleicht erhofften sie sich von ihnen Hilfe, vielleicht sahen sie in ihnen eine Ablenkung, um den französischen Soldaten zu entfliehen. Ihre Beute hatten sie auf jeden Fall verloren.

Koch streckte seinen Dienstausweis durch das Fenster.

„Bonjour, Messieurs“, grüßte er. Durch seinen jahrelangen Aufenthalt in Frankreich sprach er ein fast akzentfreies Französisch, mit einem südfranzösischen Einschlag.

Nach anfänglichem Zögern tauten die beiden Soldaten auf, ließen von ihrer strengen Haltung ab und winkten den Wagen bald durch. Der Mann und der Junge, die noch immer am Straßenrand standen, sahen dem Wagen enttäuscht nach.

In Bingen bot sich ihnen ein ähnliches Bild wie in Mainz. Auch diese Stadt, gegenüber dem Germania-Denkmal über Rüdesheim und am Zufluss der Nahe in den Rhein gelegen, war während des Krieges bombardiert worden und wies erhebliche Zerstörungen auf. Dreimal mussten sie Menschen am Straßenrand fragen, bis sie das Revier der Ordnungspolizei gefunden hatten. Das Haus, in dem die Polizeiwache untergebracht war, war von den Bomben verschont geblieben, lediglich die Fassade bröckelte an einigen Stellen. Der Eingang war mit einem Gitter verriegelt, die Tür verschlossen.

Ohne zu zögern, klopfte Koch gegen die Scheibe. Siggi stand auf der Straße und besah sich das Gebäude. Auch nach dem dritten Klopfen erschien niemand.

„Das Tor rechts ist offen", sagte Siggi.

Koch, dessen Laune sich angesichts der Möglichkeit, niemanden anzutreffen, verschlechterte, blickte in die angegebene Richtung. Der rechte Flügel eines großen Holztores stand etwa zwanzig Zentimeter weit auf. Er schob das Tor so weit vor, dass er mühelos hindurch schlüpfen konnte. Siggi folgte ihm. Aus dem Hof kam ihnen durch einen breiten Durchgang ein Mann entgegen, der an seiner Kleidung und der Armbinde als Ordnungspolizist zu erkennen war.

„Was wollen Sie?", herrschte er sie barsch an und blickte die beiden Mainzer Polizisten unverhohlen feindlich an.

Koch wartete, bis der Mann sie erreicht hatte. „Hartmut Drescher?", fragte er ungerührt.

„Wachtmeister Drescher!", erwiderte der scharf. „Wer hat Ihnen erlaubt hier reinzugehen?"

Statt einer Antwort zückte Koch seinen Polizeiausweis.

Der Ordnungspolizist warf einen kurzen Blick darauf.

„Das berechtigt Sie dennoch nicht hier einfach reinzugehen."

„Ich habe mehrmals vorne geklopft. Und ich komme nicht eigens aus Mainz, um unverrichteter Dinge wieder zu fahren. Wo waren Sie?"

„Ich war scheißen." Er zeigte hinter sich. „Das Plumpsklo ist im Hof. Muss auch mal sein. Warum sind Sie gekommen?"

„Der Tote im Steinbruch. Wir würden uns gerne den Fundort der Leiche anschauen."

Drescher sah über Kochs Schulter zu dessen Kollegen.

„Siggi Maus", sagte der.

Drescher reagierte nicht darauf.

„Was wollen Sie denn da?"

„Das habe ich gerade eben gesagt. Mir den Fundort der Leiche ansehen."

„Und warum? Was glauben Sie denn, was Sie dort sehen werden?"

Koch straffte seinen Körper.

„Das lassen Sie mal Sache der Kriminalpolizei sein. Ihr Kollege von der Kripo hier ist krank?"

Statt einer Antwort blickte Drescher seinen Besucher scharf an.

„Wie ist Ihr Name?", fragte er schließlich.

„Koch. Paul Koch", erwiderte der langsam.

„Koch. Soso. Sie sind doch der, der im Ausland war …"

„Das ist nicht die Antwort auf meine Frage", zischte Koch zurück. Er ermahnte sich ruhig zu bleiben.

Den Mann schien das nicht zu beeindrucken. „Und Sie wissen nicht, was mit Karlheinz passiert ist …"

„Karlheinz?"

„Karlheinz Eigenbrod." Er machte eine Pause. „Krank, sagen Sie. Soso. Sagt man das in Mainz?"

„Mir hat man das gesagt."

„Und Sie glauben das nicht? Was gibt es sonst für Möglichkeiten?"

Drescher stand breitbeinig vor Koch. Er sah muskulös aus und sein Blick ließ vermuten, dass er sich über seine Kräfte im Klaren war. Er blickte kurz zu Siggi, der leicht seitlich versetzt hinter Koch stand.

Koch spannte seine Muskeln an.

„Krankfeiern, kann man dazu sagen."

„Kalt." Drescher blickte den Kommissar aus Mainz weiterhin unverwandt an.

„Besserer Job?" Koch fand dieses Spiel albern.

„Wärmer."

„Dunkle Stellen in der Biographie?"

„Das ist schon ziemlich heiß."

„Parteimitglied."

Drescher nickte.

„Und mehr?"

Drescher nickte nochmals.

„Im Osten?"

Wieder nickte der Ordnungspolizist, ohne eine Miene zu verziehen.

„Finden Sie das in Ordnung?"

Jetzt schien Drescher tatsächlich zu überlegen.

„Eigentlich war Karlheinz ein kleines Licht. Sah im Osten seine Chance Karriere zu machen. Wäre sonst nie was geworden. Aber so …"

„Dann hat er es verdient", entgegnete Koch kalt. „Er lebt. Das können die, die ihm begegnet sind, nicht behaupten."

„Wissen Sie, Koch, das ist mir, um ehrlich zu sein, egal.

Aber erstens war der Mann auch privat ein Schwein und zweitens hätte er einfach sein Maul halten sollen. Hat viel zu oft rumgetönt, was für 'ne große Nummer er war. Und das Blöde ist: Er war es noch nicht mal. Dafür gehört ihm in den Arsch getreten und darum ist es mir egal. Dreck haben alle am Stecken. Da können Sie mir nichts erzählen. Und Befehl ist Befehl. Ich sehe das praktisch: Der Krieg ist vorbei, die Toten werden auch nicht mehr lebendig, wenn Sie Leuten wie Eigenbrod das Leben schwer machen!"

Koch unterdrückte den Impuls zur Widerrede und das Bedürfnis, diesen Mann, der jetzt die Staatsmacht repräsentierte, zurechtzuweisen. Wo sollte er da anfangen und wo aufhören, bei all den Beschwichtigern, denen er ständig begegnete, die ihm sagten, dass alles nicht so schlimm gewesen ist. Aber zumindest versuchte dieser Wachtmeister seine Einstellung nicht hinter irgendwelchen schönen Floskeln und Lügen zu verstecken.

„Vermissen Sie hier jemanden?"

Drescher blickte den Kommissar überrascht an.

„Der Tote. Vielleicht stammt er aus Bingen. Deshalb: Vermissen Sie hier jemanden?"

Drescher lachte kurz auf. „'ne ganze Menge Leute vermissen wir hier." Er wurde ernst, als er Kochs Gesicht sah, dem nicht nach Scherzen zumute war. „Nein. Bis jetzt ist noch niemand vermisst gemeldet."

Koch nickte. „Zeigen Sie uns die Stelle, wo der Tote gefunden wurde."

„Jetzt? Es ist Samstag, ich habe gleich Feierabend."

„Ja, jetzt. Wie gesagt, ich komme nicht extra aus Mainz, um unverrichteter Dinge wieder wegzufahren. Und einem Mörder ist Ihr Feierabend ziemlich gleichgültig."

Drescher überlegte einen Moment. „Fahren Sie hinter mir her!", sagte er schließlich mürrisch und ging durch die

Toreinfahrt in den Hof zurück, wo er in einem Schuppen auf der rückwärtigen Seite verschwand.

Kurz darauf schob er, mit einem Helm und einer braunen Lederjacke bekleidet, ein Motorrad durch die Tür, warf sie hinter sich zu, stellte sich auf die Fußrasten, hantierte am Vergaser und trat dann den Kickstarter durch. Beim dritten Versuch sprang der Motor an. Drescher setzte sich auf den Sattel, stellte den Kaltstarter ein und rollte im Standgas an den beiden Mainzer Polizisten vorbei durch die Toreinfahrt.

„Auf, los!“, rief er ihnen zu und drückte mit dem Vorderreifen das Tor auf.

Koch und Siggi eilten schnell zu ihrem Adler Junior. Nachdem Siggi den Motor gestartet und den Wagen gewendet hatte, war von Dreschers Maschine schon nichts mehr zu sehen.

„Da lang!“, befahl Koch und zeigte auf die Straße, auf der sie hergekommen waren. Immerhin hatte Drescher sein Tempo gedrosselt, so dass sie ihn nach kurzer Zeit eingeholt hatten. Die vielen Schlaglöcher und Steinhaufen auf der Straße zwangen Siggi zu ständigen Ausweichmanövern, die Koch in seinem Sitz hin und her fallen ließen.

Bald hatten sie die zerstörte Drususbrücke über die Nahe erreicht.

„Und jetzt?“, stöhnte Siggi auf, doch Drescher gab ihnen von seinem Motorrad ein Zeichen mit dem Arm, ihm nach links zu folgen. Sie fuhren an der Nahe entlang, bis sie ein Stück flussaufwärts eine Pontonverbindung zwischen den Ufern erreichten.

„Im Moment die einzige Verbindung über den Fluss. Warten Sie, bis ich drüben bin“, erklärte Drescher, als sie neben ihm hielten. Dann ließ er seine Maschine im Standgas auf die Pontonbrücke rollen. Siggi wartete mit laufendem Motor, bis die Maschine die glitschige Auffahrt an der anderen Uferseite erklommen hatte, dann fuhr er ebenso vorsichtig auf die Behelfsbrücke. Kurz bevor sie auf der anderen Seite angelangt waren, gab Siggi Gas. Schlingernd schaffte auch er die Auffahrt.

Drescher, der das Manöver beobachtet hatte, hob den Daumen, als Siggi mit dem Wagen auf ihn zurollte. Koch schwieg, auch während der nächsten Kilometer. Rechts hinter dem Bahndamm schoss der Rhein durch sein Bett. Wegen des seit zwei Wochen anhaltenden Tauwetters nach dem strengen Winter führte er viel Wasser. Auf der linken Seite erhoben sich die Felsen steil zu den bewaldeten Höhen des Hunsrücks. Der Himmel war noch so grau wie am Morgen.

Autos begegneten ihnen keine auf den nächsten Kilometern, nur hin und wieder mussten sie Fußgängern ausweichen. In dem kleinen Ort, durch den sie fuhren, waren keine Menschen auf der Straße. Dann drosselte Drescher das Tempo und deutete nach links, wo sie gleich darauf die nackten Wände des Steinbruchs erkannten.

Nachdem Siggi den Adler Junior von der Straße in die Zufahrt des Steinbruchs gesteuert hatte, musste er Schritttempo fahren, um den Steinen und Schlaglöchern auszuweichen. Wie eine riesige Wunde klaffte der nackte Fels vor ihnen aus dem Berg, auf seiner Krone ragten einige Bäume in den Himmel. Das diesig-kalte Wetter gab dem Ganzen einen unheimlichen Anstrich. Siggi fand Gefallen am Fahren auf dem losen Untergrund, so dass Koch froh war, als es nicht mehr weiterging und Drescher von dem Motorrad stieg und es aufbockte.

„Da hinten!“, sagte er, nachdem Koch und Siggi aus dem Adler gestiegen und neben ihn getreten waren, und zeigte auf eine Fahne, die im kalten Märzwind flatterte.

Koch hatte den Mantel bis zum Hals zugeknöpft und die Arme vor der Brust verschränkt. Ohne auf die beiden anderen Männer zu achten, eilte er zu der angezeigten Stelle, die unterhalb eines steilen, schroffen Felsüberhangs lag.

Tatsächlich konnte er hier noch Blutreste auf dem hellen Stein erkennen. Langsam ging er umher in der Hoffnung, eine Spur zu entdecken.

„Nichts", sagte er, als er sich nach wenigen Minuten neben Siggi stellte. Drescher beobachtete abseits stehend die Szene, dabei von einem Fuß auf den anderen wippend.

„Wir gehen da hoch! Ich will mir die Stelle anschauen, von wo der Mann hinabgestürzt ist."

Innerlich stöhnte Siggi auf.

Drescher grinste ihn an. „Da hinten müssen Sie lang, an dem Busch vorbei. Da sehen Sie dann den Weg. Ich bleibe hier. Ist nichts für mich, zu steil."

Ohne sich nach seinem Assistenten umzuschauen, marschierte Koch los. Der folgte ihm in einigen Metern Abstand und blickte noch einmal sehnsüchtig zu Drescher, der sich neben sein Motorrad hockte und begann, es vom Staub zu reinigen.

In einem großen Bogen erreichten die beiden Polizisten die Stelle, die genau oberhalb des Fundortes der Leiche liegen musste. Koch hatte sich von unten einen markanten Punkt gemerkt. Beide Männer standen einige Minuten schweigend nebeneinander und versuchten wieder zu Atem zu kommen. Koch schrieb seine mangelnde Ausdauer der schlechten Ernährung und seinem Alkoholexzess in der letzten Nacht zu.

Hier oben blies der kühle Wind noch heftiger als unten. Er sah zu Siggi herüber, dem es genauso erging. Dafür wurden sie mit einem Blick über den Rhein bis weit in den Taunus hinein belohnt. Unten strömte der Fluss in seinem breiten Bett, an vielen Stellen war er über die Ufer getreten. Sie konnten die Verladedocks und Bänder erkennen, über die die Steine zu den Rheinschiffen transportiert wurden. Die obersten Teile ragten noch aus dem Wasser. Jetzt waren die Anlagen verlassen, kein Schiff war weit und breit zu sehen. Irgendwo in der Ferne stieg eine Rauchsäule schräg in den Himmel.

„Da hinten", sagte Koch und zeigte nach Norden, „liegt der Loreleyfelsen."

Siggi sah angestrengt in die angezeigte Richtung.

Koch musste grinsen.

„Den können Sie von hier nicht sehen. Dafür macht der Rhein zu viele Windungen." Er erinnerte sich, wie er als junger Mann zusammen mit seinem Vater mit dem Fahrrad von Mainz zum Loreleyfelsen gefahren war. Rucksäcke mit Brot und Wasser auf dem Rücken und das Zelt auf dem Gepäckträger. Und wie stolz war er gewesen, als sie dort oben angelangt waren und gemeinsam das Loreleylied von Heinrich Heine gesungen hatten. Heine, dessen Name später nicht mehr erwähnt werden durfte und dessen Bücher verbrannt worden waren. Wie der Dichter war er nach Paris ins Exil gegangen, dachte Koch und verscheuchte diesen Gedanken schnell.

Langsam tastete er sich an den Rand des Felsens vor und schaute vorsichtig nach unten. Genau unter sich erkannte er die Fahne, die den Fundort der Leiche markierte.

Drescher saß noch immer neben seiner Maschine und schien am Motor zu werkeln.

Koch schätzte die Entfernung von dem Felsen bis zur Aufschlagstelle auf etwa dreißig Meter, eine Größe, die auch Dr. Malmann angegeben hatte. Er schob sich zurück und begann systematisch die Umgebung der Absturzstelle abzusuchen. Da es hier in den letzten Tagen nicht geregnet hatte, hoffte er, dass noch Spuren vorhanden waren. Den Wunden nach, die dem Opfer zugefügt worden waren, musste es viel Blut verloren haben. Er wies Siggi einen Bereich drei Meter rechts von der Absturzstelle zu, er selbst ging zunächst in gerader Linie von der Stelle weg bis hin zu einer kleinen Gruppe von Bäumen.

Die beiden Männer liefen schweigend in geraden Linien auf und ab, den Blick starr auf den Boden gerichtet, nur wenn sich ihre Wege kreuzten, sahen sie sich kurz an und schüttelten die Köpfe. Koch hatte seinen Hut tief ins Gesicht gezogen.

„Hier! Das muss Blut sein“, rief Siggi seinen Chef zu sich. Der eilte sofort zu seinem Assistenten.

„Lassen Sie mich mal schauen“, scheuchte er ihn zur Seite und beugte sich über die Stelle. Tatsächlich waren der Fels und der Boden an dieser Stelle dunkel verschmiert. Koch war sicher, dass es sich dabei um Blut handelte.

Dass die Kollegen vom Erkennungsdienst sich hier nicht umgesehen hatten, wunderte ihn nicht. Viel zu viel lag noch im Argen, auch bei der Polizei, und wahrscheinlich waren die Kollegen in Bingen froh gewesen, dass sie die Leiche möglichst schnell losgeworden waren, nachdem die Kinder sie hier entdeckt hatten. Koch fürchtete, dass Arnheim Recht behalten könnte und der Tote auf der Durchreise war und sie nicht herausbekämen, wer er war. Dann würden sie den Täter nie fassen.

Koch ging von dem Felsblock zu der Absturzstelle. Vereinzelte Blutspritzer deuteten darauf hin, dass der Täter den Mann wahrscheinlich hier entlang gezogen hatte. Ihn wunderte allerdings, dass er auf dem Weg nur so wenig Blut fand. Vielleicht hatte der Mörder eine Decke benutzt, auf der er den Toten bis zur Kante geschleift und dann hinabgestürzt hatte.

„Lassen Sie uns gehen!", sagte Koch schließlich. Er selbst lief vorneweg, Siggi folgte ihm. Nachdem sie die Hälfte des Weges nach unten zurückgelegt hatten, holte Siggi Koch ein.

„Wenn der Mörder …", begann Siggi zaghaft, war sich dann aber unsicher weiter zu sprechen.

„Ja, reden Sie!", forderte Koch ihn auf.

„Also. Das ist doch komisch. Wenn der Tote hier oben erst ermordet wurde, wie ist er überhaupt hier hergekommen?"

„Gut, Siggi, sehr gut", lobte Koch, ohne im Laufen innezuhalten. „Welche Erklärungen haben Sie dafür und welche davon halten Sie für wahrscheinlich?"

Einige Meter ging Siggi stumm hinter seinem Vorgesetzten her, stolperte über einen Stein, konnte den Sturz aber verhindern.

„Der Mörder hat ihn hier oben abgefangen", sagte er schließlich.

„Möglich", antwortete Koch. „Aber halten Sie das für wahrscheinlich?"

Wieder dachte Siggi einen Moment nach, bevor er antwortete. „Eher nicht", sagte er, aber er klang unsicher.

„Warum? Was wollte der Tote denn hier oben? Und woher wusste sein Mörder, dass er ihn hier treffen würde?"

„Er könnte ihm gefolgt sein." Siggi war stolz, dass ihm so schnell eine Antwort eingefallen war.

„Gut, Siggi, aber was wollte der Tote hier oben? Welchen Grund könnte er gehabt haben, hierher zu kommen?"

Siggi fiel nichts ein.

„Machen Sie weiter!", forderte Koch. „Wenn der Mörder ihm nicht gefolgt ist, welche Möglichkeit gibt es dann noch?"

Siggi dachte nach.

„Na, kommen Sie, ist doch nicht so schwer", spornte Koch seinen Assistenten an.

„Der Mörder hat ihn hier hochgelockt."

„Sehen Sie, Siggi, es geht doch. Was folgern Sie daraus?"

„Dass die Männer sich kannten?"

„Möglich. Aber wer sagt Ihnen denn, dass der Mörder ein Mann ist?"

Siggi fühlte sich ertappt und wurde trotz der Kälte ein wenig rot.

„Ja, stimmt …", sagte er kleinlaut.

„Weiter!"

„Die beiden kannten sich, wenn er hier hochgelockt wurde."

„Möglich. Zumindest müssen sie in irgendeiner Form Kontakt miteinander aufgenommen haben. Aber warum hier? Kannten sich die beiden doch besser und das Opfer glaubte, nichts von seinem späteren Mörder befürchten zu müssen? Oder waren sie Geschäftspartner, die nicht wollten, dass man sie zusammen sah? Oder ging es um Erpressung?"

„Uijuijui", sagte Siggi und stieß einen kurzen Pfiff aus. „Das sind viele Fragen und viele Möglichkeiten."

„Das ist unser Beruf!", erwiderte Koch barsch. „Also, weiter! Andere Möglichkeiten!"

Sie hatten inzwischen fast die Talsohle erreicht. Ihr Wagen stand nicht weit entfernt.

„Mir fällt nichts mehr ein …", antwortete Siggi. Er klang unkonzentriert und starrte auf den Wagen.

„Vielleicht hat sein Mörder ihn hochgetragen oder sonst wie hochtransportiert", begann Koch. „Der Mann war schon ohnmächtig oder gefesselt."

„Einen Menschen den ganzen weiten Weg tragen?“, fragte Siggi.

„Das würde darauf schließen lassen, dass der Täter sehr stark war.“

„Wenn wir bloß wüssten, wer der Tote ist …“, erwiderte Siggi resigniert.

„Da haben Sie Recht, Siggi. Wenn wir das wissen, sind wir ein ganzes Stück weiter.“

Sie hatten Drescher fast erreicht, der sie nun bemerkte und sich umdrehte. Er hatte sich eine einfache Keramikpfeife gestopft, an der er zog. Das Tuch, mit dem er die Maschine gereinigt hatte, stopfte er unter den Sattel.

„Verdammt kalt hier“, fluchte er. „Wollte schon fahren.“

„Wir sind ja jetzt da.“

„War es wenigstens erfolgreich?“

Koch zuckte mit den Schultern und ging zu dem Adler.

„Bis Bingen fahre ich Ihnen voraus“, erklärte Drescher, während er seinen Helm aufsetzte, „dann gebe ich Ihnen ein Zeichen.“

Siggi setzte sich neben Koch und zündete den Motor.

Wie im Hof des Reviers benötigte Drescher drei Startversuche, bevor seine Maschine ansprang und er sie langsam über den steinigen Pfad Richtung Straße steuerte. Siggi folgte ihm mit einigen Metern Abstand.

„Verdammt!“, schrie er plötzlich auf und riss das Lenkrad herum. Aber es war zu spät. Er hatte ein tiefes Schlagloch, das von einem niedergefallenen Ast verdeckt war, übersehen. Jetzt steckte der Wagen mit dem rechten Vorderrad fest. Drescher hatte schon die Straße erreicht, da erst bemerkte er, dass die anderen nicht mehr hinter ihm waren.

Siggi fluchte und war untröstlich. Er sah sich schon

mit einem jahrelangen Fahrverbot konfrontiert. Er sprang aus dem Wagen und begutachtete den Schaden. Koch ließ sich mehr Zeit. Er ahnte schon, dass sie den Kaffee und den Kuchen bei Dorle vergessen konnten.

Er stellte sich hinter Siggi. „Und?", fragte er.

„Ich habe das Loch nicht gesehen", entgegnete der. „Dieser blöde Ast."

„Der Schaden, Siggi, ist was beschädigt?"

„Der Reifen ist platt", sagte er, legte sich auf den Boden und schob seinen Kopf, so weit das ging, unter den Wagen.

Drescher stellte sein Motorrad neben dem Auto ab und fuhr mit der flachen Hand über den platten Reifen. Dann entriegelte er die Motorhaube und unterzog den Kühler einer Prüfung.

„Und?", fragte Koch, nachdem die beiden Männer weitere fünf Minuten mit der Inspektion zugebracht hatten.

Siggi schob seinen Körper unter dem Auto hervor, Drescher stellte sich neben ihn.

„Der Reifen ist geplatzt", sagte er, „ansonsten scheint aber alles in Ordnung zu sein."

Koch sah Siggi an. Der nickte. „Die Stoßstange ist verzogen, aber nicht schlimm."

„Und jetzt?"

„Ich fahre zum Revier", sagte Drescher. „Ich habe noch ein Stück Gummi und Kleber. Vielleicht kriegen wir das damit hin."

„Und eine Pumpe", ergänzte Siggi.

„Natürlich, junger Mann", entgegnete Drescher ironisch. „Aber eine Handpumpe. Nur für Sie!"

Ohne ein weiteres Wort schwang er sich auf sein Motorrad und war rasch aus dem Sichtfeld der beiden Mainzer Polizisten verschwunden. Eine Zeit lang hallte das

Knattern des Motors noch zwischen den Felswänden wider, dann war nur noch das Pfeifen des Windes, der sich an den Felswänden brach, zu hören.

Koch nutzte die Zeit und ging zu der Einfahrt des Steinbruchs, in der Hoffnung, Spuren zu finden, während Siggi sich am Wagen zu schaffen machte.

Eine knappe Stunde später hörten sie das ihnen schon bekannte Motorengeräusch, das schnell lauter wurde. Bald stand Drescher neben ihnen. Auf den Gepäckträger seines Motorrades hatte er eine Kiste geschnallt, aus der die Handpumpe herausragte.

Nachdem er das Werkzeug neben das Auto gelegt hatte, setzte sich Siggi hinters Steuer, während die beiden älteren Männer von vorne drückten, um es aus dem Loch zu schieben. Nach mehreren Versuchen, bei denen die durchdrehenden Reifen Staub und kleine Steinchen aufwirbelten, hatten sie es geschafft.

Durch die Anstrengung war ihnen warm geworden.

Koch sah zu, wie Drescher und Siggi mit provisorischem Werkzeug das Rad abmontierten, den Mantel abzogen, den Schlauch inspizierten, die schadhafte Stelle markierten und dann mit einem alten Stück Gummi reparierten. Das Aufpumpen überließ Drescher dem jungen Mann, der dabei so gehörig ins Schwitzen geriet, dass Koch Mitleid bekam und ihn ablöste.

Als sie das Rad wieder montiert hatten, begann es bereits zu dämmern.

Siggi machte eine kurze Probefahrt, dann stieg Koch auf den Beifahrersitz und sie folgten Drescher über die Pontonbrücke nach Bingen.

Beim Abschied vor seinem Revier lud der Kollege sie auf eine Tasse Tee ein, um sich vor der Rückfahrt aufzuwärmen.

„Tee?“, fragte Koch.

Drescher lachte. „Was man so Tee nennt. Kräuter aus dem Wald. Meine Schwester ist das, was man eine Kräuterhexe nennt. Früher hat man sie belächelt, jetzt kommen die Leute zu ihr und fragen, was alles essbar ist.“

Er führte seine beiden Gäste in das Büro seines Reviers, das aus einem Metallschrank und einem Holzschreibtisch sowie einem kleinen Bollerofen bestand, den er anfeuerte.

Auf einem Holzbock stand ein schwarzes Telefon.

„Sie sind ja richtig modern ausgestattet“, stellte Koch fest.

„Manchmal funktioniert es sogar. Ist wie beim Glückspiel.“

Nachdem sie den herben Tee getrunken hatten, verabschiedeten sie sich von Drescher. Siggi fuhr sehr langsam, da er fürchtete, dass die geflickte Stelle einer zu großen Belastung nicht standhalten würde. Koch vermutete, dass sein Kollege den Moment, wenn er Jörg und seinen Männern in der Fahrbereitschaft alle Schäden, die der Wagen an diesem Tag erlitten hatte, melden musste, hinauszögern wollte. Wochenlanger Spott war ihm mindestens sicher. In der Dunkelheit kamen sie nur langsam voran. Das schwache Licht der Scheinwerfer verlor sich nach nur wenigen Metern.

Gegen neun Uhr setzte Siggi seinen Vorgesetzten vor dessen Haustür ab. Siggi würde das Auto vor der Fahrbereitschaft abstellen. Immerhin würde ihn Jörgs Donnerwetter erst am Montag treffen.

Koch überlegte, ob er sich so spät noch auf den Weg zu Dorle machen sollte, die sicher verärgert war, dass er nicht wie versprochen am Nachmittag zu Kaffee und Kuchen gekommen war. Er war müde und verschwitzt und wollte sich nur einen Moment im Sessel ausruhen, bevor er sich auf den Weg machte. Doch bevor er sich aufraffen konnte, war er schon eingeschlafen.

VI

Nachdem Paul gegangen war, verriegelte Dorle das Tor. Das hatte sie früher nie gemacht, immerhin kannte sie die meisten Menschen im Ort von Kindheit an. Und auch die warnenden Worte von Nachbarn und Freunden, dass in diesen wirren Nachkriegstagen viele Entwurzelte durchs Land zögen und in fremde Häuser eindrangen und stahlen, hatten sie nicht verunsichert. Doch nachdem sie vor ein paar Tagen den Eindruck gehabt hatte, dass jemand in ihrem Haus gewesen war, hatte sie es sich anders überlegt und verschloss seitdem sogar während des Tages ihr Tor. Es war gar nichts Konkretes, keine offensichtliche Spur oder dass etwas fehlte, mehr ein Gefühl und die Tatsache, dass der rechte Flügel des niedrigen Einlasses, der in den alten Gewölbekeller führte, ein klein wenig offen gestanden hatte. In der kalten Jahreszeit verschloss sie diese Tür so lange sie schon in dem Haus lebte.

Dorle blieb noch einige Minuten im Hof stehen. Sie hatte sich auf den Nachmittag mit Paul gefreut, wenn der Umzug geschafft und er aus der kalten, zugigen Wohnung in der Zahlbach endlich ausgezogen war. Sie mochte Bresson, seinen Nachbarn, aber da war zum einen der Umstand, dass Bresson pornographische Filme und Photos herstellte, die er verkaufte und eintauschte. Sie fand, dass dies kein guter Umgang für einen Polizisten, zumal einen Kriminalkommissar, war. Zum anderen besaß Bresson einen scheinbar unerschöpflichen Vorrat an stark alkoholischen Getränken, und sie hatte schon einige Male mitbekommen, dass ihr Paul bei seinem Nachbarn aufs Übelste versackt war. Auch vorhin, als er vor ihr gestanden hatte, waren ihr sein müdes Gesicht und die Ringe unter seinen Augen nicht entgangen.

Sie hatte alles so schön vorbereitet. Franzi wollte einen Kuchen backen, Robby, ihr amerikanischer Freund, hatte versprochen echten Bohnenkaffee mitzubringen und dazu noch eine Flasche Sekt. Nun hoffte sie, dass Paul nicht lange wegbleiben würde. Sie wusste natürlich auch, dass ein Kommissar nicht einfach sagen konnte, dass er heute nicht könne. Zudem hatte es Paul als ehemaliger Exilant nicht einfach, und froh musste in dieser Zeit jeder sein, der eine Arbeit hatte, und dazu noch eine vergleichsweise gut bezahlte wie Paul.

Sie selbst hatte im letzten Jahr bei einem französischen Offizier in der Küche gearbeitet, aber nachdem der aus Mainz abberufen worden war und sein Nachfolger ausschließlich französisches Personal in seinem Haushalt beschäftigen wollte, war sie die Arbeit los, die sie von ihrem Kummer nach dem Freitod ihres Sohnes abgelenkt hatte. Zudem hatten Zuwendungen in Naturalien durch die Hausherrin sie in dieser Zeit nicht hungern lassen.

Dorle war nur mit einer Bluse bekleidet nach draußen gelaufen und der kühle Spätwinterwind ließ sie frösteln. Sie riss sich aus ihren Gedanken und ging auf die Haustür zu, überlegte es sich anders und öffnete einen der beiden niedrigen Flügel zu dem Abgang in den Keller. Seit Rolfs Beerdigung war sie nur dort unten gewesen, um zu beten und Zwiesprache mit ihrem Sohn zu halten, der sich hier erhängt hatte, gerade mal zweiundzwanzig Jahre alt. Er war schwer verwundet aus dem Krieg heimgekehrt, das rechte Bein musste ihm amputiert werden, und als er die Schmerzen nicht mehr ausgehalten und keinen Sinn mehr in seinem Leben gesehen hatte, hatte er sich umgebracht. Dorle machte sich auch heute noch, ein Jahr später, Vorwürfe, dass sie ihn an jenem Abend alleine gelassen hatte. Dabei war sie unterwegs gewesen, um Medikamente und Schmerzmittel für ihn zu besorgen. Sie hätte wissen müssen, dass es für ihn an dem Abend besonders schlimm werden würde. Sie war trotzdem gegangen und hatte Rolf bei ihrer Heimkehr unten im Keller gefunden. Mehrere Wochen hatte sie ihn dort aufgebahrt, weil sie sich nicht traute, seinen Tod zu melden; dank des sehr kalten Winters war die Leiche des jungen Mannes nicht von der Verwesung angegriffen worden. Die Kiste, auf der sie ihn gebettet hatte, hatte sie zu einem Altar umfunktioniert. Ein Bild von Rolf in seiner Wehrmachtsuniform, stolz und mit einem Lächeln auf den Lippen, in einem schmalen, goldenen Rahmen, hatte sie aufgestellt, und Kerzen, wann immer sie welche organisieren konnte, darum drapiert. Hier unten sprach sie mit ihrem Sohn und konnte ihr schlechtes Gewissen erleichtern, auch wegen anderer schrecklicher Dinge, die sie erlebt und zu verantworten hatte und die sie Paul nicht erzählen konnte. Hier unten hatte sie auch im letzten Herbst gesessen, als sie sich unsicher war, ob sie sich auf ein Verhältnis mit Paul einlassen durfte. Ihr Ehemann Hans-Joachim war da schon zwei Jahre in Russland vermisst, sie war ohne Nachricht, außer der eines vermeintlichen Kameraden, von dem sie aber nicht wusste, ob sie seinen Aussagen Glauben schenken durfte. Aber schon als er ins Feld gezogen war, für Führer und Vaterland, war ihre Ehe keine mehr gewesen. Sie aber hätte diese Verbindung niemals gelöst. Im Herbst kam dann die Nachricht, dass Hans-Joachim im Gefangenenlager verstorben sei. Lange besprach sie da mit Rolf und mit ihrem Herrgott, ob es rechtens sei, so bald schon einen neuen Mann zu nehmen. Und nach vielen Stunden und Nächten hier unten war sie zu der Überzeugung gelangt, dass sie das durfte. Sie war erst fünfundvierzig Jahre alt, noch immer eine attraktive Frau, auch wenn das Leid der letzten Jahre so manche Falte in ihr Gesicht gezogen hatte, und sie wollte die nächsten zwanzig oder dreißig Jahre nicht alleine sein. Und Paul war so anders als Hans-Joachim, auch wenn sie ihn nicht immer verstand, besonders seinen Hass auf die Nazis. Die hatte sie auch nicht gemocht, aber was hätte sie machen sollen. Sie musste überleben, hatte einen Sohn und einen Mann gehabt, da konnte sie sich über so einige Dinge nicht zu viele Gedanken machen.

Sie war sich gar nicht sicher, ob Paul ein Mann zum Heiraten war. Aber das Schicksal gab ihr die Möglichkeit für einen Neuanfang, mit allen Risiken. Das wollte sie sich trauen. Und dann war da Franzi, ihre Freundin schon aus Schulzeiten, die sie nie im Stich gelassen hatte, auch wenn es ihr noch so schlecht ergangen war. Die hatte ihren Norbert schon vor dem Krieg verloren. Und die wagte einen noch viel mutigeren Neuanfang: Ihr Freund Robby war ein schwarzer Unteroffizier der amerikanischen Armee, den sie im vorletzten Jahr kennen gelernt hatte, in der kurzen Spanne, in der Mainz von den Amerikanern besetzt war, bevor die Stadt den Franzosen übergeben worden war.

Mehr als eine Stunde hockte Dorle auf dem Kellerboden, unempfindlich für die Kälte und die Härte des Steins, schaute abwechselnd auf Rolfs Bild und die beiden Kerzen, fing mehrmals an zu weinen und fühlte sich schließlich besser. Nach einem letzten langen Blick auf Rolfs Bild erhob sie sich und stieg die Treppe nach oben, wo es mittlerweile wärmer als unten war, und schloss die Kellertür.

In der Küche begann sie mit den Vorbereitungen für ihren Besuch und hoffte, dass Paul es rechtzeitig aus Bingen zurückschaffen würde.

„Dorle!“

Sie sah von dem Tisch auf, den sie gerade fertig gedeckt hatte.

„Dorle! Wir sind da!“

Das war Franzi! Seit sie mit Robby zusammen war, sprühte sie noch mehr vor Lebensfreude.

Dorle zog ihre Schürze aus, warf sie auf die Couch, die vor dem Fenster in der Küche stand, und schob sich mit beiden Händen die Haare aus der Stirn, bevor sie über den kleinen Hof lief.

„Dorle!“, wiederholte ihre Freundin den Ruf.

Kaum hatte die das kleine Tor geöffnet, fiel Franzi ihr um den Hals, drückte sie, um dann flink zur Seite zu treten und mit einem „Tara!“ auf den Mann neben ihr zu zeigen.

„Darf ich vorstellen? Mister Robert Brass!“

Der große Mann lüpfte seine Schiebermütze, unter der kurze schwarze Locken zum Vorschein kamen.

„Pleased to meet you, Mrs. Dorle!“, begrüßte er die Gastgeberin, zeigte ein breites und offenes Lachen und reichte Dorle die Hand.

Sie erwiderte sein Lächeln, atmete kurz wegen des heftigen Händedrucks durch und bat ihre Gäste nach drinnen.

„One moment, please!“, bat Robby und ging zu dem dunklen Ford, der am Straßenrand stand, öffnete die rechte Fondtür und nahm eine kleine Kiste von der Rückbank. Er trug sie ins Haus, stellte sie auf den Tisch und entnahm ihr einen Kuchen und zwei Flaschen Sekt.

„Echter Sekt! Franzi, das ist ja wie vor dem Krieg …“

Die Freundin lachte. „Na, da übertreibst du ein bisschen. Vor dem Krieg konnten wir uns Sekt kaum leisten.“

„Don’t argue! We wanna have a party“, unterbrach Robby sie und begann die erste Flasche zu entkorken.

Dorle ging zu der Anrichte neben dem Herd, entnahm ihr vier Gläser und stellte sie auf den Tisch, genau in dem Moment knallte der Korken aus der Flasche.

Franzi stieß einen spitzen Schrei aus, Robby lachte und Dorle zuckte zusammen. Sie sah zu der alten Standuhr herüber. Fast halb drei. Ob Paul bald kommen würde?

Robby begann die Gläser zu füllen, beim vierten rief Dorle: „Stopp!"

Überrascht sah der GI auf. Jetzt erst schien ihm das Fehlen des angekündigten Mannes aufzufallen.

„Where's …?" Er blickte fragend zu Franzi.

„Paul …", half die ihm.

„Yes, where's Paul?", sagte er zu Dorle gewandt.

„He … has a job", radebrechte sie.

"He's a cop, ye?", fragte Robby und versuchte langsam und deutlich zu sprechen.

„Yes", antwortete Dorle, die nach den richtigen Worten suchte. Franzi, des Englischen etwas besser mächtig, sprang ihr bei und übersetzte, dass Paul Koch wegen eines Toten noch nach Bingen habe fahren müssen.

„A murder?", fragte Robby erstaunt.

„Paul?", erwiderte Dorle erschrocken. „Der ist kein Mörder."

Franzi korrigierte das Missverständnis. „Murder heißt Mord", erklärte sie. „Mörder ist murderer." Robby lachte laut.

Die nächsten zwei Stunden saßen sie beisammen, aßen den selbst gebackenen Kuchen und tranken Bohnenkaffee, ein Luxus, dessen Dorle sich bewusst war. Franzi erzählte ihrer Freundin, dass sie und Robby gerne heiraten würden, die amerikanischen Militärbehörden aber die Vermählung von amerikanischen Soldaten und deutschen Frauen verboten hätten.

Robby ging nach draußen, um zu rauchen. Franzi beugte sich zu ihrer Freundin und teilte ihr leise mit: „Robby will, dass wir zusammen in die Staaten ziehen", und legte ihren Kopf an Dorles Schulter.

Die wollte sich gerne mit ihrer Freundin freuen, aber der Gedanke, sie so weit weg zu wissen, erschreckte sie. Sie fand es mehr als mutig, in ein fremdes Land zu ziehen, dessen Bewohner doch bis vor kurzem ihre Feinde gewesen waren. Dazu kam, dass Robby ein „Neger" war. Ein Abenteuer mit einem solchen Mann, von dem etwas Exotisches ausging, wollte sie der Freundin gerne zugestehen, aber musste sie ihn gleich heiraten? Auf der anderen Seite war die Vorstellung, in Deutschland mit einem Schwarzen zusammenzuleben, noch abwegiger.

„Und wovon wollt ihr leben?"

„Robby ist doch in der Army", erklärte Franzi. „Außerdem hat sein Vater ein Geschäft in New York."

Und sie erzählte Dorle, dass Robbys leiblicher Vater schon vor dem Krieg gestorben war, und seine Mutter seit zwei Jahren mit einem Weißen verheiratet war, der in New York ein Papiergeschäft betrieb. Da könne Robby einsteigen, wenn er die Army verließ.

„Freust du dich gar nicht?", fragte Franzi enttäuscht, als sie Dorles zurückhaltende Reaktion bemerkte.

„Doch, doch", beeilte die sich zu sagen, „aber … hast du denn keine Angst? In einem fremden Land? Kannst du genug Englisch?"

„Ich lerne noch dazu. Robby hat mir ein Buch besorgt. Und ab übermorgen nehme ich Stunden. Frau Lennert, du weißt, die alte Frau aus dem Herrnweg, die war doch früher Englischlehrerin."

Dorle lächelte gequält.

„Und …", begann sie.

„Ja?“, hakte Franzi mit ernstem Gesicht nach.

„Hast du … ich meine, keine Angst …?“

„Du meinst, weil Robby schwarz ist …?“

„Die Leute, die reden doch bestimmt.“

Franzi ließ sich Zeit mit ihrer Antwort, trank zuerst von ihrem Kaffee, sprach dann sehr ernst.

„Weißt du, Dorle, ich bin jetzt vierundvierzig Jahre alt und noch ganz gut beieinander. Mein Norbert ist seit bald zehn Jahren tot, meine Jungs erwachsen und der erste schon aus dem Haus. Soll ich den Rest meines Lebens alleine bleiben? Oder mir einen der alten, verschrumpelten Kerle nehmen, die hier rumlaufen? Das letzte Aufgebot, sozusagen“, fügte sie kurz lachend hinzu.

„Du bist hart, Franzi“, warf Dorle ein.

„Dorle …!“ Sie sah sie fast flehend an. „Wir haben nur dieses eine Leben. Und unsere besten Jahre haben sie uns weggenommen …“

Sie hielt kurz inne. „Eigentlich haben wir sie uns wegnehmen lassen. Aber genau deshalb müssen wir jetzt was für uns machen. Du hast doch auch Pläne mit Paul, oder? Wo bleibt er eigentlich?“

Dorle zuckte mit den Schultern. „Du weißt doch, wie er ist. Die Arbeit … da vergisst er alles andere.“

„Aber er ist ein guter Mann. Ich sehe das doch, dass er dir guttut. Er ist so anders als Hans-Joachim.“

„Deshalb …“

„Was deshalb …?“, hakte Franzi nach und sah ihre Freundin mit großen Augen an.

Die stand auf, um ihre Kaffeetassen zu füllen.

„Ich weiß nicht, ob … er ist doch erst ein halbes Jahr tot …“

Franzi schüttelte leicht ihren Kopf, sah Dorle an, trank dann einen Schluck aus der dampfenden Tasse.

„Du musst an dich denken. Oder willst du einen der Krüppel zum Mann, die jetzt aus dem Krieg heimkehren?“

„Das darfst du nicht sagen …“

„Vielleicht“, gab Franzi nach. „Aber was für Männer sind das denn? Die am Körper noch gesund sind, sind doch innerlich kaputt. Was glaubst du denn, was all die Jahre im Feld aus denen gemacht haben. Meine Mutter hat von den Männern erzählt, die 1918 aus dem Krieg zurückgekommen sind. Nee, nee, so einen will man nicht geschenkt. Oder am Ende so einen Sabberer wie den Neubert?“

„Dann lieber alleine. Oder im Kloster“, warf Dorle ein.

Franzi musste lachen.

„Was ist?“, fragte Dorle, die Franzis Ausbruch nicht nachvollziehen konnte.

„Stell dir doch mal dich im Kloster vor. Mit Haube und so einem Kleid aus dickem, kratzigem Stoff.“

Nun musste auch Dorle lachen.

„What's so funny, girls?“

Robby stand in der Tür und sah belustigt zu den beiden lachenden Frauen herüber.

„Did you tell Dorle“, Robby sprach das „e“ in Dorles Name wie ein lang gezogenes „i“ aus, „about our plans for the future?“, fragte er und setzte sich zu den Frauen.

Aus Franzis Lachen wurde ein Lächeln und sie nickte zustimmend.

„All plans?“

Immer noch lächelnd schüttelte sie ihren Kopf auf eine Weise, dass es etwas Kokettes hatte.

Dorle sah sie überrascht und neugierig an.

„Noch mehr Pläne?“, fragte sie.

„Ja“, antwortete Franzi. „Und sie … betreffen dich!“

„Mich?“ Nun war Dorle ganz erstaunt.

Franzi und Robby tauschten Blicke, bis er ihr zunickte.

„Also …“, Franzi ließ sich Zeit, „wir haben überlegt, dass … du musst doch irgendwovon leben … ich meine, Hans-Joachim hat dir nur das Haus hinterlassen … und wegen … Paul … Du hast selbst gesagt … und außerdem hat er ja ständig Ärger bei der Arbeit …“

Dorle sah die Freundin irritiert an. Robbys Augen wanderten zwischen beiden Frauen hin und her.

„Was denn, Franzi?“

„Also …“, setzte Franzi wieder an, trank aber zuerst einen Schluck Kaffee, „ich und Robby, das heißt, Robby und ich, wir … hatten die Idee, ob du nicht …“

„Ja …?“

„Ob du nicht ein eigenes Geschäft aufmachen willst?!“

„Ich?“, fragte Dorle zunächst völlig verständnislos zurück, dann lachte sie mit einem Mal auf. „Was für ein Geschäft soll ich denn aufmachen?“

„Papierwaren“, sagte Franzi.

„Papierwaren“, wiederholte Dorle tonlos. „Ich habe keine Ahnung von … Papierwaren.“

„Robby sagt, das ist nicht schwer. Aber schau, er meint, dass es nicht ewig so bleiben kann …“

„So?“

„Ja. Die Rationierungen. Die Lebensmittelkarten. Robby sagt, dass die Deutschen die besten Verbündeten gegen die Russen sein werden …“

„Wieder Krieg …!“, stöhnte Dorle erschrocken auf.

„Nein! Nicht Krieg. Aber die Amerikaner helfen uns. Die wollen nicht, dass wir verhungern und so. Also wird es uns bald besser gehen. Und dann brauchen die Menschen auch wieder Papier. Stifte. Blöcke. Überleg mal … eine Bekannte hat mir erzählt, dass sie in der Schule auf die freien Ränder von Zeitungen schreiben und die Bleistifte werden bis auf den letzten Millimeter genutzt."

Dorle schüttelte noch immer ihren Kopf. „Ein Geschäft."

„Ja, und du bist die Chefin."

„Was wird Paul dazu sagen …?"

„Mensch, Dorle, denk doch mal an dich! Robby würde dir die Sachen aus New York schicken. Und vorher …", sie beugte sich zu Dorle herüber und sprach leiser als vorher, „kommst du nach New York, damit du das Geschäft kennen lernst. Und mich besuchst."

„Wohnst du dann auch in New York?"

„Robby hat eine Wohnung in Harlem. Da werden wir hinziehen."

Dorle konnte es immer noch nicht glauben. „Und wann?"

Franzi sah sie ernster an. „Wenn wir heiraten dürfen. Im Moment geht das nicht. Und noch muss Robby hier bleiben."

Dorle schwieg.

„Freust du dich denn nicht?"

„Doch, doch", beeilte sich Dorle zu sagen, doch sie klang wenig begeistert. „Es ist so viel, weißt du, Franzi, und ohne dich …"

Franzi umarmte ihre Freundin und drückte sie fest an sich. „Ich werde dich nie vergessen. Und wenn es dir hier zu einsam ist, kommst du mich in New York besuchen. Da sind Millionen Menschen. Da kann man nicht einsam sein."

„She doesn't look really happy?", warf Robby ein, der seine Beine ausgestreckt und den beiden Frauen interessiert zugehört hatte.

„She needs time", erwiderte Franzi und lächelte ihrem Freund zu.

„It's a good business." Robby wandte sich an Dorle, die nickte.

„Ich muss darüber nachdenken", sagte sie, Franzi übersetzte, und damit ließen sie das Thema ruhen.

Sie saßen noch eine Weile beisammen und redeten, bis Franzi erklärte, dass Robby gegen sechs Uhr zurückfahren müsse und sie gerne noch ein wenig Zeit für sich hätten. Dabei lächelte sie zweideutig.

Dorle begleitete ihren Besuch noch an die Tür, bedankte sich für den Kaffee und die anderen Lebensmittel, die sie ihr mitgebracht hatten, umarmte Franzi und Robby noch einmal und sah ihnen wehmütig nach, während sie zum Wagen gingen.

VII

Nachdem ihr Besuch gegangen war, blieb Dorle noch im Hof und lehnte sich an die Mauer.

Es freute sie, dass ihre Freundin sich so um sie kümmerte, aber dass sie weggehen wollte, schmerzte sie sehr; dass sie selbst eine Geschäftsfrau werden sollte, irritierte sie.

So viele Fragen tauchten auf. Sie brauchte doch einen Laden. Oder sollte sie das Geschäft hier, in ihrem Haus, eröffnen? Wie das? Und was würde Paul dazu sagen? Und die anderen Leute im Ort?

Sie müsste Geschäftsbücher führen, Steuern zahlen. Sie hatte so was doch noch nie gemacht. Andere lernten das. Aber sie?

Plötzlich klopfte es am Hoftor, nicht fest, so, wie Franzi das oft tat, nur dass die dabei meist laut ihren Namen rief.

Dorle war so mit ihren Gedanken beschäftigt, dass sie ohne weiter nachzudenken an das Tor trat und es öffnete.

Schon als sie den Riegel zurückschob und die Klinke niederdrückte, wusste sie, dass es ein Fehler gewesen war, nicht zu fragen, wer vor dem Haus stand.

„Na, ist aus der Franzosenhure jetzt eine Negerhure geworden?"

Richard Neubert drängte sich mit diesen Worten in die Tür. Ihr Versuch, sie sofort zuzuschlagen, war erfolglos. Der Mann war stärker und darauf vorbereitet.

Er musste sie beobachtet haben. Beobachtet, dass Franzi und Robby hier gewesen und dass sie auch wieder gegangen waren und sie alleine war, sonst würde er sich das nicht trauen, denn im Grunde seines Herzens hielt Dorle diesen Mann für einen erbärmlichen Feigling, der sich nur an Schwächeren vergriff. Neubert, der ganz in der Nähe wohnte, stellte ihr schon lange nach. Lange, bevor er im letzten Jahr … Seine Anwesenheit beklemmte sie und machte ihr große Angst, rief die Bilder von damals, die sie so tief in sich verborgen hielt, wieder wach. Trotzdem wich sie nicht zurück, sondern hielt sich am Tor fest. Sein Gesicht kam ihrem so nahe, dass sie dem Alkoholgestank aus seinem Mund nicht entgehen konnte.

„Habt ihr es zu dritt mit dem Neger getrieben, du und deine Freundin. Ihr Huren. Dass deutsche Frauen so etwas tun! Damals, nach dem Großen Krieg, haben uns die Franzosen die Neger hergebracht, die Utschebebbes, und jetzt die Amerikaner. Du weißt, dass die Juden dahinterstecken. Die wollen uns ausrotten, wie damals!"

„Verschwinde, Neubert!", stieß Dorle hervor. Sie wollte fest und stark klingen, aber ihre Stimme war schwach, viel höher als gewöhnlich.

„Ich rufe die Polizei!", setzte sie hinzu.

Neubert lachte, und wieder traf sie seine Alkoholfahne mitten ins Gesicht. Sie musste würgen.

„Deinen sauberen Freund, Dorle, den Herrn Kommissar, den Feigling und Volksverräter? Ja, den? Der wird nicht mehr lange im Amt sein, dafür werde ich schon sorgen."

Und so plötzlich, dass Dorle keine Gegenwehr leisten konnte, stieß er sie mit beiden Händen von dem Tor weg. Sie stolperte zurück, verlor ihr Gleichgewicht und fiel auf den Rücken.

Neubert schloss das Tor und verriegelte es.

Langsam kam er auf sie zu.

Dorle setzte sich auf und rutschte auf ihrem Hintern zurück zum Haus.

Neubert ließ sie gewähren, lachte und folgte ihr.

„Weißt du noch, letztes Jahr, Dorle. Das war eine Nummer! Hast du bestimmt nicht vergessen?! Wie wäre es mit einer Wiederholung. Mit einem richtigen deutschen Mann?"

Panisch rutschte sie weiter. Alles war wieder da. Der Schmerz zwischen ihren Beinen, der ihren ganzen Körper ergriffen hatte, der Geschmack der Wolle in ihrem Mund und ihr Würgen, als Neubert ihr ihren Wollrock über den Kopf gezogen hatte, das ohnmächtige Gefühl sich nicht wehren zu können und die Angst, dass sie schwanger war.

Der Mann lachte weiter, nahm aus seiner Jackentasche eine kleine Blechflasche, schraubte sie auf und trank einen Schluck. Dann hielt er ihr das Teil entgegen. „Auch mal?" Wieder lachte er.

Und wurde mit einem Mal ernst.

Er beugte sich zu Dorle herunter, die jetzt mit dem Rücken gegen die doppelflügige Tür in den Keller lehnte, fasste sie mit Daumen und Zeigefinger am Kinn, hob ihren Kopf und zwang sie, ihm in die Augen zu schauen.

„Hör zu, du Mörderin, weißt du, was ich bei dir gefunden habe?"

Dorle wagte nicht sich zu bewegen. Alles schmerzte.

„Nein, das weißt du nicht?"

Er schlug ihr leicht mit seiner freien Hand ins Gesicht, dann griff er in die Tasche seines Mantels und zog ein Tuch hervor.

„Weißt du, was da drin ist?"

Noch immer war Dorle zu keiner Bewegung fähig. Ihr einziger Gedanke war Paul. Paul musste doch jetzt kommen. Er konnte doch nicht so lange fort bleiben. Er hatte gesagt, dass er sofort kommen wollte, wenn er in Bingen fertig war. So lange konnte das doch nicht dauern. Sie brauchte ihn. Jetzt! Hier!

Neubert ließ ihr Kinn los und entfaltete langsam das

Tuch. Ein Messer, dessen Klinge etwa zwanzig Zentimeter lang war, kam zum Vorschein.

Dorle wandte ihren Kopf zur Seite.

Neubert lachte wieder.

„Das willst du nicht sehen?! Hast gedacht, dass du ungeschoren davonkommst. Nein, Dorle Becker, jeder hat zu bezahlen, auch du. Schau hier, siehst du die Initialen?"

Sie blickte noch immer zur Seite.

Neubert sah sie zornig an. „Schau nicht weg, du Hure!"

Mit seiner freien Hand griff er in Dorles Haare und zwang sie das Messer anzuschauen.

„‚J.G.' steht da. Du kannst doch lesen. Das hat man dir Hure doch beigebracht. ‚J.G.' – Weißt du, was das heißt? Josef Gerber, der Vater vom Peter Gerber. Erinnerst du dich wieder?"

Mit einem Mal musste Dorle sich übergeben. Sie konnte nichts dagegen machen. Es kam so plötzlich, dass sich der Schwall aus ihrem Mund in einem Bogen auf Neuberts Arm und Mantel ergoss.

Blitzschnell zog er das Tuch mit dem Messer zur Seite.

„Du Sau!", brüllte er Dorle an und schlug wie von Sinnen auf sie ein. Unkontrollierte Schläge auf ihren Kopf und ihren Oberkörper, die sie mit ihren Armen zu schützen versuchte und dabei noch immer würgte.

Irgendwann ließ er von ihr ab.

„Hör zu!", zischte er und rieb sich dabei mit einem Taschentuch über den Ärmel seines Mantels. „Du hast Peter Gerber umgebracht. Ich habe es immer gewusst. Genau wie deinen Sohn. Und das werde ich auch beweisen. Und dann hängst du, Dorle Becker. Oder du tust, was ich dir sage."

Die Worte des Mannes drangen wie durch einen dichten Schleier an Dorles Ohr.

Sie wollte nur alleine sein, wollte, dass er endlich verschwand, sie mit ihrem Ekel und ihren Schmerzen alleine ließ.

„Du wirst diesen Polizisten nicht mehr treffen, Dorle Becker. Du wirst diese Verbindung lösen. Sonst werde ich ihm das Messer zeigen, Dorle. Und er ist Polizist, verstehst du …?“

Dieses Mal lachte er nur leise. Und ging. Und ließ Dorle auf dem Boden in ihrem Erbrochenen liegend zurück.

VIII

Koch wachte erst am nächsten Morgen auf, völlig verspannt durch die unbequeme Lage in dem Sessel, in dem er eingeschlafen war. Das Zimmer war ausgekühlt und seine Knochen steif. Langsam erhob er sich und wankte zum Spülbecken, wo er aus einer Schüssel Wasser in sein Gesicht schaufelte. Dann ging er ans Fenster, zog die graue Decke zur Seite und blickte hinaus in einen wolkenzerrissenen Himmel, der nur an wenigen Stellen Sonnenstrahlen bis zur Erde durchließ. Pfützen in den Schlaglöchern und die feuchte Straße verrieten ihm, dass es in der Nacht geregnet hatte.

Koch streckte sich, bis seine Knochen knackten. Dann zündete er das Feuer im Herd an und setzte Wasser auf. Während er darauf wartete, dass es anfing zu kochen, zog er Hemd und Hose aus und wusch sich mit dem kalten, belebenden Wasser. Danach bereitete er sich einen Kaffee aus gemahlenen Bucheckern und setzte sich mit dem dampfenden Becher an den Tisch.

Er starrte durch das offene Fenster. Seine Gedanken waren bei dem Toten aus dem Steinbruch und dessen fehlender Identität. Wenn er die nicht feststellte, würde er dessen Mörder nicht zu fassen bekommen. In einem Punkt musste er Arnheim Recht geben: Es zogen so viele vom Krieg und den Nachkriegswirren entwurzelte Menschen durch die Zonen, dass die Wahrscheinlichkeit, dass der Tote aus Bingen oder der Umgebung stammte, nicht sehr groß war. Aber genau das musste er klären.

Bei dem Gedanken an den Spott, den Siggi sich morgen würde anhören müssen, musste Koch lächeln.

Weniger lustig war der Ersatzkaffee, dessen einzige Qualität darin bestand, dass er heiß war. Nachdem Koch die Tasse geleert hatte, beugte er sich über den Tisch, zog den Antrieb des Grammophons auf und legte die Nadel auf die Platte.

Fats Wallers Piano füllte den Raum. Koch lehnte sich zurück und schloss die Augen. Mit Wehmut dachte er daran, dass er schon bald nicht mehr in diesen Räumen leben würde und wie sehr ihm diese Wohnung ans Herz gewachsen war. Ihm wurde bewusst, dass er nun zu Dorle gehen und sich dafür entschuldigen musste, dass er gestern nicht mehr bei ihr vorbeigekommen war. Sie war sicher noch sauer auf ihn, es war schließlich nicht das erste Mal, dass er wegen seiner Arbeit zu spät zu einer Verabredung gekommen war oder sie ganz versäumt hatte.

Bis zwei Uhr am Mittag hörte Koch die Platten mehrmals durch, aß die Reste, die von seiner Feier übrig geblieben waren und fragte sich, ob das mit den Katzen- und Hundekadavern nicht doch Einbildung gewesen war. Dann nahm er endlich seinen Mantel, setzte seinen Hut auf und verließ seine Wohnung, um an der vor einem Jahr wiedergegründeten Universität vorbei nach Gonsenheim zu spazieren.

Dort wunderte es ihn jedes Mal aufs Neue, dass es in diesem Vorort auf den ersten Blick so aussah, als habe der Krieg hier nicht stattgefunden. Während unten in der Stadt die meisten Gebäude zerstört und ausgebrannt waren und eine scheinbar unbewohnbare Ruinenlandschaft bildeten, hatte hier kaum eines der Häuser Schaden genommen.

Vor einem Jahr war er zum ersten Mal in dem Vorort gewesen, der ihm seitdem sehr vertraut geworden war. Wurde er mit seinen vierundvierzig Jahren jetzt doch sesshaft und empfand für seine Heimatstadt, die er 1934 verlassen hatte und in die er erst vor gut einem Jahr zurückgekehrt war, Heimatgefühle? Er war der Überzeugung gewesen, dass man ihm die ausgetrieben hatte, erst in Paris, wohin es ihn zunächst verschlagen hatte, dann in Spanien, wo er in einer anarchistischen Kolonne gegen Francos Faschisten gekämpft hatte. Und schließlich hatte er nach seiner Flucht in Südfrankreich an der Seite seines Freundes Raymond die Résistance unterstützt. Aber dieses Heimatgefühl schien doch tiefer in ihm drin zu stecken als er geahnt hatte. Das hing sicher auch mit dem ungeklärten Verhältnis zu seinem Vater zusammen, dem Kommunisten, der nicht lange nach der Machtübernahme der Nazis ins KZ gekommen und umgebracht worden war. Wahrscheinlich von diesem Glodkowski oder mit dessen Hilfe. Er hatte den Mann im letzten Jahr bei einem Überfall niedergeschossen, in Notwehr, wie jetzt bestätigt wurde. In den ersten Wochen, nachdem er erfahren hatte, dass der Vorfall untersucht wurde, hätte er am liebsten alles hingeschmissen: Verbrecher, Mörder und Nazi-Mitläufer schienen mehr Rechte zu genießen als die, die sich gegen die braune Pest gestellt hatten.

Koch machte einen Umweg. Gegen seine Gewohnheit wanderte er bis zum Großen Sand, wo in früheren Jahren der Kaiser die Paraden des Deutschen Heeres abgenommen hatte, und gestand sich schließlich ein, dass er die Ankunft bei Dorle hinauszögerte, um der Auseinandersetzung aus dem Wege zu gehen.

Drei Straßen vor ihrem Haus wurde Koch durch einen Menschenauflauf aufgehalten. Zuerst dachte er, dass sich die Leute, unter denen sich auffallend viele Kinder befanden, vor einem Geschäft versammelt hatten, in dem es eines der raren Güter, Mehl, Zucker, Milch oder anderes, geben sollte. Solche Gerüchte führten immer wieder zu hektischer Betriebsamkeit und die Enttäuschung, wenn sich das als Fehlinformation herausstellte, war dann umso größer. Doch dann fiel ihm ein, dass es Sonntag war.

„Was gibt es denn?", fragte er eine Frau, die ihren Kopf reckte, um über die Menge hinwegsehen zu können.

Überrascht blickte sie den Fremden an.

„Theater, Mann!"

„Theater?", wiederholte Koch verständnislos.

„Ja, Puppentheater."

Eine Schelle ertönte und die Menschen drängten durch ein Tor in den Hof des Hauses. Koch wartete, bis die meisten darin verschwunden waren, dann setzte er seinen Weg fort. Vor dem schmalen Tor zu Dorles kleinem Haus fuhr er sich mit beiden Händen durch die Haare, strich sich seinen Anzug glatt und klopfte dann gegen das Holz.

Der erste Versuch war erfolglos. Koch wartete einen Moment, klopfte ein zweites und schließlich ein drittes Mal, fürchtete, dass er Dorle mit seiner Unzuverlässigkeit doch mehr verletzt hatte, als er es sich eingestehen wollte, klopfte ein viertes Mal und rief dann zweimal laut ihren Namen. Niemand öffnete ihm. Er lief zum Nachbarhaus. Die Nachbarin erklärte ihm, dass sie Dorle seit gestern nicht mehr gesehen habe und nicht wisse, wo sie sei. Ein Neger wäre auch bei ihr gewesen, mit der Franzi Molitor, flüsterte sie und drückte ihr Missfallen darüber mit einem leichten Kopfschütteln aus. Koch dankte ihr kurz und machte, dass er zum Haus von Franzi kam, das sich einige Straßen weiter befand. Aber auch hier fand er das Tor verschlossen.

Es konnte eine Menge Gründe geben, dass er die beiden Frauen nicht antraf, aber Koch hatte sich in den Kopf gesetzt, sich bei Dorle zu entschuldigen und das wollte er jetzt machen. Also ging er wieder zu ihrem Haus zurück, klopfte, wartete, klopfte nochmals und machte sich erst dann enttäuscht auf den Rückweg nach Hause.

Zwei Querstraßen weiter glaubte er Richard Neubert vor sich zu sehen.

„He, Neubert!“, rief er, um den Mann zur Rede zu stellen.

Der drehte sich um, erkannte Koch, grinste, doch statt zu warten, eilte er hastig davon.

In seiner Wohnung legte Koch wieder Glenn Miller auf und versuchte Ordnung in seine Gedanken zu bringen. Warum Dorle nicht zu Hause war – vielleicht hatte sie mit Franzi und ihrem neuen Freund einen Ausflug gemacht. Warum Neubert schon wieder auf freiem Fuß war – seine guten Beziehungen hatten offenbar wieder einmal Früchte getragen. Und warum einem Toten in Bingen die Genitalien abgeschnitten worden waren – darauf fand er weder eine Antwort noch hatte er eine Vermutung.

Um sieben Uhr am Abend hatte Koch sich mit einem Buch und einem Pott Tee aus Brennnesseln an den Tisch gesetzt, da klopfte es an seiner Tür.

„Einen Absacker, Puhler?“, fragte Bresson und wedelte mit einer Flasche vor der Nase des Kommissars.

Der dürre Mann liebte es, Koch mit dem Schimpfwort für Polizisten zu rufen und zu reizen. Der ging mittlerweile nicht mehr darauf ein. Stumm nickte er seine Zustimmung und trat zur Seite, um den Nachbarn hereinzulassen.

IX

Dorle lag vor der Kellertür auf dem kalten Stein. Neubert hatte noch mehrmals auf sie gespuckt, bevor er endlich gegangen war. Sie fühlte sich vollkommen leer, ihr Körper war steif und bewegungslos, ihre rechte Gesichtshälfte mit ihrem Erbrochenen bedeckt. Es war ihr gleichgültig. Nicht einmal mehr weinen konnte sie.

In der Nacht hatte es geregnet, doch sie hatte nicht aufstehen können, blieb weiter liegen, merkte nicht, wie die Feuchtigkeit immer weiter durch ihre Kleidung drang und bald wie eine zweite Haut an ihr festklebte.

Irgendwann in der Nacht fuhr sie zusammen. Ein lautes Geräusch riss sie aus ihrer Apathie. Sie wollte sich erheben, aber ihr fehlten die Kraft und der Wille. Sie schaffte es nur, sich mit dem Rücken gegen die Tür in den Keller zu kauern und das Hoftor gegenüber anzustarren. Dann begann sie zu frieren, mit einem Mal war die Kälte überall und sie zitterte so stark und unkontrolliert, dass ihr Kopf rhythmisch gegen das Holz der Tür stieß und ihr schwindelig wurde.

Es war schon lange dunkel, da gelang es ihr, die Tür in den Keller zu öffnen. Auf ihrem Hintern rutschte sie die steile Treppe hinab. Sie achtete nicht darauf, dass sie sich an den spitzen Kanten der Stufen den Steiß stieß, dass sie einmal zur Seite kippte und erst im letzten Moment den Handlauf zu fassen bekam. Irgendwann hatte sie den Grund des Kellers erreicht, robbte bis zu der Kiste, auf der Rolf gelegen hatte, zog die Decke herunter, die darüber lag, achtete nicht darauf, dass sie Rolfs Bild und die beiden Kerzen mit herunterriss, rollte sich umständlich in die Decke und schlief ein.

Als sie aufwachte, hatte das Zittern aufgehört, dafür

glühte ihr Kopf und ihre Glieder schmerzten. Regungslos starrte sie die Wand gegenüber an.

Gleich darauf fiel sie erneut in einen unruhigen Schlaf und in den wirren Träumen begegnete sie Paul und Franzi und Robby und Neubert, die Hand in Hand über ein Trümmerfeld liefen und gemeinsam amerikanische Zigaretten rauchten und sangen. Sie wusste nicht, ob sie das Lachen, das sie dabei hörte, träumte oder ob es ihr eigenes war.

Dann war es wieder Paul, der ihr in ihren Träumen erschien, mit hasserfüllter Fratze und wild gestikulierend, ein anderes Mal ihren Namen rufend, zweimal, dann verschwand er aus ihren Träumen, und es blieb nur noch ein großes schwarzes Loch, in das sie tiefer und tiefer stürzte.

X

In jeder Faser von Kochs Körper machte sich das nächtliche Beisammensein mit seinem Nachbarn Bresson und dessen scheinbar unerschöpflichen Alkoholvorräten bemerkbar. Er hatte sich bis zu dem Moment gemäßigt, in dem sie begannen über Literatur zu sprechen, über Hans Fallada, der vor zwei Monaten in Berlin gestorben war, über Hermann Hesse, der im letzten Jahr den Literatur-Nobelpreis erhalten hatte und mit dem Koch nichts anzufangen wusste; im Gegensatz zu Bresson, der dafür Kochs spöttische Bemerkungen über sich ergehen lassen musste, vor allem, weil Bressons Äußeres dem des Schriftstellers auffallend glich. Über Hemingway sprachen sie, dessen „For Whom the Bell Tolls" der Photograph im englischen Original ebenso organisiert hatte wie Malraux' „L'Espoir", beide über den Krieg in Spanien gegen Franco. Koch hatte Malraux' Buch in Frankreich, als er mit Béatrice in der Nähe von Toulouse gelebt hatte, angefangen zu lesen, aber es befremdete ihn, von dem Krieg, in dem er gekämpft hatte, durch Bücher zu erfahren.

Später landeten sie wie so oft bei Kochs Unzufriedenheit über Deutschland, seinem Wunsch, nach Frankreich zurückzukehren, und seiner Schreckensvision, dass in Deutschland bald schon wieder die Leute das Sagen haben würden, die gerade erst besiegt worden waren.

Gegen seine vom Alkohol beförderte Misanthropie konnten alle Argumente Bressons, angefangen bei den Prozessen gegen die führenden Kader der Nationalsozialisten bis hin zu der Chance, aus der Geschichte zu lernen, nichts ausrichten.

Der kalte Wind, der ihn auf seinem Gang zur Polizeidirektion umfing, vertrieb seine Müdigkeit und die Gedanken an die nächtliche Diskussion. In der Kantine zog er sich in eine Nische zurück.

„Guten Morgen, Herr Koch!“, begrüßte ihn Siggi viel zu gut gelaunt, während der Kommissar beim ersten Schluck von seinem Ersatzkaffee das Gesicht verzog.

Nachdem Siggi sich ebenfalls einen Kaffee geholt hatte, setzte er sich zu seinem Vorgesetzten.

„Und, Siggi, schon was Neues?“, fragte Koch.

„Ich bin alle Vermisstenlisten durchgegangen. Ich habe keinen Hinweis gefunden. Und auch keine ähnliche Tat. Ich meine, mit den abgeschnittenen … Sie wissen schon.“

Koch nickte und trank einen weiteren Schluck.

„Ich weiß auch nicht, wo wir da ansetzen können.“

„Morgen, Koch!“

Reuber war in die Kantine getreten und winkte herüber. Auch er besorgte sich einen Becher Kaffee und kam zu ihnen.

„Eine Spur?“, fragte er.

Koch schüttelte den Kopf. „Nichts! Was meinen Sie denn? Ist so was unter Schwarzmarkthändlern schon mal vorgekommen?“

„Sie meinen die Verstümmelung?“

Koch nickte erneut.

„Nicht dass ich wüsste. Warum auch?“

„Vielleicht war das Teil einer Folterung. Um Informationen aus dem Mann zu bekommen?“

Reuber zuckte mit den Schultern. „Möglich, aber da gibt es doch raffiniertere Methoden …“, er machte eine kurze Pause und trank von seinem Kaffee, „klingt zynisch, aber würden Sie das so machen?“

„Sie haben wahrscheinlich Recht. Wir müssen die Identität des Toten klären. Nur so kommen wir weiter. Auf, Siggi! Machen wir uns an die Arbeit.“

Bis in den Nachmittag gingen die beiden Polizisten noch einmal die Vermisstenlisten durch, arbeiteten sich durch die Tageszeitungen, aber als Koch um sechzehn Uhr von Arnheim in dessen Büro gebeten wurde, waren sie keinen Millimeter weitergekommen.

„Guten Tag, Herr Koch“, begrüßte der seinen Kommissar und stand sogar auf, um ihm die Hand zu reichen. Das gab Koch die Gelegenheit, den neuen Anzug seines Chefs zu bewundern. Er konnte sich nicht erinnern, dieses auffällige Modell an seinem Vorgesetzten schon einmal gesehen zu haben. Ein dunkler Zweireiher mit breiten und hellen Nadelstreifen, wie aus einem amerikanischen Gangsterfilm. Normalerweise trug der Chef der Kriminalpolizei dunkelblaue Blazer mit goldglänzenden Knöpfen, die ihm etwas Maritimes verliehen. Sein Schnurrbart war wie stets akkurat gezwirbelt.

„Eine Tasse Kaffee?“, fragte er, wartete aber nicht die Antwort ab, sondern eilte an seinem Gast vorbei zur Tür, um höchstpersönlich seine Sekretärin um zwei Tassen zu bitten.

„Echter Bohnenkaffee, Koch“, sagte er, „da werden auch Sie nicht Nein sagen. Nehmen Sie Platz!“

Koch ließ sich auf dem Stuhl mit dem schon abgeriebenen schwarzen Leder vor Arnheims Schreibtisch nieder. Arnheim wartete ab, bis die Kaffeetassen vor ihnen standen.

„Also, haben Sie schon was herausgefunden in diesem unerfreulichen Mordfall? Hat Ihre *Reise*“, betonte er süffisant, „etwas gebracht?“

„Wir wissen immer noch nicht, wer der Ermordete ist. Die Umstände des Todes lassen viel Raum für Spekulationen.“

Arnheim reagierte nicht gleich, sondern trank erst von

seinem Kaffee, was Koch dann auch tat. Er war gespannt, was Arnheim genau wollte.

„Wir prüfen derzeit“, führte Koch weiter aus, als Arnheim keine Anstalten zu einer Entgegnung machte, „die Vermisstenlisten.“

„Und ich vermute richtig, dass Sie nichts gefunden haben? Das hatte ich Ihnen bereits am Samstag gesagt. Sie hätten sich die Reise nach Bingen sparen können. Und uns das wenige Benzin, das wir zur Verfügung haben. Und, wie ich gehört habe, ist der Wagen zu Schaden gekommen.“

Koch nickte. „Leider ja. Ein Schlagloch, das verdeckt war. Nicht zu erkennen.“

„Sie wissen, Koch, dass auch Autoreifen ein sehr rares Gut sind, und wir wirklich nur in Notfällen die Autos benutzen sollten.“

Koch biss sich auf die Unterlippe und versuchte die Contenance zu bewahren. „Da stimme ich Ihnen zu, Herr Arnheim, aber ich gebe zu bedenken, dass wir es mit einem bestialischen Mord zu tun haben. Und da sollten wir alles dransetzen, ihn aufzuklären.“

„Ihr Arbeitseifer und Ihr Berufsethos in allen Ehren, Koch, aber ich habe mir den Bericht unseres Doktor Malmann angeschaut: Es gibt genügend Indizien, dass meine Vermutung, dass es sich bei dem Toten um einen DP handelt, richtig ist. Muskulöser Körperbau, schwielige Hände, die verätzte Wunde am Auge. Der oder die Mörder sind wahrscheinlich schon Hunderte Kilometer weitergezogen, in einer anderen Besatzungszone, vielleicht auch außer Landes.“

„Diese Leute wurden nach Deutschland gezwungen, Herr Arnheim“, Koch versuchte langsam und ruhig zu sprechen, um sich zu nichts Unbedachtem hinreißen zu lassen, „da haben wir auch die Pflicht …“

„Nicht schon wieder, Koch. Es war Krieg. Der Russe hat es genauso gemacht. Und macht es noch immer. Wissen Sie, dass die im Osten Deutschlands ganze Fabriken abreißen und in die Sowjetunion bringen? Millionen deutsche Soldaten sind dort in Gefangenschaft! Haben Sie eine Ahnung, unter welchen Bedingungen die dort arbeiten müssen?"

„Sie verwechseln Ursache und Wirkung", warf Koch ein, „Deutschland hat den Krieg begonnen."

„Ja, wenn man nicht weiterblickt, kann man zu dieser Meinung kommen, Koch. Aber wenn wir das nicht getan hätten, wäre Stalin uns zuvorgekommen." Er räusperte sich. „Aber genug jetzt davon! Ich weiß, dass Sie in dem Punkt uneinsichtig sind. Und, ich sage das nicht gerne und weiß, dass Sie das nicht gerne hören, aber von innen sehen die Dinge auch etwas anders aus wie von außen. Machen Sie Ihre Arbeit. Bis Freitag haben Sie Zeit, dann will ich Ihren Abschlussbericht auf meinem Schreibtisch."

Arnheim stand auf, das sichere Zeichen zum Abschied, aber Koch wollte auf den letzten Schluck Bohnenkaffee nicht verzichten. Äußerlich ruhig nahm er die Tasse, trank sie aus, stellte sie mit einem „Danke für den herrlichen Kaffee" zurück auf den dünnen Unterteller und verabschiedete sich erst dann.

„Koch!", rief Arnheim, als der Kommissar die Tür zum Vorzimmer erreicht hatte, „bis Freitag. Pünktlich!"

Auf dem Rückweg zu seinem Büro kam er an Reubers Zimmer vorbei. Die Tür stand einen Spalt weit offen. Er klopfte und trat auf das „Herein" in den karg eingerichteten Raum. Untapezierte Wände wie bei ihm selbst, abbröckelnder Putz, provisorisch zusammengestückeltes Mobiliar und ein paar Bilder mit Ansichten des Vorkriegs-Mainz, wahllos an der Wand befestigt, das musste reichen.

Reuber hatte sich gerade eine Zigarette angesteckt und sog den Rauch tief ein.

„Sie sehen aus, als ob Sie einen Schluck vertragen könnten. Zum Glück lässt Chavez mich nicht auf dem Trockenen sitzen. Nicht ganz so üppig wie bei unserem Freund Bresson, dafür aber einfach und sauber organisiert."

Chavez war Lieutenant in der US-Army, den Reuber kennen gelernt hatte, als Mainz nach Kriegsende für kurze Zeit unter amerikanischer Militärverwaltung stand. Mittlerweile tat er in Wiesbaden im Stab des Heeres seinen Dienst und versorgte seinen deutschen Freund regelmäßig mit Whiskey und Zigaretten. Reuber zog eine der Schubladen des Metallschränkchens auf, auf dem die Schreibtischplatte lag, griff hinein und hielt eine Flasche in der Hand.

„Bester Bourbon, mein Lieber."

Genauso schnell zauberte er zwei Wassergläser aus der Lade, balancierte während des ganzen Vorgangs seine Zigarette zwischen den Lippen und füllte beide Gläser daumenbreit.

„Cheers!"

Er schob ein Glas über die Tischplatte zu Koch, der es nahm, ihm zuprostete und trank.

„Lassen Sie mich raten, Koch! Sie waren bei Arnheim."

Der nickte und nippte an seinem Glas.

„Streit?"

Koch schüttelte leicht seinen Kopf und nippte erneut.

„Nicht direkt. Aber ich weiß, dass er mich am liebsten los wäre. Je früher, desto besser. Er wartet darauf, dass ich einen Job vermassele."

„Dann tun Sie es einfach nicht!" Reuber lachte und strich sich seinen dunklen Schnurrbart glatt.

„Jetzt will er, ohne dass er es offen sagt, dass ich umherziehende DPs als Täter in die Akte schreibe."

„Und? Tun Sie das?“

„Natürlich nicht“, antwortete Koch erbost und nahm einen weiteren Schluck von dem Whiskey, während Reuber seinen Zigarettenstummel in einem verformten Metallstück ausdrückte und sich gleich eine neue anzündete.

„Und das“, sprach Koch weiter, „ist das Problem: Wenn ich mich verrenne und keinen Täter finde, hat er Recht behalten, und ich habe Zeit, Geld und Benzin verschwendet.“

„Dann tun Sie ihm doch den Gefallen und tragen die DPs ein.“ Reuber blickte seinen Kollegen neugierig an, während er tief inhalierte und den Rauch lange in der Lunge behielt.

„Dann würde ich vor ihm zu Kreuze kriechen, auch ein Sieg für ihn. Nein, Reuber. Wenn es DPs waren, dann weise ich das nach. Und wenn nicht, dann finde ich das auch raus. Aber einfach Menschen, die sowieso schon nur herumgestoßen werden, zu Tätern zu machen, weil es so schön einfach ist – nicht mit mir!“

„Chapeau, Koch! Nun sind Sie schon über ein Jahr hier und besitzen immer noch den Optimismus und den Enthusiasmus, mit dem Sie gekommen sind.“

Er zog wieder tief an seiner Zigarette und ließ sein Gegenüber dabei nicht aus den Augen. „Ich weiß nicht, Koch, ob ich das bewundern oder für Naivität halten soll.“

Koch nickte leicht, nahm seinen Whiskey, leerte das Glas in einem Zug und stellte es dann zurück auf den Schreibtisch.

„Darum mache ich mir keine Gedanken, Reuber. So ist das nun mal. Und es ist mir egal, ob das bewundernswert oder naiv ist.“

„Das ehrt Sie, mein lieber Koch, aber ich bin mir sicher, dass unser lieber Arnheim eine solche Einstellung, vor allem bei Ihnen, nicht gutheißt. Darauf noch einen Schluck!“

Koch wollte eine ablehnende Geste machen, zog die Hand dann aber doch zurück.

Die beiden Männer stießen noch einmal an, tranken ihre Gläser aus, dann stand Koch auf und verabschiedete sich.

„Und was wollen Sie jetzt machen?“, fragte Reuber, während er Koch zur Tür begleitete.

„Weitersuchen. Herausfinden, wer der Tote ist. Sonst kommen wir nicht weiter.“

„Sagen Sie Bescheid, wenn Sie Hilfe brauchen!“

Koch nickte. „Danke, Reuber!“, sagte er, öffnete die Tür und drehte sich noch einmal um.

„Haben Sie mit dem Metzger gesprochen?“

Reuber blickte ihn verständnislos an.

„Die Katzen und Hunde, schon vergessen?“

„Ach so, ja. Klar. Nein, habe ich noch nicht gemacht. Es waren garantiert keine Katzen oder Hunde. Aber ich werde den Mann drauf ansprechen. Versprochen!“

Damit verließ Koch das Büro seines Kollegen und arbeitete sich noch eine Stunde durch die Zeitungen, die Siggi ihm besorgt hatte, aber auch beim Verlassen der Direktion um sechs Uhr am Abend hatte er keinen Anhaltspunkt gefunden.

Koch spazierte an der Zitadelle vorbei in die Stadt und durch die engen Gassen der Altstadt. In einigen Häusern war das Erdgeschoss wieder bewohnbar gemacht worden, provisorisch hatte man Löcher und Fensteröffnungen verschlossen.

In einer Ruine sah er mehrere Kinder Versteck spielen und zwei Straßen weiter hatte jemand vor einem eingestürzten Haus ein Kreuz errichtet, das an eine junge Frau erinnerte, die hier vor zwei Wochen ihr Kind gesucht hatte und dabei von einem herabstürzenden Balken erschlagen worden war.

Koch machte einen Bogen um den Dom, blieb einige Minuten auf dem Marktplatz stehen und ging dann weiter zum Hauptbahnhof, wo gerade eine Straßenbahn mit kreischenden Bremsen an der Haltestelle zum Stehen kam. Er war unschlüssig gewesen, ob er zu Dorle fahren sollte, aber beim Anblick der Bahn dachte er nicht mehr nach, lief die letzten Meter über den Bahnhofsvorplatz und sprang auf die Plattform des schon anfahrenden Wagens.

Langsam rumpelte die Straßenbahn über die Schienen. Koch versuchte sich auf seinen Fall zu konzentrieren, aber der wenige Schlaf in der vergangenen Nacht und der Alkohol in Reubers Büro machten ihn müde und er döste ein.

An der Haltestelle quälte sich Koch aus seinem Sitz, stieg aus und legte die letzten Meter zu Dorles Haus zu Fuß zurück.

Es war inzwischen dunkel geworden und es befanden sich kaum noch Menschen auf der Straße. Nachdem Kochs mehrmaliges Klopfen gegen die Hoftür unbeantwortet geblieben war, umfasste er mit beiden Händen die Oberkante des schmalen Tores und zog sich daran hoch, bis er über die Kante in den dusteren Hof schauen konnte. Hinter den Fenstern des Hauses war es ebenfalls dunkel. Koch rief Dorles Namen. Er erhielt keine Antwort. Langsam ließ er sich wieder die Tür hinabgleiten.

Missmutig klopfte Koch noch zweimal gegen das Tor, dann machte er sich auf den Weg in seine Wohnung. Dass Dorle so nachtragend sein konnte, hatte er bis dahin nicht gewusst.

Im Treppenhaus setzte er seine Schritte auf der Holztreppe sehr vorsichtig, um sich nicht der Versuchung eines Absackers bei seinem Nachbarn auszusetzen.

April 1947

XI

Den nächsten Tag verbrachten Siggi und Koch wieder über den Vermisstenlisten und den Zeitungen. Von Drescher aus Bingen erfuhren sie, dass in der Kleinstadt niemand vermisst gemeldet war. Da Arnheim sie in Ruhe ließ und Reuber wegen einer Razzia den ganzen Tag außer Haus war, blieben die beiden Männer ungestört in Kochs Büro, das sie nur verließen, um sich in der Kantine mit Ersatzkaffee zu versorgen.

Koch war hin und her gerissen. Auf der einen Seite wollte er seinen Spielraum bis Freitag ausnutzen, auf der anderen Seite sagte ihm die Vernunft, dass ihnen nur noch der Zufall weiterhelfen konnte, wobei er den als einen recht unbrauchbaren und zumeist launischen Kollegen kannte.

„Herr Koch!"

Siggi rief seinen Namen am nächsten Morgen in der Kantine so laut, dass sich die Kollegen an den anderen Tischen umdrehten und neugierig herüberschauten.

„Herr Koch", sagte Siggi noch einmal, als er vor seinem Chef stand, „kommen Sie schnell! Herr Drescher aus Bingen ist am Telefon."

Koch trank einen Schluck von seinem Kaffee ab, dann folgte er dem Jungen in die Telefonzentrale. Eine junge Frau reichte dem Kommissar den Hörer. Dabei sah sie Siggi an und lächelte ihm zu.

„Ja, Koch hier", meldete er sich und hörte dann dem Mann am anderen Ende der Leitung zu, sagte immer wieder „Ja!", grummelte etwas Unverständliches und bat dann um einen Stift und ein Stück Papier, was ihm die junge Frau gleich herüberreichte.

„Ja, habe ich“, sagte er und notierte „Robert Hoger. Und Sie sind sicher? … Gut … Ja, wir kommen.“

„Was ist?“, fragte Siggi erwartungsvoll, nachdem Koch aufgelegt hatte.

„Organisieren Sie einen Wagen! Wir fahren nach Bingen. Unterwegs erzähle ich es Ihnen“, sagte Koch.

In der Fahrbereitschaft diskutierte Siggi mit Jörg.

„Was ist?“, fragte Koch ungeduldig, nachdem er durch die große Halle zu den beiden Männern getreten war. Hinter ihm fiel das eiserne Tor laut ins Schloss.

„Jörg will uns kein Auto geben“, erklärte Siggi und sah den Leiter der Fahrbereitschaft kurz an, der sich seine ölverschmierten Hände an seiner Arbeitshose abputzte.

„Anweisung von oben“, erläuterte der. „Autos gibt es nur noch mit schriftlicher Erlaubnis.“

„Gilt das allgemein oder nur für Siggi und mich?“

Der laute Schlag des Tores hatte zwei Mechaniker aus dem hinteren Teil der Halle gelockt. Interessiert verfolgten sie die Diskussion.

Jörg druckste herum. „Also, eigentlich allgemein, aber … der Adler … haben Sie gesehen? Wir haben jetzt den letzten Schlauch eingebaut … wann Ersatz kommt, wissen wir nicht.“

„Werden Sie konkret!“, forderte Koch streng und laut. „Was heißt das? Brauche ich jetzt jedes Mal eine extra Erlaubnis von meinem Chef, wenn ich ein Fahrzeug benötige?“

Jörg nickte. „Genau so.“

„Aber mein Chef ist nicht da. Und wir haben eine heiße Spur in unserem Fall. Was machen wir jetzt?“

Jörg sah zu den beiden anderen Männern.

„Na gut", gab er schließlich nach und musterte Siggi. „Ich weiß ja, dass Sie nicht gerne Auto fahren. Aber Siggi …"

„Was ist?", brauste der auf.

Jörg sah den jungen Mann nicht an, dessen bleiche Gesichtshaut jetzt einen feinen Rot-Ton aufwies.

„Achten Sie darauf, dass er vorsichtig fährt."

Koch streckte seine Hand aus. „Versprochen, Jörg, mein Wort!"

Skeptisch blickte der den Kommissar an, bevor er einschlug.

„Den BMW?", fragte Siggi.

Jörg lachte böse auf und schüttelte den Kopf. „Bis der wieder fährt … Den Adler und keinen anderen. Den haben wir mühevoll in Ordnung gebracht."

„Jörg, das ist so eine …"

Koch zog seinen Assistenten zur Seite.

„Siggi, ich glaube, wir können froh sein, den Adler zu bekommen. Und ich will so schnell wie möglich nach Bingen. Also …!"

„Dieter, bring mal den Schlüssel!", rief Jörg nach hinten. „Benzin für nach Bingen ist genug im Tank. Und passen Sie auf unseren Rosemeyer auf, Herr Kommissar."

„Nuvolari!", zischte Siggi leise.

Fünf Minuten später waren die beiden Polizisten auf dem Weg nach Bingen.

„Was hat Drescher denn gesagt?", fragte Siggi, als sie die Stadt hinter sich gelassen hatten.

„Waldarbeiter haben einen ausgebrannten Lkw gefunden. In einem Waldstück zwischen Bingen und diesem Steinbruch. Und der Wagen, sagt Drescher, könnte einem gewissen …“, Koch kramte den Zettel mit den Notizen, die er während des Telefonats gemacht hatte, aus seiner Manteltasche und las: „… Robert Hoger gehören. Der wohnt irgendwo in Bingen. Drescher war dort, aber Hoger war offenbar nicht zu Hause.“

„Wird der denn vermisst?“

„Ich weiß es nicht.“ Kochs Stimme war die Ungeduld anzuhören. Am liebsten hätte er Siggi aufgefordert, schneller zu fahren, aber er hatte sein Versprechen an Jörg noch zu deutlich in den Ohren.

„Der kann doch auch jemand anderem gehören. Ich meine, der Lkw“, wandte Siggi ein. Mit beiden Händen hielt er den Lenkradkranz fest umfasst und saß dabei so weit vorne, dass er mit seiner Brust fast das Lenkrad berührte und seine Ellenbogen abwinkeln musste. Koch hatte ihn einmal darauf angesprochen und die Erklärung erhalten, dass dies die typische Rennfahrerhaltung und man so am direktesten mit der Straße verbunden sei. Koch hatte darüber den Kopf geschüttelt.

„Natürlich, Siggi, aber es ist eine Spur. Und Lastwagen sind im Moment mit Gold nicht aufzuwiegen. Wenn so einer ausbrennt, steckt was dahinter.“

Siggi nickte und fuhr konzentriert weiter, hielt dabei noch angestrengter Ausschau nach möglichen Schlaglöchern oder Hindernissen, als er dies sonst schon tat.

Eine halbe Stunde später stellte er das Auto hinter Dreschers Motorrad ab, das vor dem Revier parkte.

Der Polizist kam ihnen entgegen. Unter dem Arm hielt er den Helm. Nach einer kurzen Begrüßung erklärte der Ordnungspolizist ihnen, dass am Morgen zwei Waldarbeiter den ausgebrannten Wagen gefunden hatten.

„Und niemand hat den Brand gesehen?“, fragte Koch.

„Der stand in einer Kiesgrube.“

„Brandstiftung?"

„Kann ich Ihnen nicht sagen. Aber wer lässt heutzutage einen solchen Wagen ausbrennen? Keine zehn Meter von der Brandstelle ist der See. Man hätte also versuchen können ihn zu löschen."

Koch nickte und überlegte.

„Und wie sind Sie auf diesen …"

„Hoger."

„Ja, diesen Hoger gekommen?"

„Wie viele Leute, Herr Kommissar, kennen Sie, die einen Lastwagen haben? Ich komme hier im Ort viel rum und neben Hoger gibt es nur eine Firma, die zwei Fahrzeuge besitzt. Bei denen fehlt keines. Lag doch nahe, bei Hoger nachzufragen."

„Und der war nicht zu Hause."

„Genau!"

„Familie?"

Drescher schüttelte seinen Kopf. „Der Mann lebt allein. Sein Haus liegt etwas abseits, am Ortsrand, im Süden, nahe dem Rhein."

„Nachbarn?"

„Wohnen ein Stück weg. Und Hoger gilt, wie soll ich sagen, als Einzelgänger."

„Dann lassen Sie uns mal zu ihm rausfahren."

„Ich war schon da", wandte Drescher ein.

„Ich mache mir gerne selbst ein Bild. Und vielleicht finden wir bei ihm ja irgendeinen Hinweis auf seinen Verbleib."

Widerwillig gab Drescher nach, setzte seinen Helm auf und startete das Motorrad.

Nach einer zehnminütigen Fahrt erreichten sie das Haus von Hoger, ein einfaches, einstöckiges Gebäude, neben dem sich eine große Halle befand. Dass es einen etwas heruntergekommenen Eindruck machte, lag nicht nur an der bröckelnden Fassade und zwei abgerissenen Fensterläden, sondern auch an dem unbefestigten, von Pfützen und Schlammlöchern übersäten Vorplatz.

Drescher stellte seine Maschine vor der Halle ab, Siggi parkte den Adler Junior ein Stück dahinter.

„Und hier lebt der Mann alleine?“, fragte Koch. Er war neben den Ordnungspolizisten getreten und betrachtete das Haus.

„Ja. Seine Frau ist schon vor dem Krieg gestorben und sein Sohn wird in Russland vermisst.“

„Wie alt?“

„Wer?“

„Der Sohn“, konkretisierte Koch.

„Müsste jetzt um die einundzwanzig sein, vielleicht zweiundzwanzig.“

„Lassen Sie uns mal reingehen“, forderte Koch, und ohne die Reaktion der anderen abzuwarten, öffnete er das Tor zur Halle, das nicht verschlossen war.

Im Inneren war sie groß genug, dass ein Lkw darin Platz fand. In der Mitte war eine Grube für Reparaturen an der Unterseite eines Fahrzeugs, an den Wänden standen zwei Tische, auf denen Werkzeug lag. In einer Ecke befand sich ein Spind, aus dem Koch beim Öffnen Arbeitskleidung entgegengepurzelt kam. Er schob mit spitzen Fingern ein paar alte Socken, die auf dem Boden des Spinds lagen, beiseite. Darunter kamen zwei amerikanische Whiskeyflaschen sowie mehrere Packungen amerikanischer Zigaretten zum Vorschein.

„Wovon lebt Hoger?“, fragte Koch und schob die Spindtür mit dem Fuß zu.

„Hoger hat für die Stadt Trümmerreste abtransportiert. In diesen Zeiten ist so ein Lkw äußerst wertvoll.“

„Und wie ist er an das Fahrzeug gekommen?", fragte Koch weiter. „Sind nicht alle Fahrzeuge von der Wehrmacht requiriert worden?"

Während er fragte, ging Koch in der Halle umher und sah sich um. Siggi folgte ihm.

Drescher, der neben der Grube stehen blieb, musste so laut sprechen, dass der Hall seiner Stimme sich in dem großen Raum brach. „Hoger hatte Beziehungen."

Koch blieb stehen. „Beziehungen?"

„Ja", war Dreschers Antwort.

„Er war in der Partei?"

„Ja."

„Das haben Sie nicht gesagt."

„Sie haben auch nicht danach gefragt."

„Wenn der Tote tatsächlich Hoger ist, könnte ein Racheakt der Grund für seinen Tod sein. Und dann ist die Tatsache, dass er in der Partei war, von Bedeutung."

Drescher grummelte etwas Unverständliches. Koch öffnete die Verbindungstür von der Halle ins Haus.

„Und, Siggi", wandte er sich an seinen Assistenten, „was schließen Sie daraus, dass sowohl das Tor zur Halle wie auch diese Tür offen stehen?"

Siggi überlegte einen Moment. „Er wollte nicht lange wegbleiben."

„Genau", stimmte ihm Koch zu. „Oder er hatte gar nicht vor wegzugehen."

„Eine Entführung?"

„Möglicherweise."

Die Verbindungstür führte in einen kleinen Raum, in dem an der Wand zwei grobe Jacken hingen. Dahinter befand sich die Küche. Auch sie zeigte Spuren eines überhasteten Aufbruchs. Der Tisch war unaufgeräumt, ein halbvoller Becher und ein Glas standen darauf, ein verschmierter Teller und ein Messer lagen daneben. Der kleine Ofen in der Ecke war völlig ausgekühlt.

Die drei Männer untersuchten nacheinander die anderen Zimmer im Haus, das Wohnzimmer und das Schlafzimmer im ersten Stock, eine Art Hauswirtschaftsraum, aber nirgends fanden sie einen Hinweis auf Hoger und dessen Verbleib.

„Keine Spuren eines Kampfes“, stellte Koch fest, als sie wieder vor der Halle zusammenfanden. „Das Wichtigste ist jetzt, dass wir klären, ob der Tote aus dem Steinbruch dieser Hoger ist.“ Er drehte sich zu Drescher. „Meinen Sie, dass die Angaben des Arztes auf Hoger passen?“ Er wiederholte, was Dr. Malmann ihm im Keller der Polizeidirektion über den Toten gesagt hatte. „Einssiebzig, muskulös, Schwielen und eine Verätzung unter dem rechten Auge.“

„Die Größe und das Muskulöse könnten stimmen, aber so gut kannte ich ihn nicht. Wie gesagt, Hoger war Einzelgänger und ich hatte nicht viel mit ihm zu tun.“

„Dann müssen wir Leute befragen, die ihn besser kannten. Wer waren denn seine direkten Nachbarn?“

„Da drüben, Hermann Probst. Ist schon älter. War früher Rheinschiffer, der sich hier niedergelassen hat.“

„Dann los.“

Wenig später standen sie vor einem kleinen Haus, vor dem ein alter mit Erde gefüllter und bepflanzter Nachen aufgebockt war. Am Bug war mit roter Farbe ‚Bärbel‘ aufgemalt worden.

Koch spitzte die Ohren. Ein seltsames, hohes Geräusch lag in der Luft, das er nicht einordnen konnte. Er sah Siggi an, der es auch gehört hatte. Der zuckte mit den Schultern.

„Probst?“, rief Drescher laut.

„Hinterm Haus“, kam es heiser zurück.

Dort erkannten sie den Grund für das Geräusch. Der Mann züchtete Tauben, die in einem etwa vier Quadratmeter großen und zwei Meter hohen Verschlag untergebracht waren.

Ein alter, sehniger Mann im Unterhemd saß davor und nahm eines der Tiere gerade aus. Ohne von der Tätigkeit abzulassen, sah er kurz zu den Ankömmlingen herüber.

„Was wollen Sie?", fragte er unwillig.

Koch stellte sich vor und fragte den Mann, der ungerührt die Taube weiter mit seinen blutverschmierten Händen ausnahm, nach Hoger.

„Ach, ein Puhler. Hab ich mir fast gedacht. Riecht man."

Koch dachte an Bresson, der auch diesen Ausdruck für Polizisten benutzte. Ihm sah er das nach, bei Probst hatte es einen verächtlichen, feindlichen Klang.

„Sie sollen nicht riechen, sondern mir ein paar Fragen beantworten. Betreffen Ihren Nachbarn. Robert Hoger."

Probst lachte kurz und heiser auf.

„Was gibt es da zu lachen?"

„Unter Nachbarn verstehe ich etwas anderes."

„Hatten Sie Streit mit Hoger?"

Wieder lachte Probst auf. „Wie denn? Von hier bis zu Hoger sind es zweihundert Meter. Nachbar klingt da schon komisch."

Siggi spürte, dass das genau die Art von Gespräch zu werden drohte, die sein Chef gar nicht mochte, und bevor die Situation eskalierte, stellte er schnell eine Frage.

„Sie werden ja trotzdem Kontakt gehabt haben."

Probst sah den jungen Mann, der bei seiner Frage leicht errötet war, kurz an und verzog seine Mundwinkel zu einem spöttischen Grinsen.

„Kontakt, ja. Besonders morgens, vor Sonnenaufgang,

wenn er mit seinem Wagen losbrummte. Und abends spät wieder zurück. Hat geschuftet wie ein Tier, der Hoger." Probst grinste wieder. „Nicht wie so ein Beamter."

Er besah sich die ausgenommene Taube und legte sie in eine Schale. Seine Hände tauchte er in eine Schüssel, die neben ihm auf dem Boden stand.

„Beschreiben Sie den Mann mal", forderte Drescher streng, der sich offenbar auch gekränkt fühlte.

„Kräftig, weniger Bauch als Sie", er sah dabei den Ordnungspolizisten an, „na, und etwas kleiner als der Kommissar."

„Sonst etwas Auffälliges? Eine Verletzung?"

„Nicht dass ich wüsste."

Probst machte sich keine Mühe zu verbergen, dass er keine Lust auf die Befragung hatte.

„Eine Verletzung am Auge?", konkretisierte Koch seine Frage. Er war dabei dicht vor den noch immer auf seinem Hocker sitzenden Mann herangetreten.

Der stand langsam auf, bis sein Gesicht nur wenige Zentimeter von Kochs entfernt war und sah ihn unverwandt an.

„Ja, am Auge, stimmt. Kriegsverletzung. Vor Verdun. Hoger gehört zu den armen Schweinen, die da ihren Arsch hinhalten mussten, Herr Kommissar. Und noch was", fügte er hinzu, als die drei Anzeichen zum Aufbruch machten, „Sie sollten sich lieber um die Schweine kümmern, die mir meine Tauben klauen und fressen."

Koch nickte dem Mann wortlos zu, der sich setzte und seine Hand wieder in den Leib des toten Vogels steckte.

Drescher brachte Koch und Siggi mit mehreren anderen Leuten aus Bingen zusammen. Sie gaben vor, den Mann kaum zu kennen, da er zurückgezogen gelebt habe. Seine

Frau war kurz vor dem Krieg verstorben und er war schon Ende der 20er Jahre in die NSDAP eingetreten und hatte nach der Machtergreifung Aufgaben in der Ortsgruppe übernommen.

„Viel ist das nicht", sagte Koch zu Siggi, nachdem sie sich von Drescher, der offensichtlich froh war, dass seine Besucher endlich wieder fuhren und er sie nicht mehr begleiten musste, verabschiedet hatten. „Aber immerhin haben wir einen Namen. Jetzt müssen wir sein Umfeld beleuchten. Vielleicht ist er bei seiner Arbeit in der Ortsgruppe doch jemandem auf den Schlips getreten."

„Wir hätten Drescher fragen sollen", schlug Siggi vor.

Koch verneinte. „Ich glaube nicht, dass der uns da weiterhilft."

„Meinen Sie, der hängt da mit drin?"

„Glaube ich nicht", entgegnete Koch, „aber der will seine Ruhe. Dem wäre es wahrscheinlich auch am liebsten, wenn wir DPs als Täter eintragen und den Fall zu den Akten legen würden." Koch dachte einen Moment nach. „Was mir komisch vorkommt", sagte er beim Erreichen der Stadtgrenze von Mainz, „ist, dass der Wagen in Brand gesteckt wurde. Hoger wurde an einem ganz anderen Ort umgebracht. Warum? Und warum die Leiche nicht gleich mit?"

„Um Spuren zu verwischen?"

„Welche Spuren?", erwiderte Koch. „Nein, Siggi, das passt nicht. Wenn der Mörder den Wagen in die Halle gestellt hätte, dann wäre wer weiß wie lange Hogers Identität nicht geklärt worden und es damit auch schwerer, den Täter zu finden. Das passt nicht."

Am Abend, nachdem sie den Adler in der Fahrbereitschaft abgegeben hatten, saßen die beiden Polizisten noch lange in Kochs Büro und versuchten herauszubekommen, ob es während der Kriegsjahre einen Vorfall in Bingen gegeben hatte, in den Hoger hätte verwickelt sein können, aber ihre Nachforschungen blieben erfolglos.

Gegen neun Uhr abends verließ Koch die Polizeidirektion. Am Bahnhof musste er feststellen, dass die letzte Straßenbahn schon abgefahren war. Er hoffte, eine Nachricht von Dorle bei sich zu finden. Dass sie sauer auf ihn war, konnte er verstehen, dass sie ihn so lange hinhielt, fand er übertrieben.

Dieses Mal kam er nicht unbemerkt an Bressons Wohnung vorbei.

„Einen Absacker, Puhler?“, fragte der.

Er dachte kurz an diesen komischen Probst in Bingen, der auch den Begriff Puhler benutzt hatte, überlegte, sah nach, ob eine Nachricht von Dorle unter der Tür durchgeschoben worden war und drückte dann die Tür wieder ins Schloss.

„Na gut, Bresson, ist ja noch früh. Haben Sie keine Kunden mehr?“

„Kein Filmmaterial. Bekomme ich erst übermorgen. – Schon gehört“, fragte Bresson, nachdem sie sich in seinem Wohnzimmer in den tiefen Sesseln niedergelassen und angestoßen hatten, „im Ruhrgebiet ist es zu Demonstrationen gekommen. Dort scheint die Ernährungslage noch katastrophaler zu sein als hier.“

„Klingt fast zynisch, wenn Sie das sagen, Bresson“, setzte Koch dem entgegen. „Ich meine, bei Ihren Schnapsvorräten, und auch sonst scheint es Ihnen ja auch nicht schlecht zu gehen.“

Der hagere Mann sah an sich herunter. „Wo geht es mir gut, Koch? Schauen Sie mich doch an. Dünn wie eine Latte.“

„Wenn man sich nur von Alkohol ernährt. Ihre Leber möchte ich nicht sehen."

„Und Ihre, Koch? So viel besser wird die auch nicht aussehen."

„Da dürfte schon noch ein Unterschied sein."

„Prost!" Statt einer Erwiderung hielt Bresson Koch sein Glas entgegen, der seines dagegen stieß. „Wollten Sie nicht schon längst umgezogen sein?", fragte Bresson, nachdem er die Gläser wieder gefüllt hatte.

„Der neue Fall", war die lapidare Antwort.

„Na, na." Bresson sah den Kommissar skeptisch an. „Sie scheinen die Sache nicht sonderlich eilig voranzutreiben."

„Ich wollte, wirklich, Bresson. Samstag kam mir der Tote in Bingen dazwischen, zweimal war ich bei Dorle, aber sie war nicht zu Hause."

„War nicht da oder hat sie nicht aufgemacht?"

Koch kniff seine Lippen zusammen, bevor er antwortete.

„Ja, vielleicht ist sie wütend, weil ich am Samstag nicht mehr gekommen bin. Aber so kenne ich sie nicht."

„So ganz überzeugt, was den Umzug betrifft, scheinen Sie mir nicht zu sein. Vielleicht …"

„Trotzdem. Einfach nicht aufmachen ist auch keine Lösung."

„Vielleicht gibt es ja einen anderen Grund."

„Welchen anderen Grund?", fragte Koch überrascht.

„Vielleicht ist Dorle verreist."

„Ohne mir etwas zu sagen."

„Waren Sie bei ihrer Freundin, dieser Franzi?"

Koch nickte.

„Und?"

„War nicht da."

„Dann gehen Sie morgen noch mal hin. Sie sind doch sonst nicht so zurückhaltend“

Koch nickte und trank.

„Übrigens, das von Ihnen so geliebte und hochgehaltene Frankreich führt nicht nur in Indochina Krieg. Ich habe jetzt gelesen, dass es auch auf Madagaskar in Kämpfe verwickelt ist.“

Koch ging nicht darauf ein. Er war in Gedanken noch bei Dorle.

„Außerdem, Koch, wissen Sie, dass in der Fremdenlegion ein Haufen Deutsche kämpfen? Untergetauchte Wehrmachtssoldaten und SS-Männer, die so ihrem Prozess entgehen wollen. Die Franzosen wissen das. Ist denen egal. Können ja gut kämpfen, die SS-Männer.“ Die letzten Sätze hatte Bresson voller Bitterkeit ausgespuckt.

Koch, der an diesem Abend wenig Lust auf eine politische Diskussion hatte, wechselte das Thema. „Irgendwer hat gesagt, dass Mainz zur modernsten Stadt der Welt werden soll. So ein Blödsinn!“

Bresson stand auf und verschwand für einige Momente aus dem Zimmer. Dann kehrte er mit einer Zeitung in der Hand zurück.

„Ist vielleicht übertrieben, Koch, aber die Militärregierung hat einen berühmten Architekten beauftragt, diese Stadt tatsächlich zur modernsten der Welt zu machen.“ Er lächelte dünn. „Hier …“, er blätterte in der Zeitung. „‚Stadt von morgen‘“, las er vor. „‚Wir brauchen die schöpferischen Architekten und Städtebauer, die in der Schule eines May, Gropius und Corbusier die besten Traditionen des Dessauer Bauhauses empfangen und mit weitem Horizont die Erfahrungen des modernen Städtebaus in Amerika, England, Frankreich und der Sowjetunion in sich aufgenommen haben …‘“

Koch unterbrach seinen Nachbarn.

„Und das heißt?"

„Die Militärregierung hat Marcel Lods, einen Schüler von Le Corbusier, beauftragt, einen Generalbebauungsplan zu erstellen, nach der Charta von Athen. Wohn- und Industriebereiche sollen streng getrennt werden."

Koch lachte und nahm einen Schluck. „Glauben Sie, dass die Leute hier so was wollen?! Die wollen ein Dach über dem Kopf und die alte Gemütlichkeit, das goldene Mainz, aber nicht so moderne Sachen …"

„Aber jetzt ist Gelegenheit für einen radikalen Neuanfang, Koch", widersprach der Photograph.

Koch schüttelte den Kopf. „Vielleicht haben Sie Recht und man muss auch im Städtebau einen radikalen Neuanfang wagen, aber bei radikal bin ich vorsichtig."

„Es wird nicht so heiß gegessen, wie gekocht wird", entgegnete Bresson. „Es hat sich schon veritabler Widerstand gebildet. Unser Bürgermeister, der gute Emil Kraus, hat schon einen ausgewiesenen Gegner des Neuen Bauens zu seinem Berater für alle städtebaulichen und künstlerischen Fragen ernannt. Und wenn Sie mich fragen, wird es weder das neue noch ein altes Mainz geben. Es wird improvisiert werden und wir werden am Ende irgendwie darin leben und zufrieden sein. Prost!" Wieder hielt er sein Glas Koch entgegen.

XII

Dorle hatte jedes Zeitgefühl verloren. Wenn sie aufwachte, war ihr abwechselnd eiskalt oder siedendheiß. Sie lag in die Decke gerollt neben der Kiste, auf der sie ihren Sohn aufgebahrt hatte, damals, nachdem sie ihn von dem Haken an der Decke geschnitten hatte. Das Photo mit seinem Bild lag auf dem Boden, das Glas im Rahmen war zerbrochen. Als sie einmal erwachte und es durch einen Schleier entdeckte, streckte sie die Hand danach aus. Die Schmerzen bei jeder Bewegung zerrissen sie, dennoch war sie mit einem Mal von dem Gedanken besessen, das Bild berühren zu müssen. Mit ihrer Decke rutschte sie über den Boden näher zu dem Bild, aber sie musste immer wieder innehalten, weil ihr die Kraft fehlte und jede Faser ihres Körpers schmerzte, besonders in der Brust. Als sie endlich mit einem Finger das schwarzweiße Antlitz erreichte, fuhr sie zärtlich darüber, nicht darauf achtend, dass ihre Haut sich in den spitzen kleinen Glasstückchen verfing und der Finger zu bluten begann. Plötzlich meinte sie Rolf ganz in sich aufnehmen zu müssen, quälte sich noch ein weiteres Stück mit ihrem Körper auf das Bild zu und umfasste es mit der ganzen Hand, packte zu, knüllte das Bild samt den Scherben in ihrer Hand, drückte so fest wie sie nur konnte zu, und glaubte, dass der Schmerz, den ihr das bereitete, und das Blut, das auf den Boden tropfte und ihren Arm herunter rann, das Leben sei.

Der Durst quälte sie, sie lechzte nach einem kleinen Tropfen Flüssigkeit, einem winzig kleinen nur. Ein schwacher Lichtschein schob sich durch die noch einen Spalt offen stehende Kellertür die Treppe hinab und verendete kurz vor ihr. Da oben wäre Wasser. Wasser, das sie von der schmerzhaften Trockenheit in ihrem Mund erlösen würde. Sie folgte dem Licht und meinte dort jemanden zu sehen, eine Gestalt, groß, mit einer goldenen Aura, die ihren Namen nannte und sie zu sich rief. In der Hand hielt sie ein Gefäß, aus dem silberne Tropfen auf den Boden fielen, die langsam die Treppe hinab wanderten und dabei an Größe verloren, bis sie sich kurz vor ihr endgültig auflösten. Sie musste nur näher an die Treppe heran, dann würde sie die Tropfen erreichen.

Sie versuchte sich aus der Decke zu lösen, aber es gelang ihr nicht. Panik stieg in ihr auf, dass sie gefesselt sei und nie mehr diesen Raum verlassen würde. In ihrer Aufregung und Angst begann sie wie verrückt an dem Ende der Decke über ihrer Brust zu zerren, ignorierte den Schmerz durch die sich tiefer in ihre Haut bohrenden Glassplitter und rieb sich das Blut ins Gesicht. Als der erste Blutstropfen ihre Lippen berührte, glaubte sie, dass es Wasser sei, und sie leckte ihre Hände ab und riss sich dabei die Lippen auf.

Dorle fühlte eine Kälte, die sich um sie legte, und die sich in ein schwarzes Loch verwandelte, das größer und größer wurde.

Sie hörte Pauls Rufen nicht. Und ebenso wenig das von Franzi, die sie, wie der Kommissar, suchte, und die ihr später erzählte, wie sie sie gefunden hatte.

Franzi hatte ein ungutes Gefühl. Sie kannte Dorle zu gut und es sah der Freundin gar nicht ähnlich zu verreisen, ohne ihr davon zu erzählen. Sie ließ einen ihrer beiden Söhne, Karl, nachdem sich schon die Dämmerung über die Häuser gelegt hatte, über das Tor klettern und es von innen öffnen. Die Haustür war nicht verschlossen, aber weder unten in der Küche, in dem kleinen Wohnzimmer oder in der kleinen Kammer, in der sich Rolf meist aufgehalten hatte, konnten sie Dorle finden, noch oben, wo sich ihr Schlafzimmer befand.

Karl entdeckte die ein wenig offen stehende Kellertür zuerst. Zunächst rief er Dorles Namen in die Dunkelheit, dann besorgte er sich aus der Küche eine Kerze und stieg in ihrem Schein die Treppe hinab. Seine Mutter folgte ihm.

Franzi schrie auf, als sie ihre Freundin neben der Kiste, in die Decke eingewickelt, fand. Überall war Blut, ihr Gesicht ebenso verschmiert wie der Boden um sie herum.

Sie befürchtete das Schlimmste, doch Karl stellte schnell fest, dass Dorle lebte. Ihr Atem ging schwach, ihr Puls schlug langsam und ihr Körper war stark unterkühlt. Nachdem er Dorle zusammen mit seiner Mutter aus der Decke gewickelt hatte, wobei sie für einen kurzen Moment die Augen aufschlug und stöhnte, um gleich wieder in ihren Dämmer zu versinken, stellten sie fest, dass sie nichts gebrochen hatte und die Verletzungen an der Hand schmerzhaft, aber nicht gefährlich waren. Nur die vielen dunklen Flecken auf ihren Armen und Beinen, wie von Schlägen, verwunderten sie. Dorles heiße Stirn verriet ihnen, dass sie fieberte.

Gestützt von seiner Mutter trug Karl Dorle die Treppe hinauf ins Freie und von dort in die Küche, wo er sie auf das Sofa legte. Franzi schickte ihren Sohn aus dem Zimmer, während sie die Freundin entkleidete, weitere Flecken entdeckte, die Glassplitter aus der Hand entfernte, sie wusch und dann von oben neue Kleidung herunterbrachte, die sie ihr mühevoll anzog, denn Dorle wachte nur für kurze Augenblicke aus ihrer Ohnmacht auf, und Franzi wusste nicht, ob sie überhaupt verstand, was geschehen war und gerade mit ihr geschah.

Nachdem sie mit alldem fertig war, brachte Karl ihr einen Krug mit Wasser und ein Tuch, das sie in das Wasser tauchte und mit dem sie Dorles Lippen benetzte und die Stirn abtupfte.

Dann berieten die beiden, was sie weiter machen sollten und entschieden, dass sie die Verletzte in ihr Haus bringen würden, wo Franzi sich um sie kümmern konnte. Sie würde einen Arzt bitten zu kommen und abwarten, bis Dorle wieder auf die Beine kam und erzählen konnte, was vorgefallen war.

Es war bald Mitternacht, bis sie sie zusammen in Franzis Haus gebracht und oben in einem der Zimmer ihrer beiden Söhne ins Bett gelegt hatten. Franzi kochte eine Brühe, machte kalte Wickel, versuchte ihr schluckweise von der Brühe einzuträufeln, aber Dorle wachte nicht auf.

Karl war durch den nächtlichen Ort zu einem Doktor gelaufen, den Franzis Familie schon von klein an kannte, und ohne viele Fragen begleitete er den jungen Mann und versorgte Dorle. Sie hatte viele Schürfwunden, Prellungen von den Schlägen und eine Rippe war gebrochen. Er wickelte ihr ein Tuch fest um die Brust und gab Franzi Anweisungen, was sie in den nächsten Tagen zu tun habe, damit ihre Freundin bald wieder zu Kräften käme und das Fieber sank. Mit einer Pinzette entfernte er die restlichen Glassplitter aus Dorles Hand, reinigte die Wunde mit Alkohol und verließ das Haus, da war es schon nach zwei Uhr in der Nacht.

Franzi ließ sich von Karl einen Stuhl neben Dorles Bett stellen und verbrachte dort die Nacht unter einer Decke.

Es dauerte zweieinhalb Tage, an denen der Arzt noch zweimal nach ihr sah, dann war Dorle wieder so weit bei Kräften und das Fieber gesunken, dass sie für mehr als einen Moment die Augen offen halten konnte. Als sie Franzi den ersten Anflug eines Lächelns schenkte, war die froh wie selten in ihrem Leben.

Immer wieder gab sie ihr von einer Brühe aus Kräutern und ein wenig Hühnerfleisch, das Karl organisiert hatte. Sie sprach nicht, nur einmal richtete sich Dorle ein wenig auf und bat Franzi niemandem zu sagen, wo sie sei.

„Auch Paul nicht?“

„Auch Paul!“, hauchte Dorle, so leise, dass die Freundin es kaum verstehen konnte.

XIII

Während Koch langsam die Treppe hinaufstieg, rief ihm von oben ein junger Mann zu, dass Herr Arnheim ihn zu sprechen wünsche. Der Abend bei Bresson steckte ihm noch in den Knochen.

Ohne seinen Mantel im Büro abzulegen, ging er zu seinem Vorgesetzten, in der stillen Hoffnung, dass der ihm wieder einen Bohnenkaffee anbieten würde.

Doch schon Arnheims Körperhaltung machte Koch augenblicklich klar, dass er an diesem Vormittag nicht mit einem solchen Geschenk rechnen durfte.

„Koch, Sie waren gestern in Bingen, habe ich gehört. Ohne meine Erlaubnis."

Der Kommissar atmete tief durch und öffnete seinen Mantel, weil es in Arnheims Büro sehr warm war.

„Herr Arnheim, ich habe die Identität des Toten in Bingen geklärt."

„Trotzdem haben Sie sich über meine Anordnung hinweggesetzt."

„Ich musste schnell handeln und wollte heute zu Ihnen, um …"

„Koch, im Nachhinein. Ja?! Was soll ich da noch machen? Sie haben sich über meine Anweisung hinweggesetzt. Das ist ein Fakt. Ich werde mir vorbehalten, Sie deshalb disziplinarisch zu belangen."

„Herr Arnheim, wir haben einen sehr grausam zugerichteten Toten, dessen Identität wir bis gestern nicht kannten. Jetzt können wir konkret nach Spuren und Motiven suchen. Wir sind Polizisten und genau das ist unsere Aufgabe."

Koch hatte versucht, so sachlich wie möglich zu sprechen.

„Wollen Sie mich belehren, was die Aufgabe der Polizei ist, Koch? Sie? Der froh sein kann, dass er nach all den Disziplinlosigkeiten, die Sie sich schon geleistet haben, nur dank meiner Nachsicht hier noch arbeiten darf. Koch, noch einmal ein solches Vergehen, und ich werde dafür sorgen, dass Sie nie wieder bei der Polizei arbeiten werden."

„Ich werde mein Bestes tun."

„Ihr Bestes, Koch? Diese Antwort reicht eigentlich schon, Sie auf der Stelle zu suspendieren. Sie werden nichts anderes tun, als sich an meine Anweisungen zu halten. Haben Sie das verstanden?"

Koch nickte und fing sich dafür einen bösen Blick seines Vorgesetzten ein.

„Wie oft habe ich Ihnen schon gesagt, Koch, dass wir hier nicht in Spanien sind, wo … Ach! Gehen Sie und machen Sie Ihre Arbeit."

„Wollen Sie nicht wissen, was ich in Bingen herausbekommen habe?", fragte Koch.

Einen kurzen Moment schien Arnheim mit dem Gedanken zu spielen, sich aus seinem Schreibtischstuhl heraus auf Koch zu stürzen. „Legen Sie los!", sagte er stattdessen.

Koch klärte ihn auf, was er herausgefunden hatte.

„Gut, Koch, ich gebe Ihnen eine Woche Aufschub den Fall zu klären. Aber Sie werden sehen, ich werde Recht behalten und es waren DPs."

In der Kantine traf Koch Reuber, wo er ihm in einer Ecke, in der sie ungestört von den anderen Kollegen waren, die neuen Erkenntnisse mitteilte.

„Können Sie mir einen Gefallen tun, Reuber?", fragte er, nachdem er seine Ausführungen beendet hatte.

„Mein Whiskeyvorrat geht zur Neige. Da müssen Sie warten, bis ich Chavez wieder treffe", antwortete der mit einem Lächeln.

„Das meine ich nicht. Hören Sie sich doch mal um, ob Sie bei Ihren Verbindungsleuten etwas über diesen Hoger hören."

„Haben Sie einen konkreten Verdacht?"

„Irgendwie muss jeder überleben und ich habe bei ihm zwei Flaschen Whiskey und Zigaretten gefunden. Hat heutzutage nicht jeder so rumstehen."

„Ich sage Ihnen Bescheid, wenn ich was höre."

Bis zum Abend hatte Koch zusammengetragen, dass Hoger 1894 in der Nähe von Bonn geboren wurde, das nun in der britischen Zone lag. Um die Jahrhundertwende zog die Familie nach Bingen, weil sein Vater die dort ansässige Werkstatt seines Bruders übernommen hatte, der überraschend gestorben war. Hoger hatte eine Ausbildung bei einem Schmied gemacht und wurde dann in der Werkstatt des Chemiewerkes Boehringer in Ingelheim angestellt, 1914 in das Deutsche Heer eingezogen und hatte an der Westfront gekämpft, wo er zweimal leicht und einmal schwer verwundet wurde, woraufhin man ihn in der Etappe in einem Reparaturbetrieb für Fahrzeuge beschäftigte. Nach dem Krieg schloss er sich einem Freikorps an, kehrte nach dessen Auflösung nach Bingen zurück, wo er zunächst mit der Situation nicht zurechtkam, viel trank, sich oft prügelte und sich als Transportarbeiter im Hafen durchschlug. Irgendwann bekam er sein Leben in den Griff, baute ein kleines Fuhrunternehmen auf, heiratete 1925 und wurde Vater eines Sohnes. Seine Freikorps-Kontakte und sein früher Eintritt in die NSDAP lohnten sich schon bald für ihn: Er bekam Aufträge, fuhr Parteigenossen mit seinen

Fahrzeugen zu Versammlungen und Demonstrationen. Er war in der Ortsgruppe Bingen aktiv. Ende der 30er Jahre starb seine Frau. Was er während des letzten Krieges gemacht hatte, konnte Koch nicht herausfinden.

Koch las zum wiederholten Male die Ergebnisse seiner Nachforschungen durch, als Reuber seinen Kopf durch die Tür steckte.

„Wie wär's mit einem Drink zum Wochenende? Morgen ist Karfreitag", lud er Koch ein.

„Wir sind noch in der Fastenzeit, Reuber! Denken Sie dran, Sie sind in Mainz, katholischer Bischofssitz. Und ich denke, Ihre Vorräte sind zur Neige gegangen?", gab Koch zurück.

„Auf meinen Freund Chavez ist Verlass. Fastenzeit hin oder her", lachte Reuber. „Kommen Sie. Ich habe auch Neuigkeiten."

In seinem Büro füllte Reuber zwei Gläser und drückte eines davon Koch in die Hand.

„Cheers!"

„Und nun die Neuigkeiten", drängte Koch, nachdem sie beide an ihren Gläsern genippt hatten.

„Zuerst die gute oder die gute?", erwiderte Reuber.

Koch machte ein gespielt nachdenkliches Gesicht. „Die Gute zuerst", entschied er schließlich.

„Meine Frau und ich werden umziehen", erklärte Reuber und zündete sich eine Zigarette an.

„Größere Wohnung? Nachwuchs?", fragte Koch.

Für einen Moment fror Reubers Lächeln ein.

„Nein, kein Nachwuchs." Er klang hart. „So eine Art Erbschaft. Das Haus einer Großtante meiner Frau. Sie hatte außer ihr keine Verwandten. Die freien Tage jetzt werden wir nutzen, um es uns mal richtig anzuschauen."

„Glückwunsch", gratulierte Koch und hob sein Glas. „Und die gute Nachricht?" Koch sah seinen Kollegen erwartungsvoll an.

„Ihr Mann in Bingen, dieser Hoger, ist wohl tatsächlich in Schwarzmarktgeschäfte verwickelt. Kein ganz dicker Fisch, aber auch nicht nur so kleine Sachen für den täglichen Bedarf. Vielleicht finden Sie da ja ein Motiv für seine Ermordung."

„Näheres?", hakte Koch nach.

Reuber schüttelte den Kopf und klopfte die Asche seiner Zigarette ab.

„Nein. Leider. Aber Sie hatten einen guten Riecher!"

Koch klopfte mit seinem Zeigefinger gegen das Whiskeyglas. „Gute Augen", verbesserte er. „Ich habe zwei Flaschen von dem Zeug in Hogers Spind gesehen."

„Ich bleibe da dran. Aber ich würde mich an Ihrer Stelle in seinem Haus noch mal umsehen. Vielleicht findet sich da ja noch mehr. Ich komme gerne mit."

Koch lehnte sich in seinem Stuhl zurück und überlegte. „Nächsten Dienstag, nach den Osterfeiertagen", sagte er schließlich, „dann ist auch Siggi wieder da."

„Wo ist unser junger Kollege überhaupt? Ich habe ihn seit Tagen nicht gesehen."

„Fortbildung in Rechtsstaatlichkeit. Irgend so etwas."

„Ja, dann Dienstag. Wenn ich Zeit habe, komme ich mit", entschied Reuber und füllte nochmals die Gläser.

XIV

Es war merklich wärmer geworden, als Koch die Direktion verließ. Mit offenem Mantel genoss er den Wind auf dem Weg zum Hauptbahnhof. Er hoffte, an diesem Abend endlich Klarheit zu bekommen, warum Dorle ihm nicht öffnete. Der Gedanke, dass ihr etwas zugestoßen sein könnte, schien ihm völlig abwegig.

Aus der Straßenbahn sah er den Menschen zu, die die Trümmerbahn beluden, um Platz für den raschen Neuaufbau der Häuser zu schaffen. Die Wohnungsknappheit in der Stadt war auch im zweiten Jahr nach Kriegsende noch ein unbewältigtes Problem, das durch Einquartierungen der Besatzungssoldaten und ihrer Angehörigen weiter verschärft wurde. Ihm fiel die Diskussion mit Bresson über die städtebaulichen Pläne dieses französischen Architekten ein und er konnte sich nicht vorstellen, wie aus all den Trümmern irgendwann einmal eine neue Stadt entstehen sollte, gleich, in welcher Form, alt oder modern.

Um ihn herum wurde laut geschimpft und diskutiert. Eine Frau berichtete so laut, dass alle Umstehenden es mitbekamen, dass in Warschau der ehemalige Kommandant des Konzentrationslagers Auschwitz, Rudolf Höß, zum Tode verurteilt worden war.

Vor Dorles Haus wartete er einige Momente, um sich zu sammeln, dann schlug er mit dem geknickten Mittelfinger zaghaft gegen das Holz. Als er keine Antwort erhielt, nahm er die Faust. Doch auch darauf erfolgte keine Reaktion. Koch wurde unruhig. Nun kamen ihm doch allmählich Zweifel, dass Dorle ihm nur wegen der geplatzten Verabredung so lange aus dem Weg ging. Oder war es lediglich eine Aneinanderreihung von Zufällen, dass sie genau dann nicht im Haus war, wenn er vorbeikam, dass sie sich vielleicht gerade bei Franzi aufhielt, auf dem Friedhof Rolfs Grab besuchte oder in die Kirche gegangen war.

Franzis Haus war größer als das von Dorle und lag im alten Ortskern. Da ihre beiden Söhne offiziell noch bei ihr lebten, war sie bislang von einer Zwangseinquartierung verschont geblieben. Franzis Vorfahren hatten noch Landwirtschaft betrieben, deshalb war das Tor in den Hof so groß, dass auch Pferde und größeres Gerät hindurch passten.

Koch zog an einer Eisenkugel, die eine Schnur in Bewegung setzte, die über mehrere Rollen zum Hauseingang führte, wo eine weitere Kugel gegen ein Blechschild schlug und den Besuch ankündigte. Franzi hatte schon öfters überlegt, diese Schelle abzumontieren, weil sie Kinder und Jugendliche immer wieder zu Streichen animierte.

Nun geschah nichts. Koch wartete, wagte nicht, sofort wieder an der Schnur zu ziehen, horchte auf ein Geräusch, und schlug schließlich mit der Faust gegen das Tor.

„Ja, einen Moment", hörte er Franzis Stimme, die ungewohnt verschlafen klang.

Schritte näherten sich über den Hof, bis sie vom Geräusch des Schiebens des Eisenriegels abgelöst wurden.

„Hallo, Paul", begrüßte sie den Kommissar. Franzi sah müde aus, hatte Ringe unter den Augen und ihre Haut war fahl. Trotzdem versuchte sie ein Lächeln, das ihrem Gesicht eine groteske Note gab.

„Guten Tag, Franzi", grüßte er zurück, so verunsichert, dass er zunächst stumm blieb.

„Ja?", fragte Franzi.

„Weißt du, wo Dorle ist?", fragte Koch schließlich zurück. Er fühlte sich unwohl. Es passte nicht zu dieser Frau, dass sie ihn im Tor stehen ließ.

„Nein“, sagte sie, und Koch spürte die Unsicherheit in Franzis Stimme.

„Ich war schon mehrmals bei ihr“, erklärte Koch, „aber sie ist nicht da oder macht nicht auf.“

„Warum sollte sie nicht aufmachen?“, fragte Franzi zurück, worauf Koch keine Antwort wusste.

„Kann ich mal reinkommen?“, fragte er stattdessen, aber Franzi wich nicht zur Seite.

„Lieber nicht!“, sagte sie schließlich nach einer Pause. „Robby ist da und ich … Du weißt …“

„Hast du denn eine Ahnung, wo Dorle sein könnte?“

Franzi schüttelte den Kopf.

„Kannst du ihr eine Nachricht …“ Koch brach seinen Satz ab.

„Ja?“, hakte sie nach. Ihre Stimme klang unbeteiligt.

„Schon gut“, erwiderte Koch. „Wenn du sie siehst, sage ihr doch bitte, dass ich bei ihr war … und …“

Franzi sah ihn an.

„Kann ich nicht …?“ Koch sah an Franzi vorbei in den Hof.

Die blieb stehen und schüttelte leicht den Kopf. „Ich muss rein … Robby wartet“, sagte sie und sah Paul an.

Der lupfte kurz seinen Hut und ging bis zur nächsten Straßenecke, wo er innehielt und sich noch einmal umsah.

Er fühlte sich abgewimmelt. Franzi machte nicht den Eindruck, dass sie sich Sorgen um ihre Freundin machte. Koch fand das merkwürdig. Nach einigen Minuten ging er weiter, machte aber noch einmal einen Umweg an Dorles Haus vorbei, wo er klopfte, kurz wartete, auf das Tor kletterte und in den Hof sprang. Die Fenster waren dunkel, die Türen und Fenster verriegelt. Er drückte seine Nase gegen das Küchenfenster, aber im Innern konnte er nichts erkennen. Er überlegte, die Tür gewaltsam zu öffnen, entschied sich dagegen und verließ schließlich ratlos das Grundstück.

XV

Ein milder Wind kündigte nach den Osterfeiertagen das endgültige Ende der kalten Monate an. Die Sonne fand ihren Weg durch die aufgebrochene Wolkendecke zur Erde. Es war noch nicht warm, aber in der Luft lag dieser spezielle frische Geruch des Frühlings und die Vögel machten sich schon vernehmlich bemerkbar.

Gleich nach seiner Ankunft wurde Koch zu Arnheim gerufen.

„Herr Koch, Herr Arnheim erwartet Sie schon“, sagte dessen Vorzimmerdame, als Koch den Raum betrat. Er hatte sich mittlerweile an ihren Ton gewöhnt, in dem immer etwas von einem Vorwurf mitschwang, und er war inzwischen zu der Überzeugung gelangt, dass dies keine Absicht war, sondern zur Natur dieser Frau gehörte.

Arnheim erwartete seinen Kommissar stehend und knöpfte sich gerade sein Jackett zu.

„Nehmen Sie Platz, Koch! Und? Haben Sie neue Erkenntnisse in dieser unleidlichen Angelegenheit?“

Es schien Koch, dass Arnheim ganz ohne Häme sprach, fast klang es nach ehrlichem Interesse. Koch blieb misstrauisch.

„Möglicherweise war dieser Hoger in Schwarzmarktgeschäfte größeren Umfangs verwickelt. Ich habe Whiskey und amerikanische Zigaretten in der Werkstatt von Hoger gefunden und daraufhin Herrn Reuber gebeten, in dieser Richtung Nachforschungen anzustellen.“

Arnheim nickte, sah kurz zum Fenster, dann nahm er eine Zigarettenschachtel, die vor ihm auf dem Tisch lag, und hielt sie Koch entgegen.

„Nein, danke“, lehnte der ab, während sein Vorgesetzter sich eine Zigarette zwischen die Lippen steckte und umständlich anzündete. Koch konnte sich nicht erinnern, Arnheim schon einmal rauchen gesehen zu haben.

„Hat Kollege Reuber denn etwas herausgefunden?" Arnheim blies den Rauch in Richtung Decke. Es schien Koch, dass die Zigarette leicht parfümiert roch.

„Tatsächlich gibt es Hinweise, dass Hoger in solche Geschäfte verwickelt war. Daher würde ich mir seine Werkstatt und sein Haus gerne noch einmal ansehen. Wenn möglich im Beisein von Reuber."

„Das heißt, Sie müssten noch einmal nach Bingen fahren?"

Koch nickte. Er wartete auf eine zornige Reaktion, aber die blieb aus.

„Gut, Koch", erwiderte Arnheim nach einigen Sekunden, in denen er zwei Mal hastig an seiner Zigarette gezogen hatte. Der ungeübte Raucher war nicht zu übersehen.

„Prüfen Sie das und sehen Sie zu, dass der Fall schnell abgeschlossen wird." Arnheim hatte das ohne den üblichen genervten Tonfall gesagt.

Er zog noch einmal an seiner Zigarette, dann drückte er den Rest in einem Aschenbecher aus, der für Koch nicht sichtbar hinter einem Holzkästchen stand.

„Ich habe da noch was, Koch", sagte er, nachdem er sich überzeugt hatte, dass die Kippe tatsächlich nicht mehr brannte.

Koch schwieg. Er war vorsichtig, wenn Arnheim auf diese Weise zu einem neuen Thema wechselte.

„Was ich Ihnen jetzt sage, bleibt bitte unter uns. Vorerst zumindest." Er machte eine Pause und wartete auf Kochs zustimmendes Nicken. „Wie Sie wissen, war ich in der letzten Woche in Koblenz. Man plant für das Land Rheinland-Pfalz ein Landeskriminalpolizeiamt zu gründen, eine Art Kommissariat, das für städte- und kreisübergreifende

Verbrechen in ganz Rheinland-Pfalz zuständig ist. Dafür werden …“, er machte eine Pause, „fähige Leute gesucht. Polizisten mit Führungsqualitäten. Und ich habe da an Sie gedacht, Koch. Was meinen Sie?“

„Das hört sich interessant an, Herr Arnheim.“ Ihm fiel nichts Besseres ein, er war zu überrascht, dass sein Chef ihm Führungsqualitäten zugestand.

„Interessant, Koch? Das ist eine Karrieremöglichkeit, wie Sie sie selten geboten bekommen. Eine Behörde mit aufzubauen, eine Behörde mit weitreichenden Kompetenzen, etwas mehr Enthusiasmus wünsche ich mir da schon. Und sehen Sie es doch so: Was Sie jetzt machen, in Bingen, das ist doch schon die Arbeit des Landeskriminalpolizeiamtes. Kreisübergreifend.“

Er sah den Kommissar erwartungsvoll an.

„Das kommt sehr plötzlich. Und …“, Koch zögerte einen kleinen Moment, „… wir haben ja nicht immer das beste Verhältnis, Herr Arnheim.“

Der lachte laut auf. „Ehrlich sind Sie ja, Koch. Ja, in der Tat, die Zusammenarbeit mit Ihnen ist nicht einfach und erfordert von einem Vorgesetzten ein gerüttelt Maß an Toleranz. Aber an Ihren Qualitäten als Polizist habe ich nie gezweifelt.“

„Das ehrt mich“, erwiderte Koch und überlegte, wie er Zeit gewinnen konnte, ohne Arnheim allzu sehr vor den Kopf zu stoßen.

„Darf ich über Ihren Vorschlag nachdenken?“

„Aber natürlich. Ich verlange ja gar nicht von Ihnen, dass Sie jetzt gleich zusagen. Und die letzte Entscheidung treffe ja nicht ich. Das entscheiden andere Leute. Ich kann Sie nur empfehlen“, sagte Arnheim bescheiden, und Koch ergänzte für sich, „und mich auf diese Weise sehr elegant loswerden“.

„Denken Sie darüber nach, Koch, und geben Sie mir in den nächsten Tagen Bescheid! Eine große Chance und neue Aufgaben. Ich an Ihrer Stelle …“ Weiter sprach er nicht und Koch war sich nicht sicher, ob in den letzten Worten Arnheims auch eine stille Drohung lag.

Er stand auf, Koch tat es ihm nach und die beiden Männer verabschiedeten sich. Koch bedauerte, während er an der Vorzimmerdame vorüberging, dass er nicht nach einem Kaffee gefragt hatte. In dieser Situation hätte Arnheim ihm sicher gerne eine Tasse servieren lassen.

In der Kantine schwappte dem Kommissar beim Eintreten der Lärm vieler durcheinander sprechender Stimmen entgegen. Der eine oder andere Kollege sah kurz auf, als er zwischen den Tischen hindurch zu Siggi ging und ihn bat, in der Fahrbereitschaft einen Wagen zu besorgen, und sich noch einen Kaffee holte. Mit dem Becher in der Hand eilte er zu Reuber, der sich gleich bereiterklärte mit ihnen zu fahren.

Koch verwarf die Überlegung, Drescher vorab von der Hausdurchsuchung bei Hoger zu informieren. Er ließ sich lediglich telefonisch ohne Angabe von Gründen ankündigen. Dass die Telefonverbindung gleich zustande kam, nahm er als ein positives Zeichen.

Um elf Uhr fuhren sie los. Jörg hatte ihnen mit gequälter Miene den Opel P 4 gegeben, der leidlich repariert war. Die anderen Wagen waren nicht fahrbereit, auch der Adler musste überholt werden. Siggi steuerte den Wagen, Koch hatte sich auf den Rücksitz gesetzt, um über Arnheims Angebot nachzudenken. Je länger die Fahrt dauerte, desto überzeugter war er, dass sein Chef ihn auf diesem Wege loswerden wollte.

In Bingen wartete Drescher vor dem Revier mit einem jüngeren Kollegen, der ihnen als Peter Reitz vorgestellt wurde. Sie klärten die beiden kurz über ihr Vorhaben auf.

„Ist das denn nötig? Ich glaube nicht, dass Sie da etwas finden werden. Hoger hat zurückgezogen gelebt. Woher sollte der Leute kennen, die so was machen?"

„Das lassen Sie unsere Sorge sein, Drescher. Wir fahren jetzt dorthin und schauen uns um. Und Sie fahren vor!"

Die beiden Binger Polizisten bestiegen Dreschers Motorrad und fuhren los, Koch, Reuber und Siggi folgten ihnen in dem Opel.

Hogers Anwesen sah noch so aus wie bei ihrem letzten Besuch, doch das frühlingshafte Wetter hatte an einigen Stellen erste Pflanzen durch die Kiesel wachsen lassen, was dem Grundstück ein etwas freundlicheres Aussehen gab.

Im Haus begannen sie gleich mit der systematischen Durchsuchung. Reuber nahm sich die Halle vor, während sich Koch, Siggi und die beiden Binger Polizisten im Haus umsahen.

„Sagen Sie mal, Siggi", sprach Koch seinen Assistenten beim Betreten der Küche an, „das sah hier doch letzte Woche etwas anders aus, oder?"

Die Türen des Küchenschrankes standen offen und auf der Anrichte darunter und auf der Spüle stapelten sich saubere Tassen, Teller und anderes Geschirr.

„Ich glaube auch", stimmte Siggi zu und öffnete die Tür zu der Vorratskammer, die neben der Küche lag.

Ein Regal war von der Wand weggeschoben worden, dabei mussten einige der Töpfe auf den Boden gefallen sein. In der Wand, vor der das Möbelstück gestanden hatte, befand sich eine Klappe. Siggi kroch sofort dahinter, zog die Klappe auf und sah hinein.

„Leer", rief er über seinen Rücken Koch zu.

„Da hat sich schon jemand vor uns umgeschaut. Mist!", fluchte Koch und machte sich Vorwürfe, nicht schon bei ihrem ersten Besuch das Haus gründlicher durchsucht zu haben. Auch in den anderen Räumen fanden sie Hinweise, dass sich schon jemand vor ihnen die Mühe gemacht hatte genauer zu schauen. Koch fluchte nochmals.

„Was ist los?", fragte Reuber leicht amüsiert im Türrahmen stehend.

Koch klärte ihn über seine Entdeckung auf.

„Das waren keine Profis", entgegnete Reuber und lächelte.

„Wie meinen Sie das?", fragte Siggi.

„Sonst hätten die *das* entdeckt. Kommen Sie!"

Reuber drehte sich um und kehrte zurück in die Halle, wo sich neben der Grube Kisten stapelten.

Neugierig trat Koch näher. Siggi folgte ihm.

„Alkohol, Zigaretten, auch ein paar Packungen Strümpfe sowie Aspirin. Alles Sachen, die sehr begehrt sind und gutes Geld bringen. Die, die da drinnen waren", Reuber blickte in Richtung des Hauses, „haben wahrscheinlich gewusst, dass Hoger solche Geschäfte machte und wollten sich nach dessen Tod ein Stück vom Kuchen abschneiden."

Er machte eine stumme Kopfbewegung zum Haus, in dem Drescher und sein Kollege noch immer im oberen Stockwerk zugange waren. Koch trat näher zu Reuber heran. „Fragen wir ihn", flüsterte er.

Als Drescher und Peter Reitz fünf Minuten später in die Halle kamen, blickten sie erstaunt auf den Stapel Kisten.

„Was ist das?", fragte Reitz.

„Alkohol, Tabak, Medikamente, alles was das Herz in dieser Zeit begehrt", erklärte Reuber.

„Und wo war das Zeug?" Drescher näherte sich den Kisten.

Reuber deutete auf die Grube, während Koch den Mann genau im Auge behielt. Das blieb nicht unbemerkt.

„Was sehen Sie mich so an?“, fragte er entrüstet.

„Drescher, ich will eine ehrliche Antwort: Waren Sie zwischen unserem gemeinsamen Besuch und heute noch mal in diesem Haus und haben es durchsucht?“

„Ich musste ja …“, begann er zu drucksen.

Koch trat vor. „Drescher, ja oder nein?“

„Das ist nicht so wie …“

„Verdammt, Drescher, waren Sie hier?!“ Koch hatte den Ordnungspolizisten am Kragen gepackt und zu sich herangezogen.

„Ja, ja“, stammelte der. „Ich wollte mich mal umsehen.“

„Und, was haben Sie gefunden bei Ihrem … Umsehen?“

„Etwas Whiskey, dazu eine Flasche Gin und ein paar Schachteln Zigaretten.“ Koch stieß Drescher von sich.

„Und die haben Sie behalten?“

„Ja“, antwortete Drescher kleinlaut.

„Waren Sie dabei?“ Koch sah zu Reitz, der sich hinter Drescher gestellt hatte.

Der nickte verschämt.

„Wissen Sie“, fuhr Koch den Ordnungspolizisten scharf an, „was mich ärgert? Nicht, dass Sie sich den Alkohol und die Zigaretten unter den Nagel gerissen haben, sondern dass Sie mir nichts von Hogers Geschäften gesagt haben. Der Whiskey ist mir egal, aber ein Mordmotiv nicht. Das ärgert mich, Drescher. Sie sehen das praktisch, haben Sie gesagt. Ich auch, aber mein Pragmatismus sagt mir, dass ich einen Mord aufzuklären habe, und einen ziemlich brutalen dazu, und da ist es ganz praktisch, wenn ich alles erfahre, das zur Aufklärung beitragen kann. Verstehen Sie das, Drescher?“

„Ich wusste nicht … ich wollte ja nicht … aber die Zeiten … jeder macht doch …"

„Mist, Drescher!" Koch packte ihn wieder. „Jetzt machen Sie es nicht noch schlimmer. Sie haben einen Riesenbock geschossen. Jetzt stehen Sie dazu! Und Sie ebenso!" Er sah kurz zu Reitz herüber, der beschämt nach unten blickte.

Koch ließ den Ordnungspolizisten los, der gleich aus der Reichweite seiner Arme trat.

„Ich will jetzt auf der Stelle von Ihnen wissen, wer alles von Hogers Geschäften wusste. Oder besser noch, mit wem Hoger Geschäfte machte."

Drescher sah kurz zu Reitz herüber.

„Ja, ich war am Samstag hier. Es gab Gerüchte, dass Hoger solche Geschäfte macht … und da hab ich mir gedacht, bevor das Zeug schlecht wird, also, es tut ja niemandem weh und es wäre ja auch verrottet hier drin, wenn keiner … es gibt keinen Erben …"

„Außer dem Kleinen …"

Koch blickte zu Reitz herüber, der den letzten Einwurf gemacht hatte.

„Der Günther, also Hogers Sohn, ist doch der einzige Erbe. Aber der ist in Russland, in Gefangenschaft. Ob der noch mal zurückkommt …?", erklärte Reitz mit leiser Stimme und sah dabei kurz zu Drescher herüber.

„Wieso bezweifeln Sie, dass er zurückkommt?"

„Das weiß man doch", sagte Drescher schnell und laut, so dass Reitz keine Möglichkeit hatte selbst zu antworten. Irritiert sah der seinen Vorgesetzten an, der gleich weiter sprach. „Die Russen, die stecken die Deutschen doch in die Lager. Da kommt keiner raus."

Koch nickte. „Und jetzt will ich wissen, mit wem Hoger seine Geschäfte gemacht hat."

„Das weiß ich nicht", entgegnete Drescher. „Ehrlich nicht. Hoger lebte ziemlich zurückgezogen. Und Sie wissen ja, wie das ist: die Leute reden, der macht Geschäfte, wer was zum Trinken braucht, der muss zum Hoger. Aber mehr weiß ich auch nicht."

„Aber Sie wissen, dass Sie das als Polizist hätten melden müssen?!" Reuber, der bislang dem Ganzen stumm zugeschaut hatte, war einen Schritt vorgetreten.

Drescher nickte. „Natürlich. Aber die Leute müssen doch auch leben. Überleben." Er wurde lauter. „Erzählen Sie mir doch nicht, dass Sie nicht auch ab und zu das eine oder andere Geschäft machen, sich Kaffee auf dem Schwarzmarkt besorgen. Oder Zigaretten."

„Ich rauche nicht!", erklärte Koch kalt. Reuber grinste still in sich hinein.

„Wenn die Leute sich ihre Sachen nicht auf dem Schwarzmarkt besorgen würden, müssten sie verhungern …", sprang Reitz seinem Kollegen bei, doch Koch unterbrach ihn.

„Das kann ja sein, aber sich das eine oder andere auf dem Schwarzmarkt zu besorgen oder als Polizist aus einem leer stehenden Haus Sachen zu stehlen, das sind zwei Paar sehr verschiedene Schuhe."

„Koch", versuchte Reuber die Situation zu entschärfen. „Das Kind ist doch schon in den Brunnen gefallen. Wir können diese Kollegen jetzt anzeigen. Oder sie zeigen sich kooperativ und helfen uns zunächst einmal, diese Kisten in den Opel zu tragen. Und Drescher erzählt uns dann alles, was er weiß."

Koch ließ sich Zeit mit der Antwort. Es behagte ihm nicht, den in seinen Augen korrupten Kollegen so einfach davonkommen zu lassen.

„Na gut", stimmte er schließlich zu. „Machen Sie, was

Reuber gesagt hat!“ Damit wandte er sich ab und ging nach draußen, wo er sich ein Stück von der Halle und dem Haus entfernte und sich auf einem Stein niederließ.

„Fertig!“

Siggi stand vor ihm.

„Alles ins Auto verladen“, erklärte er. „ Aber hinten ist kein Platz mehr.“

Koch erhob sich und ging mit dem jungen Mann zurück zu den anderen.

Drescher stellte sich ihm in den Weg.

„Kann ich Sie sprechen?“, fragte er vorsichtig.

Koch nickte und ging zwei Meter zur Seite. Der Ordnungspolizist folgte ihm.

„Werden Sie Meldung machen, Herr Kommissar?“, fragte er.

Koch ließ sich einen Moment Zeit mit der Antwort.

„Was wissen Sie noch über Hoger?“

Drescher druckste herum.

„Man soll nicht schlecht über Tote reden …“, begann er.

„Mensch, Drescher“, fauchte ihn Koch an, „wollen Sie jetzt, dass ich keine Meldung mache, oder …?“

Der schüttelte den Kopf.

„Ich glaube nicht, dass der Hoger selbst die Geschäfte gemacht hat. Ich meine, mit dem Whiskey und so.“

„Sie meinen, er hat die Halle jemand anderem zur Verfügung gestellt?“

„Ja.“

„Und wer ist das?“

„Das kann ich Ihnen nicht sagen.“

„Wie bitte?“, entgegnete Koch wütend.

„Das kann ich Ihnen nicht sagen.“

„Jetzt hören Sie mir zu, Drescher: Wenn Sie wollen, dass ich Ihren Arsch rette, dann sagen Sie mir den Namen …"

„Heribert Mack."

„Wer ist das, was macht der Mann, wo wohnt er?", fragte Koch

Drescher sah sich Hilfe suchend um.

„Haben Sie Angst vor dem Mann?"

Drescher räusperte sich. „Also, Heribert Mack, der hat dem Hoger Arbeit besorgt. Während des Krieges. Sonst wäre der noch eingezogen worden."

„Wo? Welche Arbeit?" Koch wurde es langsam leid, dem Mann jede Information einzeln aus der Nase ziehen zu müssen.

„In einem Betrieb in Ingelheim. Die haben Autoteile hergestellt. Kriegswichtig. Mack hatte eine wichtige Stelle da. Bereichsleiter oder wie das damals hieß."

„Dieser Mack ist der eigentliche Schwarzhändler?"

„Ja, ich denke schon. Ich glaube, weil er Hoger geholfen hat, hat der sich verpflichtet gefühlt und ihm die Halle zur Verfügung gestellt. Hierher kam doch niemand raus. Die Nachbarn wohnen weit weg, niemand merkt, wenn die hier was umladen."

„Und! Wo finde ich diesen Mack?"

„Wollen Sie wirklich …?"

„Natürlich! Würde ich sonst fragen?!"

„In Ober-Ingelheim. Die genaue Adresse weiß ich nicht. Irgendwo in der Nähe der Burgkirche."

Koch wollte sich schon abwenden.

„Herr Kommissar, bitte …"

Der blieb stehen und drehte sich um.

„Sagen Sie ihm nicht, dass Sie das von mir wissen … Bitte!"

Koch nickte. „Wenn es sich vermeiden lässt."
Er hatte wenig Mitleid mit dem Mann.

Vor dem Auto warteten Reuber und Siggi auf Koch. Die Nachmittagssonne brach sich in den Unebenheiten des notdürftig reparierten Türblechs und blendete ihn beim Näherkommen. Drescher war dem Kommissar mit ein paar Metern Abstand gefolgt. Der sah nicht, wie er Reitz mit einer herrischen Geste zu sich rief, das Motorrad startete und mit dem Kollegen auf dem Soziussitz davonbrauste.

„Was war denn?", fragte Siggi, der seine Neugier nicht unterdrücken konnte.

„Sagt Ihnen der Name Heribert Mack etwas?", wandte sich Koch an Reuber.

Der schüttelte den Kopf. „Noch nicht gehört."

„Angeblich der, der für die Waren hier verantwortlich ist."

„Hat dieser Dorfpolizist das gesagt?", fragte Reuber.

„Ja."

„Und? Glauben Sie ihm?" Reuber sah Koch gespannt an.

„Wir können ihn doch aufsuchen! Wo wohnt der denn?"

„Das sollten wir machen, Siggi", stimmte ihm Koch zu.

„Wird schwierig. Der Wagen ist bis unters Dach voll mit den Kisten aus der Halle."

„Verdammt!", fluchte Koch, „ich traue Drescher nicht. Der warnt diesen Mack am Ende. Vor irgendetwas hat der Angst."

„Wir quetschen uns alle vorne rein. Wird schon gehen", schlug Reuber vor.

Nachdem sie sich durch die steilen und engen Gassen Ober-Ingelheims bis zur Burgkirche vorgekämpft hatten, zeigte ihnen ein alter Winzer, der gerade von seinem Weinberg heimkehrte, das Haus von Heribert Mack, ein Bruchsteinhaus, das einen gepflegten Eindruck machte. Weiße Gardinen verhinderten den Blick durch die Fenster ins Innere.

Koch klopfte dreimal erfolglos an das Tor, dann trat er noch einmal vor das niedrigste der Fenster, aber so sehr er sich auch die Nase an dem Fenster platt drückte, er konnte nichts erkennen.

Dafür erkannte er hinter einem Fenster in dem Haus auf der gegenüberliegenden Seite eine Bewegung. Sofort eilte er herüber und klopfte.

„Ich komme ja schon", hörte er eine krächzende Stimme. „Alter Mann ist keine Dampflok."

Eine Minute später öffnete ihnen ein Mann, der mindestens achtzig Jahre alt war, die Tür. Er war groß und hager, sein Gesicht voller Falten und die weite Kleidung schlackerte an seinem Körper. Auf dem Kopf trug er einen Strohhut oder besser, das, was davon übrig geblieben war.

„Was wollen Sie?", fragte er. Es sollte bestimmt klingen, aber durch die krächzende Stimme hatte es fast etwas Komisches. Siggi musste sich ein Lachen verkneifen.

„Herrn Mack sprechen. Der wohnt doch da drüben?" Koch deutete auf das Haus in seinem Rücken.

„Ja, der Mack, der wohnt da. Aber der ist nicht da." Unmotiviert lachte der Alte, was etwas von dem Meckern einer Ziege hatte. Siggi hatte sich abgewandt und wunderte sich, dass Koch ernst bleiben konnte.

„Wissen Sie denn, wann Herr Mack wieder da ist?"

„Keine Ahnung. Ist auch besser so. Fragen manchmal Leute nach ihm."

„So? Was für Leute sind das?"

„Wie Sie. Vielleicht. Vielleicht andere."

„Sie beobachten das?“

Der Alte nickte eifrig.

„Sie kennen die Leute aber nicht, die Herrn Mack sprechen wollen?“

Der Alte machte eine heftige, abwehrende Bewegung.

„Und Sie sind sicher, dass er sobald nicht mehr wiederkommt?“

„Sobald?“, krächzte der Alte und lachte. „Wenn der je wiederkommt.“

„Seit wann ist der denn weg?“

„Schon lange …“

„Genauer!“, unterbrach ihn Koch rüde.

„Seit drei oder vier Wochen.“

„Und warum?“

„Der Mack …, der hatte mit vielen Ärger. Mehr weiß ich nicht.“ Er hob beschwichtigend seine Hände und lachte.

„Und was macht Sie so sicher, dass er nicht zurückkommt?“

Der Alte ließ sich Zeit, bevor er antwortete. „Er ist weg, mit zwei Koffern. Hat er in sein Auto geladen und ist weg.“

„Das haben Sie beobachtet?“

Wieder nickte der Alte so eifrig, dass Koch fürchtete, dass sein Kopf auf dem langen Hals einfach wegknicken würde.

Eine gute Stunde später waren die Polizisten wieder in Mainz und luden den Opel aus. Die Kisten stapelten sie in einer Ecke der Fahrbereitschaft, worüber sich Jörg gar nicht glücklich zeigte, und Koch musste ihm versprechen, dass sie spätestens am nächsten Tag weggeräumt sein würden.

Er verspürte großen Hunger und ging zunächst mit

Siggi und Reuber in die Kantine, wo sie noch einen Eintopf mit undefinierbarem Inhalt bekamen.

Anschließend suchte Koch Arnheim auf, in dessen Vorzimmer er erfuhr, dass der Leiter der Kriminalpolizei nach Koblenz zu einer Besprechung gefahren war und frühestens übermorgen in Mainz zurückerwartet wurde.

Um sechs saßen Koch und Siggi in Reubers Büro, jeder ein viertelvoll mit Whiskey gefülltes Glas vor sich.

„Was halten Sie von der Sache?", fragte Koch seinen Kollegen vom Raub- und Schwarzmarktdezernat, nachdem sie angestoßen hatten.

„Schwer einzuschätzen", erwiderte Reuber. „Es ist keine geringe Menge, die wir da gefunden haben. Ich habe eben noch mal 'nen Kollegen gefragt. Er kennt Mack. Viele Geschäfte angeblich, aber nichts Konkretes. Gerüchte. Sie konnten ihm bislang nichts nachweisen."

„Aber er existiert. Lebt in Ober-Ingelheim", sagte Siggi, der nur sehr vorsichtig trank. „Vielleicht ist er der Mörder."

Koch forderte seinen Assistenten mit einer Geste auf weiter zu sprechen.

„Ein Streit zwischen Hoger und Mack", sagte er nach einer kurzen Pause. „Deshalb ist Mack verschwunden."

„Das ist gut möglich", stimmte ihm Reuber zu.

„Aber wenn das stimmt", wandte Koch kopfschüttelnd ein, „was der Alte sagt, und Mack vor drei oder vier Wochen verschwunden ist, kann er nicht Hogers Mörder sein."

„Mist!", fluchte Siggi laut und errötete.

Koch ging nicht darauf ein. „Was mich nur wundert, ist, dass Drescher so ein Aufheben um diesen Kerl macht. Wir werden morgen noch mal nach Bingen fahren und diesem Kollegen von Drescher mal auf den Zahn fühlen."

„Oh Gott", stöhnte Siggi auf.

„Was haben Sie?“, fragte Koch.

„Da brauchen wir doch ein Auto.“

„Das lassen Sie mal meine Sorge sein“, beschwichtigte Koch ihn und hob sein Glas.

XVI

Zu Kochs Überraschung bekamen sie am nächsten Morgen problemlos den Wagen. Warum das so war, wollte Koch nicht näher hinterfragen, bevor Jörg es sich anders überlegte. Vielleicht lag es daran, dass die Kisten inzwischen von Reubers Kollegen an einen anderen Ort gebracht worden waren.

Koch schwieg während der Fahrt in dem Opel. Ihn bedrückte sein schlechtes Gewissen, weil er gestern nicht mehr bei Dorle vorbeigegangen war. Aber nach den drei Gläsern Whiskey, die Reuber ihm eingeschenkt hatte, fühlte er sich nicht in der Lage seine Freundin aufzusuchen. Dabei war er sich nicht einmal mehr sicher, ob sie noch seine Freundin war.

Vor dem Revier in Bingen bestieg ein Mann mit Helm das Motorrad, trat den Kickstarter und fuhr los.

„Das ist nicht Drescher“, stieß Koch aus, „der ist zu schmal. Das könnte Reitz sein. Fahren Sie mal hinterher.“

Das war eine Aufforderung, auf die Siggi schon lange gewartet hatte.

Das Motorrad war wendiger und in den schmalen Gassen schneller als das Auto. Siggi musste sein ganzes fahrerisches Geschick aufbieten, um den Mann auf der Maschine nicht aus den Augen zu verlieren.

Steine oder Schlaglöcher zwangen ihn zum Bremsen und zu Ausweichmanövern, die sie Zeit kosteten. Koch klammerte sich mit seiner linken Hand am Armaturenbrett fest, während er sich mit der rechten an der Tür abstützte. Siggi fuhr immer waghalsiger, bremste, gab Gas, lenkte gegen, wenn das Heck ausbrach. Offenbar hatte Reitz sie bemerkt, denn auch er fuhr jetzt schneller und nahm keine Rücksicht auf andere Personen auf der Straße. Beinahe hätte er eine junge Frau, die ein Baby auf dem Arm trug, überfahren. Mit einem gewagten Schlenker lenkte er seine Maschine um die Frau herum und verschwand hinter der nächsten Ecke. Siggi musste eine Vollbremsung hinlegen und sich den anklagenden Blick der Frau gefallen lassen.

„So ein verfluchter Mist!“, schimpfte Koch auf dem Beifahrersitz. Er hatte sich so verkrampft festgehalten, dass seine Knöchel weiß hervortraten. „Jetzt ist er weg!“

„Nein!“, rief Siggi plötzlich aus, legte den Rückwärtsgang ein, fuhr ein paar Meter zurück und bog in eine andere Straße ab.

„Wo wollen Sie hin, Siggi?“, blaffte Koch den Kollegen an, aber der reagierte nicht.

„Da vorne rechts. Ja rechts. Und dann links. Dann müsste die lange Gerade kommen. Und dahinten … der Rhein … ja …“ Der junge Mann sprach mit sich selbst. Koch wusste nicht, was das sollte, aber auch wenn Siggi einen etwas irritierten Eindruck machte, so schien er doch einen Plan zu haben.

Dann erkannte Koch, wohin sein Assistent den Wagen steuerte. Bald tauchte vor ihnen Hogers Haus auf.

„Wieso fahren Sie hierher?“, fragte er, sah starr geradeaus und hielt sich weiterhin mit beiden Händen fest. Eine Antwort auf seine Frage erhielt er auch dieses Mal nicht.

Das Tor zur Halle stand offen. Siggi steuerte den Opel hinein und Koch staunte nicht wenig, dass an der Seite aufgebockt das Motorrad stand, das ihnen eben noch entwischt war.

Als sie aus dem Auto stiegen und auf die Maschine zugingen, kam ihnen Reitz aus dem Zugang zum Haus entgegen.

Koch klopfte Siggi anerkennend auf die Schulter.

„Machen Sie das Tor zu!“, rief Reitz ihnen mit gesenkter Stimme entgegen.

Siggi schloss das Tor, dann wandte sich Reitz um und ging in das Wohnhaus, wohin ihm die beiden Polizisten folgten. Er wartete in der Küche auf sie, ans Spülbecken gelehnt.

„Drescher muss nicht wissen, dass ich mit Ihnen spreche.“

„Haben Sie Angst vor ihm?“

Reitz lachte schüchtern. „Nein, das nicht. Aber ich muss mit ihm arbeiten. Und er kennt hier viele Leute.“

Koch nickte. „Gut. Was haben Sie uns zu sagen?“

„Was wollen Sie denn wissen?“

„Gestern ist Ihnen Drescher über den Mund gefahren, als Sie von Hogers Sohn sprechen wollten.“

„Der ist in Russland. Weiß jeder hier.“

„Sie wollten etwas anderes sagen.“

Reitz dachte nach, dann öffnete er seine Jacke und entnahm der Innentasche eine Zigarettenschachtel. „Auch eine?“ Er hielt den beiden die Packung entgegen. Sie schüttelten den Kopf.

Er steckte sich eine Zigarette an und inhalierte zwei kurze Züge.

„Hogers Sohn war in der SS. Die kommen nicht mehr aus Russland zurück.“

„Freiwillig gemeldet? Oder wollte der Vater das?“

„Keine Ahnung. Aber soviel ich weiß, ist Hogers Sohn auf eine Napola gegangen. Danach ging's für die meisten in die SS.“

„Napola?“, fragte Koch.

„Nationalpolitische Erziehungsanstalt“, erklärte Siggi.

„Und?“, fragte der andere.

Reitz zog an der Zigarette, behielt den Rauch lange in seiner Lunge, bevor er ausatmete.

„Das waren Eliteschulen, für den Führernachwuchs."

Koch nickte nur beiläufig.

„Ja. Für Arier." Siggi war der Stolz, das zu wissen, anzusehen. „Man musste charakterlich und körperlich passen. Da waren die sehr streng bei der Auswahl. Sind oft die Kinder von hohen Parteifunktionären hingekommen."

„Und bei denen passte es körperlich und charakterlich", kommentierte Koch sarkastisch. „Und woher wissen Sie das alles, Siggi?"

Der schien den herablassenden Ton in der Frage nicht bemerkt zu haben. „Ein Schulkamerad von mir, der war ganz scharf darauf, dahin zu kommen."

„Und? Hat er es geschafft?"

Siggi schüttelte den Kopf und konnte ein leichtes Lächeln nicht verbergen. „Zu schwach."

„Und Hogers Sohn?"

Reitz zog noch einmal an seiner Zigarette und schnippte den Rest in das Spülbecken.

„Der hat es geschafft."

Reitz sagte das mit einem Unterton, der Koch aufhorchen ließ.

„War er stark genug?"

Reitz nickte. „Das schon."

„Nun reden Sie!", blaffte Koch den Mann streng an.

„Ein Schrank wie sein Vater. Aber sonst hatte er Probleme. Schlägereien. Hat geklaut. Hatte auch mit Mädels so seine Probleme."

„War er schwul?"

Reitz lachte jetzt laut auf. „Günther und schwul. Wo denken Sie hin?! Im Gegenteil. Aber er hatte das nicht im Griff."

„Und Papa hat das geradegebogen?"

Reitz wiegte seinen Kopf hin und her. „So gut das ging. Aber er war ja nur eine kleine Leuchte in der Partei."

„Und wie ist sein Sohn dann auf diese … wie heißt das?" Koch sah Siggi an.

„Napola", sagte der.

„… auf diese Napola gekommen?"

„Keine Ahnung." Reitz zündete sich eine neue Zigarette an. „Beziehungen? Vielleicht hat er jemanden in der Hand gehabt."

„Erpressung?"

„Was weiß ich?", gab Reitz zurück und blies Koch den Rauch ins Gesicht. „Aber einfach so ging das bestimmt nicht."

Koch nickte.

„Was ist mit diesem Mack, mit dem Hoger seine Geschäfte gemacht hat? Er ist seit einigen Wochen verschwunden. Sagt zumindest ein Nachbar."

Reitz zuckte mit den Schultern.

„Weiß ich nicht. War im Krieg 'ne Nummer hier. Hatte was zu sagen. Ist irgendwann abgetaucht. Wie das dann so ist, viele Gerüchte. Aber mehr weiß ich auch nicht."

„Reitz, ich warne Sie …" Koch baute sich vor dem Mann auf, der seine Hände schützend hochhielt.

„Ehrlich", beeilte er sich zu antworten. „Ich weiß es nicht …"

Koch wartete einen Moment, sah den Mann prüfend an.

„Wer könnte uns was über Mack erzählen?"

„Ich weiß nicht …", erwiderte Reitz unsicher.

„Lügen Sie nicht, verflucht noch mal. Wer, Reitz?! Wer weiß etwas über den Mann und seine Verbindungen zu Hoger?"

Reitz druckste herum, zündete sich nervös eine Zigarette an.

„Martin …"

„Martin wer?"

„Martin Reichert. War so 'ne Art Vorarbeiter bei ‚Köhler und Mann'. Wie Hoger. Ein Betrieb, der für die Autoindustrie gearbeitet hat."

„Die drei waren also ziemlich eng miteinander?"

Reitz nickte. „Kann man so sagen. Die haben ein … Beerdigungsunternehmen aufgemacht."

„Ein Beerdigungsunternehmen?!", stieß Siggi überrascht hervor.

„Ja. Lohnt sich in dieser Zeit. Mack hatte die Kontakte. Hoger den Lkw. War Gold wert dafür. Und Reichert hat da auch mit drin gehangen."

„Und wo finden wir diesen Martin Reichert?"

„Der hat mal ein Haus in Ingelheim gehabt. Aber jetzt, das ist Drescher mal so rausgerutscht, lebt der irgendwo in Bingen."

„Wo …?"

„Am Ende vom Hafen liegt so ein altes Hausboot auf dem Rhein. Da drauf lebt er jetzt."

Koch sah Siggi an. Er nickte.

„Noch eine Frage: Hat Drescher Geschäfte mit Hoger gemacht?"

Reitz lachte. „Nein. Dafür ist er zu feige und hängt zu sehr an seiner Arbeit. Aber er hat sich ab und zu was zustecken lassen und weggeschaut, wenn's nötig war."

Koch wandte sich ab und ging zu dem kleinen Fenster, durch das man in den verwilderten Garten hinter dem Haus schauen konnte.

„Was ist das nur für ein Sauhaufen hier?!", zischte Koch angewidert, mehr zu sich als zu den anderen.

Siggi stellte sich neben die Tür. Er hatte Reitz' Blick dorthin bemerkt und fürchtete, dass der Mann abhauen wollte.

„Lassen Sie ihn gehen, Siggi", sagte Koch, ohne seinen Blick von dem Fenster zu wenden. „Mich kotzt das hier an."

„Sie erzählen Drescher doch nichts von unserem Gespräch?

Plötzlich drehte er sich um. „Reitz, ich sage Ihnen eines: Wenn Sie uns hier nicht die Wahrheit gesagt oder etwas verschwiegen haben, dann reiße ich Ihnen so den Arsch auf, dass Sie froh wären, Drescher hätte Sie in der Mangel. Und jetzt machen Sie, dass Sie Land gewinnen."

Das ließ sich Reitz nicht zweimal sagen. Er warf die Zigarette, die er sich eben erst angesteckt hatte, auf den Boden, schloss im Gehen seine Jacke und keine Minute später knatterte das Motorrad aus der Halle.

„So ein Sauhaufen, Siggi, ich könnte kotzen." Koch schlug mit der Faust auf das Fensterbrett. „Wir fahren sofort zu diesem Reichert."

„Meinen Sie, dass wir dieses Hausboot finden?", fragte Koch. Siggi bewegte den Opel so schnell über die Zufahrt zu Hogers Haus, dass die Kieselsteine laut gegen die Fahrzeugunterseite knallten.

„Ich denke schon", war die Antwort.

„Wir müssen aber niemanden verfolgen!", ermahnte Koch seinen Assistenten, dem eine schnelle Fahrt am Tag vollauf genügte.

Nach einer knappen halben Stunde Suchen hatten sie das Hausboot gefunden, ein Kahn, der früher wohl mal eine Wäschebrücke gewesen war. Koch wunderte sich, dass sich dieses Exemplar überhaupt noch über Wasser hielt, so kaputt und labil wirkte es. Einige der Holzplanken des Aufbaus waren herausgebrochen, die Farbe war großflächig abgebröckelt, die Fensterläden hingen schief in den Angeln und ein Mast, der mal das Vorderschiff geziert hatte, war im unteren Drittel abgebrochen und lag quer über dem Boot, das etwa zwei Meter vom Ufer entfernt auf den Wellen dümpelte und mit zwei Seilen am Bug und am Heck gesichert war.

Siggi sah Koch fragend an. Der ging zum Heck des Schiffes und umfasste das Tau mit beiden Händen.

„Wenn das Schiff nahe genug am Ufer ist, springen Sie auf Deck!“, wies Koch seinen Assistenten an, der neben ihn trat, während Koch sich umwandte, das Seil über seine Schulter legte und kräftig zu ziehen begann. Eine leichte Welle unterstützte ihn und als sich der Abstand auf einen halben Meter verkürzt hatte, sprang Siggi, umfasste die Reling mit beiden Händen, zog sich an Deck und wollte gerade eine dort liegende Bohle packen, um damit einen Steg vom Boot zum Ufer zu legen, da wurde hinter dem Jungen eine Tür aufgerissen, ein Mann stürmte heraus und stieß Siggi zur Seite. Der schrie auf, verlor das Gleichgewicht und fiel ins Wasser, während der Mann mit einem beherzten Sprung vom Boot an Land sprang.

Siggis Schrei ließ Koch herumfahren, gerade als der Mann auf der Böschung gelandet war und hinaufkletterte.

Koch bückte sich, nahm einen der faustgroßen Steine, mit denen die Böschung befestigt war, lief einige Meter und schleuderte ihn dem Mann nach. Der Stein traf ihn zwischen Hals und Schulter. Er stolperte, fiel, robbte ein Stück weit weg und griff an seinen Hosenbund. Als er wieder stand, hielt er in seiner Hand ein Messer. Er trug eine zerschlissene Hose voller Farbflecken und eine Lederjacke, die spröde und rissig war.

„Was wollt ihr?“, fauchte er Koch an und kam auf ihn zu. Der Kommissar wich zurück.

„Was wollt ihr? Mich umbringen, ihr Schweine? Wer schickt euch?“

Er war noch einen guten Meter von Koch entfernt, der dem Mann ansah, dass er mit seiner Waffe umgehen konnte. Aus dem Augenwinkel beobachtete Koch, dass Siggi sich langsam an die Uferböschung heranschlich.

„Stehen bleiben!“, schrie der Mann, der mindestens einsneunzig groß war und dessen Arme eine entsprechende Reichweite besaßen.

„Wir wollen nur mit Ihnen sprechen. Wir sind von der Polizei“, sagte Koch ruhig und behielt den Mann genau im Auge, ständig darauf gefasst, dass der ihn mit einem Ausfallschritt angreifen konnte.

„Idioten! Von wegen Polizei“, schimpfte der Mann zurück.

Den Stein, der vom Ufer auf ihn zuflog, sah er zu spät. Er streifte ihn zwar nur, aber er war abgelenkt genug, dass Koch diesen Moment ausnutzte und auf den Mann zustürzte. Dabei übersah er einen Stein auf dem Boden, stolperte darüber und augenblicklich durchzuckte ein stechender Schmerz seinen linken Oberschenkel.

Die gewonnene Zeit nutzte der Mann und warf sich nun auf Koch, das Messer noch immer in der Hand. Trotz der Schmerzen gelang es dem Kommissar auszuweichen und dem Mann einen Schlag in die Seite zu versetzen, der ihn stolpern ließ, aber er fiel nicht, wandte sich sofort um, um einen weiteren Angriff zu starten. Nun war aber auch Siggi, nasstriefend, die Böschung hinaufgeklettert und hatte dabei einen weiteren Stein in die Hand genommen.

Koch gab ihm ein Zeichen, Abstand zu halten, um dem Fremden kein Ziel zu bieten.

„Verpisst euch!“, schrie der Mann und Koch hörte Panik aus seiner Stimme heraus.

„Wir wollen nur mit Ihnen reden“, sagte er keuchend.

„Reden, ja? Mich kriegt ihr nicht. Mich nicht!“

Damit wandte er sich um und lief los.

Siggi nahm Maß, warf den Stein, der den Kopf des Mannes streifte. Der fiel und blieb liegen. Sogleich humpelte Koch zu ihm und warf sich auf ihn, schlug ihm das Messer aus der Hand und drehte ihn auf den Rücken.

Furchterfüllte Augen blickten ihn an, wohl den Todesstoß erwartend.

„Sind Sie Martin Reichert?“ Koch saß jetzt auf dem Brustkorb des Mannes und drückte mit seinen Knien dessen Oberarme auf den Boden. Er erhöhte den Druck, als der Mann nicht sofort antwortete.

„Ja, Mann“, gab er keuchend zu, „bin ich. Was wollen Sie?“

„Wir haben ein paar Fragen.“

„Fragen?“ Für einen Moment schien es, als wollte Reichert loslachen.

„Wir wollen wissen, warum Robert Hoger umgebracht und sein Auto abgefackelt wurde.“

„Woher soll ich das wissen?“

„Sie kennen ihn, Sie haben mit ihm während des Krieges bei ‚Köhler und Mann‘ gearbeitet.“

„Geht es darum? Wegen der Fremdarbeiter?“

Koch wurde hellhörig. „Was ist mit denen?“

„Nichts. Wir haben die immer gut behandelt. Besser wie in anderen Betrieben. Der Chef sagte, dass die dann besser arbeiten. Und das ist entscheidend, hat der gesagt.“

„Und wer hat Sie dahin vermittelt?“

„Mack.“

„Und Hoger? Ist der auch durch Mack dahin vermittelt worden?"

„Ne!", stöhnte der Mann, auf dessen Brust Koch noch immer hockte. „Der hatte eigene Kontakte."

„Stehen Sie jetzt endlich auf. Ich laufe schon nicht weg."

Koch wartete, bis Siggi sich hinter den Mann gestellt hatte, dann erhob er sich.

Reichert massierte die Stelle, wo der Stein ihn getroffen hatte. „Der hat irgendein Geschäft mit denen gemacht. Aber der Hoger, der hat nicht viel geredet. War so ein Schweiger. Hat eher mal zugelangt. Kraft wie ein Bär hatte der."

„Könnte Mack ihn umgebracht haben?", fragte Koch.

„Warum? Die haben sich zwar oft gestritten, aber die kannten sich doch schon ewig, haben schon immer Geschäfte miteinander gemacht. Die waren eher wie so ein altes Ehepaar. Es ging nicht ohne, aber Streiten gehörte dazu. Ich glaub's nicht. Außerdem ist der schon seit einiger Zeit weg."

„Wohin?"

„Keine Ahnung, Mann! Woher soll ich das wissen?", bellte er Koch an.

„Und Sie?"

„Ich?", lachte Reichert auf.

„Sie waren schnell mit dem Messer", sagte Koch.

„Wer heutzutage nicht auf der Hut ist … Aber ich bring doch keinen um."

„Sie haben mit Hoger und Mack ein Beerdigungsunternehmen aufgemacht?"

„Das war auch so eine Idee von Mack. Die Leute sterben wie die Fliegen, hat der gesagt, auch nach dem Krieg. Ist viel Kohle drin. Und mit dem Auto vom Hoger, das hat gepasst. Aber der war ja so misstrauisch …"

„Wie … misstrauisch? Gab es Streit?“

„Hoger dachte immer, dass wir ihn, also eigentlich, dass Mack ihn über den Tisch ziehen würde. Hat immer ein ziemliches Fass aufgemacht. Die beiden haben sich dann fast geprügelt.“

„Dann könnte Mack einen Grund gehabt haben.“

Reichert lachte jetzt. „Der hat doch keine Drecksarbeit gemacht. Die hat er Hoger und mir überlassen. Und Hoger hatte das Auto. Ohne das ging nichts …“

„Dann hätte Mack das Auto für sich gehabt, das heißt, für Sie beide …“

„Ich habe Hoger nicht umgebracht. Und Sie haben doch selbst gesagt, dass das Auto vom Hoger abgebrannt ist. Wenn der Mack den Wagen wollte, wäre das ziemlich blöd gewesen …“

Koch überlegte, aber ihm fiel keine Frage mehr ein. Er war frustriert, weil er wieder keinen Schritt weitergekommen war. Von den Motiven, die sie gefunden hatten, war keines stichhaltig. Er entließ Reichert und ging mit Siggi zum Auto, wo der seine nasse Jacke auszog. Koch legte seinen Mantel auf den Fahrersitz, damit der nicht feucht wurde, dann fuhren sie zurück nach Mainz, wo sie gegen Abend eintrafen. Da Siggi zu husten anfing, ordnete Koch an, dass sie zuerst bei seinem Assistenten zu Hause vorbeifuhren, damit er endlich aus den nassen Kleidern kam.

Siggi wohnte am Rande der Neustadt, in einem Haus, von dem nur der Dachstuhl ausgebrannt war, in einem Zimmer bei einer älteren Dame, die mit seiner Mutter weitläufig bekannt war.

„Sie bleiben hier und sehen zu, dass Sie nicht krank werden“, sagte Koch.

„Und das Auto?“

„Fahre ich zurück“, erklärte Koch.

„Aber Sie …"

„Nichts da!", würgte Koch ihn ab. „Sie gehen jetzt rauf und ziehen sich was Trockenes an."

Seit Koch auf der Flucht aus Spanien nach Frankreich 1939 einen schweren Unfall verursacht hatte, fuhr er nur äußerst ungern Auto. Und unsicher. Deshalb empfing ihn Jörg auch sehr verwundert, als er ihn und nicht Siggi hinter dem Lenkrad erkannte.

Am nächsten Morgen saßen Koch und Siggi mit Reuber zusammen in der Kantine.

„Wir haben jetzt gleich mehrere Motive und mögliche Täter. Nummer eins, Siggi!"

„Hoger war in Schmuggelgeschäfte verwickelt. Sein Partner war ein gewisser Heribert Mack. Es gab Streit zwischen ihnen."

Koch nickte. „Dafür spricht, dass dieser Mack spurlos verschwunden ist. Dagegen, dass der Lkw verbrannt wurde. Der Lkw war für die Geschäfte äußerst wichtig. Außerdem haben wir zwei Zeugenaussagen, dass Mack schon vor Hogers Tod verschwunden ist. Ich denke, Reuber, dass Sie mal das Haus von diesem Mack durchsuchen sollten. Könnte mir vorstellen, dass Sie da 'ne Menge interessante Sachen finden. Gut, Siggi", lobte Koch seinen Assistenten, „und wir haben auch noch eine Nummer zwei."

„Die drei Männer haben während des Krieges in einer Fabrik in Ingelheim gearbeitet, die kriegswichtige Güter hergestellt hat. In der Fabrik wurden auch Zwangsarbeiter beschäftigt. Genaueres konnten wir nicht herausfinden. Aber hier könnte auch ein Motiv zu finden sein."

Reuber steckte sich eine Zigarette an, inhalierte und sah dann die beiden Kollegen nacheinander an.

„Sie haben viel rausbekommen, aber um ehrlich zu sein:

Mein Bauchgefühl sagt mir, dass da was anderes dahintersteckt. Wie Sie sagen: Wenn es Mack war, warum sollte er den Lkw abfackeln? Wenn es Streit bei dieser Beerdigungssache gab, dasselbe. Und diese Fremdarbeitergeschichte, ich glaube nicht, dass die zurückkommen und die Aufseher umbringen."

„Aber was dann?"

„Wir müssen uns noch stärker um Hoger kümmern. Warum durfte sein Sohn auf diese Schule gehen, obwohl er offenbar nicht der reine deutsche Charakter war, wie ihn sich die Nazis wünschten. Beziehungen? Geld? Hatte Hoger jemanden in der Hand?"

„Das heißt doch, dass wir wieder nach Bingen müssen", sagte Siggi, der sich auf der einen Seite über jeden Kilometer freute, den er Auto fahren konnte, auf der anderen schon die Auseinandersetzungen mit Jörg vor Augen hatte.

Bevor er das Haus verlassen konnte, musste Koch noch einmal zu Arnheim, der von seiner Besprechung in Koblenz zurückgekehrt und offenbar guter Laune war. Nur der Bartschatten auf seinen Wangen und auf seinem Hals verriet, dass ihm dort offensichtlich nicht genügend Zeit zur Körperpflege geblieben war.

„Guten Abend, Koch, haben Sie den Mörder gefunden?"

Koch räusperte sich, dann zählte er seinem Vorgesetzten die Möglichkeiten auf, währenddessen sich Arnheim immer wieder über seinen gezwirbelten Schnurrbart strich und etwas Unverständliches grummelte.

„Eine Möglichkeit haben Sie vergessen, Koch", sagte er, nachdem der Kommissar seine Zusammenfassung beendet hatte.

Koch sah ihn neugierig an.

„Schon vergessen, Koch?", fragte Arnheim. „Die DPs. Ich hoffe nicht, dass Sie mir die unterschlagen wollten."

„Dafür habe ich keine Anhaltspunkte gefunden."

„Weil Sie keine gesucht haben." Koch war irritiert, weil Arnheim das nicht zurechtweisend sagte, fast klang es belustigt.

„Ja, weil ich keinen Ansatzpunkt in dieser Richtung habe."

Arnheim ging nicht weiter darauf ein, blickte über seinen Schreibtisch, kniff kurz seine Lippen zusammen und öffnete dann eine der Schubladen seines Schreibtischs.

„Da sind sie ja", sagte er und zündete sich eine Zigarette an.

„Ich halte ehemalige Zwangsarbeiter als Täter nicht für sehr stichhaltig." Koch versuchte sich bewusst diplomatisch auszudrücken. Erst jetzt fiel ihm auf, dass sein Chef Ringe unter den Augen hatte.

Arnheim nickte und blies den Rauch genau in Kochs Richtung.

„Ich denke", begann er, nahm noch einen Zug und drückte die noch nicht einmal zur Hälfte gerauchte Zigarette aus, „Sie sollten diese Schwarzmarktgeschichte verfolgen. Die scheint mir doch am stichhaltigsten. Geld ist immer ein starkes Motiv. Was meinen Sie?"

Koch war überrascht über Arnheims jovialen Ton.

„Ja", stimmte er zu, „das sehe ich im Moment auch so."

„Mensch, Koch, jetzt seien Sie mal nicht immer so skeptisch und hinterfragen alles. Manchmal ist die naheliegendste Lösung auch tatsächlich die richtige."

Koch wurde den Eindruck nicht los, dass Arnheim etwas getrunken hatte. Nicht nur sein für seine Verhältnisse derangiertes Äußeres, der Bartschatten und die Ringe unter den Augen, auch das Rauchen und jetzt der fast kollegiale Ton waren ihm suspekt.

„Ja, Koch, je mehr ich darüber nachdenke, desto mehr bin ich davon überzeugt, dass Sie diesen beiden anderen Kerlen, wie heißen Sie noch mal …?"

„Mack und Reichert."

„… genau, diesen beiden auf den Zahn fühlen sollten. Und dann will ich einen Bericht. Macht sich gut in der Akte, wenn der Fall zügig gelöst wird. Sie wissen, die Kollegen schauen auf so was."

Koch blickte seinen Chef fragend an.

„Koch, das Landeskriminalpolizeiamt. Ich war ja in Koblenz. Die haben wirklich großes Interesse an Ihnen. Habe denen auch nur das Beste von Ihnen erzählt."

Je mehr Arnheim ihn lobte, desto sicherer war Koch, dass Arnheim ihn auf diesem Wege loswerden wollte.

„Sie müssen unbedingt nach Koblenz fahren, sich dort vorstellen."

„Dann müsste ich ja einen Dienstwagen in Anspruch nehmen, Herr Arnheim. Und wir haben doch keine. Und dann der Sprit."

Arnheim entging die Ironie in Kochs Worten. „Das lassen Sie mal meine Sorge sein. Und ich muss jetzt nach Hause. Waren anstrengende Tage in Koblenz."

Das sieht man, dachte Koch bei sich und verabschiedete sich von Arnheim.

Koch hatte den Bahnhofsvorplatz fast erreicht, da begann es zu tröpfeln. Er beschleunigte seine Schritte, doch er war zu spät, gerade verließ die Straßenbahn die Haltestelle. Der Regen wurde stärker und Koch flüchtete über den Platz ins Bahnhofsgebäude, wo sich vor einer großen Wand Menschen, in der Mehrzahl Frauen, drängten. An dieser Wand hinterließen durchreisende Soldaten, die aus den Gefangenenlagern heimkehrten, Nachrichten von Kameraden, die aus Mainz und der Umgebung kamen. Namen wurden laut verlesen.

Dies war einer der ersten Orte, an denen Koch Dorle vor einem Jahr begegnet war. Sie hatte hier nach einer Nachricht ihres in Russland verschollenen Mannes gesucht, von dessen Tod sie damals noch nichts wusste.

Über ein Jahr war das nun her und er war noch immer in Mainz. Wie oft hatte er schon in diesem Bahnhof gestanden, mit einem Koffer in der Hand, um einen Zug nach Frankreich zu nehmen, weg aus diesem Land mit seinen Arnheims und Macks und wie sie alle hießen, die schon wieder ihre Karrieren im Auge hatten und für die das, was seit 1933 passiert war, ein Betriebsunfall war, der sie nicht daran hinderte, weiter zu machen, als sei nichts geschehen. Kein bisschen Reue, kein bisschen Schuldgefühle, so kam es ihm vor. Und das deprimierte ihn. Und immer wieder die Frage, warum er hergekommen war? Wirklich nur, weil er wissen wollte, wie sein Vater umgekommen war? Und warum blieb er? Dorle? War sie der Grund? Oder fühlte er sich mit diesem Land, seinen Menschen und seiner Geschichte stärker verbunden, als er sich das eingestehen wollte?

Koch wandte sich schnell um und stellte sich in die Nähe des Ausgangs. Bald zeigte ihm das unüberhörbare Rumpeln die Ankunft der nächsten Straßenbahn an und er lief durch den Regen über den Bahnhofsvorplatz zur Haltestelle, wo sich die Menschen am Bahnsteig drängten.

Der Wagen war schon voll besetzt, selbst zum Stehen war kaum noch Platz. Ständig drückte ein Rucksack oder eine Tasche gegen ihn oder es trat ihm jemand auf den Fuß, ihm war, als ob die ganze Stadt auf dem Weg nach

Gonsenheim war. Nach dem Aussteigen musste er erst einmal tief durchatmen.

Der Regen hatte inzwischen nachgelassen und war in einen leichten Niesel übergegangen. Mit gesenktem Kopf eilte Koch zu Dorles Haus, klopfte gegen die schmale Holztür, auch ein zweites Mal, zog sich, als er keine Antwort erhielt, an dem Tor nach oben, um einen Blick in den Hof werfen zu können. Nichts verriet ihm, dass jemand sich in diesem Haus aufhielt.

Er ließ sich langsam hinabgleiten, lehnte sich mit dem Rücken gegen das schmale Tor und starrte einige Minuten in die aufziehende Dunkelheit. Den Regen spürte er nicht.

Einige Minuten stand er so da, dann löste er sich von dem Tor und ging mit schnellen Schritten zu dem Haus von Franzi. Er war mit einem Mal wütend, wollte sich nicht mehr hinhalten lassen, wollte Klarheit und wissen, woran er war. Wenn Dorle ihn nicht mehr sehen wollte, weil er sie an dem Samstag versetzt hatte, weil er so unzuverlässig war, weil sie vielleicht glaubte, dass er es nicht ernst meinte, dann sollte sie es ihm sagen. Es ihm ins Gesicht sagen.

Er war noch immer wütend, als er vor dem Haus mit dem breiten Tor ankam. Im oberen Stock, hinter einem kleinen Fenster, erkannte er den Schimmer eines Lichts. Er zog an der Kugel, die an der Schnur befestigt war. Er spürte, wie sich die Bewegung fortsetzte, er hörte den Schlag der Kugel am anderen Ende des Seiles gegen die Blechschale. Es geschah nichts. Auch nicht nach dem zweiten und nicht nach dem dritten Schlagen.

Kochs Wut schwoll an. Warum verleugneten sich alle, warum sprach niemand mit ihm?

Er rief Dorles Namen, zunächst leise, dann lauter, dann schrie er ihn in die Nacht. Die ersten Fenster in der

Nachbarschaft wurden geöffnet, verstohlen blickten die Bewohner heraus, wollten sehen, was da draußen los war, ohne selbst gesehen zu werden.

Koch schrie noch ein letztes Mal Dorles Namen in den Abendhimmel. Dann verließ ihn die Kraft. Aber der letzte Schrei hatte etwas bewirkt. Er hörte Schritte. Sein Körper spannte sich. Dann wurde der Riegel auf der anderen Seite des Tores beiseitegeschoben und in dem schmalen Spalt, den das Tor geöffnet wurde, erschien Franzis Gesicht.

Sie sagte nichts, blickte ihn nur an. Im Hintergrund erkannte er eine andere Person. Der Statur nach musste das einer ihrer Söhne sein.

„Ist Dorle bei dir?“, fragte er, seine Stimme leise, so ganz anders als eben das Brüllen.

„Lass sie in Ruhe, Paul!“, sagte Franzi. Sie klang ruhig, aber er hörte das leise Zittern in ihrer Stimme.

„Ich will sie sehen!“, forderte er, nun lauter.

„Dorle kann nicht.“

„Was kann sie nicht? Warum?“

„Leise! Bitte, leise, Paul!“ Franzi betonte ihre Worte eindringlich. „Sie kann dich nicht sehen.“

„Warum kann sie mich nicht sehen?“

„Das kann ich dir nicht sagen. Lass ihr Zeit! Lass ihr einfach Zeit! Sie wird sich bei dir melden.“

„Ich will nicht warten … es geht doch nicht … nur weil ich am Samstag nicht … das ist doch … mein Beruf …“

Ein leises Quietschen drang von einem der Fenster zu ihnen herunter. Koch sah nach oben. Er meinte eine Bewegung erkannt zu haben.

„Es ist nicht wegen Samstag“, sagte Franzi schnell und lenkte Pauls Aufmerksamkeit auf sich. Ihm entging nicht, dass Franzi tief durchatmete. „Es ist nicht wegen Samstag. Nicht nur.“

„Warum?“ Es war fast wieder ein Brüllen.

„Du … warst nicht da, als sie dich brauchte.“

In Franzis Augen waren Tränen. Ein Schluchzen, das sie zu unterdrücken versuchte.

„Bitte, Paul, geh! Und warte!“

„Ich kann nicht warten.“

„Du musst, Paul. Du musst warten. Dorle kann jetzt nicht. Lass ihr Zeit!“

Damit schloss sie das Tor, so schnell, dass Koch keine Chance hatte, es zu verhindern. Er brauchte einige Sekunden, bis er das begriffen hatte, dann wurde er wieder wütend.

Er hämmerte mit beiden Fäusten gegen das Tor. Einmal, zweimal, immer wieder, bis ihn die Kraft verließ und er am Tor niedersank. Er verstand nichts. Gar nichts. Worauf sollte er warten? Und wann war er nicht da? Ihr Zeit lassen, wofür? Er verstand nichts.

Nach und nach wurden die Fenster in der Umgebung geschlossen. Koch erhob sich und stützte sich dabei an dem Tor ab. Erst jetzt erkannte er die Schmiererei. Buchstaben in weißer Farbe, die man versucht hatte wegzuwischen. Dennoch konnte er sie entziffern. „Negerhure!!!“ stand da, mit drei Ausrufezeichen.

Koch schlug noch einmal gegen das Tor, dann ging er, lief durch die Straßen. Der Regen hatte wieder eingesetzt, stärker nun, aber er spürte die Tropfen nicht. Und dann stand er abermals vor Dorles Haus, blieb davor stehen, starrte die Mauer an, während er immer nasser wurde und die Feuchtigkeit bis zu seiner Haut durchdrang. Schließlich ging er zu einem Nachbarhaus und klopfte dort an der Tür.

Ein Fenster wurde geöffnet.

„Was wollen Sie?“, rief eine Frauenstimme nach unten.

Koch sah hinauf. Er riss sich zusammen. „Wissen Sie, wo Dorle ist? Frau Becker. Ich kann sie nicht erreichen."

Er wischte sich die Tropfen aus dem Gesicht, versuchte ruhig zu sprechen.

„Ich glaube, zu einer Tante. Ihre Freundin hat gestern ein paar Sachen abgeholt."

„Kennen Sie die Adresse der Tante?"

In dem Lichtschein konnte Koch erkennen, dass die Frau den Kopf schüttelte.

„Nein. Ich glaube, irgendwo in Ingelheim. Aber genau weiß ich es nicht."

Und ohne eine weitere Reaktion abzuwarten, verschloss sie das Fenster und zog eine Gardine davor, so dass der Lichtschein völlig verschwand.

Ingelheim, brabbelte Koch im Weggehen vor sich hin, ganz in seine Gedanken versunken. So sehr, dass er den Mann, der ihm entgegenkam, nicht wahrnahm.

„Der saubere Herr Kommissar."

Vor ihm, fünf oder sechs Meter entfernt, stand jemand, im Schatten eines Hauses. In der Dunkelheit konnte Koch die Person nicht erkennen, aber die Stimme und der Tonfall verrieten ihm augenblicklich, dass es Neubert war. Richard Neubert.

Koch verspürte den unwiderstehlichen Drang sich auf den Mann zu stürzen und ihn grün und blau zu schlagen.

„Was macht die … *Madame*?", fragte Neubert anzüglich. Er drückte sich an die Mauer, unter einen Vorsprung, der ihn vor dem Regen schützte.

„Das geht Sie nichts an, Neubert. Verschwinden Sie!"

„Was ist das denn für ein Ton? Es darf doch jeder auf die Straße, alle sind doch gleich, habe ich mir sagen lassen. Sogar Vaterlandsverräter dürfen ungeschoren über die Straße gehen und Huren auch."

Es fiel Koch schwer die Ruhe zu bewahren.

„Das Temperament, Koch, das Temperament. Wollten Sie zu der … Dame?"

Koch kämpfte mit sich. Er wusste, dass er auf der Stelle umkehren und gehen musste. Sicher würde er diesen Mistkerl damit am meisten treffen, aber er konnte es nicht. Er hatte sie beide beleidigt. Und würde es immer wieder tun.

„Wieso sind Sie hier, Neubert?"

„Wo sollte ich sonst sein, Herr Kommissar? Ich bin ein freier Mann. Das ist ein freies Land. Habe ich mir sagen lassen. Da dürfen jetzt sogar …", er trat tatsächlich einen Schritt aus dem Schatten des Hauses auf Koch zu und flüsterte: „… Neger frei rumlaufen. Und sich wie Herren aufspielen. Unglaublich, nicht wahr, Herr Kommissar? So wie damals, als die Franzosen das Rheinland besetzt hatten, wissen Sie noch? Die schwarze Schmach. Haben deutsche Frauen geschwängert. Das kann der ja, der Neger."

„Warum sind Sie draußen, Neubert?"

„Warum so aggressiv? Hat Ihnen Ihr netter Vorgesetzter nicht beigebracht, dass man ehrbaren Bürgern freundlich und zuvorkommend entgegentreten soll?"

Neubert trat wieder zurück unter den schützenden Mauervorsprung.

„Was machen Sie hier?" Koch wurde lauter. Nur mühsam konnte er sich beherrschen. Er ignorierte das Regenwasser, das ihm übers Gesicht lief.

„Es wohnen nette Damen hier, schöne Frauen, die freuen sich über den Besuch eines galanten Herrn."

Koch lachte, doch Neubert ließ sich nicht aus der Ruhe bringen. Die beiden Männer standen jetzt so nahe beieinander, dass Koch den Mann im Licht des Halbmondes genauer betrachten konnte. Er war gut gekleidet, trug einen dunklen Mantel, der ihn vor dem Regen schützte, das schüttere Haar hatte er mit Brillantine nach hinten gekämmt. Unter dem Mantel spannte sich sein Bauch. Koch platzte vor Wut beim Anblick dieses gut genährten Menschen.

„Sie ist nicht da, das Fräulein Becker“, provozierte Neubert weiter, wich aber vorsichtshalber zur Seite.

„Was wissen Sie, Neubert?“, blaffte Koch in seine Richtung.

„Ich? Ich weiß nichts. Oder – fast nichts. Frauen sind seltsame Wesen, Herr Kommissar, oft nur schwer zu verstehen. Verstehen Sie? Ich würde an Ihrer Stelle die Finger von der Frau lassen. Aber … vielleicht … macht *sie* das ja auch.“

Unvermittelt drehte der Mann sich um und ging weg.

„Einen schönen Abend noch, Herr Kommissar“, rief er ihm über die Schulter zu.

Neuberts rassistische Sprüche hatte Koch gerade noch so ertragen, aber die Anspielungen auf Dorle und ihr Verschwinden waren zu viel.

Mit wenigen Schritten hatte er den Mann eingeholt, packte ihn an der Schulter und stieß ihn gegen die Hauswand.

„Was wissen Sie? Was ist mit Dorle?“, fauchte er ihn an, nur mühsam gelang es ihm, nicht zu laut zu werden.

„Gemach, gemach, Herr Kommissar, oder soll ich um Hilfe rufen?! Wie gesagt, Frauen sind seltsame Wesen und verlieren von einem auf den anderen Tag das Interesse. Plötzlich ist dann ein anderer, interessanterer Mann da, Herr Kommissar.“

Ansatzlos schlug Koch zu. So weit hatte er sich immerhin im Griff, dass er dem Mann seine Faust nicht ins Gesicht drosch, sondern einen Schlag in den Magen versetzte. Neubert klappte auf der Stelle zusammen, mit einem hasserfüllten Blick. Er wollte schreien, aber mehr als ein Röcheln brachte er nicht zustande.

Koch unterdrückte den Drang nach ihm zu treten und verschwand in die Dunkelheit. Er lief so schnell er konnte zum Ortsrand und von dort auf die Felder, wo er in dem aufgeweichten Boden nur mühsam vorankam und sich um seine Schuhe bald eine dicke Matschschicht gesammelt hatte. An der Universität setzte er sich unter einem Baum auf einen Stein, lehnte sich an den Stamm und starrte in die Dunkelheit. Er wusste nicht, was er getan hätte, wenn er nicht zugeschlagen hätte. Dieses Schwein, zischte er mehrmals vor sich hin.

„Und außerdem, Koch", sagte Bresson mit ernstem Gesicht, „kann ich bezeugen, dass Sie hier in meiner Wohnung waren."

„Vergessen Sie Franzi nicht", widersprach Koch und lehnte sich in dem Sessel vor. „Wenn sie sagt, dass ich an diesem Abend bei ihr war, fällt mein Alibi in sich zusammen und wir beide bekommen ziemlichen Ärger."

Bresson goss die beiden Gläser wieder voll.

„Aber wieso ist dieser Neubert schon wieder frei? Er wurde doch des Raubes bei diesem Franzosen überführt." Koch schüttelte verständnislos seinen Kopf.

„Wahrscheinlich hat er das als patriotische Pflicht verkauft und einen Richter gefunden, der genauso deutschnational denkt wie er."

Koch lachte freudlos und trank einen großen Schluck. „Deutschnational? Neubert ist ein Nazi. Durch und durch. Sie hätten eben hören müssen, wie er das Wort Neger ausgesprochen hat. Er weiß natürlich auch schon, dass Franzi einen Neger zum Freund hat. Und die Schmiererei an ihrem Tor ist bestimmt von ihm."

„Wie wäre es", schmunzelte Bresson, „wir entführen Neubert und sperren ihn hier ein. Mit einem Negerweib und Negermusik. Ersteres besorge ich und zweites Sie."

Koch rang sich ein müdes Lächeln ab.

„Mir ist nicht nach Scherzen zumute, Bresson. Dorle ist seit zwei Wochen verschwunden, sie meldet sich nicht, ich kann sie nicht finden und Franzi behauptet erst, dass sie nicht wüsste, wo sie ist, und nun, dass Dorle mich nicht sehen will. Und die Nachbarin sagt, dass sie bei einer Tante in Ingelheim wäre."

„Frauen können streng sein, Koch. Streng und sehr beleidigt!"

„Was habe ich falsch gemacht? Ich habe eine Verabredung nicht eingehalten. Das ist alles."

„Es ging um den Umzug, Koch. Sie hat vielleicht Zweifel an der Ernsthaftigkeit Ihres Entschlusses."

„Und wenn! Das ist doch kein Grund, sich so lange nicht zu melden. Ich habe langsam den Verdacht, dass was anderes dahintersteckt."

„Ein anderer Kerl?"

Koch blickte Bresson an und trank sein Glas leer.

„Nein, Bresson, das glaube ich nicht. Etwas anderes."

„Und was?"

„Ich weiß es nicht!", war die Antwort, und Bresson glaubte eine Spur Verzweiflung aus Kochs Stimme herauszuhören.

XVII

Der Arzt kam täglich in Franzis Haus und untersuchte seine Patientin. Die Schnittwunden an Dorles Hand heilten gut, die aufgeplatzte Augenbraue musste er nähen, doch schon am Ende der Woche konnte er die Fäden ziehen. Neuberts Tritte und Schläge hatten keine inneren Organe verletzt. Einzig die gebrochene Rippe brauchte noch Zeit und jede Bewegung bereitete Dorle starke Schmerzen. Franzi war dennoch nicht erleichtert. Dorles Gemütsverfassung machte ihr Sorgen. Sie schwieg, lag in Karls Zimmer auf dem Bett, oben unter dem Dach von Franzis Haus, starrte die Decke an und reagierte nur verhalten, wenn Franzi sie ansprach.

Zunächst wollte sie auch nichts essen, schluckte nur ganz wenig der ihr auf einem Löffel gereichten Brühe hinunter und verschloss dann konsequent ihren Mund. So kam sie nur langsam zu Kräften.

Franzi saß so oft wie möglich an ihrem Bett und las ihr aus Büchern vor oder erzählte den neuesten Tratsch, den sie vom langen Anstehen vor dem Bäckerladen oder beim Metzger mitbrachte.

Franzi mied den Namen „Paul", weil sie fürchtete, dass er Dorle zu sehr aufregen würde. Als ihr der Name dann doch einmal aus Versehen herausrutschte, war sie überrascht über das Lächeln, das über Dorles Gesicht huschte, kurz nur, wie das Aufflackern einer elektrischen Birne, dann war es auch schon wieder verschwunden.

Immer wieder wollte sie von Dorle wissen, was geschehen war, wer sie so zugerichtet hatte, aber ihre Freundin schwieg beharrlich, versteifte sich und wirkte abwesend. Franzi fragte sich, ob es Paul gewesen war, was ja nahe liegend war, weil Dorle ihn nicht sehen wollte, doch das konnte sie sich nicht vorstellen. Dann hätte sie sich kolossal in dem Mann getäuscht, und sie gab viel auf ihre Menschenkenntnis. Und das Lächeln auf Dorles Gesicht hatte schließlich etwas ganz anderes ausgedrückt.

Aber gleich wie sehr sie sich mühte etwas aus Dorle herauszubekommen, sie erfuhr nichts. Das Geheimnis der Geschehnisse in ihrem Hof und Keller hatte Dorle tief in ihrem Inneren vergraben und war, zumindest im Moment, nicht bereit es freizugeben.

Am Dienstag war Franzi zu Dorles Haus geeilt und hatte ein paar Sachen zusammengesucht, einen Rock, einen Pullover, eine Bluse und einige Kleinigkeiten. Beim Verlassen des Hauses hatte eine Nachbarin sie gefragt, wo Dorle denn sei. Sie müsse zu einer erkrankten Tante nach Ingelheim, hatte Franzi spontan erklärt. Die Tante habe sonst niemanden, hatte sie noch hinzugefügt, bevor sie das Törchen abschloss und mit dem gefüllten Stoffsack zurück zu ihrem Haus lief.

Am Mittwoch beendete Dorle endlich ihr Schweigen. Viel sprach sie nicht und es handelte sich um Organisatorisches: dass sie das Haus putzen müsse, neue Kerzen neben Rolfs Bild stellen und frische Blumen auf sein Grab bringen müsse. Aber es war immerhin ein Anfang und das Ende des schrecklichen Schweigens.

Am Abend nahm sie dann auch mehr als die üblichen zwei Löffel Brühe zu sich, sogar ein Stück Brot mit einer Scheibe Käse kaute sie langsam, mit einem Anflug von Genuss.

Dann läutete es am Tor, die eiserne Kugel schlug gegen das Blech. Franzi wusste genau, wer da vor dem Haus stand, und auch Dorle hatte keine Zweifel, dass es Paul sein musste. So tun, als sei niemand im Haus, konnten sie nicht. Das Licht war von der Straße aus zu sehen.

Es läutete ein zweites und drittes Mal, dann blieb es still. Die beiden Frauen saßen mit angehaltenem Atem auf dem Bett.

„Willst du nicht mit ihm sprechen?"

Dorle schüttelte den Kopf.

„Es geht nicht", hauchte sie, und die Verzweiflung, die in diesen leise gesprochenen Worten lag, erinnerte Franzi an die Dorle von vor einem Jahr, nachdem Rolf sich umgebracht und Neubert ihr unterstellt hatte, dass sie ihren eigenen Sohn getötet hätte.

Dann hörten sie, trotz des geschlossenen Fensters, Pauls Stimme. Zuerst ahnten sie sie mehr, doch dann wurde sie lauter, bis ein letzter Schrei ertönte, der Dorle aufschluchzen ließ.

Franzi blickte sie ernst an.

„Geh zu Paul und sag ihm, dass ich ihn nicht sehen kann. Nicht jetzt. Später."

Darauf ließ Dorle sich auf ihr Kissen zurückfallen und schloss die Augen, während Franzi nach unten eilte. Doch sie hielt es nicht lange im Bett aus, stand auf und ging ans Fenster, von dem aus sie das Tor sehen konnte. Franzi musste im Torbogen stehen, sie konnte sie nicht erkennen, aber der Schatten vor dem Tor musste Paul sein. Leise öffnete Dorle das Fenster, doch das Quietschen der Scharniere ließ sie erschrocken zurückweichen. Sie wartete einige Sekunden, bevor sie wieder ans Fenster zurückschlich. Durch den Spalt konnte sie einzelne Worte verstehen. „Zeit" und „Geduld". Paul wurde lauter. Sein „Warum?" hallte deutlich bis zu ihr herauf. Sie stützte sich an der Wand neben dem Fenster ab und musste sich beherrschen, nicht einfach nach unten zu laufen. „Du musst. Paul!", hörte sie Franzis mahnende Worte. Sie konnte nicht länger zuhören, löste sich vom Fenster, taumelte zurück zum Bett und ließ sich auf die Matratze fallen, schloss die Augen.

Dann saß Franzi neben ihr auf dem Bett und sie hörten, wie Paul mit den Fäusten gegen das Tor hämmerte, immer wieder, bis die Schläge schwächer wurden, so, als würde ihn die Kraft verlassen.

Dorle weinte mit jedem Schlag lauter, bis sie schließlich heftig aufschluchzte und schrie. Franzi hielt ihr den Mund zu, damit Paul nicht doch noch einen Vorwand fand, ins Haus einzudringen. Dann sank Dorle in Franzis Armen zurück aufs Bett.

„Morgen", sagte Franzi, als sie sich erhob und die Decke über Dorles Körper ausbreitete, „morgen erzählst du mir was passiert ist. Und dann werden wir sehen!"

Zu ihrer Überraschung antwortete Dorle klar und deutlich: „Ja, morgen werde ich dir alles erzählen."

Franzi überlegte noch etwas zu sagen, wusste nicht, was, stand auf und ging zur Tür, von wo sie Dorle „Gute Nacht" zurief.

„Franzi!"

Sie hatte die Tür schon fast geschlossen. Sie blieb stehen.

„Ja?"

„Danke!"

Franzi nickte, ging nach unten und nahm aus dem Schrank im Wohnzimmer ein Photoalbum und setzte sich an den Küchentisch. Langsam blätterte sie die Seiten des Albums um, betrachtete die Bilder, fast alle vor dem Krieg aufgenommen, und was sie sah, schien ihr so viel weiter weg zu sein als zehn oder fünfzehn Jahre. Ihr Norbert lebte noch und ihre Söhne spielten an Fastnacht Cowboy und Indianer mit Dorles Sohn Rolf. Vier Bilder hatte sie eingeklebt, die ihren Mann Norbert mit vier verschiedenen Fastnachtsmützen aus der Sammlung von Dorles Mann zeigten. Bei einem anderen musste sie kurz auflachen. Norbert hatte es aufgenommen, beim Rosenmontagszug, sie selbst trug damals einen dichten schwarzen Vollbart. Es sah zu komisch aus, die kleine Frau mit dem Bart. Und auf vielen Bildern war auch Dorle zu sehen, oft nicht im Vordergrund, aber immer dabei, meist jugendlich lächelnd, als wäre sie gerade zwanzig, die Frisur wie heute noch.

Das letzte Bild im Album zeigte Robby und sie vor dem Dom. Er hatte einen fremden Mann gebeten, ein Photo von ihnen beiden zu machen. Franzi musste einen kurzen Moment lächeln, als sie sich an das Gesicht des Mannes erinnerte und an sein Erschrecken. Sie wusste immer noch nicht, ob es dem Paar galt, sie weiß, er schwarz, oder dem Umstand, dass ihn ein Schwarzer wie selbstverständlich um einen Gefallen bat, statt ihn aufzufressen.

Die Unbeschwertheit, die Franzi in diesen Bildern sah und spürte, war jetzt wie ein ferner Klang, ein leises Rauschen, unerreichbar weit fort. Viel zu schwer lastete das Schicksal der Freundin auf ihrem Gemüt. Und ihr graute ein wenig davor, was Dorle ihr am nächsten Tag erzählen würde.

XVIII

Laute Schläge an die Wohnungstür rissen Koch aus dem Schlaf. Mit geschlossenen Augen angelte er nach seiner Armbanduhr, hielt sie vor sein Gesicht und öffnete seine Augen einen Schlitz breit. Es war neun Uhr. Er hatte verschlafen.

„Herr Koch“, sagte Siggi, nachdem der die Tür geöffnet hatte, etwas zu laut, denn Koch verzog gleich sein Gesicht, woraufhin er leiser sprach. „Herr Arnheim möchte Sie sprechen. Gleich!“

Koch nickte und wankte zurück in die Wohnung, wo er sich hastig wusch und anzog.

„Ich habe ein Fahrrad dabei“, erklärte Siggi im Treppenhaus. Fast hätte Koch das Loch, das durch den Holzraub im Winter entstanden und noch immer nicht repariert war, übersehen.

„Ein Fahrrad? Wo haben Sie das denn her?“

„Jörg hat es in Ordnung gebracht und mir geliehen.“

„Aber nur eines?“

„Ja“, antwortete Siggi.

„Und wie soll ich in die Direktion kommen?“

„Sie setzen sich auf den Gepäckträger.“

Koch musste lachen und verstärkte damit das Pochen in seinem Kopf.

„Hinten drauf?“, fragte er ungläubig.

„Ja!“ Siggi konnte sich ein Lächeln nicht verkneifen.

„Na dann“, sagte Koch, „fahren wir los!“

Siggi schwang sein rechtes Bein über die Stange, dann setzte Koch sich unsicher auf den Gepäckträger, hob seine Beine so weit an, dass die Füße nicht auf der Straße schleiften und hielt sich mit beiden Händen an der Sattelstange fest, was ihm zu wenig Halt gab.

„Halten Sie sich an mir fest!“, rief Siggi über die Schulter und stieß sich mit den Füßen ab.

Koch packte seinen Assistenten kurz um die Hüften, aber das kam ihm so lächerlich vor, dass er gleich losließ und zur Stange zurückkehrte.

Dadurch hatte er wieder so wenig Halt, dass das Fahrrad, auch weil Koch sein Gleichgewicht noch nicht gefunden hatte, hin und her schlingerte, bis sie gegen einen kahlen Baumstamm stießen.

Koch sprang ab.

„So geht das nicht, Siggi!“, stieß er hervor. Ihm schwindelte. Fünfzig Meter weiter und er würde sich übergeben. Doch Siggi interessierte sich nicht für das Wohlbefinden seines Vorgesetzten, seine Sorge galt allein dem Zustand des Vorderreifens. Er packte das Rad am Lenker, hob das Vorderteil in die Luft, setzte den Reifen in Bewegung und beobachtete den Lauf des Rades sehr genau.

„Nichts kaputt!“, stellte er erleichtert fest, nachdem er das Vorderrad wieder auf den Boden gestellt hatte. „Können Sie fahren?“

Koch sah den jungen Mann überrascht an.

„Ich meine, Fahrrad fahren“, konkretisierte der.

„Ja, natürlich“, erwiderte Koch, bewegte sich dabei zu schnell und spürte abermals den Schwindel aufsteigen.

„Dann fahren Sie und ich komme zu Fuß nach.“

„Nein“, wiegelte er ab.

„Herr Arnheim war ziemlich sauer. Ich glaube, dass es besser wäre …“

Er drückte Koch den Lenker in die Hand. Der hob vorsichtig ein Bein über die Stange, stellte den linken Fuß auf das Pedal, stieß sich mit dem anderen ab und schlingerte die ersten Meter, bis er auf dem Sattel saß und sein zweiter Fuß das Pedal gefunden hatte.

„Treten!“, rief Siggi. „Vergessen Sie das Treten nicht!“

Koch nahm eine Hand vom Lenker, um eine abwehrende Bewegung mit dem Arm zu machen, aber das brachte ihn erneut aus dem Gleichgewicht und er schlingerte auf der Fahrbahn. Ein Auto mit französischem Kennzeichen hupte ihn in die Spur zurück.

„Schicken Sie Koch sofort rein, wenn er kommt. Ich …“, hörte der Kommissar die Stimme seines Chefs beim Betreten des Vorzimmers durch die nur halbgeschlossene Tür zum Büro Arnheims.

Mit einer Kopfbewegung leitete die Vorzimmerdame Koch weiter.

„Kommen Sie rein, Koch! Wo waren Sie denn? Von der Einhaltung des Dienstbeginns halten Sie wohl auch nicht viel?“

Koch zog es vor zu schweigen.

„Die Betonung liegt auf dem ‚auch‘. Sie können sich hoffentlich denken, warum ich Sie sprechen will?“

„Ehrlich gesagt, nein“, antwortete Koch.

„Wie bitte?“ Arnheim war hinter seinem Schreibtisch aufgestanden.

„Ich verstehe nicht, was Sie meinen, Herr Arnheim.“

„Koch, das wissen Sie nicht? Wissen Sie denn, was das hier ist?“

Er nahm von seinem Schreibtisch ein Blatt Papier und hielt es Koch entgegen.

„Ein Papier, Herr Arnheim“, antwortete er völlig ernst. Seine Gedanken waren bei einer Tasse Kaffee.

„Wollen Sie mich auf den Arm nehmen, Koch? Dass das ein Papier ist, sehe ich selbst. Aber was steht da drauf? Das ist entscheidend. Was glauben Sie, was da drauf steht?“

„Ich habe keine Ahnung, Herr Arnheim." Er hatte leise gesprochen.

„Was ist los, Koch? Ich kann Sie kaum verstehen."

„Woher soll ich wissen, was auf diesem Papier steht." Er klang nun deutlich gereizter.

„Eine Beschwerde, Koch, eine Beschwerde ist hier notiert. Ein alter Bekannter von Ihnen. Behauptet, Sie hätten ihn angegriffen. Und beschimpft. Sogar geschlagen."

Koch war sprachlos über Neuberts Unverfrorenheit.

„Sie haben nichts dazu zu sagen, Koch?"

Der schwieg weiter.

„Bringen Sie mir einen Kaffee!", brüllte Arnheim zum Vorzimmer und ließ sich in seinen Stuhl fallen.

„Unglaublich, Koch. Was haben Sie da wieder gemacht?"

Der überlegte kurz. „Nichts", antwortete er schließlich. „Ich wollte Frau Becker besuchen und war auf dem Nachhauseweg, da hat Neubert mich abgepasst und hat sich unflätig über die Dame geäußert."

„Und Sie sind auf ihn losgegangen?"

Arnheim klang schon ein wenig versöhnlicher.

„Nein. Ich habe mich umgedreht und bin weggegangen. Das …"

Die Vorzimmerdame kam in das Büro, in der Hand eine Tasse dampfenden Kaffee. Koch blickte ihr sehnsüchtig nach. Niemand kam auf die Idee zu fragen, ob er auch eine wollte.

„Und?", fragte Arnheim, nachdem er kurz in der Tasse gerührt und vernehmlich einen Schluck zu sich genommen hatte.

„Darüber war er aufgebracht. Hat wieder seine Nazi-Sprüche gemacht. Die Polizei verhöhnt. Das Übliche …"

Arnheim trank noch einen Schluck. „Ich habe mir das

irgendwie gedacht. Wir kennen dieses Subjekt ja. Aber passen Sie auf. Unser Ruf, Sie wissen."

„Wissen Sie, warum der Mann schon wieder auf freiem Fuß ist?"

„Neubert?"

Koch nickte.

„Keine Ahnung, Koch, keine Ahnung. Ist doch ein Spinner, der Mann. Und wegen des Mordes, sehen Sie zu, dass Sie den Sack jetzt schnell zumachen. Ein ordentlicher Bericht. Und Koblenz. Denken Sie daran!"

Koch meinte gesehen zu haben, dass Arnheim ihm zugezwinkert hatte. Das konnte auch eine Einbildung unter dem Einfluss des Restalkohols gewesen sein.

Erleichtert ließ sich Koch in der Kantine auf die harte Bank am Fenster fallen. Vor ihm stand eine Tasse mit heißem Muckefuck. Er hätte es keine fünf Minuten länger ohne ausgehalten. Es beruhigte ihn, die Tasse mit beiden Händen umfasst zu halten und aus dem Fenster zu schauen. Mit jedem Schluck, den er trank, fühlte er sich wohler.

Gerade wollte er aufstehen, um die Tasse erneut zu füllen, da kam Siggi in die Kantine an seinen Tisch gestürmt.

„Ein Toter, Herr Koch. Wir müssen raus."

„Doch nicht in Bingen?", fragte er überrascht, blieb aber sitzen.

„Fort Muhl", erklärte Siggi.

„Wo?", fragte Koch, der noch immer keine Anstalten machte aufzustehen.

„Bei Ebersheim", erklärte sein Assistent, der sich nervös von einem auf den anderen Fuß bewegte.

Warum ausgerechnet heute? Konnte der nicht warten, überlegte Koch und erhob sich sehr langsam.

„Ich habe schon ein Auto organisiert. War gar kein

Problem“, erklärte der junge Mann stolz, während sie die Treppe hinabstiegen.

„Solange ich nicht wieder Fahrrad fahren muss.“

Koch dachte an das spöttische Grinsen, mit dem er von Jörg und seinen Leuten empfangen worden war, als sie ihn mit dem Fahrrad kommen sahen. So schnell er konnte, hatte er das Zweirad an die Wand gelehnt und war in den Trakt mit den Büros und zu Arnheim gegangen.

„Leider der Opel. Ob das je wieder was mit dem BMW wird.“ Siggis Trauer war nicht gespielt.

„Hauptsache, Sie fahren so, dass mir nicht schwindelig wird“, ermahnte ihn Koch.

Der Opel stand schon vor der Halle, Jörg daneben.

„Will der Herr Kommissar nicht lieber den Drahtesel haben?“, spottete er frech und erntete dafür die Lacher der beiden Männer, die neben ihm standen.

Koch verzog seinen Mund zu einer Grimasse und stieg kommentarlos in das Fahrzeug.

Der Kommissar war so mit sich selbst beschäftigt, dass er von der Fahrt nichts mitbekam. Erst Siggis beherztes Bremsmanöver riss ihn aus seinen Gedanken. Der junge Mann steuerte den Wagen auf einen holprigen Feldweg voller Schlaglöcher, die ihn zu einem Zickzackkurs zwangen. Koch stützte sich mit beiden Händen ab, um nicht hin und her geschleudert zu werden. Erst als der Wagen zum Stehen kam, erkannte Koch die riesigen, massigen Betonplatten vor ihnen, die über- und ineinandergeschoben waren und an einigen Stellen schmale, dunkle Einlässe freiließen. Jetzt fiel ihm wieder ein, dass sein Vater ihm von diesem Festungsgürtel erzählt hatte. Das waren die Überreste der Selzstellung, eines der wichtigsten Festungswerke im Westen des „Deutschen Reiches“, bestehend aus über 350 modernen Festungswerken, die vor und während des Ersten Weltkriegs errichtet worden waren. Im Versailler Friedensvertrag war festgelegt worden, dass die meisten dieser Festungswerke, die Teil des Schlieffenplans waren, gesprengt werden mussten. Koch und Siggi standen nun vor den Überresten von Fort Muhl, das größte der gesprengten Werke.

Zwei Fahrzeuge standen bereits auf dem Acker davor. Der Adler Junior, den sie aus der Direktion kannten, und ein kleiner offener Sportwagen, der direkt neben einer bedrohlich aufragenden Betonplatte abgestellt war.

„Ein MG C-Typ Midget", schrie Siggi so laut auf, dass Kochs Kopfschmerzen sofort zunahmen. „Ich werde verrückt!"

Sofort war er aus dem Opel gesprungen und zu dem Wägelchen gelaufen, das selbst im Vergleich zu ihrem Opel klein wirkte, ausgestellte Kotflügel hatte und nur zwei Personen Platz bot. Das Lenkrad war auf der rechten Seite montiert. Koch, der ebenfalls den Opel verlassen und sich dem Wagen genähert hatte, wunderte sich, wie ein normal großer Mann in diesen winzigen Innenraum gelangen sollte.

Siggi umrundete das Fahrzeug, fuhr mit der Hand sachte über die Motorhaube, begutachtete den Kühler, streichelte über das Lenkrad und saß so schnell, dass Koch es nicht mitbekommen hatte, im Cockpit, hielt mit abgewinkelten Armen das hölzerne Lenkrad umfasst.

„Auf, Siggi! Rennen beendet, wir haben Arbeit!", forderte er den Jungen auf, der sichtlich schweren Herzens aus dem Sportwagen stieg und seinem Chef folgte, der sich wunderte, wo die Insassen der Fahrzeuge abgeblieben waren.

Plötzlich war hinter ihnen das Aufheulen eines Motors

zu hören. Beide Männer drehten sich gleichzeitig um und sahen ein Motorrad mit für die Bodenverhältnisse sehr hoher Geschwindigkeit auf sie zurasen. Der Fahrer trug eine Helmschale und ein Tuch vor dem Gesicht. Er hielt auf sie zu, bremste kurz vor ihnen scharf und stellte den Motor ab, bevor er sich mit einem Lachen das Tuch vom Gesicht riss.

„Überraschung!", rief Reuber aus.

„Was machen Sie denn hier?", fragte Koch.

„Mehr als fünfzig Prozent aller Verbrechen sind Raub- und Schwarzmarktdelikte. Und wie ich gehört habe, dass hier draußen ein Toter gefunden wurde, bin ich los."

Koch nickte und versuchte seine Verwunderung zu verbergen. „Dann lassen Sie uns mal den Toten ansehen. Allerdings würde ich gerne wissen, wo der sein soll."

In dem Moment wurde ein Kopf zwischen zwei der Betonplatten ins Freie gestreckt.

„Hier lang! Und Vorsicht! Stinkt wie in einem Fuchsbau."

Langsam ging Koch, gefolgt von Siggi und Reuber, auf die Stelle zu, wo der Rufer auf sie wartete.

Koch kletterte über das lockere Gestein auf die untere Betonplatte und sah zunächst in ein dunkles Loch, aus dem ihm ein warnendes „Kopf einziehen!" zugerufen wurde. Die Person, zu der die Stimme gehörte, konnte er nicht sehen.

Er zwängte sich durch den Spalt, hinter dem sich ein Hohlraum auftat, durch den er sich nur mit eingezogenem Kopf bewegen konnte.

„Hallo!", rief Koch in die Dunkelheit.

„Hierher!", antwortete ihnen eine hallige Stimme. „Ein bisschen geradeaus und dann nach rechts."

Siggi und Reuber waren nun ebenfalls durch den Spalt

geklettert und standen hinter dem Kommissar. Der Mann hatte Recht gehabt. Es stank bestialisch nach totem Tier und vor allem nach Fuchs. Offenbar hatten die hier ihr Quartier gefunden. Plötzlich wurden sie von einem grellen Blitz geblendet.

„Und noch einmal. Alle bleiben verdammt noch mal ruhig stehen!", hörte er die sonore Stimme von Wolfgang Dietl, dem Photographen der Polizeidirektion. „Sonst habe ich im Hintergrund immer eine Unschärfe. Hätte mir ja auch jemand sagen können, dass wir in so 'nen Bunker müssen. Wer zahlt mir eigentlich die Reinigung für meinen Anzug?"

Der Auslöser der Kamera klang merkwürdig dumpf in dem Raum mit den Betonwänden.

„So, ihr könnt eure Ärsche wieder bewegen!", hörte Koch Dietl brüllen. Er trat einen Schritt vor und erkannte in dem Schein von zwei kleinen Öllampen zwei Männer mit gebeugtem Rücken vor der kahlen Betonwand, während sich der Photograph seine Kamera samt Stativ und Blitz auf seine Schulter packte und mit einem „Bis zur nächsten Leiche" vorbeidrückte.

„Guten Tag!", begrüßte Koch die beiden Männer. Der eine von ihnen war Rüdiger Klein von der Spurensicherung, den anderen, der so groß war, dass er seinen Oberkörper in dem niedrigen Raum weit abwinkeln musste, hatte er noch nie gesehen.

Auf dem Boden zwischen den beiden lag die Leiche. Koch kniete sich hin und erkannte schnell, dass der Körper keine Verstümmelung aufwies. Ein wenig war er darüber enttäuscht, weil er sonst wenigstens eine neue Spur gehabt hätte.

Reuber quetschte sich neben ihn. In dem schwachen Schein der Gaslampen schien es Koch, dass sich auf Reubers Gesicht für einen kurzen Moment der Ausdruck von Überraschung zeigte, und dass er auch etwas flüsterte, aber so leise, fast gehaucht, dass er es nicht verstehen konnte.

„Kennen Sie den Mann?"

Reuber sah auf, zuckte leicht zusammen.

„Nein. Wie kommen Sie darauf? Nein."

„Irgendwelche Spuren?", wandte sich Koch an Klein.

„Kaum. Kinder haben die Leiche beim Spielen gefunden. Ist zwar streng verboten, aber ist ja der reinste Abenteuerspielplatz für die Gören."

„Die Leiche …?", fragte Koch.

„Muss schon einige Zeit hier liegen. War mit etwas Erde bedeckt", antwortete Klein.

„Papiere?"

„Ein Führerschein, lag abseits. Ist vielleicht rausgefallen. Heinz-Peter Geisler. Aus Mainz."

Koch erhob sich zu schnell und stieß mit seinem Kopf an die Decke.

„Autsch!", kommentierte der andere Mann, der noch immer mit abgewinkeltem Oberkörper vor der Wand stand und die Szenerie beobachtete.

„Wer sind Sie?", fragte Koch.

Der Gefragte ließ sich einige Sekunden Zeit mit der Antwort. „Dr. Bardo Esch", sagte er dann. Seine Stimme war ein wenig nasal mit einer leichten norddeutschen Färbung. „Ich bin der neue Arzt und das ist mein erster Einsatz. Mit wem habe ich das Vergnügen?"

„Ob es ein Vergnügen ist, wird sich zeigen. Paul Koch, der zuständige Kommissar. Können Sie schon etwas sagen?"

„Nun, der Mann wurde erstochen, ein Stich in den Bauch- und einer in den Brustbereich. Beide nicht sofort tödlich. Der Mann ist verblutet."

„Spuren von Folter?"

Esch trat ein Stück vor, so dass eine der Gaslampen sein Gesicht beleuchtete. Koch konnte erkennen, dass er seine rechte Augenbraue nach oben zog. Das Auge war von einer auffallend klaren und stechenden blauen Farbe. „Nein. Ich nehme an, dass die nicht sofort tödlichen Stiche eher auf unprofessionelle Handhabung des Mordinstrumentes zurückzuführen sind."

„Schauen Sie sich hier um!", befahl Koch Siggi und kletterte über den Geröllboden nach draußen, wo er Reuber rauchend neben dem Motorrad fand.

„Elender Gestank da drinnen!", empfing ihn der Kollege.

Koch ging nicht darauf ein. „Kennen Sie diesen Herrenmenschen?"

Reuber sah Koch überrascht an. „Herrenmensch?"

„Diesen Doktor."

„Wie kommen Sie darauf? Koch, Sie sehen schon Gespenster!"

„Vielleicht!", erwiderte Koch nachdenklich. „Kennen Sie den Toten da drinnen?", fragte er unvermittelt.

„Das haben Sie mich eben schon gefragt."

„Das beantwortet nicht meine Frage, Reuber. Sie schienen mir eben überrascht zu sein, den Mann hier zu finden."

„Sah das so aus? Tatsächlich?"

„Tatsächlich!", gab Koch spitz zurück.

Reuber ließ sich Zeit und zündete sich umständlich eine neue Zigarette an.

„Also gut, Koch, aber behalten Sie es für sich. Ich kenne den Mann. Diesen Hans-Peter Geisler. Schwarzhändler. Er hat für mich gearbeitet. Als Informant. Wenn so was rauskommt, dann wird nicht lange gefackelt."

„Dafür ist es nun ja zu spät. Da hat jemand nicht lange gefackelt."

„Allerdings." Reuber zog an der Kippe und sah betreten zu Boden.

„Haben Sie einen Verdacht?"

„Einen? Viele auf dem Schwarzmarkt kommen in Frage. Ein kleiner Fisch, der sich von Geisler über den Tisch gezogen fühlte. Ein großer, aus den gleichen Gründen. Oder jemand, der entdeckt hat, dass er für mich arbeitet. Möglicherweise hat er als Trampler gearbeitet …"

„Trampler?"

„Na, einer, der den Schwarzmarkt für Betrügereien nutzt." Reuber überlegte kurz. „Der trifft sich mit jemand zum Tauschen in einem Haus, das zwei Eingänge hat. Er sagt, dass er aus einem anderen Zimmer seine Ware holen will und verschwindet mit dem Geld oder was immer er bekommen hat."

Koch nickte, dass er verstanden hatte. „Verbindungen zu unserem Toten in Bingen?"

Reuber inhalierte tief, hielt den Rauch lange in der Lunge, blickte nach oben und stieß ihn dann gen Himmel aus. „Weiß ich nicht, Koch. Mir war dieser Hoger ja nicht mal bekannt. Aber ich werde meine Fühler in diese Richtung ausstrecken."

Reuber knöpfte seine Jacke zu. „Ich muss los." Er zog noch einmal tief an der Zigarette und schnippte den Stummel in einem weiten Bogen auf die Wiese.

„Sagen Sie, Reuber", rief Koch. Reuber saß schon auf dem Sattel der Maschine und hatte den Kickstarter ausgestellt.

„Ja?"

„Arbeiten Sie mit vielen solcher Informanten zusammen?"

Reuber lachte kurz. „Sagen wir mal so: ohne geht es nicht."

Damit trat er den Kickstarter durch, gab Gas und fuhr davon.

„Nichts, Herr Koch. Ich habe nichts gefunden." Siggi, der sich neben Koch gestellt hatte, sah sich um. „Und damit sollte der Franzose aufgehalten werden?"

„Ja, Siggi, so hat man sich das wahrscheinlich gedacht, vor dem Blitzkrieg."

„Ich muss ihn mir noch mal anschauen." Siggis Blick war während der kurzen Unterhaltung schon mehrmals zu dem Sportwagen gegangen.

Koch nickte und sofort eilte Siggi die wenigen Meter über die Wiese. Koch sah weiter in die Richtung, in die Reuber davongefahren war.

„Na, gefällt Ihnen der Wagen, junger Mann?"

Koch sah auf. Esch war zu Siggi getreten. Im Tageslicht konnte er den Arzt genauer betrachten. Auffallend war dessen sehr aufrechte, soldatische Haltung. Er trug sein blondes, leicht gewelltes Haar etwas zu lang, auf der rechten Seite gescheitelt. Eine Strähne fiel über die Stirn fast bis an die Augenbraue. Der Mann musste annähernd ein Meter neunzig groß sein, hatte ein schmales Gesicht und schmale Lippen und war ungewöhnlich gekleidet. Er trug eine Knickerbockerhose und ein kariertes Tweedjackett und um den Hals ein rotes Seidentuch. Eine Rennfahrerbrille baumelte an einem Gummiband.

„Wahnsinn!", beteuerte Siggi seine Begeisterung für das Auto. „Den kenne ich nur von Bildern. Der hat 44 PS, stimmt's?"

Esch schüttelte lässig den Kopf. Koch meinte ein herablassendes Lächeln zu erkennen.

„55 PS."

Koch schätzte Esch nicht sehr viel älter als Siggi, vielleicht achtundzwanzig oder neunundzwanzig.

„Dann muss der einen Kompressor haben."

„Sie haben es erraten. Und ich merke, dass Sie sich auskennen."

„Wie viel geht der?"

„Ich hatte ihn mal auf 150. Aber bei den Straßen …"

Koch sah die Zeit für gekommen, dieses Gespräch zu unterbrechen.

„Herr Doktor", stellte er sich zwischen die beiden Männer, „haben Sie noch etwas gefunden?"

„Nein, Herr Kommissar", erwiderte Esch und imitierte Kochs strengen Tonfall. „Tod durch Erstechen, wenn Sie mich fragen: dilettantisch ausgeführt. Die Leiche liegt nach meiner Einschätzung mindestens schon drei Tage, wenn nicht sogar länger da drin. Wenn die Kinder ihn nicht gefunden hätten, würden die Tiere …" Er führte das nicht weiter aus. „In der Direktion werde ich die Leiche genauer untersuchen."

„Wird Dr. Malmann …"

„Ich muss Sie enttäuschen, Herr Kommissar, Sie müssen mit mir Vorlieb nehmen. Ich bin aber ganz gut auf meinem Gebiet."

„Sicher. Sie haben ja auch zur richtigen Zeit studiert."

Eschs rechte Augenbraue zuckte.

„Ja!", war seine knappe Antwort. „Jeder an seinem Ort und seinem Platz." Dabei hielt er Kochs Blick ohne Mühe stand.

„Sehr gut", erwiderte der, „dann werden wir sicher bald brauchbare Untersuchungsergebnisse haben."

Esch nickte, ein leichtes Lächeln umspielte dabei seine Lippen.

„Siggi, reißen Sie sich von dem Wagen los. Wir haben noch Arbeit!“

Damit ging er grußlos zu ihrem Opel und hörte Esch zu seinem Assistenten sagen, dass er auch gerne mit ihm in dem MG fahren könne.

„Siggi!“, rief Koch und der junge Mann folgte ihm schnell zu ihrem Auto.

„So ein arrogantes Arschloch!“, schimpfte Koch, als sie wieder eine asphaltierte Straße unter sich hatten. „Dem fließt der Nazi doch aus jeder Pore!“

Siggi zog es vor zu schweigen.

Bis zum Abend wussten die beiden Polizisten, dass der tote Heinz-Peter Geisler 1902 in Budenheim geboren war, nach der Schule eine Lehre zum Kaufmann begonnen hatte und anschließend in einer Versicherung untergekommen war. Während des Krieges war er, weil Asthmatiker, nicht eingezogen worden, sondern hatte sich in der Stadtverwaltung verdingt. Ende 1945 wurde er erstmals aufgrund von Schwarzmarktvergehen inhaftiert, doch bald schon wegen angeblicher Geringfügigkeit entlassen. Koch staunte darüber, denn zwischen den Zeilen meinte er zu lesen, dass Geisler sein Gewerbe nicht nur zur eigenen Existenzsicherung betrieben hatte. Er vermutete Protektion, vielleicht alte Bekannte aus der Stadtverwaltung, die jetzt an den entsprechenden Stellen saßen. Wundern würde er sich darüber jedenfalls nicht. Nach seiner zweiten Verhaftung im Frühsommer 1946 wurde Geisler als Informant für das Schwarzmarktdezernat angeworben, das er seitdem zwar mit Informationen versorgte, die bislang jedoch nur zur Festnahme einiger kleinerer Fische geführt hatten. Koch überkam beim Lesen der Eindruck, dass Geisler über den Schutz als Informant noch weitergehendere Protektion genossen hatte. Er sprach Reuber darauf an, doch der lachte und erklärte ihm etwas von den besonderen Gesetzen des Schwarzmarktes und des Umgangs miteinander dort, besonders dann, wenn es um ‚größere Fische' ging. Und an einem solchen sei Geisler dran gewesen, erklärte Reuber, ohne konkret zu werden, und dass der Tod des Mannes ein herber Rückschlag für seine Arbeit sei.

Koch fürchtete den Abend, wenn er sich nicht durch die Arbeit ablenken konnte und irgendetwas wegen Dorles Verschwinden unternehmen musste. Dass sie nicht in irgendeiner Gefahr schwebte, dessen war er sich nach dem Besuch bei Franzi sicher, aber dennoch waren ihm sowohl deren als auch Dorles Verhalten äußerst rätselhaft, und je länger er darüber nachdachte, desto mysteriöser erschien ihm ihr Verschwinden.

XIX

Franzi schrak zusammen, als sie in den Flur trat. Sie hatte ein Geräusch gehört, das leise hohe Klirren von Glas. Karl konnte es nicht gewesen sein, er war nicht im Haus. Auf Zehenspitzen schlich sie zur Küche und fand Dorle am Tisch vor, die sich gerade aus einer Kanne Kaffee in eine Tasse füllte. Neben ihr lag das Photoalbum, das Franzi gestern Abend nach dem Durchstöbern nicht mehr weggeräumt hatte.

„Du bist ja …“, sagte sie.

Dorle wandte sich um. Sie hatte sich die Haare gekämmt und zu einem Zopf geflochten und trug ein langes, wollenes Kleid.

Franzi sah Dorle verwundert an. Sie wusste nicht, ob sie sich freuen sollte, ihre Freundin in der Küche anzutreffen. Dass sie alleine aufgestanden und offenbar aus der trägen Dumpfheit der letzten Tage erwacht war, deutete sie als ein gutes Zeichen. Aber Dorles Augen strahlten eine fremde Entschlossenheit aus, eine Härte war ihr ins Gesicht geschrieben, die sie so noch nie an ihr gesehen hatte.

„Guten Morgen, Franzi“, grüßte sie die Ankommende und füllte Kaffee aus der Kanne in eine zweite, schon bereitgestellte Tasse.

Ihre Stimme klang überraschend klar.

Franzi hatte lange wach gelegen in der letzen Nacht und gegrübelt, ob Dorle ihr tatsächlich von dem erzählen würde, was ihr widerfahren war oder ob sie sich wieder in ihren Kokon zurückziehen würde. Sie war sicher, dass sie sie mit sanftem Druck zum Aufstehen und dann zum Reden würde nötigen müssen. Und nun saß sie da in diesem seltsamen, ihr unbekannten Zustand, entschlossen und zerbrechlich zugleich.

Dorle schob die gefüllte Tasse auf den Platz ihr gegenüber.

Im Vorbeigehen ließ Franzi ihre Hand über Dorles Rücken streichen, setzte sich auf die andere Seite des Tisches, trank einen Schluck von dem schwarzen Kaffee und lächelte Dorle zu. Sie reagierte nicht darauf.

„Vielen Dank, Franzi, dass du mir hilfst. Ohne dich …"

Franzi spürte, dass sie sich zusammenreißen und konzentrieren musste.

„Du hast mir das Leben gerettet, Franzi. Vielen Dank!"

„Das ist … das ist doch selbstverständlich."

Dorle ging nicht darauf ein. Sie führte ihre Tasse an den Mund und benetzte ihre Lippen eher, als dass sie trank.

„Ich gehe …", sagte sie.

„Wie?", fragte Franzi, die nicht verstand.

„Ich werde weggehen."

Wieder war es in den Worten, diese gleichzeitige Entschlossenheit und Zerbrechlichkeit.

„Du willst weggehen?"

„Ich muss. Ich kann nicht hier bleiben."

„Warum? … Du kannst nicht weggehen …!"

„Ich muss gehen", unterbrach Dorle Franzi rüde.

„Aber warum?"

Dorle sah sie an, mit einem Blick, ganz gegensätzlich zu der Entschlossenheit, die sie in ihre Worte zu legen versuchte.

Dann, noch immer mit diesem Blick, füllte Dorle erst ihre Tasse, dann die von Franzi.

„Schwör mir, dass du niemandem etwas sagst!"

„Was sage?"

Dorle trank von ihrem Kaffee.

„Was ich dir jetzt erzähle."

„Ja …“, erwiderte sie zögerlich und unsicher. „Natürlich erzähle ich davon nichts weiter, wenn du das nicht möchtest.“

„Schwöre!“

„Ich schwöre!“

„Bei deinen Söhnen und dem Herrgott!“

Franzi schüttelte den Kopf. „Dorle, was ist? Bist du …?“

„Schwöre bei deinen Söhnen und dem Herrgott, dass du nichts sagst! Niemandem!“

Franzi starrte Dorle an. So hatte sie ihre Freundin noch nie erlebt.

„Ja, ich schwöre, bei meinen Söhnen und dem Herrgott!“, sagte sie schließlich.

„Gut!“, sagte Dorle und wartete.

Dann begann sie zu erzählen.

„Weißt du noch, vor einem Jahr, als dem Gerber Jupp sein Sohn tot gefunden wurde?“

„Der Peter …“

„Ja, der Peter.“ Sie machte wieder eine Pause. „Das war … ich.“

„Was warst du …?“ Franzi benötigte einen Moment, um die Tragweite von Dorles Worten zu verstehen. „Du! Nein. Das warst du nicht, Dorle“, widersprach Franzi. „Sag nicht so was. Du bist verwirrt!“

„Ich bin nicht verwirrt. Ich bin klar. Hör mir jetzt zu.“

Sie erzählte Franzi, wie sie im März vor einem Jahr bei dem Sohn des Bauern Jupp Gerber, dem Peter, der vor dem Krieg ein Freund ihres Sohnes Rolf war, um Fleisch gebettelt hatte. Fleisch, das sie brauchte, um Medikamente für Rolf zu bekommen, der die Schmerzen an seinem eiternden Beinstumpf nicht mehr aushielt, der jede Nacht schrie und stöhnte, dass sie es manchmal nicht mehr ertragen konnte. Doch Peter Gerber verhöhnte sie, wollte ihr nichts geben, und als sie in ihrer Verzweiflung nachts in dessen Hof eindrang, um das Fleisch zu stehlen, erwischte Peter sie und drohte ihr, dass er die Polizei rufen würde, wenn sie ihm nicht zu Willen wäre. Als er immer zudringlicher wurde, hatte sie mit einem Messer zugestoßen.

„Du hast den Peter umgebracht? Du?! Dorle, sag, dass das nicht stimmt!"

„Es stimmt. Das Messer habe ich mitgenommen. Und Neubert hat es gefunden."

„Wie …?"

„Er ist bei mir eingebrochen …"

„Jetzt … deshalb …" Franzi zeigte auf Dorles Wunden.

Die schüttelte den Kopf.

„Vorher. Aber er war jetzt wieder da und hat gesagt, dass er es Paul sagt, wenn ich weiter mit ihm … das ist ein Jahr her, Franzi."

„Und es war doch Notwehr, wenn der Peter dich …"

Dorle unterbrach sie. „Neubert wird immer weiter machen. Er wird keine Ruhe geben. Nie. Im letzten Jahr …" Sie stockte.

„Ja?", fragte Franzi, der die Tränen in den Augen standen.

„Letztes Jahr hat Neubert … mich … er kam ins Haus … einfach so … hat mich auf den Tisch … wie ein Tier …"

„Oh Gott! … Das hast du nie erzählt …"

„Und du darfst es auch niemandem sagen. Und deshalb muss ich weggehen. Neubert wird mich niemals in Ruhe lassen."

Nun konnte Franzi ihre Tränen nicht mehr zurückhalten. Sie stand auf und ging um den Tisch, blieb ein, zwei Sekunden neben Dorle stehen und nahm sie dann in den Arm.

„Das darfst du nicht!"

Dorle sprach ruhig. „Neubert war da. Er hat mich geschlagen und mir gedroht."

„Womit gedroht? Dorle, was kann er gegen dich tun? Wir rufen die Polizei. Paul …"

„Paul kann mir nicht helfen."

„Aber Paul ist doch Kommissar. Er wird dafür sorgen, dass Neubert dir nichts antut."

Dorle schüttelte den Kopf. „Paul darf das alles nicht wissen!"

„Was darf Paul nicht wissen?"

Dorle sah Franzi an, mehrere Sekunden lang, ohne ein Wort zu sagen und ohne den Blick zu senken.

„Paul darf das alles nicht wissen. Er ist Polizist."

„Aber wo willst du denn hin?"

„Ich weiß es nicht. Weg. Nur weg."

Franzi spürte genau, wie Dorles Entschlossenheit bröckelte.

„Er hat gesagt, dass ich Paul nicht mehr sehen darf. Sonst geht er zur Polizei. Ich komme ins Gefängnis und Paul wird entlassen."

„Ihr könnt doch zusammen weggehen."

Dorle schüttelte ihren Kopf.

„Ich muss gehen. Solange Neubert lebt, muss ich gehen. Weg von hier. Dann kann Paul weiter als Polizist … Ich muss weg, irgendwo hin, wo Neubert mich nicht findet. Und Paul auch nicht."

Franzi sah ihre Freundin kurz an, bevor sie sprach.

„Aber er wollte doch zu dir ziehen, Dorle. Endlich warst du wieder glücklich."

„Glücklich?" Dorle lachte kurz. „Er ist Samstag nicht gekommen. Er hat es sich anders überlegt. Wäre er am Samstag gekommen …"

„Das darfst du nicht sagen, Dorle …"

„Ich werde weggehen!“

Franzi stand plötzlich auf und ging zum Fenster, sah hinaus in den Hof. Dorle folgte ihr mit den Augen. Sekundenlang stand Franzi am Fenster, ohne ein Wort zu sagen, starrte einfach hinaus. Dann drehte sie sich um.

„Was ist?“, fragte Dorle.

„Weißt du, was du gesagt hast?“

Nun sah Dorle Franzi verwundert an.

„Ich gehe!“, sagte sie.

Franzi schüttelte ihren Kopf. „Das nicht.“

Dorle sah sie ratlos an.

„Solange Neubert lebt, muss ich gehen.“

„Wie? Was meinst du?“

„Das hast du gesagt!“

„Ich?“

Franzi nickte. „Ja, du!“

Dorle senkte ihren Blick, sah dann zu Franzi, um schließlich heftig den Kopf zu schütteln. „Nein, das geht doch nicht!“

„Doch!“, erwiderte Franzi schwach und es hatte sie Überwindung gekostet, weil ihr eigener Gedanke sie erschreckt hatte.

„Doch!“, sagte sie noch einmal.

„Das fünfte Gebot“, flüsterte Dorle. „Du sollst nicht töten.“

„Ich weiß!“

Dorle sah sie stumm an.

Minutenlang saßen die beiden Frau in der Küche am Tisch und sprachen kein Wort miteinander.

„Liebst du Paul?“, fragte Franzi schließlich.

Dorle ließ sich Zeit mit der Antwort, starrte weiter geradeaus, bis sie schließlich nickte, kaum merklich.

„Neubert hat dich vergewaltigt! Neubert hat dich geschlagen! Neubert erpresst dich!“ Franzi machte eine Pause. „Er wird dich wieder vergewaltigen. Er wird dich wieder schlagen. Er wird dich wieder erpressen. Immer wieder.“

„Deshalb muss ich gehen, Franzi“, entgegnete Dorle.

Franzi schüttelte heftig ihren Kopf.

„Nein. Neubert muss gehen.“

„Aber wir … können … ihn … doch nicht … töten …“

„Doch“, widersprach Franzi, „wir müssen. Sonst hast du kein Leben mehr. Und das ist das Gleiche, wie wenn er dich umbringen würde.“

Dorle sah zur Seite, als wollte sie das nicht hören.

„Überleg doch, was er dir angetan hat. Er hat dich schon fast getötet. Wenn er jetzt deine Liebe … Du kannst nicht weglaufen, Dorle! Oder du musst mit Paul sprechen, Dorle!“

Die sah ihre Freundin stumm an und eine Träne lief die Wange hinab. Sie stand auf, umarmte Franzi, so schnell, dass die völlig überrascht war, und rannte dann nach oben in Karls Zimmer, wo sie sich aufs Bett warf.

Franzi ließ ihr Zeit. Erst eine halbe Stunde später stieg sie nach oben und fand Dorle auf dem Rücken liegend und die Decke anstarrend vor. Sie setzte sich auf das Bett neben sie und nahm ihre Hand.

„Wir müssen es tun, Dorle!“, sagte sie.

„Aber wir … sind keine Richter“, wandte sie ein. „Nur der Herrgott entscheidet, wer zu ihm geht.“

„Aber Neubert zerstört dein Leben. Und vielleicht auch das von Paul.“

„Das ist eine Prüfung, Franzi. Der Herr will mich prüfen. Das ist die Strafe, dass ich Rolf alleine gelassen habe und Peter mit dem Messer …“

„Dorle, bitte!“

„Wir sind keine Richter. Nur der Herr kann richten, nicht wir."

„Ja, im Himmel, Dorle. Aber wir leben, wir leben auf der Erde. Und da gibt es Richter, aber keine Gerechtigkeit. Einer wie Neubert kann seine Schweinereien immer weiter treiben. Warum ist er wieder so schnell aus dem Gefängnis gekommen? Überlege es dir, Dorle! Überleg dir, ob du immer davonlaufen willst!" Sie machte eine Pause, wartete, sah Dorle an, die an ihr vorbeischaute, dann stand Franzi auf und ging zur Tür, wo sie sich noch einmal umdrehte. „Wohin willst du denn gehen?"

Dorle warf sich auf die Seite, den Blick starr auf die Wand gerichtet. Das war ihr zu viel. Alles war zu viel.

Franzi kramte in der Tasche ihrer Schürze und zog mehrere Papierfetzen heraus.

„Lies das!", forderte sie ihre Freundin auf.

Dorle bewegte sich nicht.

„Bitte, Dorle, du musst das lesen!"

„Was ist das?", fragte sie, ohne sich umzudrehen.

„Ein Wort und ich gehe zur Polizei", las sie vor. Sie wartete, aber Dorle reagierte nicht. „Franzosenhure!" Franzi nahm einen anderen Zettel. „Hast Du ein Gewissen?"; „Denk an P. G.!" Franzi wartete einen Moment, aber weil sich Dorle noch immer nicht rührte, steckte sie die Zettel wieder in die Tasche.

„Verstehst du jetzt, was ich meine, Dorle? Das habe ich in deinem Briefkasten gefunden. Neubert wird keine Ruhe geben. Nie. Und es hat keinen Sinn, wenn du den Kopf in den Sand steckst. Du kannst dich doch nicht für immer hier bei mir verstecken."

Dorle fuhr herum. „Deshalb muss ich ja weg."

Einige Sekunden lang sahen sich die beiden Frauen an, bis Franzi die angespannte Situation löste.

„Du bleibst hier!"

„Wenn du Neubert nicht umbringst."

„Wie soll ich das denn machen?", erwiderte Franzi. „Es gibt keinen Plan, nichts …"

Dorle versuchte zu ergründen, ob Franzi die Wahrheit sprach. Sie fürchtete, dass ihre Freundin sie nur beruhigen wollte, wo sie selbst doch so unruhig war. Sie wusste viel zu gut, wie Recht sie hatte und dass Neubert nie und nimmer Ruhe geben würde.

„Und ab heute verdunkeln wir die Fenster wieder."

„Wie im Krieg?", fragte Dorle.

„Ja, wie im Krieg. Damit niemand weiß, dass wir zu Hause sind."

„Niemand!", bekräftigte Dorle und lächelte zum ersten Mal an diesem Tag.

XX

Nach der Arbeit hatte Koch seinen Mantel übergeworfen und war zum Hauptbahnhof geeilt. Nur nicht nachdenken, nur keine Gedanken machen. Er wollte jetzt Klarheit, wollte wissen, warum Dorle sich zurückzog, was geschehen war. Franzi hatte behauptet, dass es nicht wegen dieses vermaledeiten Samstags war, an dem er es nicht mehr geschafft hatte, zu ihr zu kommen und seine wenigen Möbel und Sachen mitzubringen. Und wo, wenn sie nicht weggefahren war, sollte sie sein außer bei Franzi.

Lange musste er nicht auf die nächste Straßenbahn warten. Er stellte sich in die Mitte des Wagens, starrte hinaus in die Dämmerung und nahm die Menschen, die trotz der späten Stunde noch immer den Schutt wegräumten und die Frauen, die die aus den Trümmern gewonnenen Steine schliffen, wie einen vorbeiflirrenden Film wahr.

Alle Fenster in Franzis Haus waren dunkel. Trotzdem schellte er zweimal, wartete, fluchte, klopfte und eilte dann zu Dorles Haus. Hier klopfte er nur einmal, wartete nicht, sondern schwang sich auf das Tor und sprang in den Hof. Alles war so dunkel wie die letzten Male, als er hier gewesen war. Die Eingänge ins Haus und in den Keller waren verschlossen. Doch an diesem Abend war er vorbereitet. Mit einem Dietrich hatte er in wenigen Sekunden die Haustür geöffnet. Drinnen war es ausgekühlt. Er entzündete eine Kerze, die er auf einer Anrichte im Flur fand, und ging von Zimmer zu Zimmer, erst im Parterre, wo auf der Spüle mehrere Tassen und Gläser zum Trocknen standen, so als habe jemand hastig aufgeräumt. Im oberen Stockwerk warf er einen Blick in Dorles Schlafzimmer, in dem er nichts Ungewöhnliches entdecken konnte. Das andere, kleine Zimmer daneben, in dem früher Rolf gelebt hatte, machte einen völlig unberührten Eindruck.

Koch stieg die Treppe wieder nach unten und suchte noch einmal in der Küche und dem kleinen Nebenraum. Danach ging er in den Hof, öffnete die Tür in den Gewölbekeller und stieg, die Kerze vor sich haltend, mit eingezogenem Kopf die steile und schmale Treppe hinab. Die Flamme flackerte so stark, dass er erst beim zweiten Hinschauen bemerkte, dass die Decke, die Dorle sonst immer akkurat über die Kiste warf und auf allen Seiten glatt zog, neben der Kiste lag, wie achtlos dahingeworfen. Daneben lagen die Kerzen und der Bilderrahmen, der Rolfs Bild gehalten hatte, das Glas in viele kleine Splitter zersprungen, der Rahmen selbst schief und krumm und das Bild zerknüllt. Er hob es auf und entdeckte, dass es mit Blut beschmiert war.

Koch setzte sich auf den Boden und betrachtete das Chaos, das sich ihm bot.

Was hatte das zu bedeuten? Was war hier unten geschehen? Dieser Keller war Dorles Rückzugsort. Hier betete sie, hielt Zwiesprache mit Rolf. Wenn es hier so aussah, dann musste etwas Außergewöhnliches passiert sein.

Koch saß lange da unten und fand keine Antworten auf die Fragen, die ihn quälten.

Als es ihm zu kalt auf dem Boden wurde und die Selbstvorwürfe, dass er nicht schon früher diesen Weg gewählt hatte und so vielleicht hätte Schlimmeres verhindern können, drängender wurden, erhob er sich, stieg langsam die Treppe nach oben und zog die Kellertür hinter sich zu.

Ohne Hintergedanken öffnete er den blechernen Briefkasten, der von innen an das Tor angebracht war. Er war leer und Koch wollte ihn schon wieder schließen, da entdeckte er einen Zettel, der sich oben am Einwurfsschlitz verklemmt hatte.

„Franzosenhure!“, stand in Druckbuchstaben auf dem Papier.

Koch wusste sofort, aus wessen Feder das stammte.

Er steckte das Papier in die Tasche und kletterte über das Tor zurück auf die Straße. Zu Neuberts Haus war es nicht weit. Laufend legte Koch die Strecke in kurzer Zeit zurück und stand nur wenig später vor der Eingangstür. Ein Holzrahmen umschloss eine kleine Glasfläche auf Augenhöhe, die mit einem Metallgitter gesichert war.

Koch schlug mit der Faust gegen das Holz.

„Ja, ja, ich komme“, hörte er von innen die ihm verhasste Stimme.

Koch blieb vor der Tür stehen, so dass Neuberts und sein Gesicht sich fast berührten, als der Hausherr sie öffnete. Neubert ließ sich nicht aus der Ruhe bringen. „Guten Abend, Herr Kommissar! Was verschafft mir die Ehre?“ Dabei lächelte er.

Koch wühlte den Zettel aus der Tasche. „Ist das von Ihnen?“

„Was ist das?“

„Franzosenhure! Das ist doch von Ihnen, Neubert.“

„Steht das da drauf?“ Er blickte kurz auf den Zettel in Kochs Hand. „Herr Kommissar, warum sollte ich so etwas schreiben?“

„Das ist von Ihnen, Neubert, und ich warne Sie. Noch einmal, dann …“

„Ja, Herr Kommissar, was dann? Werden Sie mich dann verprügeln?“

„Richard, wo bleibst du denn?“, fragte eine dunkle Stimme aus dem Haus. Kurz darauf erschien ein älterer Mann in einem braunen Anzug.

„Der Herr Kommissar“, antwortete Neubert ganz ruhig. „Er scheint etwas erregt.“

„Dieser hitzköpfige Kommissar, Richard, von dem du mir erzählt hast? Interessant. Und jetzt bedroht er dich?“

„Ich fürchte ja. Und ich weiß noch nicht einmal warum?“

Koch trat ganz nahe an Neubert heran.

„Treiben Sie es nicht zu weit!“, zischte er leise. Vorsichtshalber hatte er seine Hände in die Hosentaschen gesteckt.

Damit wandte er sich um und ging so schnell er konnte davon.

„Ich wünsche einen schönen Abend, Herr Kommissar, und grüßen Sie mir Ihren Vorgesetzten!“, rief Neubert ihm nach.

Koch wusste nicht, was ihn mehr ärgerte: Neuberts Überheblichkeit oder seine eigene Dummheit. Warum hatte er sich dazu hinreißen lassen, zu dem Alten zu gehen und sich so angreifbar zu machen? Er wusste nur zu gut, dass der genau darauf wartete und nichts Eiligeres zu tun haben würde, als Arnheim über diesen Vorfall in Kenntnis zu setzen.

Er wählte den Weg am Gonsbach entlang, im Schatten der Häuser und Bäume. Koch nahm einen tomatengroßen Stein vom Boden und schleuderte ihn in Richtung eines kahlen Baumstamms. Er verfehlte ihn um mindestens zwei Meter. Er lief weiter, an der Rückseite des Hofes vorbei, in dem im vergangenen Jahr der tote Peter Gerber gefunden worden war und dessen Mörder noch immer frei herumlief. Der leichte Wind, der schon den ganzen Abend geblasen hatte, wurde stärker, und auf dem freien Feld musste sich Koch regelrecht gegen ihn stellen. Mit der Handfläche schützte er seine Augen vor dem aufgewirbelten Sand. Erst als er die Universität erreicht hatte, verlor der Wind an Heftigkeit und die Sicht wurde wieder klarer. Vor seiner Wohnungstür lud ihn Bresson mit dem obligatorischen „Einen Absacker, Puhler?“ zu sich ein.

Das erste Glas Brand schüttete er ansatzlos herunter.

„Dieses Arschloch!“, fluchte er.

„Welches meinen Sie?“, fragte Bresson und schenkte nach.

Koch erzählte dem hageren Mann, was vorgefallen war und welchen Ärger er sich wieder eingehandelt hatte mit seinem vorschnellen Handeln.

Der schüttelte leicht den Kopf. „Koch, Koch. Sie legen es ja geradezu darauf an, dass Sie hier nicht heimisch werden.“

„Wie meinen Sie das?“

„Mir scheint, dass Sie Ihren Rauswurf bei der Polizei geradezu provozieren.“

„Abschieben ist der bessere Ausdruck“, erwiderte Koch und hielt Bresson sein schon wieder geleertes Glas entgegen, der es prompt füllte.

„Arnheim will mich auf einen neuen Posten abschieben. Landeskriminalpolizeiamt. Mit Karrieremöglichkeit.“

„Warum nicht, Koch? Sehen Sie es pragmatisch: Sie sind von Arnheim weg.“

„Wer weiß, ob ich nicht einen Arnheim gegen einen anderen eintausche. Warum soll ich ihm das gönnen?“

„Koch, der Stachel im Hintern Arnheims. Sehen Sie sich so, Koch? Für den Moment mal ganz lustig.“ Er dachte kurz nach. „Aber ohne Perspektive.“

„Habe ich die überhaupt?“

„Koch, Sie müssen sich endlich entscheiden, was Sie wollen! Hier leben? Polizist sein? In diesem Land? Es liegt an Ihnen!“

Koch schwieg und trank.

„Vielleicht haben Sie Recht, Bresson. Vielleicht."

Damit stand er auf und ging hinüber in seine Wohnung, die er das ganze Wochenende nicht mehr verließ.

XXI

Kochs Befürchtung wurde am Montag in der Direktion gleich bestätigt.

„Was soll das, Koch?", schleuderte ihm Arnheim entgegen, da hatte er die schwere Holztür in dessen Büro noch nicht hinter sich zugezogen.

Langsam schritt der Kommissar auf seinen Vorgesetzten zu, der aus seinem Stuhl gesprungen war und ihn vornübergebeugt, sich mit den Händen auf der Schreibtischkante abstützend, erwartete.

Koch war irritiert, irgendetwas war anders und dann erkannte er, was es war: Arnheim hatte sich die Enden seines gezwirbelten Oberlippenbartes abgeschnitten und den Rest zu einem schmalen Streifen ausrasiert. Koch dachte gleich an die Jahrmarktstrizzis, die er in Filmen vor dem Krieg gesehen hatte.

Viel Zeit zum Betrachten blieb ihm allerdings nicht.

„Koch, waren Sie bei diesem Neubert?"

Der Angesprochene nickte.

„Ich kann Sie nicht hören, Koch!"

„Ja."

„Haben Sie nichts Besseres zu tun, als diesem Menschen zu drohen?"

„Hat er das so aufgefasst?"

„Koch, dass Sie Streit mit dem Mann suchen, ist schon töricht genug in Anbetracht der Tatsache, was hier an Arbeit anliegt, aber ihm im Beisein eines Herren von gewissem Einfluss zu drohen, das macht die Sache erst richtig schlimm."

Koch schwieg. Er hatte es ja gewusst, dass Neubert ihn gleich bei Arnheim anschwärzen würde, aber irgendwo war ein Rest Hoffnung gewesen, dass er es doch nicht tun würde, aus Angst, aus Faulheit, aus Einsicht. Aber wie hatte er so blauäugig sein können, das tatsächlich zu glauben.

„Haben Sie nichts dazu zu sagen, Koch? Was hat Sie da geritten? Ich glaube, es war ein Fehler, dass ich beim letzten Mal so nachsichtig war. Der Vorgang ist, wie die anderen auch, aktenkundig. Und wie stehe ich nun da? Ich empfehle Sie für das Landeskriminalpolizeiamt und Sie fallen mir in den Rücken! Das fällt auf mich zurück, Koch. Nur auf mich! Mich wird man fragen, wie ich jemanden wie Sie für solch einen verantwortungsvollen Posten vorschlagen konnte. Ist Ihnen klar, dass ich Sie gar nicht gehen lassen kann, ja darf?!“

„Nein!“, antwortete Koch, der noch immer stand, während Arnheim sich wieder auf seinen Stuhl hatte fallen lassen.

Es klopfte an der Tür, die im gleichen Atemzug geöffnet wurde. Ein Windstoß trieb Koch den Geruch von Kaffee in die Nase, und er fürchtete, dass er wieder einmal leer ausgehen würde. Tatsächlich trug Arnheims Vorzimmerdame auf ihrem Tablett nur eine dampfende Tasse, die sie vorsichtig und mit einem Lächeln vor ihren Chef auf den Schreibtisch stellte.

Wie gewöhnlich rührte er mit dem Löffel zweimal in der Tasse, trank einen Schluck und wandte sich dann wieder Koch zu.

„Ich halte diesen Neubert auch für einen Spinner, einen gefährlichen vielleicht sogar, aber, Koch, versprechen Sie mir, dass Sie in Zukunft mehr Fingerspitzengefühl walten lassen.“

Koch nickte.

Zufrieden nahm Arnheim seine Tasse mit abgespreiztem kleinen Finger und führte sie zum Mund.

„Wie sieht es mit Ihren Toten aus? Gibt es eine Verbindung zwischen den beiden, in Bingen und in dieser Festung?"

Koch schüttelte den Kopf. „Nein, ich glaube nicht. Es spricht zu vieles dagegen."

„Ist auch Reuber dieser Meinung?"

Koch sah kurz auf. „Ja", antwortete er und räusperte sich. „Haben Sie Herrn Reuber in die Festung geschickt? Ich hatte ihn nicht informiert."

Arnheim lachte kurz. „Herr Koch. Herr Reuber hat sich ein Netz mit besten Verbindungen aufgebaut. Das ist, wenn man den Schwarzmarkthändlern das Handwerk legen will, das A und O. War denn etwas nicht in Ordnung?"

„Doch, doch, ich wunderte mich nur, als er dort auftauchte."

„Höre ich da Misstrauen heraus, Koch? Sehen Sie nicht überall nur Feinde! Ich dachte, dass Herr Reuber einer der wenigen Menschen ist, denen Sie vertrauen."

„Das tue ich auch, Herr Arnheim, ich habe mich nur gewundert."

Sehe ich jetzt schon Gespenster, fragte sich Koch, dass ich Reuber misstraue? Er war nach draußen vor die Direktion gegangen und setzte sich auf einen Stein unter einem Baum. Reuber hatte in dem Jahr, das die beiden Männer sich nun kannten, kaum etwas von sich erzählt. Koch wusste, dass er verheiratet war, in Weisenau lebte und bald in das Haus einer Großtante umziehen würde. Reubers Frau hatte er nie kennen gelernt, weil er bislang alle Angebote des Kollegen, ihn und seine Frau zu besuchen, abgelehnt hatte. Seine Frau war in der Kirche engagiert, hatte Reuber ihm einmal erzählt, und arbeitete in einer der Nähstuben, die von der Arbeiterwohlfahrt getragen wurden, und deren Rohstoffe aus Spenden der Schweizer Hilfe bestanden. Die fertigen Sachen wurden dann besonders Bedürftigen gegeben. Sonst wusste Koch nur, dass Reuber während des Krieges in einer Artillerieeinheit gedient und vor einem Erschießungskommando gestanden hatte, aber wie durch ein Wunder davongekommen war. Reuber hatte ihm dazu auf Kochs Nachfrage zwei Versionen erzählt. Eine, in der er desertieren wollte, verraten wurde, vor das Erschießungskommando gestellt wurde, bis eine feindliche Granate, die in den Peloton krachte, ihn rettete. In der anderen Version hatte ein Soldat aus seiner Einheit im Angesicht des verlorenen Krieges vorgeschlagen, sich den vor ihnen liegenden amerikanischen Einheiten zu ergeben. Daraufhin erschoss ihn der Batterieführer, drohte den anderen, unter ihnen auch Reuber, mit der gleichen Strafe, um dann, während sie in dem gefrorenen Ardennenboden ein Grab aushoben, zu fliehen. Eine solche Mehrdeutigkeit hätte Koch bei anderen nicht durchgehen lassen, aber Reuber war der Einzige in der Polizeidirektion gewesen, der ihn bei seinem Dienstantritt vor mehr als einem Jahr unvoreingenommen akzeptiert hatte, im Gegensatz zu allen anderen, die ihm, dem Exilanten und Spanienkämpfer, ablehnend und mit Ressentiments begegnet waren.

Plötzlich war das Knattern eines Motorrades zu hören, das schnell lauter wurde und kurz darauf erstarb. Sehen konnte Koch es nicht, weil ihm ein Baum und eine Gruppe von Büschen den Blick verstellten. Aber der Wind trieb Wortfetzen zu ihm hinüber, die seine Neugierde weckten. Er stand auf und näherte sich im Schatten des Baumstamms den Stimmen.

Esch, mit einem grauen Anzug bekleidet und den Kopf mit einer Schiebermütze bedeckt, war im Gespräch mit einer jungen und groß gewachsenen Frau. Sie trug eine weite graue Wollhose und eine Lederjacke und stützte sich mit einer Hand am Lenker des Motorrads ab. Sie hatte schulterlange blonde Haare.

So sehr sich Koch auch anstrengte, mehr als einige für ihn zusammenhangslose Wörter konnte er nicht verstehen. „Vater“, „Weg“, „Ich sehe“, „keinesfalls“. Obwohl sie das Gespräch sehr erregt führten, verabschiedeten sie sich wenige Minuten später mit einer sehr innigen Umarmung.

Esch eilte in die Direktion zurück, während die junge Frau zu ihrem Motorrad ging, den Helm, der auf dem Tank der Maschine abgelegt war, aufsetzte, die darunter hervorquellenden Haare am Nacken unter die Lederjacke schob, um dann die Maschine zu starten.

Koch sah ihr nach, bis sie verschwunden war, dann beeilte er sich, in sein Büro zu kommen.

Am Nachmittag klopfte Reuber an seine Tür.

„Kommen Sie mal rüber zu mir!“, forderte er seinen Kollegen auf und lachte ihn frech an.

Damit war er schon wieder verschwunden. Koch erhob sich aus seinem Stuhl und ging über den Flur zu Reubers Büro, dessen Tür offen stand.

„Hereinspaziert, Koch!“, rief er, und fügte ein „Voilà!“ an, nachdem Koch in das Zimmer eingetreten war. Dabei wies Reuber mit einer ausladenden Geste auf einen breiten Holzschreibtisch, der jetzt sein Zimmer schmückte.

„Befördert?“, fragte Koch.

Reuber lachte. „Soweit ist es noch nicht. Der ist unten im Keller entdeckt worden und da habe ich direkt mal meine Hand gehoben. Nicht mehr dieses Provisorium.“ Er zeigte zur Wand, an der die Bestandteile seines alten Schreibtisches, eine Holzplatte und zwei Metallkästen, gelehnt standen.

„Alles neu macht der … tja, dauert noch bis Mai, aber was soll's. Ein bisschen Normalität tut gut. Stand unten, da wo Esch die Leichen aufschnippelt, ganz in der Nähe. Braucht der nicht."

„Glückwunsch!", gratulierte Koch. „Was halten Sie von Esch?"

Reuber sah kurz auf, wandte sich dann ab und entnahm einer Schublade seines neuen Schreibtisches eine Schachtel Zigaretten.

„Merken Sie was, Koch? Kein Scheppern mehr. Die Lade gleitet wie ein … Na, lassen wir das … Jörg hat mir ein paar Tropfen Öl gespendet. Eins A."

Er fummelte eine Zigarette aus der Packung und griff in die eine Jacketttasche, dann in die andere.

„Haben Sie mal Feuer, Koch?", fragte er mit einem Kopfschütteln.

Koch wühlte in seiner Tasche.

„Was ist mit Ihrem Feuerzeug?", fragte er, während er weiter suchte.

„Muss ich verloren haben", antwortete Reuber zerknirscht. „Ein Geschenk meiner Frau. Und das in dieser Zeit, sogar mit meinen Initialen drauf." Koch erinnerte sich an das Kürzel „GAR". „Wenn ich das nicht finde, kann ich mir ein Sofa ins Büro stellen." Er lachte kurz.

Koch wunderte sich über das seltsame Benehmen seines Kollegen. Endlich hatte Koch sein Sturmfeuerzeug gefunden, entzündete es umständlich und reichte es Reuber, der die Zigarette anzündete.

„Das tut gut!", stieß er nach dem ersten Zug aus und mit den Worten entwich eine Qualmwolke seinem Mund.

Reuber ließ das Feuerzeug zuschnappen und gab es Koch zurück. Es erinnerte ihn an den Zwischenfall im Keller des Metzgers.

„Haben Sie diesen Jäger mal getroffen?", fragte er und versuchte so beiläufig wie möglich zu klingen.

Reuber zog die Stirn in Falten. „Jäger?"

„Der Metzger. Ihr Tipp wegen des Fleischs. Die Katzen und Hunde. Erinnern Sie sich?"

„Ach, ja. Das scheint Sie ja wirklich zu beschäftigen, Koch. Ich habe es vergessen, schien mir nicht wichtig. Aber wenn Sie wollen, frage ich gern mal nach."

Er nahm einen tiefen Zug von seiner Zigarette und holte aus der Schublade eine Flasche und zwei Gläser.

Koch winkte ab.

„Wie, Koch, enttäuschen Sie mich nicht. Frisch von Chavez. Habe ihn am Wochenende getroffen. Kein Bourbon, sondern Scotch."

Resigniert machte Koch ein Zeichen, dass Reuber einschenken sollte.

„Cheers!" Sie stießen an.

„Was für ein Stöffchen. Ein anderes Kaliber als der Bourbon, aber das kann ich Chavez natürlich nicht sagen. Egal."

Koch interessierte ein anderes Thema. „Sie haben eben diesen Esch erwähnt. Wissen Sie mehr über ihn?"

„Mehr als …? Sie? Ich weiß nicht, was Sie über den Mann wissen? Warum interessiert er Sie?"

„Na, Sie wissen doch, ich weiß ganz gerne, mit wem ich es zu tun habe."

„Ich muss Sie enttäuschen. Außer einem kurzen Gespräch über den toten Geisler habe ich noch nicht mit ihm gesprochen. Aber er scheint mir ganz in Ordnung zu sein. Fachlich auf der Höhe der Zeit. Und bei dem Schreibtisch ganz unkompliziert."

„Auf der Höhe der Zeit?"

„Jetzt wittern Sie nicht schon wieder überall irgendwelche Verschwörungen, Koch. Fachlich. Klang überzeugend, was er gesagt hat. Prost!"

Er hielt Koch sein Glas entgegen.

„Er scheint wohl mit Arnheim gut zu können."

„Esch?"

Koch nickte und nippte an seinem Whiskey.

„Neidisch?", flachste Reuber und drückte den Zigarettenstummel aus.

„Dann müsste ich mindestens auf jeden zweiten hier im Haus neidisch sein."

„Na, na, Koch", erwiderte Reuber, „übertreiben Sie mal nicht. Andere suchen nicht wie Sie immer die Konfrontation."

„Und Sie?" Die Frage war Koch so herausgerutscht. Entsprechend überrascht sah Reuber den Kollegen an.

„Ich informiere ihn regelmäßig. Das reicht meist, dass er sich als Chef ausreichend gewürdigt fühlt. Und manchmal frage ich ihn um Rat. Dann habe ich wieder einige Zeit Ruhe vor ihm. Empfehle ich Ihnen auch." Er verzog seinen Mund zu einem ironischen Lächeln.

„Wenn ich das machen würde, bekäme Arnheim einen Schock", wehrte Koch ab. „Reden Sie mit Arnheim über Kollegen?", fügte er dann hinzu.

Wieder sah ihn Reuber für einen kurzen Moment irritiert an. Bevor er antwortete, zündete er sich mit Kochs Feuerzeug eine neue Zigarette an.

„Sie meinen, ob er mich über Kollegen ausfragt? Über Sie zum Beispiel?"

Koch ließ sich Zeit mit der Antwort und leerte sein Glas.

„Zum Beispiel."

„Fragt er Sie aus, Koch? Kann ich mir gar nicht vorstellen!"

„Er hat es zumindest noch nicht versucht."

Reuber lachte. „Komische Vorstellung, Sie beide im Gespräch über Kollegen."

Koch war sich nicht sicher, ob Reuber mit ihm spielte. Zu eloquent perlten seine Fragen von ihm ab, zu sehr meinte er zu spüren, wie Reuber das Gespräch bewusst in dieser ironischen Balance schweben ließ.

„Noch einen, Koch?", fragte Reuber und zeigte auf die Whiskeyflasche.

„Danke!", lehnte Koch ab, der sich immer unwohler fühlte und froh war, als er die Bürotür hinter sich schließen konnte.

Die beiden nächsten Tage verbrachten Koch und Siggi mit Aktenstudium. Sie suchten nach neuen Informationen über den toten Geisler, aber mehr, als dass er zwar kein Parteigenosse gewesen war, jedoch einigen höheren Chargen aus der Partei nahe gestanden hatte, mit deren Hilfe er sich schamlos bereicherte, fanden sie nicht heraus. Koch gab diese Information an Reuber weiter, der sie zu seiner Überraschung ohne großes Interesse aufnahm. Auf Kochs Frage, ob er ihm etwas verheimliche, lächelte und erwiderte er, dass ihm im Umgang mit seinen Informanten Heimlichtuerei zur zweiten Natur geworden sei. Nur so könne er die Leute schützen. Sage er dem einen etwas, müsse er es auch bei dem nächsten tun, und wenn es denn einmal ein Leck gäbe, hätte er nicht den geringsten Anhalt, wo sich das befinden könnte. Gibt es aber nur einen äußerst kleinen Kreis von Mitwissern, dann lässt sich im Fall eines Verrats das Loch schnell finden.

Siggi, der bei diesem Gespräch anwesend war, beobachtete die beiden Männer sehr aufmerksam. Auf dem Weg zurück in ihre Büros spürte Koch, dass sein Assistent gern mit ihm reden wollte. Da er ihn nicht darauf ansprach, sah Koch keine Veranlassung, sich Siggi gegenüber zu erklären.

Je mehr sich Koch mit den beiden Toten beschäftigte, desto überzeugter war er, dass sie nichts miteinander zu tun hatten. Die Unterschiede überwogen bei Weitem die Übereinstimmungen. Dennoch bat er Reuber, sich im Fall von Geisler weiter umzuhören.

Reuber ließ Koch die Information zukommen, dass er die Wohnung von Mack in Ober-Ingelheim hatte durchsuchen lassen. Tatsächlich waren Zigaretten, Alkohol und Medikamente in größeren Mengen bei ihm gefunden worden. Der Mann selbst blieb verschwunden, was den Verdacht nahelegte, dass auch er tot, vielleicht ermordet war. Koch überlegte, noch einmal Martin Reichert zu befragen. Immerhin war er derjenige, der beide Männer kannte und vielleicht doch mehr wusste, als er bislang zugegeben hatte. Koch konnte nicht im Büro stillsitzen und sich diesem Gefühl der Ohnmacht ausliefern, in das ihn das ständige Nachdenken brachte. Er würde diese Fahrt auch dazu nutzen, in dem Betrieb vorbeizufahren, in dem Hoger, Mack und Reichert während des Krieges gearbeitet hatten. Vielleicht fand er dort das entscheidende Mosaiksteinchen, das all die vielen kleinen Einzelaspekte zu einem Bild zusammenfügen würde.

XXII

Dorles Gesundheitszustand besserte sich zusehends, und nur, wenn sie sich zu schnell oder falsch bewegte oder einen zu schweren Gegenstand heben wollte, schmerzte die gebrochene Rippe in ihrer Brust.

Sie half Franzi im Haushalt, aber immer wieder wurde sie von Phasen heimgesucht, in denen die düsteren Gedanken die Oberhand gewannen und sie sich in eine Welt flüchtete, in der sie für jeden anderen, selbst für Franzi, unerreichbar blieb. In ihren Träumen am Tag wie in der Nacht sah sie Franzi Neubert umbringen, meist mit einem Messer, und diese Bilder wurden überlagert von den Erinnerungen an jene Nacht in Gerbers Kellerversteck, in der sie Peter Gerber erstochen hatte. Vielleicht, überlegte sie, hatte Franzi Recht, und der einzige Weg aus der Misere, in der sie sich befand, war Neuberts Tod. Doch dann würde ihr Zusammenleben mit Paul auf einem Verbrechen, auf einer Todsünde beruhen. Sie war sich sicher, dass sie diese Bürde nicht tragen konnte und dass ihr Zusammensein mit Paul dadurch so sehr belastet würde, dass es für sie beide keine Zukunft geben konnte.

Sie musste fort, durfte Franzi nicht weiter belästigen, und sie hoffte, dass Paul, hätte er erst einmal eingesehen, dass sie weg war und nicht mehr zurückkommen würde, für ein neues Leben bereit wäre. Wo er ja, so sagte sie sich, kein Mann für die Ehe war. Fast Mitte vierzig und noch nie verheiratet, und das Kind, das er im Süden Frankreichs gezeugt hatte, war ein uneheliches. Vielleicht, vielleicht, so beschwichtigte sie sich immer wieder, war es doch für alle das Beste, wenn sie ging. Sie zermarterte sich den Kopf, wohin sie gehen konnte. Sie hatte eine Verwandte in Magdeburg, aber da war jetzt der Russe, und sie fürchtete sich vor dem, was die Leute sich über die Zustände dort erzählten.

Franzi kam nicht mehr auf ihre Idee zu sprechen, Neubert umzubringen. Dorle hoffte, dass ihre Freundin eingesehen hatte, dass Mord der falsche Weg war, das Problem zu lösen. Es würde nur neue und schwerwiegendere nach sich ziehen. War es nicht bei Peter Gerber genauso gewesen, und nur glückliche Zufälle hatten sie bislang vor der Entdeckung bewahrt. Und so wäre es auch geblieben, wenn Neubert nicht das Messer gefunden hätte.

Es gab aber noch etwas, das Dorle beschäftigte. An jenem Dienstag, nach dem Gespräch zwischen Franzi und Paul am Tor, lag Dorle länger wach als gewöhnlich und gegen ihre Gewohnheit musste sie spät am Abend noch einmal auf die Toilette. Sie schlich sich nach unten, um Franzi, deren Schlafzimmer sich im vorderen Teil des Hauses befand, nicht zu stören. Ihre Freundin zog sich meist gegen zweiundzwanzig Uhr in ihr Schlafzimmer zurück und hatte einen festen Schlaf. Dorle setzte ihren Fuß gerade auf die Schwelle der Hintertür in den Hof, da vernahm sie aus dem vorderen Teil der Wohnung ein Geräusch. Sie erstarrte und konzentrierte sich, hörte leise Schritte. Vielleicht war es ein Einbrecher auf der Suche nach Essbarem. Dorle versuchte ganz flach zu atmen und dabei zu lauschen, wohin sich die Schritte bewegten. Da wurde die Haustür zugezogen. Schnell tastete sie sich zu einem der Fenster im vorderen Teil des Hauses und sah gerade noch, wie das Hoftor geschlossen wurde.

Einige Minuten blieb Dorle in der Dunkelheit vor dem Fenster stehen und starrte in den Hof und auf das vom Mondlicht schwach beschienene Tor. Mit einem Mal wurde ihr bewusst, dass es nur Franzi gewesen sein konnte, die das Haus verlassen hatte. Aber warum ging sie mitten in der Nacht weg? Und wohin? Organisieren? Aber was?

Dorle verließ ihren Platz am Fenster und klopfte leise an Franzis Schlafzimmertür. Sie erhielt keine Antwort. Erst zögerte sie die Tür zu öffnen, aber sie ertrug die Ungewissheit nicht und umfasste schließlich die Klinke mit ihrer rechten Hand, wartete einen Moment und drückte sie dann vorsichtig herunter. Ganz sachte schob sie die Tür auf und steckte ihren Kopf durch den Spalt. Drinnen war es still, kein Atemgeräusch der Schlafenden war zu vernehmen. Sie öffnete die Tür ein Stück weiter und trat zwei Schritte in das Dunkel des Raumes. Langsam, Schritt für Schritt, bewegte sich Dorle zu Franzis Bett und mit jedem Zentimeter, den sie näher kam, wuchs ihre Überzeugung, dass niemand unter der Decke lag. Einen Schritt vor dem Bett hielt sie inne, wartete einen Augenblick, bis sie den letzten Schritt wagte und vortrat, sich neben den Rand des Bettgestells kniete und ihre Hand ausstreckte. Sie fuhr mit den Fingerspitzen über die Decke und bewegte sie dorthin, wo sie das Kopfkissen vermutete, strich mit der Hand über den rauen Stoff, bis sie die Wand berührte.

Der Schrecken saß tief: Franzi hatte das Haus mitten in der Nacht verlassen.

In der Küche setzte Dorle sich an den Tisch. War ihre Freundin losgezogen, um ihre Idee in die Tat umzusetzen? Wollte sie Neubert tatsächlich umbringen? Sie starrte auf das dunkle Fenster. Oder war Franzi organisieren gegangen? Sie hatte das doch nicht nötig. Dann kam ihr ein anderer Gedanke. Hatte Franzi einen Liebhaber, einen anderen Mann neben Robby? Hatten die beiden sich getrennt? Doch das hätte sie ihr sicher erzählt. Oder war es ihr peinlich zuzugeben, dass ihr das Tuscheln und Hetzen hinter ihrem Rücken, dass sie einen schwarzen Freund hatte, einen Soldaten der Besatzer, zu viel wurde und sie sich deshalb von ihm getrennt hatte? Waren ihre Pläne, mit Robby in die Vereinigten Staaten zu gehen, nur ein Luftschloss gewesen, eine verrückte Idee, genauso wie der Plan der beiden, ihr, Dorle, ein Geschäft hier in Mainz zu ermöglichen, damit sie auf eigenen Füßen stehen konnte?

Dorle könnte Franzi sogar verstehen, wenn sie so handelte. Sie kannte die Menschen hier, ihre Scheu vor dem Fremden, erst recht, nachdem sie zwölf Jahre die Angst vor allem, das nur ein wenig anders als sie selbst war, immer wieder eingeimpft bekommen hatten. Sie konnte sich noch gut an die Erzählungen ihres Vaters über die Besatzungszeit nach dem Ersten Weltkrieg erinnern, als die Franzosen schwarze Soldaten, Utschebebbes genannt, eingesetzt hatten, was zu Empörung unter den Deutschen führte. Von Belästigungen und Vergewaltigungen war die Rede gewesen, von dem tierhaften Wesen dieser Menschen und den vielen Bastarden, die überall im Rheinland herumgelaufen wären, der schwarzen Schmach, die man über die Deutschen gebracht hatte.

Aber warum hatte Franzi ihr das nicht erzählt? Warum tat sie so heimlich? Um sie zu schonen?! Oder doch Neubert? Schnell verscheuchte sie diesen Gedanken …

So saß Dorle noch einige Zeit in der Küche in völliger Dunkelheit bis auf das wenige Licht, das der Mond in die Küche warf und auf Wand und Boden bizarre Schattenbilder schuf. Irgendwann ging sie nach oben und legte sich ins Bett. Aber die Gedanken ließen sie nicht einschlafen und sie wälzte sich hin und her, stand auf und öffnete die Tür von ihrem Zimmer zum Flur, um zu hören, wenn Franzi in der Nacht zurückkehrte. Doch sie schlief ein, wachte in der Nacht von einem Geräusch unten auf, aber gegen die Müdigkeit kam sie nicht an und fiel wieder in das Reich ihrer wirren Träume zurück.

Als sie am Morgen erwachte, war Franzi schon nicht mehr im Haus. Meist machte sie in der Frühe ihre Besorgungen, stellte sich zeitig bei Händlern an, um die Rationen, die ihr dank der Lebensmittelkarte zustanden, auch zu erhalten. Wer zu spät kam, musste damit rechnen, dass die wenigen Waren schon ausverkauft waren und unverrichteter Dinge nach Hause gehen und sich auf ein erfolgreicheres Morgen vertrösten.

Sie schlief wieder ein und beim Aufwachen saß Franzi neben ihr auf der Bettkante und hielt einen dampfenden Becher in der Hand.

„Du hast ja richtig lange geschlafen", begrüßte sie die Freundin mit einem Lächeln und blickte zu dem Becher in ihrer Hand. „Hier, trink, das stärkt!", sagte sie.

Dorle schob sich ein Stück nach oben, um sich mit dem Rücken an das Bettgestell anzulehnen. Sie sah Franzi an. War da ein misstrauischer Unterton in ihrer Stimme?

Sie rieb ihre Augen, bevor sie den Becher nahm und ihn an ihre Lippen führte, um vorsichtig einen Schluck der heißen Flüssigkeit zu sich zu nehmen.

„Gut?", fragte Franzi.

Dorle nickte und trank einen weiteren Schluck.

Sie konnte nicht gleich sprechen, brauchte Zeit. Was sollte sie machen?

„Fühlst du dich gut?", fragte Franzi, und Dorle konnte sich nicht gegen den Gedanken wehren, dass ihre Freundin zu erkunden suchte, ob sie von ihrem nächtlichen Ausflug etwas mitbekommen hatte.

„Ich bin heute Morgen früh wach geworden und konnte dann nicht mehr einschlafen", sagte sie und die Lüge fiel ihr so leicht, dass sie über sich selbst erschrak und sich verschluckte.

„Ich habe Mehl bekommen. Ich werde uns heute einen Kuchen backen."

Dorle hörte Erleichterung aus diesem Satz heraus.

„Mach dich fertig!", sagte Franzi. „Du kannst ja runterkommen und mir beim Backen helfen, wenn du magst."

Dorle nickte und trank noch einen Schluck Kaffee aus ihrem Becher, während Franzi sich erhob, mit ihrer Hand kurz über Dorles Arm streichelte und das Zimmer verließ.

Eine halbe Stunde später stand sie unten neben Franzi in der Küche und half ihr den Teig zu kneten.

„Robby war schon lange nicht mehr hier", versuchte Dorle so unverfänglich wie möglich zu fragen.

„Er hat nicht freibekommen", erklärte Franzi, und Dorle meinte ein Bedauern in der Antwort zu hören. „Aber er sagt, dass er nächste Woche kommen will."

„Und du willst wirklich nach Amerika?"

Franzi nickte und für den Moment sah sie nicht glücklich aus.

„Was ist?", fragte Dorle.

„Ich freue mich so. Ich glaube, dass er der richtige Mann für mich ist. Aber manchmal, weißt du, da habe ich Angst, hier wegzugehen. New York ist so groß. Und alle sprechen Englisch. Und …"

„Ja …?", hakte Dorle nach.

„Die Amerikaner, die waren doch noch vor zwei Jahren unsere Feinde. Ich weiß nicht, ob … wie soll ich das sagen, ob die sich freuen, wenn ich komme."

„Ich … werde dich vermissen."

Franzi lächelte Dorle an. „Ich dich auch. Komm doch mit!"

Dorle schüttelte langsam ihren Kopf.

„Dann kann Neubert dir nichts mehr. Und Paul kann doch mitkommen."

„Ich kann hier nicht weg, Franzi. Ich kann das nicht."

Franzi nickte und trank den Becher mit dem Wasser leer.

Dorle betrachtete Franzi während des Gesprächs so unauffällig wie möglich und versuchte etwas an ihr zu entdecken, das ihr einen Anhaltspunkt für deren Verhalten in der Nacht liefern konnte.

Nachdem sie gekochtes Schwarzwurzelgemüse aus Franzis Garten gegessen hatten, ging Dorle nach oben und legte sich aufs Bett und fiel in einen Halbschlaf.

Es war draußen schon dunkel, als sie erwachte. Sie stand auf und öffnete leise die Tür in den Flur. Aus der Küche hörte sie Klappergeräusche. Franzi war noch im Haus. Ob sie es in dieser Nacht wieder verlassen würde? Der Gedanke, dass Franzi ein Doppelleben führte und einen Liebhaber neben Robby hatte, schien Dorle mit einem Mal so absurd, so unmöglich, dass sie sich schämte, diese Möglichkeit überhaupt in Erwägung gezogen zu haben. Aber warum verschwand sie in der Nacht?

Wenig später klopfte es an ihrer Tür und Franzi trat ins Zimmer.

„Dorle?", fragte sie leise.

„Ja", antwortete die.

„Magst du was mitessen?"

Die Freundin verneinte und erklärte, dass sie sich nicht wohl fühle.

„Brauchst du etwas?" Franzi klang aufrichtig besorgt.

„Nein, nein", erwiderte sie. „Ich muss mich nur etwas ausruhen."

Dann schlief sie tatsächlich wieder ein und bekam nicht mit, dass zwei Stunden später Franzi leise die Tür zu ihrem Zimmer öffnete und durch den Spalt in das Zimmer lauschte, bevor sie die Tür wieder verschloss und nach unten ging.

Dorle wachte gegen sieben Uhr am Morgen auf und ärgerte sich zunächst, dass sie nun nicht mitbekommen hatte, ob Franzi in dieser Nacht wieder das Haus verlassen hatte. Gleichzeitig war sie erleichtert, da sie sich so keine Vorwürfe machen musste, ihrer Freundin nachspioniert zu haben.

Dennoch spürte sie mit dem näher rückenden Abend eine Unruhe in sich, die mit jeder Stunde zunahm, bis sie gegen halb zehn die Tür ein Stückchen öffnete und nach unten lauschte. Dann wurde die Tür zu Franzis Schlafzimmer geöffnet. Schnell eilte Dorle zu ihrem Bett und legte sich unter die Decke.

Kurz darauf wurde ihre Tür geöffnet und nach wenigen Sekunden wieder geschlossen. Dorle hielt den Atem an. Franzi hatte sich vergewissert, dass ihre Freundin schlief und nichts von ihrem Ausflug mitbekam. Sie zählte in Gedanken bis zwanzig, dann stieg sie aus dem Bett und legte ihr Ohr an die Tür. Sie konnte nichts hören, wartete nochmals einige Sekunden, und zog die Tür ein Stück auf.

Unten war es dunkel und ruhig. Sie schlich die Treppe hinab und klopfte an Franzis Schlafzimmertür, und als sie keine Antwort erhielt, wagte sie es, sie zu öffnen und leise Franzis Namen zu rufen.

Sie war wieder aus dem Haus gegangen. Aber wohin? Was machte Franzi alleine da draußen? Es war gefährlich, nachts alleine unterwegs zu sein, erst recht als Frau. Warum riskierte sie das?

In der Küche trank Dorle ein Glas Wasser und schlich wieder hinauf in ihr Zimmer, wo sie hinter der Tür in dem Sessel wartete. Dieses Mal entging ihr das Öffnen der Haustür nicht, obwohl es schon weit nach Mitternacht war. Schnell schlüpfte sie zurück in ihr Bett.

XXIII

Als Koch am Donnerstagmorgen erfuhr, dass Siggi an diesem Tag eine Schulung besuchte und ihn nicht begleiten und chauffieren konnte, war er versucht seine Pläne zu ändern, doch sein Ärger darüber, dass er in den letzten Tagen keinen Schritt weitergekommen war, überwog seine Furcht vor dem Autofahren und er sprach bei Jörg vor.

„Eigentlich müsste ich ja Nein sagen, aber wenn Sie selbst fahren, muss es wirklich wichtig sein“, erklärte der sein Einverständnis.

Koch wollte schon aufbrausen, bemerkte aber noch rechtzeitig Jörgs Ironie.

„Ich bin lernfähig“, gab er zurück.

Um Martin Reichert nicht wieder vorzuwarnen, stellte Koch den Wagen in einigem Abstand ab und näherte sich leise dem Hausboot. Eine dünne Rauchsäule stieg vom hinteren Teil des Schiffes auf. Die Feuerstelle war durch den Kajütenaufbau verdeckt. Das Boot lag dieses Mal so nahe am Ufer, dass Koch mit einem Sprung an Bord gelangte.

„Wer ist da?“, hörte er Reicherts empörte Stimme.

Der Mann stand auf der anderen Seite der Kajüte und überragte sie wegen seiner Größe um ein ganzes Stück. In der Hand hielt er ein Stück Fleisch, das er auf einen Spieß gezogen hatte.

„Polizei!“

„Was gibt's?“, rief Reichert Richtung Ufer.

„Fragen!“, antwortete Koch lakonisch und hangelte sich um den Holzaufbau herum.

Reichert stand neben einem ausgehöhlten Eisenteil,

das früher der Kolben eines großen Motors gewesen war. Jetzt brannte in ihm ein Feuer. Helle Federn zierten das Umfeld der kleinen Grillstelle.

Koch dachte an Hermann Probst, den Tauben züchtenden alten Rheinschiffer, der sich über den Diebstahl seiner Tiere beschwert hatte. Hier half offenbar eines von ihnen Reicherts Magen zu füllen.

„Gruß von Probst", sagte Koch und zeigte auf den gegrillten Vogel in Reicherts Hand.

Die Antwort war ein kurzes Lachen.

„Was kann ich dafür, wenn sich die Drecksviecher hier niederlassen. Kacken mir ständig das Boot voll." Er biss ein Stück von dem Taubenfleisch ab und hielt es dann Koch entgegen.

„Auch mal probieren? Schmeckt besser als es aussieht."

Koch lehnte mit einem Kopfschütteln ab, was Reichert wieder ein kurzes Lachen entlockte.

In Griffweite des Mannes erkannte Koch das Messer, mit dem er vor einigen Tagen bedroht worden war.

„Was wollen Sie?", fragte Reichert, nachdem er ein Knöchelchen ins Wasser gespuckt hatte.

„Von Ihnen wissen, wo Mack ist."

Wieder lachte Reichert und biss in seine Taube.

„Habe ich Ihnen doch schon gesagt", erwiderte er kauend. Koch fiel es schwer, dem Mann ins Gesicht zu schauen und dabei das Fleisch in seinem Mund hin und her wälzen zu sehen.

„Dann noch mal!", befahl Koch knapp.

Reichert ließ sich Zeit, kaute langsam, spuckte wieder etwas aus, machte Anstalten, abermals abzubeißen, änderte dann aber seine Absicht.

„Sie können auch Fisch haben. Guter Rheinfisch. Selbst geangelt", bot er an.

Koch machte einen Schritt auf den Mann zu, der seinerseits nach dem Messer schielte.

„Ich würde es da liegen lassen", warnte ihn Koch und fasste mit seiner rechten Hand unter sein Jackett.

„Schon gut", wiegelte Reichert ab.

Koch trug keine Waffe bei sich, deshalb war er froh, dass ihm der Bluff gelungen war.

„Also!", sagte er streng.

„Ich weiß es nicht", gab Reichert zurück. „Ich wusste es bei Ihrem letzten Überfall nicht, ich wusste es gestern nicht und weiß es heute immer noch nicht."

„Was erzählen Sie mir da, Reichert? Sie haben mit Hoger und Mack im Krieg zusammengearbeitet in einer Fabrik und Zwangsarbeiter bewacht ..."

Reichert lachte. „Bewacht? Wer hat Ihnen das denn erzählt? Wir haben diesen Kerlen gezeigt, wie man arbeitet. Grobes Pack. Felder können die vielleicht pflügen, aber Feinmechanik ..." Er machte eine wegwerfende Bewegung mit seinen Händen.

Koch ließ sich nicht beirren. „Und nach dem Krieg haben Sie zusammen Geschäfte gemacht. Bei Hoger haben wir Schwarzmarktware gefunden, bei Mack ebenfalls. Jetzt sollte ich Ihren Kahn durchsuchen lassen. Mal schauen, was sich da so findet."

Wieder lachte Reichert. „Nur zu! Sie können auch gerne jetzt suchen. Ich verrate Ihnen aber was: Sie werden nichts finden. Und noch einmal: Ich weiß nicht, wo Mack ist. Ich habe ihn seit mindestens drei Wochen nicht mehr gesehen. Mir ging sein ...", er lachte wieder, noch lauter als zuvor, „... sein Mackertum auf die Nerven. Dieses Großspurige."

„Reichert, wieso soll ich Ihnen das glauben?"

„Weil Ihnen nichts anderes übrig bleibt, Herr Kommissar. Ich weiß es nicht. Und warum soll ich mich mit einem Mord belasten? Warum? Mir geht es doch gut.“ Wieder unterstrich er seine Aussage mit einem Lachen. „Ich habe ein Dach über dem Kopf, der Fluss und der Himmel bieten mir genug zum Fressen, und zum Saufen findet sich auch immer was. Und selbst Weiber gibt's genug, wo ihre Männer in Russland verfaulen.“

„Warum sind Sie nicht eingezogen worden?“

„Manche haben Glück, Herr Kommissar“, erwiderte er, biss noch einmal in die gegrillte Taube, verzog seinen Mund, weil er offenbar auf etwas Hartes gebissen hatte, spuckte den Inhalt in den Fluss und warf den Rest der Taube hinterher. „Manche helfen ihrem Glück nach. Ich würde mal sagen, dass das bei mir so eine Mischung aus beidem ist.“

„Andere haben nicht so viel Glück … Hoger zum Beispiel …“

Reichert wurde ernst. „Mal Spaß beiseite, Herr Kommissar, bei Mack kann ich mir vorstellen, dass es Leute gibt, die dem nur zu gerne was auf die Fresse geben würden. Ob umbringen, das weiß ich nicht, aber man guckt den Leuten nur bis vor den Kopf. Aber Hoger … Der hat zwar auch zugelangt und zugesehen, dass er seinen Schnitt macht, aber dass dem jemand den Tod wünscht, nee, mit dem konnte man auskommen. Wenn man den in Ruhe gelassen hat, hat der einen auch in Ruhe gelassen.“

Ein Schiff fuhr rheinabwärts an ihnen vorbei. Die Wellen schlugen gegen das Hausboot und brachten es in Bewegung.

„Könnte es Geschäfte zwischen Hoger und Mack gegeben haben, von denen Sie nichts wussten und wegen denen die beiden umgebracht wurden …“

„Ist Mack nun doch tot?“, warf Reichert schnell ein.

„Nur angenommen."

„Kann sein. Natürlich. Steckt man nicht drin, in den Menschen. Alles ist möglich, sage ich immer."

Koch war klar, dass er hier nicht weiterkam und er sah seine bisherige Vermutung, dass Reichert mit dem Mord an Hoger und dem Verschwinden Macks nichts zu tun hatte, bestätigt. Aber angesichts dessen, dass er absolut keine Spur hatte, musste er etwas machen.

„War's das schon?", fragte Reichert, als Koch Anstalten machte zu gehen.

„Vorerst!", rief Koch zurück, ohne sich umzudrehen.

Die Firma „Köhler und Mann" war in einer langen Halle untergebracht, deren vorderer Teil aus einer Stein- und deren hinterer aus einer Holzkonstruktion bestand. Genau in der Mitte des Platzes vor dem Gebäude war ein tiefer Bombentrichter. Langsam umkurvte Koch das Loch und stellte den Wagen neben dem Holztor an der Frontseite der Halle ab.

Ein vierschrötiger Mann hinter dem Eingang beäugte ihn misstrauisch, erst recht, als Koch seinen Dienstausweis zückte und jemanden von der Geschäftsführung zu sprechen wünschte, jemanden, der auch schon während des Krieges hier gearbeitet habe.

Der Mann sah den Kommissar an, als habe er nach einem Außerirdischen gefragt.

„Gibt es so jemanden, oder nicht?", machte er Druck.

Wortlos nickte der Mann in dem blauen Kittel und verschwand hinkend hinter einer Tür an der Seitenwand.

Koch sah sich um. Der Raum, in dem er sich befand, war wie ein Behördenbüro eingerichtet. Zwei Sessel und ein schon etwas verschlissenes Sofa standen in der einen Ecke, in der anderen eine Art Pult, hinter dem der vierschrötige Kerl ihn empfangen hatte, und an den Wänden hingen vergilbte Photographien von Automotoren.

Aus der Halle drang gedämpft Musik zu ihm, die von Schab- und Klopfgeräuschen gestört wurde. Er ging zu der hohen doppelflügeligen Tür und drückte sie einen Spalt weit auf. Über den weit verstreut stehenden Werkbänken standen jeweils zwei Männer oder Frauen gebeugt und hantierten an Teilen, die so klein waren, dass Koch sie nicht erkennen konnte. Aus zwei übergroßen Lautsprechern, die an der gegenüberliegenden Wand befestigt waren, ertönte die Musik. Richard Tauber sang *„Dein ist mein ganzes Herz! Wo du nicht bist, kann ich nicht sein. So, wie die Blume welkt, wenn sie nicht küsst der Sonnenschein"*, und gab der Szene mit den konzentriert arbeitenden Menschen etwas Unwirkliches und Surreales.

„Neugierde ist keine Zierde!", hörte der Kommissar hinter sich eine Stimme.

Erschrocken fuhr er herum. Ein Mann, etwa siebzig Jahre alt, leicht untersetzt und mit einem dunklen Anzug und einer roten Krawatte über dem weißen Hemd bekleidet, stand neben dem Kerl, der ihn empfangen hatte.

„Was stellen die Leute da her?", fragte Koch.

„Feinmechanische Teile für Autos. Kann nicht jeder. Da gehört Geduld und Fingerspitzengefühl dazu", erklärte der Alte freundlich und gab dem vierschrötigen Mann, der Koch weiterhin mürrisch und misstrauisch beobachtete, ein unmissverständliches Zeichen, sich zurückzuziehen, was der auch sofort tat.

Koch trat auf den Mann zu und reichte ihm die Hand. „Koch, Kriminalpolizei Mainz", stellte er sich vor.

Ein wacher Blick des Alten war die Antwort. „Konrad Lüning", gab der zur Antwort. „Mir wurde mitgeteilt, dass Sie Fragen haben."

Koch nickte.

„Dann kommen Sie", lud Lüning den Kommissar mit einer Handbewegung ein, ihm zu der Tür, durch die vorhin schon der Kerl vom Empfang verschwunden war, zu folgen.

Sie stiegen eine steile Treppe hinauf, die der Alte sehr flink und behände erklomm. Koch versuchte ihm nicht nachzustehen, spürte aber schon nach einigen Stufen sein lädiertes Bein. Er unterdrückte den Schmerz, um den Abstand zwischen ihnen nicht größer werden zu lassen.

Oben angekommen hielt Lüning dem Kommissar eine kunstvoll verzierte dunkelbraune Holztür auf, die in einen nicht sehr großen, aber wohnlich eingerichteten Raum führte, an dessen Kopfende sich ein schwerer Holzschreibtisch befand. Ein rotbrauner Teppich bedeckte den Boden, in einer Ecke stand ein mit Holzintarsien bestückter Tisch, darum drei Stühle. Zwei Vitrinen waren vor den Wänden aufgestellt, die ansonsten wie der Vorraum unten mit Photographien von Autos und Automotoren geschmückt waren. Neben dem Schreibtisch stand auf einem kleinen Beistelltisch ein Grammophon, zu dem Lüning eilte.

„Mit Musik geht doch alles besser", rief er Koch über die Schulter zu, während er die Schellackplatte von dem Teller nahm und eine neue auflegte.

Nach ein paar Sekunden Kratzen füllte Hans Albers' Stimme den Raum. *„Ihr erster, das war ein Matrose, der war auf der Brust tätowiert. Er trug eine meerblaue Hose; und sie hat sich so schrecklich geniert."*

„Das hören sie unten in der Halle besonders gern", erklärte Lüning, der beschwingt zu Koch zurückging. „Das ist dann wie eine Belohnung."

„Beim ersten Mal da tut's noch weh. Da glaubt man noch,

dass man es nie verwinden kann. Dann mit der Zeit so peu à peu, gewöhnt man sich daran".

Koch sah kurz zu dem alten Mann herüber, der sich zu der Musik leicht wiegte.

„Darf ich Ihnen etwas anbieten?", fragte er und ging zu einer der Vitrinen, ohne auf Kochs Reaktion zu achten, der in der Nähe der Tür stehen geblieben war und verwundert Lünings Treiben beobachtete.

„Nehmen Sie doch Platz!", forderte der ihn auf. „Französischer Cognac?"

„Ich hoffe, keine Schwarzmarktware", konterte Koch und setzte sich an den Tisch. Er befühlte mit seiner Hand die glatte Fläche.

Lüning erwiderte Kochs Antwort mit einem dünnen Lachen und kam mit zwei Schwenkern zu seinem Gast.

„Vorkriegsware", sagte er statt eines Trinkspruches. „Weder von den Braunen noch von den Franzosen beschlagnahmt", erklärte er, als sei das eine Selbstverständlichkeit, und lächelte Koch an.

Beide Männer führten die Gläser an die Lippen. Während Lüning einen kräftigen Schluck nahm, spuckte Koch die Tropfen, die seine Zunge berührt hatten, sofort wieder zurück in das Glas. Wenn die Flüssigkeit, von der er gerade probiert hatte, Cognac enthielt, dann allenfalls in homöopathischer Dosierung. Es schmeckte wie eine Mischung aus Wasser und einem bitteren Sirup, dem ein Schuss Branntwein zugefügt worden war. Lüning schien das nicht bemerkt zu haben, aber Koch war sich nicht sicher, ob der Mann ihn vorführte und ihm etwas vorspielte oder ob er in einer Scheinwelt aus Vorkriegs-Schlagermusik und falschem Cognac lebte.

Er lauschte kurz Hans Albers *„Das Treusein, so sprach er, ich kann es versuchen, ich war's zwar noch nie"*, bevor er sich wieder an den alten Mann wandte. „Und Ihre Fabrik fällt nicht unter die Reparationsmasse für die Franzosen?“

Wieder ließ Lüning sein dünnes Lachen ertönen, während er sich setzte.

„Natürlich. Was Sie da unten gesehen haben, ist das, was die haben stehen lassen und zum Teil von meinen Leuten provisorisch wieder hergerichtet worden ist.“ Er trank genüsslich einen Schluck aus seinem Glas. „Es muss doch weitergehen.“

„Ja, das muss es!“, stimmte Koch leise zu. Er stellte das Glas ab, ohne noch einmal daraus getrunken zu haben.

„Aber Sie sind nicht gekommen, um mit mir über meine Fabrik zu sprechen?“, fragte Lüning und schlug die Beine übereinander.

„Richtig“, bestätigte Koch. Er ließ sich einen Moment Zeit, bevor er weitersprach. „Sagen Ihnen die Namen Robert Hoger, Heribert Mack und Martin Reichert etwas?“

„Sollten sie das?“, fragte Lüning zurück und blickte Koch an.

Der nickte. „Sollten sie, ja! Diese Männer haben in Ihrer Fabrik gearbeitet.“

Das Lied war zu Ende und die Nadel kratzte auf der Auslaufrille.

„Oh“, bemerkte Lüning, als ob er darüber erschrocken wäre. Er eilte so schnell zum Grammophon, dass Koch sich schon wie auf der Treppe über die Agilität des Alten wunderte.

Mit einer geschmeidigen Bewegung hatte er die Albers-Platte von dem Teller genommen und eine neue aufgelegt.

„Das gibt's nur einmal, das kommt nicht wieder, das ist zu schön, um wahr zu sein. So wie ein Wunder fällt auf uns nieder ein gold'ner Schein“, begann Lilian Harvey zu singen.

„Ach, das tut gut!“ Lüning ließ offen, ob er das neue Lied meinte oder den Cognac, an dem er nippte. Dabei streifte sein Blick Kochs fast noch volles Glas.

„Wo waren wir?“, fragte er, und fügte entschuldigend hinzu. „Das Alter zeigt doch manchmal seine Spuren.“

„Hoger, Mack und Reichert …“, begann Koch, doch Lüning unterbrach ihn freudig.

„Ja, natürlich. Ich weiß. Gute Männer. Und gute Arbeiter. Vor allem erfahren. Gut ausgebildete deutsche Arbeitskräfte zu bekommen, war nicht einfach.“

Koch versteifte sich auf dem Sessel. Das blieb auch Lüning nicht verborgen.

„Ich bin Pragmatiker, Herr Kommissar“, erklärte der Alte kühl und kein bisschen schuldbewusst. „Wir mussten kriegswichtige feinmechanische Teile herstellen. Wichtig war allein, gute und brauchbare Ware zu liefern. So lange dem so war, ließ man uns in Ruhe. Und die drei, die Sie genannt haben, die haben dafür gesorgt, dass der Betrieb reibungsfrei lief.“

„Und die Arbeiter? Oder besser … Zwangsarbeiter?“ Koch beobachtete Lüning sehr genau.

Der ließ sich nicht aus der Ruhe bringen. „Ja, wir hatten Zwangsarbeiter hier. Zugewiesen bekommen. Ich habe sie nicht bestellt. Aber wie sollten wir sonst auch produzieren, wenn alle Männer an der Front sind. Aber wissen Sie, ich habe diese Zwangsarbeiter nicht schlecht behandelt. Ich frage Sie: Was macht ein Arbeiter, der unzufrieden ist?“

Er sah Koch an, der aber schwieg.

Lüning nahm seinen Schwenker und nippte erneut an der dunklen Flüssigkeit. Er hielt sie ein paar Sekunden im Mund, bevor er sie herunterschluckte und anerkennend die Lippen schürzte. Koch konnte noch immer nicht erkennen, ob das gespielt war oder ob der Mann tatsächlich glaubte, echten Cognac zu trinken.

„Ich sage es Ihnen: Sie denken an Sabotage. Sie verschleppen die Arbeiten. Die Folge: Ich kann meine Quote nicht erbringen. Und?"

Er sah Koch an, als erwarte er von dem Kommissar eine Antwort.

„Ich werde abgemahnt, die Leute abgeholt und durch andere Zwangsarbeiter ersetzt. Was mit den Abgeholten passierte, war klar: Lager."

„Sie sind also ein Menschenfreund?", warf Koch ein.

Nun ließ Lüning wieder kurz sein Lachen hören. „Was haben Sie während des Krieges gemacht?", fragte er unvermittelt und ernst.

Koch schwieg. Und Lüning schien auch keine Reaktion zu erwarten.

„Ich habe die Leute gut versorgt. Größere Rationen, mehr Freiheiten. Zufriedene Arbeiter arbeiten besser. Egal ob deutsche oder englische oder russische, egal ob freiwillig oder unter Zwang. Und so hatten wir alle etwas davon: Den Leuten ging es gut und ich konnte ohne große Schwierigkeiten meine Quoten erfüllen. Und wissen Sie, was den Betrieb und die Abläufe am meisten aufhält: immer wieder neue Leute anzulernen."

„Und die drei?"

Lüning sah Koch kurz an, dann nahm er wieder einen Schluck aus seinem Glas.

„Wie gesagt, sie waren Vorarbeiter. Gute Leute. Mack war schon länger hier. Er hat diesen Reichert dann mitgebracht."

„Kein Frontdienst?"

Wieder war das Lied zu Ende.

„Tut mir leid, dass ich unser Gespräch immer wieder

unterbrechen muss, aber meine Arbeiter brauchen die Musik“, sagte er, während er eine neue Platte auflegte.

„Sie aber auch!“, ergänzte Koch trocken.

„Das habe ich auch nie in Abrede gestellt“, erwiderte Lüning, ohne jede Gefühlsregung.

„Unabkömmlich“, sagte er, als er sich wieder zu Koch gesetzt hatte und aus dem Lautsprecher Paul Hörbigers Stimme erklang. *„Wenn Du verliebt bist / Und weißt nicht wohin / Dann gibt's nur eine Stadt / Die hat was keine hat.“*

„Wie bitte?“, fragte Koch.

„Sie hatten gefragt, warum die drei Männer nicht an die Front mussten. Sie waren unabkömmlich. So hieß das damals. Das sollten Sie wissen, Herr Kommissar. Als Beamter.“

Koch überging die Bemerkung, während Hörbiger *„Das sind die alten Geschichten von Wien / Frag' nur ein Kind / Wo sie zu hören sind“*, sang.

„Und Hoger?“, fragte Koch.

Lüning überlegte.

„Ich glaube, Hoger war schon lange in der Partei. Da hat irgendjemand seine Beziehungen spielen lassen.“

Koch sah Lüning skeptisch an.

„Ja, so war das!“

„Und wie war das Verhältnis der drei untereinander?“

„Ich glaube, gut. Mack und Hoger hatten sich mal in den Haaren. Ich habe sie dann zu mir gerufen und ihnen geraten, ihre Streitereien draußen, vor der Fabrik, auszumachen, und nicht vor den Arbeitern. Das macht keinen guten Eindruck.“

„Und mindert die Arbeitsmoral“, setzte Koch spitz hinzu. Er schluckte.

„Ja, ich musste auch auf so etwas achten. Die Quote stand über allem.“

„Und danach, gab es da noch mal Streit? Haben Sie da was mitbekommen?"

„Nein. Aber wissen Sie, was die gemacht haben, wenn die die Fabrik verlassen haben, das geht mich nichts an."

„Drinnen lief ja alles zur Zufriedenheit."

Lüning sah Koch indigniert an und wartete einen Moment, bevor er fragte: „Hatte ich Sie schon gefragt, was Sie während des Krieges gemacht haben? Doch auch sicher auf Befehl getötet, oder? Wo ist der Unterschied? Wenn Sie mir das sagen können, dann können Sie auch moralisch argumentieren."

Lüning sagte das wieder gewohnt ruhig, ohne Erregung.

Koch konzentrierte sich auf eines der Bilder auf der anderen Wandseite, das die Rückseite eines großen Wagens zeigte.

„Warum sind die drei Männer jetzt nicht mehr bei Ihnen?", fragte er nach einer Weile.

„Direkt nach dem Krieg gab es keine Arbeit hier. Die meisten Maschinen wurden abtransportiert und dann habe ich nichts mehr von ihnen gehört."

Lüning trank sein Glas aus und sah dabei an Koch vorbei, als lausche er versunken der Musik. Er wiegte seinen Kopf leicht hin und her.

„Darf ich fragen, warum Sie so an den Männern interessiert sind? Warum Sie das alles wissen wollen?", fragte er schließlich.

Koch nickte. „Sie dürfen. Hoger ist ermordet worden. Und Mack ist verschwunden. Möglicherweise auch ermordet."

„Ermordet?" Lüning klang erstaunt. Zum ersten Mal zeigte er den Ansatz einer Gefühlsregung.

„Ja."

„Von wem?“

„Das will ich herausfinden.“

„Und Sie hoffen, dass ich Ihnen helfen kann.“

„So ist es!“

„Tut mir leid. Ich habe seit zwei Jahren keinen Kontakt mehr zu diesen Männern.“

„Trauen Sie einem der drei einen Mord zu?“

Ohne zu überlegen, verneinte Lüning die Frage.

Koch stand auf.

„Das war's?“, fragte Lüning und er schien enttäuscht, dass sein Besucher ihn schon verlassen wollte. Koch fragte sich, ob es dem Mann völlig egal war, was er von ihm dachte.

„Ja.“ Er spürte den Widerwillen, dem Mann die Hand zu geben und gab diesem Gefühl nach.

„Sie finden den Weg alleine!“ Dieses Mal klang Lüning verärgert.

An der Tür drehte sich Koch noch einmal um, um ein „Adieu“ in den Raum zu werfen. Lüning, der schon auf dem Weg zu dem Grammophon war, wo die Platte wieder in der Leerrille lief, achtete nicht mehr auf ihn.

Während er die Treppe hinabstieg, wurde Koch bewusst, dass er noch immer den Geschmack des gepanschten Cognacs im Mund hatte.

Im Foyer hörte er aus der Halle Johannes Heesters. *„Ich habe so viele Wünsche im Geheimen. Die sollen in Erfüllung geh'n. Ich werde jede Nacht von Ihnen träumen und warten auf ein Wiederseh'n, und warten auf ein Wiederseh'n“*.

Mit einem Kopfnicken ging er an dem vierschrötigen Mann, der ihn empfangen hatte, vorbei nach draußen.

Er stieg nicht sofort in den Opel. Er lehnte sich an den Kotflügel und dachte über diese seltsame Begegnung nach.

Plötzlich fing es an zu regnen. Schnell klemmte er sich hinter das Lenkrad.

Auf der Rückfahrt hielt er hinter Budenheim an und setzte sich an den Straßenrand. Er fühlte sich zutiefst deprimiert. Alles entglitt ihm. Dorle schien ihn nicht mehr sehen zu wollen, anders konnte er sich ihr Verhalten nicht erklären. Die Tage, an denen er nicht mehr mit ihr zusammen gewesen war, konnte er schon nicht mehr zählen. Dazu dieses seltsame Szenario in ihrem Keller. Was hatte das zu bedeuten? Ein Verbrechen? Aber dann hätte Franzi sich anders verhalten. Er konnte sich, egal wie lange er darüber nachdachte, auf Dorles Verhalten keinen Reim machen. Auch bei der Aufklärung des brutalen Mordes an Robert Hoger trat er auf der Stelle und hatte, wenn er ehrlich zu sich selbst war, nichts in der Hand. Arnheim wollte ihn loswerden und ihn deshalb an das noch zu gründende Landeskriminalpolizeiamt nach Koblenz abschieben, und er hatte keine Ahnung, welche Aufgaben ihn dort erwarteten. Und schließlich Reuber: Die einzige Person, der er bislang vertraut hatte, gab ihm Anlass zu Misstrauen, und er wusste nicht einmal, ob er dabei einer Paranoia aufsaß und Gespenster sah.

Bei der Rückgabe des Wagens in der Fahrbereitschaft entgingen ihm nicht Jörgs verstohlene Blicke, die nach Schäden suchten, aber ihm war nicht nach Streit zumute, deshalb verließ er schnell die große Halle und eilte in sein Büro, wo er die Tür hinter sich zuzog, um nicht gestört zu werden.

Am Freitagmorgen wurde Koch gleich nach seiner Ankunft in der Direktion zu Arnheim gerufen. Die Vorzimmerdame nickte ihm stumm zu und sah ihn vorwurfsvoll an. Kein Wunder, denn er hatte nur wenig geschlafen und sich in seinem Bett hin und her werfend den Kopf über sein Leben, seinen Beruf und seine Zukunft zerbrochen.

Arnheim blieb hinter seinem Schreibtisch sitzen, aber er bot seinem Kommissar immerhin den Stuhl davor an.

„Wie sehen Sie eigentlich aus?", begrüßte er Koch und betrachtete das Gesicht seines Kommissars schamlos und sehr genau.

Der fuhr sich mit der Hand über sein Kinn. Die Barthaare stachen ihn.

„Nicht nur der Bart, Koch. Haben Sie mal ihre Augen gesehen. Ganz klein. Haben Sie Probleme?", fragte er, mit einem Mal ganz fürsorglich.

Koch schüttelte leicht den Kopf. „Schlecht geschlafen. Der Fall hat mich wach gehalten."

„Koch, verrennen Sie sich da mal nicht! Glauben Sie mir, wenn das DPs waren, dann kriegen wir die nie. Und wenn es eine Auseinandersetzung unter professionellen Schwarzhändlern war, sollten wir es pragmatisch sehen: einer weniger, der Ärger macht."

„Zwei!", erwiderte Koch sarkastisch und fing sich dafür einen fragenden Blick Arnheims ein.

„Der Tote in Fort Muhl. Auch ein Schwarzhändler. Kollege Reuber ist bald arbeitslos."

„Nun übertreiben Sie mal nicht, Koch. Diese Leute sind bandenmäßig organisiert. Über die Zonengrenzen hinweg. Zwei weniger, Sie glauben nicht, wie schnell die ersetzt werden."

Koch nickte und machte Anstalten aufzustehen, doch Arnheim bat ihn mit einer Geste sitzen zu bleiben.

„Haben Sie über Koblenz nachgedacht? Über die Stelle beim Landeskriminalpolizeiamt?"

„Ja", antwortete Koch und musste nicht einmal lügen.

„Und, wäre das nicht was für Sie? Irgendwann müssen Sie schon reagieren. Man hält Ihnen da nicht bis zum Sankt-Nimmerleins-Tag eine Stelle frei. Fahren Sie doch, wenn Sie Zeit haben, nach Koblenz, und unterhalten sich dort mit den Kollegen, die das Landeskriminalpolizeiamt planen."

Koch nickte. „Ja, sowie ich Zeit habe."

Arnheim lehnte sich in seinem Stuhl zurück und begann an den nachwachsenden Enden seines Schnurbartes zu zupfen, ein deutliches Zeichen, dass die Audienz beendet war.

Am Abend machte Koch in niedergeschlagener Stimmung einen langen Spaziergang, der ihn bis nach Gonsenheim führte, doch vor Dorles Haus verließ ihn der Mut und er kehrte in einer Kneipe in einem Eckhaus ein. Er stellte sich an den Tresen, wo er ein Bier und einen Korn bestellte.

Nach der zweiten Bestellung sah er sich um. Vielleicht zehn oder zwölf Männer standen oder saßen in dem Raum, meist in Zweiergruppen und unterhielten sich. Immer wieder warfen sie Blicke zu ihm herüber, die Koch nicht oder mit einem kurzen Nicken quittierte.

Mit dem Wirt, einem großen und breiten Kerl, der tiefstes Rheinhessisch sprach, wechselte er ein paar Worte, aber als erfahrener Gastwirt merkte der Mann schnell, dass der Unbekannte auf der anderen Seite des Tresens für sich sein wollte. Nur ab und zu sah er zu ihm herüber und stellte jeweils ein Bier und einen Korn vor Koch, der diese mit knapper Geste bestellt hatte.

Der Kommissar ging in Gedanken noch einmal jenen Samstag durch, an dem er Dorle versprochen hatte, sofort, nachdem er in Bingen fertig wäre, zu ihr zu kommen. Was hatte er ihr da, bei ihrer letzten Begegnung gesagt? Hatte er sie unabsichtlich mit etwas verletzt? Hatte er sich dumm verhalten? Dorle mit Worten oder Gesten beleidigt? Nichts, gar nichts dergleichen fiel ihm ein. Dass er später nicht mehr zu ihr gegangen war, war natürlich dumm gewesen und rechtfertigte ein Schmollen, aber doch nicht ein dreiwöchiges Verschwinden, das, wenn er es genau bedachte, einem Ende ihres Verhältnisses gleichkam. Oder hatte Neubert ihr etwas über ihn erzählt, eine Lügengeschichte, die sie, warum auch immer, glaubte. Aber Dorle kannte diesen alten, geilen Bock doch! Sie wusste, dass er keine Moral besaß und dass er und Koch sich gegenseitig in tiefstem Hass und tiefster Verachtung gegenüberstanden.

Er bestellte ein weiteres Gedeck. Den Korn schüttete er in einem Zug hinunter.

„Hast ganz schön Durst", wisperte ihm von hinten ein vorbeigehender Mann zu, der hinter der Tür zum Hof verschwand.

Koch sah vor sich das Bild des toten Hoger mit den abgeschnittenen Genitalien. Warum machte jemand so etwas? Er konnte sich nur Hass als Grund vorstellen. Hass, wie er ihn in Spanien kennen gelernt hatte, bei den Anhängern Francos, die die gefangenen Republikaner folterten, bevor sie sie umbrachten.

Aber wenn dem so war, was hatte Hoger bei seinem Mörder ausgelöst? Was war vorgefallen? War es eine private Geschichte oder hing es mit den Zwangsarbeitern in der Ingelheimer Fabrik zusammen? Oder Mack? Was war zwischen den Männern vorgefallen? War Mack auch tot? Versteckte er sich? Weil er selbst Rache fürchtete? Von wem? Von Reichert? Auf keine der Fragen fand Koch eine Antwort.

Er hatte sein Bierglas geleert und bestellte ein weiteres Gedeck.

Der Alkohol erschwerte Koch das Denken. Er verlor den Faden und wurde wütend, weil er wusste, dass dieses Grübeln ihn wieder nur in eine Sackgasse führte. Wenn er wenigstens die Unterstützung seines Chefs hätte. Mit jedem weiteren Bier und jedem weiteren Korn steigerte Koch sich weiter in seine Wut hinein. Warum waren die Menschen um ihn herum alle nur so falsch, überlegte er in seinem trunkenen Selbstmitleid und trank weiter, auch nachdem die anderen Gäste das Lokal verlassen hatten. Der Wirt, der ihn weiterhin in Ruhe ließ, und nur hin und wieder besorgte Blicke zu ihm herüberschickte, reinigte den Tresen und die Gläser.

Als er mit allem fertig war, stellte er noch ein Gedeck vor Koch.

„Das letzte, mein Herr. Ich schließe jetzt!"

Koch nickte, nahm erst den Korn, dann das Bier und leerte beides in einem Zug. Dann legte er zwei Scheine auf den Tresen, wartete, bis der Wirt ihm zunickte, dass es in Ordnung war. Draußen versetzte ihm die kühle Abendluft einen heftigen Schlag und sein Wanken schlug in ein Torkeln um.

Der Weg zu seiner Wohnung zog sich endlos hin, zweimal stolperte er, einmal schlug er auf dem Boden auf. Eine Schürfwunde an seiner linken Hand würde am nächsten Morgen nach dem Aufwachen Zeugnis seines nächtlichen Besäufnisses ablegen. Zweimal musste er sich übergeben. Beide Male blieb er anschließend auf dem kalten Boden sitzen und nickte kurz ein.

Das Wochenende verbrachte Koch in einem ebenso niedergeschlagenen Zustand wie den Freitag. Viel zu spät stand er am Samstagmorgen auf und quälte sich in die Direktion. Zu seinem Glück hatte er einem Geistesblitz folgend Siggi im Treppenhaus zugerufen, dass er an diesem Tage nicht gestört werden wolle. Schon bald fielen ihm an seinem Schreibtisch die Augen zu. Verzweifelt kämpfte er gegen die Müdigkeit und den dumpfen Schmerz in seinem Kopf an. In der Kantine gab es zwar Kaffee, aber da eine Lieferung der Bäckerei ausgeblieben war, musste Koch sich mit drei Scheiben trockener Wurst begnügen.

Um zwei Uhr verließ er die Direktion und ging auf schnellstem Wege in seine Wohnung, wo er gleich in seinem Sessel einschlief und erst aufwachte, als es draußen schon dunkel war. Er klopfte bei Bresson, ließ sich eine Flasche geben und zog sich in seine Wohnung zurück, wo er sich an den Tisch neben das Grammophon setzte und die Jazz-Platten hörte, Fats Waller und Cab Calloway, die wilder waren als Glenn Miller und Louis Armstrong, was besser zu seiner Stimmung passte, so laut, dass er Bressons Klopfen gegen zweiundzwanzig Uhr nicht hörte.

Müde, hungrig und lustlos dämmerte Koch auch am Sonntag dahin. Er zog nacheinander zwei Bücher aus den Stapeln, die sich an der Wand reihten, aber er fand keinen Zugang zu ihnen. Am Abend lud ihn Bresson zu sich ein.

Koch lehnte zunächst ab, aber Bresson blieb hartnäckig, und schließlich folgte Koch ihm in dessen Wohnung.

„Sie sehen wie geschissen aus!“, beschrieb der Photograph seinen Eindruck des Kommissars beim Betreten der Küche im vorderen Teil der Wohnung. Der hintere Abschnitt war tabu, dort machte Bresson die Photos und Filme, die ihm seinen Lebensunterhalt sicherten.

Koch verzog unwillig den Mund.

„Keine Lust drüber zu reden?“, hakte Bresson nach, während er aus einem Schrank zwei Teller, Brot und eine

Pfanne nahm, die er auf den Ofen stellte. Er schmierte etwas Fett auf den Boden der Pfanne und warf nach wenigen Sekunden den Speck hinzu, den er mit einem hölzernen Kochlöffel auf dem Pfannenboden hin und her schob. Bald schon war der Raum von dem würzigen Geruch des angebratenen Specks erfüllt.

„Machen Sie mal das Fenster zu", forderte Bresson seinen Besucher auf. „Wenn der Duft die Straße erreicht, können wir uns vor Gästen wahrscheinlich nicht mehr retten."

Gleichmütig erhob sich Koch, verriegelte das Fenster und schob den Vorhang vor. Kurz darauf verteilte Bresson den fertig gebratenen Speck auf die Teller und legte jeweils zwei Scheiben dunkles Brot an den Rand.

Im Wohnzimmer setzten sie sich in die tiefen Sessel, auf den Knien balancierten sie die Teller, neben ihnen standen Bierflaschen. Schweigend aßen und tranken die beiden Männer, und Koch merkte, wie sehr er eine solche Mahlzeit in den letzten Tagen und Wochen, in denen er sich meist von Brot mit ein wenig Käse, kaum Gemüse und so gut wie keinem Fleisch ernährt hatte, vermisst hatte.

„Gut, nicht wahr?", fragte Bresson, während er sich ein Stück des gebratenen Specks in den Mund steckte.

Koch nickte und aß stumm weiter. Dass ein so einfaches Gericht ein solcher Leckerbissen sein konnte.

Nachdem die beiden Männer eine weitere Portion gebratenen Specks gegessen hatten, lehnten sie sich in den Sesseln zurück.

„So", sagte Bresson, „zumindest für das leibliche Wohl ist gesorgt. Aber ich vermute, dass es noch an anderer Stelle Defizite gibt."

Koch schwieg.

„Na, raus damit, Koch!", forderte ihn der Photograph

auf. „Ich habe Sie ja schon oft ziemlich fertig erlebt, aber im Moment schießen Sie den Vogel ab. Haben Sie Dorle denn gesprochen?“

Koch schüttelte leicht den Kopf.

„Geht sie Ihnen aus dem Weg?“

Koch zuckte mit den Schultern.

„Na, jetzt lassen Sie sich doch nicht alles aus der Nase ziehen. Dass es Ihnen schlecht geht, sieht ein Blinder mit Krückstock. Also, was ist los? Dorle, Arnheim, Fernweh nach Frankreich – alles zusammen?“

Koch nickte.

„Wenn es nur das wäre“, sagte er schließlich, „und dann ist da …“

„Ja?“, hakte Bresson nach, aber Koch schüttelte den Kopf. Fast hätte er von seinem Misstrauen gegenüber Reuber gesprochen, aber die Worte kamen ihm nicht über die Lippen. Er glaubte, dass dieser Verdacht ein Hirngespinst war, das erst real würde, wenn er darüber sprach. Sollte sich seine Vermutung bestätigen, wäre, wo Dorle ihn offenbar nicht mehr sehen wollte, jeder Grund zum Bleiben in Mainz obsolet geworden. Stattdessen erzählte er seinem Nachbarn noch einmal von seinen vergeblichen Versuchen Dorle zu treffen. Dabei spürte er immer mehr, wie sehr sein Körper von den Alkoholexzessen der letzten Tage ermüdet war, und schon bald erhob er sich und ging rüber in seine Wohnung.

XXIV

Nach dem Aufwachen war Dorles Kopf gleich wieder voller widersprüchlicher Gedanken. Da war auf der einen Seite ihre Niedergeschlagenheit, weil sie Neubert ausgeliefert war. Ihr Leben, das eben noch eine gute Wendung zu nehmen schien, erwies sich mit einem Mal als Illusion. Und auf der anderen Seite waren da Franzis unerklärliche nächtliche Ausflüge. Wenn selbst auf ihre Freundin kein Verlass mehr war, was blieb dann noch? Alle Gewissheiten waren in Auflösung begriffen.

Und an diesem Abend kam es noch überraschender.

Von unten hörte Dorle erregte Stimmen, aber sie verstand kein Wort. Sie trat in den Flur und mutmaßte, dass sie aus der Küche kommen mussten, deren Tür geschlossen war. Franzis Stimme konnte sie heraushören, die zweite Stimme hatte den dunklen Klang eines Mannes.

Vorsichtig stieg sie die Treppe hinab. Genau in dem Moment, in dem sie das Erdgeschoss erreichte, wurde die Küchentür aufgerissen. Dorle sprang hinter den großen Holzschrank, der im Flur stand, und hielt den Atem an.

„Zum letzten Mal, Neubert! Raus aus meinem Haus! Mein Karl kommt gleich und er wird dich windelweich prügeln."

Die Antwort war ein künstliches Lachen.

„Du willst mich rauswerfen? Sei froh, dass ich die Franzosenhure noch nicht angezeigt habe. Du sagst ihr, dass sie sich bei mir melden soll und zwar bald! Verstehst du das?! Gibst du ihr auch fein die Karten?"

Dorle war erstarrt. Nun wagte sich dieser Kerl sogar in Franzis Haus. Sie war nirgends mehr sicher.

„Du redest von Franzosenhure, Neubert, du Schwein. Zu welchen Huren gehst du denn? Ist Hure nicht Hure?

Kriegst keine andere mehr, was? Als du noch eine Nummer warst, so eine braune Nummer, da hast du sie bekommen, weil sie Angst hatten. Aber jetzt, jetzt musst du wie all die anderen armen Schweine in den Puff."

„Was redest du da!" Neuberts Stimme überschlug sich.

„Wag es nicht mich zu schlagen!" Franzis Stimme klang resolut. „Ich zeige dich an, Neubert."

Der lachte schrill.

„Du willst mich anzeigen? Ich zeige diese Franzosenhure an. Und ihr Freund, dieser Herr Kommissar, der ist auch nicht mehr lange im Amt. Er hat mir gedroht, weil er seine Franzosenhure beschützen will." Er lachte. „Was für ein Idiot. Ich habe schon mit seinem Chef geredet. Und wenn das nicht hilft, es gibt auch andere Wege. Zum Glück haben genug richtige Deutsche überlebt, Männer, die bereit sind, für ein freies Deutschland zu kämpfen. Bis jetzt haben sie sich versteckt, aber ich sage dir, Franziska Molitor, sie werden aus den Wäldern hervorbrechen und erst einmal mit Volksverrätern wie diesem Kommissar aufräumen. Und mit den Negern, die hier rumlaufen. Und den Flittchen, die es mit ihnen treiben!"

Jedes dieser Worte stach Dorle tief ins Herz. Sie war wütend und berührt zugleich.

„Ich warte nicht mehr lange. Sag das deiner Freundin! Sonst kannst du sie im Gefängnis besuchen, die Mörderin. Oder auf dem Schafott. Verstehst du?"

Nach dieser Drohung stürmte Neubert an Dorle, die sich fest gegen die Wand drückte, vorbei zur Hoftür, nur Sekunden später folgte ihm Franzi. In ihrer Erregung hatte keiner der beiden sie in der Nische hinter dem Schrank bemerkt.

Sowie sie an ihr vorbei waren, wagte sich Dorle aus ihrem Versteck und rannte die Treppe nach oben. Im Zimmer wich alle Kraft aus ihr und sie begann zu zittern und zu weinen.

Irgendwann klopfte es an ihrer Tür. Sie zog sich schnell die Decke bis zum Hals, damit Franzi nicht sah, dass sie sich noch nicht für die Nacht umgezogen hatte und stellte sich schlafend.

Langsam näherte sich Franzi ihrem Bett. Dorle spürte, dass sie neben ihr stand, sie anschaute, sich dann zu ihr herabbeugte und mit der Hand sachte über den Hinterkopf strich und ihr einen Kuss auf die Haare hauchte. Dorle meinte dabei ein leises Schluchzen zu hören und es fiel ihr sehr schwer, sich nicht aufzurichten und die Freundin in den Arm zu nehmen und sie fest an sich zu drücken. Dann war es zu spät, Franzi löste sich von dem Bett und verließ das Zimmer. Sehr leise, kaum hörbar, schloss sie hinter sich die Tür.

Die nächsten Tage lag Dorle wieder apathisch auf ihrem Bett wie in den Tagen, nachdem Neubert sie geschlagen und getreten und ihr unmissverständlich gedroht hatte. Erschrocken stellte Franzi die Verschlechterung von Dorles Zustand fest.

XXV

Mit einem Korb im Arm betrat Siggi am Montagmorgen Kochs Büro. Seine hellblonden, meist ein wenig strubbeligen Haare hatte er mit Pomade gebändigt.

„Fesch, wie der Wiener so sagt", stellte der Kommissar mit Blick auf die Frisur seines Assistenten fest.

Siggi stellte den Korb mit Lebensmitteln auf den Schreibtisch.

„Eine Verwandte meiner Großtante, die in Stadecken wohnt, hat ihr das gegeben. Und ich dachte mir, Sie können das gebrauchen ..."

„Aber Siggi! Das kann ich doch nicht annehmen. Sie müssen essen."

Koch war richtiggehend gerührt. Siggi, der ständig hungrig war, schenkte ihm so wertvolle Nahrungsmittel.

Doch der schüttelte den Kopf. „Nein, nein, ich habe noch mehr bekommen, ich habe genug."

Koch grinste. „Ich hoffe, dass Sie nicht etwas ausgefressen haben, Siggi?" Er sagte das mit gespielter Strenge.

„Ich?", erwiderte Siggi mit ebenso überzeugend gespielter Verwunderung.

Koch wusste nicht, was er sagen sollte, er begann in dem Korb zu wühlen.

„Das Brot hat die Frau Gerhardt, also die Verwandte von meiner Großtante, selbst gebacken. Nur mit ein ganz klein wenig Maismehl."

Koch nickte zum Zeichen, dass er verstand und es zu würdigen wusste. Maismehl wurde als Ersatz für das fehlende Weizenmehl genommen und je höher der Anteil davon am Mehl, desto ekelhafter schmeckte es. Er nahm eine der beiden Weinflaschen in die Hand.

„Ein Müller-Thurgau", beeilte sich Siggi zu sagen. „Ist

von einem Bruder von der Verwandten. Sind alles Bauern oder Winzer. Die haben genug zu essen."

„Vielen Dank, Siggi, das ist sehr anständig von Ihnen."

Der schwieg einen Moment.

„Was ist, Siggi?", fragte Koch.

„Darf ich … Sie … etwas fragen?" Siggi errötete.

„Natürlich! Raus damit!", forderte der Kommissar ihn auf.

„Warum mögen Sie Herrn Esch nicht, Herr Koch?", fragte der Junge.

„Wie kommen Sie darauf?", erwiderte Koch.

„Sie sind sehr distanziert zu ihm."

„Das erkennen Sie?"

Siggi sah zu Boden und sagte leise: „Ja." Er machte eine Pause. „Darf ich noch etwas fragen?"

„Ja, natürlich", antwortete Koch, irritiert, dass Siggi sich die Erlaubnis zu seinen Fragen abholte.

„Sie sind auch so distanziert zu Herrn Reuber in letzter Zeit."

„Bin ich das?"

„Ja", bestätigte Siggi mit belegter Stimme.

„Sie sind ein guter Beobachter, Siggi."

Beide Männer schwiegen.

„Ist was mit Herrn Reuber?", fragte Siggi schließlich.

„Warum fragen Sie?", entgegnete Koch leicht irritiert.

„Sie sind so anders zu ihm und …", er machte eine Verlegenheitspause, „Sie beobachten ihn … so. Und dann haben Sie letztens gesagt, ich soll ein Auge auf ihn haben … ich meine, er ist doch Ihr Freund. Oder?"

Siggis Gesicht war gerötet, was bei seiner hellen Haut und seinen blonden Haaren besonders auffiel.

„Sie sind wirklich ein guter Beobachter, Siggi. Eine gute Voraussetzung, um ein guter Polizist zu werden."

Siggi schwieg und sah seinen Chef nachdenklich an.

Der überlegte. „Wissen Sie Siggi, ich bin ein vorsichtiger Mensch“, wich Koch schließlich aus, „und manchmal machen oder sagen Menschen etwas, da werde ich hellhörig und überlege, warum jemand das sagt oder macht.“

Der Junge nickte zwar, aber er konnte nicht verbergen, dass ihn diese Antwort nicht befriedigte.

„Und die Vorsicht schlägt manchmal auch um in Misstrauen. Das will ich gar nicht, aber ich kann nichts dagegen machen. Wenn etwas meinen Verdacht erregt, dann gehe ich in Habachtstellung.“ Koch hatte leise, aber sehr eindringlich gesprochen und dabei an Siggi vorbeigeschaut. Nun sah er den jungen Mann direkt an. „Wahrscheinlich normal, wenn der Vater Kommunist war und verfolgt wurde und wenn man als Kommunistensohn bei der Polizei arbeitet. Und man dann in Spanien erfährt, dass auch auf die eigenen Kameraden kein Verlass ist, dass man jederzeit auch eine Kugel in den Hinterkopf kriegen kann. Obwohl …“, er machte wieder eine Pause, „… das waren keine Kameraden.“

So persönlich war Koch gegenüber Siggi noch nie geworden. Der wusste nicht, was er darauf entgegnen sollte, aber es machte ihn stolz, dass Koch ihn ernst nahm.

Dann schlug Koch leicht auf die Tischplatte vor ihm. „So, und nun zu den wichtigen Dingen! Haben wir etwas Neues? Wenn wir nicht bald entscheidend weiterkommen, muss ich einen Abschlussbericht schreiben. Arnheim drängt schon. Er will, dass wir Displaced Persons oder Kämpfe innerhalb des Schwarzmarktmilieus als Tathintergrund annehmen.“

In der nächsten Stunde gingen die beiden noch einmal alles durch, was sie über Hoger und Geisler wussten, aber so sehr sie auch jedes Detail hinterfragten, noch einmal jedes Gespräch durchgingen, sie fanden keinen neuen Ansatzpunkt, der sie auch nur ein winzig kleines Stück weitergebracht hätte.

„Vielleicht“, begann Siggi sehr vorsichtig, „vielleicht hat Herr Arnheim ja doch Recht und es stecken andere Schwarzmarkthändler dahinter. Oder die DPs.“

Resigniert nickte Koch. „Vielleicht, Siggi, vielleicht. Aber wir können niemanden aufgrund eines Vielleichts verhaften. Und …“, wieder machte er eine Pause, um nachzudenken, „zum einen glaube ich das nicht, weil nichts so richtig zusammenpasst, und zum anderen, um ehrlich zu sein, und das bleibt unter uns, will ich nicht, dass Arnheim seinen Willen bekommt.“

Damit war dieses Gespräch beendet und Koch und Siggi trennten sich.

Die Unterhaltung mit Siggi hatte Koch für einen Moment aus seiner niedergeschlagenen Stimmung gerissen, aber schon bald saß er wieder dumpf brütend an seinem Schreibtisch und versuchte sich zu konzentrieren, was ihm zunehmend schwerer fiel. Er wollte gerade aufstehen und sich in der Kantine einen Kaffee holen, als es an seiner Tür klopfte.

Siggi streckte seinen erregt-roten Kopf in das Büro.

„Haben Sie schon gehört?“, fragte er.

„Was denn, Siggi?“

„Herr Reuber hat den Mörder von Geisler gefasst.“

„Von Geisler?“

„Sie sind schon wieder misstrauisch, stimmt's?“

Koch schüttelte den Kopf und stand auf. „Nein, warum? Das ist doch mal ein Fortschritt. Und vielleicht kann Geisler uns auch im Fall Hoger weiterhelfen. Ich gehe zu Reuber.“

Er stand auf und wollte an Siggi vorbei, doch der hielt ihn zurück. „Herr Arnheim möchte Sie sprechen."

Koch sah seinen Assistenten kurz an, zuckte mit den Schultern und drängte sich an Siggi vorbei in den Flur.

„Sie können herein", gewährte Arnheims Vorzimmerdame dem Kommissar sogleich Einlass in dessen Büro.

„Auch schon gehört, Koch?!", begrüßte der Leiter der Kriminalpolizei jovial lächelnd den Kommissar. „Reuber hat den Mörder von Geisler."

„Gratulation", antwortete Koch und setzte sich auf ein Zeichen von Arnheim auf den freien Stuhl vor dem Schreibtisch.

„Vielleicht kann der Mann uns ja im Fall von Hoger weiterhelfen."

Arnheims Antwort war erst ein leichtes Kopfschütteln. „Das wird leider nicht möglich sein", winkte er ab.

„Was ist …?", entgegnete Koch, der ahnte, was passiert war.

„Der Mann ist tot", bestätigte Arnheim seine Vermutung. „Auf der Flucht vor Reuber von einem Dach gestürzt."

Wieder einmal kam Koch nicht gegen sein Misstrauen an, sofort hatte sich ein bestimmtes Bild vor seinem geistigen Auge aufgebaut.

„Koch, bitte!", mahnte Arnheim, der offenbar die Gedanken seines Kommissars gelesen hatte. „Ich weiß, dass das wie ‚auf der Flucht erschossen' klingt, aber der Mann ist vor Reuber auf ein Dach geflohen und dort abgestürzt."

Koch fühlte sich ertappt. Tatsächlich hatte er genau diese Assoziation gehabt.

„Wer ist der Mann?"

„Ein gewisser Wigbert Hannappeler, Hannibal gerufen.

Eine Größe auf dem Schwarzmarkt und bekannt dafür, dass er ziemlich rücksichtslos gegen Konkurrenten vorgegangen ist."

„Aber Reuber konnte ihm bislang nichts nachweisen." Koch konnte einen sarkastischen Unterton nicht unterdrücken.

„So ist es", bestätigte Arnheim, ohne eine Reaktion zu zeigen.

„Und Reuber konnte es jetzt?!"

Arnheim fixierte den Kommissar scharf.

„Ihre Frage klingt nicht kollegial, Koch. Eher wie gegenüber einem … Verdächtigen."

Koch schluckte.

„Das war nicht so gemeint." Er dachte nach. „Das ist die Enttäuschung", sagte er schließlich. „Ich habe gehofft, dass jemand wie dieser …"

„Hannappeler."

„Ja, Hannappeler, seltsamer Name, dass ich über den Informationen über Hoger bekomme."

Offenbar war Arnheim nicht an einer Konfrontation interessiert. „Kann ich verstehen, Koch, kann ich verstehen." Er war zu einem zackig-militärischen Tonfall übergegangen. „Aber nun ist es so."

„Und Reuber hat Beweise, dass dieser Hannappeler Geisler umgebracht hat?"

„Ja. Ein Messer wurde bei ihm gefunden, das nach den ersten Untersuchungen von Dr. Esch als Tatwaffe in Frage kommt. Dazu andere Gegenstände, die mit ziemlicher Sicherheit Geisler gehört haben."

„Und wie ist Reuber an diese Informationen gekommen?"

„Informanten, Koch, Informanten. Hatte ich Ihnen das nicht schon einmal erklärt? Wenn Sie bei der Schwarzmarktbekämpfung Erfolg haben wollen, dann brauchen Sie gute und zuverlässige Informanten. Das ist das A und O. Und Reuber hat ein sehr gutes Netz aufgebaut. Aber … Ihr Tonfall gefällt mir nicht, Koch. Das klingt nicht, wie soll ich sagen, kameradschaftlich. Ist etwas zwischen Ihnen und Reuber vorgefallen, von dem ich nichts weiß?“

„Nein, nein“, beeilte sich Koch abzuwiegeln. „Wie gesagt, als ich hörte, dass Reuber den Mörder von Geisler hat, erhoffte ich mir endlich Aufklärung oder zumindest Informationen zu Hoger.“

Arnheim nickte bedächtig und ließ offen, ob er dem Kommissar dessen Erklärung abnahm.

„Es muss sich noch rausstellen, ob es eine Verbindung zu Hoger gibt. Ist aber gut möglich. Beide sind auf dem Schwarzmarkt tätig. Und …“, sagte er schließlich, „… dann hätte ich ja Recht gehabt, dass dieser Hoger Opfer von Auseinandersetzungen zwischen Schwarzmarkthändlern geworden ist.“

Die Befriedigung, dies aussprechen zu können, war Arnheim nur zu gut anzuhören.

Koch ging nicht darauf ein. „Und wo ist das passiert?“

„In der Altstadt, nicht allzu weit vom Dom. Hannappeler hat wohl mitbekommen, dass Polizei im Anmarsch ist und wollte weg. Übers Dach. Reuber ist hinter ihm her. Und dabei muss Hannappeler abgerutscht sein. Waren zwar nur zwei Stockwerke. Aber das hat gereicht. Einer weniger von diesen Kerlen.“

Koch ließ sich die Adresse von Hannappelers Wohnung geben, was erneut Arnheims Argwohn weckte, dann verabschiedete sich der Kommissar und ging in sein Büro, wo er die Tür schloss und sich in seinen Stuhl fallen ließ.

Etwas stimmte bei der Sache nicht. Koch hatte ein Gespür für so etwas. Und das war keine Paranoia. Wenn dieser Hannappeler so ein kaltblütiger Schwarzmarkthändler war, warum lief der so einfach davon, wenn ein Kommissar vor der Tür stand? Er war doch bestimmt nicht zum ersten Mal mit einer solchen Situation konfrontiert gewesen. Flüchtet, fällt vom Dach und in seiner Wohnung liegt das Messer, mit dem Geisler umgebracht wurde. Bringt jemand wie Hannappeler, wenn er den Mann nach Arnheims Ausführungen richtig einordnete, selbst einen Konkurrenten um? Dafür hat so jemand seine Leute und macht sich nicht selbst die Hände schmutzig. Und lässt dann die Tatwaffe in seiner Wohnung liegen? Wenn Hannappeler nicht dumm war, dann konnten nur Überheblichkeit und die Gewissheit, dass man ihm nichts kann, der Grund für eine solche Fahrlässigkeit gewesen sein. Das wollte Koch nicht glauben. Aber warum sollte Reuber ein falsches Spiel spielen? Um einen Erfolg vorzuweisen? Vielleicht die Demütigung, hinter dem Mann so lange her gewesen zu sein, ohne ihm etwas nachweisen zu können? Je länger Koch über Hannappelers Tod und die Begleitumstände nachdachte, desto sicherer war er, dass das Ganze hinten und vorne nicht stimmte.

Trotzdem ging er kurz vor Dienstschluss zu Reubers Büro, dessen Tür offen stand. Von innen hörte er laute Stimmen und er wollte umkehren, doch sein Kollege hatte ihn schon erblickt.

„Koch, wohin? Kommen Sie rein!“, rief Reuber über die anderen Stimmen hinweg, die gleich leiser wurden. Mindestens vier Köpfe wandten sich ihm zu und sahen neugierig zu ihm herüber.

„Ein Schlückchen?“, fragte er, wartete die Antwort nicht ab und füllte eines der Gläser, die vor ihm auf dem neuen Schreibtisch standen. Im Raum hingen dicke Schwaden von Tabakqualm.

Koch ging an den anderen Männern, die alle dunkle Anzüge trugen und ihn ernst anblickten, vorbei. Er nickte ihnen zu, zwei erwiderten den Gruß.

Koch nahm das dargebotene Glas und stieß mit Reuber an.

„Glückwunsch!", sagte er und trank einen Schluck. „Ich hoffe von Chavez und nicht von diesem Hannappeler", versuchte er einen lockeren Spruch.

Reuber reagierte nicht sofort.

„Keine Sorge. Eines seiner Lager haben wir schon gefunden. Die Kollegen sind bereits dort."

„Kannten Sie den Mann?", fragte Koch.

Die anderen Männer im Raum hatten ihre Gespräche gänzlich eingestellt und hörten den beiden zu. Reuber füllte zweien von ihnen die Gläser, bevor er antwortete.

„Natürlich. Ein alter Bekannter. Der Mann, der den Schwarzmarkt hier beherrschte. Mit Kontakten nach Frankfurt und nach Köln."

In Reubers Worten lag eine auffallende Schärfe.

„Über die Zonengrenzen hinweg?"

„Da werden einige unserer alliierten Freunde kräftig mitverdient haben. Bei Hannappeler ging es nicht um ein paar Zentner Kohlen oder Stangen Zigaretten. Da ging es um das ganz große Geschäft."

Koch nickte und nippte an seinem Glas. Reuber steckte sich eine Zigarette mit einem silbernen Feuerzeug an und sog genüsslich das Nikotin ein. Ihm war anzusehen, dass er sich wohl fühlte.

„Und der Mann hat das Messer, mit dem er Geisler umgebracht hat, in seiner Wohnung liegen lassen?"

Reubers Gesichtszüge erstarrten für einen Moment, doch er hatte sich sofort wieder unter Kontrolle. Von den anderen Männern war ein abfälliges Aufstöhnen zu hören.

„Was soll das, Koch?“, warf einer von ihnen ein, „gönnen Sie dem Kollegen den Erfolg nicht oder warum fragen Sie so?“

Koch drehte sich kurz zu dem Mann um, der ihn dreist angrinste, bevor er an seiner Zigarette zog und den Rauch dann in Richtung des Kommissars ausstieß. Einen kurzen Moment war Koch versucht, ihm seine Faust in den Magen zu rammen.

„Das dachte ich auch zuerst, Koch.“ Reuber sprach ruhig und machte in Richtung der anderen eine beschwichtigende Geste. „So dumm ist Hannappeler nicht. Deshalb nehme ich an, dass dahinter eine Intrige steckt.“

„Das ist aber neu, Gerhard“, sagte einer von Reubers Kollegen. „Davon hast du bis jetzt nichts gesagt.“

Reuber sah kurz zu dem Mann herüber, bevor er ruhig weitersprach. „Die Erkenntnis ist mir eben erst gekommen. Weil mir das genauso komisch vorkam wie dem Kollegen Koch.“

Der überlegte, ob das wahr oder einfach nur sehr clever war, während zwei der Männer mit einem kurzen Gruß zu Reuber den Raum verließen, Koch aber keines Blickes würdigten.

„Denn Hannappeler, so wie ich ihn kannte, war ein gewiefter und äußerst brutaler Hund, mit allen Wassern gewaschen. Der würde nie ein Beweisstück in seiner Nähe liegen lassen. Deswegen kann ich mir sehr gut vorstellen, dass ihm jemand an den Karren pinkeln wollte, um ihn loszuwerden.“

„Was wohl auch gelungen ist“, kommentierte Koch.

„Was auch gelungen ist“, bestätigte Reuber nach ein paar Sekunden, in denen es sehr still in dem Raum gewesen war, bis auf das gut hörbare Ziehen an den Zigaretten. Koch meinte wieder zwischen den Zeilen einen Tonfall herausgehört zu haben, der von mehr als der professionellen Beziehung zwischen einem Verbrecher und einem Polizisten Zeugnis ablegte.

„Irgendetwas zu Hoger?“, fragte Koch.

„Nicht, dass wir wüssten. Keine Anhaltspunkte“, antwortete Reuber.

„Und Mack?“

„Auch kein Anhaltspunkt!“, antwortete Reuber und schenkte nach, so schnell, dass Koch nicht ablehnen konnte. „Zumindest im Moment. Einer geht noch, Koch! Auf den Erfolg!“

„Ein lebender Hannappeler wäre mir lieber.“

Sie tranken schweigend, die beiden anderen Männer verließen mit stummem Gruß das Büro.

„Kann ich verstehen, Koch. Aber wir haben keinen Hinweis in diese Richtung gefunden. Und bei den Toten, die wir Hannappeler zuordnen, gab es solch eine Verstümmelung wie bei Hoger nicht. Manche sahen übel aus, aber nicht so.“ Er zog an seiner Zigarette, stärker als vorher. „Lassen Sie uns von was anderem sprechen. Noch einen?“ Er nahm die Flasche vom Schreibtisch und hielt sie Koch entgegen.

„Einen kleinen.“

Eigentlich wollte er nicht, aber er sah darin einen kleinen Beitrag zur Deeskalation.

„Cheers!“ Beide Männer stießen die Gläser leicht aneinander.

„Noch eine Frage, Reuber“, sagte Koch, nachdem er einen Schluck getrunken hatte. „Ist da was Persönliches zwischen Ihnen und Hannappeler?“

Reuber ließ sich Zeit mit der Antwort, zog ein letztes Mal an seiner Zigarette, bevor er sie ausdrückte, dann nippte er an seinem Glas und fuhr sich mit der Zunge über die Lippen.

„Wie kommen Sie darauf?"

Koch verzog seinen Mund. „Ich habe so den Eindruck."

„Insofern", erwiderte Reuber schließlich, „dass ich schon lange hinter dem Kerl her bin und ihm bis jetzt nichts nachweisen konnte. Kennen Sie doch, Koch, oder? War doch bei Brunner im letzten Jahr genauso."

Koch nickte, während sich Reuber eine Zigarette aus einer verknitterten Packung fummelte und dann anzündete.

„Ach übrigens, haben Sie Ihr Feuerzeug wiedergefunden?"

Irritiert sah Reuber auf das silberne Feuerzeug in seiner Hand.

„Stimmt, ja. Ich habe es wieder gefunden. In letzter Sekunde. Meine Frau hat schon gefragt, wo es ist, und ich konnte ihr doch nicht andauernd sagen, dass ich es im Büro vergessen habe. Und da Sie nicht rauchen, ging auch schlecht die Ausrede, dass Sie es eingesteckt hätten."

Er lachte kurz und hielt das Feuerzeug seinem Kollegen entgegen. Der erkannte die Initialen „GAR" auf der silbernen Fläche.

„Was für ein Glück, dass ich es wiederhabe. Meine Frau war schon sauer."

„Dann ist der häusliche Friede ja wieder hergestellt. Wo war es denn?"

Reuber ließ sich Zeit, zog erst noch einmal an seiner Zigarette. „Muss mir im Auto aus der Tasche gerutscht sein. Habe es unter dem Sitz gefunden. Zufall. Aber ein glücklicher. Eherettend, sozusagen." Wieder lachte er kurz. „Darauf ein Prost!"

Koch und Reuber stießen nochmals miteinander an.

Nach Feierabend machte Koch einen langen Spaziergang durch die zerstörte Stadt an den Rhein, wo er sich ans Ufer setzte und ins Wasser starrte. Trotz der vorgerückten Stunde war es noch frühlingshaft warm und kaum noch etwas davon zu spüren, dass es vor wenigen Wochen so kalt gewesen war, dass viele Menschen an den Folgen der Kälte und der Unterernährung verstarben. Er öffnete sein Jackett und lehnte sich zurück. In der Dämmerung sah der Fluss friedlich aus, und wenn er auf die Mainauen auf der anderen Rheinseite schaute und die zerstörte Eisenbahnbrücke über den Rhein ignorierte, konnte die Illusion aufkommen, dass es keinen Krieg und millionenfachen Tod gegeben hatte. Aber Koch war viel zu sehr Realist, um auf einen solchen Gedanken zu kommen, und die Ereignisse der letzten Wochen, Dorles Untertauchen und sein Misstrauen gegenüber Reuber, schienen ihm jede Illusion nehmen zu wollen, dass dieses Land ihm eine Zukunft bieten könnte.

Jetzt wünschte er sich eine von Reubers Whiskeyflaschen, die er, hier am Flussufer sitzend, leeren würde, bis er die Besinnung verloren hätte und nach vorne in den Fluss kippen würde, der ihn in sich aufnehmen und irgendwohin forttragen würde.

Im nächsten Moment erschrak er über seine Gedanken. Freitod war nie eine Option in seinem Leben gewesen, auch nicht in den gefährlichsten Situationen in Spanien, in den aussichtslosen Kämpfen gegen die Faschisten, wenn alles verloren schien, wenn ihm und seinen Kameraden bewusst war, was mit ihnen geschehen würde, wenn sie dem Feind in die Hände fielen.

Koch erhob sich rasch und balancierte über die feuchten Steine bis zur Uferkante, wo er sich bückte und sich mit den Händen Wasser ins Gesicht spritzte. Mit dem Ärmel seines Jacketts trocknete er sich ab und verließ dann schnell diesen Ort.

Am nächsten Morgen nahm Koch auf dem Weg zur Direktion einen Umweg. Es war ein sonniger Tag und trotz der noch frühen Stunde schon warm. Koch beeilte sich und geriet bald ins Schwitzen.

So viele Gründe er in der Nacht auch gesucht hatte, um Reuber zu entlasten und um dessen Version zum Tode des Schwarzmarkthändlers zu folgen, er fand immer wieder Unstimmigkeiten. Deshalb hatte er beschlossen, sich den Ort des Geschehens früh am Morgen selbst anzuschauen, in der Hoffnung, dass Reubers Männer noch nicht dort waren, falls sie gestern mit ihren Untersuchungen nicht fertig geworden waren. Koch versuchte sich einzureden, dass er auf der Suche nach Indizien war, die Reubers Ausführungen stützten.

In der Nähe des Doms rempelte er einen einbeinigen Mann an, der das Gleichgewicht verlor, sich mit seinen selbstgeschnitzten Krücken nicht mehr halten konnte und auf den aufgerissen Boden fiel.

Sofort entschuldigte Koch sich und wollte dem Mann aufhelfen, doch der griff gleich nach einer der beiden Krücken und schlug damit nach dem Polizisten und beschimpfte ihn lauthals, so dass einige vorbeieilende Leute stehen blieben, um sich das Schauspiel nicht entgehen zu lassen und in die Schimpftirade einzufallen.

Koch machte, dass er weg kam, und er war froh die Stimme des Kriegsversehrten und der anderen Leute nicht mehr hören zu müssen.

Wenig später stand er in einer sehr schmalen und dunklen Gasse, in der die Häuser höchstens drei oder vier Meter voneinander entfernt standen und nur wenig Licht bis hinunter auf die Gasse ließen. Die beiden unteren Stockwerke des Hauses, von dessen Dach Hannappeler in den Tod gestürzt war, schienen unversehrt, und die Fensteröffnungen waren wie fast überall, wo die Glasscheiben bei den Bombenangriffen zu Bruch gegangen waren, mit Decken oder Pappen notdürftig abgedichtet worden. Von den beiden Etagen darüber stand nur ein Teil der Außenmauern, und diese Reste machten auf den Kommissar den Eindruck, dass sie dem nächsten stärkeren Sturm nicht standhalten würden.

Koch wunderte sich, dass ein Mann wie Hannappeler, der mit seinen Geschäften ein Vermögen angehäuft haben musste, in einem solch baufälligen Haus wohnte. Er wusste, dass dieser Teil der Altstadt nicht den besten Ruf genoss, und der Kirschgarten, das Zentrum des städtischen Schwarzhandels, war nur wenige Meter entfernt, was für Hannappeler sicher von Vorteil gewesen war.

Koch ging zunächst an dem Haus vorbei und besah sich die Gebäude in der Umgebung, von denen viele die Bombardierungen und das Feuer nicht unbeschadet überstanden hatten. An einer Ecke kam ihm eine Frau entgegen, die kurz zu ihm aufschaute, dann den Blick wieder abwandte und, als er auf ihrer Höhe war, „Silberbesteck, echtes Silberbesteck" flüsterte. Koch reagierte nicht auf das Angebot. Stattdessen versuchte er herauszufinden, ob schon einer von Reubers Leuten in Hannappelers Haus war. Der Eingang in den niedrigen, dunklen Flur stand offen und kaum hatte er die Schwelle überschritten, umfing Koch der intensive Geruch von verbranntem Stein und Holz, den er auf der Straße nicht wahrgenommen hatte, wahrscheinlich, weil dieser Geruch ein täglicher, immerwährender Begleiter war.

Langsam stieg der Kommissar die beschädigte Treppe hinauf, von der das Geländer sowie einige Stufen fehlten. Im ersten Stock war eine der beiden Wohnungstüren mit einem Band abgesperrt. Eine schwere Tür lag, aus den Angeln gerissen, neben dem Eingang.

Koch drückte das Band ein wenig zur Seite und schlüpfte in die Wohnung. Er erkannte gleich, dass er hier richtig war. Tische, Stühle und Schränke bildeten das Mobiliar, im Schlafzimmer stand ein Messingbettgestell, auf dem die Matratze und die Bezüge fehlten. Vorsichtig zog er den Schrank auf. Die Bügel waren alle leer. Entweder waren schon Plünderer hier gewesen oder Reubers Leute hatten die Sachen mitgenommen.

Doch Koch interessierte etwas anderes. Er ging zurück in den Hausflur und stieg die Treppe hinauf in den zweiten Stock, der jetzt das Dach bildete. Er setzte vorsichtig einen Fuß vor den anderen, weil er nicht wusste, wie stabil die Konstruktion noch war. Von den ehemaligen Wänden dieses Stockwerks standen nur noch Reste. Er beendete seinen Rundgang auf der rückwärtigen Seite des Hauses. Unter ihm lag ein kleiner Hof und dort war deutlich die Stelle zu erkennen, wo Hannappeler aufgeschlagen war. Die getrocknete Blutlache war von oben deutlich zu sehen.

Koch schätzte die Entfernung zu dem Nachbarhaus auf der anderen Seite des Hofes, das ein wenig niedriger als dieses war, auf nicht mehr als zwei oder drei Meter. Für einen halbwegs sportlichen Menschen war es kein Problem, von diesem Dach auf das des niedriger liegenden Hauses gegenüber zu springen, ohne abzustürzen. Zudem hätte Hannappeler nach rechts auf ein quer gebautes Haus flüchten können, das fast die gleiche Höhe wie dieses aufwies.

Koch schüttelte den Kopf. Natürlich konnte Hannappeler in der Hektik der Flucht falsch abgesprungen sein, den Abstand falsch bemessen haben, abgerutscht sein, aber so recht konnte er all das nicht glauben.

Er bückte sich und begann den Boden nach Kampfspuren abzusuchen, da hörte er von unten Stimmen, die rasch näher kamen. Schnell erhob er sich, ging einige

Schritte zurück, lief an und sprang über den Hof auf das Dach des anderen Hauses. Er landete wenige Zentimeter vom Rand des Daches entfernt, spürte gleich den Schmerz im linken Oberschenkel, ignorierte ihn und stieg schnell die Treppe hinab, rannte an einer ihn überrascht anblickenden Frau vorbei, die unten im Flur vor einem kleinen Feuer saß, über dem ein Topf baumelte, klopfte seine Kleidung ab und trat auf die Straße. Humpelnd verschwand er in Richtung Direktion, wo er sich zunächst einmal in eine Ecke der Kantine verzog und über seinen „Ausflug" auf das Dach über Hannappelers Wohnung nachdachte. Es deprimierte Koch, dass sich mit der Untersuchung vor Ort sein Verdacht, dass sein Kollege und einziger Vertrauter ein falsches Spiel spielte, erhärtet hatte. Er schnüffelte hinter Reuber her, er zweifelte dessen Aussagen an und er zog die Möglichkeit in Betracht, dass Hannappeler nicht auf der Flucht von dem Dach gestürzt war, sondern heruntergestoßen worden war.

Koch wollte diese Gedanken verdrängen, aber es gelang ihm nicht. Immer wieder kam er darauf zurück. Er sah sich um, außer ihm saßen nur drei andere Kollegen in der Kantine, zwei in ein Gespräch vertieft, der dritte verhandelte mit dem Kantinenwirt. Er starrte auf die Oberfläche des Kaffees, der mittlerweile kalt geworden war. Koch verachtete sich für seine Verdächtigungen, aber so sehr er sich gegen sie wehrte, sie wichen nicht, und er wusste, dass er ihnen so lange nachgehen musste, bis sie entweder bestätigt waren oder sich in Luft auflösten. Dann müsste er mit seiner Scham fertig werden.

„Herr Koch!" Siggis Stimme riss ihn aus seinen Gedanken.

„Ja?", reagierte er, offenbar so ungehalten, dass Siggi sich entschuldigte.

„Schon gut!", wiegelte Koch ab. „Ich war in Gedanken. Was gibt es denn?"

„Herr Arnheim sucht Sie."

Koch stöhnte auf.

Der Leiter der Kriminalpolizei schien bester Laune zu sein.

„Kommen Sie rein und nehmen Sie Platz!", rief er Koch entgegen.

Er trug seinen dunklen Anzug mit den hellen Nadelstreifen und in der Brusttasche steckte ein Tuch, das farblich auf sein hellblaues Hemd abgestimmt war.

„Doller Erfolg, was Koch!", sagte er und versuchte dabei einen norddeutschen Zungenschlag. „Der Kollege Reuber, meine ich. Hat da einen ganz großen Fisch aus dem Verkehr gezogen."

Arnheim lachte laut dazu und wurde auch gleich konkreter. „Ich muss wohl Reuber für die Stelle in Koblenz vorschlagen. Man ist sehr angetan davon, dass endlich einem der schlimmsten Schwarzmarkthändler das Handwerk gelegt werden konnte. Und Ihre Fälle sind gleich mitgelöst."

Koch stutzte. „Es gibt keinerlei Beweise, dass Hoger auch auf das Konto von Hannappeler geht", widersprach er.

„Papperlapapp, Koch. Das passt doch. Hoger hat auch schwarz gehandelt. Und überlegen Sie einmal, wie lange Sie jetzt schon an diesem Fall herumlaborieren. Und ich sehe doch, wie Ihnen das an die Nieren geht. Keine Hinweise, keine Aussagen, nichts. Legen wir die Fälle zu den Akten und wenden wir unser Augenmerk neuen Fällen zu."

Es war Arnheim anzusehen, dass er eine Reaktion von Koch erwartete, die aber ausblieb.

„Sagen Sie jetzt nicht, Koch, dass Sie anderer Meinung sind und weiter den Mörder von Hoger suchen wollen. Wie lange noch? Sie kennen doch unsere Situation. Kein Personal, kein Material. Da können wir nicht ewig an einem Fall arbeiten. Und ich muss Ihnen nicht sagen, dass ein aufgeklärter Fall sich in den Akten immer besser macht."

Arnheim sah Koch an, der an seinem Vorgesetzten vorbeischaute.

„Ich bin Ihr Vorgesetzter und ich sage Ihnen, dass auch dieser Fall abgeschlossen ist. Sie werden einen entsprechenden Bericht schreiben. Den will ich bis Ende der Woche auf meinem Schreibtisch liegen haben. Ich habe die Frist schon mehr als einmal verlängert, jetzt reicht es. Haben Sie das verstanden?"

Den Ausdruck des Jovialen und Gönnerhaften, den Arnheim zu Beginn von Kochs Besuch noch ausgestrahlt hatte, war völlig aus seinem Gesicht verschwunden.

„Koch, das ist ein Befehl!"

Der schlug die Hacken zusammen.

Arnheim ließ sich nicht provozieren.

„Noch was, Koch! Da nun der Fall Hoger und auch der des toten Geisler in Fort Muhl abgeschlossen sind, und Sie mit dem Bericht beschäftigt sind, werde ich Herrn Maus für einige Zeit Herrn Reuber zur Verfügung stellen. Der Junge muss auch mal was anderes mitbekommen als Mord und Totschlag. Ich hoffe, Sie stimmen dem zu."

Koch war nicht erfreut, aber er nickte stumm.

„Gut, Koch, ich wusste, dass Sie das auch so sehen. Soll ja ein guter Polizist werden, der Herr Maus. Ich glaube, das war's!"

Koch drehte sich zackig um und ging zur Tür.

„Koch!"

Der Kommissar drehte sich um und sah in das errötete

Gesicht seines Vorgesetzten. „Nichts!“, sagte der. „Gehen Sie!“

Koch dachte nicht daran, den Bericht zu schreiben.

Im Flur begegnete er Reuber.

„Na, welche Laus ist Ihnen denn über die Leber gelaufen?“

Koch schluckte. Er musste jetzt Haltung bewahren.

„Waren Sie bei Arnheim?“

Koch nickte.

„Er denkt, dass jetzt alles aufgeklärt ist?“

„Ja“, bestätigte Koch knapp.

„Für ihn ist Hannappeler auch der Mörder von Hoger. Ich habe ihm das auszureden versucht. Zumindest gibt es keinen Beweis dafür, geschweige einen stichhaltigen. Die beiden kannten sich, haben möglicherweise Geschäfte zusammen gemacht. Aber zwischen den beiden liegen Klassen. Hoger müsste schon größenwahnsinnig gewesen sein, wenn er sich mit Hannappeler angelegt hätte.“

„Haben Sie das auch Arnheim gesagt?“

Koch hatte nicht die Absicht gehabt die Frage so scharf zu stellen. Reuber sah ihn erstaunt an.

„Entschuldigung“, ruderte er gleich zurück. „Er will bis Ende der Woche einen Bericht, in dem genau das drinsteht.“

„Tja“, schmunzelte Reuber. „Zwei so spektakuläre Fälle aufgeklärt, das macht sich gut in der Personalakte. Besonders wenn einem die Position des Leiters der Kriminalpolizei nicht mehr reicht.“ Er steckte sich eine Zigarette an und zog genüsslich.

„Wie meinen Sie das, Reuber?“

„Gerüchte, Koch, Gerüchte. Es heißt, dass er als Vizepolizeipräsident nach Ludwigshafen will.“

„Und ist da was dran?"

Reuber verzog seine Mundwinkel. „Ehrgeizig ist der Mann. Und jetzt ist eine gute Zeit, um schnell aufzusteigen. Viele Posten vakant, es fehlen Leute oder sie sind vorbelastet. Wer jetzt am richtigen Hebel sitzt, hat beste Karrierechancen. Nichts für Sie, Koch?"

Er lachte ironisch und zog zweimal hintereinander tief an seiner Zigarette.

Koch rang sich ein müdes Lächeln ab.

„Das hier überfordert mich ja schon."

„Sie sind ja mit einem Mal ein Realist, Koch. Ein pessimistischer und idealistischer Realist, um genau zu sein."

Koch nickte nachdenklich. „Wenn dieser Hannappeler so eine große Nummer war, warum hat der eine Wohnung in der Altstadt? Da, wo es am ärmlichsten ist?"

Reuber schnippte nach einem letzten Zug seine Zigarette auf die andere Seite des Flures und sah Koch ernst an.

„Wie Sie sagen, eine Wohnung. Wir wissen noch von einem großen Haus in Bretzenheim, eine Villa. Diese Wohnung in der Altstadt gehörte ihm auch offiziell gar nicht. War auf einen Kompagnon von ihm eingetragen. War sein Stützpunkt in der Stadt. Haben wir nicht gewusst. Weil wir so wie Sie gedacht haben: Für so ein schäbiges Loch ist der sich viel zu fein. War nicht umsonst der Größte am Markt."

„Und er ist einfach so abgestürzt?"

Wieder sah Reuber seinen Kollegen sehr ernst an, bevor er antwortete.

„Einfach so? Ich hatte von einem Informanten einen Hinweis bekommen, dass in dieser Wohnung größere Geschäfte abgewickelt werden und ein Treffen stattfinden soll. Koch, Sie verstehen? Da wurden nicht Teppiche gegen Butter oder Speck getauscht, da wurden richtig große Geschäfte abgeschlossen, die andere dann abgewickelt haben. Ich bin also sofort hin, weil ich fürchtete, dass die feinen Herren schon wieder weg sind, bis ich Verstärkung habe. Und in der Altstadt kriegt doch jeder mit, wenn Polente anrückt. Der wäre längst über alle Berge gewesen. Also bin ich alleine hin. Schleiche mich ins Haus, da kommt Hannappeler von oben, sieht mich, macht kehrt, rennt die Treppe rauf aufs Dach. Kaum bin ich da, sehe ich, wie er Anlauf nimmt, um aufs nächste Dach zu springen. Ich rufe ihm nach, dass er stehen bleiben soll, aber er lacht nur, läuft, springt, rutscht beim Absprung weg und bekommt mit seinen Händen zwar das Mauerwerk auf der anderen Seite zu fassen, kann sich aber nicht halten und stürzt ab."

„Saubere Lösung", kommentierte Koch sarkastisch.

Reuber blieb ungerührt. „Wie man es nimmt, Koch. Ob ich dem Mann was hätte nachweisen können, sei dahingestellt. Aber wir hätten ihn, das Phantom, gehabt, und vielleicht einiges aus ihm herausbekommen. Außerdem lag bei ihm das Messer, mit dem Geisler erstochen wurde."

„Vorsicht, Reuber!", mahnte Koch. „Arnheim hätte Ihnen noch Gestapo-Methoden nachgesagt."

Reuber grinste. Er wusste, dass ihr Vorgesetzter Koch gerne mit solchen Sticheleien aufzog.

„Und die anderen Männer?", fragte Koch. „Sie sagten, dass Hannappeler sich dort mit ihnen treffen wollte."

„Er war allein. Entweder war Hannappeler der erste oder die Theorie ist richtig, dass es eine Falle war."

„Was wissen Sie denn über den Mann?"

„Sehr wenig. Wie gesagt, ein Phantom. Über das viele Gerüchte im Umlauf sind. Soll in einer Sondereinheit im Krieg gekämpft haben."

„Es müssen doch Akten vorhanden sein?!“

„Koch, Koch, wo leben Sie? Was glauben Sie, wie viele Akten in den Wirren des Kriegsendes verloren gegangen sind? Durch Bombenangriffe, bei Kampfhandlungen … Und wer seine Identität verschleiern will … einfacher war das doch nie. Papiere wegschmeißen und behaupten, sie verloren zu haben. Das hat keiner in Zweifel gezogen. Und wenn doch, wer sollte dem nachgehen? Was glauben Sie, wie viele Naziverbrecher sich auf dem Weg aus dem Staub gemacht oder sich eine neue Identität besorgt haben.“

Koch nickte. „Aber Sie haben doch sicher eine Suchmeldung herausgegeben, um zu überprüfen, woher der Mann stammt.“

Reuber lächelte kurz. „Koch, Sie müssten doch wissen, dass ich was von meiner Arbeit verstehe. Natürlich. Aber solche Abfragen sind schon innerhalb einer Zone schwierig. Über die Zonengrenze hinweg, so gut wie unmöglich. Und wenn dann noch einer aus dem Osten kommt, wo jetzt die Russen sind, da erfahren Sie nichts.“

„Also wirklich ein Phantom“, beendete Koch das Gespräch ironisch.

„Wenn ich was Neues habe, erfahren Sie es als Erster, Koch“, versprach Reuber, zündete sich eine Zigarette an und ging.

Koch vertraute seiner beruflichen Erfahrung. Und die Jahre in Frankreich und Spanien, in ständiger Gefahr und in einer Welt des gegenseitigen Misstrauens, hatten seine Sinne geschärft. Er war davon überzeugt, dass Reuber ihm etwas vormachte. Aber das ging mit dem Bild, das er von dem Mann bislang hatte, nicht zusammen. Sollte er sich so getäuscht haben? Oder steckte etwas ganz anderes dahinter?

Er konnte seine Augen nicht vor seinen Zweifeln verschließen. Was sollte er machen?

Zunächst einmal Beweise suchen und finden, die Reubers Version stützten. Oder eben nicht. Und dann? Koch wusste, dass er sich in ein Dilemma manövrierte, aus dem er nicht heil heraus kommen würde. Aber er musste es tun!

Am Nachmittag rief er Siggi zu sich, der sein Büro mit einem strahlenden Lächeln, das nur von seinen braunen Zähnen getrübt wurde, betrat.

„Was haben Sie denn da gemacht?“, fragte er, nachdem sich Siggi gesetzt hatte.

Der sah ihn verwundert an.

Koch zeigte auf seinen Mund. „Ihre Zähne!“

Siggi fasste sich mit den Fingern an den Mund. „Was ist damit?“, fragte er.

„Ganz braun.“

Nun lächelte Siggi.

„Schokolade.“ Er fuhr sich mit der Zunge über die Zähne.

„Ich hoffe, keine beschlagnahmte Ware!“

Siggi sah ihn erschrocken an. „Nein, nein. Ich wollte Ihnen das auch selbst sagen. Ich konnte doch nicht sagen, dass ich das nicht will. Und Herr Reuber, er ist doch Ihr Freund. Und neue Erfahrungen … ich habe so viel bei Ihnen gelernt, Herr Koch, also …“

„Halt! Halt, Siggi!“, stoppte Koch den übersprudelnden Redefluss des Jungen. „Ich mache Ihnen keine Vorwürfe. Wenn ich jemandem böse sein müsste, dann Arnheim. Aber er hat natürlich Recht, dass Sie auch andere Abteilungen kennen lernen müssen.“

Siggis Gesicht war die Erleichterung anzusehen, die Kochs Worte auslösten.

„Hat Herr Arnheim es Ihnen gesagt?“

„Ja, ich war vorhin bei ihm. Und die Schokolade …?"

„Die ist von meiner Großtante. Das heißt, sie hat sie von einer Bekannten, die sie von einem Ami hat. Aber ich habe alles … Entschuldigung, dass ich Ihnen …"

„Schon gut, Siggi. Ein richtiges Schnitzel oder Kotelett wäre mir, ehrlich gesagt, lieber."

„Ja, mit einem Berg Kartoffeln", begann Siggi gleich zu schwärmen.

„Das wäre was!", bestätigte Koch und holte ihn dann auf den Boden der Realität zurück. „Aber das wird noch dauern, bis es das wieder gibt. Kann man sich ja irgendwie nicht vorstellen, wenn man sich so umschaut. Und wir haben ja auch andere Sorgen …"

Siggi sah seinen Vorgesetzten gespannt an.

„Diese beiden Toten, Hoger und Hannappeler … Da müssen wir noch mal ran."

Siggi fiel ihm ins Wort. „Aber der Fall ist doch abgeschlossen. Ich meine, Hannappeler ist auf der Flucht …", sagte er aufgeregt. „Und ich soll doch jetzt für Herrn Reuber …"

Koch machte eine beruhigende Geste. „Stimmt, Siggi, ja, das habe ich schon wieder vergessen. Sie sind jetzt so lange bei mir …"

„Über ein Jahr schon …", pflichtete Siggi ihm schnell bei.

„Über ein Jahr schon", wiederholte Koch. „Arnheim möchte, dass wir, ich meine, dass ich den Fall abschließe. Er glaubt, dass Hannappeler oder Hannibal, wie er genannt wurde, auch Hoger auf dem Gewissen hat, aber bewiesen ist das kein bisschen. Und ich persönlich habe da so meine Zweifel. Deshalb möchte ich Sie bitten … wie soll ich sagen …"

Siggi ahnte, was auf ihn zukam.

„Keine Sorge, Siggi, Sie sollen nur Augen und Ohren offen halten. Wie ein guter Polizist das immer machen sollte. Ich will ja nur wissen, ob es tatsächlich Verbindungen zwischen Hoger und Hannibal gab, ob die beiden Geschäfte miteinander machten und ob es Streit zwischen ihnen gegeben hat. Und Siggi …“, er machte eine Pause und sah den Jungen scharf an, „… und ob und wie gut Herr Reuber die beiden kannte. Ob es jemanden gibt, der gesehen hat, wie Hannibal von dem Dach gestürzt ist. Und den Namen des Informanten, Sie wissen, der ihm Hannappelers Wohnung verraten hat, oder wenigstens den Ort, wo Herr Reuber seinen Informanten getroffen hat. Ein Lokal vielleicht.“

Der Schrecken war Siggi ins Gesicht geschrieben.

„Aber Herr Koch!“, brachte er endlich hervor. „Sie glauben doch nicht, dass Herr Reuber … ich meine, dass der etwas damit zu tun hat.“

Koch überlegte. „Es ist nicht wegen Reuber“, erklärte er schließlich. „Es ist wegen Arnheim. Er will den Fall so schnell abgeschlossen haben, da gehen bei mir alle Alarmglocken an.“

„Aber Herr Reuber, der … ist doch, das heißt doch … dass ich ihn beobachten …“

„Augen und Ohren offen halten, Siggi. Einfach Ihre Augen und Ohren offen halten. Und wenn, also, nur wenn Ihnen etwas komisch vorkommt, mir das sagen. Ich glaube nicht, dass Hoger auf das Konto von diesem Hannibal geht.“

Siggi war in sich zusammengesunken.

„He, Siggi, es ehrt Sie, dass Sie keinen Kollegen bespitzeln wollen, das kann ich sehr gut verstehen. Aber ich will vor Arnheim einfach nicht klein beigeben, nur weil er befiehlt, dass der Fall abgeschlossen sein soll.“

„Aber die Musketiere …“, warf Siggi mit leiser Stimme ein.

Koch sah ihn fragend an.

„Musketiere?“

„In Ihrer Wohnung, als wir das letzte Mal alle dort waren. Als Sie zu Frau Becker ziehen wollten. Alle zusammen … das haben wir lange nicht mehr gemacht. So wie früher …“

„Ja, Siggi, die Zeiten ändern sich.“ Koch sagte das so traurig und niedergeschlagen, wie er sich in diesem Moment fühlte.

Der Kommissar begann, nachdem Siggi gegangen war, den von Arnheim geforderten Bericht zu schreiben. Das hieß, er schrieb eine Kopfzeile und einige Namen auf das Blatt Papier, damit er bei entsprechender Nachfrage, ohne zu lügen behaupten konnte, dass er bereits mit der Niederschrift begonnen habe.

„Absacker, Puhler?“, hörte Koch hinter sich die bekannte Stimme. Er hatte gerade seine Hand auf die Türklinke gelegt.

Sein erster Impuls war abzulehnen. Er wollte seine Ruhe, er musste mit sich selbst ins Reine kommen. Aber Bresson besaß viel Erfahrung, war verschwiegen und er hatte ihn als einen guten Ratgeber kennen gelernt, der seine Ratschläge anbot, aber nicht aufdrängte.

„In einer halben Stunde, Puhler, ich muss noch arbeiten“, sagte er mit einem schiefen Grinsen.

Koch hörte aus dem Hintergrund der Wohnung ein leises Stöhnen.

„Sagen Sie mir, wenn Sie fertig sind.“

Damit verschwand Koch in seiner Wohnung, wo er die

drei Kartoffeln, die er noch besaß, in einem kleinen Topf kochte.

„Machen Sie langsam, Bresson!", forderte Koch seinen Nachbarn auf.

Er saß in dem großen Raum in einem tiefen Sessel, der Photograph versank in dem Pendant ihm gegenüber. Drei Kerzen spendeten ausreichend Licht. Kurz nachdem Koch zu seinem Nachbarn rübergegangen war, fiel der Strom aus.

„Glück gehabt", war Bressons Kommentar. „Alle Aufnahmen im Kasten."

Die beiden Männer hoben ihre Gläser und stießen imaginär miteinander an. „Das Geschäft läuft?", fragte Koch.

„Und wie. In solchen Zeiten besser denn je. Zwölf Jahre war so was striktestens verboten. Offiziell zumindest."

„Sie meinen ...?"

„Koch, seien Sie doch nicht naiv. Die Großkopferten haben auf nichts verzichtet. Der Hinkebein, unser Propagandaminister, war bekannt für seinen Frauenverschleiß. Scheiß auf das Ideal der deutschen Mutter! Gesetze und Moral sind immer nur für die anderen und vor allem die da unten. Das war früher so und das ist auch heute so. Es ist doch immer so, dass die, die am lautesten schreien, dass alles moralisch den Bach runtergeht, die größten Schweine sind." Bresson war während des Sprechens immer lauter geworden und hatte seine sonstige Ruhe verloren. Er fuchtelte mit seiner freien Hand und hätte sich dabei fast die Brille von der Nase gerissen.

„Und ... kennen Sie einen Menschen, dem Sie vorbehaltlos vertrauen?"

Koch trank einen Schluck, nachdem er seine Frage formuliert hatte.

Bresson sah seinen Besucher streng an. „Was für eine Frage, Koch“, sagte er schließlich. „Und eine schwierige dazu. Der Familie vielleicht.“

„Wenn man eine hat.“

„So ist es. Wenn man eine Familie hat.“

„Unter Freunden … ist da vorbehaltloses Vertrauen möglich?“ Koch hatte die Frage sehr verzagt gestellt und wie um das zu überspielen, trank er wieder von seinem Brand.

„Ich bin ein vorsichtiger Mensch, Koch. Um mich zu schützen und um nicht enttäuscht zu werden. Aber, Koch …“, Bresson hielt einen Moment inne, „wollten Sie nicht eigentlich fragen, ob vorbehaltloses Vertrauen ‚unter Kollegen‘ möglich ist?“

„Wie kommen Sie darauf?“, fragte Koch erregt.

Bresson lehnte sich zurück und schob seine Brille, die ihm auf die Nasenspitze gerutscht war, hoch.

„Ich bin nicht blind, Koch. Die Besuche von Reuber haben merklich nachgelassen, dazu die Bemerkungen von Ihnen, als Sie das letzte Mal hier waren … Sie machen eine beschissene Zeit durch. Von Dorle haben Sie auch nichts gehört, oder?“

Koch schüttelte den Kopf. „Wie vom Erdboden verschluckt. Nach diesem Samstag … Sie erinnern sich, an dem ich den Umzug machen wollte …“

„Ich weiß. Eigentlich dürften Sie schon nicht mehr hier wohnen.“

„Weg. Keiner weiß oder will mir sagen, wo sie ist. In ihrem Briefkasten habe ich einen Zettel gefunden … eine Drohung von Neubert …“

„Den gibt es auch noch?“

„Dieses Geschmeiß geht nie unter.“

„Da haben Sie Recht. Wieso ist der wieder draußen?“

„Keine Ahnung. Beziehungen?“

„Und warum droht er Dorle?“

„Wenn ich das wüsste … Aber ich kann sie ja nicht fragen.“

„Vielleicht ist sie wegen seiner Drohungen verschwunden?“ Bresson hatte die Frage nachdenklich gestellt.

„Sie müsste doch nur zu mir kommen. Nein! Und außerdem: Womit sollte er ihr drohen können? Er muss doch selbst aufpassen, dass er nicht wieder im Bau landet.“

Bresson griff unter seinen Sessel, zog eine volle Flasche darunter hervor, entkorkte sie und füllte ihre Gläser.

„Auf die Freundschaft!“, toastete er dann ironisch.

„Um auf Reuber zurückzukommen, Koch, was ist denn vorgefallen?“

„Was soll vorgefallen sein?“

„Jetzt tun Sie nicht so! Das hatten wir doch eben schon. Irgendetwas ist nicht mehr so wie früher. Und Sie haben mit dem Thema angefangen.“

Koch blickte zu Boden, trank einen Schluck, schüttelte sich.

Dann erzählte er Bresson von seinem Misstrauen und Verdacht Reuber gegenüber.

„Sie haben ein schlechtes Gewissen, weil Sie ihm nachspionieren?“

„Natürlich“, erwiderte Koch gereizt. „Der einzige Kollege, dem ich vertraut habe.“

„Außer Siggi.“

„Außer Siggi, das stimmt, aber der zählt nicht richtig und außerdem arbeitet der jetzt für Reuber. Anweisung von Arnheim.“

„Das sind ja Neuigkeiten.“ Bresson nahm von seinem Brand, ließ die Flüssigkeit in seinem Mund umherwandern, bevor er sie hinunterschluckte.

„Und Sie glauben, dass Reuber den Mann vom Dach gestoßen hat?“

Koch zuckte mit den Schultern. „Ist so ein Gedanke …“

„Ein Gedanke, dem Sie sehr intensiv nachgehen, Koch. Gestehen Sie sich ein, dass Sie Reuber misstrauen und klären Sie die Geschichte! Wenn Sie Recht haben, dann rechtfertigt das ja Ihre Zweifel. Wenn nicht, ja dann haben Sie ein Problem, das Sie lösen müssen. Zum Beispiel, indem Sie das offen bei Reuber ansprechen.“

Koch schwieg.

„Aber mal angenommen, es war so, Reuber hat diesen Mann, der, wie Sie sagen, selbst für seine Brutalität und Rücksichtslosigkeit bekannt war, vom Dach gestoßen, welchen Grund könnte er gehabt haben. Ging es um Geld?“

Koch wartete einige Sekunden, bevor er sprach.

„Das glaube ich nicht. Er ist schon lange hinter dem Mann her und hat ihn nie zu fassen bekommen. Er hat eine Bemerkung gemacht, so in etwa, dass Hannappeler noch in dreißig Jahren frei herumlaufen würde, und dass sein Tod insofern was Gutes habe.“

„Das sagt man so dahin, Koch. Ich halte das nicht für sehr beweiskräftig.“

„Ist es auch nicht, ist es auch nicht. Ich kann aber nichts dagegen machen. Der Verdacht ist nun mal da. Ich war auf dem Dach. Man muss sich schon sehr dumm anstellen, um da abzustürzen. Und das Wenige, das man über diesen Mann weiß, ist, dass er im Krieg in einer Spezialeinheit gekämpft haben soll. Also jemand, der fit ist. Es passt alles nicht, Bresson.“

Koch hatte so erregt gesprochen, dass er sein Glas, das er neben sich auf den Boden gestellt hatte, mit dem Fuß umwarf.

„Also Selbstjustiz! Ist vielleicht die beste Lösung! Wenn der Mann wirklich so viel Dreck am Stecken hat und ihm nichts nachgewiesen werden kann, ist die Welt jetzt immerhin ein wenig besser."

„So ein Unsinn, Bresson!", echauffierte sich Koch weiter, während er mit einem Taschentuch die vergossene Flüssigkeit aufzuwischen versuchte. „Wenn wir Selbstjustiz üben, brauchen wir keine Polizei. Selbstjustiz gab es in Deutschland zwölf Jahre lang. Wir wollen doch einen Rechtsstaat. Selbst wenn Hannappeler so ein Schwein ist, dann muss er vor ein Gericht."

„Paul Koch, der Idealist!" Bresson schenkte ihm ein. „Können Sie nicht verstehen, dass Menschen, die jahrelang in einem Konzentrationslager saßen und unvorstellbare Qualen erlitten haben, sich rächen wollen ..."

„Aber erst ein Gericht kann die wahre Größe des Unrechts feststellen. Unrecht mit Unrecht zu vergelten, darauf kann man doch keine bessere Welt begründen."

„Erinnern Sie sich an unsere Gespräche im letzten Jahr. Über Ihren Vater und diesen ..."

Koch verzog angewidert sein Gesicht. „Glodkowski!"

„Genau. Dass Sie ihn erschossen haben, war das wirklich Notwehr? Und ging es Ihnen danach nicht besser?"

Koch verschaffte sich Zeit, indem er trank. Er wusste keine Antwort auf diese Fragen. Vielleicht wollte er es auch nicht wissen, aber die Fragen quälten ihn seitdem. Hatte er das Recht da nicht in die eigenen Hände genommen? Und hatten ihm nicht nur der Zufall und ein Quantum Glück so etwas wie eine Legitimation verschafft, juristisch und moralisch? So sehr er es auch versuchte, verdrängen ließen sich diese Fragen nicht und sie verfolgten ihn bis in seine Träume.

„Mir ging es beschissen danach, Bresson. Und wissen

Sie auch, warum? Weil ich nie erfahren werde, wie mein Vater umgekommen ist."

„Aber Sie sehen doch, dass da oft Emotionen im Spiel sind: Rache, Ohnmachtsgefühle, Auge um Auge, Zahn um Zahn. Und wenn es kein Gericht gibt, das jemanden anklagt, wenn es keine Gerechtigkeit gibt, Koch, was dann? Einen Schuldigen laufen lassen? Die Tat ungesühnt lassen? Das können Sie als Unbeteiligter vielleicht akzeptieren, aber nicht, wenn Sie betroffen sind oder Ihre eigene Familie, Ihre Freunde."

Koch ließ das nicht gelten. „Der Mann ist ein Verbrecher und Reubers Aufgabe ist es, ihn vor Gericht zu bringen", sagte er mit Nachdruck.

„Aber wenn es kein Gericht gibt, Koch?! Sie haben Ihren Vater durch die Nazis verloren, Sie selbst mussten das Land verlassen, Sie spüren die Ablehnung, die man Ihnen jetzt entgegenbringt, Sie merken, wo überall die Nazis noch am Werke sind, wo sie nicht belangt werden, wo sie sich sogar als Opfer stilisieren – sollen die alle ohne Strafe davonkommen? Ich sage Ihnen eins, Koch: Wenn ich Jude wäre und man hätte meine ganze Familie ausgerottet, ich würde mir ein paar Gleichgesinnte suchen und im Land umherfahren, um so viele wie möglich von denen ihrer gerechten Strafe zuzuführen. Und vorher will ich ihre Angst sehen, will ich sie so sehen, wie sie ihre Opfer gesehen haben. Dass sie genau so in den Tod gehen."

Auf dem Weg in die Direktion am nächsten Morgen sah Koch in der Nähe des Städtischen Krankenhauses einen Mann, der einen zappelnden Sack am ausgestreckten Arm vor sich hielt. Mit der anderen Hand umfasste er einen langen Knüppel, mit dem er den Sack anvisierte und dann zuschlug. Sofort erstarb das Zappeln.

„He, was machen Sie da?", rief er dem Mann zu. Er hatte das Bild der abgezogenen Katzen- und Hundeleiber im Keller des Metzgers vor Augen.

Der Mann, der einen völlig verdreckten Wehrmachtsmantel und einen Vollbart trug, sah kurz zu Koch herüber, drohte mit dem Knüppel und verschwand, als der Kommissar auf ihn zuging, zwischen zwei Häusern.

Koch erkannte, dass es sinnlos war, dem Mann zu folgen und setzte seinen Weg in die Direktion fort. Im Treppenhaus lief er Arnheim in die Arme.

„Gut, dass ich Sie treffe, Koch."

Der hielt inne. „Ja?"

„Esch hat Sie gesucht."

„Um was geht es denn?"

Ein unwilliger Blick traf den Kommissar.

„Der Freiherr will Ihnen etwas sagen, nehme ich an. Ich weiß es nicht."

„Freiherr?", fragte Koch überrascht und spitz.

„Wussten Sie das nicht, Koch? Herr Esch ist ein Freiherr. Bardo Eugen Freiherr von Esch. Ganz altes ostelbisches Geschlecht."

Nun wurde Koch so einiges klar.

„Ist was, Koch?", fragte Arnheim, der einen älteren Herrn in einem dunklen Anzug grüßte und seinen Hut dabei lupfte.

Koch schüttelte leicht den Kopf.

„Ja, diese Zeiten! Er legt nicht viel Wert auf seinen Titel und sein ‚von'. Ich hab's auch erst später erfahren. Respekt. Guter Mann. Er ist unten im Keller. In seinem Verlies."

Damit wandte sich Arnheim ab, ging ein paar Schritte und drehte sich dann zu Koch um, der noch immer an derselben Stelle stand.

„Und vergessen Sie den Bericht nicht. Bis Freitag!"

Damit entschwand er endgültig.

Koch verstand nun. Dieses Auftreten, die Kleidung, das Auto, die Bemerkungen, diese Arroganz. Vor zwei Jahren noch die Stützen des Terrorregimes und jetzt schon wieder auf der Sonnenseite, als sei nichts gewesen. Das ist das neue Deutschland! Kein bisschen besser als das alte. Alles ist zerstört, aber die alten Eliten, die bleiben und haben weiterhin das Sagen.

Koch ermahnte sich ruhig zu bleiben, bevor er sich einen Ruck gab und die Treppen in den Keller hinunterhastete. Er nahm keine Rücksicht auf sein Bein, lief den langen, nur schwach beleuchteten Gang entlang und blieb vor der Tür, die in den großen kalten Saal mit den Leichen und den Seziertischen führte, stehen. Er atmete tief durch. Zwei Mal, drei Mal, schließlich noch ein viertes Mal. Als er sich ein wenig ruhiger fühlte, schob er die Tür auf und suchte Esch, den Freiherrn, den er am hinteren Ende über einem der Metalltische gebeugt stehen sah.

Er atmete noch einmal tief durch, dann ließ er den Türflügel los. Mit einem lauten Knall fiel er ins Schloss. Esch blickte erschrocken auf, sammelte sich kurz und winkte ihn dann mit einer Handbewegung herbei.

Für Koch lag in dieser kurzen Geste alles, was er verabscheute. Ein Arm, lässig nach oben gereckt, eine Hand, nur aus dem Handgelenk heraus bewegt. Der Herrenmensch, der zu befehlen gewohnt war, ebenso, dass seine Befehle sofort und ohne Wenn und Aber befolgt wurden. Jahrhunderte alte Erziehung!

Kochs Zorn wuchs mit jedem Schritt, den er sich dem Freiherrn näherte.

„Schön, dass Sie so schnell gekommen sind, Herr Kommissar“, begrüßte er seinen Besucher und ging um den Tisch herum.

„Sie wollen mich sprechen, Herr Freiherr?“, entgegnete Koch und versuchte so viel Herablassung wie möglich in seine Worte zu legen.

Esch reagierte mit einem Zucken seiner rechten Augenbraue, was Koch nicht entging, trotz des schummrigen Lichtes, da Esch jetzt vor der tief hängenden Lampe über dem Seziertisch stand.

„Sie wissen, wer der Mann hier ist?“

„Geisler. Der Tote aus Fort Muhl.“

„Richtig!“ Esch sagte das in einem Ton, als ob Koch sein Schüler wäre.

„Er wurde erstochen …“

„Ich weiß!“ Koch verschränkte seine Arme vor der Brust.

Esch überging den Einwurf. „Mit einem Messer, das eine etwa zwanzig Zentimeter lange Klinge hat und zum Schaft hin sehr breit wird.

„Und?“

„Dieses Messer wurde bei Hannappeler gefunden. Es besteht also der berechtigte Verdacht, dass Hannappeler, oder wie Ihr Kollege Reuber zu sagen pflegt, ‚Hannibal‘, Geisler umgebracht hat.“

„Und deswegen lassen Sie mich hier herunterkommen?!“

Esch ließ sich nicht beirren und das reizte Koch weiter, dem es von Sekunde zu Sekunde schwerer fiel, ruhig zu bleiben.

„Ich kann mich erinnern, Sie am Fundort der Leiche von Geisler gesehen zu haben. Ich nehme deshalb an, und das ist mir auch von anderer Stelle bestätigt worden, dass Sie zuständig sind. Und Sie sollten doch ein Interesse an der Auflösung der Ihnen übertragenen Fälle haben, oder täusche ich mich da? Sie sind mir als ein im Prinzip guter Polizist beschrieben worden.“

Was Esch sagte, reichte schon völlig, um Koch explodieren zu lassen, aber wie er das sagte, mit dieser aufreizenden Lässigkeit, die für Koch ein einziger Ausdruck seiner Überheblichkeit war, brachte ihn um den Verstand. Wäre nicht sein schlechtes Gewissen wegen Reuber gewesen, er hätte sich vielleicht im Zaum halten können, aber so war schnell der Punkt erreicht, an dem er sich nicht mehr beherrschen konnte.

„Woher nehmen Sie Ihre Arroganz? Ist das Jahrhunderte lang gepflegter Inzest? Gestern Juden vergast und heute auf Demokrat machen", fauchte er Esch an, der nur wieder seine rechte Augenbraue hob und sich abwandte.

„Ich spreche mit Ihnen und erwarte, dass Sie mir antworten!"

Esch drehte sich um, machte einen schnellen Schritt auf Koch zu, so dass er kaum einen halben Meter vor ihm stehen blieb. Er blickte den Kommissar mitleidig von oben herab an.

„Und ich erwarte von meinen Gesprächspartnern, dass sie nachdenken, bevor sie sprechen. Sie haben keinen guten Leumund in dieser Direktion, Herr Kommissar, aber ich war nicht gewillt, dem Glauben zu schenken. Ich mache mir in solch einem Fall gern selbst ein Bild des Menschen und vertraue meinem Urteilsvermögen. Ich muss nun feststellen, dass Ihre Kollegen mehr als Recht hatten: Sie sind rechthaberisch und selbstgerecht bis zur Impertinenz. Wie hat man jemanden wie Sie zum Polizeidienst zulassen können?"

Nun hob er beide Augenbrauen, drehte sich um und beugte sich über die Leiche. Das brachte das Fass zum Überlaufen. Koch folgte Esch, packte ihn an der Schulter, riss ihn herum und hieb ihm seine rechte Faust in den Magen, und als Esch vor ihm zusammenklappte, ließ er einen linken Haken folgen, der das Kinn seines Gegenübers verfehlte und stattdessen sein rechtes Auge traf. Von der Wucht des Schlages fiel Esch rückwärts auf die Leiche und sank von da zu Boden.

Koch würdigte den Mann keines Blickes. Er rieb sich mit der rechten Hand die Knöchel seiner linken Hand und verließ den dunklen Sezierraum.

In dem langen Gang trat er gegen ein Blech, das dort an der Wand lehnte. Das Scheppern war weit hinauf bis in die Direktion zu hören.

„Haben Sie das eben gehört? Hat sich angehört, als ob eine Bombe eingeschlagen wäre."

Reuber stand im Flur vor seinem Büro und schüttelte seinen Kopf.

„Habe wirklich einen Schrecken bekommen."

Koch war nicht zum Scherzen zumute.

„Habe es eilig", sprach Reuber hastig weiter. „Arnheim will mich sprechen. Drängelt wegen des Berichts. Geht ihm nicht schnell genug, dass die oben mitbekommen, was für tolle Arbeit er macht."

Er wartete Kochs Reaktion nicht ab und verschwand gleich darauf hinter der nächsten Ecke. Koch sah ihm nach und wollte schon weiter zu seinem Büro, da erkannte er, dass die Tür zu Reubers Raum halb offen stand. Er zögerte. Sollte er …? Er durfte nicht zu lange warten.

Wenige Sekunden später hatte er die Tür hinter sich geschlossen, stand vor Reubers Schreibtisch und blickte über die Landschaft aus drei übervollen Aschenbechern und zwei Whiskeygläsern, die von Papierbergen umzingelt waren. Rechts lag eine rote Akte, verkehrt herum. Ohne Mühe konnte Koch die Beschriftung auf dem Deckel entziffern: „Hannappeler".

Einen kurzen Moment zögerte er, dann beugte er sich vor, packte die Akte und schlug den Deckel auf.

Die ersten Seiten blätterte Koch schnell durch. Eine Adresse in Bretzenheim, Hannappelers Villa. Reuber hatte das erwähnt. Namen von Geschäftspartnern, Waren und Zahlen. Ein kurzer Bericht über das Ergebnis der Durchsuchung des Hauses in Bretzenheim. Er suchte nach dem Namen des Informanten, der Reuber gesteckt hatte, wo Hannappelers städtischer Unterschlupf war oder zumindest einen Hinweis auf den Ort, wo Reuber ihn getroffen hatte. Es fehlten noch einige Seiten, da hörte Koch Schritte auf dem Flur. Schnell schloss er die Akte, legte sie zurück und setzte sich auf den Stuhl vor dem Schreibtisch. Wenn Reuber oder jemand anders hereinkäme, würde er behaupten, dass er auf den Kollegen gewartet habe, um etwas zu besprechen.

Die Schritte entfernten sich. Erleichtert stieß Koch die angehaltene Luft aus, stand auf, eilte zur Tür, öffnete sie einen Spalt weit und lauschte. Als er sicher war, dass sich kein Mensch in der Nähe aufhielt, trat er in den Flur. Er eilte in sein Büro und ließ sich in seinen Stuhl fallen. Ihm fiel ein Gespräch ein, das er in der Kantine mitbekommen hatte. Ein Kollege hatte behauptet, dass der Sommer in diesem Jahr außergewöhnlich lang und heiß werden würde, das wäre immer so nach einem extrem kalten Winter, und dass sie die Ernte vergessen könnten. Warum ihm dies in diesem Moment einfiel, wunderte ihn. Vielleicht, um nicht über das nachdenken zu müssen, was er eben getan hatte.

XXVI

Bis neunzehn Uhr blieb Koch in seinem Büro. Die Gänge waren verwaist, die meisten Kollegen waren schon gegangen. Auf einem Stadtplan aus der Vorkriegszeit hatte er die Lage von Hannappelers Haus in Bretzenheim ausfindig gemacht und überrascht festgestellt, dass es nicht sehr weit von seiner eigenen Wohnung entfernt lag.

Ein leichter Wind strich Koch beim Verlassen des Gebäudes angenehm ums Kinn. Er steckte seine Hand in die Tasche seines Mantels und umfasste das Sturmfeuerzeug und die Kerze, die er sich sicherheitshalber organisiert hatte. Er wusste nicht, wonach er suchte oder was er in Hannappelers Haus zu finden hoffte. Es war ein Schritt auf einem Weg, den er beschritten hatte, und den er jetzt zu Ende gehen musste.

Die Dämmerung war schon weit fortgeschritten, als er sein Ziel erreicht hatte. Das Haus lag auf einem großen Grundstück, das von wild wucherndem Gestrüpp vor Blicken von der Straße geschützt wurde. Die von einem Eisentor verschlossene Einfahrt war von dem Haus gegenüber gut einzusehen. Koch schlich sich weiter an den üppigen Sträuchern entlang, die an einigen Stellen bis auf den Fußweg gewachsen waren, und hatte fast die Rückseite erreicht, da entdeckte er an einer schwer einsehbaren Stelle ein schmales Gartentor, gut mannshoch und auf der oberen Querstange mit Stacheldraht bewehrt.

Koch ruckelte daran. Es lag nicht fest im Schloss und hatte Spiel. Mit einem kleinen Messer hatte er die Tür schnell geöffnet und huschte durch den Einlass auf das Grundstück.

Nun konnte er das Haus in Ruhe betrachten. Es war ein zweistöckiges, aus Backsteinen im Villenstil errichtetes

Gebäude, dessen Fenster im Parterre auf dieser Seite fast vier Meter hoch reichten. Sie waren alle dunkel, das Haus strahlte Verlassenheit aus. Koch maß das Grundstück, er schätzte, dass es vom Zaun bis zum Haus zehn Meter waren, eine Rasenfläche, die von einzelnen Bäumen und Gruppen von Sträuchern unterbrochen war.

Unentschlossen ging er auf das Haus zu, langsam und wachsam. Ein Geräusch aus einem der Sträucher nahe am Haus ließ ihn zusammenzucken, ein leichtes Scharren und Winseln, das gleich wieder erstarb. Koch wartete und lauschte. Es war mittlerweile so dunkel, dass er gerade noch die Umrisse des Strauches erkennen konnte. Aus der Ferne, aus der Stadt, drang das Gekreische der Sirene einer französischen Militärstreife zu ihm. Schließlich schritt er auf den Busch zu. Einen halben Meter davor blieb er stehen und starrte in die Dunkelheit.

Er musste sich getäuscht haben und setzte seinen Weg zur Villa fort, wo er seine Stirn gegen das Glas des großen Fensters drückte. Das Zimmer dahinter lag in völliger Dunkelheit, und es war ihm unmöglich etwas zu erkennen.

Auf der Vorderseite führte eine breite Treppe zu einer doppelflügeligen Holztür, die von zwei Säulen flankiert war. Koch wanderte weiter um das Haus, bis er auf der Rückseite einen Nebeneingang fand, der zu seiner Überraschung nicht abgeschlossen war und sich mühelos öffnen ließ. Er entnahm seiner Manteltasche die Kerze und zündete sie mit seinem Sturmfeuerzeug an. Nach einigen Sekunden hatte sich die Flamme so weit stabilisiert, dass Koch die ersten Schritte ins Haus wagte.

Im Innern wartete er, bis seine Augen sich an die Dunkelheit um ihn herum und das fahle Licht der Kerze gewöhnt hatten. Er erkannte ein Bild an der Wand, das einen Hund neben einem Tümpel zeigte, der eine Ente im Maul hielt.

Gegenüber der Tür, durch die Koch eingetreten war, entdeckte er eine weitere. Durch sie gelangte er in einen Flur, der von einer breiten Treppe dominiert wurde. Hirschgeweihe an der Wand wachten über den Aufgang und warfen in dem unruhigen Kerzenlicht bizarre Schatten.

Koch wanderte langsam umher und leuchtete mit der Kerze die Wände ab. Bilder mit Jagdmotiven waren eng neben- und übereinander aufgehängt, ein kleiner runder Tisch, ein Sofa und zwei Sessel luden zum Verweilen neben dem Treppenaufgang ein. Eine Flasche lag neben dem Tisch auf dem Boden, der Inhalt war schon angetrocknet. Wo sollte er anfangen zu suchen? Und was? Etwas ratlos stand er in dem hohen Raum und ließ seine Augen an den Wänden entlangschweifen, ohne dass er etwas entdecken konnte. Er setzte seine Wanderung durch das Haus fort, dabei die Kerze vorsichtig balancierend, damit sie nicht erlosch.

In einem Nebenraum befand sich die Küche, in der neben Herd und einigen Schränken ein kleiner Holztisch mit vier Stühlen stand. Daran schloss sich das Esszimmer an, dessen Mittelpunkt ein großer, ovaler Tisch bildete. An den Wänden standen Vitrinen, in denen Koch im Lichtschein seines Feuerzeugs Teller, Tassen und Terrinen erkannte, alle in makellosem Weiß und ordentlich sortiert.

Er kam sich in die Vorkriegswelt zurückversetzt vor, in das Haus von besseren Leuten, wie man damals sagte, Großbürger, die sein Vater, der Kommunist, bekämpft hatte, weil sie für ihn die Wurzel allen Übels und verantwortlich für die schlechte Lage der Arbeiterklasse waren.

Nun aber, wo die Innenstadt völlig zerstört war und die Menschen in notdürftig reparierten Löchern hausten, wirkte dieses Haus und sein so befremdlich intaktes Inneres wie die Kulisse eines alten Films.

Nach der Inspektion des Erdgeschosses stieg Koch in den ersten Stock hinauf, wo er einen Salon und eine Bibliothek fand. Die Fenster waren mit einem dicken, schweren Stoff verhangen. Die Schubladen des Sekretärs standen offen, der Inhalt lag auf der Schreibfläche und dem Boden.

Nach einer halben Stunde hatte er auch die Inspektion des obersten Stockwerks mit den Schlafzimmern beendet. Langsam stieg er die Treppe hinab, dabei auf die Flamme der Kerze achtend, die schon zur Hälfte niedergebrannt war. In der Küche entdeckte er eine Tür, die in den Keller führte. Je weiter er in das dunkle Gewölbe eindrang, desto mehr tanzte die Flamme der Kerze um den Docht. Der stete, erst schwache, dann stärker werdende Luftzug irritierte ihn. Nirgends konnte er ein Fenster oder einen Einlass entdecken.

Nach weiteren zehn Minuten stieg er wieder nach oben und öffnete die rückwärtige Tür, blies die Kerze aus, die bis auf einen zwei Zentimeter langen Stummel niedergebrannt war, und trat hinaus in den Garten. Er wollte die Tür leise schließen, aber sie entglitt ihm und fiel mit einem Scheppern ins Schloss. Im gleichen Moment ertönte draußen ein kurzer, spitzer Aufschrei, darauf ein Geräusch, das wie ein Winseln klang.

Koch stopfte den Kerzenrest in die Tasche und lief in die Richtung, aus der er die Geräusche vermutete. Ein Schatten verschwand in einem der Büsche. Kaum hatte er ihn erreicht, wurde er von einem tiefen Knurren, dem ein heiseres Bellen folgte, abgehalten, weiter in das Grün vorzudringen. Plötzlich war es still. Bis etwas Kochs Bein streifte. Im gleichen Moment wurde er umgeworfen und ein heißer Atem wehte über sein Gesicht. Er roch den Hund, der auf ihm saß, mehr, als dass er ihn sah. Der Vierbeiner schien sich damit zu begnügen, den Mann unter sich in Schach zu halten.

Dessen Hecheln war so laut, dass Koch die Schritte erst hörte, als sie fast neben ihm zum Stehen kamen. Er drehte seinen Kopf ein wenig zur Seite, was der Hund sogleich mit einem tiefen Knurren begleitete.

Er erkannte zwei Beine.

„Rufen Sie den Hund zurück!", zischte er.

Ein metallisches Klacken war die Antwort, eine Flamme näherte sich seinem Gesicht und blendete ihn. Der Lichtkranz kam seinem Gesicht so nahe, dass die Hitze auf seiner Haut brannte und er die Augen schloss.

„Machen Sie das aus!"

Die Flamme kam noch näher. Er roch seine versengten Haare.

„Was wollen Sie?", fragte eine helle, sehr jung klingende Stimme. Sie war ungewöhnlich tonlos, wie eine Maschine.

Koch drehte seinen Kopf in Richtung der Stimme. Sofort knurrte der Hund wieder.

„Ich bin Polizist", sagte er.

„Polizei war schon hier", entgegnete die Stimme.

„Nehmen Sie den Hund weg!"

„Asta, hierher!"

Noch einmal knurrte der Hund, dann ließ er von Koch ab, stieg von seiner Brust, blieb aber neben ihm sitzen und knurrte nochmals zur Warnung, als der Kommissar sich aufrichtete.

„Keine Angst", beschwichtigte Koch und sah kurz zu dem Hund an seiner Seite.

„Was wollen Sie?"

Was sollte Koch auf diese Frage antworten. Er wusste es nicht.

„Wo ist Mann?", fragte die Stimme, nachdem Koch nicht geantwortet hatte.

„Hannappeler?", fragte Koch zurück.

„Ja."

„Er ist tot."

„Oh!" Aus dem kurzen Kommentar hörte Koch ein wirkliches Erschrecken, dem ein leises Schluchzen folgte.

„Kannten Sie Hannappeler?", fragte er.

„Ja", war die leise, betroffen klingende Antwort. „Guter Mann." Rotz wurde hochgezogen.

„Wie ist dein Name?" Koch hatte einen Verdacht.

„Margot."

Er hatte es nicht sofort erkannt, aber es war die etwas raue Stimme einer jungen Frau.

„Was machst du hier, Margot?"

„Leben."

„Hier? In dem Haus?"

„Nein!" Entrüstung über diese Unterstellung klang in der Stimme mit.

„Wo denn?", fragte Koch, der sich nicht erinnern konnte, ein Nebengebäude oder etwas Ähnliches gesehen zu haben.

„Keller."

Er richtete sich weiter auf. Sofort erhob sich der Hund und knurrte.

„Sitzen!", befahl Margot. Sie meinte ihn.

„Gut, gut, ich bleibe sitzen. Ich werde dir nichts tun." Er sammelte sich.

„Wie gestorben?", fragte die Stimme.

„Vom Dach gefallen."

Langsam nahm Koch aus seiner Tasche den Kerzenrest.

„Zünde den an!“

Es dauerte einige Sekunden, bis sie das Feuerzeug aufschnappen ließ und sich die Flamme über den Docht senkte. Koch folgte dem flackernden Schein und erschrak. Ohne nachzudenken, ergriff er die Hand, die das Feuerzeug hielt, und wollte sie zu sich ziehen, doch im gleichen Moment stürzte sich der Hund auf ihn und drückte ihn mit den Vorderpfoten auf den Boden.

„Mein Feuerzeug!“, rief Margot aus, sprang auf und wich ein paar Schritte zur Seite aus. Die Flamme war erloschen.

Koch benötigte einige Sekunden, um sich zu beruhigen.

„Das Feuerzeug“, sagte er endlich. „Ich will es nicht haben. Nur anschauen.“

„Nein, nein!“, rief Margot.

„Ehrlich. Ich will nur sehen, was da eingraviert ist.“

„Eingraviert?“, war die verständnislose Frage.

„Auf dem Feuerzeug. Die Buchstaben.“

„Buchstaben?“ Mit einem Klacken loderte die Flamme auf.

Langsam kam sie näher zu dem Kommissar.

Tatsächlich waren auf dem silbernen Teil drei Buchstaben eingraviert, die Koch schon einmal gesehen hatte. „GAR“. Wie auf dem Feuerzeug von Reuber, das der verloren und kurz darauf wieder gefunden hatte. Wieso gab es hier ein weiteres?

„Wo hast du das her?“

„Nicht gestohlen!“

„Nein, nein. Das kannst du behalten. Ich möchte nur wissen, woher du das hast. Es ist sehr schön.“

„Mein Feuerzeug!“

„Ja, es ist deins.“

Koch ließ dem Mädchen Zeit zum Nachdenken. Der Hund wachte noch immer neben ihm. Jetzt setzte er sich auf seine Hinterläufe und ließ den Kommissar dabei nicht aus den Augen. Er konnte das Mädchen zum ersten Mal anschauen. Sie war sehr schmal und hatte kurze blonde Haare, die strähnig von ihrem Kopf abstanden. Es war nichts Kindliches in diesem Gesicht, das er auf fünfzehn, höchstens sechzehn Jahre schätzte. Ihr Körper schien unter Spannung zu stehen.

„Gefunden", gab Margot endlich eine Antwort und zündete den Kerzenrest wieder an.

„Wo denn?" Koch ermahnte sich ruhig zu bleiben. Er spürte, dass er nur so Antworten erhielt.

Wieder ließ sich Margot Zeit mit der Antwort.

„Haus", erklärte sie schließlich mit einer Geste zu der Villa. „In …", Koch schien, dass sie das richtige Wort suchte, „… im Schlitz von Sofa."

Reuber war also hier gewesen. Er überlegte, wann Reuber ihm zum ersten Mal mitgeteilt hatte, dass er das Geschenk seiner Frau verloren hatte. Das war vor Hannappelers Sturz und muss damit auch vor der Durchsuchung des Hauses gewesen sein. Reuber war also früher schon in diesem Haus gewesen. Warum? Hatte er Hannappeler vorher verhört? Hier gesucht? Aber warum hatte er ihn da nicht festgenommen, sondern sich über einen Informanten dessen Adresse in der Stadt besorgt? Und warum hatte er ihm erzählt, dass er das Feuerzeug wiedergefunden hatte, unter dem Sitz eines Dienstwagens?

„Mein Feuer", hörte Koch Margot sagen.

„Das darfst du behalten, keine Sorge. Hast du andere Menschen außer Hannappeler hier gesehen?", fragte er.

Sie schüttelte den Kopf.

„Hannappeler immer alleine. Nur selten in Haus."

Koch nickte. „Hast du hier einen Mann gesehen, etwa so groß …“, er hielt seine rechte Hand auf der Höhe seiner linken Schulter, „dunkle Haare und ein dichter, schwarzer Schnauzbart. Raucht viel.“

Margot überlegte kurz, dann schüttelte sie den Kopf. Koch beruhigte die Antwort.

„Wo sind deine Eltern? Warum bist du hier? In diesem Haus?“

Sie senkte ihren Kopf und blickte zum Boden.

„Tot“, sagte sie schließlich. „Feuer. Alle tot. Mama, Papa, Oma. Tot.“ Für einen Moment war die tonlose Stimme einem Aufschrei gewichen, doch gleich verfiel sie wieder in das alte Muster. „Margot ist allein.“

Koch nahm an, dass Margots Familie bei dem Luftangriff auf Mainz im Februar 1945 ums Leben gekommen war.

„Und seitdem lebst du hier?“

Sie schüttelte den Kopf. „Zuerst im Haus in der Stadt. Aber dann waren da böse Männer.“ Plötzlich trafen ihn hasserfüllte Blicke und Koch meinte, dass sie sich auf ihn stürzen wollte, doch dann beruhigte sich ihr Ausdruck wieder, und sie sprach so tonlos wie zuvor weiter. „Dann in das Haus hier.“

„Wusste Hannappeler, dass du hier bist?“

Sie nickte. „Aufpassen!“

„Gut“, sagte Koch. „Hast du Verwandte? Familie? Tanten? Onkel?“

Bei dem Begriff „Onkel“ erschrak sie und schüttelte heftig den Kopf.

„Du musst weg von hier. Es ist zu gefährlich.“

„Nicht zu gefährlich!“, erwiderte sie. „Asta ist hier.“

Wie zur Bestätigung knurrte der Hund kurz.

„Und du bist sicher, dass niemand dich gesehen hat?“

Sie nickte zweimal.

„Du sagst nichts!“ Es klang fast wie eine Drohung, trotz der tonlosen Stimme.

„Ja“, bestätigte Koch kurz und ratlos.

„Da!“, sagte Margot plötzlich und blies die Kerze aus.

Koch wandte sich um, konnte in der Dunkelheit aber nichts erkennen.

„Da ist nichts“, sagte er und drehte sich um. Margot war samt Asta verschwunden.

„Margot!“, rief er in die Dunkelheit, aber er erhielt keine Antwort, auch nicht auf seine weiteren Rufe hin. Er wusste, dass sie nicht mehr zurückkommen würde. Koch blieb noch ein paar Minuten in dem Garten stehen, dann lief er in die Dunkelheit hinein.

XXVII

Der Streit zwischen Franzi und Neubert, den Dorle hinter dem Schrank versteckt belauscht hatte, hatte sie so tief erschüttert, dass ihre Gedanken in den nächsten Tagen ausschließlich um ihre Flucht kreisten. Sie sah keinen anderen Ausweg, sie musste fortgehen und alles hinter sich lassen. Aber in ihre düsteren Gedanken hatte sich eine neue Überlegung geschlichen. Was würde Neubert machen, wenn er einsehen musste, dass sie weg war, dass sie für ihn unerreichbar geworden war, dass sie vor ihm geflohen war? Ein Mensch wie Neubert würde dann nicht zur Tagesordnung übergehen. Er würde sich rächen wollen. Und die Personen, die das Ziel seiner Rache werden würden, waren Paul und auch Franzi.

Wie konnte sie das verhindern? Sie hatte nichts gegen den Mann in der Hand. Dass er so schnell aus dem Gefängnis gekommen war, zeigte nur seine guten Verbindungen und wie schwer es war, ihm beizukommen.

Franzi kam jeden Tag mehrmals zu ihr ans Bett, um sie zu versorgen. Robby hatte mehrere Dosen mit Fleisch mitgebracht, die sie ihr in kleinen Portionen bereitete. Aber sie verspürte kaum Appetit und würgte das Essen nur widerwillig hinunter.

Der Frühling war nun mit aller Macht eingezogen. Die Sonne schien kraftvoll und von Tag zu Tag wurde es wärmer, so dass Franzi während des Tages das Fenster in Dorles Schlafraum geöffnet ließ. So konnte sie in den langen und einsamen Stunden den Vögeln lauschen, die sich auf den Bäumen und Sträuchern im Garten vor ihrem Fenster niederließen. Franzis Angebote, sie in den Garten zu führen und ihr dort eine Liegestatt zu errichten, in der Hoffnung, dass dies Dorles düstere Stimmung aufhellte, lehnte sie jedoch jedes Mal ab. Franzis Ausflüge hatte sie vergessen, so sehr war sie in ihrer eigenen Welt gefangen. Bis sie in der Mitte der Woche nachts von einem Geräusch geweckt wurde. Ein Scheppern und Krachen im unteren Stockwerk riss sie aus dem Schlaf. Sie schrak in ihrem Bett hoch und schlich zur Tür und in den Flur.

Unten erkannte sie im Licht einer Kerze Franzi, die gerade dabei war, die Scherben einer Vase, die auf dem Boden weit verstreut lagen, zusammenzukehren.

„Alles in Ordnung!“, rief sie nach oben, als sie Dorles ansichtig wurde. „Ich wollte auf Toilette und bin gegen die Vase gestoßen.“ Franzi hatte hastig und atemlos gesprochen. „Geh nur ins Bett und schlaf weiter!“, rief sie nach oben.

Dorle machte kehrt und legte sich unter die Decke, aber einschlafen konnte sie nicht mehr. Sie wartete, dass Franzi nach oben kam und nach ihr schaute. Der Schreck hatte ihr die nächtlichen Ausflüge der Freundin mit einem Mal wieder in Erinnerung gerufen.

Nach einer Viertelstunde vernahm Dorle das leichte Knarzen der Treppenstufen. Kurz darauf spürte sie Franzis Hand leicht über ihre Stirn streichen. Sie atmete gleichmäßig, während die Freundin neben dem Bett saß.

Schließlich erhob sie sich und verließ so leise, wie sie gekommen war, das Zimmer und zog fast unhörbar die Tür hinter sich zu.

Dorle starrte mit offenen Augen in die Dunkelheit, bevor sie aufstand und zur Tür schlich. Unten fiel die Haustür ins Schloss. Sie beschloss, dass sie herausfinden musste, wohin Franzi verschwand und was der Grund für ihre nächtlichen Ausflüge war.

Erst mit den ersten Strahlen der Morgendämmerung schlief Dorle ein und wachte am Nachmittag auf. Im unteren Stockwerk fand sie Franzi in der Küche, die einen Brotteig knetete und ihr gleich Tee in einen Becher füllte.

„Geht es dir besser?“, fragte sie besorgt.

Dorle nickte und trank.

„War … er hier?“, fragte sie.

„Neubert?“, fragte Franzi.

„Ja“, bestätigte Dorle leise und sah an ihr vorbei an die Wand.

Franzi überlegte.

„Er war hier“, sagte sie schließlich, „letzte Woche.“

„Was hat er gesagt?“

Wieder ließ sich Franzi Zeit mit der Antwort.

„Du hast es gehört?!“, erwiderte Franzi schließlich und sah ihre Freundin an. Sie hatte das Kneten des Teiges eingestellt. Ein Schweißtropfen fiel von ihrer Stirn auf den Tisch, den sie mit dem Ellenbogen wegwischte.

„Ja“, antwortete Dorle.

„Er wird nie aufgeben.“

Dorle nickte stumm.

„Er wird dich nie in Ruhe lassen.“

Dorle schwieg.

„Es geht ihm nicht um dich. Es geht nur um ihn selbst.“

Tränen rannen über Dorles Gesicht.

„Wir müssen etwas tun!“

Dorle wischte sich die Tränen mit dem Handrücken aus dem Gesicht.

Franzi stand auf und reichte ihr ein Tuch, das sie aus einer Schublade nahm.

„Du darfst ihn nicht …“

Franzi schüttelte den Kopf.

„Nein“, sagte sie.

„Nie!“ Dorle klang resigniert.

„Nie! Nie wird dieses Schwein dir etwas antun.“

„Aber …“ Erneut traten Dorle Tränen in die Augen.

„Keine Sorge.“ Franzi bekam einen harten Blick, der Dorle erschreckte. „Er wird dir nie etwas tun.“

„Du willst ihn …?“

Franzi schüttelte den Kopf.

„Nie …!“, stieß sie schließlich hervor und stand auf, ging zum Herd, nahm die Kanne von der heißen Platte und füllte Dorles Tasse mit Tee. „Trink!“, forderte sie ihre Freundin auf.

Dann ging sie zur Anrichte neben der Tür, wo der Brotkorb stand, nahm den Rest des Laibes und schnitt eine Scheibe ab, die sie mit Butter bestrich.

Erstaunt betrachtete Dorle den Aufstrich.

„Getauscht“, erklärte Franzi, „gegen mein Zigarettenkontingent.“

Dorle biss ein kleines Stück von dem Brot ab und kaute langsam, während Franzi aufstand und hinaus in den Garten ging.

Nachdem Dorle die Scheibe Brot gegessen hatte, trank sie in kleinen Schlucken den abgekühlten Tee, dann erhob auch sie sich und folgte Franzi in den Garten, wo die Freundin mit den Händen in einem Beet wühlte.

Dorle war leise vor das Haus getreten, trotzdem wandte sich Franzi um.

„Warum kommt Robby nicht mehr?“, fragte sie.

Franzi stand auf, klopfte den Dreck von ihren Händen und ging zu Dorle.

„Er darf nicht weg von seinem Stützpunkt. Aber an diesem Wochenende kommt er. Endlich!“, fügte Franzi hinzu. „Ich habe ihn schon viel zu lange nicht mehr gesehen.“ Das klang so wahrhaftig, dass Dorle der Gedanke, dass ihre Freundin einen Liebhaber hatte, völlig abwegig erschien.

„Ich lege mich wieder hin." Dorle wartete Franzis Reaktion nicht ab und ging gleich ins Haus. Franzi blickte ihr noch nach, da war sie schon lange in ihrem Zimmer verschwunden.

Dorle spürte eine unbestimmte Unruhe. Sie lief in dem kleinen Zimmer hin und her. Franzi hatte etwas vor. Doch Neubert umzubringen? Sie konnte es sich nicht vorstellen. Wie sollte sie das anstellen? Franzi war keine Mörderin. Das musste man doch können. Irgendwie. Man konnte doch nicht einfach so beschließen jemanden umzubringen. Vielleicht beschließen, sagte sie sich, aber das dann umzusetzen, war noch etwas ganz anderes.

Aber Franzi war so anders gewesen, so kühl, hatte so seltsam geantwortet. Nur als es um Robby ging, da strahlte eine Wärme von ihr, eine Wärme, die sie an Franzi kannte und liebte. Vielleicht war es vollkommen falsch, sich zu verstecken, vor allem, dass sie sich vor Paul versteckte. Dorle warf sich auf das Bett und vergrub ihr Gesicht im Kissen.

XXVIII

Nach dem Aufstehen und Anziehen suchte Koch die Reste der Lebensmittel zusammen, die Siggi ihm von seiner Verwandten gegeben hatte, und packte sie in Zeitungspapier.

Sein erster Gang früh am Morgen führte ihn zu Hannappelers Haus. Er betrat das Grundstück durch den schwer einsehbaren Nebeneingang, den er schon in der vergangenen Nacht benutzt hatte. Die Lebensmittel in dem Zeitungspapier legte er neben das Gebüsch am Haus nieder, sah sich nochmals um, ob er Margot oder ihren Hund irgendwo entdecken konnte, dann verließ er das Anwesen.

Mit einem Kaffee betrat er eine halbe Stunde später sein Büro. Wie schon in der Nacht suchte er nach Gründen, wie Reubers Feuerzeug in die Villa und in Margots Besitz gelangt sein konnte und warum Reuber ihn deswegen angelogen hatte.

Es klopfte an der Tür, wenige Augenblicke später betrat Siggi das Büro. Er sah mitgenommen aus.

„Setzen Sie sich, Siggi!" Koch versuchte so unbefangen wie möglich zu klingen.

„Ist etwas passiert?", fragte er, nachdem der Junge Platz genommen hatte.

Siggi druckste. „Ich … habe … also, ich … sollte doch … der Treffpunkt …"

„Was ist los, Siggi? Was hat Ihnen die Sprache verschlagen?" Koch versuchte seine Ungeduld zu verbergen.

Siggi gab sich einen Ruck. „Also, Herr Reuber hat die Information, also, wo der Hannibal wohnt, die hat er in einem Lokal bekommen …"

„Ja, und wo, Siggi? Was ist denn?"

„Das ist nicht richtig, Herr Koch, was ich da mache

… Warum reden Sie nicht mit Herrn Reuber? … Das ist nicht richtig, dass ich dem nach …"

„… schnüffele?"

„Ja, genau."

Koch nickte. „Ich prüfe das nur, Siggi, und ich glaube auch, dass Herr Reuber nichts Falsches gemacht hat. Aber ich will ganz sicher sein. Also, was haben Sie?"

Siggi nannte ihm Namen und Adresse eines Lokals in der Altstadt.

„Noch nie gehört, Siggi. Wo soll das denn sein?"

„Das ist kein richtiges Lokal", erklärte der junge Polizist. „Eine Wohnung, in der Bier und Schnaps ausgeschenkt werden. Wo sich die Leute vom Schwarzmarkt treffen."

„Und da hat der Herr Reuber …"

Siggi nickte beflissen. „Aber Sie dürfen das dem Herrn Reuber nicht sagen!"

„Versprochen, Siggi. Ich werde mich da mal umschauen. Und ich bin sicher, dass Herr Reuber nichts damit zu tun hat." Er fühlte sich nicht wohl bei dem, was er sagte, weil er nicht wusste, was er erfahren würde.

„Herr Koch …", begann Siggi.

„Ja?"

„Haben Sie das von Herrn Esch gehört?"

Koch blickte auf.

„Der Freiherr?", fragte er böse.

Siggi nickte. „Jemand hat ihn geschlagen."

Nun nickte auch Koch. „Und wer?", fragte er.

„Herr Esch sagt es nicht. Wäre seine Privatsache."

„Und warum erzählen Sie mir das, Siggi?"

„Weil … einfach nur so. Ich dachte, es interessiert Sie. Übrigens hat Herr Esch herausgefunden …"

„Freiherr von Esch, Siggi, so viel Zeit muss sein", korrigierte Koch ihn sarkastisch.

Der ging nicht darauf ein. „Herr Esch hat gesagt, dass Hannibal vor seinem Tod geschlagen wurde. Dass es da Verletzungen gibt, die nicht von dem Sturz kommen können."

„Das hat der Freiherr gesagt?"

Koch kaschierte seine Aufregung über diese Aussage. Das würde ja seine Vermutung untermauern, dass Hannappeler nicht auf der Flucht von dem Dach gestürzt war, sondern gestoßen wurde. Aber warum hatte Reuber das getan? Weil er dem Mann nur so beikommen konnte? Aber warum die Schläge? Doch was Persönliches? Oder wollte er noch Informationen aus ihm herauspressen?

„Ja!", antwortete Siggi und stand schnell auf. „Ich muss wieder zu Herrn Reuber", entschuldigte er sich schnell und war, bevor Koch etwas sagen konnte, schon aus dem Büro verschwunden.

Koch nippte an seinem Kaffee und spuckte den kalten Schluck angewidert in die Tasse zurück. Dass er Esch gestern zusammengeschlagen hatte, hatte er schon fast vergessen. Dass diese Geschichte mit Reuber und Hannappeler immer größere Dimensionen annahm, überforderte ihn in diesem Moment. In solchen Situationen half nur Handeln und so beschloss er, nach Dienstschluss dieses Lokal aufzusuchen, das Siggi ihm genannt hatte und in dem Reuber angeblich von seinem Informanten Hannappelers Stadtadresse erfahren hatte.

Das Lokal war eine Parterrewohnung in der Lauterenstraße, in der Nähe des Rheins, die schon vor dem Krieg einen ausgesprochen schlechten Ruf besaß. Koch klopfte gegen die Tür, in der auf Augenhöhe ein Guckloch angelassen war, hinter dem er eine Bewegung wahrnahm.

Einige Sekunden später wurde die Tür geöffnet und ein breitschultriger Mann mit kahlem Schädel und einer langen Narbe auf der rechten Wange trat zur Seite.

„Keinen Ärger machen, verstanden!“, ermahnte er den Gast.

Koch nickte und ging an ihm vorbei in einen Raum, in dem mehrere Tische sehr eng beieinander standen. Die Hälfte von ihnen war besetzt. Zwölf bis vierzehn Personen, schätzte Koch, alle Altersgruppen, die meisten mit Anzügen bekleidet, die schon bessere Zeiten gesehen hatten. Einige der Männer hatten Kochs Ankunft sehr offensichtlich und mit Interesse verfolgt. Das neue Gesicht erregte ihren Argwohn.

Über zwei Eisenständer war ein Brett gelegt worden, das nun als Theke diente. Dort bestellte Koch bei einem Mann, der von seiner Statur und seinem finsteren Blick her ein Bruder des Türstehers hätte sein können, ein Bier.

„Macht eine Mark!“, forderte er.

Koch legte ungerührt den viel zu hohen Betrag auf das Brett. Kurz darauf stellte der Kerl hinter dem Tresen ihm das Bier mit einem „Prost!“ hin.

Nach dem ersten Schluck sah er sich um. Die Männer an den Tischen hatten das Interesse an ihm verloren. Brandgeruch hing noch in den Wänden, die das blanke Mauerwerk zeigten. Bilder aufzuhängen hatte niemand für nötig befunden. Die Fenster waren bis auf einen zehn Zentimeter breiten Streifen an der Oberkante, durch den Licht in den Raum drang, vernagelt und außer der Eingangstür gab es noch zwei weitere Ausgänge. Einen gleich hinter der Theke und einen weiteren an der Kopfseite. Durch diese Tür war soeben, als Koch sein Glas auf das Brett abgestellt hatte, ein Mann verschwunden und bis jetzt noch nicht wiedergekehrt.

An zwei Tischen wurde Skat gespielt. Die Männer machten lautstark ihre Ansagen und gaben Kommentare ab. Niemand schien sich daran zu stören. Andere saßen eng beisammen und unterhielten sich leise und für die Nachbartische unverständlich.

„Und, neu hier?“, hörte Koch eine Stimme hinter sich.

Er wandte sich und blickte in das schmale Gesicht eines jungen Mannes, dessen Augen leblos wirkten. Das spitze Gesicht gab ihm etwas Frettchenhaftes.

„Ja, zum ersten Mal“, bestätigte Koch und versuchte so gleichgültig wie möglich zu klingen.

„Gut hier, oder?“

Koch nickte und griff nach seinem Glas.

„Das Bier schmeckt. Ist doch die Hauptsache.“

„Gibste mir eins aus?“

Koch sah sich den Mann noch einmal an. Er sah abgerissen aus, abgerissener als die anderen Kerle in dem Laden.

„Eins ist gut, mehr geht nicht, habe auch nicht so viel auf der Pfanne.“

„Siehst aber nicht so aus!“ Der junge Mann griff mit Daumen und Zeigefinger an das Revers von Kochs Jackett und rieb kurz an dem Stoff.

„Fühlt sich noch gut an. Was machste denn so?“

„Hier, dein Bier, Klaus!“ Der Wirt knallte ein Glas so fest auf das Brett, dass der Schaum auf Kochs Jackett spritzte.

„Jetzt ist das gute Teil schmutzig geworden.“

Koch überhörte die Provokation.

„Prost!“, sagte er und hielt sein Glas kurz in die Luft.

„Prost!“, erwiderte der junge Mann und trank sein Glas fast in einem Zug aus.

„Woher kennste den Schuppen?“, wollte er wissen, nachdem er den Rest mit einem zweiten Schluck geleert hatte.

Koch zuckte mit den Schultern und sah in den Raum. Die anderen Männer waren wieder in ihr Kartenspiel oder in Gespräche vertieft, dennoch glaubte er, dass ein Teil ihrer Aufmerksamkeit ihm und dem jungen Mann galt.

„Hab ich irgendwo gehört.“ Koch gab seiner Aussage einen lapidaren Tonfall, aber der andere gab sich damit nicht zufrieden.

„Haste gehört. Soso. Wie heißte denn?“

„Paul!“

„Paul, soso. Gibste mir noch ein Bier aus, Paul?! Wir unterhalten uns gerade so nett.“

Koch nickte dem Wirt hinter dem Tresen zu.

„Paul, ich heiße Klaus“, sagte er, nachdem er wieder ein Glas in seinen Händen hielt. „Und der Klaus würde gerne genauer wissen, wie du von dem Laden gehört hast.“

Koch überlegte. „Hat mir jemand empfohlen. Gutes Bier gäbe es hier. Ist ja nicht selbstverständlich. Ich meine, dass es gutes Bier gibt. Ist aber schon eine Weile her. Deshalb – völlig vergessen, wer es mir gesagt hat.“

„Kann passieren. Kann passieren“, gab sich Klaus einsichtig. „Was haste denn im Krieg gemacht?“

Koch spannte sich und sah Klaus in die Augen.

„Das willst du nicht wissen, Klaus“, zischte er.

„Doch, will ich!“

Koch schüttelte leicht seinen Kopf und wandte sich zu dem Wirt.

„Mir noch ein Bier.“

„Mir auch!“, forderte Klaus.

Der Wirt blickte Koch an, der nickte. „Das letzte.“

„Was sind das für Leute hier?“, fragte Koch, nachdem er einen Schluck getrunken und sich den Schaum vom Mund gewischt hatte.

An einem der Tische fing ein Mann erst an zu singen,

dann fiel ein zweiter ein, bis einer der Skatspieler brüllte, sie sollten endlich aufhören. Sofort verstummte der Gesang.

„Männer ohne Arbeit“, erklärte Klaus, der sein Glas schon wieder ansetzte.

„Und wovon zahlen die ihr Bier?“

„Du zahlst!“, sagte er und lachte so sehr und schüttelte sich dabei so heftig, dass er einen Teil der Flüssigkeit auf Kochs Jacke spuckte.

„Oh, oh“, sagte er, nachdem er sich beruhigt hatte, „das gute Stück. Muss heute viel leiden.“ Mit seiner rechten Hand streichelte er die Jacke wie ein kleines Tier. Dann lachte er wieder laut.

„Was arbeitest du denn?“, fragte Klaus und hatte wieder diesen lauernden Blick.

„Sag mal, Schorsch, war der Konrad heute schon hier?“, fragte eine Stimme in Kochs Rücken.

„Was arbeiteste denn?“, hakte Klaus nach.

„Welcher Konrad?“, fragte der Wirt zurück. „Hier gibt's mindestens drei Konrads.“

„Bau“, antwortete Koch, weil ihm nichts anderes einfiel.

„Bau?“ Klaus lachte.

„Rindfleisch. Konrad Rindfleisch“, präzisierte der Mann hinter Koch ungeduldig.

„Siehst aber nicht nach Bau aus. Trinkst auch nicht wie einer vom Bau. Mein Cousin ist aufm Bau. Der trinkt.“ Klaus lachte.

Koch nickte und lauschte dabei dem Gespräch hinter sich. Der Name Konrad Rindfleisch war ihm erst kürzlich untergekommen.

„Der? Was willst du von dem?“

„Muss ihn sprechen.“

„Sagst gar nichts. Bist gar nicht aufm Bau. Siehst nicht aus wie einer vom Bau."

„Doch, doch", widersprach Koch.

„Konrad war schon länger nicht mehr hier."

„Scheiße!", war der Kommentar des anderen, bevor er wieder ging. Koch drehte sich um, konnte aber nur einen schmalen Mann von hinten sehen, mittelgroß, blond, er schätzte ihn um die dreißig.

„Was guckste denn?", fragte Klaus, der sein Glas wieder geleert hatte und dessen Augen bereits einen glasigen Ausdruck bekamen. Fast hätte er beim Abstellen sein Glas umgeworfen.

„Kennst du den Konrad?", fragte Koch.

Klaus blickte ihn verständnislos an. Es war laut geworden in dem Lokal, zwei der Skatspieler hatten sich in die Haare bekommen und schrien sich an.

Koch wiederholte seine Frage.

„Nee, Konrad, was fürn Name?!" Klaus lachte ein betrunkenes Lachen.

Koch spürte eine Hand auf seiner Schulter.

„Was biste denn so neugierig?"

Er drehte sich um. Der Wirt war hinter ihn getreten und sah ihn misstrauisch an.

Die Streithähne hatten ihren Disput beendet. Es war wieder ruhiger.

„Vielleicht kenne ich den ja."

„Du?"

„Ja."

Endlich fiel Koch ein, wo er den Namen gelesen hatte. Er wurde in der Akte auf Reubers Schreibtisch erwähnt.

„Woher kennst du den?"

„Ja, woher kennste den denn?", fragte Klaus, lallend.

„Halt das Maul, Klaus!", blaffte ihn der Wirt an.

„Also ...?!"

„Warum soll ich dir das sagen?", entgegnete Koch. „Ich frage dich doch auch nicht, woher du den kennst."

„Klingt nicht gut, deine Antwort. Bist neu hier und fragst blöd. Bist du von der Polente?"

„Sehe ich so aus?" Koch tat beleidigt.

Der Wirt ließ sich davon nicht beeindrucken.

„Ja!", erwiderte er kurz.

„Du bist Polente", plapperte Klaus.

Es war ruhig in der Kneipe geworden. Die meisten der Männer, bis auf die an einem der Skattische, sahen zu ihnen herüber.

„Alles in Ordnung, Männer!", rief der Wirt in den Raum. „Wir wollen nur klären, dass ihr hier in Ruhe euer Bier trinken könnt."

Einige der Angesprochenen wandten sich wieder ab.

„Also?"

„Wollt mich wichtig machen." Es sollte wie eine Entschuldigung klingen.

„Ich glaube, dass du besser gehst. Klaus, bring den Mann raus."

„Ich würd mit ihm noch einen trinken ..."

„Lasst mich mit dem Mann reden!" Ein großer, dunkelhaariger Mann trat zwischen den Wirt und Koch, der zur Seite trat. Auch Klaus war mit einem Mal still.

„Kommen Sie!"

Ohne Kochs Reaktion abzuwarten, drehte sich der Mann um und ging auf einen der Tische an der Wand zu. Die drei Männer, die dort saßen, standen sofort anstandslos auf.

„Setzen Sie sich!"

Koch sah den Mann genauer an. Kämpfertyp. Durchtrainiert. Anführermentalität.

Er machte dem Wirt ein Zeichen, der gleich darauf mit zwei Gläsern und einer Flasche kam.

„Wacholderschnaps", erklärte der Mann, „beste Qualität."

Er füllte die beiden Gläser und schob eines zu Koch herüber.

Der wartete einen Moment, bevor er sein Glas nahm und es, ohne dem Fremden zuzuprosten austrank.

Den schien das nicht zu kümmern, er füllte nach.

„Gestatten, Franz Klopp", stellte er sich vor. „Die Leute hier sind vorsichtig, wenn ein Fremder kommt und Fragen stellt. Warum haben Sie nach Konrad Rindfleisch gefragt?"

„Mehr ein Spiel", antwortete Koch. „Habe den Namen hinter mir gehört und dachte, ich frage mal."

„So, so, Sie fragen mal." Er trank seinen Schnaps. „Fragen Sie mich!"

Koch wartete und versuchte zu ergründen, was der Mann von ihm wollte.

„Trinken Sie!", forderte der. „Sie sind mein Gast."

Koch nahm das Glas, leerte es und stellte es zurück. Klopp füllte es sogleich wieder.

„Ich werde Ihnen Konrad gleich vorstellen. Er interessiert Sie ja doch. Das sehe ich."

„Weiß noch nicht."

„Aber ich."

„Andere Frage", sagte Koch. „Kennen Sie Wigbert Hannappeler?"

Klopp nickte. „War manchmal hier. Warum?"

„Wollte ihn treffen."

„So, so, den Hannibal wollten Sie treffen. Interessant."

„Und?"

„Ist tot, habe ich gehört. Vom Dach gestürzt."

Klopp zeigte auf das erneut gefüllte Glas vor Koch.

Der schüttelte den Kopf.

„Wollen Sie mich beleidigen?“

Koch sah sich kurz um. Auch wenn niemand der anderen in dem Raum zu ihnen herüberblickte, spürte er ganz genau, dass alle die Szene an diesem Tisch genau im Auge behielten.

„Vom Dach gestürzt. Sagt man! Glaubst auch alles, was man so sagt. Weißt du, Hannibal ist keiner, der einfach so vom Dach fällt.“

Klopp blickte Koch ernst an. Der spannte seinen Körper. Er traute seinem Gegenüber zu, dass der mit einem Mal auf ihn losging. Eine latente Aggressivität umgab den Mann.

Und dann kam es so und doch anders. Klopp nahm die Flasche, tat, als wolle er Kochs Glas wieder füllen, stieß es aber um, so, dass die helle Flüssigkeit auf seine eigene Hose floss, schrie „Du Idiot!“ und schlug Koch die Flasche auf den Schädel.

Der sah die Flasche kommen, konnte aber nicht mehr ausweichen. Trotz seiner Benommenheit durch den Schlag wich er zurück, aber hinter ihm war die Wand, und im nächsten Moment krachte Klopps Faust auf Kochs Nase. Sein Kopf knallte durch die Wucht des Schlages gegen die Wand. Benommen sackte er in seinem Stuhl zusammen.

„Dieses Schwein! Da ist man freundlich und dann schüttet der einem den Schnaps übers Bein! Unfreundliches Pack!“

Alle in dem Raum sahen zu den beiden Männern herüber, erfreut, dass etwas passierte und ihnen eine Abwechslung geboten wurde. Zwei oder drei lachten.

Koch wollte sich erheben, stützte sich mit beiden Händen an der Tischkante ab, fixierte sein Gegenüber durch einen Schleier, musste aufpassen, dass seine Beine nicht nachgaben und der Schwindel ihn nicht taumeln ließ; doch weiter kam er nicht, denn ein weiterer Schlag traf ihn an der Schläfe und knockte ihn endgültig aus. Er fiel mit seinem Oberkörper auf den Tisch.

„He, Heiner, schaff den raus!“, rief Klopp dem Wirt zu, während einige der Männer im Raum lachten und zwei sogar applaudierten

Der Wirt gab einem der Männer ein Zeichen. Während Klopp durch die Tür hinter dem Tresen verschwand, packten der Wirt und sein Helfer Koch unter den Achseln und schleiften ihn auf dem gleichen Weg aus dem Raum.

„Gibste mir noch ein Bier aus?“, lallte Klaus den Männern hinterher. Niemand achtete auf ihn. Die anderen im Raum sahen ihnen noch kurz nach und wandten sich wieder ihren Spielen und Gesprächen zu.

Koch unternahm einen Versuch sich aus dem Griff der beiden Männer zu befreien, aber es war nur ein kurzes Aufbäumen, dann verließen ihn die Kraft und das Bewusstsein und ihm wurde schwarz vor Augen.

Erst als erneut Schläge auf ihn einprasselten, erwachte er für einige kurze Momente aus seiner Ohnmacht.

XXIX

Der Gedanke, ihrer Freundin nachzuspionieren, behagte Dorle nicht. Das war ein Vertrauensbruch gegenüber der Frau, die sie nun schon seit Wochen bei sich aufgenommen hatte, die sie versorgte und die sie beschützte. Das, was sie selbst tat, zeugte nicht von Dankbarkeit. Aber all diese Zweifel konnten sie nicht davon abhalten zu erfahren, warum Franzi in den Nächten das Haus verließ und sich in Gefahr begab.

In dieser Nacht blieb es im unteren Teil des Hauses ruhig. Dorle hatte die Tür angelehnt und lauschte angestrengt, aber es drang kein verdächtiges Geräusch zu ihr nach oben. Als sie gegen halb elf, es war schon längst dunkel draußen, durch die untere Etage lief, um über den Hof auf die Toilette zu gelangen, hörte sie ihre Freundin im Schlafzimmer hantieren und ihr durch die Tür ein „Gute Nacht" zurufen.

Einige Zeit später, Dorle lag längst wieder in ihrem Bett, betrat Franzi das Zimmer, schob ihr die Decke bis zum Hals, strich ihr zärtlich über die Haare und verschwand im Flur.

Dorle hatte ihren Rock anbehalten und das Nachthemd darüber gezogen. Flink legte sie es ab, zog sich einen Pullover und eine Jacke an und eilte nach unten.

Dort wurde gerade die Tür ins Schloss gezogen. Dorle schlüpfte in ihre Schuhe, nahm sich die Schlüssel vom Haken neben der Tür und eilte auf die Straße.

Franzi war schon nicht mehr zu sehen. Instinktiv lief Dorle nach rechts. Nach einigen Minuten entdeckte sie sie endlich, weit vor sich, nahe an den Häusern laufend. Sie beschleunigte ihre Schritte und war so aufgeregt, dass sie es fast versäumt hätte, sich in einen Hauseingang zu drücken, weil Franzi mit einem Mal stehen blieb und sich umdrehte. Dorle hielt den Atem an. Hatte Franzi sie entdeckt? Ahnte sie, dass sie ihr folgte?

Sie zählte still bis zehn, dann schob sie ihren Kopf aus dem Hauseingang. Franzi hatte wieder einen sehr großen Vorsprung. Sie lief in Richtung Stadt. Dorle musste sich beeilen, wenn sie sie nicht verlieren wollte. Das viele Liegen hatte sie geschwächt und schon bald machte sich die Anstrengung bemerkbar, ihre Beine wurden schwer und schmerzten und ein Druck legte sich auf ihre Lunge.

Sie hatte die letzten Häuser des Ortes schon hinter sich gelassen, da heulte plötzlich ein Motor hinter ihr auf. Sie wandte sich um und erkannte die schwachen Scheinwerfer eines Lastwagens. Rechts von ihr war ein Feld, darauf standen vereinzelt Bäume. Schnell verließ sie den Gehweg und rannte über das Feld auf einen der Bäume zu. Bevor sie ihn erreicht hatte, hörte sie ein Hupen, dann das Quietschen der Bremsen.

Dorle ließ sich auf den Boden fallen und hielt den Atem an.

„Mademoiselle!"

Sie hob ihren Kopf ein klein wenig und erkannte in dem Lichtstrahl der Scheinwerfer, die in ihre Richtung gelenkt wurden, einen Schatten.

„Mademoiselle!", hörte sie noch einmal eine junge, leicht verzerrte Stimme.

Dann sah sie den Schatten zu dem Wagen zurückkehren und einsteigen. Das Krachen, als der Fahrer den Gang einlegte, schmerzte ihr Gehör.

Mehr als zehn Minuten blieb Dorle in der Nähe des Baumes liegen und starrte in den dunklen Nachthimmel.

Nun würde sie wieder nicht erfahren, was Franzi in der Nacht machte.

Sie trat in den Hof von Franzis Haus, klopfte in einer Ecke ihre lehmverschmierten Kleider und Schuhe ab, tauchte die Sohlen in die Regentonne und stieg dann im Haus die Treppe zu ihrem Zimmer hinauf, wo sie sich auszog und die dreckigen Kleidungsstücke unter das Bett schob.

XXX

Am Samstagmorgen wachte Koch zum ersten Mal auf, für wenige Sekunden nur, denn die Bewegung, die er dabei machte, erzeugte einen heftigen Schwindel in seinem Kopf.

Kurz darauf fiel er in eine erneute Ohnmacht, die dieses Mal aber nur einige Minuten anhielt.

Koch wollte etwas sagen, aber es gelang ihm nicht.

Ein verschwommenes Gesicht beugte sich über ihn. Undefinierbare Geräusche aus dem Hintergrund drangen zu ihm durch.

„Herr Koch, können Sie mich hören?"

Statt zu antworten, richtete der Kommissar sich auf, was gleich einen heftigen Schwindelanfall zur Folge hatte. Er ließ seinen Kopf auf das Kissen zurückfallen. Das Drehen und der Schwindel wurden heftiger.

Beim nächsten Erwachen mied er jede Bewegung.

„Machen Sie langsam!", forderte die Stimme Koch auf.

Die Geräusche im Hintergrund wurden leiser.

Rechts von ihm bewegte sich etwas, doch so sehr er seine Augen auch anstrengte, erkannte er nur verschwommene Konturen.

„Herr Koch! Hören Sie mich?"

Es dauerte drei weitere Stunden, bis Koch seine Augen längere Zeit offen halten konnte.

Er starrte auf eine helle Wand. Langsam drehte er seinen Kopf zur Seite, erkannte ein Bett, darin einen Menschen. Wieder Geräusche. Wo war er? Was waren die letzten Bilder, an die er sich erinnerte? Eine Kneipe. Es war laut. Hannibal. Viele Menschen. Ein Schlag. Unendlich weit weg. Koch schloss seine Augen. Ihm fielen ein Haus und ein Keller ein. Ein Mädchen mit einem Hund. Dann mehrere Männer, die ihn schlugen und traten. Ihn anbrüllten. Und wieder schlugen und traten.

„Lassen Sie mich mal zu ihm?", vernahm er eine männliche Stimme. Sie kam ihm bekannt vor. Sein Blick war noch immer getrübt.

„Sie haben ganz schön Glück gehabt, Herr Kommissar."

Woher kannte er diese Stimme?

„Unkraut vergeht nicht, hat meine Großmutter immer gesagt."

Esch! Was machte der hier? Koch drehte seinen Kopf dahin, wo er die Stimme vermutete. Sofort wurde ihm schwarz vor Augen, er musste sie schließen.

„Sie dürfen Ihren Kopf nur langsam bewegen", hörte er die mahnende Stimme des Arztes „Sie haben eine Gehirnerschütterung. Ihr Schädel hat ein paar Schläge abbekommen. Scheint aber ziemlich dick zu sein. Ihr Schädel, meine ich."

Koch wollte sich mit beiden Armen nach oben schieben. Erst jetzt merkte er, dass er seinen rechten Arm nicht bewegen konnte. Er senkte seinen Kopf.

„Wo …?"

Sein Mund war völlig ausgetrocknet.

Ein Becher wurde ihm an den Mund geführt. Die ersten Tropfen Wasser waren wie eine Erlösung. Er schnappte mit den Lippen gierig nach dem Becher, aber Esch zog ihn zurück.

„Langsam!", mahnte er.

Das Trinken des halben Bechers hatte Koch erschöpft. Er schloss die Augen und beruhigte sich. Was stimmte mit seinem rechten Arm nicht? Er versuchte ihn zu bewegen, aber es gelang ihm nicht, sein Versuch hatte nur einen stechenden Schmerz zur Folge.

„Was ist …?", schrie er auf.

„Ihr rechter Arm ist gebrochen“, hörte er Eschs Stimme. „Und Ihre Nase hat auch ziemlich einen mitbekommen. Hat Ihrer Schönheit aber kaum einen Abbruch getan.“

Die Kneipe fiel Koch wieder ein. Der Schlag. Männer. Fragen. Schläge. Schmerzen. Schwarz.

Ihm wurde erneut der Becher mit Wasser an die Lippen geführt. Er trank so gierig, dass ein Teil der Flüssigkeit über das Kinn auf die Brust lief. Im Hintergrund waren viele laute Stimmen zu hören.

„Langsam!“, mahnte ihn Eschs Stimme, die nichts von der Arroganz und Überheblichkeit hatte, die Koch sonst stets aus ihr heraushörte.

„Wo … bin … ich?“ Das Sprechen strengte den Kommissar an.

„Im Krankenhaus. Im Städtischen. Sie wurden auf einem Trümmergrundstück gefunden. Zum Glück. Noch ein paar Stunden dort und wir hätten vielleicht einen Kommissar weniger bei der Mainzer Polizei. Und jetzt sind Sie hier in bester Gesellschaft.“ Er umfasste mit einer Bewegung seines Armes den Raum. „Zehn-Bett-Zimmer.“

Esch lächelte Koch an. Jetzt endlich konnte er ihn genauer ansehen. Der Arzt trug ein Tweed-Jackett und eine Krawatte. Was machte er hier?

„Wer …“

„Wer Sie gefunden hat? Ein Mann, der einem Jungen nach ist, der ihm ein Stück Wurst geklaut hat. Der Arzt dachte zuerst, dass Sie hinüber seien, so übel haben Sie ausgesehen. Viel Blut, aber am Ende war es doch nicht so schlimm. Wissen Sie, wer das war?“

Koch überlegte einen Moment, dann schüttelte er seinen Kopf, zu heftig, denn gleich war der Schwindel wieder da.

Immerhin beruhigte sich sein Kopf dieses Mal schneller.

Die Stimmen der anderen Personen im Zimmer drangen nun noch lauter und deutlicher an sein Ohr. Sie beunruhigten ihn.

„Ist etwas?“, fragte Esch.

„Es ist … laut …“

„Seien Sie froh, ein Bett bekommen zu haben.“

„Ich will nach Hause …“, forderte Koch.

Esch lächelte. „Heute sicher nicht. Sie würden es nicht bis zur Tür schaffen. Sie müssen ruhig liegen bleiben.“

Koch schloss die Augen. Er würde verrückt werden, wenn er es noch länger in diesem Raum und in dieser Geräuschkulisse aushalten musste.

Ihm fiel etwas anderes ein. Was hatte Siggi zu ihm gesagt, über Esch, über den toten Hannappeler? Dass dessen Körper Verletzungen aufwies, die nicht von dem Sturz herrühren konnten, sondern ihm vorher verabreicht worden waren.

„Esch …“, begann Koch.

Der hatte sich einem anderen Patienten in dem Raum zugewandt. Er drehte sich wieder zu Koch.

„Ja?“

„Siggi hat gesagt, dass …“

„Nicht jetzt, Herr Koch. Wenn Sie wieder auf dem Damm sind. Und wo ich jetzt sehe, dass es Ihnen schon besser geht, werde ich gehen. Sie bleiben schön ruhig liegen!“ Koch glaubte einen gehässigen Unterton aus den Worten des Arztes herauszuhören.

Als Koch alleine und es in dem Zimmer ruhiger geworden war, versuchte er den Abend in dem Lokal zu rekonstruieren, aber ihm fielen nur Bruchstücke ein, die sich kaum zu einem Bild zusammenfügten. Hannibal, Schläge, Klaus, Bier, Schnaps, Fragen … mehr nicht.

Später kam Siggi vorbei und wirkte sehr bekümmert.

„Meine Großtante hat mir ein paar Sachen für Sie mitgegeben, aber ich gebe Sie Ihnen besser erst, wenn Sie zuhause sind“, erklärte er und blickte reihum zu den Männern in den anderen Betten.

Koch hatte sich mittlerweile ein wenig aufrichten können und die Betten durchgezählt. Neun Männer lagen noch in diesem Zimmer. Einige von ihnen wimmerten und stöhnten und andere redeten unablässig, und all das hatte ihn in seinem Entschluss bestärkt, diesen Ort so schnell wie möglich zu verlassen.

Koch gab Siggi ein Zeichen, ganz nahe an ihn heranzutreten.

„Finden Sie raus, was mit Hannappelers Haus ist“, flüsterte er dem jungen Mann ins Ohr.

„Hannappelers Haus?“, fragte der. „Woher wissen Sie …?“

„Zufall“, sagte Koch schnell. Siggi brauchte nicht zu wissen, dass er sich die Adresse in Reubers Büro besorgt hatte.

Der antwortete nicht sogleich.

„Siggi …? Was ist, Siggi?“, fragte Koch überrascht.

„Das Haus .. Sie meinen das in Bretzenheim …?“

Koch nickte vorsichtig.

„Das ist … abgebrannt. Donnerstag auf Freitagnacht.“

„Wie?“ Koch fuhr hoch. Das war zu schnell. Sogleich drehte es sich in seinem Kopf wie auf einem wild gewordenen Karussell und er stieß mit dem Kopf gegen das Bettgestell.

„Herr Koch …!“ Siggi beugte sich über ihn.

„Das Haus … ist abgebrannt, sagen Sie?“, fragte er, nachdem sich sein Kopfinneres wieder halbwegs beruhigt hatte.

„Ja“, bestätigte der junge Polizist. „Es haben wohl Fremde da übernachtet und ein Feuer gemacht.“

„Margot!“, rief er aus.

„Was?“, fragte Siggi. „Margot?“, wiederholte er.

Koch überlegte. Er war sicher, dass der Brand kein Zufall war.

„Siggi!“ Er winkte den Jungen wieder zu sich heran. „Behalten Sie … für sich, was ich … Ihnen sage?“

Siggi sah ihn zuerst ernst an, dann nickte er.

Koch sprach langsam und leise. Er musste immer wieder kurze Pausen einlegen, um sich zu sammeln. Siggi hatte sich weit zu ihm heruntergebeugt. „Ja, ich war in dem Haus. Sagen Sie mir aber zuerst, ob da … eine Tote gefunden wurde. Ein Mädchen. Fünfzehn, vielleicht sechzehn Jahre alt.“

Siggi schüttelte den Kopf. „Nein. Aber … ich weiß nicht. Ist fast ganz ausgebrannt. Besonders im Keller sieht es schlimm aus.“

Koch fluchte innerlich. Hatte er unter den Schlägen etwas verraten? Er konnte sich nicht erinnern.

„Herr Koch, ist was?“

„Nein, nein“, entgegnete er. „Alles in Ordnung.“

„Woher kennen Sie das Haus? Und wer ist … Margot?“

„Später, Siggi, später“, sprach er leise und erschöpft. „Ich muss jetzt schlafen.“

Nach dem Aufwachen umfing Koch sogleich die Geräuschkulisse des Vortages. Nun erschien sie ihm noch lauter.

Am späten Vormittag kam Arnheim vorbei. Er trug sein marineblaues Jackett mit den goldenen Knöpfen und wirkte in dem Zimmer wie ein Fremdkörper. Entsprechend wurde der Leiter der Mainzer Kriminalpolizei von den anderen Patienten und deren Besuchern angegafft.

Mit einem kurzen Naserümpfen überging Arnheim diese Aufmerksamkeit und trat zu Koch.

„Nichts als Ärger mit Ihnen, mein lieber Koch", begrüßte er den Kommissar, der sich ein müdes Lächeln abrang. „Wie ist das denn passiert?"

Keine Frage, wie es ihm ging.

„Mehrere Männer haben mich zusammengeschlagen", erklärte Koch.

„Einfach so?"

Koch nickte.

„Sie werden verstehen, dass ich meine Zweifel daran habe. Wo ist Ihnen denn dieses *Malheur* passiert?"

Koch nannte seinem Vorgesetzten den Namen des Lokals.

Der verzog den Mund. „Ziemliche Spelunke. Was haben Sie denn da gemacht? Dienstlich?"

Koch nickte erneut, sehr sachte, denn noch immer reagierte sein Gleichgewichtsorgan empfindlich auf zu schnelle und heftige Bewegungen. Unter dem Gips fing sein Arm mittlerweile an zu jucken.

„Ich hoffte, etwas über Hannappeler und mögliche Verbindungen zu Hoger herauszufinden …"

Arnheim unterbrach Koch mit einer zackigen Bewegung seiner rechten Hand.

„Koch, die Sache ist doch geklärt. Hannappeler hat Hoger umgebracht. Streit zwischen Schwarzmarkthändlern. Das haben wir doch geklärt. Man muss eine Sache auch Mal beenden, Koch. Wir sind völlig unterbesetzt und können nicht jahrelang einem Fall nachrennen."

Koch blickte zur Seite. Arnheims laute und energische Rede hatte die Aufmerksamkeit der anderen Patienten in dem Zimmer erregt. Arnheim sah sich ebenfalls um. Sofort wandten sie ihre Blicke ab.

„Wissen Sie, wer das war?“

Koch nickte und beschrieb den großen, dunkelhaarigen Mann. Auch Klaus, den Besoffenen von der Theke, erwähnte er.

„Ich werde da nachhaken, Koch. Aber schließen Sie jetzt verdammt die Akte auch in Ihrem Kopf. Und vor allem: Werden Sie gesund! Das ist ein Befehl!“ Bei seinen letzten Worten lächelte Arnheim sogar.

An der Tür blieb er stehen und drehte sich noch einmal um.

„Koch, vergessen Sie Koblenz nicht. Wenn Sie hier raus sind, will ich, dass Sie endlich nach Koblenz fahren. Auch das ist ein Befehl!“

Ohne ein weiteres Wort verließ er das Krankenzimmer.

Am Nachmittag erhielt Koch Besuch von Reuber. Vorher hatte es einen Streit in dem Zimmer gegeben, weil sich einer der Kranken, ein Mann, dessen Fuß im Krieg amputiert worden war und dessen Stumpf sich entzündet hatte, über den, wie er es immer wieder nannte, *Fraß* aus der Krankenhauskantine beschwert hatte. Nicht an der Entzündung, sondern an dem, was ihm da vorgesetzt werde, würde er krepieren, schrie er das Personal an. Selbst in Russland habe es besseres Fressen gegeben. Es brauchte einige Zeit, den Mann wieder zu beruhigen. Nachher erklärte ein junger Arzt, dass dies das Fieber wäre. Koch war nach diesem Zwischenfall mehr denn je überzeugt, diesen Ort so schnell wie möglich verlassen zu müssen.

Als Reuber mechanisch in seine Tasche griff und eine Zigarettenpackung unter den neidischen Blicken der anderen im Zimmer herauszog, gab Koch ihm ein Zeichen, dass er rausgehen wollte. Reuber stützte den Kollegen und half ihm aus dem Bett. Koch spürte, wie schwach er noch war.

Reuber hatte ihn untergehakt. Langsam gingen sie auf den Flur, weil jede Bewegung sich bis in seinen Kopf fortsetzte und für Schwindel sorgte. Reuber zündete sich eine Zigarette an. Koch starrte dabei auf das Feuerzeug in der Hand des Kollegen.

„Was ist?“, fragte Reuber, dem der Blick nicht entgangen war.

„Ein schönes Feuerzeug“, sagte der.

„Wie kommen Sie jetzt darauf? Sie kennen es doch.“

„Darf ich es noch einmal sehen?“

Mit einem misstrauischen Blick reichte ihm Reuber das silberne Teil.

„Sehr persönlich, so eine Gravur.“ ‚GAR‘ war in schwungvollen Buchstaben auf die eine Seite des Feuerzeugs eingraviert, genau wie auf dem Teil, das Margot ihm in der Villa gezeigt hatte.

„Hüte ich auch wie meinen Augapfel. Normalerweise gebe ich es nicht aus der Hand“, witzelte Reuber und forderte es mit einer Handbewegung zurück.

„Ach“, sagte er, während er genüsslich an seiner Zigarette zog, sich kurz umwandte, um den Rauch in die andere Richtung zu blasen, „das hier soll ich Ihnen von meiner Frau geben.“

Er reichte Koch ein kleines Stück Papier. Der sah ihn fragend an.

„Machen Sie es auf!“

Koch wickelte aus dem Papier ein kleines Stück Schokolade.

„Keine Sorge. Nicht vom Schwarzmarkt. Hat meine Frau von einer Bekannten, die Verwandte in den USA hat.“

Koch bedankte sich.

„Habe gehört, dass Ihnen das“, Reuber deutete mit der qualmenden Zigarette auf den gebrochenen Arm, „in einer Kneipe in der Lauterenstraße passiert ist. Übler Ort. Wie kommen Sie denn da hin?"

Arnheim musste es Reuber gesteckt haben. Oder er hatte es von einem seiner Informanten.

„Habe von dem Ort im Rahmen meiner Nachforschungen über Hoger erfahren. Kennen Sie das Lokal?"

Reuber grinste und zog an seiner Zigarette. Ein Arzt lief vorbei und sah ihn missbilligend an.

„Und ob. Bekannter Treffpunkt von schweren Jungs. Schwarzhändler, Hehler. Zuhälter. Hätten mich mal fragen sollen. Ich hätte Sie gewarnt." Koch versuchte zu ergründen, wie viel Spott in Reubers Worten lag. „Haben Sie denn was rausgefunden?"

Koch spürte, dass ihn das Stehen anstrengte. Am Ende des Flurs, auf den man auch Betten mit Kranken geschoben hatte, erblickte er einen Stuhl. Er gab Reuber ein Zeichen dorthin zu gehen.

„Nein, nichts", erklärte er Reuber, nachdem er sich erschöpft auf dem Stuhl niedergelassen hatte.

„Und wie kam es dazu …?"

Koch bewegte den eingegipsten Arm ein kleines Stück. „Habe die falschen Fragen gestellt."

„Und die falschen Antworten bekommen."

„Die ganz falschen."

„Wie lange müssen Sie hier bleiben?", fragte Reuber.

„Ich hoffe, nicht mehr lange. Es ist nicht auszuhalten."

Reuber nickte und steckte sich eine neue Zigarette an.

„Haben Sie schon gehört, dass das Haus von Hannappeler abgebrannt ist?"

Koch nickte bedächtig.

„Brandstiftung?", fragte er.

Reuber zuckte mit den Schultern. „Sieht im Moment eher so aus, als ob da jemand unerlaubt drin gehaust hätte."

„Wurde jemand gefunden? Ich meine, eine Leiche?“

Koch behielt Reuber im Auge.

„Nein, nichts. Ich nehme an, dass wer immer dort gehaust hat, noch rechtzeitig raus ist. Zum Glück hatten wir die Villa schon auf den Kopf gestellt. Und Hannappeler braucht ja auch kein Dach mehr über dem Kopf. In der Hölle, wo er jetzt hoffentlich schmort.“

Koch stutzte. Es war ein Funken zu viel Hass in Reubers Worten.

„Blöder Witz“, wiegelte er ab und wechselte das Thema. „Sehen Sie zu, dass Sie wieder auf die Beine kommen. Sie wissen ja, am 18. Mai wird gewählt.“

Koch war das zu viel und zu schnell.

„Landtagswahlen, Koch. Die ersten Landtagswahlen nach dem Krieg. Noch nicht die Plakate gesehen, die jetzt überall aufgehängt werden? Sie als Demokrat durch und durch!“

Koch schüttelte den Kopf, was ihn schwindeln ließ. Das Laufen und Sprechen hatten ihn so angestrengt, dass er Reuber bat, ihn zurück in sein Zimmer zu bringen.

Erschöpft fiel Koch bald in einen unruhigen Schlaf, nur unterbrochen von der Essensausgabe, einer dünnen Brühe, die den Patienten in seinem Zimmer gleich wieder aufbrachte und zu einer wütenden Schimpfkanonade animierte, von der Koch aber nicht mehr viel mitbekam.

XXXI

Franzis Stimme weckte Dorle am Vormittag. Die Freundin erteilte ihrem Sohn Karl einen Auftrag. Dorle war erleichtert, was immer Franzi gemacht hatte, immerhin war sie wohlbehalten zurückgekehrt.

„Dorle, schläfst du noch?“, hörte sie Franzis Stimme von unten.

Zuerst wollte sie nicht darauf reagieren und sich schlafend stellen, doch das kam ihr albern vor.

„Nein!“, rief sie vom Treppengeländer zurück.

„Magst du einen Kaffee? Karl hat Bohnenkaffee organisiert.“

Dorle roch den Duft der gemahlenen Bohnen und des aufgebrühten Pulvers bis nach oben.

„Ich komme“, rief sie, zog sich an und prüfte, bevor sie nach unten ging, ob sie ihre verdreckte Kleidung auch weit genug unter das Bett geschoben hatte.

Unten empfing Franzi sie mit einer herzlichen Umarmung, dann überreichte sie ihr einen Becher mit dampfendem Kaffee.

Dorle beobachtete ihre Freundin über den Becherrand. Sie verhielt sich ganz normal, ihre Herzlichkeit war nicht gespielt.

„Gut!“, sagte sie schließlich zu Franzi, nachdem sie vorsichtig an der heißen Flüssigkeit genippt hatte.

„Hast du Karl zu verdanken.“

Sie sah zu der Tür in die kleine Vorratskammer, in der der jüngere der beiden Söhne Franzis stand und ihr zulächelte.

„Sehr gut!“, sagte sie.

Sie hatte Karl schon lange nicht mehr bewusst angesehen. Er war ein richtiger Mann geworden, stellte sie fest, das Gesicht kantig, nicht mehr so weich, wie sie es in Erinnerung hatte. Sein Blick war ernst.

„Das freut mich. Geht es dir gut?“, fragte Karl.

Schon als kleine Jungs hatten Franzis Söhne sie geduzt und das hatte sich in all den Jahren, in denen sie sie aufwachsen sah, nicht geändert.

Sie versuchte ein Lächeln.

Karl nickte.

Wehmut überkam sie. Er war so alt wie ihr Rolf. Über ein Jahr war der schon tot.

„Ich gehe mit Karl nach Finthen. Wir werden da tauschen“, sagte Franzi. „Heute Nachmittag sind wir zurück. In der Kanne auf dem Herd ist noch Kaffee. Nimm dir ruhig.“

Damit verabschiedeten sich die beiden und Dorle blieb alleine zurück.

Draußen schien die Sonne und es war noch wärmer als am Vortag. Dorle füllte ihre Tasse auf und ging in den Hof, wo sie sich an dem kleinen Tisch niederließ. Sie zog die Ärmel ihres Pullovers über die Ellenbogen, legte den Kopf in den Nacken und genoss die Wärme der Sonnenstrahlen auf ihrer Haut, und schlief darüber ein.

Klappergeräusche weckten Dorle. Sie erhob sich langsam, streckte ihre steifen Glieder und ging ins Haus. Die Geräusche kamen von Franzi, die in der Küche hantierte. Sie musste lange geschlafen haben, wenn ihre Freundin schon von ihren Tauschgeschäften zurückgekehrt war.

Dorle stellte sich in den Türrahmen und beobachtete, wie ihre Freundin nacheinander die Küchenmesser aus der Schublade nahm, mit der Fingerkuppe die Schärfe der Schneiden prüfte, sie zurücklegte, bis auf das letzte, ein Messer mit einem Griff aus Olivenholz. Franzis jüngerer

Sohn hatte es ihr aus Frankreich mitgebracht, wo er während des Krieges lange Zeit stationiert gewesen war. Mit so viel Hingabe wetzte und schleifte Franzi die Klinge dieses Messers an dem faustgroßen Stein, dass sie Dorle in der Tür nicht bemerkte, bis die sich räusperte, aber auch da reagierte Franzi nicht. Dorle trat hinter sie und berührte mit ihrer Hand leicht ihre Schulter. Franzi fuhr erschrocken herum und schnitt sich dabei mit dem geschärften Messer in den Daumen.

Entgeistert starrte sie erst Dorle, dann den Daumen an. Aus der tiefen Wunde tropfte Blut auf den Boden.

„Mein Gott, Entschuldigung!", rief Dorle aus, verharrte einige Sekunden starr, bevor sie sich losriss und von der Anrichte neben der Spüle ein Tuch nahm, es in den Wasserkrug auf dem Tisch tunkte und dann um die Wunde legte.

„Entschuldigung!", wiederholte sie und blickte in Franzis bleich gewordenes Gesicht, die sich langsam wieder fasste.

„Das wollte ich nicht!"

Franzi nickte. „Schon gut", erwiderte sie leise.

„Was … was hast du vor?", fragte Dorle.

Franzi wickelte das feuchte Tuch um den verletzten Finger.

„Ich habe die Messer geschliffen", antwortete sie tonlos und drückte mit ihrer gesunden Hand das Tuch fester um den Finger. Das Blut hatte es schon sichtbar durchtränkt.

Dorle nahm einen anderen Lappen und begann die Blutstropfen auf dem Boden aufzuwischen.

„Warum?", fragte Dorle, während sie auf dem Boden kniete und mit dem Lappen hin und her schrubbte.

„Was warum?", fragte Franzi zurück.

„Das Schleifen?"

Franzi sah ihre Freundin verständnislos an. „Weil man Messer schleifen muss, wenn sie scharf bleiben sollen. Jetzt lass das Putzen sein und stell lieber Wasser auf den Herd! Ich brauche dringend einen Kaffee."

Am Abend saßen die beiden Frauen am Küchentisch und aßen schweigend. Franzi, weil sie von dem vielen Laufen müde war, Dorle, weil ihr ein schrecklicher Gedanke gekommen war, der sie nicht losließ. Warum hatte ihre Freundin genau dieses eine Messer geschliffen? Warum hatte sie sich so sehr erschrocken, dass sie sich in den Finger schnitt? Sie dachte an Franzis nächtliche Ausflüge, an den hasserfüllten Streit, den sie mit Neubert geführt hatte, und mit einem Mal konnte das zusammen nur bedeuten, dass Franzi tatsächlich den Plan, den Widerling von Neubert zu ermorden, weiter verfolgte.

„Morgen kommt Robby!" Mit diesen Worten riss Franzi Dorle aus ihren Gedanken. „Ich habe auch Mehl eingetauscht, damit ich einen Kuchen backen kann." Sie gähnte.

„Soll ich dir helfen?", fragte Dorle und ließ sich von dem Gähnen der Freundin anstecken.

Sie schüttelte den Kopf. „Leg dich nur hin! Du bist müde."

Dann wandte sie sich ab und begann mit den Vorbereitungen für den Kuchen, ohne auf Dorle zu achten. Die wünschte Franzi „Gute Nacht" und verschwand in ihr Schlafzimmer. Der Gedanke, dass Franzi Neuberts Tod plante, verfestigte sich immer mehr. Sie durfte das nicht zulassen.

Robby kam kurz nach zwölf. Dorle lag noch im Bett. Der Motor des Wagens, das Zuschlagen der Tür, das Knallen der Stiefel auf dem Asphalt, all das war nicht zu überhören.

Bald hörte sie unten erst Franzis helles, dann Robbys tiefes Lachen. Das Geturtel der Verliebten drang zu ihr herauf. Dorle war sich sicher, dass Franzi keinen anderen Liebhaber hatte. Dann war es mit einem Mal leise im Haus, bis auf einige spitze Schreie und Gekicher aus Franzis Schlafzimmer.

Am Nachmittag hörte sie ihren Namen. Es war Robby, der mit seiner tiefen, kehligen Stimme nach ihr rief und sie freudig begrüßte, als sie nach unten kam.

„I've talked to my parents", erklärte er später, als sie Franzis selbst gebackenen Kuchen aßen, „about the shop."

Franzi übersetzte ihr, dass seine Eltern die Idee, dass Dorle einen Laden mit ihren Produkten eröffnen sollte, gut fanden.

„Thank you", antwortete Dorle mit ernstem Gesicht.

Robby sah Dorle nachdenklich an. „Any problems?"

Dorle hatte Franzi gebeten, ihm nichts von Neuberts Erpressung zu sagen.

Sie schüttelte den Kopf. „I'm … müde", sagte sie, „and I have … in my …" Sie fasste sich an den Kopf und machte ein schmerzverzerrtes Gesicht.

„Headaches?! Wait a moment!", rief Robby aus, sprang auf und rannte aus dem Haus, um zwei Minuten später mit einer Packung in der Hand zurückzukehren, die er sofort aufriss. Er reichte ihr zwei Tabletten.

„Aspirin", teilte er ihr mit. „Two of these will kill your headache."

Franzi sah kurz und skeptisch zu Dorle, dann stand sie auf und füllte ein Glas mit Wasser aus einem Krug, das sie der Freundin reichte, die sich nacheinander die beiden Tabletten in den Mund steckte und mit dem Wasser hinunterschluckte.

„Good!", rief Robby befriedigt aus.

Tatsächlich setzte die Wirkung bald ein, aber anders, als alle am Tisch sich das gedacht hatten. Dorle wurde aufgeputscht, sie war aufgedreht, lachte plötzlich laut und viel und warf ein Glas mit Wein um.

Zuerst lachte Franzi mit, froh, dass Dorle einen so gelösten Eindruck machte, aber je weiter der Abend voranschritt, desto besorgter betrachtete sie ihr Verhalten, bis Dorle mit einem Mal ernst erklärte, dass sie nun nach oben gehen und sich hinlegen werde.

„Magst du denn nichts essen?", fragte Franzi, „Robby hat Fleisch mitgebracht."

„Steaks!", konkretisierte der, aber Dorle winkte ab und stieg langsam die Treppe nach oben, wo sie eine Zeit lang noch die Stimmen und das Lachen der beiden hörte, während sie sich ihren Plan für den nächsten Tag zurechtlegte.

XXXII

Dorle stand schon früh am Morgen auf. Franzi sollte nicht mitbekommen, wenn sie das Haus verließ. Kaum hatte sie das große Hoftor leise hinter sich zugezogen, hörte sie die Glocken der Kirche St. Stephan. Schnell eilte sie durch den Ort und hatte bald die Felder erreicht, wo sie sich erst einmal auf einem Stein ausruhen musste. Doch sie wollte nicht zu lange warten. Sie hatte sich zu dem Entschluss durchgerungen, jetzt wollte sie ihn so schnell wie möglich auch umsetzen.

Eine weitere Pause musste sie einlegen, dann hatte sie Pauls Haus in der Zahlbach erreicht. Ihr Herz schlug schneller, als sie die Treppen zu seiner Wohnung hinaufstieg.

Wie würde er reagieren, wenn sie so unverhofft vor ihm stand? War er so verletzt, weil sie sich ihm in den letzten Wochen verweigert hatte, dass er nichts mehr von ihr wissen wollte? War er vielleicht nach Frankreich gefahren, wie er es so oft angekündigt hatte, wenn ihm hier in Deutschland alles über den Kopf wuchs und er sich über all die Nazis, die noch überall das Sagen hatten, ärgerte?

Aber sie musste mit ihm sprechen. Wie hatte sie auch nur denken können, dass das Davonlaufen eine Lösung sein könnte? Sie riss alle damit ins Verderben und zuallererst Franzi, die einen Mord plante, eine Todsünde. Das durfte sie nicht zulassen, dahinter musste alles andere zurückstehen, auch Pauls Karriere. Aber es war nicht nur das. Sie sehnte sich nach Paul, und sie konnte nicht verstehen, wie sie es in all den Tagen und Nächten in Franzis Haus ohne ihn ausgehalten hatte.

Sie war so aufgeregt, dass sie es nicht schaffte, fest gegen die Tür zu seiner Wohnung zu klopfen, so sehr zitterten ihre Hände, und sie fürchtete auch, dass ihre Beine sie nicht mehr lange würden tragen können.

Sie wandte sich von der Tür ab und ging zweimal in dem kleinen Flur im Kreis, atmete tief durch und wagte einen neuen Versuch. Dieses Mal bekam sie ein vernehmliches Klopfen zustande. Aber es erfolgte keine Reaktion. Sie überlegte, ob Paul wieder mit Bresson so viel getrunken hatte, dass er ihr Klopfen nicht mitbekam. Stärker als zuvor schlug sie gegen das Holz der Tür, aber wieder tat sich nichts. Sie legte ihr Ohr an das Holz. Dabei stützte sie sich an dem Türgriff ab, den sie mit ihrem Gewicht nach unten drückte. Sie war überrascht, dass die Tür aufsprang und sie in den Vorraum von Kochs Wohnung stolperte.

Nach einigen Sekunden hatte Dorle sich berappelt. Langsam ging sie in den Wohnraum, wo auf dem Tisch ein Grammophon stand, von dem Paul nie etwas erzählt hatte. Sie nahm die Schellackplatten in die Hand. Cab Calloway las sie und Glenn Miller, Fats Waller und Louis Armstrong. Wo hatte Paul die her? Flaschen waren um das Musikgerät drapiert, vier Stück zählte sie, in zweien von ihnen war noch ein Rest Flüssigkeit. Auf dem Boden stapelten sich an der Wand die Bücher, zwei Stapel waren eingestürzt. Dorle war nicht oft in dieser Wohnung gewesen, ihre gemeinsame Zeit hatten Paul und sie meist bei ihr verbracht.

Sie löste sich von dem Tisch und ging ins Schlafzimmer. Die Bettdecke lag zerknüllt auf der Matratze, von dem Besitzer keine Spur. Sie hockte sich neben das Bett und befühlte die Decke. Sie war kalt.

Wo war Paul? Das alles machte auf Dorle den Eindruck, als wenn er schon seit Tagen nicht mehr in der Wohnung gewesen wäre. Sie fühlte sich beklommen, spürte, dass etwas nicht stimmte und sie fürchtete, dass ihm etwas zugestoßen war.

Sie eilte nach draußen und überwand ihre Scham, dass eines der Mädchen, die der hagere Mann photographierte, ihr öffnen könnte. Sie klopfte gegen die Tür, aber ihr öffneten weder Bresson noch eines der Mädchen.

Dorle ignorierte ihre Erschöpfung und machte sich auf den Weg zu Pauls Dienststelle.

„Paul Koch?", wiederholte der Pförtner aus seinem Kabuff in der Einfahrt zu dem großen Innenhof der Direktion und sah die Frau aus seiner erhöhten Position an. Hinter ihr eilten Polizisten in das Gebäude.

„Ja, Paul Koch. Der Kommissar. Wissen Sie, ob er in seinem Büro ist?", fragte Dorle aufgeregt und reckte ihren Kopf nach oben.

Der Mann schüttelte den Kopf.

„Wo ist er denn?"

Der Pförtner rückte seine Mütze zurecht, bevor er antwortete.

„Wissen Sie das nicht?"

„Was?", fragte sie zurück, leise und angstvoll, weil in der Stimme des Mannes etwas war, das nicht gut klang.

Er sah sie noch einmal mit einem langen und eindringlichen Blick an, bevor er antwortete. „Der ist doch im Krankenhaus."

„Krankenhaus? Was … ist …?", stammelte Dorle, die mit einem Mal fürchterliche Angst bekam.

„Hat ganz schön was abbekommen, der Herr Kommissar!"

„Was … Wo ist er?"

Der Pförtner zuckte mit den Schultern. Dorle wurde ungeduldig. Am liebsten hätte sie den Mann geschüttelt.

„Ich glaube …“, er ließ sich Zeit und blickte nach oben, als stünde dort irgendwo die Antwort, „… ich glaube, im Städtischen, da wo …“

Dorle hörte nicht weiter zu, sondern lief auf die Straße zurück. Erst dort fiel ihr ein, dass sie überlegen musste, wie sie von der Polizeidirektion am schnellsten zum Städtischen Krankenhaus kam. In ihrer Aufregung war das nicht einfach.

„Da müssen Sie lang und dann …“

Der Pförtner war hinter Dorle getreten und zeigte ihr mit dem ausgestreckten Arm die Richtung an und erklärte ihr den Weg. Es war gar nicht weit entfernt, nur wenige Minuten zu Fuß.

„Im zwoten Stock!“, teilte ihr eine Frau in einem weißen Kittel mit, ohne aufzuschauen. „Zimmer 234. Treppe links.“

In ihrer Aufregung lief Dorle erst nach rechts, bemerkte den Fehler und wandte sich um.

Von Stufe zu Stufe fühlte sie sich matter, aber das war jetzt egal. Sie musste wissen, was mit Paul geschehen war.

Zimmer 234 war ein großer Raum mit einer Unmenge Betten und vielen lauten Männern.

„Ich kotze von dem Fraß!“, hörte sie eine kräftige Stimme heraus.

Ein anderer Mann pfiff, während sie durch die Tür trat und die Betten absuchte.

„Welch Glanz in dieser trostlosen Hütte“, sabberte ihr der Mann, der der Tür am nächsten lag, entgegen.

Dorle überwand ihren Ekel und blickte weiter von Bett zu Bett. Alle Männer sahen inzwischen zu ihr und machten anzügliche Bemerkungen.

„Paul Koch! Ich suche Paul Koch“, rief sie in die Runde.

„Was willste denn mit dem, schöne Frau?“, rief einer der Männer, der nahe am Fenster lag. „Neun hübsche Kerle haste hier. Kannste alle haben!“

Neunfaches Lachen war die Antwort darauf.

Dorle wurde zornig. „Wo ist Paul Koch?“, rief sie mit gerötetem Gesicht.

Das Lachen erstarb.

„Der Herr Kommissar?“, fragte ein anderer Mann, dessen Kopf bandagiert war.

„Ja, ja“, antwortete Dorle schnell und machte einen Schritt in Richtung des Mannes.

„Entlassen. Selbst entlassen. War sich zu fein für diese edle Gesellschaft hier.“

„Wohin?“

„Wohin? Meine Schöne, woher sollen wir das wissen?“, entgegnete der Mann am Fenster mit einem hämischen Grinsen.

„So ein junger Spund hat den abgeholt. Blond wie ein Mädchen …“, warf ein anderer in die Runde. „Ist noch nicht lange her. Vielleicht ’ne Stunde, vielleicht weniger …“

Das musste Siggi gewesen sein, mutmaßte Dorle. Er hatte Paul abgeholt. Was war mit Paul? Warum war er im Krankenhaus gewesen? Wo waren die beiden? Ihr fiel nur Pauls Wohnung ein. Sie drehte sich um und lief aus dem Zimmer. Die Männer riefen ihr Bemerkungen hinterher und lachten. Sie verstand kein Wort und es war ihr egal. Erst nach dem Verlassen des Krankenhauses fiel ihr ein, dass sie wenigstens hätte fragen können, was Paul hatte. Aber immerhin war er auf den Beinen …

XXXIII

In der Nacht hatte Koch kaum ein Auge zubekommen. Das kakophonische Konzert aus Stöhnen, Schreien, Furzen und Flüchen weckte ihn gleich wieder, wenn er endlich eingeschlafen war.

Am Morgen wartete er übermüdet und erschöpft auf den Arzt.

Um halb neun Uhr betrat Siggi das Zimmer.

„Geht es Ihnen nicht gut, Herr Koch?“, fragte er statt einer Begrüßung.

„Allerdings“, bestätigte Koch missmutig und sah zu seinen Zimmergenossen herüber.

Siggi grinste.

„Was gibt es da zu lachen?“, blaffte Koch.

„Nichts!“

„Sind Sie mit dem Wagen hier?“, wechselte Koch das Thema.

„Nein, warum …?“

Koch ließ Siggi nicht aussprechen. „Sie gehen jetzt in die Direktion, organisieren einen Wagen und kommen dann hierher!“

„Aber Sie dürfen doch noch nicht … Ihr Kopf …“

„Mein Kopf ist meine Sache, Siggi. Tun Sie, was ich Ihnen sage!“

„Genau, junger Mann, Sie waren wohl nicht beim Militär. Gehorchen ist die erste Mannespflicht.“ Der Mann im Nebenbett lachte und zeigte seine schwarzen Zähne.

„Halt's Maul!“, schimpfte Koch. Der Mann verstummte augenblicklich und blickte den Kommissar wütend an.

„Auf Siggi, machen Sie! Ich warte auf dem Flur auf Sie. Es ist nicht auszuhalten hier drinnen.“

„Ist der Herr sich zu fein für das Volk?“, begann der

Mann in dem Bett nahe dem Fenster zu lästern. Koch ging nicht darauf ein, sondern stand auf und humpelte zu den Spinden, die auf der dem Fenster gegenüberliegenden Seite aufgestellt waren.

Auf dem rechten stand sein Name. Er öffnete die Eisentür und nahm seine Hose heraus. Sie war völlig verdreckt, aber das war ihm egal. Er wollte nur hier heraus. In diesem Zimmer mit diesen Menschen würde er nie und nimmer genesen.

Das Anziehen der Hose bereitete Koch mit dem eingegipsten Arm große Mühe und trug stark zur Belustigung seiner Zimmergenossen bei.

„Soll ich die Schwester rufen?“, schlug einer der Männer vor, „die hilft bestimmt gerne bei einem so prachtvoll eingepackten Kerl“, und zeigte dabei auf Kochs verschmutzte Unterhose.

Er saß auf dem Rand des Bettes, hielt mit der linken Hand den Hosenbund fest, schob mit gequältem Gesichtsausdruck sein linkes Bein in die entsprechende Öffnung, wiederholte dann nach einer kurzen Verschnaufpause den Vorgang mit der rechten Seite. Alle im Zimmer sahen ihm dabei äußerst interessiert zu, kicherten, gaben leise Kommentare ab und begannen zu applaudieren, als Koch die Hose endlich über seinen Hintern gezogen hatte.

„Idioten!“, rief er ihnen zu und erntete dafür nur neues Lachen. Sein blutverschmiertes Jackett warf er sich über die Schulter. Sein Hut war nicht in dem Spind. Der lag wahrscheinlich irgendwo im Dreck auf dem Grundstück, wo man ihn gefunden hatte.

Grußlos verließ Koch das Zimmer, hörte hinter der geschlossenen Tür weiter das Lachen seiner ehemaligen Zimmergenossen und stellte sich in die Nähe des Aufgangs, wo er lange warten musste, bis Siggi endlich erschien. Bis dahin musste er die neugierigen Blicke der Patienten und des vorbeieilenden Krankenhauspersonals ertragen. Immerhin hatten die Schmerzen nachgelassen.

„Endlich, Siggi, wurde auch Zeit!“, rief er seinem Assistenten ungeduldig entgegen, als der die Treppe hinaufgeeilt kam.

„Jörg wollte mir den Wagen nicht geben!“, entschuldigte er sich.

In seiner Wohnung ließ sich Koch in den Sessel fallen. Das Stehen und der Gang zum Auto hatten ihn angestrengt.

„Machen Sie das Gerät an!“, forderte er Siggi auf und zeigte mit seinem gesunden Arm auf das Grammophon, das noch immer auf dem Tisch stand. Die Schallplatten lagen daneben.

Siggi drehte die Kurbel und legte die Glenn-Miller-Scheibe auf.

Koch drückte sich in den Sessel. „Gut!“, stieß er hervor, „endlich raus aus dem Loch.“

Er lauschte dem warmen Trompetenton.

Siggi wandte sich Koch zu.

„Herr Arnheim hat in dem Lokal eine Untersuchung durchgeführt.“

„Und?“

„Nichts.“ Siggi sah Koch an. „Nichts. Es heißt, dass Sie die Schlägerei angefangen hätten. Hätten einen Mann mit Schnaps überschüttet und angegriffen. Der hat sich zuerst gewehrt und dann versucht Sie zu beruhigen. Als Sie keine Ruhe gegeben hätten, wäre er gegangen und Sie sind ihm nach.“

„Sagen diese Mistkerle in dem Lokal?“, fragte Koch erregt.

Siggi nickte.

„Und den Kerl, den ich angeblich mit Schnaps überschüttet habe, den kennt auch keiner."

„War neu in dem Lokal, heißt es."

Koch nickte resigniert.

„Stellen Sie mal Wasser auf. Ich brauche einen Kaffee. Der Muckefuck ist in der Dose."

Siggi verschwand im Nebenraum, aus dem er nach einigen Minuten mit einem dampfenden Becher zurückkam.

„So, der Kaffee, Herr Koch!"

Koch, der der Musik gelauscht hatte, schlug die Augen auf. Siggi hielt ihm einen dampfenden Becher entgegen.

Der erste Schluck belebte Koch.

„Das Haus", fing Siggi an, der sich ebenfalls einen Kaffee zubereitet hatte, „woher wussten Sie, dass …" Er ging zu dem Grammophon und ließ dieselbe Platte noch einmal laufen.

„Ich war bei Reuber und da habe ich das in der Akte gelesen."

„Hat Herr Reuber sie Ihnen gegeben?"

Koch ließ sich mit der Antwort Zeit, zu lange, um jetzt noch glaubhaft lügen zu können.

„Er weiß es nicht."

Siggi nickte. „Sie trauen ihm nicht, oder?"

Wieder wartete Koch. „Trauen? Das ist der falsche Ausdruck, Siggi. Ich glaube schon, dass Reuber ein guter Polizist ist, aber …"

Wieder machte er eine Pause.

„Aber es gibt Ungereimtheiten …"

„Das kann doch Zufall sein …", warf Siggi ein. Seine Wangen waren gerötet.

Koch kniff seine Lippen zusammen. „Natürlich, Siggi, natürlich." Er nahm einen Schluck von seinem Kaffee. Das Jucken unter dem Gips wurde heftiger. Schon im Krankenhaus hatte ihn das auf die Palme gebracht. Er brauchte einen dünnen Stock, den er unter den Gips schieben konnte, sonst würde er verrückt werden.

„Ja, Siggi, vielleicht. Natürlich. Aber wenn ich solche Ungereimtheiten erkenne, muss ich ihnen nachgehen. In der Hoffnung, dass sie sich als … Zufall … oder sonst etwas erweisen. Aber ich kann sie nicht einfach so hinnehmen." Koch sprach hastig.

„Aber Herr Reuber ist doch Ihr Freund …?!"

„Ja, das ist er. Aber gerade deshalb bin ich mit ihm strenger als mit anderen Menschen." Er hatte keine Lust auf eine solche Diskussion. Besonders jetzt nicht.

„Und was waren das für Ungereimtheiten, Herr Koch? Verraten Sie mir das?"

Der Kommissar überlegte und trank dabei den Becher leer. Glenn Miller, dessen letzter Posaunenton verklang, konnte ihm auch nicht helfen.

„Machen Sie noch einen Kaffee!", befahl Koch, und als Siggi mit dem gefüllten Becher zurückkam und er ihn halb leer getrunken hatte, sah er sich in der Lage, Siggi einigermaßen ruhig die Gründe für sein Misstrauen Reuber gegenüber darzulegen. Er erklärte dem jungen Kollegen, was er entdeckt hatte. Dass es nicht abwegig erschien, dass Reuber beim Sturz Hannappelers vom Dach nachgeholfen hatte, was durch Eschs Untersuchungsergebnis, dass es Verletzungen an Hannappelers Körper gab, die nicht vom Sturz stammen konnten, gestützt wurde. Er erwähnte das Feuerzeug und dass Reuber in Fort Muhl zunächst behauptet hatte, den toten Geisler nicht zu kennen, und erst auf Kochs Insistieren das Gegenteil eingestand.

„Aber es kann doch für alles gute Gründe geben." Siggi dachte nach. „Die Verletzungen an Hannappelers Körper könnten auch von jemand anderem stammen, mit dem er

Streit hatte, bevor er vor Reuber davongelaufen ist. Das Feuerzeug, ja, …“, er dachte wieder nach, „das hat er bei einer Befragung von Hannappeler verloren …“

An dieser Stelle unterbrach Koch Siggis Ausführungen.

„Aber warum erzählt er mir, dass er es wiedergefunden hätte …“

„Weil er Ihnen nicht traut …?“ Siggi erschrak über seine eigenen Worte.

Koch nickte.

„Und was die Leiche in Fort Muhl angeht“, führte Siggi weiter aus, „da hat er doch gesagt, dass der Mann sein Informant war.“

„Vielleicht haben Sie Recht, Siggi. Ich hoffe sogar, dass Sie Recht haben. Aber ich spüre regelrecht körperlich, dass da doch noch etwas anderes ist, aber ich weiß nicht, was.“

Beide Männer schwiegen. Siggi sah Koch an.

„Ist noch was, Siggi?“, fragte er, dessen eindringlicher Blick ihm auffiel.

„Esch … ich meine, haben Sie ihn …?“

„Zusammengeschlagen? Meinen Sie das?“ Er nahm einen Schluck aus einem Becher. „Ja, das war ich. Hat er es Arnheim schon gepetzt?“

Siggi schwieg.

„Was ist, Siggi? Will Esch, dass ich meine Arbeit verliere?“

Siggi sprang plötzlich auf, so unverhofft, dass Koch zusammenzuckte, seinen Arm dabei unglücklich bewegte und aufschrie. Siggi schien das nicht wahrzunehmen.

„Er hat nichts gesagt, der Herr Esch. Das ist ein feiner Kerl. Nichts. Hat gesagt, dass er gestürzt ist. Und Herr Esch hat Sie im Krankenhaus behandelt. Ihm haben Sie es zu verdanken, dass es Ihnen jetzt schon wieder so gut geht.“

Siggi hatte immer schneller und lauter gesprochen, sein Kopf war puterrot angelaufen und erst mit den letzten Worten schien ihm klar geworden zu sein, was er gemacht hatte. Er wandte sich ab und ging zum Fenster, aus dem er minutenlang starrte.

Koch saß zusammengesunken in seinem Sessel.

Nach einer gefühlten Ewigkeit richtete er sich auf.

„Siggi …?“

Der reagierte nicht.

„Siggi …?“

Langsam drehte sich der Junge um. Sein Gesicht war noch immer gerötet.

„Danke!“

„Wie … was?“, stammelte Siggi.

„Sie haben Recht. Das hatte ich vergessen. Ich werde mich bei Esch entschuldigen.“

„Ich wollte eben nicht …“

„Schon gut, Siggi, das war richtig. Stehen Sie zu Ihrer Meinung. Ich habe großen Respekt davor.“

XXXIV

Die Schmerzen und die juckende Haut unter dem Gips konnten nicht verhindern, dass Koch sogleich auf seinem Sessel einschlief, nachdem Siggi gegangen war. Ein Klopfen an seiner Wohnungstür weckte ihn auf, aber er war nicht fähig aufzustehen und an die Tür zu gehen.

Es klopfte ein weiteres Mal, auf das er gar nicht reagierte.

Dann hörte er im Halbschlaf, wie die Tür in seine Wohnung geöffnet wurde und sich jemand seinem Sessel näherte.

„Paul!“ Der Schrei ließ ihn auffahren, so abrupt und schnell, dass ihm schwindelte und er seine Augen schließen musste.

„Paul!“ Dieses Mal wurde sein Name ruhiger ausgesprochen. „Was ist passiert?“

Dorle war die wenigen Meter zu ihm geeilt und hatte sich neben ihn auf den Boden gekniet und seinen Kopf umfasst.

„Was ist passiert?“

Sie küsste ihn auf den Kopf, die Haare, die Wange, den Mund, hastig und schnell hintereinander, ihren Gefühlen freien Lauf lassend.

„Dorle!“ Er konnte es nicht fassen, glaubte zu träumen, aber sie war wirklich hier, in seiner Wohnung, neben ihm, in seinen Armen.

Er erwiderte die Küsse, nicht auf den neuerlichen Schwindel achtend.

„Was hast du gemacht? Was ist passiert, Paul?“, fragte Dorle, nachdem sie sich ein wenig beruhigt hatte.

Er sah sie lange an und umarmte sie nochmals, dann erhob er sich langsam aus dem Sessel, hielt ihre Hand und zog sie mit sich.

Sie standen voreinander, mit einem Mal schüchtern, als ob sie nicht wüssten, was sie tun sollten, dann umarmte er sie mit seinem gesunden linken Arm, winkelte den rechten ab und drückte Dorle fest an sich.

Sie löste sich von ihm. „Erzähl, Paul! Was ist passiert?"

Er schüttelte den Kopf. „Wo warst du? Warum warst du nicht da? Ich habe dich gesucht."

Sie nickte, nahm seine Hand und führte Paul zum Tisch.

„Ich brauche einen dünnen Stock! Irgendetwas Dünnes", sagte er, und erhielt dafür einen verständnislosen Blick zur Antwort.

„Das elende Jucken!", fluchte er leise und hob den eingegipsten Arm ein kleines Stück in die Höhe.

Dorle sprang auf und lief in der Wohnung umher.

„Vielleicht beim Brennholz", rief Koch. „Ein dünner Ast."

Dorle wühlte in dem kärglichen Holzrest neben dem kleinen Ofen und fand tatsächlich darunter ein dürres, unterarmlanges Ästchen, das Koch sich sogleich unter den Gips schob.

„Das tut gut!", sagte er, nachdem er es mehrmals hin und her geschoben hatte. „Das Jucken macht mich verrückt."

Er begann zu lachen.

„Was ist?", fragte Dorle.

„Da sehen wir uns nach vielen Wochen wieder und das Erste, was ich will, ist ein Ast."

Nun lachte auch sie.

Nachdem sie sich beruhigt hatten, heizte Dorle den Ofen an und setzte Wasser auf, das sie dann über das Muckefuckpulver goss.

Koch erzählte ihr, wie es zu den Verletzungen gekommen war und welchen Fall er zu bearbeiten hatte, dass Arnheim ihn loswerden wollte, dass der neue junge Arzt wieder nur ein alter Nazi war. Dabei musste er Dorle immerzu anschauen. Als er sich für sein Nichtkommen an jenem Samstag entschuldigte, verfinsterte sich Dorles Miene und ihre Gesichtszüge verhärteten sich.

Und dann erzählte Dorle, was ihr widerfahren war. Sie sprach stockend, ängstlich und voller Scham, fürchtend, dass Paul sie aus der Wohnung werfen würde, wenn er alles erführe. Aber sie wusste, dass sie jetzt reinen Tisch machen musste, ihm nichts verschweigen durfte, dass sie all das nur überstehen würden, wenn sie offen und ehrlich miteinander waren.

Stumm hörte sich Paul an, wie Dorle von der Vergewaltigung erzählte, wie Neubert sie belästigt und bedroht hatte, und wie er gefordert hatte, dass sie Paul nie wiedersehen dürfte.

„Wie kann er das tun?“, stieß Koch zornig hervor und sprang auf, nicht auf seine Verletzung achtend. „Dieses Schwein, ich werde ihn …“

Die Wut auf den alten Nazi war wieder da, stärker als je zuvor.

„Und deshalb bist du …“

Sie nickte, sah Paul stumm an, der setzte sich langsam wieder.

„Ich habe mich so geschämt, Paul …“ Tränen rannen ihr über die Wangen. Sie hatte sich fest vorgenommen, nicht zu weinen, aber sie konnte die Tränen nicht zurückhalten.

Er stand auf und stellte sich neben Dorle, nahm sie in den Arm und drückte sie an sich.

Während sie sich eng an ihn schmiegte, erzählte sie

ihm, dass Franzi mit dem Gedanken spiele, Neubert umzubringen, und dass sie das nicht zulassen dürfe. „Das darf sie auf keinen Fall!“, bekräftigte Dorle und drückte sich noch fester an Paul.

„Ich muss dir noch etwas sagen …“, begann sie, noch während Paul sie in seinem gesunden Arm hielt.

Er sah sie an, Dorle zauderte, dann erzählte sie Paul, was vor einem Jahr in dem Keller von Josef Gerber geschehen war, wie sie bei dem Versuch dort Fleisch für Rolf zu stehlen den Sohn des Bauern, der sie überrascht, bedroht und belästigt hatte, in ihrer Verzweiflung erstochen hatte.

„Du warst das?“, fragte er ungläubig, nachdem sie ihre Ausführungen beendet hatte.

Sie sah Paul an. Wie würde er reagieren?

Er nahm wieder ihr gegenüber Platz, schwieg.

„Paul …?“, fragte sie unsicher.

Er sah durch sie hindurch.

„Der Fall ist abgeschlossen“, sagte er schließlich. Er wollte bestimmt klingen, aber das gelang ihm nicht.

„Ich kann mich …“

Er schüttelte den Kopf, so heftig, dass ihm wieder kurz schwindelte.

„Nein, das war Notwehr!“, bestimmte er, aber sie hörte an seiner Stimme, dass es ihm als Polizisten nicht leicht fiel, das auch tatsächlich so zu sehen.

„Willst du hier bleiben?“, fragte Koch schließlich.

Dorle zuckte mit den Achseln. Darüber hatte sie sich keine Gedanken gemacht.

„Hier bist du sicher.“

Sie sah sich um und zur Tür.

„Bresson?“, fragte Koch und er musste lächeln.

„Die … Bilder … er macht doch …“

Koch nickte. „Aber er kann auf dich aufpassen.“

„Heute bleibe ich hier“, legte sie fest. „Da kann ich mich um dich kümmern. Dann sehen wir weiter. Bei Franzi bin ich auch sicher. Sie und Karl passen auf mich auf. Komm jetzt, damit ich mich auch wirklich um dich kümmern kann!“

Mit diesen Worten erhob Dorle sich, ging um den Tisch und griff nach Pauls linker Hand, zog ihn hoch und ins Schlafzimmer, wohin er ihr willig folgte.

Das Wiedersehen mit Dorle wirkte sich sehr positiv auf Kochs Genesung aus, auch wenn am nächsten Morgen der Versuch des Kaffeekochens zu einer langwierigen und quälenden Angelegenheit wurde, die er sich auch von seiner Freundin nicht abnehmen lassen wollte. Zudem musste er den dünnen Ast immer wieder unter den Gips schieben, um den Juckreiz zu lindern.

Den Tag verbrachten Koch und Dorle in seiner Wohnung und überlegten, was sie gegen Neubert und seine Pläne unternehmen konnten. Dorle schlug vor, dass sie sich wegen Peters Tod selbst stellte. Sie konnte mit diesem Vorgehen Neubert jedweden Wind aus den Segeln nehmen und der Richter würde sicher die Notwehrsituation anerkennen. Koch bezweifelte dies und wandte ein, dass Neubert es immerhin geschafft hatte, nach so kurzer Zeit aus der Haft entlassen zu werden, wobei ihm offenbar gute Kontakte zu einflussreichen Kreisen geholfen hatten.

XXXV

Benommen wühlte Koch seinen Kopf unter der Decke hervor. Es war heiß in dem Zimmer, sein Körper verschwitzt. Er glaubte Stimmen in seiner Wohnung gehört zu haben. Er sah auf seine Uhr. Es war fast Mittag, er hatte über zwölf Stunden geschlafen. Er steckte seinen Kopf durch die Tür und erkannte Dorle am Tisch zusammen mit Siggi.

„Herr Koch!“, begrüßte der ihn aufgeregt.

Dorle lächelte ihm zur Begrüßung zu.

„Siggi hat sich nicht abwimmeln lassen“, sagte sie.

„Und was verschafft uns so früh die Ehre Ihres Besuchs?“, wandte er sich an seinen Assistenten.

„So früh?“, wiederholte Siggi. „Ein Toter ist gefunden worden. Verstümmelt, heißt es. Ich dachte, dass es Sie vielleicht interessiert. Herr Arnheim sagte zwar, dass Sie sich ausruhen sollen …“

„Verstümmelt? Was heißt das genau?“, fragte Koch aufgeregt.

Siggi zuckte mit der Schulter. „Wurde nicht genau gesagt.“

Koch sah zu Dorle.

„Fahr nur!“, sagte sie. „Ich werde zu Franzi gehen und ihr Bescheid sagen. Sie macht sich sonst Sorgen. Und dann komme ich hierher zurück. Pass auf dich auf!“

Eine Viertelstunde später saß Koch neben Siggi in dem Adler Junior. Der Himmel war wolkenverhangen, es war schwül und drückend. Auf der Rückbank saß ein Kollege von der Spurensicherung, der kurz grüßte und sich dann wieder seiner Zeitungslektüre zuwandte.

„Herr Arnheim hat gesagt, dass ich wieder Ihnen zugeteilt bin, jetzt, wo Sie … so … krank sind.“

Koch nickte. „Und wo fahren wir denn hin?“, fragte er.

„Die Leiche ist bei Guntersblum gefunden worden. In der Nähe des Rheins.“

„Verstümmelt, sagten Sie?“, fragte Koch.

„Ja. Und erstochen“, erklärte Siggi. „Deshalb dachte ich, dass es Sie interessiert. Vielleicht hat es ja was mit der Leiche in Bingen zu tun …“

„Gut gedacht!“, lobte Koch, dann lehnte er sich in den Sitz zurück, um seine Kräfte zu schonen.

Eine weite Auenlandschaft breitete sich um sie aus. Es dauerte einige Zeit, bis sie den Fundort der Leiche ausfindig gemacht hatten, der sich neben einer schmalen, unbefestigten Straße, die ans Rheinufer führte, befand. Ein Ordnungspolizist stand neben einem dichten Gebüsch nahe einem Tümpel. Ein paar Kinder und Erwachsene aus dem Ort bildeten einen Kreis um den Polizisten und redeten wild durcheinander.

Als der Adler in ihrem Blickfeld erschien, verstummten sie und beobachteten genau, wie der Wagen am Straßenrand anhielt und die drei Insassen zu dem Ordnungspolizisten herüber gingen, einem kleinen Mann, dem die zu weite Hose in der Brise vom Fluss um die Beine schlackerte.

Siggi schlug sich mit der flachen Hand in den Nacken.

Die schwüle Hitze verstärkte das Jucken unter dem Gips.

„Mücken!“, klärte ihn sein Assistent auf. „Der Tümpel.“ Er zeigte nach rechts, wo sich etwas tiefer das grünlich schimmernde Wasser im Wind kräuselte.

Sie begrüßten den Ordnungspolizisten, der sich mit einem Tuch das Gesicht trocken rieb. Er stellte sich als Erwin Panzer vor.

„Heiß hier!“ Er machte den Schaulustigen ein Zeichen, dass sie verschwinden sollten.

„Ein Angler hat ihn gefunden“, erklärte Panzer.

„Wo ist denn unser Freiherr?“, rief Koch aus und sah sich um. Der Kollege von der Spurensicherung ging das Gelände ab.

„Keine Sorge, der ist verhindert“, erwiderte Siggi ernst.

„Wenn man den braucht … Und der Tote?“

„Da, im Grünzeug“, sagte Panzer und deutete mit dem Finger darauf. „Kein schöner Anblick“, setzte er mit angewidertem Gesicht hinzu.

Koch schob mit seiner linken Hand die Äste auseinander. In der Mitte war eine freie Fläche, wie eine kleine Lichtung. In der schwülen Luft hatte die Verwesung schon begonnen und die Leiche stank heftig. Schwärme von Fliegen hatten sich auf ihr niedergelassen.

Koch hob einen Ast vom Boden auf und wedelte damit über dem Toten. Eine graue Wand stob nach oben. Koch zuckte zurück. Vor ihm lag der Tote auf dem Rücken, die Augen weit aufgerissen in den Himmel starrend. Die Hose war ihm bis zu den Knien heruntergezogen. Da, wo einmal die Genitalien des Mannes waren, klaffte jetzt eine blutige Wunde. Koch nahm ein Tuch aus seiner Tasche und hielt es sich vor die Nase. Der Geruch war widerlich und ließ ihn würgen. Siggi hinter ihm hielt Abstand, Panzer war erst gar nicht mit in das Gebüsch gekrochen. Koch hörte ihn auf die Schaulustigen einreden.

Endlich eine neue Spur. Koch war erleichtert und vergaß den Ekel, die Schmerzen und das Jucken. Dass dieser Tote genau die gleiche Verstümmelung wie Hoger aufwies, ließ auf einen Mörder schließen. Koch beugte sich über die Leiche. Sie wies noch weitere Stichwunden an den Armen und Beinen auf, eine Hand war unter dem

Körper verborgen. Das Gesicht des Mannes war ebenfalls blutig, die Nase aufgequollen. Die blonden Haare waren blutverschmiert.

„Siggi!“, rief er seinen Assistenten herbei, der sich am Rande des Gebüsches herumdrückte. Widerwillig kam er näher und hielt sich dabei mit Daumen und Zeigefinger die Nase zu.

„Schon gesehen?“

Siggi nickte. „Wie in Bingen“, stieß er schnell und nasal hervor.

„Genau. Endlich eine Spur. Wir müssen so schnell wie möglich herausfinden, wer der Mann ist.“

Mit diesen Worten kniete er sich langsam neben den Toten und befühlte dessen Jackett. Der Stoff war weich und von guter Qualität. Vorsichtig schob Koch seine linke Hand unter das Kleidungsstück bis zu den Innentaschen. Beide waren leer.

„Holen Sie mal diesen Panzer!“, befahl er Siggi.

Weder der noch einer der erwachsenen Schaulustigen, die der Ordnungspolizist einzeln in das Gebüsch führte, kannte den Toten.

„Lassen Sie ihn nach Mainz zu Esch bringen.“ Panzer schlug die Hacken zusammen und war froh, dass er wieder gehen durfte. Koch besah sich den Toten noch einige Minuten, suchte das Gebüsch nach Spuren ab, aber außer einigen abgeknickten Ästen entdeckte er nichts.

Der Kollege von der Spurensicherung war ebenfalls nicht sehr erfolgreich gewesen. Zwei Zigarettenstummel französischer Herkunft waren alles, was er gefunden hatte, und so begab er sich zum Abschluss seiner Arbeit daran, Photos von dem Toten und der Umgebung zu machen.

Nun, da Koch außerhalb des Gebüschs stand und sich die erste Aufregung gelegt hatte, machte sich das Jucken unter seinem Gips unangenehm bemerkbar. Von einem Strauch brach er einen dünnen Ast ab und schob ihn mit seiner linken Hand unter den Verband.

„Schnell weg hier“, rief er Siggi zu, der sich ebenfalls abwechselnd Hände und Nacken kratzte.

Bevor sie zurück nach Mainz fuhren, ließ sich Koch von Panzer die Telefonnummer von dessen Dienststelle geben und beauftragte den Ordnungspolizisten, sich im Ort und der Umgebung zu erkundigen, ob jemand vermisst wurde oder ob jemandem in den letzten Tagen eine fremde Person aufgefallen war. Sowie die Photos entwickelt waren, würde er ihm eines zukommen lassen.

„Vielleicht kommen wir jetzt endlich weiter, Siggi“, sagte er auf der Rückfahrt zu seinem Assistenten, froh, dass er wieder sitzen konnte. Das Herumlaufen und Kriechen in der schwülen Luft hatte ihn sehr angestrengt. „Die gleiche Verletzung, ein ähnliches Alter, an einem Ort abgelegt, wo man die Leiche nicht so schnell findet. Da gibt es einen Zusammenhang!“

In der Direktion wartete Koch ungeduldig darauf, dass die Leiche nach Mainz gebracht wurde. Am frühen Abend versuchte er vergeblich Panzer zu erreichen. Der Fund elektrisierte Koch dermaßen, dass er zum ersten Mal seit Tagen und Wochen alle anderen Probleme vergaß, seine Erschöpfung ebenso wie Reuber und dessen seltsames Verhalten.

Am Abend sprach er bei Arnheim vor.

„Wieder eine Leiche, Koch?“, sagte der zur Begrüßung und riss das Fenster auf.

Ein leichter Luftzug strich durch das Büro und brachte ein klein wenig Abkühlung. Arnheim trug einen beigefarbenen Leinenanzug und ein helles Hemd, was ihn wie einen Kolonialbeamten aussehen ließ.

„Sollten Sie nicht besser zu Hause bleiben und das da", er deutete auf den eingegipsten Arm, „auskurieren?"

„Da fällt mir die Decke auf den Kopf. Es geht schon."

„Vorbildlich!", kommentierte Arnheim ironisch, bevor Koch ihm von dem neuen Toten berichtete.

„Na, dann ist der Fall Hoger wohl doch noch nicht abgeschlossen." Er klang enttäuscht. „Gut, dass Sie Ihren Bericht noch nicht geschrieben haben." Die Ironie war dieses Mal noch weniger zu überhören.

„Ja, offenkundig", erwiderte Koch unbeeindruckt. Er suchte seine Genugtuung so gut es ging zu verbergen. „Die gleiche Verstümmelung wie bei Hoger. Zudem Stichwunden …"

„Es könnte ein Trittbrettfahrer sein", unterbrach ihn Arnheim.

„Halten Sie das für realistisch?", fragte Koch zurück. „Vier Wochen nach der ersten Tat, an einem völlig anderen Ort. Und warum?"

„Koch, das muss ich Ihnen doch nicht sagen." Es war offensichtlich, dass Arnheim nicht so einfach zugeben konnte, dass Koch mit seiner Einschätzung richtig gelegen hatte, den Fall Hoger nicht so schnell abzuschließen. „Jemand begeht einen Mord und will ihn vertuschen. Er hat in der Zeitung von dem Mord an Hoger gelesen. Also, denkt er sich, wenn ich die Leiche genauso verstümmele, ist die Polizei auf der falschen Fährte." Er sah Koch an.

„Auszuschließen ist das nicht. Aber es wäre doch fahrlässig, uns auf eine solche …", Koch machte eine kurze Pause, als suche er das richtige Wort, „… Annahme zu verlassen."

„Ja, Koch, sicher doch, aber es ist auch fahrlässig, nicht den Zeitpunkt zu erkennen, an dem sich Ermittlungen totgelaufen haben oder das Ergebnis, zu dem man nach langer Arbeit gekommen ist, anzuerkennen. Leider, Koch, ich betone das, leider ruht das Verbrechen nicht und wir haben eine Menge Arbeit. Also, klären Sie das, schauen Sie, ob es einen Zusammenhang gibt, aber bringen Sie die Sache zu einem raschen Ende."

Koch nickte, innerlich befriedigt. Etwas anderes wollte er gar nicht.

Im Anschluss versuchte er erneut Panzer in Guntersblum zu erreichen. Siggi kam vorbei.

„Was sagt Herr Reuber dazu?", fragte er.

Koch sah Siggi verwundert an.

„Reuber?"

„Sonst haben Sie sich doch immer zuerst mit ihm besprochen", erwiderte der junge Polizist.

„Ja, stimmt", gab Koch zu und beschäftigte sich wieder mit seinen Unterlagen. Er hatte sich die Akten im Fall Hoger noch einmal vorgenommen, um zu prüfen, ob er etwas übersehen hatte, ein Detail, dem erst durch diesen zweiten Toten Bedeutung zukam.

Siggi blieb noch einige Sekunden an der Tür stehen und beobachtete seinen Vorgesetzten. Als der weiterhin in seine Akte vertieft blieb, kniff er seine Lippen zusammen und verließ das Zimmer.

Um neun Uhr klopfte der Kollege von der Spurensicherung an seiner Tür. „Ich habe schon mal zwei Photos entwickelt", teilte er mit. „Sind nicht besonders, aber ich dachte mir, dass Sie die dringend brauchen. Morgen gibt es Bessere."

Koch bedankte sich und nahm die Abzüge entgegen. Beide zeigten das Gesicht des Mannes, einmal von vorn und einmal im Profil.

In seiner Wohnung empfing Dorle den Kommissar mit einem besorgten Gesichtsausdruck.

„Du musst dich ausruhen!“, ermahnte sie ihn. Er nickte, wusste aber, dass er diese Ermahnung nun, wo er endlich wieder eine Spur hatte, nicht beachten würde.

„Weiß Franzi, dass du hier bist?“, fragte Koch, um das Thema zu wechseln.

„Ich war doch heute bei ihr.“

Koch nickte müde.

Mai 1947

XXXVI

Den 1. Mai verbrachten Dorle und Paul in seiner Wohnung, und auch wenn er das nicht gerne zugab, so spürte er doch sehr genau, dass er sich in den letzten Tagen zu viel zugemutet hatte und dass ihm das Nichtstun gut tat. Er stand erst am Mittag auf und ging später mit Dorle in der Nähe seiner Wohnung spazieren. Dabei fielen ihm zum ersten Mal die Plakate zur Landtagswahl am 18. Mai auf. So fremd sie in diesem Moment in einer zerstörten Stadtlandschaft aussahen, so schienen sie ihm in diesem Moment wie Vorboten für eine noch ausstehende Normalität. Zurück in der Wohnung, brachte ihnen Bresson einen Teller mit gebratenen Eiern und Schinken herüber.

„Sie haben die Mai-Kundgebungen verpasst", sagte er, während sie aßen.

„Mai-Kundgebungen?" wiederholte Koch verständnislos.

„Heute. Der 1. Mai. Reden, Reden, Reden. Und anschließend wurde gefeiert."

„1. Mai?", wiederholte Koch müde. „Ist das nicht ein Feiertag, den die Nazis eingeführt haben …?"

„Den es aber woanders schon vorher gab. Der ist älter als die Nazis und keine Erfindung von ihnen", erwiderte Bresson und schob sich eine Gabel mit Speck in den Mund.

Am nächsten Tag gab Arnheim seinem Kommissar überraschend bereitwillig die Erlaubnis ein Fahrzeug zu benutzen. Von Jörg erfuhren er und Siggi, dass am Morgen Benzin geliefert worden war. Es war ein sonniger Tag, warm, aber nicht mehr so schwül wie am Vortag.

Sie trafen Panzer in einer Wirtschaft an, wo er mit zwei anderen Männern am Tisch saß, jeder eine Flasche Bier vor sich.

„Nichts zu tun?“, fragte Koch verstimmt.

„Führe Befragungen durch“, erwiderte der ungerührt und wies auf die beiden Männer an seinem Tisch.

„Und?“, fragte Koch.

Panzer schüttelte den Kopf, trank von seinem Bier und zog aus der Brusttasche seiner Jacke eine Zigarette. Einer der beiden anderen Männer gab ihm Feuer.

„Nichts. Der ist nicht von hier.“

„Was hat er hier gemacht? War er mit jemandem verabredet? Verwandte im Ort? Der kommt nicht nur zum Sterben in dieses Dorf.“

Die beiden anderen Männer am Tisch hörten Koch missgelaunt zu und wandten sich ab, tranken ebenfalls.

Koch fummelte die beiden Bilder aus der Innentasche seines Sakkos und schob sie über die Tischplatte zu Panzers Bekannten. Die blickten kurz drauf und schüttelten nacheinander die Köpfe. „Kennen wir nicht!“, sagte der Ältere der beiden und schnippte die Bilder zurück.

Koch nickte und stand auf. „Wir hören uns mal selbst um!“, sagte er zum Abschied und verließ die Wirtschaft.

Die anschließende Befragung auf der Straße brachte sie nicht weiter, niemand hatte den Mann auf dem Bild gesehen.

Am Mittag waren Koch und Siggi erschöpft vom Herumlaufen in der Sonne. Koch hatte von einem Strauch einen dürren Ast abgebrochen und unter den Gips geschoben, wo er ihn einfach stecken ließ, um sich bei Bedarf schnell kratzen zu können.

Diesmal trafen sie Panzer in seinem Büro an, einem kleinen Raum, der vor dem Krieg die Werkstatt eines Schlossers beherbergt hatte, ein Cousin des Ordnungspolizisten, der im Kaukasus gefallen war.

„Und, erfolgreich?", fragte er, die Antwort schon ahnend.

Koch schüttelte den Kopf.

„Nichts, es ist wie verhext. Wir müssen in den Nachbargemeinden fragen."

„Kann ich machen. Aber ich sage Ihnen: Die Leute hier kennen sich, die kennen auch die aus den Nachbardörfern. Der ist nicht von hier, wenn Sie mich fragen."

„Ich habe Sie aber nicht gefragt", gab Koch schroff zurück und kratzte sich mit dem dünnen Ast unter dem Gips.

„Jeder wie er will", war die Reaktion des Ordnungspolizisten.

„Gibt es im Ort ein Hotel?"

Panzer verzog den Mund.

„Hotel", wiederholte er abschätzig. „In diesen Zeiten? Wer soll sich das leisten können?"

„Ich habe Sie was gefragt und erwarte eine klare Antwort und keine Gegenfrage", blaffte Koch zurück.

„Schon gut. Schon gut. Ein Hotel gibt es. Dabei … Hotel ist ein bisschen hoch gegriffen."

„Was denn nun? Ja oder Nein?"

„Ja, im Prinzip ja …"

„Und wo?"

„Sie meinen", fing Panzer an, „dass der Tote gar nicht von hier ist?"

„Herr Panzer", sagte Koch streng. „Wenn niemand aus diesem Ort vermisst wird, und auch nicht aus den Nachbarorten, was glauben Sie, woher könnte der Tote dann stammen?"

„Ja, stimmt …", gab Panzer nachdenklich zu.

„Also fragen wir in diesem Hotel nach. Vielleicht haben wir ja Glück und es hat ihn dort jemand gesehen."

Gemeinsam brachen die drei Männer auf. Weit war es nicht zu dem zweistöckigen Haus. Über dem Eingang war ein Schild mit der Aufschrift „Zur Stadt Worms" angebracht. Die Tür war angelehnt. Die Rezeption war unbesetzt. Koch drückte auf die Metallschelle. Nichts geschah.

„Warten Sie!", sagte Panzer und ging um den Tresen und durch die dahinter liegende Tür. Kurz darauf kam er mit einer sehr alten Frau zurück, die über einem groben Stoffkleid eine Schürze und auf dem Kopf ein buntes Tuch trug. Sie ging gebeugt und ihr Gesicht war voller tiefer Falten.

„Maria ist schon neunzig und hört etwas schwer", erklärte er. „Maria, die Männer sind aus Mainz, von der Polizei, und wollen dich etwas fragen." Er sprach sehr laut.

„Polizei? Was ist denn?" Sie wirkte erschreckt.

„Keine Sorge, wir haben nur eine Frage", begann Siggi, aber Panzer unterbrach ihn. „Sie müssen lauter sprechen, sonst versteht sie Sie nicht."

Siggi beugte sich ein wenig herunter und hob seine Stimme. „Wir haben nur eine Frage. Kennen Sie diesen Mann?"

Koch trat vor und zeigte ihr das Photo, auf dem der Tote von vorne aufgenommen war.

Maria schüttelte den Kopf. „Der ist nicht von hier."

„Hat der denn bei Ihnen im Hotel gewohnt?"

Siggi hatte sich wieder nach vorne gebeugt.

Die Alte schüttelte den Kopf.

Koch war enttäuscht und wollte sich schon zum Gehen wenden.

„Da war aber einer, der nicht gekommen ist", sagte Maria.

Koch wandte sich um. „Wie hieß der Mann?"

„Wie bitte?“

„Sie müssen lau...“

Koch würgte Panzer mit einer Geste seiner linken Hand ab und wiederholte seine Frage mit lauter Stimme.

Statt einer Antwort klappte Maria ein großformatiges Buch auf, das auf dem Tresen lag. Sie blätterte jede Seite einzeln um und Koch wurde von Blatt zu Blatt ungeduldiger.

„Da!“, sagte sie endlich, „hier ist es!“ Sie tippte mehrmals mit dem Zeigefinger auf die Stelle.

„Und?“, fragte Koch.

„Wie?“ Maria sah ihn verständnislos an.

Siggi trat schnell zu der alten Frau. „Zeigen Sie doch mal!“, forderte er sie höflich auf, und drehte das Buch zu sich.

„Dr. Elmar Müller, Oberhausen“, las er laut vor.

„Mehr nicht?“

„Nein!“ Siggi schüttelte den Kopf.

„War der Mann hier?“, fragte Koch.

Die Alte sah ihn an, überlegte und schüttelte dann ihren Kopf.

„Ist das der Mann auf dem Bild? Der tot ist?“

Koch nickte. „Für wann hat er das Zimmer gebucht?“

Siggi sah in das Buch. „Vor drei Tagen hätte er hier sein müssen.“

Koch wiegte seinen Kopf hin und her.

„Maria“, begann Koch, versuchte seine Ungeduld zu verbergen und sprach laut. „Wie hat dieser Dr. Müller das Zimmer bestellt?“

Maria schien die Frage nicht verstanden zu haben und Panzer wiederholte sie. Er sprach sehr langsam.

„Der Manfred hat das gesagt ... Der arbeitet doch auf dem Amt.“

Koch sah den Ordnungspolizisten an.

„Manfred Roth. Ein Enkel von Maria, arbeitet in der Verwaltung. Die haben da ein Telefon“, erklärte er.

„Der Manfred hat gesagt, dass einer angerufen hat, der ein Zimmer haben wollte. Aber er ist nicht gekommen.“

„Lassen Sie uns zu diesem Manfred gehen“, schlug Koch vor. Nur wenig später waren sie auf dem Weg zu dem Gebäude, in dessen unterem Stockwerk die Ortsverwaltung untergebracht war.

Manfred Roth wusste nur zu berichten, dass vor etwa einer Woche ein Dr. Elmar Müller aus Oberhausen angerufen habe und ein Zimmer wollte. Er könne sich noch so gut daran erinnern, weil der Mann sehr ungehalten auf Roths Einwand reagiert hatte, der doch nur gut gemeint war, dass es nicht einfach wäre, über die Zonengrenzen hinweg zu ihnen zu kommen und dass die Franzosen sehr genau aufpassen würden. Das solle er seine Sorge sein lassen, hätte der Doktor ihn angeschnauzt.

„Was die sich alles erlauben mit ihren Titeln“, erregte sich Manfred Roth noch einmal. „Und dann hat er gesagt, dass das Zimmer aber sauber sein muss. Hat geredet wie so ein Goldfasan.“

„Goldfasan?“ Koch sah den Mann verwundert an.

„Parteibonzen der Nazis wurden so genannt“, erklärte Panzer kurz.

„Mehr nicht?“ Koch blickte Roth an, der den Kopf schüttelte. „Ich bin dann zu meiner Oma rüber, ich meine Maria, und habe es ihr gesagt und in das Buch eingetragen. Was ist mit dem Mann?“

„Er ist nicht gekommen.“

„Ist das der Tote …?“

Koch unterbrach ihn mit einem „Das werden wir feststellen“ und verabschiedete sich.

Zurück in Mainz bemühten sich Koch und Siggi Kollegen in Oberhausen zu kontaktieren, was sich aber über die Zonengrenze als eine äußerst hohe Hürde herausstellte, wo schon eine Telefonverbindung selbst innerhalb von Mainz noch immer eine sehr fragile und keine selbstverständliche Angelegenheit war.

Nachdem mehrere Versuche gescheitert waren, schickte Koch seinen Assistenten mit der Bitte zu Reuber, ob der über seinen amerikanischen Freund einen Kontakt herstellen könne.

Am Abend wurden sie in den Obduktionsraum gerufen. Arnheim begleitete Koch und Siggi durch den langen Gang, der in den großen Raum führte, der wie bei den letzten Besuchen nur spärlich beleuchtet war und dadurch gut als Kulisse für einen surrealistischen Film dienen könnte.

„Und, mein lieber Herr Doktor", begrüßte Arnheim den Arzt, einen älteren Mann mit Glatze und Brille, der sich als Dr. Albrecht vorstellte.

„Kollege Esch muss als Gutachter tätig werden."

Der Ton, in dem der Mann das sagte, klang nicht so, als ob er dies guthieß. Koch verspürte allerdings keine Lust nachzuhaken. Er war sicher, die Hintergründe auch auf anderem Wege zu erfahren.

„Was hat Ihnen unser Kommissar denn da auf den Tisch gelegt?"

Koch schwieg, aber ihm fiel unangenehm auf, dass Albrecht sich auf Arnheims vertraulichen Ton einließ.

„Eine ganz besondere Leiche. Wie sie nicht alltäglich ist. Mehrere Stiche im Bein- und Armbereich und, wie unschwer zu erkennen ist, der abgeschnittene Penis. Ich nehme an, dass übermäßiger Blutverlust zum Tod geführt hat."

„Verblutet?“, fragte Siggi dazwischen.

„Genau diese Diagnose habe ich Ihnen soeben mitgeteilt, junger Mann“, erwiderte Dr. Albrecht indigniert.

„Können Sie feststellen, Doktor Albrecht“, fragte Koch und versuchte mit einem kühl-pragmatischen Tonfall das Gesäusel zwischen den beiden Männern zu unterbinden, „ob bei diesem Toten das gleiche Messer wie bei Robert Hoger benutzt wurde.“

„Robert Hoger?“, entgegnete der Arzt, als habe man ihn etwas völlig Abwegiges gefragt.

„Ein Toter, der vor etwa vier oder fünf Wochen in der Nähe von Bingen gefunden wurde. Auch ihm wurde der Penis abgetrennt.“

„Davon weiß ich nichts. Ich wurde gerufen, um diese Leiche zu untersuchen, weil mein Kollege Esch es vorzieht, den Gutachter für was weiß ich wen zu geben.“

Albrechts Ausfälle gegen Esch ließen den jungen Arzt in Kochs Augen fast sympathische Züge gewinnen.

„Sie müssen den Kollegen entschuldigen, Herr Dr. Albrecht“, mischte sich Arnheim in den Disput ein, „aber diese Frage ist für unser weiteres Vorgehen evident wichtig.“

„Mein lieber Herr Arnheim, natürlich legen zwei sich so ähnelnde Verstümmelungen, wenn ich das in dem Fall des anderen Opfers richtig verstanden habe, eine solche Vermutung nahe, aber erstens: …“, Albrecht machte eine Pause und reckte sein Kinn vor, „… war ich während des Krieges an der Ostfront und habe mehr als einmal Tote gesehen, denen das Glied abgetrennt worden war. Ich nehme an, dass sich darin ein atavistisches Siegesritual slawischer Völker ausdrückt, und zweitens kann ich natürlich unterscheiden, wenn das eine Glied mit einem scharf geschliffenen Messer und das andere mit einer Säge abgetrennt wurde, aber wenn dafür in beiden Fällen ein normales Messer, wie es viele Männer bei sich tragen, benutzt wurde, dann werden auch Sie sicher verstehen, dass ich eine solche Aussage nicht treffen kann. So sehr ich das natürlich bedauere. Zudem habe ich die zweite Leiche nie gesehen."

Koch trat näher an die Leiche heran.

„Was ist mit der linken Hand?" Er sah zu Dr. Albrecht, der sich mit seiner Hand über die Glatze fuhr.

„Gebrochen", war die Antwort. „Ich vermute, dass der Mann geflohen ist, dabei stürzte und sich dabei Hand- und Fingerknochen brach."

Koch warf dem Mann einen skeptischen Blick zu.

„Über eine Wurzel gestolpert. Unglücklich gefallen. Er war erregt, wahrscheinlich angsterfüllt."

„Wie lange ist der Mann schon tot?"

Dr. Albrecht überlegte einen Moment, sah kurz zu Arnheim, der ihm zunickte.

„Drei Tage Minimum. Es war heiß die letzten Tage, die Verwesung ist schon fortgeschritten, der Zustand des Blutes …"

„Noch weitere Fragen, Herr Koch?" Arnheim wandte sich an seinen Kommissar.

Der schüttelte leicht den Kopf.

„Vielen Dank, Herr Dr. Albrecht", leitete Arnheim die Verabschiedung ein.

Koch nickte dem Mann lediglich kurz zu.

„Ich weiß schon, was Sie jetzt fragen werden, Koch", sagte Arnheim, während sie den langen Gang zurück zu den Treppen gingen.

Koch schwieg.

„Dr. Albrecht war in Russland, wie er schon sagte, und

er ist eine Koryphäe. Wissenschaftler eigentlich, der sich freiwillig ins Feld gemeldet hat."

„Alle Achtung", kommentierte Koch sarkastisch, was ihm einen missbilligenden Blick seines Chefs eintrug.

„Und er vertritt Esch?"

Arnheim lachte kurz auf. „Sie klingen ja fast so, als ob Sie sich Ihren Freiherrn herbeiwünschten."

Wenn Koch ehrlich mit sich war, musste er zugeben, dass dies tatsächlich der Fall war. Seinen Ärger über den Vertretungsarzt vergaß er allerdings schnell, denn der Umstand, dass vieles darauf hinwies, dass sowohl Robert Hoger aus Bingen als auch Dr. Elmar Müller aus Oberhausen von demselben Täter umgebracht worden waren, beschäftigte ihn viel zu sehr.

Koch kam erst spät am Abend in seine Wohnung, wo er Dorle schon schlafend vorfand.

XXXVII

Am nächsten Morgen wartete Reuber vor seiner Tür mit einer Tasse Kaffee in der Hand und einer Zigarette im Mundwinkel.

„Morgen, Koch, wir haben uns lange nicht mehr gesehen."

Der spöttische Unterton war nicht zu überhören.

„Kommen Sie rein!", bat Koch.

„Wie geht es Ihnen?", fragte Reuber mit einem Blick auf dessen Gips.

„Geht so", erwiderte Koch. „Alles noch etwas anstrengend. Ich muss langsam machen."

Die beiden Männer setzten sich an den Schreibtisch.

„Was gibt's?"

„Sie wollen doch eine Nummer in Oberhausen ..."

Koch nickte, sah den Kollegen aber so erstaunt an, dass der fragte: „Haben Sie Siggi denn nicht zu mir geschickt ...?"

„Ja, klar, schon wieder vergessen", beeilte sich Koch zu sagen.

„Ein neuer Toter, habe ich gehört. Allerdings nicht von Ihnen, Koch."

„Viel um die Ohren", erwiderte der.

„Und?"

„Übereinstimmungen mit Hoger in Bingen. Der abgeschnittene Schwanz, Stiche, aber Dr. Albrecht ..."

„Dr. Albrecht!" Reuber lachte. „Glückwunsch! Da sind Sie ja an den richtigen geraten."

Koch verzog sein Gesicht.

Reuber steckte sich eine neue Zigarette an. Koch versuchte einen Blick auf das Feuerzeug zu werfen.

„Ist was?" Reuber war der Blick nicht entgangen.

„Ich freue mich, dass Sie das Feuerzeug wiedergefunden haben …"

Einen Moment war Reuber irritiert. „Ja, ja", sagte er dann schnell. „Meine Frau hätte mir noch viel mehr abgeschnitten …" Er lachte kurz. „Lieutenant Chavez hat mir die Nummer eines Kriminalers in Oberhausen besorgt." Er zog einen Zettel aus der Brusttasche seines Sakkos und reichte ihn Koch.

Der Name Hermann Grasser und eine Nummer waren darauf notiert.

„Berufen Sie sich auf Chavez. Er kennt den Mann. Fragen Sie mich nicht woher, aber wenn Sie sagen, von wem Sie die Nummer haben, hilft er Ihnen."

„Danke, Reuber. Gibt es eigentlich was Neues im Fall Hannappeler?"

„Was soll es da Neues geben?", fragte Reuber zurück. „Wir versuchen anhand der Spuren, die wir bei ihm gefunden haben, an seine Geschäftspartner zu kommen. Aber dass die Villa abgebrannt ist, macht die Sache nicht einfacher. Ich gehe davon aus, dass es Brandstiftung war."

Reuber zog an seiner Zigarette und klopfte die Asche in seine hohle Hand.

„Haben Sie eine Ahnung, wer?"

Reuber sah Koch scharf an. „Wir vermuten, dass es eben diese Geschäftspartner waren, die auf diesem Weg mögliche Beweise vernichten wollten. Es wurde letzte Woche auch ein Mann gesehen, der auffällig um das Haus herumgeschlichen ist …"

Koch erschrak, Reuber blickte ihn fest an.

„Und, haben Sie ihn?", fragte Koch, der zu ergründen suchte, ob Reuber ihn im Verdacht hatte.

Der ließ sich Zeit mit der Antwort. „Bis jetzt noch nicht", erwiderte er vieldeutig und stand auf. „Ich muss.

Viel Erfolg und halten Sie mich auf dem Laufenden. Und – gute Besserung!"

In der Telefonzentrale ließ sich Koch mit der Nummer in Oberhausen verbinden. Er musste lange warten, bis am anderen Ende der Leitung abgenommen wurde und sich tatsächlich Hermann Grasser von der Abteilung für Einbruchsdelikte meldete. Die Verbindung war nicht gut, immer wieder störte ein Kratzen oder ein kurzzeitiges Aussetzen das Gespräch, so dass es schließlich eine Viertelstunde dauerte, bis Koch dem Mann am anderen Ende der Leitung erklärt hatte, dass er Informationen über einen gewissen Dr. Elmar Müller aus Oberhausen bräuchte und eine Beschreibung des Toten durchgegeben hatte. Grasser versprach so schnell wie möglich die gewünschten Informationen zu besorgen. Koch bot ihm an, per Post ein Photo des Toten nach Oberhausen zu schicken.

Nach dem Telefonat verzog sich Koch mit einem Becher Ersatzkaffee in eine Nische der Kantine, wo er seine Ruhe hatte. Er war froh, für einige Momente verschnaufen zu können. Das Arbeiten strengte ihn doch noch mehr an, als er sich das eingestehen wollte.

Kurz darauf setzte sich Siggi zu ihm an den Tisch.

„Was ist denn mit Ihnen los?", fragte Koch. Der junge Kollege war sehr bleich im Gesicht und hatte Ränder unter den Augen.

Der druckste herum.

„Nun, raus mit der Sprache, Siggi, was ist los? Ein Mädchen?"

Die bleiche Gesichtsfarbe wurde von einer leichten Röte belegt.

„Nein, nein, ich …", begann er zu stammeln, bis er

schließlich erklärte, dass er nach langem Suchen einige Ausgaben der Zeitschrift „Das Auto“ habe eintauschen können und die ganze Nacht damit verbracht habe, sie zu lesen, einige Artikel sogar mehrmals.

„Ich hoffe, dass Sie mir heute nicht zusammenklappen und dass das nicht so oft vorkommt. Ich brauche Sie hellwach bei der Arbeit. Es gibt Neuigkeiten.“ Dann klärte er Siggi über sein Gespräch mit dem Kollegen in Oberhausen auf.

„Wie kommt dieser Dr. Müller aus Oberhausen nach Mainz? Beziehungsweise nach Guntersblum? Aus der britischen Zone in die französische? Dafür muss er auch die amerikanische durchqueren.“

„Von der britischen in die amerikanische Zone zu wechseln ist seit Jahresbeginn kein Problem mehr.“

Koch und Siggi sahen auf. Reuber war unbemerkt an ihren Tisch getreten und hatte Kochs Frage mitbekommen.

„Na, Sie wissen doch, dass sich seit dem 1. Januar die Amis und Briten zur Bizone zusammengeschlossen haben. Weitestgehende Reisefreiheit, nebst einigen anderen Vereinfachungen.“

„Bleibt aber die Frage, wie dieser Dr. Müller in die französische Zone gelangt ist. Entsprechende Papiere oder einen Passierschein haben wir nicht bei ihm gefunden.“

„Da kann ich bei Chavez anklopfen, ob er mal nachfragen kann, ob ein solcher Schein beantragt wurde.“

Koch nickte Reuber zu.

„Und die Frage steht im Raum, wie der Mann aus Oberhausen nach Guntersblum gelangt ist. Mit dem Auto? Dem Zug?“

Koch trank seinen Kaffee aus. „Siggi, besorgen Sie mal drei neue!“

Der stand auf und Reuber setzte sich neben Koch.

„Es sieht doch danach aus, Koch, dass dieser Dr. Müller unbemerkt nach Guntersblum kommen wollte. Wenn ich das richtig verstanden habe, wurde er in der Nähe des Rheins gefunden. Und auf der anderen Seite des Flusses liegt die amerikanische Zone. Gut möglich, dass er über den Rhein gekommen ist."

Nachdem er geendet hatte, zündete sich Reuber eine Zigarette an und lehnte sich zurück. Koch konnte nicht anders, er musste wieder auf das silberne Feuerzeug starren. Und Reuber drehte und wendete den Anzünder provozierend mehrmals in seiner Hand, bevor er ihn in seine Tasche steckte.

„Gute Idee, Reuber", sagte Koch schließlich. „Da könnte was dran sein."

„Tja, Koch, gemeinsam geht es doch am besten", spottete der Kollege und inhalierte tief.

Siggi stellte die gefüllten Kaffeetassen auf den Tisch.

„Siggi, wir machen einen Ausflug. Ich habe Sie doch lieber am Steuer als hinter irgendwelchen Zeitschriften", sagte Koch, nachdem Reuber sich verabschiedet hatte.

Nicht nur die schlechten Straßen hinderten die beiden Polizisten an einem schnellen Vorankommen. An diesem Samstag schienen besonders viele Städter unterwegs zu sein, um ihre Vorräte bei den Bauern des Umlandes aufzufüllen.

Menschen mit Rucksäcken und mit Beuteln, kleinen und großen Bollerwagen im Schlepptau, Kinder, die kleine Taschen trugen, verstopften immer wieder die Straßen und traten erst nach mehrmaligem Zurufen zur Seite, um sie unter Flüchen durchzulassen. Einige Male versuchten ganz Waghalsige auf das Trittbrett des langsam an ihnen vorbei gleitenden Autos zu springen.

Vor Nackenheim gerieten sie in eine Kontrolle der französischen Militärpolizei. Menschen standen und saßen am Straßenrand und warteten darauf, dass man sie durchsuchte. Einige wollten sich in die nahen Büsche oder die Rheinauen verdrücken, doch ein Zuruf oder ein Warnschuss in die Luft verhinderten die Flucht schon im Ansatz.

Koch stieg aus, um sich bei dem diensthabenden Offizier als Polizist auszuweisen.

Ein junger Soldat stellte sich ihm breitbeinig in den Weg. Koch erklärte ihm auf Französisch, dass sie Polizisten sind, aber der Mann ließ sich nicht erweichen und schickte ihn mit ernstem Gesicht zurück zum Wagen.

Widerwillig befolgte Koch die Anordnung und es dauerte über eine Stunde, bis sie die Kontrollstelle erreicht hatten. Er zeigte dem diensthabenden Offizier seinen Ausweis, der wesentlich freundlicher als der Soldat war, Kochs Sprachkenntnisse lobte und ihm, bevor er den Wagen durchwinkte, drei Zigaretten in die Hand drückte.

Es war Koch in den letzten Tagen zur Gewohnheit geworden, sich bei jeder sich bietenden Gelegenheit die Haut unter dem Verband zu kratzen. Aber die war inzwischen so wund, dass der Schweiß unter dem Gips zu einem unangenehmen und schmerzhaften Brennen führte. Koch beschloss Dr. Albrecht aufzusuchen und ihn zu zwingen, ihm den Gips abzunehmen. Zur Not unter Androhung von Gewalt.

Siggi stellte den Opel vor Panzers Büro ab. Der Ordnungspolizist saß an seinem Schreibtisch und löffelte eine Suppe aus einer Blechschüssel, die aussah, als wäre sie einmal ein Wehrmachtshelm gewesen.

Beim Eintreten der beiden Männer aus Mainz schrak er zusammen.

„Mittagspause", erklärte er mit entschuldigendem Blick auf die Schüssel. „Außerdem ist bald Feierabend. Samstag ist um drei Schluss!"

„Schon gut, Panzer, essen Sie ruhig weiter!", entgegnete Koch generös und setzte sich auf den zweiten Stuhl neben dem Schreibtisch. Siggi blieb neben dem Eingang stehen.

„Wir wollen wissen, wie dieser Dr. Müller nach Guntersblum gekommen ist."

Panzer legte den Löffel beiseite und seine Stirn in Falten. „Er muss von Mainz oder aus Worms gekommen sein", erklärte er nach einem kurzen Moment des Nachdenkens, nahm den Löffel wieder in die Hand und aß weiter.

„Das nachzuverfolgen wird schwierig sein."

Panzer füllte sich Wasser aus einem Tonkrug in ein Glas und trank.

„Ja", stimmte er zu und hielt die Schüssel schräg, um den letzten Rest der Suppe herauszukratzen.

„Bleibt also der Rhein."

Panzer reagierte nicht auf diese Aussage, sondern nahm das kleine trockene Stück Brot, das neben der Schüssel lag, stippte es kurz in sein Wasserglas und wischte anschließend damit die Schüssel aus.

„Es gibt keine Brücken", sagte er, nachdem er das Brot hinuntergeschluckt hatte. „Alle zerstört. Und die Behelfsbrücken werden alle überwacht."

Koch nickte, Panzer rülpste.

„Aber es gibt Boote", sagte Koch, den Panzers Desinteresse nervte.

„Ja", war dessen schlichte Antwort und er besah sich dabei das Innere seiner Schüssel, als ob er noch nach ihm entgangenen Suppenresten suchen würde.

Koch schlug mit der flachen Hand so fest auf den Tisch,

dass die Schüssel ein Stück zur Seite hüpfte und Panzer ihn erschrocken anstarrte.

„Herr Panzer“, rief Koch streng aus, „es geht um Mord, und um einen grausamen dazu. Ich erwarte von Ihnen Einsatz.“

„Aber woher soll ich denn wissen …“, stotterte der Mann.

„Sie sollen nicht wissen, aber nachdenken. Wer hat ein Boot, wer könnte den Mann über den Rhein gebracht haben?!“

„Aber das ist verboten“, wandte Panzer ein und schob die zur Seite gerückte Schüssel wieder vor sich.

„Ja, das weiß ich. Aber Sie wissen vielleicht auch, dass Verbote die Menschen nicht daran hindern, diese zu brechen, wenn sie sich zum Beispiel einen Vorteil davon versprechen oder wenn sie ein bestimmtes Ziel verfolgen …“

„Aber …“, begann Panzer, doch Koch ließ ihn nicht aussprechen.

„… und ich habe auch nicht vor, denjenigen deswegen zu belangen. Ich will nur wissen, ob und wer Dr. Müller über den Rhein gebracht hat und ob diese Person etwas gesehen hat. Das ist polizeiliche Arbeit. Aufklärung eines Mordfalls. Verstehen Sie das?!“ Er blickte den Ordnungspolizisten, der in seinem Stuhl immer kleiner wurde und sich mit beiden Händen an seine Schüssel klammerte, als fürchte er, dass Koch sie ihm zur Strafe abnehmen wolle, mit grimmigem Gesichtsausdruck an.

„Deshalb, Panzer“, führte der weiter aus, „will ich wissen, wer hier im Ort oder in einer der Nachbargemeinden ein Boot besitzt. Wie gesagt, derjenige hat nichts zu befürchten. Die Schmuggelgeschäfte sind mir in dem Fall egal.“

Mit einem leichten Schlag mit der flachen Hand bekräftigte Koch die Ernsthaftigkeit seiner Aussage. Für einige Sekunden war es still in dem kleinen Raum. Dann nahm Panzer die Schüssel und stellte sie in eine Schublade.

„Kommen Sie!“, forderte er die beiden Polizisten auf, nahm ein verrostetes Fahrrad, das an der Wand lehnte und schob es unter den fragenden Blicken Siggis nach draußen, wo er es auf die hintere Stoßstange des Opels stellte und mit einem Stück Schnur fixierte.

Gemeinsam fuhren sie zum Rhein, nahe der Stelle, an der der tote Dr. Müller gefunden worden war. Nicht weit von dort endete die Straße und sie stellten den Wagen ab. Zu Fuß waren es noch etwa hundert Meter bis zum Wasser.

Am Fluss wehte ein leichter kühlender Wind. Der Rhein war hier breit und floss träge und scheinbar gemächlich in Richtung Norden.

„Täuschen Sie sich nicht“, brach Panzer das Schweigen. „Der Fluss ist gefährlicher als er aussieht.“

„Wo müsste man auf der anderen Seite los, um ungefähr hier an Land zu kommen?“ Koch besah sich die andere Uferseite. Der Fluss war hier mindestens zweihundert Meter breit.

„Schon ein gutes Stück“, antwortete Panzer unpräzise.

Koch wandte sich zu Siggi. „Wir müssen unseren Spurensucher fragen, ob die Kleidung von Dr. Elmar Müller feucht war und es Spuren an seinen Schuhen gab. Vielleicht finden wir da einen Hinweis, wie der Mann hierher gekommen ist.“

„Da drüben, was ist da?“, fragte Koch Panzer, der sich ans Ufer gehockt hatte und sein Gesicht mit Flusswasser kühlte. Er sah sich kurz um.

„Felder. Der Kühkopf. Früher war der Fluss nicht hier. Die mussten mit den Schiffen einen Riesenbogen fahren.

Bis der Durchstich gemacht wurde. Damals konnten die Bauern direkt hinlaufen."

„Wie kommen die jetzt dahin?"

„Boote", war die einsilbige Antwort.

„Wer hat sonst noch Boote?"

Panzer zuckte mit den Schultern und erhob sich.

„Das ist nicht vermerkt. Und in solchen Zeiten hüten sich die Leute, das offen zu sagen."

„Damit sie in Ruhe schmuggeln können?"

Panzer wiegte sachte seinen Kopf hin und her.

„Panzer, verdammt!", erregte sich Koch, „wir wollen keinem von Ihren Leuten hier ans Leder. Ich will lediglich wissen, wie das Opfer hierher gekommen ist. Ist das so schwer zu kapieren?!"

„Ich weiß es nicht, Herr Kommissar, ehrlich. Es gibt ein paar Leute, die gehen nachts raus, um Fische zu fangen. Die Leute haben doch nichts. Wer keine Felder hat, muss sehen, wo er bleibt. Den Fisch kann man tauschen, gegen Kartoffeln, Gemüse, manchmal Fleisch oder Fett. Die Leute müssen doch leben."

„Ich weiß, ich weiß", erwiderte Koch resigniert.

„Ich muss wieder zurück", erklärte Panzer, kühlte noch einmal seine Hände im Fluss und machte sich dann auf zum Auto, an dem sein Fahrrad festgebunden war.

„Aber vorher nennen Sie uns noch die Namen der Bauern, die da drüben Felder besitzen. Los, Panzer, raus damit!", forderte Koch, da der nicht gleich Anstalten machte zu antworten und stattdessen seine zu weite Hose hochzog.

Schließlich nannte der Ordnungspolizist die Namen von zwei Bauern und beschrieb den Weg zu deren Höfen.

Am Tor des ersten Hofes empfing sie ein laut bellender Schäferhund an einer langen Kette, der sich erst beruhigte, als eine resolute ältere Frau auftauchte, die ihnen zurief, dass sie verschwinden sollten, da sie nichts zu geben hätte, und dass sie jedem, der noch einmal etwas zu stehlen versuche, persönlich die Harke ins Kreuz rammen werde. Als Koch ihr entgegnete, dass sie Polizisten seien, glaubte sie das zunächst nicht, und es dauerte einige Minuten, in denen ein junger Mann der Frau zur Hilfe kam, bis Koch sie von der Richtigkeit seiner Angabe überzeugt hatte.

„Gestern Abend hat uns jemand eine Ziege geklaut. Wissen Sie, was eine Ziege in diesen Zeiten wert ist? Ich habe ein kleines Kind, ich brauche die Milch. Diese Verbrecher!"

Koch blieb ruhig und fragte die Frau, ob sie ein Boot besäße. Zögernd gestand sie den Besitz. „Aber das Boot ist völlig unbrauchbar", fügte sie hinzu, während sie die beiden Polizisten in eine Scheune führte. Dort war auf einem Gerüst seitenverkehrt ein Nachen aufgebockt.

„Sehen Sie hier!", forderte sie die Polizisten auf, an das Boot heranzutreten. „Ein Loch, im Rumpf. Mein Sohn ist auf einem Fels unter Wasser aufgelaufen. Und wir haben bis jetzt keine Zeit gehabt, das zu reparieren. Dabei müssten wir dringend die Felder bestellen."

„Und Sie haben kein anderes Boot?"

Die Frau lachte. „Alle eingezogen. Das Älteste und Morscheste, das haben sie uns gelassen. Und dann klaut uns so ein Verbrecher die Ziege. Den müssen Sie schnappen."

Der zweite Bauer, ein großer und kräftiger Kerl mit Glatze, der eine Augenklappe trug, schwor ihnen hoch und heilig, dass er niemanden über den Fluss gebracht hatte. Wenn er dabei erwischt würde, so führte er aus, würde man ihm die Erlaubnis, ein Boot zu besitzen, sofort entziehen und er könnte viele seiner Felder nicht mehr bewirtschaften.

„Wir fahren noch mal zum Fluss", wies Koch Siggi an, nachdem sie sich von dem Mann verabschiedet hatten.

„Noch mal?", fragte Siggi, „ich sterbe vor Hunger."

„Ja, noch mal", bestätigte Koch. „Sie bekommen schon früh genug etwas zu beißen …"

Sie stellten den Opel an der Stelle ab, an der sie schon mit Panzer gewesen waren.

„Blöde Viecher!", fluchte Siggi, und klopfte sich abwechselnd auf Arme, Nacken oder Stirn. „Die fressen sich an mir satt und ich habe einen Mordskohldampf."

„Der muss sich noch gedulden, Siggi", erwiderte Koch. „Ich muss wissen, wie der Mann hier herüber gekommen ist."

Siggi stöhnte auf und ergab sich mit einem Seufzer in sein Schicksal.

Sie gingen am Ufer stromaufwärts. Rechts von ihnen breitete sich die Auenlandschaft aus, aus der sich Gruppen von Bäumen und Büschen wie kleine Inseln erhoben.

„Hier ist doch nichts", schimpfte Siggi hinter ihm, „außer Gras und Mücken. Der kann doch auch mit dem Zug oder dem Auto gekommen sein. Wir sollten nach einem Auto suchen lassen, das herrenlos rumsteht."

„Machen wir, Siggi, machen wir, wenn wir hier nicht weiterkommen", rief er über die Schulter seinem Assistenten zu, bevor er sich umdrehte. „Aber ich glaube nicht, dass er mit dem Auto gekommen ist. Er hätte einen Passierschein beantragen müssen und wäre an der Zonengrenze kontrolliert worden. Meine Vermutung ist, dass er genau das vermeiden wollte."

Siggi erwiderte nichts darauf, sondern lief seinem Vorgesetzten mit trotzigem Gesicht in einigen Metern Abstand hinterher, bis der stehen blieb und sich umsah.

Siggi blickte auf den Fluss.

„Wir gehen zurück, aber ein paar Meter landeinwärts!“, befahl Koch barsch. Das Jucken unter dem Gips war mittlerweile unerträglich geworden.

Das Laufen wurde noch beschwerlicher, weil sie nun durch hohes Gras gehen mussten. Siggi trat in ein Wasserloch und fluchte laut.

Als sie wieder auf der Höhe des Autos waren, war die Dämmerung schon weit fortgeschritten, doch Koch wollte nicht aufgeben.

„Ich gehe noch ein Stück in die andere Richtung“, sagte er und marschierte los, ohne auf Siggi zu achten, der zunächst stehen blieb und sich erst, als Koch hinter einer Baumgruppe verschwunden war, auch auf den Weg machte und dabei pfiff.

Koch kam ihm plötzlich entgegengeeilt und gebot ihm mit einer schroffen Geste ruhig zu sein. Siggi stellte das Pfeifen sofort ein. Koch gab ihm ein Zeichen, ihm lautlos zu folgen. Leise schlichen beide Männer durch das hüfthohe Gras. Koch deutete nach links auf eine Baumgruppe, die von dichten Büschen gesäumt war, die einen uneinsehbaren Wall bildeten. Der Kommissar machte mit seinem Zeigefinger eine kleine Bewegung zu seiner Nase. Siggi atmete tiefer ein. Ganz schwach nahm er einen rauchigen Duft wahr.

Koch zeigte ihm stumm an, dass er sich in einem Bogen von hinten der Baumgruppe nähern sollte, während er, Koch, sich von vorne anschlich.

Wenige Meter vor dem Ziel wurde der rauchige Geruch intensiver. Koch wartete, damit Siggi genug Zeit hatte, auf die andere Seite zu gelangen, dann machte er einen Schritt vor, wurde zu Boden gerissen und fiel auf den Gips. Vor Schmerz schrie er auf. Im nächsten Moment war jemand über ihm, schlug ihm aufs Kinn und drehte ihn auf den

Rücken. Der Schmerz in seinem Arm vervielfachte sich, doch sein Angreifer nahm darauf keine Rücksicht. Mit unglaublicher Schnelligkeit und ohne ein Wort zu verlieren schlang er ein Seil um Kochs Körper und band es so fest zusammen, dass dem Kommissar die Luft wegblieb. Als er damit fertig war, machte er sich an Kochs Füßen zu schaffen und zog seinen Gefangenen dann zur Seite. Koch schrie auf.

„Hat der Bauer dich geschickt? Sollst mich abstechen, was? Habt euch ganz schön getäuscht!" Der Kerl zischte die Worte mit schlesischem Akzent mehr als dass er sie sprach, und es klang, als ob er dabei seinen Mund nicht öffnete.

„Ich …"

„Halt die Gosche. Ihr meint, ihr könnt mich hier verrecken lassen …"

Mitten im Satz brach der Fremde ab und sein Körper schlug neben Koch auf den Boden.

Koch wandte seinen Kopf ein kleines Stück um und erkannte die Silhouette eines Menschen.

„Herr Koch!"

Siggi kniete sich neben ihn und legte einen dicken Knüppel ab.

„Kümmern Sie sich erst um den!", wies ihn Koch mit matter Stimme zurecht. „Sonst wacht der auf und Sie liegen hier neben mir." Sein Arm brannte höllisch.

Siggi ging auf die andere Seite von Kochs Körper, so dass er den Angreifer im Auge behielt, band seinen Chef los und fesselte mit dem Seil nun den Fremden.

Koch rieb sich sein Kinn und besah sich kurz Siggis Knüppel. „Ich hoffe, dass Sie ihn nicht umgebracht haben", sagte er zu seinem Assistenten, der erschrocken zusammenzuckte.

Trotz des schmerzenden Armes schlich sich Koch durch das Gebüsch um die Baumgruppe, darauf achtend, dass er nicht in eine weitere Falle trat. Hinter einer dichten Wand aus Zweigen und Ästen entdeckte er einen Unterstand, in dessen Mitte eine Vertiefung gegraben war, in der ein großer Blechkanister stand, unter dem Holzscheite rot glühten. Durch den Rauch des Feuers erkannte er aufgehängte Fleischstücke. Eine Räucherkammer, überlegte er, und als er zwei Meter hinter dem Ofen die Reste einer Ziege fand, wusste er, woher sie kam. Aus einer mit Wasser gefüllten Tränke schöpfte Koch Wasser in einen Becher und trat vor den Unterstand, wo der Tierräuber langsam aus seiner Ohnmacht erwachte.

„Er lebt", wurde er von Siggi begrüßt, dem die Erleichterung darüber deutlich anzuhören war.

Koch beugte sich über den jungen Mann und ließ das Wasser aus dem Becher in dessen Gesicht tropfen.

Prustend schüttelte der sich und stellte mit Schrecken fest, dass nun er gefesselt war.

„Was soll das?", fauchte er Koch entgegen.

Koch und Siggi packten ihn und schleiften ihn in den Unterstand. Dabei fluchte er ohne Unterlass und wand sich hin und her. Koch versuchte die Schmerzen in seinem Arm zu ignorieren.

„Ihr Mörder! Haben euch die Bauernschweine geschickt, um mich abzustechen?!", schrie der Fremde. Er war noch sehr jung, nicht älter als siebzehn oder achtzehn, wie die beiden Polizisten überrascht feststellten. Koch ließ seinen Arm vorsichtig rotieren. Der Schmerz klang ein wenig ab.

„Los, stecht mich ab, macht schon!" Vor Wut überschlug sich die Stimme des Jungen.

„Ruhe!", fauchte Koch ihn an, aber das zeigte keinerlei Wirkung.

„Ihr habt genug zu fressen, aber uns lasst ihr verrecken, ihr Schweine!“

Koch trat vor, beugte sich über den Jungen und schlug ihm rechts und links mit der flachen Hand ins Gesicht.

„Ruhe, verdammt!“, brüllte er. „Sonst kommen die Bauern tatsächlich noch. Wir haben mit denen nichts am Hut. Wir brauchen Informationen. Wir sind von der Polizei.“

Mit weit aufgerissenen Augen starrte der Junge den Kommissar an, dann reckte er mit einem Kraftakt seinen Oberkörper vor und spuckte in Kochs Richtung, der gerade noch zur Seite springen konnte. Siggi trat ihm ins Kreuz, so dass er zur Seite kippte, mit dem Gesicht im Staub landete und hustete.

„Polizei?“, spuckte er mehr heraus, als dass er es sprach, nachdem er sich mühevoll aufgerappelt hatte. Er schien sich beruhigt zu haben.

Koch nickte und setzte sich neben ihn.

„Wie heißt du?“

„Peter.“

„Das ist eine Ziege, oder Peter?“, fragte er.

Peter nickte.

„Von dem Bauern hier. Wir waren heute bei der Bauersfrau.“

„Die geben nichts. Nichts. Nichts. Nichts.“ Er war mit jedem Wort lauter geworden. „Meine Schwester ist krank. Sie braucht was zu essen. Aber die geben mir nichts.“

„Bist du von hier?“

Peter schüttelte den Kopf.

„Woher?“, fragte Koch.

„Sudetenland“, antwortete Peter leise. Seine Züge beruhigten sich und er wirkte nun noch jünger als vorher. „Wir sind da weg. Wegen den Russen. Aber hier will uns niemand. Mutter ist gestorben. Ich muss für meine Schwester sorgen."

Seine Augen wurden feucht, aber er unterdrückte die Tränen.

„Und da nimmst du …?"

„Sie dürfen das nicht den Bauern sagen …" Mit einem Mal wurde Peter wieder aufgeregt.

Koch schüttelte den Kopf, löste die Fesseln, erhob sich und schöpfte aus dem kleinen Bottich Wasser in den Becher, den er noch immer in der Hand hielt, und reichte ihn Peter, der gierig trank.

„Wir werden den Bauern nichts sagen, wenn du uns hilfst."

Übereifrig nickte Peter mit dem Kopf. „Ja, ja."

„Du siehst bestimmt viel, was hier so passiert."

Peter nickte und murmelte ein „Ja".

„Setzen hier manchmal Leute über auf die andere Rheinseite?"

„Ja", bestätigte der Junge, „wenn die Bauern rüber fahren, zu den Feldern …"

„Das meine ich nicht", unterbrach ihn Koch. „Ich meine Schmuggler oder Leute, die von einer Zone in die andere wollen."

„Und niemand weiß, dass …?" Ein leichtes Lächeln spielte um Peters Mund.

„Genau. So Leute."

„Und Sie sagen nichts den Bauern?"

„Versprochen!"

„Alle machen das. Besonders die Bauern. Sie sagen, dass sie nichts haben. Aber die haben genug." Seine Miene hatte sich wieder verfinstert.

„Und beobachtest du sie manchmal?"

Peter nickte. „Die verstecken alles. Die müssten das

abgeben. Machen die aber nicht. Der mit der Augenklappe versteckt alles. Hat so Gruben und Löcher. Auf den Feldern."

„Interessant", kommentierte Koch und sah kurz zu Siggi herüber. „Wir möchten wissen, ob dieser Mann …", Koch zog das Photo aus seiner Sakkotasche und trat neben den Räucherofen, weil es sonst zu dunkel war, und zeigte dem Jungen das Bild, „… ob du vielleicht gesehen hast, dass der Mann hier heimlich über den Fluss gekommen ist."

Peter betrachtete das Photo sehr gründlich. Koch wurde nervös. „Und?", fragte er. Siggi war an den Ofen getreten und öffnete die Tür. Die Fleischstücke darin verstärkten sein Hungergefühl noch einmal.

„Meins!", zischte Peter.

„Peter!", ermahnte Koch den Jungen. „Hast du den Mann gesehen?"

Endlich nickte der Junge.

„Ja?", rief Koch erregt aus. „Wo?"

Peter streckte seinen Arm aus und zeigte in Richtung Rhein.

„Was hast du gesehen?"

Statt zu antworten sprang Peter auf und stieß Siggi, der weiterhin das geräucherte Fleisch anstierte, zur Seite. „Meins!"

„Wir nehmen dir nichts weg. Siggi geht es wie dir, er hat Hunger. Also, sag mir jetzt, was du gesehen hast."

„Der große Bauer, Einauge, der hat den Mann gerudert."

„Der mit der Augenklappe? Und einer Glatze?"

„Ja, ja", sagte Peter schnell. „Der hat mich einmal geprügelt."

Koch überlegte kurz. „Und der hat von der anderen

Rheinseite den Mann hier", Koch tippte mit dem Zeigefinger auf das Photo, „herübergefahren?"

„Ja", antwortete Peter, aber seine Aufmerksamkeit galt wieder Siggi, der um den provisorischen Räucherofen schlich.

„Wann war das denn?"

Peter machte eine hilflose Geste.

„Na, Peter, du wirst dich doch erinnern! War das vor drei Tagen oder einer Woche oder zwei Wochen …?"

„Eine Woche", rief er schnell.

„Bist du sicher?"

„So ungefähr." Er behielt Siggi im Auge, der die Eisenzange in die Hand genommen hatte.

„Nichts stehlen!", mahnte Peter.

„Siggi!", schimpfte Koch. Der sah unschuldig zu ihnen herüber.

„Nein, Sonntag!", rief Peter aus. „Morgens war Kirche. Die Glocken. Und Agatha hat geweint. Wegen den Glocken. Agatha, meine Schwester. Die ist krank. Und die weint immer, wenn die Glocken läuten."

„Wie alt ist deine Schwester?"

„Neun."

„Und was hat sie?"

„Hustet immer. Kriegt manchmal keine Luft."

Koch nickte. „Wo lebt ihr denn?"

Peter schüttelte erst den Kopf, dann erklärte er ihnen den Weg zu dem Versteck, einem alten, verlassenen Schuppen ein Stück rheinabwärts, in dem er und seine Schwester Unterschlupf gefunden hatten.

„Hör zu, Peter, ich werde einen Arzt bitten, hierhin zu kommen. Der kann nach deiner Schwester schauen. Dafür gibst du jetzt dem Siggi ein kleines Stück von dem Fleisch. Sonst kann der nämlich nicht arbeiten. Ja?"

Siggi bekam ganz große Augen, während Peter überlegte, ob er das Angebot annehmen sollte. Schließlich nickte er, ging an den Räucherofen, öffnete ihn und schnitt mit einem Messer ein Stück ab und hielt es Siggi entgegen.

Der blickte das winzige Stückchen entsetzt an.

„Peter, der Siggi ist ein Mann. Ein bisschen mehr muss es schon sein."

Dreimal musste Peter nachschneiden, dann war Siggi zufrieden. Gierig verschlang er die Stücke und spülte mit Wasser nach.

Eine halbe Stunde später standen sie wieder auf dem Hof des Bauern mit der Glatze und der Augenklappe. Mittlerweile war es dunkel. Der Bauer kam ihnen mit einer brennenden Fackel entgegen.

„Was wollen Sie denn schon wieder?", brummte er mürrisch.

„Sie haben uns angelogen!", schleuderte ihm Koch barsch entgegen.

„Was?" Er drehte sich abrupt um und ging zurück zum Haus.

„Sie haben einen Mann über den Fluss gebracht, am Sonntag. Diesen Mann hier!", rief Koch dem Glatzköpfigen nach, der seine Schritte verlangsamte.

Koch hielt die Photographie von Dr. Müller in die Luft.

Der Bauer blieb stehen, wandte sich wieder um.

„Kenne ich nicht", sagte er desinteressiert.

„Es gibt einen Zeugen."

Der Bauer lachte. „Den will ich sehen." Er machte Anstalten, wieder zum Haus zu gehen.

„Kommen Sie und sehen sich das Bild an. Sonst rücke ich hier mit den Kollegen an. Und ich wette, dass die eine

Menge finden. Vielleicht nicht hier, aber es gibt ja auch die eine oder andere Grube …"

„Woher wissen Sie …" Mitten im Satz brach der Bauer ab.

„Ich kann Sie auch mitnehmen und dann durchsuchen wir Ihren Hof. Und ich wette, dass wir eine Menge finden werden. Eine Menge, für das sich unsere französischen Kollegen sehr interessieren werden. Und jetzt kommen Sie her und sehen sich endlich das Photo an."

Langsam kam der Bauer näher und blickte Koch wütend an, als er vor ihm stand, die Fackel in der Hand, deren Flamme hin- und herflackerte.

„Hat Ihnen der Rotzlöffel, dieser Flüchtlingsschmarotzer, das gesagt …?"

„Was gesagt? Hören Sie", forderte Koch und trat direkt vor den Mann, unbeeindruckt davon, dass der die brennende Fackel wie eine Waffe in der Hand hielt. „Ihre Schmugglereien und die versteckten Vorräte sind mir egal. Ich will wissen, ob der Mann hier", er hielt dem Bauern das Photo nochmals unter die Nase, „ob Sie den über den Fluss gebracht haben."

„Das ist der Tote …?"

„Genau. Es geht um Mord."

Der Mann grübelte.

„Und Sie machen keinen Ärger?" Der Bauer klang schon kleinlauter.

Koch nickte.

„Ja. Es stimmt. Ich habe ihn über den Fluss gebracht."

„Und?"

„Wie und?"

„Wann? Wie hat er Kontakt zu Ihnen aufgenommen? Wollte er zurück? Gab es noch jemanden?"

„Wenn Sie keinen Ärger machen?"

„Verdammt! Reden Sie!“ Koch war laut geworden.

„Fritz, was ist los?“, war eine Frauenstimme vom Haus her zu hören.

„Schon gut, Traudi!“, rief der Bauer zurück, „alles in Ordnung. Leg dich schlafen! Wir müssen morgen früh raus.“

„Reden Sie jetzt, sonst schreie ich noch viel lauter.“ Koch wurde wieder ungeduldig.

„Ein Mann …“

„Der Tote?“

Der Bauer schüttelte den Kopf.

„Ein anderer. Kein Deutscher.“

„Kein Deutscher?“, fragte Koch überrascht.

„Französischer Akzent. Dunkle Stimme. Wie ein Neger, so fast. Habe ich in Afrika gehört. Beim Korps.“

„Haben Sie ihn nicht gesehen?“

„Nein. Nur gesprochen. Ich durfte mich nicht umdrehen. Er hat gesagt, dass am Sonntag ein Mann drüben ankommt. Den soll ich rüberfahren.“

„Und der hat Sie bezahlt?“

„Ja, die Hälfte. Gutes Geld. Dollars. Die andere Hälfte sollte ich bekommen, wenn ich ihn zurückfahre. Später in der Nacht.“

„Aber er kam nicht.“

„Genau“, bestätigte der Bauer. „Der kam nicht. Das Geld war pfutsch. Scheiß Neger.“

„Hat er was gesagt? Was er wollte? Jemanden treffen?“

„Der hat geschwiegen. Sah fein aus. Mit Anzug und so. Hat mich nach der Pension von der alten Maria gefragt. Hab mich gewundert, weil der Neger doch gesagt hat, dass der in der Nacht zurück will. Hab ihm den Weg gezeigt.“

„Und der Mann, der Ihnen das Geld gegeben hat, was wissen Sie noch über den?“

„Hab ich doch schon gesagt. War, glaube ich, ein Neger. Nee, bestimmt. So haben die bei den Tommys sich auch angehört. Haben ja einige von denen gefangen genommen. Als es noch lief."

„Sie waren nicht in Gefangenschaft?"

Der Bauer lachte kurz. In dem flackernden Fackellicht sah das gespenstisch aus. „Hab Glück gehabt. Die Amis haben mich in Tunis hopsgenommen. Bin schon letztes Jahr freigelassen worden. Meine Traudi musste mit meinen Jungs den Hof alleine bewirtschaften."

„Keine Zwangsarbeiter …?"

„Gut ging's denen, verdammt gut. Nur als einer von denen meiner Traudi blöde Bemerkungen nachgerufen hat, da musste mein Großer einschreiten." Der Bauer klang stolz.

„Und? Was hat er gemacht?"

„Na, Bescheid gesagt … und weg war er. War nicht alles schlecht, wie es jetzt überall heißt."

Auf der Rückfahrt machte sich der Kommissar Luft.

„‚Alles nicht so schlecht.' Ich könnte kotzen!"

Es war nun völlig dunkel. Die schwachen Scheinwerfer leuchteten nur wenige Meter vor ihnen die Straße aus. Siggi fuhr langsam, um herumliegendem Geröll und Schlaglöchern auszuweichen. Es waren immer noch Hamsterer unterwegs, die sie wegen deren dunkler Kleidung erst spät erkannten. Manche sprangen erschrocken zur Seite und schickten dem Auto Flüche hinterher.

Kurz vor Mainz brach Koch sein Schweigen. „Siggi, fahren Sie doch mal mit Ihrem Freund Esch zu diesem Jungen raus. Er soll sich die kleine Schwester anschauen."

Nach einer kurzen Besprechung im Büro schickte er Siggi nach Hause und lehnte sich in seinem Stuhl zurück. Es ärgerte ihn, dass er nur in kleinen Schritten vorankam, dass er ständig neue Puzzleteilchen bekam, die zusammen mit den schon vorhandenen keinen Sinn ergaben. Nun sollte ein Neger das Geschäft der Flussüberquerung eingefädelt haben. Wie hing das alles zusammen?

In seiner Wohnung erlebte Koch eine Überraschung. Statt Dorle fand er nur eine Nachricht von ihr vor. In liebevollen Worten teilte sie ihm mit, dass sie sich auf den Weg zu Franzi gemacht habe, da sie nicht den ganzen Tag alleine in seiner Wohnung verbringen wollte. Er sei jederzeit in dem Haus der Freundin willkommen. Sie versprach am Ende des Briefes, dass sie auch vorsichtig wäre, damit Neubert nichts mitbekäme.

Obwohl ihn die Fahrt nach Guntersblum, das Herumlaufen am Fluss und in den Auen und nun zum Schluss der Heimweg sehr ermüdet hatten, machte sich Koch noch auf den Fußweg nach Gonsenheim, zu Dorle.

XXXVIII

Dorle musste lange warten, bis Franzi ihr öffnete. Sie hatte keine Angst verspürt auf dem Weg hierher, aber dennoch hatte sie sich immer wieder mit besorgtem Blick umgeschaut, damit sie Neubert nicht in die Arme lief.

Schnell huschte sie durch das große Tor in den Hof. In der Küche erzählte Dorle der Freundin unter Tränen, dass sie zu Paul gegangen war, weil sie fürchtete, dass Franzi Neubert umbringen wollte.

„Du Dummerchen!", erwiderte die. „Wie soll eine Frau wie ich einen Mann wie Neubert umbringen? Aber verdient hätte es das Schwein."

„Du bist nachts weggewesen …"

„Das hast du mitbekommen?"

Dorle nickte. „Ich bin dir sogar einmal gefolgt."

Erstaunt sah Franzi sie an.

„Wo warst du?", fragte Dorle, und sie spürte die Unsicherheit ihrer Freundin.

Die ließ sich Zeit mit der Antwort. Stand auf, räumte eine Tasse, die neben dem Spülbecken stand, in den Schrank.

„Ich bin Neubert gefolgt", sagte sie schließlich.

Dorle nickte.

„Ich wollte etwas finden, womit wir ihn zwingen könnten, dass er dich in Ruhe lässt."

Dorle erinnerte sich an die Szene nachts im Flur.

„Deshalb der … Puff …?"

„Ja", bestätigte Franzi verschämt. „Ich bin ihm gefolgt, in einen Puff in der Altstadt."

„Du wolltest nur …?"

Wieder dauerte es, bis Franzi antwortete.

„Nein. Ich habe tatsächlich überlegt, wie ich ihn umbringen könnte. Und als ich dann gesehen habe, dass er in diesen verbotenen Puff geht, da dachte ich …"

Dorle stand auf und ging zu ihrer Freundin, nahm sie in den Arm.

„Ich bin so froh, dass du das nicht getan hast."

Eine Zeit lang verharrten die beiden Frauen so umschlungen, dann löste sich Dorle.

XXXIX

In der Auslaufrille drehte sich mit rauschendem Kratzen eine Schallplatte. Darein mischte sich ein anderes Geräusch, das Koch nicht gleich als ein Klopfen identifizierte. Müde, weil er gestern Abend erst spät von Dorle zurück in seine Wohnung gekommen war, schleppte er sich zur Tür, wo er einem jungen Mann gegenüberstand, der sich als Kollege vorstellte, der von Arnheim beauftragt worden war, ihn abzuholen.

Koch bat den jungen Mann zu warten, während er sich schnell wusch und anzog.

„Warum so eilig?", fragte er während der Fahrt, doch der junge Mann wusste darauf keine Antwort. Er habe den Auftrag erhalten, den Herrn Kommissar so schnell wie möglich in die Direktion zu bringen, den Grund habe man ihm nicht mitgeteilt.

Arnheim war wie stets bestens gekleidet, an diesem Morgen mit einem dunkelblauen Zweireiher und ohne den Hauch eines Bartschattens. Vor ihm stand eine Tasse auf einem Unterteller, aus der eine dünne Dampfsäule zur Decke hinaufstieg.

„Setzen Sie sich, Koch!", forderte er den Kommissar in einem Tonfall väterlicher Strenge auf. „Auch einen Kaffee?"

Koch versuchte seine Begeisterung über die Aussicht auf eine Tasse echten Bohnenkaffee nicht zu sehr zu zeigen.

„Ja, gerne", antwortete er mit ernstem Gesicht.

Arnheim bestellte bei seiner Vorzimmerdame eine Tasse, dann beugte er sich in seinem Schreibtischstuhl vor, legte die Fingerspitzen beider Hände aneinander und blickte Koch ernst an.

„Es gibt wieder einen Toten, Koch“, sagte er.

„Wird zur Gewohnheit“, antwortete der und wusste sofort, dass das die falsche Antwort war.

„Keine Scherze, Koch!“, belehrte ihn Arnheim, und dass er nicht aus der Haut fuhr, sondern in diesem Ton sprach, bestätigte Koch in seiner Ahnung, dass irgendetwas Ernstes und Außergewöhnliches vorgefallen war. Die Vorzimmerdame brachte den Kaffee. Koch sog zunächst eine Brise des Duftes tief ein, bevor er den ersten Schluck zu sich nahm.

„Wer und wo?“, fragte er, nun ganz ernst und professionell.

„Ein guter Bekannter von Ihnen.“

Koch erschrak. Er dachte an Siggi. Es hatte ihn schon während der Fahrt gewundert, dass der ihn nicht abgeholt hatte. Dann dachte er an Reuber, und er fragte sich, ob dem diese Hannappeler-Geschichte über den Kopf gewachsen war. Und zusätzlich irritierte ihn der Blick, mit dem Arnheim ihn ansah, als wolle er in sein Gehirn eindringen.

Arnheim schüttelte leicht den Kopf und beugte sich noch ein Stück weiter vor.

„Neubert. Richard Neubert“, sagte er und behielt seinen Kommissar dabei sehr genau im Blick.

Für einen Moment verschlug es Koch tatsächlich die Sprache.

„Der war doch …“ Er hielt inne.

„Was denn, Koch?“

Der Kommissar hatte sich wieder gefangen. „Neubert? Wie das denn?“

„Sie haben nichts damit zu tun, Koch?“, fragte Arnheim geradeheraus.

„Nein!“

Arnheim hielt ihn weiter fest im Blick.

„Wie ist er umgekommen?"

„Erstochen. Keine Verstümmelung. Einfach abgestochen, in den Magen und in die Brust."

„Wo wurde er gefunden?"

„Auf einem Grundstück in der Stadt. Neutorstraße. Zwischen Trümmern abgelegt."

„Wurde er da auch umgebracht?"

„Das sieht so aus."

„Zeugen?"

Arnheim schüttelte den Kopf.

Koch überlegte, wer ein Interesse am Tod dieses Mannes haben könnte. Da war vieles möglich. Gehörnte Ehemänner? Kameraden aus den reaktionären Kreisen? Franzi? Dorle war doch auch zu ihm gekommen, weil ihre Freundin den Plan hatte, den Mann umzubringen, um so dessen Drohungen, Erpressungen und Nachstellungen ein Ende zu setzen. Aber sie hatten am Wochenende offen darüber gesprochen und Franzi war auch während seines Aufenthaltes in ihrem Haus ständig anwesend gewesen.

„Dr. Albrecht obduziert den Mann gerade", unterbrach Arnheim Kochs Überlegungen.

„Der Freiherr ist noch nicht da?", fragte Koch.

„Seine Gutachtertätigkeit nimmt ihn im Moment sehr in Anspruch", erklärte Arnheim gewichtig.

Koch ging nicht darauf ein.

„Koch, bevor ich das vergesse, Kollege Walter Rütting übernimmt den Fall."

Koch sah ihn überrascht an.

„Warum das denn? Ich kann doch …"

„Koch, Koch!" Arnheim schnalzte mit der Zunge. „Glauben Sie nicht, dass Sie in diesem Fall etwas befangen sind? Und außerdem haben Sie noch Ihren Toten aus Guntersblum. Ich denke, damit haben Sie genug zu tun."

„Rütting ist doch bei der Sitte …"

Arnheim nickte. „Ja, aber der Mann ist gut, war früher beim Mord, kennt sich also aus. Ich denke, der Fall ist bei Rütting in guten Händen. Und wenn er Fragen hat, kann er sich ja an Sie wenden."

Damit beendete Arnheim das Gespräch. Koch trank seinen Kaffee schnell aus.

„Ach, Koch!", rief er durch das Büro. Koch stand schon an der Tür. „Ein Gutes hat Neuberts Tod ja: Der Mann kann sich nicht mehr über Sie beschweren."

Er lachte. Koch durchquerte schnell das Vorzimmer. Ihm war nicht zum Lachen zumute.

Koch begab sich zu Dr. Albrecht in den Keller, der aber nicht viel mehr zu sagen wusste. Mehrere Stiche in Brust und Magen. Der Arzt vermutete, dass jemand mit voller Wut auf Neubert eingestochen hatte, zu planlos waren die Stiche. Er schätzte, dass Neubert gegen zwei Uhr in der Nacht getötet worden war.

„In der Nähe des Fundortes der Leiche soll es ein Bordell geben, nichts Offizielles. Illegal,", erklärte der Arzt. „Der Tote hatte auf jeden Fall noch Geschlechtsverkehr, bevor er starb."

Am Hauptbahnhof sprang Koch in eine Straßenbahn und fuhr nach Gonsenheim. Es war ein sonniger Tag, trocken und heiß wie die meisten Tage in der letzten Zeit. Koch fiel es schwer zu glauben, dass Neubert, der Nazi, der Koch so viel Ärger bereitet hatte, nicht mehr lebte. Und in seinem Hinterkopf nagte die Frage, ob Franzi nicht doch etwas damit zu tun hatte. Letzte Nacht war er schließlich nicht mehr in ihrem Haus gewesen.

XL

Koch war aufgeregt, als er die Schritte auf das Tor zukommen hörte. Es war Franzi, die ihm öffnete und ihn anlachte.

„Komm rein, Paul, komm rein!“, forderte sie ihn auf.

Auf einem Stuhl im Garten fand er Dorle vor, die über einer Schüssel Linsen saß.

„Paul!“, rief sie aus. Sie sprang auf und hätte fast die Schüssel umgeworfen.

Franzi war in die Küche gegangen, um zu warten, bis die beiden ihre Begrüßung beendet hatten und kam mit einem Wasserkrug und Gläsern nach draußen. Koch hatte sich von einem Strauch einen dünnen Ast abgebrochen und kratzte sich unter dem Gips.

„Hat Neubert dich auch nicht gesehen?“, fragte Franzi, nachdem sie die Gläser gefüllt hatte.

„Was ist?“, fragte Dorle, nachdem Koch nicht gleich geantwortet und stattdessen die beiden Frauen lange und eindringlich angeschaut hatte.

„Paul, warum schaust du so?“ Dorles Stimme klang nervös.

„Neubert ist tot“, sagte er schließlich.

Dorles Blick ging zu Franzi, was Koch nicht entging.

„Tot?“, rief die aus. „Wie das?“

„Erstochen“, erklärte Koch.

„Wer war das?“, fragte Dorle, die weiterhin Franzi anschaute.

„Was guckst du so?“, entgegnete die. „Ich war das nicht.“

„In der Altstadt hat man ihn gefunden“, führte Koch weiter aus. „Neben einem Bordell …“

„Ein Puff?“, unterbrach ihn Dorle.

„Ja, ein Puff“, wiederholte der verwundert.

„Der in der Neutorstraße?“, fragte Franzi.

„Ja“, bestätigte Koch.

„Hast du doch …?“ Dorle war erblasst.

Franzi schüttelte ihren Kopf.

„Da hat dir jemand anderes die Arbeit abgenommen …“, warf Koch ein.

„Paul!“, rief Dorle aus. „Das darf man nicht sagen.“

Plötzlich sprang sie auf und lief um den Tisch zu ihrer Freundin, um sie zu umarmen. „Ich bin so froh, dass du das nicht getan hast!“

Später spekulierten die drei darüber, wer der Mörder Neuberts sein konnte.

„Immerhin“, fasste Franzi später zusammen, „muss Dorle jetzt keine Angst mehr vor diesem Mann haben.“

XLI

„Herr Koch!“

Der Kommissar zuckte zusammen. Siggi stand hinter ihm und teilte ihm aufgeregt mit, dass am Rheinufer gegenüber von Guntersblum ein Wagen gefunden worden war, der einem Dr. Müller aus Oberhausen gehörte.

„Gut gemacht, Siggi!“, lobte ihn der Kommissar. „Jetzt können wir sicher sein, dass Müller tatsächlich auf diesem Weg nach Guntersblum gekommen ist und der Bauer uns nicht angelogen hat.“

Die zweite gute Nachricht wurde ihm auf dem Gang vor seinem Büro mitgeteilt, wo Reuber auf ihn wartete.

„Morgen, Koch“, begrüßte er ihn mit einem spöttischen Lächeln. „Ausgeschlafen?“

„Wie man es nimmt“, antwortete der und bat Reuber in sein Büro.

„Chavez hat was gut bei Ihnen“, begann er in lockerem Ton, nachdem die beiden Männer sich gesetzt hatten.

Koch fiel es schwer, auf diesen Ton einzugehen.

„Was ist denn?“, fragte er sachlich.

Reuber sah ihn kurz an.

„Chavez hat geprüft, ob dieser Dr. Müller einen Antrag gestellt hatte, um in die französische Zone zu wechseln.“

„Und?“

„Hat er nicht.“

„Das deckt sich mit unseren Erkenntnissen.“ Koch berichtete Reuber von Müllers Wagen auf der anderen Rheinseite.

„Der Mann hatte also seine Gründe, warum niemand mitbekommen sollte, dass er in die französische Zone wollte. Was wollte er da?“

„Keine Ahnung, Reuber“, erklärte Koch. „Er hatte für eine Nacht in einem Hotel ein Zimmer reserviert, ist aber nicht erschienen. Zumindest passen in dem Punkt die Aussage des Bauern, der ihn über den Rhein geschippert hat, und Dr. Albrechts Annahme, was den Todeszeitpunkt anbelangt, zusammen. Seltsam allerdings ist, dass der Mann, der das mit dem Bauern geregelt hat, wollte, dass Müller noch in der gleichen Nacht zurückgerudert wird. Aber Müller hat sich ein Hotelzimmer genommen. Das passt nicht …“

„Und warum ist Dr. Müller nach Guntersblum gekommen? Womit hat ihn sein Mörder dahin gelockt? Und hatte der Mann keine Ahnung, was ihn erwartete?“ Reuber sah Koch an.

„Wenn wir das wüssten …“ Koch überlegte.

„Was wissen Sie über den Mann?“ Reuber zog seine Zigarettenpackung aus der Jacketttasche und blickte Koch fragend an. Der nickte und Reuber steckte sich die Zigarette an. Genüsslich nahm er den ersten Zug.

„Bis jetzt wenig. Kinderarzt in Oberhausen. Ihr Kontakt recherchiert noch. Ich erwarte seinen Anruf. Vielleicht sind wir dann klüger.“

„Ich wünsche Ihnen viel Glück!“, sagte Reuber, inhalierte tief und stand auf.

Tatsächlich rief eine Stunde später Hermann Grasser von der Kriminalpolizei in Oberhausen an.

„Bester Leumund, beliebt, kann gut mit Kindern, ist allerdings seit ein paar Tagen verschwunden und niemand weiß, wo er ist oder wo er hin wollte“, berichtete er nach dem Austausch der Begrüßungsnettigkeiten in rheinischem Singsang.

„Weil Sie nach Schwarzhandelsgeschäften gefragt haben: nichts, außer das Übliche, um an ein Pfund Mehl oder Butter zu gelangen. Aber seit der Rede unseres Kardinal Frings ist das ja kein Delikt mehr."

Koch wusste, worauf Grasser anspielte. Der Kölner Kardinal Frings hatte sich in der Silvesterpredigt 1946 über das Stehlen von Lebensmitteln und Kohlen ausgelassen und seine Zuhörer hatten das als Absolution verstanden, wenn man in der Notzeit die lebensnotwendigen Dinge nicht auf ehrliche Weise erwerben konnte.

„Hat dieser Dr. Müller Familie?", fragte Koch.

„Frau, zwei Söhne, beide erwachsen, der eine in Russland gefallen, der andere in Gefangenschaft."

„Was hat der Mann im Krieg gemacht?"

„War laut Aussage seiner Frau in einem Lazarett in Frankreich, später in Polen."

„Als Kinderarzt?"

Grasser lachte kurz auf. „Für die großen Kinder. Nein, Militär natürlich. Soll ein guter Operateur sein."

„Kriegsverbrechen?"

„Habe nichts in diese Richtung gehört. Wie gesagt, guter Leumund."

„Weiß gewaschen?"

„Wer ist das nicht?", fragte Grasser lachend zurück.

„Ja, wer ist das nicht", erwiderte Koch ernst.

Nachdem die Männer sich verabschiedet hatten, ging Koch nach unten in den Keller. Dr. Albrecht stand an einem Waschbecken und reinigte Instrumente.

„Was ist, Herr Kommissar?", begrüßte er Koch.

„Äh, ich …"

„Nein, der Kollege Esch ist immer noch nicht da. Sie müssen weiterhin mit mir vorliebnehmen. Und an der Leiche habe ich auch nicht weiter rumgeschnippelt."

Koch hob seinen Arm. „Entfernen Sie mir den Gips!"

„Ich würde ihn noch dranlassen. Gedulden Sie sich, bis

der Knochen richtig zusammengewachsen ist." Dr. Albrecht hatte sich ein wenig entspannt.

„Das Jucken macht mich verrückt. So kann ich nicht arbeiten."

Dr. Albrecht besah sich den Gips.

„Vorschlag", sagte er schließlich. „Ich nehme ihn ab, reinige den Arm und schaue mir die Sache an. Wenn es gut verheilt ist, kann der Gips abbleiben. Wenn nicht, gibt es einen neuen."

Koch überlegte.

„Herr Koch, entweder oder."

Der Kommissar nickte.

Eine Viertelstunde später hatte Dr. Albrecht den Gips aufgeschnitten und vorsichtig abgenommen. Koch atmete tief durch. Die Haut war weich und aufgequollen, aber er spürte sofort, wie gut es tat, dass nun wieder Luft an diese Stelle kommen konnte. Langsam bewegte er seinen Arm, streckte ihn vorsichtig aus und ließ ihn behutsam rotieren.

„Auf, kommen Sie!", forderte Dr. Albrecht den Kommissar und begann die verletzte Stelle abzutasten.

„Ihr Risiko, Herr Koch", sagte er schließlich. „Ich würde ihn nochmals eingipsen. Aber wenn ich Sie so sehe …"

„Keinen Gips!", entschied Koch streng.

Albrecht nickte. „Wie gesagt, Ihr Risiko. Aber seien Sie vorsichtig. Belasten Sie den Arm keinesfalls. Knocken Sie Ihre Gegner mit dem anderen aus."

Koch rang sich ein müdes Lächeln ab. „Werd's versuchen."

Koch wollte in die Kantine, um auf das Ende des Juckens noch einen Kaffee zu trinken, aber Siggi kam ihm entgegen.

„Kein Gips mehr?", fragte er.

„Sehen Sie doch", antwortete Koch unwillig. „Was gibt es denn?"

„Herr Rütting will Sie sprechen, wegen dem toten Neubert."

„Hat er was Konkretes gesagt?"

Siggi schüttelte den Kopf.

„Na dann, auf in den Kampf."

Rüttings Büro strahlte Normalität aus. Im Gegensatz zu Kochs Raum wirkte es fast wohnlich. Die Tapete war altersbedingt zwar ausgebleicht, aber sie hing nicht in Fetzen von den Wänden. Zudem besaß Rütting einen richtigen Schreibtisch, darauf eine Lampe, eine Schale für Stifte und sogar ein Tintenfass.

Koch kannte den Kollegen nur vom Sehen. Er war etwa so alt wie er selbst, hatte eine kräftige Statur, eine hohe Stirn und markante Geheimratsecken, die Koch an zwei norwegische Fjorde denken ließ.

Bei Kochs Betreten des Zimmers stand er auf und reichte ihm die Hand. „Tag Koch! Schön, dass Sie so schnell kommen konnten."

Das war weder freundlich noch unfreundlich, wie auch der Blick, mit dem Rütting ihn musterte.

„Nehmen Sie Platz!", forderte er Koch auf und unterstrich die Einladung mit einer Geste seiner Hand.

Koch setzte sich.

„Zigarette?"

Koch lehnte kopfschüttelnd ab.

„Sie gestatten?"

Er zog eine Zigarette aus der Packung.

„Natürlich."

Koch war auf der Hut. Diese Förmlichkeit gefiel ihm nicht.

Rütting entzündete mit einer Hand ein Streichholz und führte es an die Zigarette. Geräuschvoll sog er den Rauch ein.

„Neubert“, begann er das Gespräch, „Richard Neubert“, und sah Koch an.

Der reagierte nicht, wartete, was nun kam.

„Sie kennen den Mann?!“

Koch nickte beiläufig.

„Gut?“

„Was verstehen Sie unter gut?“

„Es muss ja nicht gleich Freundschaft damit gemeint sein.“

„Er hat eine Bekannte von mir belästigt.“

„Und da haben Sie ...?“

Koch unterbrach Rütting. „Gebeten, dass er das sein lässt.“

„Freundlich und nett?“

„Weder freundlich noch nett.“

„Neubert hat sich mehrmals über Sie beschwert.“

„Wer sagt das?“

„Die Akten. Und Herr Arnheim hat Andeutungen in diese Richtung gemacht. Auch von politischen Differenzen war die Rede.“

Wieder betrachtete Rütting Koch mit einem sehr aufmerksamen Blick.

„Der Mann war ein Nazi.“

„Wenn das ein Grund ist ... Millionen waren Nazis. Und von denen leben noch einige.“ Rütting sprach ruhig.

Koch schwieg.

„Ich muss Sie das fragen, Koch: Haben Sie etwas mit Neuberts Tod zu tun?“

„Nein!“

Rütting sah kurz auf, während er sich Notizen machte.

„Wann haben Sie ihn zuletzt gesehen?"

Koch überlegte. „Vor zwei Wochen vielleicht. Ich weiß es nicht mehr. Das wird aber in den Akten stehen. Da hat er sich nämlich über mich beschwert."

Rütting nickte wissend und drückte seine Zigarette, die er bis zum Filter geraucht hatte, in einem silbernen Aschenbecher aus.

„Ich weiß", war sein knapper Kommentar.

„Da, wo der Tote gefunden wurde, heißt es, gibt es ein Bordell …"

„Wie kommen Sie darauf?", unterbrach ihn Rütting schnell und zündete sich eine neue Zigarette an.

„Von Arnheim. Und auch von Dr. Albrecht."

Rütting überlegte. „Wir waren dort und was glauben Sie, haben wir vorgefunden?"

„Sie werden es mir sagen, Rütting. Und ich nehme an, dass Sie kein Bordell vorgefunden haben. Soll illegal gewesen sein."

„Genau. Man verstehe sich dort als eine Art Club nach englischem Vorbild, wo sich Männer treffen, die miteinander reden, trinken und rauchen. Von Frauen oder Prostituierten wusste man nichts. Bei der Hausdurchsuchung haben wir neben dem sogenannten Clubraum nur drei Zimmer entdecken können, in denen allerdings einige mehrköpfige Familien zusammengepfercht hausten."

Koch musste lachen. „Aber das glauben Sie nicht, Rütting, oder?"

Der sah Koch ernst an.

„Nein. Natürlich nicht. Aber ich habe mir die Papiere zeigen lassen. Alle in Ordnung."

„Es scheint mir, dass man auf einen solchen Fall gut vorbereitet war."

„Was heißt, Koch, dass Sie überzeugt sind, dass der Laden tatsächlich ein Puff ist."

„Ja."

„Und woher die Sicherheit?"

„Berufserfahrung", wich Koch aus.

Rütting lehnte sich zurück, sog laut an seiner Zigarette und behielt Koch dabei im Blick.

„War es das, Rütting?"

„Ja, Koch, ja. Sie haben da ja auch noch einige ungeklärte Fälle."

„Zwei." Damit stand Koch auf und ging zur Tür.

„Stimmt, zwei. Sagen Sie, was glauben Sie, warum Neubert ermordet wurde? Vorausgesetzt, der Laden war ein Puff: War der Mann einer, der nicht zahlte oder brutal zu den Mädchen wurde? Dr. Albrecht hat Spuren gefunden, dass Neubert vor seinem Tod Geschlechtsverkehr hatte."

Koch ging drei Schritte zurück auf den Kollegen zu.

„Möglich. Aber vielleicht hängt es mit Neuberts politischer Gesinnung zusammen."

„Werden Sie genauer, Koch!"

„Wie gesagt, der Mann war ein Nazi. Vielleicht hatte noch jemand eine Rechnung mit ihm offen."

„Koch, was soll das! Sie operieren mit Andeutungen, mit Unterstellungen. Das ist keine Polizeiarbeit."

„Ich halte das für eine sehr relevante Spur. Das hat auch mit Berufserfahrung zu tun."

Rüttings Körper spannte sich. „Da fehlen Ihnen aber ein paar Jahre, wie ich gehört habe."

„Was wollen Sie damit sagen?" Koch war vor den Schreibtisch getreten.

„Sie waren mindestens zwölf Jahre nicht im Polizeidienst."

„Und Sie? Waren Sie im Polizeidienst?"

„Ja."

„Und wo?"

„Da, wo ich gebraucht wurde."

„Von wem gebraucht?"

„Koch, ich denke, dass es besser ist, wenn Sie jetzt gehen."

„Waren Sie im Osten, Rütting? Sonderkommando?"

„Es stimmt also, was die Kollegen sagen: dass Sie die eigenen Leute anschwärzen. Also kein Gerücht. Koch, da ist die Tür!"

„Ich gehe, Rütting, aber ich sage Ihnen eins: Diese Leute, Sonderkommando, sind nicht meine Leute. Das sind keine Polizisten, das sind feige Mörder."

Damit drehte er sich um, ging mit weit ausholenden Schritten zur Tür und warf sie hinter sich zu.

Eine halbe Stunde später wurde Koch in Arnheims Büro gebeten.

Der saß zurückgelehnt in seinem ledernen Schreibtischstuhl, in der rechten Hand eine kleine Schale, auf der sich helles Gebäck befand. Er nahm noch ein Stück, bevor er die Schale auf den Schreibtisch stellte und zur Seite schob, kaute langsam, während der Kommissar näher kam.

„Was ist mit diesem Toten aus Guntersblum, Koch?"

Der referierte kurz, dass der Mann ein angesehener Kinderarzt in Oberhausen war, dass er mit seinem Wagen bis ans andere Rheinufer gefahren war und dort mit Hilfe eines Bauern übergesetzt und sich ein Zimmer in einer Pension vorab reserviert hatte, dort aber nie persönlich aufgetaucht war. Und dass der Bauer, der den Fährmann gegeben hatte, mit einem Mann verhandelt hatte, der wahrscheinlich nicht der Tote war, sondern eine sehr dunkle Stimme mit französischem Akzent hatte. Es war vereinbart worden, dass das spätere Opfer noch in der gleichen Nacht wieder auf die andere Rheinseite gebracht werden sollte.

Währenddessen hatte Arnheim sich eine Pfeife gestopft und zündete sie mit einem langen Streichholz an.

„Glauben Sie das, Koch?", hakte Arnheim nach und schmauchte genussvoll an seiner Pfeife. Der süßliche Geruch des Tabaks verteilte sich rasch im Raum.

„Ich nehme das ernst."

„Aber erklären können Sie es sich nicht?"

„Leider nein, noch nicht. Um mehr über diesen Mann zu erfahren, muss ich nach Oberhausen fahren."

Arnheim zog noch einmal an seiner Pfeife, dann beugte er sich vor und klopfte sie am Aschenbecher aus.

„Nein, Koch, das werden Sie nicht. Uns fehlen die Mittel."

„Aber ich …"

„Nein, Koch, keine Dienstreise. Nicht nach Oberhausen." Damit stand er auf und gab das Zeichen zur Beendigung des Gesprächs.

„Ach, Koch", rief er dem Kommissar nach, der schon fast die Tür erreicht hatte. „Was macht Koblenz? Eine gute Gelegenheit, den ganzen Ärger hier hinter sich zu lassen."

„Ja, sowie ich Zeit habe", sagte Koch und verließ schnell das Büro.

Am Nachmittag suchten Siggi und Koch nach möglichen Verbindungen zwischen Dr. Müller und Hoger. Später stieß Reuber zu ihnen.

Gemeinsam waren ihnen der Tod durch Erstechen und die Verstümmelung im Genitalbereich, aber da hörten die

Gemeinsamkeiten auch auf. Dr. Müller lebte in Oberhausen, Hoger in Bingen, ersterer war Arzt, der zweite Arbeiter. Gemeinsame Bezugspunkte hatten sie bislang keine feststellen können, und dass die beiden sich im Krieg kennen gelernt hatten, schien ausgeschlossen, da Hoger nicht im Feld war und Dr. Müller nach ihren Erkenntnissen in Frankreich, Russland und Polen als Armeearzt gearbeitet hatte, nicht aber in der rheinhessischen Kleinstadt.

„Siggi", forderte Koch am Ende ihrer Besprechung seinen Assistenten auf, „ich habe da zwar nicht viel Hoffnung, aber versuchen Sie mal zum einen den Chef von ‚Köhler & Mann' in Ingelheim, Sie wissen, wo Hoger mit den anderen im Krieg gearbeitet hat, und unseren Kollegen von der Ordnungspolizei in Bingen, Hartmut Drescher, zu erreichen, und fragen Sie die Männer, ob Ihnen der Name Dr. Müller etwas sagt."

Eilig verließ Siggi das Büro. Reuber ging zum Fenster und öffnete es.

„Vorsicht, klemmt und ist morsch!", warnte ihn Koch.

Nur mit einem festen Ruck bekam Reuber es geöffnet. Frische Luft strömte in das Zimmer.

„Frischer Wind, Koch, tut gut", kommentierte Reuber, warf seine aufgerauchte Zigarette aus dem Fenster und steckte sich gleich eine neue an.

„Sie haben im Moment ziemlichen Ärger, Koch."

„Spricht sich schnell rum …"

„Ich hoffe, Sie spekulieren nicht auf Mitleid."

„Darauf würde ich nicht einmal hoffen, wenn ich ein grenzenloser Optimist wäre."

„Der Sie wahrlich nicht sind. Für Rütting gehören Sie in den Kreis der Verdächtigen, die Neubert umgebracht haben."

„Glauben Sie so einen Unsinn?"

„In unserem Beruf hat man auch schon Pferde kotzen sehen …“

„Ja, natürlich“, versuchte Koch Reubers ironischen Grundton aufzunehmen, aber bei ihm klang es bitter. „Aber warum sollte ich Neubert umbringen?“

„Gegenfrage: Warum sollten Sie es nicht tun? Sie als Spezialist für Mord und Totschlag sollten doch wissen, dass der Mensch grundsätzlich zum Töten bereit ist, aus den verschiedensten Gründen. Auch aus den niedersten.“

Wieder reizte er Koch mit seinem spöttischen Tonfall, und in diesem Fall hatte es etwas äußerst Provozierendes in Anbetracht von Kochs Verdacht, dass Reuber Hannappeler von dem Dach gestoßen hatte.

Reuber ging zum Fenster und schnippte die Asche seiner Zigarette nach draußen. Er hatte hastig geraucht.

„Blödes Gefühl, wenn einem die eigenen Kollegen im Nacken sitzen und einem nicht trauen“, sagte Reuber, warf die Kippe aus dem Fenster, drückte es mit einem festen Stoß zu und ging zur Tür.

„Oder alles zutrauen“, erwiderte Koch.

Mit einem spitzen Lächeln verließ Reuber das Zimmer.

Lautes Klopfen an seiner Tür weckte Koch. Er hatte sich auf den Sessel gesetzt, um sich kurz auszuruhen, war aber gleich eingenickt. Benommen erhob er sich und öffnete die Tür. Bresson stand im Flur, in der einen Hand eine Flasche, in der anderen eine Schallplatte.

„Absacker, Puhler?“, fragte er und blinzelte den Kommissar aus seinen kleinen Augen hinter der runden Brille an.

Wortlos trat er zur Seite und ließ den hageren Photographen in die Wohnung. Der ging, ohne zu fragen zum Grammophon, nahm die Platte mit der Aufnahme von

Fats Waller, die in der Auslaufrille lief, vom Teller und legte die Neue auf, während Koch zwei Gläser auf den Tisch stellte und sie aus Bressons Flasche füllte.

„Ella Fitzgerald“, erklärte er, „habe ich extra für Sie organisiert. Nicht billig.“

Die beiden Männer prosteten sich zu und lauschten der Sängerin. Als es vorbei war, legte Bresson die Nadel erneut auf.

„Sind ungesellig geworden, unsere Abende“, sagte der Photograph nach einer Weile, die sie stumm in den Sesseln gesessen hatten.

Koch sah sich in seiner karg eingerichteten Wohnung um.

„Das meine ich nicht. Ich kann mich erinnern, dass wir vor gar nicht so langer Zeit hier oder bei mir drüben in größerer Runde ausgelassen zusammen gesessen haben.“

„Zeiten ändern sich“, erwiderte Koch kurz angebunden.

„Keine gute Zeit.“

„Im Moment gar nicht.“

„Ihr Fall?“

Koch überlegte, ob und was er Bresson erzählen sollte.

„Neubert ist tot, ermordet“, sagte er schließlich.

„Aber nicht von Ihnen“, war Bressons Reaktion und er blickte sein Gegenüber dabei ernst an.

„Natürlich nicht“, blaffte ihn Koch an, selbst erschrocken über seinen barschen Tonfall.

Bresson füllte die Gläser. „Warum so erregt?“, fragte er, nachdem er einen Schluck genommen hatte.

„Raten Sie mal! Weil es tatsächlich Leute gibt, die mich für Neuberts Mörder halten.“

Nun lachte Bresson laut, ein kurzatmiges Meckern. „Sie Moralapostel und Idealist ein Mörder? Das ist der beste

Witz, der mir je untergekommen ist. Mit was für Leuten arbeiten Sie denn, Koch, dass die so etwas für möglich halten?“ Er legte seine Stirn in Falten. „Natürlich, im Affekt. Neubert hat Sie bis zur Weißglut gereizt und da haben Sie die Nerven verloren.“

„Bresson, das ist nicht zum Lachen.“

Der nickte, nun auch wieder ernst, und trank. Koch tat es ihm nach.

„Und sonst?“

„Nichts läuft“, erklärte Koch frustriert und nahm gleich noch einen Schluck. „Keine Spur bei Hoger, keine bei Dr. Müller.“

„Dr. Müller?“, fragte Bresson irritiert. „Wir haben uns länger schon nicht mehr unterhalten.“

„Na gut“, begann Koch, doch Bresson unterbrach ihn gleich, stand auf und verließ die Wohnung, um nur wenig später mit einem Teller zurückzukehren, auf dem mehrere Scheiben Brot und Wurst lagen.

„Wieder Photos verkauft?“, fragte Koch, während er sich eine Scheibe belegte.

„Die Geschäfte gehen gut. Notzeiten.“

„Und wir profitieren davon.“

„Überleben, Koch, überleben. Und nun seien Sie nicht schon wieder so moralisch, sondern essen Sie. Sie sehen weder besonders gut noch gesund aus. Sie könnten ein paar Kilo vertragen.“

In der nächsten Stunde erzählte Koch seinem Nachbarn von dem toten Kinderarzt, der in Guntersblum gefunden worden war.

„Und mehr wissen Sie nicht über den Mann?“, fragte Bresson, nachdem Koch fertig war.

Der schüttelte resigniert den Kopf.

„Ich will Ihnen ja nicht allen Mut nehmen, Koch,

aber haben Sie auch schon darüber nachgedacht, dass der Mann gar nicht Dr. Müller heißt?"

„Wie kommen Sie darauf?", fragte Koch erstaunt. Der Alkohol begann zu wirken, sein Kopf wurde schwer.

Bresson schien der Brand nichts anzuhaben. „Jetzt seien Sie nicht so naiv. Was glauben Sie denn, was aus all den Richtern, Ärzten, Generälen geworden ist, die sich die Hände in den letzten eintausend Jahren so schmutzig gemacht haben, dass sie nicht so einfach einen Persilschein bekommen?"

Koch biss in sein Stück Brot.

„Eine neue Identität", führte Bresson weiter aus. „Ist in diesen Zeiten doch so viel einfacher als sonst. So viele Tote, so viele Vermisste, jeder mit seinen eigenen Angelegenheiten und dem eigenen Überleben beschäftigt und fast jeder hat irgendwie Dreck am Stecken. Da schaut keiner so genau hin. Und gerade die Ärzte …", er trank einen Schluck und befeuchtete seine schmalen Lippen, „… da haben einige ihre Hände sehr, sehr tief in den Dreck gesteckt. Lesen Sie keine Zeitung? Der Ärzteprozess in Nürnberg. Es wird mit Todesurteilen gerechnet. Da haben einige sehr viel zu verlieren. Manche alles." Bresson lachte wieder meckernd.

„Ich bin ja schon froh, dass wir überhaupt die Identität von diesem Dr. Müller klären konnten, aber das …"

Bresson dachte nach. „Vielleicht in Nürnberg nachfragen. Da sitzen die Ankläger. Die haben die Akten. Ich weiß nicht, ob es schon wieder Ärztevertretungen gibt."

„Klingt alles eher kompliziert."

„Koch, so kenne ich Sie gar nicht. Fast resigniert. Sie haben doch sonst keine Mühen gescheut, wenn es um die Lösung eines Falles ging."

„Das stimmt", erwiderte Koch und beendete die Diskussion, indem er schnell zwei Gläser von dem Brand trank. Danach war er zu keinem klaren Gedanken mehr in der Lage.

XLII

Müde schleppte Koch sich am nächsten Morgen das Treppenhaus hinunter und wäre fast gestürzt. Jemand hatte versucht, das Loch in der Stiege notdürftig zu reparieren, indem er es mit Sand und Kieseln gefüllt hatte.

Im Laufe des Tages versuchte er die wahre Identität von Dr. Müller herauszufinden, wenn er die tatsächlich geändert hatte. Aber niemand konnte oder wollte ihm helfen. Ärzte, die er ansprach, verstummten bald oder wiesen diese Vermutung als eine bösartige Unterstellung und Verunglimpfung ihres Berufsstandes brüsk zurück. Mit einem der Ärzte, einem Augenheilkundler, stritt er so heftig am Telefon, dass dieser drohte, sich über Koch zu beschweren.

Siggi berichtete ihm am Nachmittag, dass er mit einiger Mühe sowohl Lüning in Ingelheim als auch Drescher in Bingen erreicht hatte. Dem Ordnungspolizisten sagte der Name Dr. Müller nichts. Das Gespräch mit Lüning, dem musikliebenden Besitzer der Fabrik in Ingelheim, gestaltete sich schwieriger, weil der ihm einen Vortrag über Betriebsführung hielt, dann, als Siggi auf seiner Frage beharrte, zu einer Tirade gegen Ärzte anhob, die in dem Vorwurf endete, dass sie der Tod des freien Unternehmertums seien, weil sie die Leute viel zu schnell krankschrieben. Bei ihm habe keiner seiner Arbeiter einen Grund krank zu werden. Immerhin gestand er am Ende des Telefonats, dass ihm der Name Dr. Müller nicht bekannt sei und er nicht mehr dazu sagen könne.

Am Abend ging Koch zu Reuber und bat ihn, über seine Kontakte in der amerikanischen Zone herausfinden zu lassen, ob ein Dr. Elmar Müller in Verbrechen der Nationalsozialisten verwickelt war.

Auf Kochs ungeduldige Nachfrage am Donnerstag, lachte der Kollege bloß.

„So schnell ging das vor dem Krieg auch nicht, mein lieber Koch. Und jetzt sind wir auf den *good will* unserer amerikanischen Freunde angewiesen."

Am frühen Nachmittag bat Siggi seinen Vorgesetzten in den Keller zu kommen.

„Was Neues?", fragte Koch, während Siggi ihn bis zur Treppe in den Keller begleitete.

„Dr. Esch will Sie sprechen."

„Der Herr Doktor ist also wieder da", kommentierte Koch hämisch.

Siggi verzog sein Gesicht, was Koch wegen der Lichtverhältnisse entging.

Er verließ seinen Assistenten und stieg die Treppe in den Keller herab. Irgendwo in den Kellergängen rief jemand einen Befehl, der unverständlich als vielfach gebrochenes Echo bei ihm ankam.

In dem großen Obduktionsraum wartete eine Überraschung auf Koch. Neben Esch stand Arnheim, nickte beifällig und sagte dann etwas, das er nicht verstehen konnte.

„Koch, da sind Sie ja!"

Esch trug einen blutbespritzten weißen Kittel.

„Herr Kommissar!", grüßte er und nickte ihm mit ernster Miene zu.

„Herr Freiherr!"

„Herr Esch genügt", erwiderte der streng.

„Meine Herren, keine Spitzfindigkeiten", mahnte Arnheim. „Herr Esch hat die Leiche des toten Dr. Müller noch einmal obduziert, obwohl er keine Anweisung dazu hatte, und ich nehme an, dass Sie, Koch, das Ergebnis interessiert."

„Ich sehe, Sie sind wieder genesen." Esch machte mit

dem Skalpell, das er in der Hand hielt, eine Bewegung in Richtung von Kochs rechtem Arm.

„Dr. Albrecht war so frei …“

„Eine Koryphäe, der Mann.“

„Bitte!“, ermahnte Arnheim die beiden Männer nochmals.

„Nun“, begann Esch, „ich würde sagen, dass unser Kommissar richtig mit seiner Annahme liegt, dass die beiden Toten von demselben Täter umgebracht wurden.“

„Aber nicht nur, weil man beiden Opfern den Penis abgeschnitten hat?“

Koch blieb nicht verborgen, dass sich Eschs Mundwinkel leicht nach oben zogen.

„Nein, das alleine natürlich nicht. Aber die Schnittkanten weisen bei beiden Toten so viele Gemeinsamkeiten auf, dass ich ziemlich sicher sagen kann, dass beide Penisse mit demselben Messer abgetrennt wurden. Auch die Stichwunden am Körper legen das nahe.“

Arnheim schnaufte vernehmlich. „Gute Arbeit“, lobte er den Arzt.

„Aber …“, hob Esch seine Stimme und die beiden anderen Männer sahen gespannt zu ihm, „… es sieht so aus, dass das Opfer nicht an den Folgen der Stiche beziehungsweise Schnitte gestorben ist.“

„Verblutet?“

„Das wäre der Mann ohne Zweifel über kurz oder lang, wenn ihm niemand geholfen hätte. Das Genital ist ihm allerdings erst post mortem entfernt worden.“

„Woran ist er gestorben?“ Arnheim hatte die Frage gestellt.

„Herzinfarkt!“ Esch steckte seine Hände in die Hosentaschen und sah in die Runde.

„Wurde er gefoltert?“ Koch war näher an den nackten

Leichnam getreten und besah sich den toten Körper genauer. Er erkannte schwarze Flecken auf der Haut.

„Brandspuren", erklärte Esch. „Jemand hat eine Zigarette auf dem Körper ausgedrückt. Nase und Jochbein sind auch gebrochen sowie die Finger der linken Hand und der Handknochen."

Koch trat ein wenig zur Seite, um sich die Hand genauer anzugucken. Tatsächlich standen die Finger in unnatürlicher Position ab. Er erinnerte sich, dass diese Hand am Fundort unter dem Körper begraben lag. Deshalb war ihm das nicht aufgefallen. Dr. Albrecht hatte diese Verletzung auf einen Sturz zurückgeführt.

„Meine Vermutung ist, dass dieser Mann in Folge der Aufregung, verbunden mit den Schmerzen, einen Herzinfarkt erlitt, der zum Tode führte."

„Aber was wollte sein Mörder wissen?", fragte Arnheim ungeduldig in die Runde.

„Wenn wir das wissen, sind wir dem Täter schon sehr nahe", entgegnete Koch so herablassend, dass er sich dafür einen strafenden Blick seines Vorgesetzten einfing.

„Wissen Sie denn, wer der Mann ist?", fragte Esch.

„Ein Dr. …"

In dem Moment wurde die Tür zum Obduktionssaal aufgerissen.

„Herr Arnheim", rief eine Frauenstimme, leicht verzweifelt. „Schnell, der Herr Minister!"

Der Angesprochene drehte sich zu ihr um. „Jetzt schon?"

„Bitte!" Sie flehte fast.

„Meine Herren, das ist leider dringend." Arnheim verabschiedete sich mit einem knappen Kopfnicken. „Sie werden das schon machen", fügte er noch hinzu, während er hinauseilte.

„Dr. Elmar Müller, Kinderarzt in Oberhausen", führte

Koch das Gespräch fort, als seien sie nicht unterbrochen worden.

Esch lachte so laut auf, dass das Echo von den kahlen Wänden des großen Raumes mehrfach gebrochen zurück geworfen wurde, was das Gehässige des Lachens noch verstärkte.

„Was gibt es da zu lachen?“, fragte Koch wütend.

„Der Mann ist nicht aus Oberhausen und Müller heißt der auch nicht. Der Doktor, der stimmt.“ Esch hatte das mit einer solchen Arroganz gesagt und dabei gelächelt, dass Koch erneut Wut in sich aufsteigen fühlte.

„Dann sagen Sie mir bitte, wer das ist!“

Esch wurde ernst, mit einer Spur von etwas Lehrerhaftem.

„Es mag sein, dass der Mann zuletzt als Kinderarzt gearbeitet hat, aber diesen Beruf unter diesem Namen übte er nicht lange aus. Und ob er als Kinderarzt eine Approbation besaß, würde ich stark bezweifeln.“

„Wie kommen Sie darauf?“ Koch konnte seinen aggressiven Tonfall nicht ablegen.

„Haben Sie sich nie gefragt, Herr Koch, was all die vielen Ärzte in jenen zwölf Jahren gemacht haben, die die Nazis regiert haben?“

„Sie werden es mir sagen, Esch.“

„Ja, das werde ich. Sehr viele von ihnen haben unter den Nazis Karriere gemacht …“

Koch konnte sich nicht zurückhalten. „Wie Sie, Esch?!“

„Das steht hier nicht zur Debatte, Herr Koch! Derzeit werden in Nürnberg die sogenannten Ärzteprozesse vor einem amerikanischen Militärgericht geführt. Offiziell heißt es ‚Vereinigte Staaten vs. Karl Brandt et. al.‘ Sie wissen, wer Karl Brandt war?“

„Auch das werden Sie mir sicher gleich sagen!“

Eschs Mund verzog sich ganz leicht. „Sicher werde ich das, wir lernen ja nie aus. Karl Brandt war SS-Obergruppenführer und Generalleutnant der Waffen-SS und zudem Reichskommissar für das Sanitäts- und Gesundheitswesen, Generalkommissar für Kampfstofffragen, Euthanasiebeauftragter und, hören Sie gut zu, Begleitarzt Adolf Hitlers."

Koch schwieg, Esch machte eine Pause. „Wollen wir uns setzen?" Er zeigte zu einer runden Vitrine an der Wand, neben der drei Stühle standen.

Die Vitrine war, das erkannte Koch wegen des düsteren Lichts erst, als er davor stand, eine Art Bar im Kleinstformat. Obenauf eine Glasplatte, unten ließen sich zwei gebogene Türen öffnen. Daraus holte Esch eine Flasche hervor, die er Koch entgegenhielt.

„Gin", erklärte er, „Familientradition."

„Ich dachte", wandte Koch spitz ein, „dass Gin ein englisches Getränk ist."

„Sehr richtig, Herr Kommissar, und meine Familie hat starke Bindungen an das Vereinigte Königreich." Er füllte zwei Gläser zu je einem Drittel, reichte eines davon Koch und hielt ihm das andere entgegen.

„Auf das Empire", prostete er mit einem schelmischen Grinsen.

„Auf Europa", erwiderte Koch ernst.

Sie tranken, dann ließen sich die beiden Männer auf den Stühlen nieder.

„Hätte ich auch nicht gedacht, mit Ihnen hier guten englischen Wacholderschnaps zu genießen. Also, wo waren wir? Ja, dieser Karl Brandt ist einer von dreiundzwanzig Verbrechern, die einmal den hippokratischen Eid geschworen haben, und nun in Nürnberg angeklagt sind. Aber es sind nur die Exponiertesten und einige von ihnen werden sicher auch zum Tode verurteilt werden. Aber diese Männer sind eben nur ein kleiner Teil derjenigen, die sich an Menschen vergangen, die brutale Menschenversuche unternommen und die körperlich und geistig Behinderte in den Tod geschickt haben. Was meinen Sie, Herr Koch, was machen all die anderen, die Angst haben müssen, dass auch sie vor Gericht gestellt werden, oder dass jemand sie sucht, weil er an ihm oder einem Familienmitglied ein Verbrechen begangen hat?"

Er machte eine Pause und trank von seinem Gin.

„Ich sage es Ihnen, Herr Kommissar: Diese Leute nehmen eine neue Identität an, ziehen irgendwohin, wo sie glauben nicht erkannt zu werden."

Koch rückte unruhig auf seinem Stuhl hin und her. Er erinnerte sich, dass Bresson vor zwei Tagen Ähnliches behauptet hatte.

„Aber Ärzte ...", versuchte Koch zu widersprechen und erneut verfiel Esch in sein arrogantes Lachen.

„Herr Koch, Sie sind doch ein kritischer Kopf, einer, der, soweit ich das mitbekommen habe, eine Menge gegen diese Nazis hat. Und Sie sind so naiv, dass Sie glauben, Ärzte machen so was nicht oder einer, der sich gestern mit Vererbungslehre beschäftigt hat, kann heute nicht als Kinderarzt auftreten? Koch, Koch." Er schüttelte den Kopf und nippte an seinem Glas.

„Und Sie ...?", fragte Koch.

„Ich?" Esch lachte wieder. „Ich habe meine Geschichte. Aber die erzähle ich Ihnen vielleicht ein anderes Mal. Wenn Sie mir Ihre erzählen. Aber zurück zu diesem angeblichen Dr. Elmar Müller. Wie haben Sie ihn identifiziert und wie haben Sie sich das bestätigen lassen?"

Koch fasste kurz den Fund der Leiche, die Reservierung im Hotel, das Auto auf der anderen Rheinseite und die Bestätigung durch den Kollegen Grasser in Oberhausen zusammen.

„Sehen Sie, Herr Koch, in dem Hotel hat der Mann sich telefonisch angemeldet. Er wird sich nicht ausgewiesen haben. Und Ihr Kollege in Oberhausen, was wird der gemacht haben? Der hat geschaut, ob an der angegebenen Adresse ein gewisser Dr. Müller wohnt, und er wird von den Hausbewohnern, seiner Familie oder Praxisangestellten erfahren haben, dass dieser Mann verschwunden ist." Esch machte eine Pause, nahm sein Glas gestelzt mit zwei Fingern und nippte daran.

Koch kniff seine Lippen aufeinander. Eschs herablassender Ton ärgerte ihn aufs Neue.

„Vorausgesetzt, Sie haben Recht, wie bekomme ich heraus, wer der Mann wirklich ist?"

Esch sprach ganz ruhig. „Ich schlage Ihnen zwei Möglichkeiten vor."

Der Arzt nippte erneut an seinem Gin und schob dann kurz die Unterlippe vor.

„Ja, und?", fragte Koch ungeduldig.

„Erstens, die klassische Variante. Recherche. Das ist doch Teil Ihrer Arbeit als Polizist. Zugegeben, das ist in dieser Zeit sehr schwer. Wenn dieser Dr. Müller schon im Krieg seine Identität gewechselt hat, weil er frühzeitig genug ahnte, dass es bald aus sein würde, wird es sehr, sehr schwer. Hunderte, vielleicht Tausende Ärzte sind gefallen, sind in Gefangenschaft, sind vermisst. Die alle abzugleichen, ist eine Sisyphos-Arbeit."

Er blickte den Kommissar an. In dem schummrigen Licht war der sich nicht klar, ob Esch gehässig grinste.

„Und die zweite?", fragte Koch.

Esch lächelte, nahm sein Glas, sagte: „Fragen Sie mich!" Er trank einen kleinen Schluck.

Koch sah ihn ungläubig an. „Sie kennen den Mann und sagen es mir nicht!?"

„Fragen Sie!"

„Was soll das alberne Spiel, Esch?"

Der trank wieder von seinem Gin. „Ich muss vorsichtig sein, sonst trinke ich zu viel."

„Wer ist dieser Mann?" Koch zeigte mit dem ausgestreckten Arm auf die Leiche.

Es schien Esch Freude zu machen, Koch an der langen Leine laufen zu lassen.

„Professor Dr. Hans-Friedrich Beirath", klärte Esch ihn endlich auf.

Koch versuchte sich sein Erstaunen nicht allzu sehr anmerken zu lassen. „Woher wissen Sie das?"

„Ich kenne den Mann. Das heißt: kannte."

Koch konnte seine Überraschung nicht verbergen und setzte zu einer erbosten Erwiderung an. Esch unterbrach ihn rasch.

„Herr Koch, wollen Sie, dass ich Ihnen helfe? Oder wollen Sie mich auch noch beleidigen? Geschlagen haben Sie mich schon, in Ordnung. Ich weiß, dass ich recht arrogant auf manche meiner Mitmenschen wirke. Deshalb: geschenkt. Aber ich muss mich nicht von Ihnen beleidigen lassen, zumal wenn ich Ihnen die Hand reiche."

Koch ging nicht darauf ein. Um das Auge des Arztes war noch immer die Verfärbung gut zu erkennen.

„Woher kennen Sie den Mann?"

„Welchen Mann?"

„Wollen Sie mich …?" Kochs Gesicht war hochrot. „Wenn Sie den Mann kennen und etwas wissen, müssen Sie mir das …", sagte er schnell und erregt.

Esch stoppte seinen Redefluss mit einer Handbewegung.

„Schon gut, Herr Koch, schon gut. Ich erkläre es Ihnen. Aber zuerst noch einen Schluck Hausrezept." Er füllte beide Gläser mit Gin. „Cheers."

Widerwillig erhob Koch sein Glas.

„So, nun, Herr Koch, zunächst zu der Frage, woher ich Professor Dr. Hans-Friedrich Beirath kenne; ich habe seine Vorlesungen an der Universität besucht." Esch machte eine Pause und ließ Koch dabei nicht aus den Augen. Der reagierte nicht.

„Beirath wurde 1942 zum Professor in Berlin berufen. Vorher gehörte er dem wissenschaftlichen Stab von Professor von Verschuer in Frankfurt am Main an. Mit dem ging Beirath 1942 nach Berlin, als Professor. Was wissen Sie über das ‚Institut für Rassenhygiene'?"

Wieder blickte Esch Koch an. Der schüttelte leicht den Kopf.

„Das war eine Abteilung des Kaiser-Wilhelm-Instituts für Anthropologie, menschliche Erblehre und Eugenik in Berlin, gegründet 1927. Man wollte seinerzeit mit England, Frankreich, Schweden und den USA gleichziehen, wo es ähnliche Unternehmungen gab. Das Kaiser-Wilhelm-Institut bestand aus den drei im Titel genannten Abteilungen: Anthropologie, menschliche Erblehre und Eugenik. Nach der Machtübernahme der Nazis wurde die Eugenik-Abteilung in ‚Abteilung für Rassenhygiene' umbenannt. Institutsmitarbeiter waren als Gutachter an der Erfassung und Aussonderung von Juden, Zigeunern, Fremdvölkischen und Erbkranken beteiligt, was für die Betroffenen in den meisten Fällen Zwangssterilisation oder Konzentrationslager bedeutete."

Esch machte eine Pause und nippte an seinem Gin. Koch fiel der Ernst auf, mit dem Esch sprach und der sich auch in seinem Gesicht und in seiner ganzen Haltung widerspiegelte. Da war nichts mehr von dem jungen Mann, den er so arrogant und überheblich wahrgenommen hatte.

„Es wurden für die anthropologischen Untersuchungen Versuche an Menschen durchgeführt, denen jegliches Recht am eigenen Körper abgesprochen wurde."

Wieder hielt Esch inne und ließ Koch Zeit, das Gehörte zu verdauen.

„Das ‚Gesetz zur Verhütung erbkranken Nachwuchses', sagt Ihnen das was?"

Koch nickte verhalten.

Esch lächelte ebenso verhalten.

„Dieses Gesetz trat am 1. Januar 1934 in Kraft und diente der sogenannten Rassenhygiene. Die Nazis unterschieden zwischen positiver und negativer Rassenhygiene. Positiv meinte züchterische Maßnahmen wie die Förderung kinderreicher Familien, negativ die Eliminierung schlechten Erbgutes aus den Genen einer Bevölkerung zugunsten zukünftiger Generationen. Und Träger schlechten Erbgutes waren in den Augen der Nazis Menschen mit angeborenem Schwachsinn, Schizophrenie, zirkulärem Irresein, erblicher Fallsucht oder Epilepsie, erblichem Veitstanz, erblicher Blindheit und Taubheit und schwerer erblicher körperlicher Missbildung. Später kam noch schwerer Alkoholismus hinzu."

Wieder führte Esch das Glas an seinen Mund, leerte es und füllte es auf, bevor er weitersprach.

„Um die Reinigung des Erbgutes des Volkskörpers zu gewährleisten, gab es für die Nazis zwei Wege: Tötung und Zwangssterilisation. In den ersten Jahren der nationalsozialistischen Herrschaft traute man sich noch nicht offen die Tötungen durchzuführen, weil man die negative Presse im Ausland fürchtete. Deshalb wurde auf die Unfruchtbarmachung zurückgegriffen. Um dem Ganzen einen scheinlegalen Anstrich zu geben, wurden ‚Erbgesundheitsgerichte' eingerichtet, in denen nationalsozialistische Juristen und Mediziner saßen. Diese Gerichte entschieden dann mit einfacher Mehrheit, ob eine Person zwangssterilisiert wurde."

Esch sah Koch während seines Vortrages nur noch sporadisch an. Meist blickte er an ihm vorbei.

„Und Professor Beirath?"

„Ja, natürlich", sagte Esch, nippte wieder am Gin. „Professor Beirath. Ja, der war Anthropologe und ein glühender Anhänger der Nazis und ihrer Rassenlehre, war Mitglied in der NSDAP und in der SS und in so illustren Bünden wie dem NS-Ärztebund und dem NS-Dozentenbund. Und er arbeitete als Gutachter am Erbgesundheitsgericht."

„Und Sie kennen ihn?"

„Ich habe, wie gesagt, bei ihm studiert. Das heißt, seine Vorlesungen besucht."

Koch sah ihn befremdet an. Esch lächelte bitter.

„1938 in Frankfurt. Wo er bis 1942 war, dann ist Beirath nach Berlin gegangen, an das Kaiser-Wilhelm-Institut. Danach hat er sich in den Osten versetzen lassen, aber was er da genau gemacht hat, habe ich noch nicht herausfinden können. Ich nehme aber an, dass hier der Hauptgrund dafür liegt, dass er einen neuen Namen angenommen hat. "

„Und Sie?"

Wieder nahm der Arzt einen Schluck aus seinem Glas, bevor er antwortete.

„Ich bin '38 gegangen, allerdings nach England, zu Verwandten."

Nun trank auch Koch von seinem Gin.

„Sie waren nicht in Deutschland? Ich meine, während des Krieges."

„Korrekt. Das heißt", korrigierte sich Esch, „ab 1945 als Offizier der Britischen Armee war ich wieder in Deutschland."

Nun war Koch gänzlich erstaunt.

„Das wirft Ihr Weltbild arg durcheinander, nicht wahr, Herr Koch?"

Der musste einen weiteren Schluck trinken, bevor er antworten konnte.

„Allerdings."

„Soviel zum Herrenmenschen", sagte Esch kurz.

„Und warum bleiben Sie, also, warum arbeiten Sie hier?"

Esch lachte kurz. „Diese Frage aus Ihrem Mund, Herr Koch? Nach dem, was ich über Sie gehört habe, könnte ich Ihnen diese Frage genauso gut stellen. Aber bitte. Ich bin in Deutschland aufgewachsen, der größte Teil meiner Familie lebt hier."

„Und Ihre Familie? Ihr Vater?"

„Mein Vater?" Esch verschränkte seine Arme vor der Brust. „Der hat mich, wie heißt es so schön altmodisch, verstoßen. Er denkt deutschnational und ist, nun ja, zumindest ein Sympathisant der Nazis gewesen. Ich hatte in seinen Augen eine glänzende Karriere vor mir. Man hat ihn nach meiner Ausreise nach England unter Druck gesetzt, dass er mich dazu bringen soll, dass ich zurückkomme."

„Und?"

„Nein, das konnte ich nicht. Abgesehen davon, dass ich nicht wusste, was man mit mir machen würde, wollte ich diesem Regime nicht dienen."

„Und Ihr Vater?"

„Tja. Zuckerbrot und Peitsche. Er war ein solches Verhalten nicht gewohnt. Bei uns hat man gehorcht. Er hat meine Schwester vorgeschickt."

„Und nach dem Ende des Kriegs?"

„Er wollte mich nicht sehen. Er hat sich geweigert."

„Und keine Aussicht auf Versöhnung, auf Aussprache?"

Koch fiel sein eigener Vater ein. Auch sie waren auseinander gegangen, ohne sich ausgesprochen zu haben.

„Nicht mehr. Als er erfahren hat, dass ich als Gutachter im Nürnberger Ärzteprozess arbeiten werde, ist er kurz darauf gestorben. Ich habe ihm das Herz gebrochen, hat er meiner Schwester kurz vor seinem Tod gesagt. Zu ihr habe ich ein sehr enges Verhältnis."

Koch fiel die blonde Frau mit dem Motorrad ein, mit der Esch vor der Direktion gestritten hatte, um sich anschließend mit einer innigen Umarmung von ihr zu verabschieden.

Der Arzt leerte sein Glas in einem Zug. „Und Sie, Herr Koch, was ist Ihre Geschichte?"

„Heute nicht, Esch, ein anderes Mal. Das muss ich erst einmal verdauen."

„Tja, mein Lieber, wenn Gewissheiten zerbrechen." Wieder lachte der Arzt bitter und goss sich aus der Flasche Gin ins Glas.

Koch stand auf, verließ grußlos den Keller und gleich darauf die Direktion. Was er eben gehört hatte, hatte ihn in der Tat gehörig durcheinander gebracht. Wie er sich in Esch getäuscht hatte. Er ärgerte sich maßlos über sich selbst. Und noch rätselhafter erschien ihm nun, was die beiden Toten miteinander verband, den Arbeiter und einfaches Parteimitglied Hoger und den Arzt, Professor und überzeugten Nazi Beirath. Warum starben beide auf ähnliche Weise, warum war ihnen beiden der Penis abgeschnitten worden? Was war der Grund? Wollte der Täter damit etwas sagen?

XLIII

Am Tag darauf rief Koch Siggi zu sich und klärte ihn über den neuen Sachverhalt auf.

„Der heißt gar nicht Müller?! Ist jemand anderes?“, rief der junge Mann erstaunt aus.

„Ja, Siggi. Esch kennt den Mann. Wussten Sie das?“

„Woher denn?“, fragte der zurück.

Koch winkte ab. „Schon gut, Siggi. Ja, woher sollten Sie das wissen. Ich möchte, dass Sie Informationen über diesen Professor Beirath zusammentragen. Ich muss wissen, wo der Zusammenhang zu Hoger besteht. Haben die beiden sich gekannt? Sind sie sich irgendwo begegnet? Sind sie vielleicht miteinander verwandt? Hat Beirath Hoger mal behandelt? Es muss da was geben, Siggi, und das will ich wissen.“

Siggi nickte, stolz, dass Koch ihm diese Aufgabe übertrug.

Kurz nachdem sein Assistent das Büro verlassen hatte, klopfte es an der Tür und Rütting trat ein, ohne das „Herein“ abzuwarten.

„Guten Morgen, Koch, ich muss mit Ihnen sprechen“, begann er.

„Wollen Sie nicht erst einmal fragen, ob ich Zeit habe?“, erwiderte der, doch Rütting machte eine wegwerfende Handbewegung. „Keine Zeit, Koch.“ Und, ohne innezuhalten oder Kochs Reaktion abzuwarten, fuhr er fort. „Wir haben bei Neubert Erpresserbriefe gefunden. Briefe, die Neubert geschrieben hat. Wir kennen leider den Adressaten nicht. Wissen Sie da was, Koch?“

„Nein, tut mir leid“, antwortete der und versuchte sich seine Bestürzung nicht anmerken zu lassen.

Es war Rütting nicht anzusehen, ob ihm dies gelungen war.

„Außerdem haben wir bei Neubert ein Messer gefunden. Bei den Briefen. Ordentlich in ein Tuch eingewickelt. Das Messer trug die Initialen ‚J.G.'. Sagt Ihnen das was?"

Koch legte eine nachdenkliche Miene auf und schüttelte schließlich den Kopf.

„Koch", sagte Rütting mahnend. „Denken Sie nach! Sie hatten letztes Jahr einen Fall in Gonsenheim bearbeitet, den Tod eines gewissen Peter Gerber, Sohn des Bauern Josef Gerber. Bis heute nicht aufgeklärt. Der Mann wurde erstochen auf dem elterlichen Hof gefunden. In der Akte steht, dass es vermutlich die Tat einer DP oder eines Obdachlosen war. ‚J.G.' könnte für Josef Gerber stehen."

„Sie meinen, dass Neubert den Mann umgebracht hat? Das hatte ich nie in Betracht gezogen."

Rütting sah ihn finster an. „Denkbar. Genauso wie, dass Neubert das Messer bei dem Täter gefunden hat und ihn daraufhin erpresste und das mit seinem Leben bezahlen musste. Was meinen Sie?"

„Wie heißt es doch so schön: Ein Polizist sollte in jede Richtung ermitteln", wich er aus.

Er dachte an Dorle. Rütting war auf der richtigen Spur.

„Was ist, Koch? Was meinen Sie? Weichen Sie nicht aus! Immerhin würde Sie das entlasten."

„Sie halten mich tatsächlich noch immer für den Mörder?"

Rütting lachte. „Sie haben eben doch selbst gesagt, dass ein guter Polizist in jede Richtung ermitteln muss."

„Ja, das sollte er." Koch überlegte krampfhaft, wie er Dorle schützen konnte.

Rütting lehnte sich zurück und zündete sich, ohne um Erlaubnis zu fragen, eine Zigarette an.

„Vielleicht. Vielleicht nicht. Aber ich hatte Ihnen eine konkrete Frage gestellt, Koch."

„Das Messer wurde damals nicht gefunden. Der Vater des Toten galt, wie sein Sohn, als überaus geizig. Was übrigens vielen Bauern derzeit nachgesagt wird. Motive gab es viele, ebenso viele mögliche Tathergänge. Es ließ sich nichts beweisen. Daher war die Annahme, dass es ein Einbrecher auf der Suche nach Lebensmitteln war, der dabei überrascht wurde und zustach, nicht abwegig."

„Und Neubert war nie im Täterkreis?"

„Warum denn? Dem Mann ging es gut. Für die Verhältnisse zumindest."

„Neubert, ja, ja." Rütting machte ein nachdenkliches Gesicht. „Der ist ja nun auch tot. Sie sagten, dass Neubert Ihre Verlobte belästigt oder bedroht hatte. Auch das wäre ein Motiv. Für seinen Tod, meine ich."

„Weil ein Mann eine Frau belästigt?", fragte Koch erregt zurück. Ihm fiel es immer schwerer ruhig zu bleiben. „Was soll das? Wenn Sie jede Frau, die Neubert belästigt hat, als Täterin ins Auge fassen, haben Sie bis zu Ihrer Pensionierung zu tun."

Rütting ließ sich nicht beeindrucken. „Sie sind befangen, Koch! Heißt die Dame Dorothea Becker?"

Koch nickte.

„Wohnhaft?"

Koch nannte ihm widerwillig die Adresse.

„Wo finde ich die Dame?"

„In ihrer Wohnung, nehme ich an." Koch hoffte, dass Dorle inzwischen nicht dorthin zurückgekehrt war.

„Da ist sie nicht."

„Dann kann ich Ihnen auch nicht helfen."

„Sie sind doch mit ihr verlobt, oder?" Rütting ließ Koch nicht aus den Augen. „Geradeheraus, Koch: Würden Sie der Dame einen Mord zutrauen?"

„Natürlich nicht!", sagte der.

„Gut", erwiderte Rütting vieldeutig, stand auf, verabschiedete sich kurz und verließ das Büro.

Koch lief unruhig in seinem Büro auf und ab. Wie konnte er Dorle schützen? Oder sollte sie doch, wie sie selbst vorgeschlagen hatte, die Tat aus Notwehr gestehen? Auf das Risiko hin, dass man ihr die Notwehr nicht glaubte? Dass einer von Neuberts Parteigängern dem Gericht vorsaß?

„Was ist, Siggi?"

Der Kommissar hatte das Klopfen nicht gehört und bemerkte seinen Assistenten erst, als dieser vor seinem Schreibtisch stand.

„Ist was?", fragte er noch einmal.

Der Junge räusperte sich.

„Wegen diesem Professor", begann er und zog einen Zettel aus einer Tasche, „also, er hat in München und Berlin studiert und promoviert, hat als Assistenzarzt in Bonn gearbeitet, ist 1934 nach Wiesbaden ans Krankenhaus gegangen, wo er bald Chefarzt der Chirurgie wurde, dann hat er sich", Siggi sah kurz auf den Zettel, „habilitiert. Anfang 1937 ging er an die Universität Frankfurt zu Professor Otmar Freiherr von Verschuer. 1942 ist er Verschuer dann an das Kaiser-Wilhelm-Institut nach Berlin gefolgt, wo er mit Rassenfragen beschäftigt war."

Koch hatte stumm zugehört. „Das hat Esch auch schon gesagt", gab er schließlich unwillig von sich. „Und Verbindungen zu Hoger?", fragte er seltsam tonlos.

„Ich habe keine gefunden", gestand Siggi.

„Das ist mehr als vage, Siggi. Suchen Sie weiter! Prüfen Sie, ob Hoger vielleicht mal Patient in einem Krankenhaus war, in dem Beirath gearbeitet hat."

„Ja", erwiderte der und sah Koch dabei forschend an.

„Ist alles gut, Siggi", sagte der, „ich denke nach."

An diesem Abend verließ Koch früher als gewöhnlich die Direktion und machte sich auf den Weg nach Gonsenheim. Er traf die beiden Frauen bei der Gartenarbeit hinter Franzis Haus an. Dorle war überrascht, ihn so früh zu sehen.

Er bat sie mit ernster Miene in die Küche.

„Bei Neubert hat man das Messer gefunden. Mit den Initialen von Josef Gerber. Rütting hat dich im Verdacht", erklärte er mit Blick auf Dorle, die erschrocken reagierte.

„Hier wird er sie nicht finden", sagte Franzi.

„Ich will mich nicht verstecken", sagte Dorle. „Ich werde mich stellen."

Und sie erklärte den beiden, dass es ihr nicht nur darum ging, sich nicht mehr verstecken zu müssen, sondern auch darum endlich ihren Frieden zu finden und mit sich selbst ins Reine zu kommen. Peter Gerbers Tod belastete sie seit einem Jahr und lange Zeit, so führte sie aus, hatte sie das verdrängt und weit weggeschlossen, aber in den letzten Wochen wäre ihr klar geworden, dass sie das nicht mehr wollte, auch, um in Frieden mit Paul zusammen leben zu können.

An diesem Wochenende diskutierten die drei noch lange darüber, bis Dorle am Ende entschied, dass sie am Montag alleine zur Direktion gehen würde, um ihre Aussage zu machen. Sie wollte Paul nicht dabei haben, auch, weil sie ihn da nicht mit reinziehen wollte.

XLIV

Koch verließ Franzis Haus am Montagmorgen sehr früh und fuhr mit der Straßenbahn in die Stadt. Dorle würde später folgen, so dass man sie nicht zusammen sah.

In der Bahn lauschte er einem Gespräch über das Wetter. Nach dem kalten Winter war es nun der heiße Frühling und der schon seit Längerem ausbleibende Regen, der für Verdruss und neue Ängste vor Versorgungsengpässen sorgte, die das Hungerproblem verschärfen würden. Wie viele würden noch an den Folgen dieses Krieges sterben müssen? Diese Aussichten trugen nicht zur Besserung von Kochs Stimmung bei. Er dachte an die Wahlplakate, die jetzt, vor der Landtagswahl, in immer größerer Zahl aufgehängt wurden und denen man nicht entgehen konnte. Er erinnerte sich an eines, das auf grünem Grund ein dunkelbraunes Brot zeigte, darauf sieben Kalenderblätter mit sieben aufeinanderfolgenden Tagen, und im unteren Viertel der Satz „Für das tägliche Brot" und „CDU". Ein anderes, das er an diesem Morgen in der Nähe der Straßenbahnhaltestelle gesehen hatte, verkündete seine Botschaft in Reimform: „Gegen Zwangswirtschaft und Schlangestehn, für Marktwirtschaft und Kaufengehn, also wähle CDU".

Den Vormittag verbrachten er und Siggi damit, mehr über Professor Beirath alias Müller herauszufinden. Koch war unkonzentriert und sah häufig auf seine Uhr. Es fiel ihm schwer, nicht auf den Gang hinaus zu eilen und zu schauen, ob Dorle schon im Haus war. Die Vorstellung, dass sie alleine bei Rütting saß, behagte ihm gar nicht. Er hatte sie am Wochenende gedrängt, dass sie darauf bestehen sollte, dass Arnheim bei dem Verhör anwesend sein sollte. Seltsam, dachte er, dass er doch ein gewisses Grundvertrauen in diesen Mann hatte.

„Ist was, Herr Koch?", fragte Siggi, dem die Nervosität seines Chefs nicht verborgen geblieben war.

„Schlecht geschlafen", antwortete der kurz, aber es war offensichtlich, dass sein Assistent dieser Ausrede keinen Glauben schenkte. Aber weiter nachzuhaken traute er sich nicht. Stattdessen reichte er Koch den Zettel mit dem Namen und der Telefonnummer eines Arztes, der mit dem Aufbau einer Ärztekammer beauftragt worden war.

Der Kommissar musste allerdings bis kurz vor Mittag warten, bis er den Anruf tätigen konnte, weil einer der üblichen Stromausfälle alle Verbindungen unterbrochen hatte.

Dr. Breitbachs Stimme war dunkel und klang nach einem tatkräftigen Mann. In das Wort ‚Kommissar' legte er, nachdem Koch sich vorgestellt hatte, einen herablassenden Unterton.

„Nein", antwortete er auf die Frage, ob er ihm Auskünfte über Professor Beiraths Tätigkeit am Kaiser-Wilhelm-Institut geben könne, und nicht erfolgreicher war er mit der Frage nach dessen Verbleib in den Monaten nach Kriegsende.

„Aber es müssen doch Akten existieren", hakte Koch nach, doch Dr. Breitbach ließ sich nicht beirren.

„Herr Kommissar", und wieder meinte Koch den herablassenden Unterton zu hören, „Sie wissen doch, was in den letzten Kriegswochen in Berlin passiert ist. Endkampf. Und was nicht durch Granaten, Bomben und so weiter zerstört wurde, ist den Plünderungen durch die Russen zum Opfer gefallen."

„Oder, Herr Doktor", Koch versuchte Breitbachs Ton

zu treffen, „man hat im Wissen, Unrecht getan zu haben und um sich der Verantwortung dafür zu entziehen, die Akten vernichtet, einschließlich aller Personalakten."

Breitbach schwieg und die Leitung klang so tot, dass Koch schon fürchtete, dass der Strom wieder ausgefallen und die Verbindung abgerissen war.

Dann vernahm er ein Räuspern und ein pikiertes „Mein Herr ...", worauf erneut ein kurzes Schweigen folgte, bevor Dr. Breitbach fortfuhr.

„... Herr Kommissar, das von Ihnen skizzierte Szenario mag es in Einzelfällen gegeben haben. Überall gibt es schwarze Schafe, das will ich gar nicht abstreiten. Aber alle bisherigen Untersuchungen zeigen, wie es das auch der Prozess in Nürnberg nahelegt, der, auch das darf nicht verschwiegen werden, ein Prozess unter Leitung der Siegermächte ist, dass es eine kleine Gruppe von Ärzten war, die gegen den hippokratischen Eid verstoßen hat. Mag sein, dass der eine oder andere aus Nichtwissen oder aufgrund bewusster Irreführung falsch gehandelt hat, aber für das Gros der deutschen Ärzteschaft kann heute schon gesagt werden, dass es sich korrekt verhalten hat und es keine Bedenken geben darf, sie wieder zuzulassen. Zumal, und auch das bitte ich Sie zu bedenken, Herr Kommissar, wir derzeit eine Versorgungslage in Deutschland haben, in der wir es uns gar nicht erlauben können, auch nur einen kleinen Teil der Ärzteschaft von ihrer Tätigkeit auszuschließen. Oder wie wollen Sie einer Mutter erklären, dass der Arzt, der ihr grippekrankes Kind behandeln könnte, zwar im Nebenhaus wohnt, aber nichts zur Gesundung des Kindes beitragen darf? Übernehmen Sie die Verantwortung für das Leben dieses Kindes? Erklären Sie das der Mutter, Herr Kommissar?"

„Herr Doktor, während der Nazi-Diktatur haben diese Ärzte sich auch nicht gescheut, sogenanntes unwertes Leben …"

„Bitte, bitte, Herr Kommissar!", unterbrach ihn Dr. Breitbach unverschämt und laut. „Das Telefon ist nicht der richtige Ort, um über solche grundsätzlichen Fragen zu diskutieren. Und das war auch nicht der Grund Ihres Anrufes, meine ich mich zu erinnern. Dafür fehlt mir die Zeit. Wir müssen jetzt alle nach vorne schauen, um uns und unseren Kindern eine Zukunft zu geben. In diesem Sinne, Herr Kommissar."

Damit legte Dr. Breitbach grußlos auf.

Koch saß perplex auf seinem Stuhl. Er glaubte zu ersticken. Verlogenes Pack, fluchte er in sich hinein und wählte erneut die Nummer des Arztes, doch jetzt ertönte nur das Besetztzeichen. Auch ein weiterer Versuch fünf Minuten später brachte nur das gleiche Ergebnis.

Koch wartete, dass Rütting oder Arnheim ihm Dorles Geständnis mitteilen würden, aber bis zum Mittag meldete sich keiner der beiden bei ihm. Als er seine Unruhe nicht mehr aushielt, suchte er unter einem Vorwand Arnheims Büro auf, doch er kam nicht an dessen Vorzimmerdame vorbei.

„Wer ist denn bei Herrn Arnheim?", fragte er. Wenigstens wollte er wissen, ob Dorle bei dem Leiter der Kriminalpolizei saß.

„Das darf ich Ihnen nicht sagen!", erklärte die Frau, ohne von ihren Papieren aufzuschauen.

„Wann ist Herr Arnheim denn zu sprechen?" Es fiel Koch äußerst schwer ruhig zu bleiben.

„Das kann ich Ihnen auch nicht sagen. Er ist sehr beschäftigt."

Rütting war nicht in seinem Büro. Unruhig lief Koch über die Gänge, besorgte sich einen Kaffee, trank nur einen Schluck, stellte ihn zurück, wanderte wieder durch die Flure, passierte dabei auch die Tür zu Arnheims Büro, doch die blieb weiterhin verschlossen.

Erst am Nachmittag erhielt er die Aufforderung in das Büro des Leiters der Kriminalpolizei zu kommen.

„Sie wissen, Koch, warum ich Sie habe rufen lassen?"

Koch setzte einen fragenden Blick auf.

„Frau Becker war hier. Dorothea Becker. Sie kennen sie ja."

Koch nickte.

„Sie hat eine sehr interessante Aussage gemacht."

Koch stand vor Arnheims Schreibtisch.

„Setzen Sie sich!", forderte der ihn auf. „Sie wissen, worum es geht?"

Die Lüge fiel Koch schwerer, als er geglaubt hatte.

„Nein!", tat er überrascht.

Arnheim blickte ihn lange an. Sonst fiel es Koch nicht schwer, diesem Blick standzuhalten. Dieses Mal wich er ihm aus.

„Na gut", begann Arnheim nachsichtig, „Frau Becker hat den Mord an Peter Gerber gestanden. Sie erinnern sich, im letzten Jahr, der Tote auf dem Bauernhof in Gonsenheim …?"

Koch nickte.

„Sie hatten damals durchreisende Einbrecher als Täter vermutet …"

Wieder nickte der Kommissar.

„Und Sie hatten Frau Becker nie als Täterin in Betracht gezogen?"

Koch schüttelte seinen Kopf.

„Wie denn? Damals kannte ich sie ja nicht einmal."

„Und Frau Becker hat auch nicht, wie soll ich das sagen, ein Verhältnis zu Ihnen gesucht, um …“

Koch sprang auf. „Was unterstellen Sie …?“

Arnheim winkte mit beiden Händen beschwichtigend ab.

„Immer in alle Richtungen denken. Sie wissen doch …“

Koch beruhigte sich.

„Wo ist Frau Becker jetzt?“

„Wir müssen sie leider hier behalten.“

„Warum?“ Wieder war Koch laut geworden.

„Nur ruhig, mein lieber Koch!“ Arnheim schien sich in seiner väterlich-gönnerhaften Rolle zu gefallen. „Wir müssen Frau Becker hier behalten, weil der Mord an Neubert noch nicht aufgeklärt ist und sie, nachdem diese Erpresserbriefe aufgetaucht sind, zu den Tatverdächtigen gehört.“

„Kann ich sie sehen?“

Arnheim überlegte nicht lange, bevor er nickte. „Ich werde Sie begleiten.“

„Koch“, begann Arnheim auf dem Weg in den Keller, wo sich die Zellen des Untersuchungsgefängnisses befanden, „um ehrlich zu sein und unter uns, glaube ich nicht, dass Sie von all dem nichts wussten, aber ich kann Ihr Verhalten verstehen. Ich glaube auch nicht, dass Frau Becker etwas mit Neuberts Tod zu tun hat. Aber Rütting wollte sie nicht gehen lassen. Ist etwas zwischen Ihnen beiden vorgefallen? Koch?!“

Koch schwieg.

„Wenn ich Ihnen einen Ratschlag geben darf, Koch: Manchmal ist es besser den Mund zu halten.“

„Fünf Minuten!“, sagte Arnheim zu Koch, während ein Kollege die Zellentür aufschloss.

„Paul!“, rief Dorle. Sie sprang von der schmalen Pritsche auf und lief Koch in die Arme, während hinter ihm die Zellentür laut ins Schloss fiel und der Schlüssel vernehmlich im Schloss gedreht wurde.

„Es ist meine Schuld“, begann Koch, nachdem sie einander losgelassen hatten. Er erklärte Dorle, dass er vermutete, dass Rütting sich wegen seines Streites mit ihm rächen wollte und sie deshalb die Nacht in der Zelle verbringen musste.

Sie lächelte ihn an.

„Mach dir keine Vorwürfe deshalb!“, beruhigte sie ihn. „Mir geht es so viel besser, seit ich alles erzählt habe. Und morgen werde ich sicher hier raus kommen. Ich war ja bei dir, als Neubert umgebracht wurde.“

Koch blieb skeptisch. „Ich bin ein schlechtes Alibi. Zumindest in den Augen von Rütting“, sagte er.

„Warte es ab“, erwiderte Dorle optimistisch. „Jetzt hat er sein Gesicht gewahrt. Und morgen lässt er mich gehen.“

„Ich hoffe es“, sagte Koch, nicht überzeugt.

Dorle ließ sich nicht davon beirren, sondern nahm ihn in den Arm.

Das neuerliche Drehen des Schlüssels im Schloss riss die beiden auseinander.

„Koch, bitte!“, forderte Arnheim den Kommissar auf, der, nachdem er Dorle noch einmal kurz und fest umarmt hatte, schweigend die Zelle verließ. Koch war verwundert, wie ruhig und gefasst Dorle wirkte, so als sei tatsächlich mit dem Geständnis eine Riesenlast von ihr gefallen.

XL

Die Nacht hatte Koch in seinem Büro verbracht, am Schreibtisch geschlafen, den Kopf auf seine Arme gelegt. Am Morgen begegnete er Arnheim auf dem Gang.

„Kommen Sie herein, Koch!“, forderte er ihn auf. „Auch einen Kaffee?“

Er wartete die Antwort nicht ab, sondern rief seiner Vorzimmerdame eine entsprechende Aufforderung zu.

Als Koch sich gesetzt hatte und er die Tasse vor sich stehen hatte, zündete sich Arnheim in aller Ruhe eine Pfeife an und paffte genüsslich vor sich hin. Der süßliche Tabakgeruch füllte den ganzen Raum.

„Lassen Sie Frau Becker heute frei?“, fragte Koch. „Sie ist nicht die Mörderin von Neubert. Ich war mit ihr zusammen, als …“

Arnheim nahm die Pfeife aus dem Mund.

„Keine Sorge, Koch, sie wird heute entlassen. Ich kümmere mich persönlich darum. Nun aber: Kommen Sie voran mit Ihrem Toten?“

Für Koch ging der Themenwechsel etwas zu schnell. Er musste sich einen Moment sammeln, danach klärte er seinen Chef über die Erkenntnisse auf, die er mit Eschs Hilfe gewonnen hatte, wies aber auf die Schwierigkeiten hin, die es aufgrund fehlender Akten gab, um mehr über Professor Beiraths beziehungsweise Dr. Müllers Aktivitäten während des Krieges und danach zu erfahren, wovon er sich Hinweise auf das Motiv für dessen Ermordung erhoffe.

„Mit Dr. Eschs Hilfe, soso!“, sagte Arnheim süffisant und zog wieder an seiner Pfeife, die er mit Zeigefinger und Daumen am Kopf hielt. „Haben Sie eigentlich bemerkt, dass der Mann ein blaues Auge hat? Besser hatte. Ist ja fast schon wieder verheilt.“

„Hat er nicht gesagt, wo es herstammt?"

„Ich dachte, dass Sie mir da weiterhelfen könnten, Koch. Dr. Esch scheint mir im Gegensatz zu anderen Kollegen kein Mann zu sein, der sich so leicht prügelt.

„Im Gegensatz zu mir", unterbrach ihn Koch und versuchte dabei zu lächeln.

Arnheim verzog seinen Mund. „Nun ja, mein lieber Koch, eine gewisse Impulsivität ist Ihnen ja nicht abzusprechen. Da werden Sie mir sicher ausnahmsweise nicht widersprechen?!"

Koch nickte. Er ahnte, dass noch etwas anderes kam.

Bevor Arnheim jedoch weitersprach, zog er zweimal kurz hintereinander an seiner Pfeife und legte sie dann beiseite.

„Dr. Esch wollte mir auch nicht verraten, wo oder besser, von wem er sich das Veilchen gefangen hatte. Schade, ich dachte, Sie könnten da zur Aufklärung beitragen, Koch."

„Bedauere", entgegnete der und nahm einen Schluck von seinem Kaffee.

„Sie wollen also herausfinden, was dieser Dr. Beirath während und nach dem Krieg gemacht hat?!"

Koch nickte. Er spürte, dass Arnheim sich nun seinem eigentlichen Ziel näherte.

„Und wie wollen Sie da vorgehen?" Arnheim lehnte sich in seinem Sessel zurück und verschränkte die Arme vor der Brust.

„Indem ich Akten und Unterlagen finde, aus denen das hervorgeht oder Zeugen auftreibe, die den Mann aus dieser Zeit kennen."

Er sah Arnheim in die Augen.

„Also typische Polizeiarbeit", kommentierte Arnheim Kochs Aussage.

„So kann man das sagen."

Arnheim ließ sich Zeit mit der Antwort, erwiderte Kochs Blick, dann löste er seine Arme von der Brust und beugte sich vor.

„Und gehört es auch zur Polizeiarbeit, andere Menschen, zum Beispiel Ärzte, zu belästigen?"

Koch sah seinen Vorgesetzten verständnislos an, bis ihm aufging, was passiert sein musste.

„Breitbach!", stellte er fest.

„Dr. Breitbach", korrigierte ihn Arnheim. „Da fängt es schon an, Koch, da fängt es an. Mangelnde Erziehung. Der Mann hat seinen akademischen Grad ordentlich erworben. Dr. Breitbach hat sich über Sie beschwert. Sie würden mit pauschalen Urteilen über die Arbeit der Ärzteschaft während der Hitler-Diktatur an die Öffentlichkeit gehen und jeden Arzt unter Generalverdacht stellen."

Er sah Koch an, wartete auf eine Reaktion. Der schwieg.

„Ich sehe, wir verstehen uns, Koch. Ich fordere Sie auf, in Zukunft vorsichtiger zu operieren. Heutzutage sind wir nicht nur Polizisten, wir sind auch Politiker. Alles, was wir tun, ist auch politisch. Und wir sind Deutsche. Das dürfen wir trotz allem nicht vergessen. Jeder hat mehr", er machte eine Kunstpause, die Koch nur zu gut verstand, „oder weniger seine Pflicht im Krieg getan. Aber nun ist mal Schluss. Ich habe Dr. Breitbach erklärt, dass der Fall uns allen an die Nieren geht und dass er eventuell falsch verstandene Formulierungen entschuldigen möge. Er hat die Entschuldigung angenommen und will sehen, dass er uns weiterhelfen kann. Er wird allerdings seine Informationen direkt an mich weiterleiten. Ich denke, dass Sie das so akzeptieren können." Arnheim griff nach seiner Pfeife, besah die kurz, um sie wieder zurückzulegen.

„Also, Koch, in Zukunft mehr Fingerspitzengefühl. Ich

kann nicht immer für Sie die Kartoffeln aus dem Feuer holen."

Koch wusste nicht, ob er lachen oder weinen sollte. Er beließ es bei einem Nicken. Arnheim und sein Fingerspitzengefühl.

„Stichwort Landeskriminalpolizeiamt, Koch. Gibt es da etwas Neues?"

„Sowie ich Zeit habe, Herr Arnheim", entgegnete Koch.

Arnheim verdrehte seine Augen. „Wann haben Sie Zeit, Koch?" Er schüttelte leicht seinen Kopf. „Ich werde Rütting gleich nahelegen, dass er Frau Becker aus der Untersuchungshaft entlässt."

Koch war überrascht, dass sich so etwas wie Freude in ihm rührte, als nicht viel später Esch sein Büro betrat, wie stets extravagant gekleidet.

„Guten Morgen, Herr Koch", begrüßte er den Kommissar und reichte ihm die Hand. „Sie sehen nicht gut aus. Schlecht geschlafen?"

„Das auch", erwiderte Koch.

„Und …?" Esch wollte mehr wissen.

„Sie sprechen nicht gerne über sich, nicht wahr?" Er sah Koch aufmerksam an, bis der schließlich nickte.

„Ich habe mich bezüglich Professor Beirath umgehört", wechselte Esch ohne Umschweife das Thema.

Koch blickte interessiert auf.

„Machen Sie sich nicht allzu viel Hoffnung, Herr Koch. Offiziell tot, gefallen bei der heldenhaften Verteidigung Berlins."

„Beweise?"

Esch lachte. „Natürlich keine. Die Zeugenaussage eines Mannes, der sich in amerikanischer Gefangenschaft selbst getötet hat."

Koch kniff die Lippen aufeinander.

„Sie sind doch in Nürnberg als Gutachter …?“

Esch lachte erneut. „Ja, aber da Beirath als tot geführt wird, komme ich da kaum weiter. Ich bin für die Leute, die mir helfen könnten, persona non grata. Ein Nestbeschmutzer. Die alten Seilschaften halten. Über die Zeiten hinweg. Die Herren Ärzte haben alle nach dem Gesetz gehandelt. Und das stimmt auch. Nur dass die Gesetze mörderisch und unmenschlich waren. Und ganz nebenbei haben meine werten Kollegen gegen den hippokratischen Eid verstoßen.“

Koch schüttelte den Kopf. „Wenn wir bloß wüssten, was Hoger und diesen Beirath verband, einen Professor und einen Arbeiter.“

„Beiden hat man die Genitalien abgeschnitten. Was hat das zu bedeuten?“ Esch hatte so gesprochen, als gelte die Frage mehr ihm selbst als Koch.

„Entmannung, bei beiden“, sprach er in demselben Duktus weiter.

„Sie haben von Zwangssterilisationen gesprochen, Esch“, sagte Koch. „Vielleicht haben die beiden damit was zu tun.“

„Beirath auf jeden Fall. Aber Hoger … Was wissen Sie über ihn?“

Koch klärte den Arzt auf. „Er war in der Partei, aber ein kleines Licht.“

Esch schüttelte den Kopf. „Nein, nein, das meine ich nicht. Hat der Mann zum Beispiel jemand in der Familie gehabt, auf den das Gesetz zur Verhütung erbkranken Nachwuchses zutrifft? Angeborener Schwachsinn, Schizophrenie, Sie wissen, irgendwas in der Richtung?“

Koch rieb sich mit der Hand übers Kinn. „Nicht dass ich wüsste. Vielleicht schwerer Alkoholismus?“ Er dachte nach. „Aber vielleicht ist das eine Spur, Esch. Wir werden da nachforschen."

Koch erteilte Siggi den Auftrag, bei Drescher, dem Ordnungspolizisten aus Bingen, nachzufragen, ob er von einer der Krankheiten in Hogers Familie wusste, die Esch ihm genannt hatte.

Am Nachmittag klopfte es an seiner Tür. Rüttings Kopf erschien im Rahmen.

„Hier ist Besuch für Sie!", sagte er kurz angebunden und zog sich schnell zurück.

Dafür betrat Dorle das Zimmer. Man sah ihr nicht an, dass sie die Nacht in einer Zelle und auf einer harten Pritsche verbracht hatte.

„Ich bin frei, Paul!", begrüßte sie ihn.

Er schloss die Tür, bevor er sie umarmte.

„Was heißt frei?", hakte er nach, nachdem er sich von Dorle gelöst hatte.

„Ich kann nach Hause. Es wird eine Gerichtsverhandlung geben. Aber Herr Arnheim meint, dass der Fall so eindeutig ist …"

„Arnheim", sagte Koch mit einem Kopfschütteln und drückte Dorle noch einmal an sich.

„Soll ich dich nach Hause bringen?", fragte er.

Dorle dachte einen Moment nach. „Nein. Ich möchte alleine sein. Ich werde zu Fuß gehen und die Sonne genießen. Komm nach der Arbeit zu mir. Ich möchte heute in meinem Haus sein."

XLVI

Siggi betrat Kochs Büro. „Entschuldigung, Herr Koch …"

„Ja?"

Siggi schwieg.

„Was ist denn?"

„Also, ich habe mit Herrn Drescher gesprochen. Aus Bingen. Ich sollte ihn doch fragen, wegen den Krankheiten. In der Familie …"

„Ja, und?", fragte Koch ungeduldig.

Der junge Kollege schüttelte seinen Kopf. „Nein. Er hat gesagt, dass da nichts gewesen wäre. Aber dann … also, vielleicht habe ich das falsch verstanden. Aber dann hat sich das so angehört, als hätte seine Frau sich selbst umgebracht … Seinerzeit, als wir in Bingen waren, meine ich, hat der das ja nicht gesagt. Und ich dachte, vielleicht interessiert Sie das …?"

„Haben Sie denn nicht nachgehakt, Siggi? Drescher direkt gefragt?"

„Doch, doch, das habe ich, aber er hat so getan, als habe er nichts gesagt, als wäre das ein Missverständnis gewesen. Er wisse überhaupt nichts über die Frau …"

Koch ärgerte sich über sich selbst. Er hatte die Aussage, dass Hogers Frau früh gestorben war, einfach so hingenommen. Das war schlechte Polizeiarbeit, nicht mehr und nicht weniger. Ob das für ihren Fall tatsächlich relevant war oder nicht, war zweitrangig, aber um das feststellen zu können, musste man von dem Selbstmord wissen. Vielleicht hatte es mit seiner Parteizugehörigkeit zu tun, vielleicht mit seinen Schmuggelgeschäften, vielleicht war die Frau krank und wollte damit der Einweisung in ein Heim und der Zwangssterilisation entgehen. Er erinnerte sich an Eschs Worte.

„Gut gemacht, Siggi!", lobte Koch seinen Mitarbeiter. „Genau richtig. Jede Spur kann wichtig sein. Lieber einmal falsch liegen als den entscheidenden Hinweis übersehen."

Siggi lächelte stolz. Zudem war er froh, dass sein Chef wieder seinen alten Kampfgeist zeigte.

„Er hat also nichts weiter dazu gesagt?"

Siggi schüttelte den Kopf.

„Ein Missverständnis und dass ich mich verhört habe, hat er gesagt."

„Da haken wir nach. Ich rufe ihn selbst an."

„Jetzt?"

„Natürlich."

Sie gingen in die Telefonzentrale, wo drei junge Frauen aufschauten, als die beiden den Raum betraten.

„Der Herr Kommissar braucht eine Verbindung nach Bingen", erklärte Siggi einer etwa fünfundzwanzigjährigen Frau mit einem braunen Pferdeschwanz, die Einzige, die bei ihrem Eintreten gelächelt hatte. Siggi war rot geworden und legte ihr den Zettel mit der Telefonnummer auf den Tisch. Sie stöpselte eine Verbindung und wählte. Dabei sah sie sich mehrmals zu dem jungen Mann um, der ihrem Blick auswich.

Koch war hinter sie getreten und wartete, dass Drescher sich meldete und die junge Frau ihm den Hörer reichte.

Nach weniger als einer Minute drehte sie sich um. „Da meldet sich niemand."

„Siggi, besorgen Sie einen Wagen!", forderte er den jungen Kollegen auf, der verlegen zu der jungen Frau sah. Dann wandte er sich um und ging zum Ausgang. Koch folgte ihm.

„Ein Dankeschön ist nicht zu viel verlangt", rief ihm die Frau mit dem Pferdeschwanz nach, aber Koch reagierte nicht darauf. „Aber du, Siggi, könntest mich mal einladen." Noch röter als zuvor stürzte Siggi hinter seinem Chef aus der Telefonzentrale. Das Lachen der jungen Frau hallte ihm noch einige Sekunden in den Ohren nach.

Im Hof der Polizeidirektion stand Siggi vor dem Tor der Fahrbereitschaft und sah Koch verzweifelt entgegen.

„Was ist denn?", rief er über den Hof.

„Es gibt keine Autos."

„Wie, es gibt keine Autos?"

„Der Opel ist unterwegs, die anderen kaputt."

„Mist", fluchte Koch und stürmte in die Halle und Jörg gleich in die Arme, der ihn auf den nächsten Morgen vertröstete, wenn er ihm eine Genehmigung von Arnheim mitbrächte.

Tatsächlich gab der ihm die, nachdem Koch versichert hatte, sich in den nächsten Tagen in Koblenz beim Landeskriminalpolizeiamt vorzustellen. Siggi stand schon freudestrahlend in der Halle, als Koch am Morgen mit dem Schreiben kam.

„Alles neu eingestellt", begrüßte er den Kommissar, „endlich mal wieder fahren."

Koch übergab Jörg Arnheims Schreiben und saß wenig später neben seinem Assistenten auf dem Beifahrersitz. Siggi steuerte den Wagen konzentriert. Ihm war die Freude anzusehen, die es ihm machte, hinter einem Lenkrad sitzen zu können. Koch blickte durch die Seitenscheibe nach draußen. Schon nach wenigen Kilometern öffnete er das Fenster und kühlte sich das Gesicht in dem einströmenden Fahrtwind. Er dachte an den gestrigen Abend, den er mit Dorle in dem kleinen Hof vor ihrem Haus verbracht hatte. Sie hatte bei Franzi Lebensmittel besorgt und aus Kartoffeln und Gemüse einen Eintopf gekocht und dazu hatten sie eine Flasche Wein getrunken.

Es war wie ein Traum, nach den Albträumen der letzten Wochen. Aber nun musste er wieder zurück in die Realität. Hatte es etwas zu bedeuten, dass der Ordnungspolizist nichts über den Selbstmord von Hogers Frau gesagt hatte? Oder sagte es mehr über diesen Polizisten, seine Dienstauffassung und seine Verstrickung in nicht legale Geschäfte aus?

„Ist das wichtig? Wenn Hogers Frau sich tatsächlich umgebracht hat?“

Koch sah zu Siggi herüber, der in Rennfahrermanier hinter dem Lenkrad klemmte.

Er erzählte ihm von dem Gespräch mit Esch, was der ihm über die Verstümmelungen bei Hoger und Beirath mitgeteilt hatte und dass die Nazis bei bestimmten Krankheiten bei den Betroffenen eine Zwangssterilisation vornahmen.

Siggi sah kurz zum Beifahrersitz herüber.

„Ich weiß, Siggi, das ist alles ein bisschen weit hergeholt. Aber wir haben sonst nichts.“

„Sie verstehen sich jetzt besser mit Herrn von Esch?“, fragte Siggi zögerlich und sah kurz zu seinem Beifahrer herüber.

Koch ließ sich mit der Antwort Zeit, Siggi musste bremsen, weil vor ihnen eine Familie einen großen Leiterwagen über die Straße zog und einem Loch in der Fahrbahn ausweichen musste.

Dreschers Motorrad mit Seitenwagen stand vor dem Haus, in dem das Revier untergebracht war. Koch wies Siggi an, den Wagen in einigem Abstand abzustellen. Er wollte den Mann überraschen.

Der saß, nur mit einem Unterhemd am Oberkörper bekleidet, auf einem Stuhl, vor sich eine Holzkiste, auf der eine Blechschüssel stand, aus der der übergewichtige Mann mit einem Löffel eine undefinierbare, dickflüssige Masse in seinen Mund schaufelte. Ihm gegenüber saß sein junger blonder Kollege Reitz, mit einer Jacke und dem Polizeiabzeichen ordentlich bekleidet, und pellte ein Ei.

„Guten Morgen, die Herren!“, grüßte Koch in die Runde. Er war leise in den Raum getreten. Die Tür hatte offen gestanden, um Durchzug zu schaffen. Trotzdem war es unerträglich stickig in dem kleinen Zimmer.

Vor Schreck ließ Drescher den Löffel fallen. Ein paar Tropfen spritzten auf seine Hose.

„Mist!“, fluchte er. Er wandte sich zur Tür. „Können Sie nicht klopfen? Keine Manieren!“

Koch unterdrückte ein Lachen. Reitz sah ebenfalls kurz zu ihnen herüber und stopfte sich den Rest seines Eis in den Mund.

„Ist schon Mittag?“, fragte Koch anstatt einer Entschuldigung oder Erklärung.

Drescher kratzte einen Essensrest mit einem Finger von der Hose und leckte den dann ab.

„Das sind aber Manieren!“, sagte Koch gehässig, während Reitz, der sein Ei hinuntergewürgt hatte, aufstand und Haltung annahm.

„Wo ist Ihre Uniform?“, fragte Koch. Siggi war in der Tür stehen geblieben und beobachtete stumm das Schauspiel.

„Reitz hat Dienst. Ich fange erst um zwölf an“, erklärte Drescher in trotzigem Ton, erhob sich und stopfte sein Unterhemd in die Hose.

„Sie sind hier auf dem Revier“, korrigierte ihn Koch, „und da laufen Sie bitte korrekt rum!“

„Ich …“

„Nichts weiter!“, blaffte Koch.

Drescher zischte etwas Unverständliches und ging in den Nebenraum, aus dem er kurz darauf zurückkam. Er hatte ein Hemd übergezogen, das er sich zuknöpfte.

„Wie kann ich Ihnen helfen?", fragte er betont beflissen.

„Ich hoffe ganz stark, dass Sie uns helfen können", erwiderte Koch und er machte gar nicht erst den Versuch, seine Verärgerung zu verbergen.

Drescher hatte sein Hemd fertig geknöpft.

„Hogers Frau", begann Koch. „Was können Sie mir über die erzählen?"

Drescher machte ein nachdenkliches Gesicht.

„Wenig. Hatte nichts mit ihr zu tun. Ist ja früh gestorben."

„Wie?"

„Wie, wie?", äffte er Kochs Tonfall nach.

Der machte einen Schritt auf den Mann zu. Drescher wich ein kleines Stück zurück, stieß dabei gegen die Kiste, auf der sein Essgeschirr schepperte.

„Ich weiß es nicht", bellte er.

„Woran ist die Frau gestorben? Wenn sie vor dem Krieg gestorben ist, kann sie noch nicht so alt gewesen sein."

„Woher soll ich das wissen?"

„Als Dorfpolizist kennt man doch jeden. Kriegt alles mit. Hat überall seine Finger mit drin."

„Was soll das denn heißen?", erregte sich Drescher und wurde rot.

„Ganz ruhig, mein Lieber!", ermahnte ihn Koch. „Ich erinnere Sie an die Zigaretten und den Alkohol bei Hoger …"

„Ich weiß es nicht. Wirklich nicht. Ich hatte mit Hoger nicht viel zu tun. Und mit seiner Frau schon gar nicht."

„Drescher, ich stelle Ihnen jetzt eine Frage, die Sie mit

Ja oder Nein beantworten können: Hat die Frau sich umgebracht?"

Er schüttelte den Kopf. „Nein, wieso denn? Es hieß damals, dass sie gestorben ist. … Ja, Gerüchte, dass sie sich … Aber sie ist ja richtig beerdigt worden. Und … nein …"

„Reitz, was wissen Sie?"

Koch sah zu dem jungen Kollegen Dreschers, der sich während des Gesprächs wieder auf seinen Stuhl gesetzt und zugehört hatte. Er schüttelte ebenfalls den Kopf. „Nur das, was Hartmut, also Herr Drescher, sagt."

„Drescher!" Koch wandte sich wieder dem korpulenten Ordnungspolizisten zu. „War Frau Hoger krank?"

„Krank?", wiederholte der verständnislos.

„Ja, krank. Geisteskrank?"

Drescher schob seine Unterlippe vor und schüttelte den Kopf.

„Nee, nicht dass ich wüsste. Aber weiß man das? Ich habe nichts gehört."

„Reitz?" Koch sah den jungen Mann an, der ebenfalls verneinte.

„Kennen Sie Frau Hogers Mädchennamen?" Siggi war einen Schritt von der Tür in den Raum getreten.

„Mädchennamen?" Drescher grinste. „Nee."

Koch ermunterte Siggi mit einem Blick weiterzumachen.

„Haben die hier geheiratet? Hier in Bingen?"

„Ich weiß nicht", antwortete Drescher. „Doch. Bestimmt. Der Hoger war doch von hier", mutmaßte Reitz.

Koch nickte Siggi zu.

„Der Pfarrer müsste das doch wissen. Wo ist das Pfarrhaus?"

Reitz wollte zur Beschreibung des Weges ansetzen, aber Drescher fuhr ihm über den Mund.

„Der Pfarrer ist erst seit einem Jahr hier."

„Haben Sie kein Interesse daran, dass wir den Fall klären, Drescher?", fragte Koch böse.

„Doch, natürlich", stammelte der. „Aber … bevor Sie … also den Weg umsonst machen. Und Pfarrer Schmitt ist wirklich erst seit einem Jahr hier."

„Den Weg! Kommen Sie, Reitz, Sie fahren mit uns und zeigen uns den Weg."

„Das kann ich doch auch machen", wandte Drescher ein.

„Essen Sie mal in Ruhe fertig", spottete Koch, „und reinigen Sie dann in Ruhe Ihre Hose. Auf Wiedersehen!"

Er gab Reitz ein Zeichen, mit ihm und Siggi nach draußen zu gehen. Koch entging nicht, dass Reitz zu seinem Vorgesetzten herüberblickte, der ihm ein Zeichen gab.

„Ist was?", fragte Koch.

Reitz beeilte sich mit ihnen zum Auto zu kommen. Auf dem Weg dorthin klopfte Koch Siggi leicht auf die Schulter.

„Und, Reitz", sagte Koch. Er drehte sich zur Rücksitzbank um. „Was wissen Sie?"

„Nichts, ehrlich. Ich bin ja noch nicht so lange hier."

„Aber warum will Drescher uns nicht helfen?"

Reitz überlegte. „Ich glaube, der hat einfach nur Angst, dass Sie ihm eins auswischen wollen. Der hat es doch gut hier. Sichere Arbeit, wenig zu tun, er kann machen, was er will."

„Sicher?"

Reitz zuckte mit den Schultern.

Das Pfarrhaus hatte die Bombenangriffe einigermaßen unbeschadet überstanden. Lediglich geborstene Scheiben und Schäden an der Außenfassade waren zu erkennen.

Der Ordnungspolizist ging vor und klopfte an die Tür. Niemand öffnete ihnen.

„Schauen wir in die Kirche!“, schlug Reitz vor, wartete die Antwort nicht ab und ging zu dem Gotteshaus, bei dem die meisten Scheiben ebenfalls zerstört waren. Große Teile des Dachstuhls fehlten. Koch und Siggi folgten ihm ins Innere der Kirche.

Vorne, auf der Stufe, die zu dem Altar führte, kniete ein Mann und hatte seinen Kopf zu dem Kreuz über dem Altar erhoben.

„Die Bänke, die den Krieg überlebt haben, sind im letzten Winter alle verheizt worden. Pfarrer Schmitt hat sie freigegeben“, erklärte Reitz auf Kochs entsprechende Frage.

„Praktische Nächstenliebe“, kommentierte Koch.

Langsam näherten sie sich dem ins Gebet versunkenen Mann. Erst als Siggi über einen der vielen losen Steine auf dem Boden stolperte, bemerkte er seine Besucher und wandte sich um.

„Herr Pfarrer“, begann Reitz und bekreuzigte sich. „Diese Herren sind von der Mainzer Polizei und haben eine Frage.“

Der Priester sah nochmals zu dem Kreuz, schlug ebenfalls das Kreuzzeichen, nickte und erhob sich dann.

Er war ein großer hagerer Mann, dem die tiefen Furchen in dem lang gezogenen Gesicht etwas Verbrauchtes gaben. Seine Augen blickten sie aus tiefen Höhlen an.

„Gehen wir nach draußen!“, forderte er seine Besucher auf. Koch wartete, bis der Mann an ihm vorbei gegangen war, dann folgte er ihm mit den anderen auf den sonnenbeschienenen Platz vor der Kirche.

Nachdem sie sich vorgestellt hatten, stellte Koch seine Fragen.

„Frau Hoger? Nein. Der Name sagt mir nur etwas, weil doch ein Mann dieses Namens vor einiger Zeit tot gefunden wurde."

Koch nickte.

„Und wir würden gerne wissen, was mit seiner Frau passiert ist. Sie muss vor dem Krieg gestorben sein. Und wie sie mit Mädchennamen hieß."

Pfarrer Schmitt schloss seine Augen für einen Moment.

„Ein Teil der Kirchenbücher ist bei dem Bombenangriff und dem folgenden Brand zerstört worden. Wir können auf den Friedhof gehen und dort schauen, ob es ein Grab gibt. Ansonsten ..."

„Ja?"

„Mein Vorgänger, Pfarrer Richter, lebt in Büdesheim. Er ist sehr gebrechlich, fast blind und, nun, die Nazis haben ihm sehr zugesetzt. Aber wenn da jemand ist, der das wissen könnte, dann ist er das."

Pfarrer Schmitt gab ihnen die Adresse von Pfarrer Richter und entschuldigte sich, dass er sie nicht begleiten konnte, aber er musste eine Taufe vorbereiten. „Ein Kind in einer solchen Zeit", sagte er zum Abschied, „man muss es als ein Zeichen der Hoffnung sehen und als Aufforderung, dass ein solcher Krieg nie wieder geschehen darf."

Reitz dirigierte sie durch den Ort. Zweimal mussten sie wenden und einen anderen Weg suchen, weil die engen Straßen durch Aufräumarbeiten und niedergestürzte Fassadenwände blockiert waren.

Endlich standen sie vor dem Haus, in dem Pfarrer Richter wohnte. Keines der Fenster an dem Gebäude hatte einen rechten Winkel. Koch befürchtete, dass der nächste stärkere Windstoß das Haus zusammenstürzen ließe.

Auf ihr Klopfen öffnete eine Frau von etwa sechzig Jahren, die sich als Fräulein Bertha vorstellte, die dem Herrn Pfarrer den Haushalt machte. Sie schien nicht erfreut über den Besuch zu sein, wagte aber auch nicht, nachdem Koch ihr seinen Polizeiausweis gezeigt hatte, ihnen den Zutritt zu verweigern. Die Männer mussten ihre Köpfe einziehen, als sie durch die Tür traten.

Im Flur warteten sie mehrere Minuten, bis Fräulein Bertha, die die Schürze, die eben noch ihre Hüften zierte, abgelegt hatte, sie durch eine weitere niedrige Tür in die gute Stube führte.

In dem kleinen Raum mit den winzigen Fenstern fühlte Koch sich in eine Puppenstube hineingezaubert. Da der Schrank, das Sofa, die beiden Sessel, der Tisch und die Bilder an der Wand normale Größe hatten, wirkten sie hier völlig fehl am Platz und gaben dem Raum ein fremdartiges Aussehen.

Vor einem der Sessel stand ein gebrechlicher, alter Mann in einem dunklen Anzug mit dem typischen Pfarrerskragen auf einen Stock gestützt, dessen Kopf sich langsam den Eintretenden zuwandte.

„Sie ist eine richtige Hexe", sagte er mit einem verschmitzten Lächeln, nachdem Fräulein Bertha ihnen Tee in dünnwandigen kleinen Tassen serviert und den Raum verlassen hatte. „Sie kennt jedes Kraut und jede Pflanze. Und aus allem kann sie etwas zubereiten. Zum Essen oder als Heilmittel. Früher hätte man sie verbrannt." Wieder musste er lachen, blickte aber gleich zur Tür, als wolle er sich vergewissern, dass die Frau nicht da stand und seinen Bemerkungen lauschte.

Koch klärte den Mann darüber auf, warum sie ihn aufgesucht hatten.

„Hoger?", sagte er, nachdem Koch seine Ausführungen beendet hatte. Er wiegte seinen Kopf hin und her. „Kein schlechter Mensch“, sagte er schließlich. „Aber auch kein guter. Einer von denen, die sich verführen lassen, weil sie glauben, dass sie immer zu kurz kommen.“

„Kannten Sie auch seine Frau?“

Koch hatte die kleine Tasse mit dem Tee in einem Zug geleert.

„Nehmen Sie! Nur zu!“, forderte ihn Pfarrer Richter auf.

„Die Magda, ja, die kannte ich, natürlich. Sie war eine Seele von Mensch. Vielleicht zu gut für diese Welt. Ich habe die beiden verheiratet.“

„Wissen Sie noch ihren Mädchennamen?“ Koch nippte an seinem neu eingeschenkten Tee.

Pfarrer Richter beugte sich in seinem Sessel nach vorne und stützte sich dabei auf seinen Stock, den er zwischen seinen Knien hielt.

„Halten Sie mich für so vergreist, dass ich den Namen vergessen habe?“

„Entschuldigen Sie bitte, natürlich nicht!“, erwiderte Koch schnell, doch in seine Worte fing der Pfarrer schon laut und etwas abgehackt an zu lachen.

„Sie haben ja Recht, Herr Kommissar. Ich werde bald achtzig, da kann man das annehmen. Aber ich kann Sie beruhigen. Ich weiß den Namen noch.“

Koch sah den Mann an, legte seinen Kopf ein wenig zur Seite.

„Dollberger“, teilte der Pfarrer ihm endlich mit.

„Was wissen Sie über ihren Tod?“, fragte Koch weiter.

Pfarrer Richter senkte seinen Kopf. „Die gute Frau hat sich selbst gerichtet.“

„Selbstmord?“

„Ja, ja“, bestätigte der Pfarrer leise. „Auch wenn ihr Mann überall erzählt hat, dass sie eines natürlichen Todes gestorben ist. Er hat es dank seiner Parteizugehörigkeit auch geschafft, dass die Frau auf dem Friedhof beerdigt wurde."

„Und warum hat sie sich umgebracht?"

Der Pfarrer sah den Kommissar nachdenklich an, klemmte seine Krücke wieder zwischen seine Knie, lehnte sich in seinen Sessel zurück und trank von seinem Tee.

„Nein, das weiß ich nicht", sagte er, nachdem er die Tasse, ohne ein Geräusch zu verursachen, auf den Unterteller zurückgestellt hatte. „Es wurde nicht darüber gesprochen."

„Hatte Frau Hoger Freunde oder Verwandte in Bingen?"

Pfarrer Richter schüttelte seinen Kopf. „Ich weiß es nicht. Hoger war ja mehr ein Einzelgänger." Er dachte kurz nach. „Oder doch, die Erna Klages, ... aber die ist bei einem Bombenangriff umgekommen."

„Wo kam sie denn her? Ihre Eltern ...?" Koch klang enttäuscht. Er fürchtete, dass sie wieder nicht weiterkamen.

„Ihre Eltern lebten, soviel ich weiß, im Hunsrück. Aber wo ...?" Er zuckte mit den Schultern. „Aber ... warten Sie ...", der Pfarrer überlegte, beugte sich wieder vor. „Ich meine mich zu erinnern, dass sie Robert Hoger in Worms kennen gelernt hat. Ja, sie hat mir das bei dem Gespräch vor der Hochzeit erzählt. Sie hat in Worms gelernt, in einem Hotel. Ich glaube ..." Der Pfarrer schloss die Augen. „Ja ...", sagte er schließlich, „Hotel Siegfried, so hieß es. Wie auch sonst, in der Nibelungenstadt. Da hat sie gelernt und gearbeitet und da haben die beiden sich kennen gelernt. Jetzt erinnere ich mich wieder. Das Alter, da geht es nicht mehr so schnell", fügte er noch lachend zum Abschied hinzu.

„Wir fahren nach Worms“, sagte Koch, als sie wieder in dem Opel saßen. Reitz hatten sie am Revier abgesetzt. Siggi blickte den Kommissar skeptisch an.

„Was ist, Siggi? Das ist die Gelegenheit Auto zu fahren.“

Statt einer Antwort stieg der junge Mann aus und machte sich am Heck des Wagens zu schaffen.

„Und?“, fragte Koch, als Siggi sich wieder neben ihn gesetzt hatte. „Was haben Sie gemacht?“

„Geprüft, wie viel Benzin wir haben. Von hier bis Worms und wieder nach Mainz sind es über einhundert Kilometer.“

„Und? Reicht der Sprit?“

„Ja, ich glaube schon, aber Jörg wird uns den Kopf abreißen.“

„Das nehme ich auf meine Kappe“, machte Koch den Versuch einer Beschwichtigung, doch er sah, dass er Siggi damit nicht beruhigen konnte.

„Wir müssen jetzt fahren. Denn so schnell kriegen wir kein Auto wieder. Endlich haben wir eine Spur. Endlich. Wir müssen herausfinden, warum sich Hogers Frau umgebracht hat und warum alle es verschweigen.“

„Aber das ist doch sehr … vage, meine ich …“

„Natürlich, Siggi, aber was haben wir denn sonst? Jetzt stellen Sie sich nicht so an! Wenn es Ärger gibt, sagen Sie, dass ich die Fahrt befohlen habe.“

Ohne eine Antwort zu geben, startete Siggi den Motor und setzte den Opel in Bewegung.

Zwischen Mainz und Oppenheim hielt er ein weiteres Mal an, um den Benzinvorrat zu prüfen. Offenbar war die Untersuchung zu seiner Zufriedenheit ausgefallen, denn ohne ein Wort zu verlieren, setzte er die Fahrt fort.

Worms war eine zerstörte Stadt. Die Menschen lebten wie überall in Provisorien, in Zelten oder hatten sich aus

Bauresten mehr schlecht als recht wind- und wettergeschützte Behausungen in den Ruinen geschaffen.

Auch das Hotel Siegfried befand sich unter den zerstörten Gebäuden. In dem einzig intakt verbliebenen Gebäudeteil lebte ein Mann, der sich als ehemaliger Portier vorstellte, ein alter Mann mit einem lahmen Bein. Der Besitzer des Hotels, Herr Brand, sei tot, teilte er den beiden Polizisten mit, aber ein Neffe von ihm, Gero Brand, wohne außerhalb der Stadt, in Westhofen auf dem Weingut der Familie.

Der Name Westhofen versetzte Koch einen Stich. Schon auf der Herfahrt war ihm ein handgeschriebenes Hinweisschild aufgefallen, das nach Osthofen wies, der Ort, in dem sich das Konzentrationslager befunden hatte, in das die Nazis seinen Vater gleich nach der Machtergreifung verschleppt hatten.

„Fahren Sie!", sagte er schließlich zu Siggi und schwieg, bis sie das Gut gefunden hatten, einen Sandsteinbau in einer Reihe von Häusern. Auf einem Schild über dem großen Holztor stand „Weingut Brand" geschrieben.

Auf ihr Klopfen öffnete ihnen ein etwa zwölfjähriges Mädchen, das die beiden Männer wie selbstverständlich über den Hof zu einem Kellerabgang führte, in den sie laut „Papa" hinab rief.

Kurz darauf erschien ein drahtiger Mann in kurzer Hose und Unterhemd, über dessen Gesicht Ströme von Schweiß flossen.

Misstrauisch betrachtete er die beiden Männer.

„Du sollst nicht aufmachen, Christa", wies er das Mädchen zurecht, die das offenbar nicht sehr berührte, denn sie trat neben ihren Vater und nahm seine Hand.

„Was wollen Sie?", fragte er Koch und Siggi nicht sehr freundlich. „Ich muss die Kelter reparieren."

Nachdem Koch sie beide vorgestellt und dem Winzer ihr Anliegen vorgetragen hatte, wurde dieser freundlicher.

„Ja, die Magda. Das war eine Hübsche", sagte er in einem Ton, dass Koch annahm, dass er selbst in das Mädchen verliebt gewesen war. „Ehrlich, fleißig, eine Bessere hätte mein Onkel nicht finden können. Als sie mit diesem …"

„Hoger", erklärte Siggi.

„Ja, Hoger weggegangen ist, war das ein herber Verlust für ihn. Na ja, nicht ganz … so ganz unrecht war es ihm dann doch nicht …"

Koch wartete auf eine Erklärung.

Brand entschuldigte sich kurz und verschwand im Keller, aus dem er mit einem Tuch zurückkam, mit dem er sich den Schweiß aus dem Gesicht wischte.

„Wissen Sie, Magda und ich, wir mochten uns, aber mein Onkel, also, er war mein Vormund, weil mein Vater im Ersten Weltkrieg gefallen ist, in Flandern. Aber mein Onkel war dagegen, weil Magda doch schon ein Kind hatte und ich außerdem jünger war als sie."

Koch sah den Winzer überrascht an. „Wie? Magda hatte ein Kind?"

„Hieß es und mein Onkel hat es geglaubt. Es soll ein Sohn gewesen sein. Aber niemand hat ihn je gesehen. Angeblich hat sie ihn zu ihren Eltern gebracht, wo der Junge aufgewachsen ist."

„Sie meinen nicht den Jungen, den sie mit Hoger hatte?" Koch konnte seine Erregung über diese Nachricht nicht verbergen.

Brand schüttelte den Kopf.

„Und?"

„Mehr weiß ich nicht. Ich habe dann auch bald meine

Frau kennen gelernt, ja, und die Arbeit und die Familie, da hat man dann andere Sorgen."

„Wissen Sie denn, wo die Eltern von Magda leben?"

Brand schüttelte den Kopf. „Keine Ahnung."

„Hat Magda denn keine Freundin hier gehabt? Jemand, dem sie sich anvertraut hat?"

Brand trocknete mit dem Tuch, das er während des Gesprächs in den Händen hielt, seinen Nacken.

„Charlotte vielleicht. Charlotte Marols. Sie hat auch bei meinem Onkel gelernt. Etwas früher als Magda. Aber nein … sie ist tot. Aber vielleicht ihre Schwester, Karin. Warten Sie! Christa, du bleibst hier, ich bin gleich wieder da!"

Brand lief über den Hof ins Wohnhaus, aus dem er nur wenig später mit einem Zettel und zwei Flaschen Wein zurückkehrte.

„Wo lebt Magda denn? Geht es ihr gut?", fragte Brand, als er wieder vor den beiden Polizisten stand.

„Sie ist tot, hat sich umgebracht."

Der Winzer war sichtlich erschrocken. „Magda hat sich umgebracht? Nein …"

„Was ist, Papa?", fragte das Mädchen. Er legte ihr kurz beschwichtigend die Hand auf den Kopf, ohne die Frage zu beantworten.

„Wüssten Sie einen Grund …?"

Brand blickte Koch verständnislos an. „Nein. Sie war kein Mensch, der …" Er hielt inne. „Aber der Krieg, da ändern sich die Menschen …"

„Sie hat sich vor dem Krieg umgebracht", berichtigte Koch den Mann.

„Vor dem Krieg?", wiederholte der. „Wann denn?"

„'37 wohl."

„1937." Er dachte nach. „Ich glaube, 1923 oder '24 ist

sie weggegangen von hier. Damals ging es gerade wieder etwas aufwärts."

Stumm sah er zu den Polizisten.

„Wer ist Magda?", fragte Christa und sah zu ihrem Vater auf, der in den Händen noch die Flaschen hielt.

Mit den Worten „Für Sie, ein guter Rheinhesse" überreichte er den Polizisten den Wein und drückte dann Koch den Zettel in die Hand.

„Die Adresse von Karin. Ich hoffe, dass die Ihnen weiterhelfen kann. Ich muss jetzt wieder in den Keller, sonst werde ich nicht fertig. Christa, Liebes, bringst du die Herren zum Tor? Und dann machst du einfach nicht mehr auf, wenn jemand klopft, hast du verstanden?" Die letzten Worte hatte er gespielt streng gesprochen.

In Rheindürkheim, dem Ort, den Brand ihnen auf dem Zettel notiert hatte, fanden sie dank der Auskunft eines einbeinigen Mannes schnell das Haus, in dem Karin Marols wohnte. Koch erschrak. Die Frau kam so stürmisch auf ihn zu, als wollte sie ihn umrennen und blieb nur wenige Zentimeter vor ihm stehen. Aber es war nicht nur ihr zackiger Gang und dieses abrupte, distanzlose Anhalten, das ihn für einen Moment aus dem Gleichgewicht brachte. Wenn Karin Marols oder ihre Schwester mit Magda Hoger in dem Hotel gelernt hatte, dann musste diese Frau jetzt Ende vierzig sein, spekulierte der Kommissar. Doch sie sah mindestens fünfzehn Jahre älter aus. Das Gesicht war eingefallen und die Haut grau. Die von vielen grauen Strähnen durchzogenen Haare hatte sie zu einem altertümlichen Dutt zusammengesteckt. Die weite, wollene, schon völlig aus der Form gegangene Kleidung ließ sie wie eine alte Frau erscheinen, was ihr leicht nach vorne gebeugter Gang noch verstärkte.

„Ja?“, fragte sie mit einer überraschend jugendlichen und kräftigen Stimme, die so gar nicht zum Rest der Person passte.

Koch stellte sich und Siggi vor. Ihr Kopf folgte seinen Worten, erst zu ihm und dann zu dem jungen Kollegen. Etwas Eigenartiges lag in ihren Bewegungen, etwas Ungelenkes und gleichzeitig ganz fest Verwurzeltes. Dann nickte sie dem Kommissar zu, noch immer sehr nahe vor ihm stehend, wandte sich von ihm ab und trat einen Schritt auf Siggi zu, der zurückwich und dabei seinen Chef Hilfe suchend anschaute.

Koch trat leise, während der Blick der Frau auf Siggi haften blieb, ein kleines Stück zur Seite, so dass er sich nun fast in ihrem Rücken befand.

„Frau Marols?“ Koch sprach laut, obwohl die Frau nur einen halben Meter von ihm entfernt stand.

Ruckartig und erschrocken wandte sie ihren Kopf um.

Koch suchte den Blickkontakt mit Siggi, legte eine Hand vor seine Augen und deutete mit der anderen auf die Frau.

„Ja?“, fragte Frau Marols verwirrt. Sie war so selbstverständlich aus dem Haus und auf die beiden Männer zugekommen, dass Koch zunächst nicht bemerkt hatte, dass sie blind oder zumindest sehr stark sehbehindert war.

„Frau Marols“, begann er noch einmal. „Wir haben eine Frage an Sie.“

„Eine Frage?“ Sie blickte zu Koch auf.

„Ja.“

„Ihre Schwester Charlotte hat im Hotel Siegfried gearbeitet.“

Koch wartete das Nicken der Frau ab.

„Dort arbeitete auch Magda Hoger. Damals hieß sie Dollberger. Kennen Sie sie?“

Karin Marols ließ sich Zeit mit der Antwort.

„Ja“, sagte sie schließlich.

„Hatte Magda ein Kind, Frau Marols?“

Die Frau nestelte an den überlangen Ärmeln ihres Kleides.

„Ja“, antwortete sie nach einiger Zeit. Sie wirkte nun unsicherer als vorhin.

„Was wissen Sie über das Kind?“

Koch sprach langsam und betonte seine Worte sehr deutlich.

„Sie können normal sprechen!“, wies sie ihn zurecht. „Meine Schwester hatte anfangs noch Kontakt zu Magda. Aber dann wollte ihr Mann nicht mehr, dass sie sich schrieben.“

„Das Kind, Frau Marols!“ Koch klang ungeduldig.

Sie ließ sich Zeit, lauschte dem Zwitschern eines Vogels und folgte mit ihrem Kopf dessen Flugbahn.

„Ich weiß nicht. Charlotte hat mir erzählt, dass sie in Bingen einen Jungen bekommen hat. Günther. Aber sie ist …“

In der Ferne war eine Sirene zu hören. Sofort reagierte die Frau und sah in die Richtung des Geräuschs.

„Ja?“

„Sie ist fast gestorben. Bei der Geburt. Und danach konnte sie keine Kinder mehr bekommen.“

Koch überlegte. Siggi war schneller.

„Magda hatte vor Günther schon ein Kind.“

Karin Marols stellte jede Bewegung ein, nur ihr Kopf fuhr langsam erst nach links, dann nach rechts, als wolle sie in die jeweiligen Richtungen lauschen, ob da jemand wäre.

„Ja“, bestätigte sie schließlich. Dieses „Ja“ war ein Hauchen, als wolle sie gewiss sein, dass außer den beiden es niemand hören konnte.

Siggi sprach nun ebenfalls leise.

„Wo ist das Kind?“

Der Körper der Frau spannte sich. „Ich weiß es nicht. Charlotte hat gesagt, dass sie es nicht mit nach Worms bringen darf.“

„Und hat sie es mit nach Bingen genommen?“ Koch hatte wieder in normaler Lautstärke gesprochen. Karin Marols wich ein wenig zurück.

„Nein, das wollte ihr Mann nicht. Einen Bankert im Haus?“ Sie lachte plötzlich. „Wo denken Sie hin?“

„Wo ist das Kind denn aufgewachsen?“

„Der Junge? Ich weiß es nicht. Ich glaube, bei den Großeltern.“

„Im Hunsrück?“

„Das wissen Sie?“

„Das haben wir gehört.“

Die Marols sah zu Koch. „Was man so hört. Ja. Ja.“

„Kennen Sie den Ort?“

Sie verneinte mit einer bedächtigen Kopfbewegung, sagte aber „Stromberg“, und es klang, als wollte sie den Namen wegwerfen.

„Und wo lebt der Junge jetzt?“

„Ich weiß das doch nicht.“

„Wissen Sie denn, wie das Kind hieß?“

Sie schüttelte ihren Kopf und wandte sich von den beiden Besuchern ab.

An der Haustür blieb sie stehen. „Die Transporte. Jeden Tag. Das hört nie auf!“ Dann verschwand sie ins Innere des Hauses und warf die Tür zu.

Koch saß schon auf dem Beifahrersitz und grübelte, wie sich die neuen Informationen zu einem Bild fügen ließen, während Siggi wieder am Tank des Wagens hantierte.

Magda Hoger hatte sich 1937 umgebracht und ihr Mann Robert hatte alles getan, dass es nach einem normalen, wenn auch frühen Tod aussah. Warum, das hatte ihnen bislang niemand erklären können. Und vor der Heirat mit Hoger hatte sie schon ein Kind, das niemand zu Gesicht bekommen hatte und das angeblich bei den Großeltern im Hunsrück, vielleicht in der Nähe von oder in Stromberg, aufgewachsen war. Ergab das einen Sinn? Was hatte das mit der Ermordung Hogers zu tun?

Siggi trat an die Beifahrertür.

„Ja?“, fragte Koch.

„Es könnte knapp werden mit dem Benzin“, sagte er.

„Wird schon!“, gab sich Koch optimistisch, der sich nicht von seinen Überlegungen ablenken lassen wollte. Siggis Gesichtsausdruck war da sehr viel skeptischer.

Zweimal hatte Siggi unterwegs anhalten müssen, um den Benzinstand zu prüfen, jedes Mal war er mit einem sorgenvolleren Gesichtsausdruck wieder eingestiegen und war ganz gegen seine sonstige Gewohnheit äußerst vorsichtig und für seine Verhältnisse langsam gefahren, hatte früh geschaltet und den Wagen, wenn immer sich die Gelegenheit dazu bot, bei niedriger Motordrehzahl rollen lassen. Schließlich schafften sie es bis in den großen Innenhof der Polizeidirektion, wo Koch ausstieg, um gleich in sein Büro zu eilen.

Dort grübelte er weiter über mögliche Zusammenhänge nach. Aber so sehr er die Fakten auch wendete und neu kombinierte, sich in wilde Thesen verstieg, nichts davon schien ihm haltbar oder rechtfertigte die zwei Morde. Zumal er weiterhin zwischen den beiden Toten keine Verbindung fand.

Entnervt und frustriert schlug Koch nach einer Stunde

so fest auf die Platte seines Schreibtisches, das die wenigen Gegenstände darauf wild hin- und herhüpften, und verließ die Direktion.

Gegen neun Uhr schloss Koch seine Haustür auf, warf seinen Hut auf den Tisch, löste den Knoten seiner Krawatte und nahm aus der Flasche mit dem Schnaps, die auf dem Tisch stand, einen kräftigen Schluck. Dann zog er den Antrieb des Grammophons auf, legte die Glenn-Miller-Platte auf und ließ sich in den Sessel fallen. Doch schon nach den ersten Takten überkam ihn eine Unruhe, die ihn aufspringen und über den Flur zu Bresson laufen ließ, der ihm aber nicht öffnete.

Zurück in seiner Wohnung schaltete er die Musik aus und trank in der Stille der heraufziehenden Nacht. Irgendwann erlöste ihn die Müdigkeit von seinen Grübeleien.

XLVII

Jörg baute sich vor Koch auf. In seiner rechten Hand hielt er einen großen Schraubenschlüssel, den er gefährlich nahe vor dem Kommissar hin und her schwang.

„Was fällt Ihnen ein, Koch?!", brüllte er ihn an, während der gerade versuchte, einen Kaffeefleck auf seiner Hose mit einem Stofftuch wegzuputzen.

„Was ist denn?", fragte Koch konsterniert zurück.

Jörg war außer sich. Mit rotem Kopf und begleitet von unkontrollierten Bewegungen warf er Koch vor, dass er mit dem Wagen gestern viel mehr Kilometer als vereinbart gefahren war, trotz des streng rationierten Sprits. Der Kollege, führte der Leiter der Fahrbereitschaft weiter aus, der den Wagen an diesem Morgen benutzen wollte, war schon nach zwei Kilometern liegen geblieben, und er und ein anderer Kollege hatten das Auto den ganzen Weg zurückschieben müssen. Koch war zu müde, um ernsthaft Widerstand zu leisten, und zudem konnte er den Mechaniker gut verstehen. Er entschuldigte sich und kramte aus der Sakkotasche seine Lebensmittelkarte und überließ Jörg die Abschnitte für die Zigaretten.

Anschließend erteilte er Siggi den Auftrag, so schnell wie möglich die Ämter und Kirchen in der Umgebung von Stromberg, wo angeblich Magdas Eltern wohnen sollten, zu kontaktieren.

Auf dem Gang traf er Reuber, der sichtlich gut gelaunt war und dies auch vor Koch nicht verbarg. Reuber erzählte ihm, dass er in diesen Tagen in das Haus der Tante ziehen werde.

„Ganz legal das alles", beendete er seine Ausführungen.

Koch ging nicht darauf ein und beglückwünschte den Kollegen zu seinem neuen Heim.

Koch fiel auf, dass er in den letzten Tagen nicht weiter über Reuber nachgedacht hatte. Dorles Auftauchen, der Tod von Neubert, die Gespräche mit Esch und die neuen Erkenntnisse zum toten Hoger hatten das völlig aus seinem Gedächtnis gelöscht. Dennoch spürte er, wie diese Zweifel ihr Verhältnis belasteten. Und so sehr es Koch betrübte, einen guten Kollegen und vielleicht sogar Freund zu verlieren, so sehr wusste er auch, dass er nicht mit einem Menschen kollegial oder sogar freundschaftlich verbunden sein und zusammen arbeiten konnte, den er im Verdacht hatte, einen anderen Menschen eiskalt umgebracht zu haben.

Als Reuber sich mit seinem silbernen Feuerzeug eine Zigarette ansteckte, ging er eilig zurück zu seinem Büro.

Im Flur traf er Esch.

„Die Ärzte halten dicht. Viele von denen, die im Land geblieben sind, haben was zu verbergen“, sagte er mit so viel Bitterkeit in der Stimme, dass sogar Koch erschrak. „Aber“, führte Esch weiter aus, „was wollen Sie machen: Diese Leute werden gebraucht. Ohne Ärzte geht es nicht. Gerade in dieser Zeit. Mit den Juristen das Gleiche. Oder hier, bei der Polizei. Es ist zum Kotzen, Herr Koch!“, sagte er und es war ihm anzusehen, dass ihm tatsächlich danach zumute war.

„Haben denn wenigstens Sie etwas Neues?“, fragte er schließlich.

Koch nickte. „Nicht viel. Oder vielleicht doch“, korrigierte er sich gleich selbst. „Ich weiß das nur noch nicht einzuordnen.“ Dann berichtete er dem Arzt vom Freitod von Hogers Frau und, dass diese Frau schon vor ihrer Ehe mit dem Toten aus Bingen ein Kind hatte, das nach ihrem bisherigen Kenntnisstand bei den Großeltern im Hunsrück großgezogen worden war.

„Was halten Sie davon, wenn Sie heute Abend bei mir vorbeikommen? Mein Nachbar hat einen nie versiegenden Alkoholvorrat und ich ein Grammophon. Ich werde Siggi auch bitten zu kommen."

Esch steckte seine Hände in die Taschen seiner Kniebundhose, legte den Kopf in den Nacken und sagte dann zu.

„Gut, Herr Koch, ich komme. Ich freue mich!" Und das klang aufrichtig.

Koch hatte das Grammophon in Bressons Wohnzimmer geschleppt und seine wenigen Platten daneben gelegt. Der hagere Photograph hatte ein kleines Buffet mit aufgeschnittenem Brot, Hühnchenfleisch, Käse und einem kleinen Töpfchen Schmalz auf dem Tisch im Wohnzimmer aufgebaut, dazu die Gläser und zwei Flaschen Brand gestellt. „Hausmarke", hatte er Esch, nachdem er dessen Blick bemerkt hatte, erklärt.

Siggi kam als Letzter und hätte fast einen der Stühle umgeworfen, weil ihn die Anwesenheit von Esch so überraschte.

„Sehe ich so schrecklich aus?", fragte der Siggi, dessen Gesicht von einer tiefen Röte überzogen wurde.

„Nein, nein", beeilte der sich zu sagen, „gar nicht schrecklich."

Wenn auch nicht schrecklich, so fiel der Arzt in dieser Runde wieder durch sein extravagantes Äußeres auf. Während Koch und Siggi dunkle Anzüge trugen und Bresson in weiter schwarzer Hose und Pullover durch seine Wohnung lief, hatte Esch einen hellgrauen, von roten Streifen in Karomustern durchwirkten, weit geschnittenen Anzug am Leib, eine Weste in demselben Stoff und hielt in der Hand eine Ballonmütze in eben dieser Farbkombination.

„Sie sind dennoch überrascht mich zu sehen?"

„Ja … ich …", stammelte Siggi.

„Herr Koch, haben Sie Ihren Kollegen nicht aufgeklärt, dass wir beide uns unserer gegenseitigen Sympathie und Wertschätzung bewusst geworden sind?", bemerkte er voller Ironie.

„Dinge ändern sich, Siggi, und wir haben uns zusammengerauft", erklärte der Kommissar trocken.

Esch lächelte den Jungen an und zuckte mit den Schultern.

„Unsere kleine Utopie", sagte Bresson, der den Käse geschnitten hatte und sich nun zu seinen Gästen umwandte, und er ließ offen, ob er den gedeckten Tisch oder das Aufeinanderzugehen der beiden Männer meinte.

„Schlagen Sie zu! Guten Appetit!"

Zunächst stießen sie die halbgefüllten Gläser aneinander und tranken.

Siggi hustete und Esch schüttelte sich. „Jetzt weiß ich, warum Sie morgens so müde aussehen, Koch!"

In der folgenden Stunde entwickelte sich ein Gespräch, das über weite Strecken von Bresson und Esch geführt wurde, die über die politischen Entwicklungen in Frankreich und England sprachen, vor allem über das Verhältnis beider Staaten zu ihren Kolonien. Bresson vertrat vehement die Meinung, dass der an sich gerechte Kampf beider Länder gegen Nazi-Deutschland dadurch desavouiert werde, dass die Grundsätze, für die man in diesem Krieg eingetreten war, in Indien oder Indochina nun nicht mehr gelten sollten und dass reine Machtpolitik und ein chauvinistisches Vorteilsdenken das Handeln der verantwortlichen Politiker diktierten.

Esch stimmte dem zu, war aber der Meinung, dass im Denken der Kolonialmächte die Kolonien ein integraler

Bestandteil der Kernländer seien, Satelliten vergleichbar, die zu ihrem Heimatplaneten gehörten, wenn auch mit anderer Atmosphäre und anderer innerer Zusammensetzung. Deshalb könnten die verantwortlichen Politiker nicht anders als eben so denken.

Koch und Siggi hörten interessiert zu, hielten sich aber weitestgehend aus dem Disput heraus, bis Esch zu Koch blickte.

„Haben Sie nicht ein sehr persönliches Verhältnis zu Frankreich?", fragte er den Kommissar, der gerade ein Stückchen der letzten Scheibe Brot dünn mit Schmalz bestrichen und sich in den Mund geschoben hatte.

„Ja", antwortete der kurz angebunden.

„Sein Traumland", spottete Bresson.

„Besser als in Deutschland ist es allemal", widersprach Koch.

„Wirtschaftlich oder politisch?", fragte Esch.

„Beides", erwiderte Koch.

„Was das Wirtschaftliche angeht, möchte ich Ihnen widersprechen, Herr Koch", entgegnete Esch, der mittlerweile sein Sakko ausgezogen und über die Lehne gehängt hatte. „Wirtschaftlich liegt Frankreich am Boden und leidet noch immer unter den Verwüstungen des Krieges. Teilweise sind die Nahrungsrationen im Nachbarland, immerhin eine der Siegernationen, geringer als in Deutschland."

„Traumland adé!", spottete Bresson und hob sein Glas. Esch und Siggi taten es ihm gleich, Koch ließ sich Zeit.

„Und, Koch, noch eins", fing Bresson an, nachdem er sein Glas zur Seite gestellt hatte, „Sie waren in Spanien, haben dort gegen Franco und seine Soldaten gekämpft, die von Deutschland und Italien massiv mit Waffen unterstützt wurden. Was hat die Republik Frankreich seinerzeit gemacht? Hat sich auf ihre Neutralität zurückgezogen. Hat zugesehen, wie man sich bei den Republikanern untereinander bekämpfte statt den Feind."

Kochs Gesicht verdüsterte sich. Er wusste nur zu genau, dass die anderen Recht hatten. Er hatte es ja am eigenen Leib erlebt, hatte mitbekommen, wie kommunistische Kader lieber ihre Mitkämpfer, die nicht in der Partei waren, umbrachten, anstatt gegen Francos Truppen zu kämpfen.

„Und ...", sprang Esch dem Photographen zur Seite, „es gab eine nicht unbeträchtliche Zahl von Kollaborateuren auf Seiten der Franzosen, die glänzende Geschäfte mit den Deutschen während der Besatzung gemacht oder sich andere Vergünstigungen verschafft haben."

„Natürlich", gestand Koch zu, „aber wie viel Prozent waren das? Und wie viel Prozent haben auf der anderen Seite in der Résistance gekämpft?"

„Ich weiß es nicht, Koch", sagte Bresson und schob sich seine Brille nach oben, die ihm in der Erregung auf die Nasenspitze gerutscht war. „Was ich nur sagen will, ist, dass auch jenseits des Rheins nicht das Paradies liegt."

„Ich glaube, dass uns das nach den letzten Jahren für immer verschlossen bleiben wird. Das haben wir, vor allem wir Deutsche, für immer verspielt", warf Esch verbittert ein.

„Dem ist nichts hinzuzufügen", sagte Bresson, nahm die Flasche, stand auf und füllte reihum die Gläser.

„Können Sie das Fenster aufmachen, Bresson!", bat Koch.

„Was haben Sie denn?", erwiderte der. „Es raucht doch niemand."

„Es ist warm hier. Viel zu warm."

Bresson stand auf und öffnete das Fenster. Draußen

war es stürmisch geworden. Die Luft brach sich laut an den Ecken des Hauses.

„Apropos Rauchen: Kommt Ihr Freund noch?“

„Reuber?“

„Ja“, bestätigte Bresson und trank.

„Freund ist wohl der falsche Ausdruck …“, sagte Koch leise.

„Enttäuscht?“

Koch zuckte mit den Schultern. „Vielleicht muss ich mir eingestehen, dass doch nur jeder auf seinen Vorteil bedacht ist.“

„Das stimmt doch nicht!“ Siggi war aufgesprungen und hatte das so energisch gesagt, dass er selbst erschrak und entschuldigend seine Hände hob.

„Schon gut, Siggi, schon gut!“, beruhigte ihn Koch. „War vielleicht ein bisschen zu verallgemeinernd.“

„Wir waren eine so gute Truppe …“ Siggis Gesichtsausdruck bekam einen Zug ins Schwärmerische.

„Die Musketiere … ich weiß“, sagte Koch. „Sie sind jung und idealistisch.“ Er sah den Jungen einen Moment an. „Behalten Sie sich das. Gerade für einen Polizist ist das wichtig. Irgendwann sterben auch die Nazis, die den Krieg überlebt haben, aus. Menschen wie Sie sind dann sehr wichtig.“

„Ich?“, fragte Siggi ungläubig zurück

Koch nickte.

„Was ist denn nun mit Kollege Reuber?“, hakte Esch nach.

„Kennen Sie ihn?“

„Kaum“, gestand der Arzt. „Er war mal bei mir wegen des Schreibtischs. Ließ sich nicht abwimmeln, der Kollege, bis er ihn hatte.“

Koch nahm sein Glas, trank und nutzte die Zeit, um

zu überlegen, ob er seine Bedenken und seinen Verdacht gegenüber dem Kollegen hier ausbreiten sollte.

„Na gut!“, sagte er mit gedämpfter Stimme und nahm noch einen Schluck.

In der nächsten halben Stunde berichtete er den anderen, wie sein Verdacht gegen den Kollegen und Freund Reuber entstanden war, angefangen bei dem Fleisch von Metzger Jäger, der offenbar Hunde- und Katzenfleisch verkaufte, über den toten Hans-Peter Geisler im Fort Muhl, den Reuber erst nicht kennen wollte und dann als einen Informanten bezeichnete, weiter über den Tod von Wigbert Hannappeler, der angeblich auf der Flucht vom Dach des Hauses gestürzt war, bis schließlich zu der Geschichte mit dem Feuerzeug, das Reuber verloren und angeblich im Auto wiedergefunden hatte, aber Koch wusste, dass sein Kollege es im Haus von Hannappeler verloren hatte.

Nachdem Koch seine Ausführungen beendet hatte, herrschte Schweigen im Raum. Aus Verlegenheit trank Siggi zu viel von seinem Brand auf einmal und verschluckte sich. Sein Husten hatte im wahrsten Sinne des Wortes etwas Lösendes.

„Und Sie haben das die ganze Zeit mit sich rumgetragen?“, fragte Esch.

„Was soll ich denn sonst machen?“, fragte Koch spitz zurück.

„Mit Reuber sprechen“, antwortete der Arzt.

Koch schüttelte den Kopf und krallte seine Hände ineinander. „Ich bin doch selbst nicht sicher, ob ich mir das alles nur einbilde und am Ende gibt es für das alles eine vernünftige Erklärung.“

Esch widersprach. „Das hätten Sie gerne. Reuber war, wenn ich das richtig verstanden habe, außer unserem Siggi und Herrn Bresson, die einzige Vertrauensperson, die Sie haben. Wenn Sie überhaupt jemandem vertrauen können …?"

Er sah Koch direkt an, der widersprechen wollte, es dann aber sein ließ.

„Und machen Sie sich nichts vor, Herr Koch. Ihr Kollege Reuber weiß doch längst, dass Sie …", er hielt kurz inne, „… Reuber hat doch schon längst gemerkt, dass Sie ihm misstrauen. Oder?"

Koch nickte.

„Warum also nicht drüber reden? Zu verlieren haben Sie nichts. Wenn Sie nichts sagen, prophezeie ich Ihnen, dass die Freundschaft zerbrochen ist, wenn Sie reden, kann sich Ihr Verdacht als Missverständnis herausstellen. Dann ist die Freundschaft wahrscheinlich weiter belastet, aber der Verdacht ist aus der Welt und Sie können sich wieder in die Augen sehen."

Siggi hatte dem Arzt gespannt gelauscht. Außer Bresson hatte er noch niemanden so mit seinem Vorgesetzten sprechen hören und er wartete darauf, wie der reagieren würde.

Koch ließ sich Zeit.

„Wissen Sie", sagte er schließlich, „wenn er seine Geschäftchen machen würde, würde ich nichts sagen. Das macht jeder. Aber wo ist die Grenze? Wenn ich den Schnaps von Bresson trinke, dann weiß ich auch, wie er daran kommt …"

Er sah den hageren Mann an, der den Blick ungerührt erwiderte.

„Jeder muss seine Geschäftchen machen, um zu überleben. Aber das Recht selbst in die Hand zu nehmen, weil man einem Schwarzhändler im großen Stil nicht beikommen kann, das geht nicht. Überhaupt nicht. In Deutschland war das Recht zwölf Jahre lang ausgesetzt, und jetzt soll das so weitergehen?"

„Ich stimme Ihnen zu", warf Esch ein, „im Prinzip. Aber bedenken Sie, Herr Koch, wie viele der Nazi-Verbrecher dank geschickter Anwälte ihrer Strafe entgehen. Weil sie sich Persilscheine ausstellen lassen oder, wie im Fall unseres Professor Beirath, eine neue Identität annehmen. Wenn Sie diesen Menschen nicht beikommen, ich meine, auf legalem Weg, vor Gericht, ist da der Wunsch nach Rache und danach das Recht selbst in die Hand zu nehmen nicht zu verständlich?"

„Absolut verständlich", stimmte ihm Koch zunächst zu, „aber was ist die Folge, was ist die Konsequenz, wenn es keine unabhängige Justiz mehr gibt? Und Reuber, der ist Polizist. Er kann doch nicht zum Mörder werden. Er ermittelt, das Urteil sprechen andere … Jemanden ohne Urteil hinzurichten …"

Bresson mischte sich ein. „Was würden Sie machen, Koch, wenn Sie einem der Soldaten Francos plötzlich gegenüberstünden, der einen Ihrer Kameraden aus Spanien gefoltert und getötet hat, und Sie hätten die Gelegenheit, Rache zu üben? Vielleicht würden Sie ihn nicht foltern, aber töten …"

Koch wurde nachdenklich.

„Es würde mir schwer fallen …"

„Und wenn Sie dem Mörder Ihres Vaters gegenüberstünden …?", warf Bresson ein.

Es war still in dem Raum, selbst der Sturm schien sich gelegt zu haben.

„Koch, ich erinnere Sie an Glodkowski. Können Sie mit Sicherheit sagen, dass es reine Notwehr war, als Sie ihn im letzten Jahr erschossen haben? Dass Sie diese Situation nicht bewusst herbeigeführt haben? Können wir bestimmte Dinge immer mit absoluter Sicherheit ausschließen? Was wissen Sie von Reuber? Was wissen Sie, was ihn mit diesem Hannappeler verbindet? Vielleicht viel mehr, als wir ahnen."

Koch schwieg und seine Miene verdüsterte sich.

„Tyrannenmord!", rief Esch in die Runde.

„Ja", wagte nun auch Siggi etwas zu sagen, dem der Alkohol schon offensichtlich zu Kopf gestiegen war. „Die Attentäter vom 20. Juli."

„Aber das ist etwas anderes", beharrte Koch. „Hitler umzubringen, um so seine Herrschaft abzuschaffen und damit Tausende von Leben zu retten, in einer Zeit, in der es kein Recht gab, ist etwas anderes, als wenn Reuber, warum auch immer, das Gesetz selbst in die Hand nimmt und richtet. Dieses Unrecht ist geschehen und es verhindert kein Neues. Seine Tat wird Unrecht."

Esch nickte. „Ich kann Sie verstehen, Herr Koch, aber sehen Sie: Ich bin in den Ärzteprozess in Nürnberg involviert. Das Leid, das die dort Angeklagten den Menschen angetan haben, ist unbeschreiblich. Diese Männer werden wahrscheinlich alle verurteilt werden, wobei ich befürchte, dass sie nicht lange in Gewahrsam bleiben werden. Aber sie sind nur die Spitze des Eisberges. All die anderen, die in der Masse untergehen, sich aber genauso an den Verstümmelungen und an den Experimenten an lebenden Menschen beteiligt haben, die Menschen zu körperlichen und seelischen Krüppeln gemacht haben, Herr Koch, die leben weiter, haben Reputation, Arbeit, Geld, Familie, werden jetzt Funktionäre und bekleiden vielleicht bald wieder öffentliche Ämter. Ist es da nicht allzu verständlich, wenn die Opfer dann fragen, wo die Gerechtigkeit bleibt, und wenn die ausbleibt, sie sich selbst zu verschaffen?"

Koch wollte etwas sagen, aber Esch war noch nicht fertig.

„Oder, Herr Koch, die Häftlinge in den Konzentrationslagern, die wenigen, die das überlebt haben, die mit ansehen mussten, wie Hunderte und Tausende Mitgefangene umgebracht wurden. Warum? Weil sie Juden waren? Zigeuner? Schwul? Kommunisten oder Sozialdemokraten? Kann ich es so jemandem verübeln, das Recht selbst in die Hand zu nehmen, wenn er sieht, dass die Täter nicht bestraft werden? Dass sie vielleicht schon wieder in Amt und Würden sind?“

Wieder war es für einen Moment bis auf das scharfe Zischen des Windes still in dem Zimmer.

„Ich kann das verstehen“, sagte Koch endlich und leise fügte er nach einiger Zeit hinzu, „aber ich kann es nicht akzeptieren.“

„Denken Sie an Glodkowski!“, mahnte ihn Bresson, „vielleicht ist Ihre Haltung auch eine Folge Ihres schlechten Gewissens“, um dann aufzustehen, das Fenster zu schließen und die Gläser zu füllen.

XLVIII

Über dem Boden wabert dünner Nebel, in dem die Konturen des kräftigen Mannes verschwimmen, der mit weit ausholenden Schritten über das Feld läuft. Koch liegt hinter einem Baumstamm, neben sich das Gewehr, und beobachtet den Mann, folgt ihm mit seinen Blicken. Immer wieder verschwindet er für kurze Momente in einer dichten Nebelbank, um bald wieder daraus hervorzustoßen. Der Mann stapft unbeirrt über den schweren Boden weiter.

Dabei überholt ihn Koch mit seinen Blicken und erkennt vor ihm einen anderen Mann, schmächtiger und sich mühevoll über den aufgeweichten Boden vorarbeitend. Der Abstand zwischen den beiden verringert sich zusehends. Koch greift, ohne den Blick vom Feld zu nehmen, nach dem Gewehr, zieht es zu sich, legt es vor sich und drückt den Schaft an seine Schulter. Der vordere Mann dreht sich um und erkennt, dass sein Verfolger ihn bald eingeholt hat. Koch drückt das Okular des Zielfernrohrs an sein rechtes Auge und kneift das linke zu. Genau in dem Moment, in dem der vordere Mann sich erneut umdreht und ihm sein Gesicht zuwendet. Koch lässt das Gewehr sinken, beobachtet, wie sein Vater vergeblich vor dem anderen Mann flieht. Er nimmt das Gewehr wieder und blickt durch das Zielfernrohr. Nun kann er das Gesicht seines Vaters sehr genau erkennen, und die Panik, die sich in seinen Zügen abzeichnet. Koch lässt das Zielfernrohr nach links wandern, hat kurz darauf Glodkowskis Gesicht erfasst. Deutlich erkennt er dessen siegesgewisses Grinsen.

Der Schnittpunkt des Fadenkreuzes liegt jetzt genau auf Glodkowskis Schläfe. Mit schlafwandlerischer Sicherheit bewegt Koch das Gewehr im Rhythmus von Glodkowskis Lauf, der plötzlich über seinem Opfer steht, das gefallen ist und sich nicht mehr erheben kann. Durch das Okular kann Koch jede Regung in dem Gesicht erkennen, die dünnen Lippen, die harten Gesichtszüge, die Bartstoppeln.

Glodkowski zückt ein Messer und beugt sich zu Kochs Vater herunter. Kochs Finger legt sich auf den Abzug, spürt den Widerstand. Glodkowskis Opfer hat sich in sein Schicksal ergeben. Noch immer ist der Kopf des Mannes deutlich im Fadenkreuz zu erkennen. Koch erhöht den Druck auf seinen Finger, will den Abzug durchziehen, aber er kann es nicht und er muss zusehen, wie Glodkowski das Messer in den Hals seines Vaters stößt.

Schweißgebadet wachte Koch auf. Die Luft in dem Zimmer war heiß und trocken. Seine Zunge klebte am Gaumen, sein Herz hämmerte wild und laut.

Schon in der letzten Nacht hatte ihn ein ähnlicher Traum gequält. Er verfluchte die Diskussion mit Esch und Bresson, die nur wieder seine Gewissensbisse gegenüber seinem Vater zutage förderten. Vielleicht hätte er ihn retten können, wenn er in Deutschland geblieben wäre, wenn er dieses Papier unterschrieben hätte, mit dem er sein Einverständnis zum Regime beglaubigt hätte. Er hatte es nicht getan. Er war gegangen, war sich treu geblieben, hatte sich nicht kaufen lassen. Aber zu welchem Preis? War der Tod seines Vaters der Preis, den er hatte zahlen müssen dafür, dass er sich nicht mit diesen Verbrechern eingelassen hatte? Und da waren die Gewissensbisse, weil er Glodkowski erschossen hatte. Je mehr er darüber nachdachte, desto unsicherer wurde er, ob es tatsächlich unumgänglich gewesen war, den Mann zu töten.

Leise stand er auf, um Dorle nicht zu wecken, die gleichmäßig atmend neben ihm schlief.

„Koch, Sie scheinen ja zunehmend Gefallen am Autofahren zu finden“, begrüßte ihn der Leiter der Kriminalpolizei, nachdem die Vorzimmerdame den Kommissar gnädig durchgewunken hatte.

„Ja, Koch“, sprach er ruhig weiter, „mir liegt eine Beschwerde vor, dass Sie weit mehr Kilometer mit dem Dienstwagen gefahren sind wie besprochen, so dass der Kollege, der den Wagen am nächsten Tage benutzen wollte, nicht weit kam und das Auto mit einigem Aufwand zurückgeholt werden musste. Ich hoffe, dass Sie eine gute Erklärung dafür haben.“

Arnheim machte keine Anstalten, ihm einen Stuhl anzubieten. Koch war versucht, sich einfach zu setzen, unterließ es und erklärte im Stehen, wie es zu der erhöhten Kilometerzahl gekommen war.

„Sie geben wohl nie auf, Koch?“, sagte er, als Koch seine Ausführungen beendet hatte. „Klären Sie den Fall! So schnell wie möglich, damit wir diese Akte endlich schließen können. Nicht, dass wir nachher noch einen dritten Toten mit abgeschnittenem … na ja, Sie wissen ja schon.“ Er verzog seinen Mund zu einem schiefen Grinsen.

Siggi kam einen Zettel schwenkend in Kochs Zimmer. „Ich habe eine Spur“, rief er freudig aus und erklärte seinem Chef, dass er den ganzen Vormittag versucht hatte, die Gemeindeverwaltungen im Hunsrück zu erreichen, was wegen der schlechten Verbindungen sehr mühsam gewesen war. In Reichfeld war er schließlich fündig geworden, dort war eine Familie namens Dollberger bekannt. Man hatte Siggi die Adresse eines Bauernhofes außerhalb des Ortes genannt.

Koch forderte seinen jungen Mitarbeiter auf, einen Wagen zu organisieren, doch der verzog sein Gesicht.

„Was ist, Siggi?“, fragte Koch erstaunt, da die Aussicht aufs Autofahren ihn normalerweise in Hochstimmung versetzte.

„Jörg ist noch immer auf 180 und sagt, dass wir die nächsten zehn Jahre keinen Wagen mehr bekämen.“

„Das hat der nicht zu bestimmen.“

Doch Kochs Versuch, über Arnheim an einen Wagen zu kommen, scheiterte ebenso wie der Kniefall, den er vor Jörg machte.

Erst am Nachmittag konnte Siggi seinen Chef und dessen Wut über die verweigerte Bereitstellung eines Fahrzeugs beruhigen.

„Ich habe Herrn von Esch gefragt“, sagte er, „er fährt uns, allerdings hat er erst morgen Zeit. Aber …“

„Ja, Siggi?“

„Morgen“, erwiderte der leicht stotternd, „da ist Himmelfahrt und eigentlich … frei.“

Er sah seinen Vorgesetzten nervös an. Koch sagte nichts, wartete.

„Eigentlich wollte ich mit meiner Tante …“

Koch unterbrach seinen Assistenten. „Ich kann auch alleine mit Esch fahren. Ich will jetzt nicht noch einen Tag warten.“

„Nein, nein“, wiegelte Siggi gleich ab. Die Lust aufs Autofahren schien doch stärker als alle familiären Bande zu sein. „Ich komme mit“, sagte er schnell.

Koch nickte. „Gut, Siggi. Morgen früh fahren wir.“

XLIX

Vor der Direktion wartete Siggi neben einem Wagen, in dem Esch hinter dem Lenkrad saß, die Scheibe offen und den rechten Arm hinausgelehnt.

„Guten Morgen!", grüßte er aus dem Wageninneren, Koch erwiderte den Gruß, indem er den Zeigefinger kurz an seinen Hut führte.

„In den Hunsrück. Siggi hat mir schon alles erklärt. Bin mal gespannt, wen wir an so einem Feiertag treffen werden."

Die Straße, die hinter Bingen in den Hunsrück führte, war durch die Ketten schwerer Panzerfahrzeuge sehr in Mitleidenschaft gezogen worden. Esch, der noch halsbrecherischer als Siggi fuhr und von dem dafür bewundernde Zurufe erhielt, versuchte den Hindernissen so gut es ging auszuweichen, bremste abrupt, fuhr schnell an, riss den Wagen nach rechts, dann nach links, ließ den Motor aufheulen. Koch musste sich auf die Landschaft konzentrieren, damit ihm nicht schlecht wurde.

Von den Gesprächen zwischen Esch und Siggi bekam er nur Fetzen mit. Zunächst ging es meist um Autos, Typen, die der Freiherr schon gefahren hatte, die Leistung bestimmter Wagen und deren Höchstgeschwindigkeiten. Siggi war sichtlich froh, einen kompetenten Gesprächspartner gefunden zu haben. Später, sie waren schon mehr als eine Dreiviertelstunde unterwegs, begann Esch dem jungen Kollegen von dem Ärzteprozess in Nürnberg zu berichten, wo in den nächsten Tagen mit den Urteilen gerechnet wurde. Siggi hörte beeindruckt zu, er stellte weder eine Frage noch gab er einen Kommentar ab.

Reichfeld, der Ort, in dessen Nähe Magdas Eltern wohnen sollten, hatten sie nach über einer Stunde Fahrt erreicht. Die kleinen Häuser und die Hauptstraße mit den Pflastersteinen konnten vergessen machen, dass die großen Städte in Schutt lagen. Das Schlagen der Glocken im Kirchenturm verstärkte diesen Eindruck der Normalität.

Die wenigen Menschen auf der Straße waren festlich gekleidet und wortkarg. Sie gaben vor in Eile zu sein, da die Zeit wegen der Prozession dränge, und schienen die Frage, wo der Hof der Familie Dollberger liege, nicht beantworten zu wollen. Erst ein alter Mann mit Buckel, der sich nur langsam bewegte und dem jeder Schritt Schmerzen zu bereiten schien, erklärte ihnen, dass sie einen Hof etwa drei Kilometer außerhalb des Dorfes bewirtschaftet hatten, aber ob die noch dort wären, das wüsste er nicht.

Von den drei Kilometern waren die beiden letzten ein unasphaltierter Weg voller tiefer Schlaglöcher, die Esch im Schritttempo umkurven musste. Der Wind blies inzwischen so stark den Staub von den Feldern her ins Auto, dass sie trotz der Hitze alle Fenster schließen mussten.

Sie tauchten in ein kleines Wäldchen ein, hinter dem schließlich der Hof lag, ein Ensemble aus einem Wohnhaus, einem kleinen steinernen Nebengebäude und einem etwas abseits stehenden verwitterten Holzschuppen, die zusammen die Form eines U bildeten.

Esch ließ den Wagen in einem Bogen auf dem Hof ausrollen und stellte ihn vor dem einstöckigen Wohnhaus ab.

Koch war froh, endlich wieder stehen zu können. Er atmete mehrmals tief durch. Esch streckte sich, als er neben ihm stand.

„Klang nicht Mut machend, die Aussage des Alten …“, bemerkte er. Koch nickte stumm. Er befürchtete, dass sie vergeblich gefahren waren.

„Scheint niemand hier zu sein!“, sagte Siggi und ging

zu der Tür, die in das Wohnhaus führte. Zweimal klopfte er laut an, dann drückte er die dünne Metallklinke nach unten. Die Tür war nicht verschlossen.

„Hallo! Ist da wer?", rief er in den dunklen Flur, wartete und ging zwei Meter weiter ins Innere, wo es angenehm kühl war.

Er wiederholte seinen Ruf.

Esch und Koch sahen sich an.

„Ich habe zwei Personen auf den Feldern gesehen, als wir herkamen. Aber sie schienen mir zu jung zu sein", sagte Esch und sah sich um.

Plötzlich streckte er seinen Arm aus. Die beiden anderen folgten seinem Blick.

„Da oben war was. Eine Bewegung ..." Er deutete auf das Nebengebäude, in dem sich unter dem Giebel ein kleines Fenster befand.

Sie starrten hinauf, aber es zeigte sich niemand an dem Fenster.

„Ohne Ergebnis will ich nicht fahren!", sagte Koch und ging zu der Tür, die sich an der Längsseite des Hauses befand. Die hatte kein Schloss, war aber mit einer drei Zentimeter breiten und flachen Eisenstange verriegelt, die sich mühelos beiseite schieben ließ.

„Bleiben Sie hier!", befahl Koch seinem Assistenten, der sich mit mürrischem Blick neben die Tür stellte.

„Hallo?! Ist da wer?", rief der Kommissar in das dunkle Haus, in dem sich der Geruch von Heu mit etwas Scharfem mischte, das Koch nicht identifizieren konnte.

Langsam tastete er sich in die Dunkelheit vor, gefolgt von Esch, der sich dicht hinter ihm hielt.

„Haben Sie ein Feuerzeug?", fragte der leise.

Koch griff in die Außentasche seines Sakkos und hatte nach zwei Versuchen den Docht seines Sturmfeuerzeugs zum Brennen gebracht. Er hielt die Flamme mit ausgestrecktem Arm vor sich. Nach und nach konnte er den Raum erkennen, einen großen Lagerraum, an dessen einer Wand Werkzeuge wie ein Spalier Soldaten nebeneinander aufgereiht standen, während sich vor den anderen Kisten, Säcke, Heuballen und auf eine einheitliche Größe zurecht gesägte Holzstämme stapelten.

An der Kopfseite befand sich eine hölzerne Treppe, die bei jedem Schritt der beiden Männer laut ächzte. Die Treppe endete in einem kurzen Flur, an dessen Ende sich eine Tür befand. Koch verständigte sich wortlos mit Esch und trat, bevor er die Tür erreicht hatte, gegen einen metallenen Gegenstand, der auf dem Boden stand und laut schepperte. Er bückte sich und fand im Lichtstrahl seines Feuerzeugs eine Schüssel, an deren Rändern Essensreste klebten. Er hob sie auf und hielt sie Esch entgegen.

„Hat was von einem Gefängnis hier", stellte der Arzt fest und deutete mit einer Bewegung seines Kopfes auf die Tür, vor der die Schüssel gestanden hatte. Koch drückte im Lichtschein seines Feuerzeuges die Klinke nach unten, aber die Tür gab nicht nach. Sie war ebenfalls mit einem Riegel verschlossen.

„Gefängnis, stimmt!", flüsterte Koch, bevor er den Riegel langsam zurückschob. Das Eisen gab einen kratzenden Ton von sich. Er hielt mit seiner Bewegung inne und wartete. Hinter der Tür blieb es ruhig.

Vorsichtig stieß er sie nun mit dem Finger auf. Durch den Spalt wehte ihm ein Schwall von Fäkalien und Fäulnis entgegen, der ihm den Atem nahm und ihn zurücktaumeln ließ.

Esch drängte sich an dem Kommissar vorbei, stieß die Tür noch weiter auf, hielt sich mit zwei Fingern die Nase zu und trat in den Raum, der in einem düsteren Licht lag.

Die Sonnenstrahlen, die durch das verdreckte Fenster in das Zimmer drangen, ließen die Staubkörner millionenfach und deutlich vor ihnen in der Luft tanzen.

Esch stellte sich in die Mitte des Raumes. Koch vernahm ein leises Stöhnen und Jammern, dann ein Rascheln. Irritiert suchte er nach der Quelle des Geräusches.

„Pst“, ermahnte ihn Esch, weil Koch beim Umhergehen die lockeren Holzbohlen knarren ließ.

„Ich habe nichts … gemacht.“ Ganz dünn war die Stimme.

Esch blieb abrupt stehen. Vor ihm auf dem Boden stand ein Bottich. Der Gestank war unerträglich geworden. Koch trat neben den Arzt und führte die Flamme über den Bottich. Menschliche Exkremente schwammen auf einer gelb-braunen Flüssigkeit.

Beide Männer wandten sich angewidert ab.

„Nichts gemacht. Ich war brav. Ganz brav.“ Jetzt klang die Stimme noch dünner.

Durch den dichten Staub war es so düster in der Kammer, dass Koch und Esch nur Konturen erkennen konnten, die Wand, an der der Raum endete und die Balken und Sparren, die das Dach hielten. An den beiden Längswänden ragte die Dachschräge bis kurz über den Boden und alles darunter lag im Schatten.

Esch hüstelte.

„Nicht schlagen. Ich war brav.“ In das Ängstliche der Stimme mischte sich nun Verzweiflung. Sie war jetzt deutlicher, als hätte die Frau erst ihre Stimme finden müssen.

„Wer sind Sie?“, fragte Esch mit sanfter Stimme. Dabei drehte er sich leise im Kreis.

„Ich war immer brav.“

„Dort!“, flüsterte Koch Esch zu und machte einen Schritt auf die rechte Längswand hin, wo er unter dem

Fenster eine lahme Bewegung erkannte, ein dünner Arm, der sich um ein Winken mühte.

„Brav“, kam es noch einmal, dieses Mal wieder müde und kaum hörbar.

Esch trat einen Schritt vor. Die dünne Stimme wurde durch ein leises Rascheln ersetzt. Der Arzt winkte Koch zu sich. Gemeinsam knieten die beiden Männer sich nieder und erkannten in dem Schein der dünnen Flamme eine ausgemergelte Frau auf einem schmalen Strohbett, die bis zur Hüfte mit einem löchrigen und zerrissenen Tuch bedeckt war, sich stöhnend zur Seite rollte und ihre dünnen Arme über dem Kopf kreuzte, als sie sich über sie beugten. Mit der Bewegung schwappte ein fauliger Geruch zu ihnen herauf. Koch würgte, Esch kniff sich die Nasenflügel mit den Fingern zusammen.

„Frau Dollberger?“, fragte Koch. Er sprach leise und langsam.

„Nicht …!“, flehte die Stimme.

„Wir tun Ihnen nichts.“ Koch wartete einen Moment. Er glaubte zu erkennen, dass sich die dürren Arme über dem Kopf ein wenig lockerten. „Wir haben nur ein paar Fragen.“

Esch trat neben den Kommissar. „Nicht so schnell!“, ermahnte er ihn. „Ich will die Frau erst einmal untersuchen. Öffnen Sie das Fenster!“

„Geht nicht“, rief er dem Arzt zu, während der begann die Frau zu untersuchen, die sich dabei ängstlich gegen die Wand drückte.

Unruhig stand der Kommissar in dem kleinen Flur vor der Treppe und wartete. Hier war der Gestank wenigstens nicht ganz so penetrant und beißend wie in dem Zimmer. Fünf Minuten später stellte sich Esch zu ihm.

„Die Frau ist völlig unterernährt …“

„Und …?“ Koch tippte sich mit dem Zeigefinger an die Stirn.

„Ich bin kein Psychologe. Aber ich würde sagen, dass sie sich in eine Wahnwelt geflüchtet hat. Bestimmte Erlebnisse, die sie nicht verarbeiten konnte …“

„Meinen Sie, dass sie uns weiterhelfen kann?“

Esch zuckte mit den Achseln. „Versuchen Sie es. Ich überlege, wie wir ihr helfen können.“

Koch kniete sich neben die Frau und versuchte so flach wie möglich zu atmen. Die Frau wandte ihren Kopf sehr langsam zu ihm um und kniff ihre Augen dabei zu zwei schmalen Schlitzen zusammen.

„Brav. Ich war ganz brav“, wiederholte sie und imitierte den Tonfall eines Kindes.

„Sind Sie Frau Dollberger?“ Es war Esch, der die Frage nun stellte.

„Ja, ja. Dollberger. Und immer brav.“

Esch war neben den Kommissar getreten und hockte sich schweigend nieder.

„Das weiß ich doch“, bestätigte der Kommissar mit sanfter Stimme. Jedes Mal, wenn er sprach, löste er den Druck seiner Finger an der Nase, um sie sofort wieder zuzudrücken, wenn er seinen Satz beendet hatte.

„Ganz brav. Ja.“

„Ich weiß, Frau Dollberger, dass Sie ganz brav sind. Sehr, sehr brav.“ Koch formulierte seine Worte noch langsamer und überdeutlich, als spräche er tatsächlich zu einem kleinen Kind. „Und ich habe eine Frage.“ Er machte eine Pause. „Wollen Sie mir die beantworten?“ Er wartete auf eine Reaktion, die nicht kam.

„Hat man Sie hier eingesperrt?“

Apathisch starrte die Frau den Kommissar an, der kurz zu Esch herüberblickte.

„Sie haben eine Tochter, Frau Dollberger. Erinnern Sie sich? Magda."

Zum ersten Mal hatten die beiden Männer den Eindruck, dass die Frau auf den Inhalt ihrer Frage und nicht auf die fremden Stimmen reagierte.

„Magda", sagte sie und verfiel sogleich in ein dumpfes Schweigen.

Koch und Esch ließen ihr Zeit und drehten ihre Köpfe zur Seite, um dem Gestank zu entgehen.

„Magda ist tot", zischte die alte Dollberger so leise, als sei es ein Geheimnis, das sie preisgebe. Sie stierte weiter die Wand an.

„Wie ist sie gestorben?"

Erst antwortete sie nicht, dann ließ sie einen undefinierbaren Laut vernehmen.

„Magda hatte zwei Kinder …"

Sie fuhr herum und schleuderte ihnen „Ein Kind!" entgegen. Die heftige Reaktion der Alten überraschte Koch und Esch.

Die hastige Bewegung der Frau hatte die Luft aufgewirbelt und neuen Gestank verbreitet.

„Wir wissen von Günther in Bingen …" Koch sprach langsam und deutlich.

„Günther. Ja, Günther. Ein Kind", unterbrach sie ihn und versuchte sich zu erheben, schaffte es ein Stück weit, doch dann gaben ihre dünnen Beine nach und sie sackte in sich zusammen und begann zu schluchzen.

Plötzlich war von unten eine laute Stimme zu hören. „Kommen Sie sofort herunter, sonst erschieße ich den Burschen hier."

Koch sprang auf und eilte an die Tür, trat in den kleinen Flur und sah nach unten, wo er im Lichtschein der offen stehenden Tür Siggi erkannte, der seine Hände über den Kopf hielt. In seinen Rücken wurde der Lauf eines Gewehres gedrückt.

„Los, Beeilung! Runter da! Ich zeig Euch, was wir hier mit Einbrechern und Dieben machen!"

Koch deutete Esch hinter seinem Rücken an, dass er oben bleiben sollte.

„Ich komme jetzt herunter. Ich bin unbewaffnet. Nehmen Sie das Gewehr runter!"

Die Antwort war ein kurzes Auflachen, das sofort erstarb.

„Ich stelle hier die Bedingungen. Los, runter jetzt!"

Koch setzte seinen Fuß auf die erste Stufe und führte jede weitere Bewegung sehr behutsam aus, um den Mann mit dem Gewehr nicht zu einer unbedachten Handlung zu verleiten.

„Wer sind Sie? Was wollen Sie hier? Der hier", er stieß Siggi dabei den Lauf des Gewehres in den Rücken, „sagte, er wäre von der Polente." Wieder lachte er kurz.

„Das stimmt auch. Und wenn Sie nicht sofort das Gewehr herunternehmen, muss ich Sie festnehmen."

Dieses Mal lachte der Mann länger.

„Sie Witzbold! Los, runter jetzt, und die Pfoten schön über die Rübe! Wird's bald?!"

Koch stieg mit erhobenen Händen langsam die Treppe hinunter. Siggi machte einen zerknirschten, aber nicht sonderlich angstvollen Eindruck.

„Bleib stehen! Das reicht!"

Koch stand einen Meter vor Siggi, aus dessen Schatten der Mann trat, um sich Koch näher anzuschauen. In dem Moment war oben ein Aufschrei zu hören. Der Mann folgte dem Schrei mit den Augen, Siggi ließ sich fallen und Koch sprang vor, umfasste das Gewehr am Lauf und drückte es zur Seite. Der Schuss, der sich in dem Gerangel um das Gewehr löste, schlug in die Wand des Gebäudes ein und ließ den Putz um sie fliegen. Das peitschende Geräusch und der laute Schrei hatten den Mann zur Besinnung gebracht und er ließ das Gewehr mit einem Mal los.

Koch sicherte die Waffe, entnahm ihr die verbliebene Patrone und baute sich vor dem Mann auf.

„Was soll das?", blaffte er ihn streng an.

Von oben kam langsam Esch die Treppe hinunter.

„Alles in Ordnung!", rief Koch ihm zu.

„Heiner, was ist?" Von draußen war eine aufgeregte Frauenstimme zu hören.

„Heiner! Ist was passiert?"

Die Tür wurde aufgestoßen und eine Frau lief zu dem Mann, stellte sich neben ihn und funkelte die fremden Männer wild an.

„Was wollen die hier?"

„Ruhig, Bärbel!", sagte der Mann und zog die Frau an sich.

Esch trat aus der Tiefe des Raumes nach vorne und stellte sich neben Koch.

„Wir sind von der Polizei. Wir haben vorne am Haus geklopft, und als uns niemand öffnete, sind wir hier herein."

Einige Sekunden herrschte Stille.

„Polizei?", fragte die Frau dann skeptisch.

Koch griff in die Innenseite seiner Jacke, zog seinen Polizeiausweis heraus und reichte ihn dem Mann. Weil es drinnen zu dunkel zum Lesen war, ging er nach draußen, die anderen folgten ihm.

Nun konnte sich Koch die beiden Personen genau anschauen. Der Mann war ein kräftiger, untersetzter Kerl mit einem großen Schädel, auf dem spärlich graues Haar wuchs. Er hielt den Ausweis dicht vor seine Augen.

„Gib mal her!“, forderte die Frau und griff so rabiat nach dem Papier, dass Koch fürchtete, dass sie es zerreißen würde.

„Tatsächlich!“, rief sie aus. „Polente! Was wollen Sie?“

„Wer sind Sie denn?“, stellte Koch die Gegenfrage und streckte seine Hand aus. Die Frau verstand nicht sofort.

„Der Ausweis!“, forderte Koch und steckte das Papier ein, nachdem er es nun gereicht bekam.

„Und?“, fragte er.

„Ich bin Heiner Fuchs, das ist meine Frau Bärbel. Das ist unser Hof.“

„Wie? Ich dachte, der Hof gehört der Familie Dollberger?“

„Vor dem Krieg. Jetzt gehört er uns.“

„Können Sie das belegen?“

„Was wollen Sie damit sagen?“ Heiner Fuchs machte einen Schritt auf den Kommissar zu und ballte seine Fäuste.

„Ich möchte die Papiere sehen, die das beweisen.“

„Auf dem Amt. Der alte Dollberger hat sich umgebracht. Und seine Frau, Sie haben sie ja gesehen …“

„Die lebt ja schlimmer als ein Tier“, warf Esch ein. „Die Frau ist völlig ausgemergelt. Und liegt eingesperrt in ihren eigenen Exkrementen.“

„Die will das nicht anders“, entgegnete Bärbel Fuchs spitz, mit einer Spur Gehässigkeit in der Stimme. „Wir hatten sie zuerst bei uns im Haus. Hat alles kaputt gemacht und … in die …“ Sie sah zu ihrem Mann.

„Sag es ruhig!“, forderte der sie auf.

„Ins Haus hat sie geschissen. Auf den Boden. Hat alle Flaschen ausgeschüttet. Wenn wir die nicht einsperren, fackelt die uns noch den Hof ab.“

„Aber Sie können sie doch nicht so …“

Die Bäuerin wurde laut. „Was glauben Sie denn, wie das ist, mit so einer …“ Sie machte eine Scheibenwischerbewegung vor ihrem Gesicht. „Sie würden das auch nicht aushalten … Was wollen Sie überhaupt von der Verrückten?“

Siggi, der bislang abseits gestanden und nur zugehört hatte, trat nun vor. Es hatte ihn schon gewurmt, dass er nicht mit nach oben in das Gebäude durfte, aber noch mehr ärgerte ihn, dass er sich von dem Bauern hatte überrumpeln lassen.

„Frau Dollbergers Tochter hat ein Kind. Über das würden wir gerne mehr wissen.“

„Ja, der Günther“, sagte Bärbel Fuchs gleich. „Es heißt, dass er bei dem Vater in Bingen wohnt. Die Mutter, also die Tochter von der da“, sie zeigte zum ersten Stock des Hauses hinter ihnen, „die soll sich ja auch … also selbst umgebracht haben. Liegt vielleicht in der Familie. Die Tochter. Der Vater. Und die Mutter …“ Sie machte wieder die Wischbewegung vor ihrem Kopf.

„Es muss noch ein Kind geben. Einen Jungen. Da lebte sie noch in Worms, wo sie in einem Hotel gearbeitet hat.“

„Unehelich? Ein Bankert?“, fragte der Bauer.

„Wissen Sie davon? Wir müssen unbedingt mehr über dieses Kind erfahren“, schaltete sich Esch ein.

„Wir wissen nichts von so einem Kind. Wir haben keinen Kontakt mit den Leuten im Ort. Die sagen, wir hätten die Bauern vertrieben. Aber das sah hier aus … wäre alles zugrunde gegangen. Wir haben das aufgebaut.“

„Wissen Sie jemanden, der die Familie kennt und uns weiterhelfen könnte?“

Die Frau lachte. „Können Sie nicht hören?! Wir kennen keinen der Leute. Die reden nicht mit uns. Ist uns auch egal. Keiner hat sich um die gekümmert.“

„Wer hat Ihnen den Hof überschrieben?“

Koch war zornig geworden. Er war sich sicher, dass diese Bauern das Gut von den Nazis bekommen hatten, für treue Dienste oder ähnliches.

„Gehen Sie jetzt! Gehen Sie!", schrie die Frau sie an. „Und kommen Sie nie mehr wieder!"

Ihr Gesicht war rot angelaufen und Koch fürchtete, dass sie sich auf sie alle drei stürzen würde. Trotzdem wandte er sich ihr noch einmal zu. „Kümmern Sie sich um die Frau da oben!"

Er wartete ihre Reaktion nicht ab. „Wir fahren", raunte er Esch und Siggi zu.

Sie gingen zum Wagen und stiegen ein. Koch nahm nun vorne Platz.

„Mein Gewehr! Sie haben noch mein Gewehr!"

Koch ließ das Schießeisen neben der Autotür auf den Boden gleiten. Die Patrone behielt er in seiner Tasche.

L

„Mist!“, fluchte Koch, als sie über den Feldweg zurück auf die Straße rumpelten. „Die haben der Frau den Hof doch einfach weggenommen.“

„Und die Frau ist wahnsinnig geworden“, warf Siggi von hinten ein.

„Sie hat sich in den Wahnsinn geflüchtet“, korrigierte ihn Esch und wich einem fußballgroßen Steinbrocken auf der Straße aus, um gleich darauf in ein Schlagloch zu fahren. „Verflucht!“, rief er, „ich ruiniere mir hier den Wagen.“

Bis sie die Straße erreichten, schwiegen die drei Männer.

„Mann und Tochter haben sich umgebracht, kein Wunder, dass die Frau sich in den Wahnsinn flüchtet“, nahm Esch nun den Faden wieder auf.

„Aber sie muss doch etwas wissen.“ Koch wollte sich nicht damit abfinden, dass sie ohne Ergebnis zurückfahren mussten.

„Sicher, aber das hat sie tief in sich vergraben. Es ist sehr schwer, daran zu kommen. Und dazu die äußeren Umstände. Ich fürchte, dass die Frau nicht mehr lange lebt. Sie ist völlig ausgezehrt …“

„Können wir da nicht was machen?“, fragte Siggi, der seinen Kopf zwischen den Schultern der beiden vorne sitzenden Männer durchsteckte.

„Ich überlege schon …“, dachte Esch laut nach. „Aber wohin mit ihr? Wissen Sie, in den Prozessen jetzt, in Nürnberg, gegen die Ärzte, was da rauskam? Ärzte haben, tatsächlich sind das Ärzte, die haben Menschen, auch Kinder, verhungern lassen, weil sie in ihren Augen nicht normal waren. Geistig behindert. Körperlich behindert. Einfach verhungern lassen.“

Esch klang bitter.

„Und das passiert hier genauso. Aber wohin mit der Alten? Die Krankenhäuser sind überfüllt … Aber wir können sie nicht so dahin vegetieren lassen … Ich werde schauen, ob ich einen Platz finde.“ Den letzten Satz hatte Esch zu sich selbst gesprochen.

„Und was machen wir jetzt?“, fragte Siggi. „Wir können doch nicht zurück, ohne etwas in den Händen zu haben.“

Koch stimmte ihm zu. „Lassen Sie uns noch mal in dieses Dorf fahren. Irgendwer muss doch etwas wissen. So ein Kind kann man doch nicht vor allen verstecken.“

Zehn Minuten und einige Schlaglöcher später stellten sie den Morris auf dem Dorfplatz von Reichfeld neben der Kirche ab, vor der mehrere Frauen standen. Aus dem Gotteshaus klangen Orgeltöne. Siggi sprach die Frauen an.

„Die Magda, ja, die kennen wir“, antworteten sie.

„Ein Kind? In Worms? Nee. Nur einen Sohn von dem Kerl in Bingen. Aber die ist ja nie mehr gekommen. Ist früh gestorben …“

Koch war dazu getreten. Er räusperte sich, die Frauen drehten sich zu ihm um.

„Die Eltern von der Magda, die kennen Sie?“

Die Frauen sahen sich an und schüttelten dann die Köpfe. „Ja, früher. Aber die sind ja selten ins Dorf gekommen und jetzt … keine Ahnung.“

„Auf dem Hof sind neue Bauern …“, er ließ die Frauen nicht aus den Augen. „Seit wann denn?“

Wieder blickten sie sich an, bevor eine Ältere antwortete. „Schon lange. Die Dollbergers konnten den Hof nicht mehr bewirtschaften … zu alt …“

„Haben die gesagt …“, fiel ihr eine andere ins Wort.

„Wer …?“

„Na, die … die da oben.“

„Die Nazis?“

„Ist doch egal, wer das Sagen hat. Machen doch sowieso, was sie wollen. Und wer sich mit denen oben gut stellt, bekommt, was er will. Und die anderen sind die Dummen und gucken in die Röhre. So ist das. Und so war das schon immer. Nazis hin oder her.“

Damit drehte sie sich um und ging in die Kirche, die anderen folgten ihr.

Auch die wenigen Leute, die sie auf der Straße antrafen, reagierten sehr wortkarg, und abweisend, bestätigten zwar die Existenz eines Jungen in Bingen, wurden jedoch bei der Frage nach einem unehelichen Kind, das angeblich bei den Großeltern aufgewachsen war, ungewöhnlich still und behaupteten, dass es ein solches Kind nicht gäbe oder dass sie nichts von ihm wüssten, da Magda ja schon seit ihrem siebzehnten Lebensjahr, als sie nach Worms gegangen war, um eine Ausbildung zu machen, nicht mehr in Reichfeld gelebt und ihre Eltern nur äußerst selten besucht habe. Aber selbst das ahne man mehr als dass man es wisse, da der Hof ja außerhalb liege.

Alle hatten es sehr eilig, in die Kirche zu kommen.

„Das stinkt“, stieß Koch am Nachmittag wütend hervor. Sie waren keinen Schritt weitergekommen.

„Was halten Sie davon“, wandte sich Esch an Koch, „wenn wir mal in ein Nachbardorf fahren? Oft gibt es ja eine, wie soll ich sagen, gesunde Konkurrenz zwischen solchen Dörfern. Vielleicht ist man da gesprächiger …“

Kurz darauf saßen sie im Morris. Die Wolkendecke war inzwischen aufgerissen und es wurde so heiß, dass alle drei ihre Jacketts auszogen.

Auf der schmalen Straße durch den Wald erkannte Koch

vor ihnen einen Mann, der sich langsam mit Hilfe einer Krücke vorwärts bewegte. Er schien sie erst zu bemerken, als sie sich ihm bis auf fünfzig Meter genähert hatten. Erschrocken wandte er sich um und verließ die Straße, humpelte in den Graben und kroch mit großer Mühe wieder daraus hervor, um zwischen den Bäumen zu verschwinden.

„Halten Sie an, Esch!", forderte Koch.

An der Stelle, an der der Mann die Straße verlassen hatte, brachte der Arzt den Morris zum Stehen. Koch hatte schon vorher die Tür aufgerissen und war aus dem Wagen gesprungen. Zu schnell, denn sofort machte sich der Schmerz in seinem linken Oberschenkel bemerkbar, aber er ignorierte die Stiche und drängte durch die Büsche. Bald erkannte er den Flüchtigen vor sich, der mit seiner Krücke auf dem lockeren und unebenen Untergrund nur langsam vorankam.

„Bleiben Sie stehen!", rief er dem Mann zu, der aber weiter in den Wald lief.

Koch humpelte ihm hinterher. Langsam verringerte sich der Abstand. Dann flitzte Siggi an ihm vorbei, der behände über quer liegende Stämme und Äste sprang und schon nach kurzer Zeit den Mann erreicht hatte, der noch außer Atem war, als Koch bei den beiden ankam.

„Was wollen Sie von mir?", wurde der Kommissar von dem Mann angefaucht, der nicht älter als fünfundzwanzig Jahre sein konnte, aber etwas von einem alten Mann hatte. Seine Haut war grau und fahl, er strahlte etwas tief Trostloses aus. Er stöhnte und rieb sich mit seiner freien Hand das versehrte Bein. Er machte einen verwirrten Eindruck, sah sich immer wieder um.

„Warum sind Sie weggelaufen?", fragte Koch zurück.

Der Mann lachte kurz auf. „Ein Auto hier im Wald … das heißt nichts Gutes. Gar nichts Gutes."

„Keine Angst, wir tun Ihnen nichts. Was ist mit Ihrem Bein?“

Wieder lachte er höhnisch.

„Der Krieg, Mann, der Krieg macht aus Männern Krüppel. Verdammte scheiß Krüppel, die niemand will und niemand braucht.“

„Schmerzen?“

Wieder lachte er, aber dieses Mal weniger höhnisch, eher verzweifelt.

„Ständig.“

„Wie heißen Sie?“

„Horst.“ Er flüsterte und sah sich um, als fürchtete er, belauscht zu werden.

„Kommen Sie mit, Horst!“

„Wohin?“

„Zum Wagen. Mein Kollege da ist Arzt.“

„Kollege? Sie sind doch kein Doktor?!“

„Für was halten Sie mich dann?“

„Polente.“

„Steht das auf meiner Stirn?“

„So ungefähr …“, sagte der Mann und humpelte an Koch vorbei in Richtung des Wagens. Plötzlich begann er zu singen. „Ein Jäger aus Kurpfalz …“

Koch drehte sich zu Siggi um, der einen Meter hinter ihm dem Mann folgte. Siggi tippte sich mit dem Finger an die Stirn.

Am Auto klärte Koch den Arzt leise auf. Der öffnete die Klappe am Heck des Wagens, entnahm eine Tasche und forderte den jungen Mann auf, sich auf einen umgestürzten Baumstamm zu setzen.

„Schusswunde?“, fragte der Arzt, während er die verdreckte Hose nach oben rollte und die entzündete Wunde mit Alkohol reinigte. Der junge Mann schrie auf. Esch reichte ihm einen Lappen und die Flasche. „Trinken Sie einen Schluck und beißen Sie auf den Stoff!“, um dann mit der Reinigung der Wunde fort zu fahren.

„Das ist die Strafe!“, begann er. „Die Strafe!“

„Wofür?“, fragte Esch ganz ruhig.

Koch trat leise einen Schritt näher.

„Alles“, stöhnte er und schrie erneut auf, als Esch mit dem mit Alkohol beträufelten Lappen über die Wunde fuhr.

„Sprechen Sie!“, forderte ihn Esch auf. „Das hilft. Glauben Sie mir!“

Mit schmerzverzerrtem Gesicht fragte er: „Sind Sie auch Priester?“

Esch sah zu Koch. Der nickte dem Arzt zu.

„Kann man so sagen“, antwortete er nach einer Weile, während er eine Mullbinde um die Wunde legte.

„Ich will Vergebung!“, forderte der junge Mann und stöhnte auf.

Koch trat vor.

„Kennen Sie die Dollbergers?“

Horst sah den Polizisten an.

„Ja, warum?“

„Auch die Magda?“

Er nickte verhalten.

„Hatte die Magda einen Sohn?“

„Ich bin nicht schuld!“, rief er plötzlich mit so kräftiger Stimme, dass Esch zu fest an der Mullbinde zog und Horst vor Schmerz aufschrie.

„Können Sie nicht aufpassen?“

„Woran sind Sie nicht schuld, Horst?“, fragte Koch mit ruhigem Ton.

„Ich habe Sebastian nicht verraten. Ich nicht. Das waren die anderen.“

„Sebastian?“ Koch sah Esch und Siggi nacheinander an.

„Der Bastard. Der Sohn von einem Utschebebbes.“

„Wer?“, fragte Esch.

Koch brauchte einen Moment, bis ihm die Bedeutung des Wortes aufging.

„Der Sohn von Magda stammt von einem Utschebebbes?“, fragte er nach.

Horsts Blick hing an Eschs Händen, der die Binde fixierte und sie dafür zusammenzog.

„Aua!“

„So“, sagte Esch, „achten Sie darauf, dass kein Dreck an die Wunde kommt.“

Horst nickte zweimal heftig und sank in sich zusammen. Offenbar hatte ihn die Behandlung sehr angestrengt.

Koch wollte zu einer weiteren Frage ansetzen, doch Esch gab ihm ein Zeichen, noch einen Moment zu warten. Siggi, der sich auf den Baumstamm neben Horst gesetzt hatte, blickte zwischen den Männern hin und her.

Dann bedeutete Esch mit einem Nicken seines Kopfes, dass Koch den Mann weiter befragen konnte.

„Horst“, begann der Kommissar betont ruhig, „Magdas Sohn hieß Sebastian und der Vater war ein Utschebebbes?“

Horst nickte.

„Lebt Sebastian noch? Wo wohnt er?“

Tränen rannen dem jungen Mann über die Wangen. „Tot. Aber ich war es nicht“, sagte er leise und schlug seine Hände vors Gesicht.

„Klären Sie mich auf, Koch! Was ist ein … Utschebebbes?“ Esch hatte sich erhoben und war einen Meter zur Seite getreten.

„Sie sind ja nicht von hier“, begann er seine Erklärung. „Utschebebbes haben wir früher hier im Rheinland die schwarzen Soldaten der französischen Besatzungsarmee genannt. Manche sagten auch Senegal-Neger …"

„Beschimpft stimmt wohl eher?", fiel ihm der Arzt ins Wort. „Mir sind diese Kinder der schwarzen Soldaten mit deutschen Frauen als Rheinlandbastarde bekannt.

Koch nickte. „Ja, ja. Utschebebbes waren die schwarzen Soldaten. Ihre Kinder mit deutschen Frauen wurden Rheinlandbastarde genannt. Es gab damals eine regelrechte Kampagne."

Esch wandte sich Horst zu. „Wie ist Sebastian gestorben? Kam er ins Lager?"

Der schüttelte den Kopf. „Tot!", rief er plötzlich aus. „Nein. Ich weiß nicht. Ich habe ihm nichts getan."

„Aber Sie haben doch eben …"

„Ich weiß es nicht!", schrie Horst in den Wald und sackte in sich zusammen.

„Das war zu viel", sagte Esch. „Wir nehmen ihn mit ins nächste Dorf. Siggi, holen Sie mal die Krücke."

Im Dorf lieferten sie den in sich zusammengesunkenen und wimmernden Horst bei Pfarrer Albert Weiß ab, der zunächst abweisend auf den unverhofften Besuch reagierte, weil er am Morgen eine Prozession von der Kirche auf den Friedhof geleitet hatte. Doch als er Horst sah, ließ der Geistliche die fremden Männer in sein Haus und erzählte ihnen, dass er seit seiner Rückkehr aus amerikanischer Kriegsgefangenschaft als geistig verwirrt galt und in einer ehemaligen Köhlerhütte im Wald lebte. Koch fragte ihn nach Sebastian Dollberger, doch hier gab sich der Pfarrer äußerst zurückhaltend und sprach von Gerüchten.

Koch gab sich nicht zufrieden. „Aber die Gerüchte, was sagen die?"

„Herr Kommissar", begann der Pfarrer, „haben Sie eine

Ahnung, was die Nazis in Orten wie diesem zerstört haben? Diese Geschichte mit diesem … wie heißt er noch?"

„Sebastian. Sebastian Dollberger."

„Ja, Sebastian. Wenn man die Geschichten nicht irgendwann zu Grabe trägt, dann wird es nie ein friedliches Zusammenleben hier geben, wird es keinen Neuanfang geben …"

„Und was ist mit den Opfern? Was ist mit Sebastian? Was immer mit ihm geschehen ist, soll das umsonst gewesen sein? Soll er einfach vergessen werden?"

„Nein, das will ich auch nicht. Aber die Menschen hier leben in zehn und zwanzig Jahren noch immer zusammen in diesem Ort und ihre Kinder werden in dreißig und vierzig Jahren auch noch hier leben. Sollen die sich dann immer noch belauern und hassen?"

„Nein, Herr Pfarrer!" Esch hatte das Wort ergriffen und er sprach streng. „Das sehe ich anders. Ein Neuanfang und ein friedliches Zusammenleben sind nur möglich, wenn man sich der Schuld stellt und sie annimmt und nicht, indem man sie verdrängt. Sie lastet schwer und vergiftet nachbarschaftliche Beziehungen oder Freundschaften. Das leistet neuen Nazis Vorschub."

Der Pfarrer schien beeindruckt. Koch fragte sich, wie er sich so in Esch hatte täuschen können.

„Na gut", sagte der Kirchenmann nach einer Weile des Schweigens. „Ich weiß nicht viel. Sebastian war das Kind eines Besatzungssoldaten. Eines Negers. Kurz vor dem Krieg wollte er abhauen. Nach Frankreich, sagen die Leute. Dem Postmann in Reichfeld hätte er deswegen Geld gestohlen. Die Gestapo soll ihn an der Grenze abgefangen haben, sagen die Leute, aber das weiß wohl keiner so genau. Auf jeden Fall ist er nie wieder zurückgekommen."

„Ermordet!", zischte Esch.

„Das weiß ich nicht."

„Wie naiv sind Sie, Herr Pfarrer. Ein schwarzer Junge, der Geld stiehlt und ins Ausland abhauen will, was glauben Sie, was die Nazis mit dem gemacht haben?"

„Arbeitslager."

„Genau. Und lesen Sie keine Zeitung? Glauben Sie, dass der das überlebt hat?"

„Möglich ist es ja …"

„Natürlich ist das möglich. Auch die Wiederauferstehung Jesu ist vielleicht wirklich geschehen und die wundersame Brotvermehrung ist vielleicht auch mehr als ein Gleichnis." Esch war die Mühe anzumerken ruhig zu bleiben.

„Die Vergleiche hinken doch …", setzte der Pfarrer erbost an, aber Koch unterbrach ihn.

„Wissen Sie irgendetwas über die Eltern von Sebastian?"

Der Pfarrer schüttelte den Kopf.

„Nein. Die Mutter hatte ihn ja angeblich zu den Großeltern gegeben, weil sie da, wo sie wohnte, den Jungen nicht bei sich haben konnte."

„Und die Großeltern?"

„Tragische Geschichte. Der Mann hat sich umgebracht, war angeblich von der Gestapo verhaftet worden, seine Frau hat den Krieg überlebt, wurde aber, wie es heißt, wahnsinnig."

„Wir haben sie gesehen! Tiere haben es hier besser. Sie lebt praktisch in ihren Exkrementen."

„Man hat den Hof einem Jungbauern übergeben."

„Den haben wir kennen gelernt", entgegnete Koch.

„Gibt es sonst jemanden, der mehr über diese Geschichte weiß, und vor allem, der bereit wäre, uns mehr zu erzählen?"

Der Pfarrer dachte kurz nach, dann schüttelte er seinen Kopf.

„Nein. Doch … vielleicht der Postbote … Weller … Heinrich Weller, dem der Junge das Geld gestohlen hat. Der war schon vor dem Krieg der Postbote. Ein strammer … Nazi."

„Ein strammer Nazi?", wiederholte Koch. „Das wäre eine Möglichkeit."

Esch wandte sich zur Tür. Dort drehte er sich noch einmal um. „Kümmern Sie sich um die alte Dollberger. Ich fürchte, sie wird nicht mehr lange leben, so ausgezehrt wie sie ist. Damit sie wenigstens ein würdiges Begräbnis bekommt."

Er zog aus seiner Jacketttasche eine Lebensmittelkarte und reichte sie dem Pfarrer. „Besorgen Sie damit der Frau etwas zum Essen!" Dann verließ er ohne Gruß das Pfarrhaus.

„Herr Kommissar", hielt der Pfarrer Koch zurück. „Warum wollen Sie das wissen? Ich meine, mit dem Sebastian, das ist doch schon fast zehn Jahre her?!"

Koch überlegte kurz, was er dem Mann sagen sollte.

„Es gab zwei Tote in Mainz, übel zugerichtet …"

„Denen man den Penis abgeschnitten hat?", fragte er überraschend offen.

Koch stutzte kurz. „Woher wissen Sie davon?"

„Wir sind hier zwar im Hunsrück. Aber nicht hinter dem Mond. Zeitungen gibt es auch hier. Die aus Mainz. Kommt übrigens auch mit der Post. Zu Herrn Weller."

Koch nickte und ging aus dem Haus, wo schon Esch und Siggi warteten.

„Überall das Gleiche!", stieß der Arzt zornig hervor.

Siggi grinste.

„Was gibt es da so zu grinsen?", ranzte Koch ihn an.

„Sie beide …“, er sah erst kurz zu Esch, dann zu Koch, „… Sie sind sich ziemlich ähnlich. Und wenn ich bedenke, vor Kurzem noch …“

Koch machte eine wegwerfende Handbewegung. „Davon verstehen Sie nichts, Siggi …“

„Was machen wir jetzt?“, fragte Esch.

„Nach Reichfeld fahren“, schlug Koch vor, „diesen Postbeamten fragen. Vielleicht ist er ja noch im Ort. Ich kann mich erinnern, in der Nähe von der Kirche eine Poststation gesehen zu haben.“

LI

Keine Viertelstunde später stellte Esch den Morris in Reichfeld auf dem Dorfplatz ab. Mittlerweile hatte sich der Himmel zugezogen, dunkle Wolken hatten sich vor die Sonne geschoben und starke Windböen bliesen ihnen den Staub von den Feldern ins Gesicht.

„Machen wir schnell!“, schlug Esch vor, „damit wir vor dem Unwetter noch nach Mainz kommen.“

„Der Postbeamte? Sie meinen den Heinrich? Heinrich Weller?“, fragte eine blonde Frau, die einen Spaten und eine Harke mit sich führte, misstrauisch.

„Der, der schon vor dem Krieg hier war.“

„Was wollen Sie von ihm?“

„Ist er hier?“

„Die Station ist zu. Der Heinrich wohnt da vorne.“ Sie zeigte auf ein Eckhaus.

Koch nickte.

Der Name „Heinrich Weller“ stand auf der Tür des Eckhauses.

Koch klopfte.

Ein dunkles, lang gezogenes „Ja“ war die Antwort, dann näherten sich Schritte.

Die Tür wurde ihnen von einem höchstens ein Meter fünfundsechzig großen, aber drahtigen Mann mit kurzen Haaren geöffnet. Koch schätzte ihn auf Mitte fünfzig.

„Ja?“, fragte er misstrauisch.

„Herr Weller?“, fragte Koch.

Der Mann nickte und versperrte mit seinem Körper den Spalt zwischen Wand und Tür. Eine Hand ließ er auf der Türklinke. Koch schob seinen linken Fuß ein kleines Stück vor, um ihn nötigenfalls rechtzeitig genug dazwischen zu bekommen.

„Dürfen wir reinkommen?“

„Nein! Ich kenne Sie nicht. Was wollen Sie?“

„Kennen Sie Sebastian Dollberger?“, fragte Koch geradeheraus.

„Was wollen Sie? Und wer sind Sie überhaupt?“

„Polizei“, erklärte Koch, zückte seinen Ausweis und hielt ihn dem Mann vor die Nase.

Der Kerl war ihm zuwider. Er erinnerte ihn an Neubert. Die gleiche Selbstgewissheit und Selbstgerechtigkeit.

„Wie war der Name?“, fragte Weller.

„Sebastian Dollberger“, sagte Koch und betonte die Silben einzeln.

Der Mann schüttelte den Kopf.

„Uns wurde da etwas anderes zugetragen.“

„Die Leute reden eben. Kann ich nichts für.“

„Sebastian“, wiederholte Koch mit drohendem Unterton.

„Kenne ich nicht.“

„Ich helfe Ihnen auf die Sprünge“, mischte sich nun Esch ein. „Sah nicht so richtig deutsch aus, der Junge. Zumindest nicht so, wie das einige entartete Zeitgenossen, die seit gut zwei Jahren nicht mehr an der Macht sind, gesehen haben. Obwohl so jemand wahrscheinlich der bessere Deutsche war …“

Weller lief rot an. „Was wollen Sie damit sagen?! Dass ich …“

„Ihr Zorn ist verständlich. Der Junge soll Ihnen Geld gestohlen haben. Einem Deutschen wie Ihnen …“

Esch sprach seine Provokation äußerlich sehr ruhig aus.

„Die Ratte hat mich geschlagen. Hier, in der Poststation. Da können Sie jeden fragen. Wie ein wildes Tier … Dachte, ich wäre tot.“

„So sind sie eben, die Neger, nicht wahr?“

„Und eben sagten Sie doch, dass Sie Sebastian, ich meine, das wilde Tier, nicht kennen …“, assistierte Koch dem Arzt.

„Was weiß ich, wie der hieß.“

„Das wissen Sie sehr genau. Und wir würden jetzt zu gerne wissen, was mit dem Jungen geschehen ist.“

„Woher soll ich das wissen?“

„Sie waren dabei!“

Weller schüttelte den Kopf. Er war schon nicht mehr ganz so siegesgewiss wie vor wenigen Minuten noch.

„Also!“

„Ja, der Junge hat mich überfallen. Wollte weg und brauchte Geld. Kam hierher und dachte, dass es hier genug gibt. Die Post. Und als ich dem Bast…, dem Jungen sagte, dass ich ihm gerne helfen würde, aber kein Geld da hätte, das ich ihm geben könnte, ist er auf mich los. Als Dank. Ich habe ihm doch die Briefe immer gegeben …“

„Welche Briefe?“, unterbrach ihn Koch.

„Na, die von seiner Mutter. Kam doch mindestens einmal die Woche, der Junge, um die Briefe abzuholen.“

„Hat die Mutter so oft geschrieben?“

„Natürlich nicht. Aber er hat gehofft, dass einer kommt.“

Weller fühlte sich sicherer, jetzt, wo er eine Geschichte erzählen konnte, die ihn in einem positiveren Licht erscheinen ließ.

„Und, kamen die?“

„Ab und zu, natürlich. Aber die Mutter musste doch arbeiten … und soviel ich weiß, hat die geheiratet, und ein Kind von dem Mann gehabt, haben die Leute erzählt. Die war ja nie hier, die Mutter.“

„Und dann, nach dem Überfall?“

„Ist er abgehauen, der Junge.“

„Und Sie haben ihn angezeigt?"

Weller ließ sich Zeit mit der Antwort.

„Was hätte ich denn machen sollen? War ein Überfall. Ein Verbrechen. Hätte ich das von meinem Geld zurückzahlen sollen?"

„Und was ist aus dem Jungen geworden?"

Weller zuckte mit den Schultern.

Esch pflaumte ihn an. „Wie, das wissen Sie nicht?"

Der Postbeamte antwortete kleinlaut. „Es hieß, dass er verhaftet wurde …"

„Und?" Koch wurde energisch.

„Wie und? Was geht mich das an? Der hat Geld geklaut."

„Der hat hier im Dorf gelebt?"

„Nee, nicht im Dorf, draußen, auf dem Hof. Der kam nur hierher, um Ärger zu machen."

„Es hat Sie nicht interessiert, was mit Sebastian passiert ist?"

„Mit dem Bastard? Nee." Er hatte das voller Verachtung ausgesprochen. Koch trat einen Schritt vor, Weller stieß ihn zurück und warf die Tür zu. Koch war zu langsam und trat mit seinem Fuß nur gegen die Füllung.

„Idiot. Nazischwein!", brüllte er.

Zwei Männer, die von der Kirche in ihre Richtung kamen, starrten die drei Männer vor dem Eckhaus feindselig an.

„Ich hole den da raus", schimpfte Koch.

„Hat keinen Sinn! Lassen Sie es!", forderte ihn Esch auf. „Außerdem … schauen Sie mal nach oben."

Tatsächlich hatte sich der Himmel in der Zwischenzeit völlig zugezogen und der Wind war noch stärker geworden. Vereinzelte Regentropfen warfen dunkle Flecken auf den Boden.

Die drei liefen durch die Gasse zum Marktplatz, Esch

vorneweg und Siggi hinterher, der sich mehrmals nach Koch umdrehte, der wegen seines linken Beines langsamer machen musste. Dabei wurden die Regentropfen größer und dichter.

Siggi kletterte schnell auf den Rücksitz, Esch startete den Motor und kaum hatte Koch die Beifahrertür zugezogen, legte er auch schon den ersten Gang ein und schoss über den Dorfplatz zum Dorfausgang und in Richtung Mainz.

Der Wind peitschte nun die Wassermassen so fest gegen die Windschutzscheibe, dass Esch kaum mehr als Schritttempo fahren konnte und erst bei Bingen hörte der monsunartige Regen mit einem Schlag auf und die Sonne brach aus den Wolken durch.

„Da hinten!“, deutete Siggi zwischen den beiden vorne sitzenden Männern auf einen sich breit über den Horizont ziehenden Regenbogen.

Esch lenkte den Morris an den Straßenrand. Sie waren durch die feuchte Hitze im Wagen völlig verschwitzt und nutzten die Rast, sich erstmals seit dem Gespräch mit Horst in Ruhe miteinander zu unterhalten.

„Ergibt das einen Sinn?“, fragte Koch die beiden anderen Männer. „Ich meine, dass Magdas Sohn ein Rheinlandbastard ist. Hat das was mit dem Mord an Hoger zu tun? Und auch mit dem an Beirath?“

Er sah Esch an, der überlegte kurz.

„Ich sehe die Verbindung eher zu Beirath“, antwortete der schließlich. „Die sogenannten Rheinlandbastarde passten nicht in das Rassenkonzept der Nazis. Ich nehme an, dass man mit ihnen, zumindest in den ersten Jahren, ähnlich verfahren ist wie mit allen anderen Menschen, die dem Gesetz zur Reinhaltung des deutschen Blutes zuwiderliefen …“

„Sie wurden ermordet …“, warf Siggi ein.

„Später“, korrigierte ihn Esch. „Zunächst sterilisierte man diese Menschen.“

„Und dieser Weller? Was hat der damit zu tun?“

„Ich glaube ihm nicht“, sagte Siggi, der während des Gesprächs vor dem Eckhaus nichts gesagt, aber sehr aufmerksam zugehört hatte.

„Ich auch nicht“, stimmte ihm Koch zu. „Aber es wird verdammt schwer, ihm das Gegenteil, von dem, was er gesagt hat, nachzuweisen.“

„Ich fürchte, dass wir genau das tun müssen, wenn wir die Wahrheit herausfinden wollen“, sagte Esch und streckte sich.

„Eine schöne Aufgabe“, stimmte ihm Koch ironisch zu. Er lief ein paar Meter seitwärts und blickte in die Landschaft, bevor er sich plötzlich umdrehte und auf Esch zuging. „Ich heiße übrigens Paul.“ Er streckte dem Arzt seine Hand entgegen. Der blickte ihn einige Sekunden überrascht an, bevor er sie ergriff und einschlug.

„Bardo!“ Er schüttelte die Hand. „Aber so ohne Drink, ganz unfeierlich?“

„Sie sollten mich doch so weit kennen“, entgegnete Koch. „Pathos ist meine Sache nicht.“

Esch nickte lächelnd und Siggi konnte sich ein zufriedenes Grinsen nicht verkneifen.

Zehn Minuten später saßen sie wieder in dem Morris.

„Vielleicht ist ja Sebastian der Mörder …“, sagte Siggi nach vorne.

Koch wandte sich um.

„Wie meinen Sie das, Siggi?“

„Er hat überlebt und Rache genommen.“

„Aber warum? Warum den Mann seiner Mutter, mit dem er nichts zu tun hatte? Und warum diesen Arzt?“

Esch sah kurz zur Seite. „Bei Beirath gäbe es schon einen Grund."

„Ja?", fragten Koch und Siggi mit einer Stimme.

„Wie gesagt: Die Rheinlandbastarde wurden von den Nazis zwangssterilisiert. Und Beirath war an einem Erbgesundheitsgericht. Kann also sein, dass Sebastian zwangssterilisiert wurde und Beirath daran beteiligt war."

„Kann man das herausfinden?", fragte Koch.

„Ich versuche es. Morgen."

„Und Hoger? Warum wurde er ermordet?"

Keiner wusste eine Antwort auf diese Frage.

Es dämmerte bereits, als die drei Männer in Mainz ankamen. Esch setzte Koch und Siggi vor der Direktion ab und fuhr gleich weiter. Er wollte sich noch mit seiner Schwester treffen.

Im Büro, in dem sich die schwüle Hitze des Tages staute, riss der Kommissar sofort die Fenster auf und bat Siggi, die Tür offen zu lassen, um wenigstens ein wenig Durchzug zu schaffen.

Siggi setzte sich auf einen Stuhl, Koch ging in dem Zimmer mit auf dem Rücken verschränkten Händen auf und ab.

„Wir wissen, dass Magda ein uneheliches Kind hatte, einen sogenannten Rheinlandbastard, wie man hier sagte. Das Kind wuchs im Hunsrück bei den Großeltern auf. Alles, was wir von dem Schicksal dieses Jungen wissen, ist, dass er kurz vor Ausbruch des Krieges nach Frankreich fliehen wollte. Aber warum? Wohin dort? Und ist er angekommen? Angeblich nicht. Angeblich ist er von der Gestapo verhaftet worden. Sicher wissen wir das alles nicht. Nun zu Magda. Sie ist Mitte der zwanziger Jahre von Worms nach Bingen gezogen, hat Hoger geheiratet und ein Kind mit ihm gehabt. Günther, der Sohn, ist auf so eine Eliteschule der Nazis, eine so genannte Napola, gegangen, war dann in der SS und ist jetzt in russischer Kriegsgefangenschaft. Oder tot."

Koch blieb stehen. „Habe ich etwas vergessen, Siggi?"

„Nein. Mir fällt nichts ein." Er dachte kurz nach. „Eine direkte Verbindung zwischen Hoger und Sebastian gibt es nicht. Wir wissen nicht einmal, ob er von Magdas erstem Kind etwas wusste. Sebastian war wahrscheinlich nie in Bingen."

„Und ebenso wenig in Worms", ergänzte Koch. „Er schien immer bei den Großeltern gewesen zu sein."

Koch setzte seine Wanderung durch das Zimmer fort. „Jetzt zu den Toten. Robert Hoger wird mit abgeschnittenem Penis gefunden, erstochen, von einem Felsen gestürzt. Sein Lkw ausgebrannt. Er hat mit dem Wagen Geschäfte gemacht und war im Schwarzmarkthandel aktiv. War in der Partei, aber ein kleines Licht, nach allem, was wir gehört haben. Hat persönlich davon profitiert. Aufträge, ist der Einberufung entgangen. Verschweigt den Selbstmord seiner Frau. Der zweite Tote ist Professor Dr. Hans-Friedrich Beirath. Hat sich nach dem Krieg eine neue Identität verschafft, wahrscheinlich, um einer Anklage wegen Kriegsverbrechen oder Verbrechen gegen die Menschlichkeit zu entgehen. War mit rassenhygienischen Fragen im ‚Dritten Reich' beschäftigt, gehörte sogenannten Erbgesundheitsgerichten an. Praktizierte nach dem Krieg als Kinderarzt in Oberhausen, unbehelligt. Kommt nach Guntersblum. Ein Mann mit französischem Akzent, der sich nicht zu erkennen gegeben hat, hat diese Reise offenbar organisiert. Das Hotel, das Beirath unter dem Namen Müller telefonisch gebucht hat, sucht er nicht mehr auf. Auch er wurde erstochen und der Penis abgeschnitten, gestorben ist der Mann aber an einem Herzinfarkt, vermutlich in Folge der Aufregung, Angst und der Schmerzen durch Folter. Laut Esch könnte es eine Verbindung zwischen ihm und Sebastian geben, da Beirath als Gutachter an einem Erbgesundheitsgericht mit über dessen Zwangssterilisation zu entscheiden hatte."

Koch blieb vor Siggi stehen und sah ihn an.

„Wenn Sebastian nicht mehr lebt und nicht selbst Rache üben kann …"

„… wer dann?", vervollständigte Siggi den Satz. „Und wer ist der Mann mit dem französischen Akzent? Was hat er mit Beirath zu tun?"

„Gute Frage, Siggi. Und: Gibt es jemanden in Reichfeld, der das damals mitbekommen hat? Ein Freund von Sebastian? Jemand, der sich für ihn verantwortlich fühlte?"

„Wer kann uns da weiterhelfen?" Leichte Verzweiflung drang aus Siggis Frage.

„Tja, Siggi, das frage ich mich auch. Der Pfarrer kann uns vielleicht jemanden nennen. Er hat uns bestimmt noch nicht alles gesagt. Ich bin mir auch sicher, dass dieser Horst mehr weiß. Wir müssen unbedingt noch einmal in dieses Dorf."

Siggi versprach, am nächsten Morgen Esch zu kontaktieren, dann entließ der Kommissar den Jungen und setzte sich an seinen Schreibtisch. Hatte er etwas übersehen? Gab es ein kleines Steinchen, das all die Einzelteile, die er bislang gefunden hatte, zusammenfügen würde? Er wühlte in seiner Schublade und fand im hintersten Winkel, bedeckt von verstaubten Akten, ein Stückchen Kohle, mit dem er auf der blanken, tapetenlosen Wand die Namen aller Beteiligten und ihrer Beziehungen zueinander in ein Diagramm zeichnete.

Es war noch immer sehr warm in dem Zimmer und Koch öffnete das Fenster, das er nach Siggis Weggang geschlossen hatte. Draußen war es schon längst dunkel, doch der Kommissar verspürte wenig Lust zu gehen. Er wollte nachdenken. Ein milder Windstoß fuhr ihm durch die Haare. Er konnte den Turm des Doms erkennen. Aus seiner Perspektive waren die zerstörten und ausgebrannten Häuser um das Gotteshaus nicht zu sehen, so dass Koch sich für einen Moment der Illusion hingeben konnte, in der Stadt seiner Jugend zu sein, mit den kleinen und schmalen Gässchen, den verwinkelten Häusern in der Altstadt.

Der Geruch von Verbranntem, den der Wind in seine Nase wehte, zerstörte die Vorstellung und trieb Koch an seinen Schreibtisch zurück, wo er irgendwann seinen Kopf auf die Tischplatte legte und einnickte. Das offene Fenster ließ den Raum im Laufe der Nacht auskühlen, und nach dem Aufwachen am Morgen halfen Dehnungsübungen Koch wieder Herr seiner steifen Glieder zu werden.

Er sah auf seine Uhr. Es war kurz vor acht. Auf dem Gang konnte er schon vereinzelte Stimmen hören. Er hatte ein großes Verlangen nach einem Kaffee.

„Herr Koch!“, hörte er auf dem Gang in die Kantine, nachdem er kurz die Toilette aufgesucht und auch sein Gesicht mit kühlem Wasser erfrischt hatte, seinen Namen.

Er drehte sich um. Arnheim stand am Ende des Flurs und lächelte ihm zu.

„So früh!“, rief er und Koch wusste, dass der Leiter der Kriminalpolizei erwartete, dass er zu ihm herüberging. Auf dem Steinboden hallten seine Schritte um diese Uhrzeit unnatürlich laut.

„Guten Morgen, Herr Arnheim!“, begrüßte er seinen Vorgesetzten, als er ihn erreicht hatte.

Anstatt den Gruß zu erwidern, sah Arnheim, der seinen

dunklen Nadelstreifenanzug trug, missbilligend an Koch herunter. Der folgte schnell dem Blick und musste erkennen, dass sein Hemd aus der Hose hing und verknittert war.

„Unruhige Nacht?"

„Ich habe gearbeitet", antwortete Koch.

„Die ganze Nacht? Im Büro?" Arnheim fragte so, als sei dies ein Ding der Unmöglichkeit. „Gestern war doch Himmelfahrt …"

Koch nickte.

„Und? Hat es Ihnen eine Erleuchtung gebracht?"

„Steter Tropfen …"

„Und?"

„Nachforschungen. Im Fall Hoger und Professor Beirath."

Arnheim nickte und fuhr sich mit dem rechten Zeigefinger durch den Bart, dessen Enden ein kleines Stück nachgewachsen waren.

„Gibt es etwas Neues?"

Koch fasste mit so wenigen Worten wie möglich die Ergebnisse der Ermittlungen in Worms und Reichfeld zusammen.

„Sie waren im Hunsrück, Koch?", fragte er entrüstet.

„Ja", bestätigte Koch knapp. Er hatte kurz überlegt, seinen Ausflug zu verschweigen, um zu vermeiden, was nun kam.

„In den Hunsrück?", fragte Arnheim und dehnte das Wort unnatürlich lang. „Sind Sie zu Fuß gegangen?"

„Nein, Herr Arnheim", erwiderte Koch sehr förmlich. „Herr Esch war so freundlich, seinen Wagen zur Verfügung zu stellen …"

„Der Herr Doktor … So so, der stellt Ihnen seinen Wagen zur Verfügung?! Ich kann mich daran erinnern, dass Sie sich vor Kurzem noch über einen gewissen Freiherrn mit Doktortitel bei mir beschwert und ihn einen Herrenmenschen genannt haben. Hat der Freiherr sich nun geändert oder mein Kommissar?"

„Guten Morgen!"

Koch und Arnheim drehten sich gleichzeitig um. Reuber ging an ihnen vorbei, nickte Arnheim kurz zu und verschwand auch schon um die Ecke.

„Ungewöhnlich", sagte Arnheim und versuchte dem Wort einen distinguierten Tonfall zu geben.

Koch sah den Mann verständnislos an.

„Freundschaft ist ein hohes Gut", fügte Arnheim hinzu.

Koch schwieg.

„Wie hieß dieser Junge noch gleich?", kam Arnheim auf ihr eigentliches Gespräch zurück.

„Sebastian."

Arnheim wiederholte den Namen. „So. Und ein Rheinlandbastard. Und Sie glauben, dass da der Schlüssel zu dem Fall liegt."

„Ja, das glaube ich."

„Aber Sie wissen es nicht."

„Wenn ich das weiß, habe ich den Fall gelöst."

„Koch, Koch, Sie und Ihre alten Geschichten. Das lässt Sie nicht los, was?"

„Ich habe nicht darum gebettelt, dass die Lösung des Falls in einer, wie Sie es nennen, alten Geschichte liegt, Herr Arnheim." Koch wunderte sich während des Sprechens, dass er an diesem Morgen so ruhig blieb. „Aber nach einer solchen Zeit, nach solch monströsen Taten, wie die Nazis sie begangen haben, bleibt das wahrscheinlich nicht aus."

„Glauben Sie oder wissen Sie das?"

„Ich wage die Voraussage, dass wir uns noch viele Jahre damit beschäftigen müssen."

„Guten Morgen!"

Wieder wandten sich die beiden Männer fast gleichzeitig um.

„Herr Arnheim!" Esch lupfte seine Kappe und nickte dem Leiter der Kriminalpolizei zu.

„Guten Morgen, Herr Doktor", erwiderte der den Gruß.

Esch war weitergegangen, drehte sich am Treppenabgang aber noch einmal um.

„Paul, kannst Du gleich zu mir kommen?"

Koch hatte Arnheim aus dem Augenwinkel beobachtet und mit Freude bemerkt, wie der bei der Nennung seines Vornamens verwundert aufschaute.

„Ich komme gleich zu dir runter, Bardo!" Er betonte bewusst den Vornamen des Freiherrn.

„Freundschaften sind ein hohes Gut, Koch, ja?"

„Das sagten Sie bereits."

„Ich hatte Ihnen bereits auch schon mehrere Male gesagt, dass Sie sich in Koblenz bei den Herren vorstellen sollen, die mit der Gründung des Landeskriminalpolizeiamtes beschäftigt sind, Koch. Haben Sie da auch so gut zugehört?"

„Ja", antwortete er knapp.

„Dann fahren Sie endlich dorthin. Ich sage Ihnen das jetzt zum letzten Mal!"

Koch nickte und sah dem Mann nach, den er oft nicht verstand. Wie der ihn wohl auch nicht. Als er oben im dritten Stock eine Tür ins Schloss fallen hörte, machte Koch sich auf den Weg in die Kantine.

Wenig später balancierte er zwei volle Kaffeebecher in den Keller zu Esch und stellte sie auf dessen kleinen Tisch am Ende des großen Raumes.

„Gute Idee, Paul, vielen Dank!“, begrüßte er den Ankommenden. „Siggi wollte auch gleich kommen.“

„Du siehst müde aus!“, stellte Koch fest.

„Ich habe kaum geschlafen“, erklärte der Arzt. „Ich habe letzte Nacht noch einige Kollegen verärgert.“

„Verärgert?“

„Sie spät angerufen, soweit das möglich war. Ich kenne ja durch meine Gutachtertätigkeit in Nürnberg einige Wissenschaftler, Ärzte und Juristen, die sich mit den Zwangssterilisationen in Deutschland auskennen.“

Fünf Minuten später betrat Siggi den Obduktionssaal und setzte sich zu den beiden Männern an den Tisch. Ihm war der Stolz anzusehen, dass er wie ein gleichberechtigtes Mitglied behandelt wurde.

„Also“, begann Esch, „ich habe heute Nacht Informationen, soweit mir dies möglich war, zu dem Themenfeld ‚Zwangssterilisationen‘ zusammengetragen. Und etwas weiß ich auch noch aus meiner Zeit in Deutschland, bevor ich nach England gegangen bin. Ich hoffe, dass ihr ein bisschen Zeit mitgebracht habt, denn ich muss ausholen, bis in die Zeit vor den Nazis.“

Er nahm den Becher Kaffee, den Koch ihm mitgebracht hatte und trank zunächst einen Schluck.

„Ihr wisst, was das Gesetz zur Verhütung erbkranken Nachwuchses ist?“, begann Esch seine Ausführungen.

„So ungefähr.“

„Dieses Gesetz trat am 1. Januar 1934 in Kraft und sollte der Rassenhygiene dienen, wie die Nazis das nannten. Ich glaube, ich hatte schon einmal gesagt, was darunter fiel: angeborener Schwachsinn, Schizo…“

Koch unterbrach Esch ungeduldig. „Ja, ja, ich weiß, auch körperlich Missgebildete oder Alkoholiker.“

Esch nickte und fuhr fort. „Damit hatten die Nazis

eine Handhabe, um ihre Vorstellung der Rassenhygiene umzusetzen. Wobei die Nazis nicht die ersten waren. Eugenik, wie es ursprünglich hieß, gab es auch in den USA und in England. Dort meinte man aber durch züchterische Maßnahmen eine Verbesserung des Erbgutes herbeiführen zu können. Das ist, so komisch das klingt, die positive Eugenik. Das, was die Nazis betrieben, war die negative: Man wollte alle schlechten Teile des Erbgutes aus dem Genpool des Volkes beseitigen zugunsten zukünftiger Generationen."

„Und die Rheinlandbastarde?", fragte Koch.

Esch stand auf und ging einige Meter in dem Raum auf und ab, umrundete dann einen der Obduktionstische und kam zu den beiden anderen zurück, setzte sich aber nicht.

„Ja, und nun zu den Rheinlandbastarden. Die Franzosen setzten zur Besetzung des Rheinlandes als einzige Besatzungsmacht schwarze Soldaten ein. Es kam natürlich auch zu Liebesgeschichten zwischen diesen Soldaten und deutschen Frauen, und Kinder aus diesen Verbindungen blieben nicht aus, für die sich schnell das Schimpfwort ‚Rheinlandbastarde' durchsetzte. Interessant ist, dass sich Regierungen und Organisationen vieler anderer Staaten wie die USA, England, Schweden, über die Praxis der alliierten Franzosen, nämlich schwarze Soldaten einzusetzen, beschwerten. Und die deutschen Reichsregierungen griffen das nur zu gerne zu Propagandazwecken gegen die Besetzung des Rheinlandes auf. Es wurde von Vergewaltigungen und Gewalt gegen deutsche Frauen durch schwarze Soldaten gesprochen und bald wurde unter dem Schlagwort von der ‚Schwarzen Schmach am Rhein' eine internationale Kampagne gestartet. Ziel war, auf diesem Weg das Ende der Besetzung des Rheinlandes herbeizuführen. Dass die Leidtragenden zuerst einmal die Kinder und auch die Mütter waren, ist klar. Deren Schicksal interessierte eigentlich niemanden, sie wurden ausgeschlossen, abgelehnt und benutzt. Und passten den Nazis natürlich nicht in deren Rassenkonzept. Es wurden abstruse Rechnungen aufgestellt, in wie vielen Jahren die Bewohner des Rheinlandes von schwarzem Blut verseucht wären."

Esch machte eine Pause und trank einen Schluck von seinem Kaffee. Leicht angewidert verzog er seinen Mund.

„Und was haben sie gemacht? Ich meine, die Nazis?", fragte Siggi.

Esch räusperte sich, bevor er weiter sprach. „Um diese sogenannte Verseuchung deutschen Blutes", er schlug mit der flachen Hand auf einen der Obduktionstische, „so ein Schwachsinn, wenn man es laut ausspricht, klingt es noch widerlicher ..."

Er wartete einige Sekunden, bevor er weitersprach. „Also, um das zu verhindern, sollten die Rheinlandbastarde zwangssterilisiert werden." Er machte wieder eine Pause. „Was ich jetzt sage, ist vage, weil man damit nicht an die Öffentlichkeit gegangen ist. Auf jeden Fall ist es so, dass das Gesetz zur Verhütung erbkranken Nachwuchses nicht auf diese Kinder anzuwenden war, da sie keine der darunter fallenden Krankheiten aufwiesen. Dazu war den Nazis in den ersten Jahren ihrer Herrschaft der Anschein einer scheindemokratischen Legitimation noch zu wichtig. Und, diese Kinder waren deutsche Staatsbürger."

Esch hielt einen Moment inne und trank seinen Kaffeebecher leer.

„Ekelhafte Brühe." Er stellte den leeren Becher zur Seite. „Das ging wohl bis 1937 so, und dann ging es sehr schnell, dass wahrscheinlich Hitler die unauffällige Zwangssterilisierung der Rheinlandbastarde mittels Führererlass anordnete. In Berlin wurde eine Sonderkommission gebildet. Konkret wurde dann in drei Kommissionen in Wiesbaden, Ludwigshafen und Koblenz über die Sterilisierung entschieden. Diesen Kommissionen gehörten Ärzte und Anthropologen an."

Esch sah seine Zuhörer an und wartete, ob einer von ihnen eine Frage stellte, dann fuhr er fort.

„Ein Erziehungsberechtigter, der der Untersuchung beiwohnte, musste sich mit der Sterilisierung einverstanden erklären. Wenn er sich nicht freiwillig von der Notwendigkeit der Unfruchtbarmachung überzeugen ließ, besaßen die Nazis genügend Mittel, um die Einwilligung zu erzwingen."

Nachdem Esch geendet hatte, herrschte für eine Zeit lang Schweigen in dem düsteren Raum.

„Wie viele solcher Kinder sind sterilisiert worden?", fragte Koch.

Esch sah ihn an. „Da viele Unterlagen vernichtet wurden, hat man kaum verlässliche Zahlen. Insgesamt schätzt man die Zahl der Sterilisierungen auf Hunderttausende, bei den Rheinlandbastarden weiß man es nicht, das wurde ja geheim durchgeführt."

„Und später? Ich kann mir nicht vorstellen, dass die Nazis es mit der Zwangssterilisierung haben gut sein lassen", sagte Koch.

Esch atmete tief durch.

„Auch da weiß man bislang noch wenig Genaues. Ein Teil von ihnen ist auf jeden Fall in Konzentrationslager gekommen und dort sicher auch ermordet worden."

„Aber was hat das mit unserem Fall zu tun?"

Koch sah sowohl Esch wie Siggi an.

„Wir wissen", begann Esch, „dass Magda Hoger einen Sohn hatte, das Kind eines französischen Besatzungssoldaten, also einen solchen Rheinlandbastard. Der Junge wollte 1939 nach Frankreich fliehen, ist angeblich aber festgenommen worden. Dann verliert sich seine Spur. Hat er es geschafft, vorher der Sterilisierung zu entgehen? Ich fürchte nein, denn die Sterilisierungen wurden 1937 durchgeführt. Wahrscheinlicher ist, dass dieser Eingriff bei dem Jungen durchgeführt wurde und dass er ahnte, dass es dabei nicht bleiben würde."

Siggi meldete sich schüchtern. „Mir ist etwas anderes aufgefallen …"

„Ja, Siggi!", forderte Koch ihn auf weiterzusprechen.

„Herr von Esch hat gesagt, dass die Kinder 1937 sterilisiert wurden und dass die Mütter diese Einwilligung unterschreiben mussten. Und 1937 bringt sich die Mutter von Sebastian um. Vielleicht … also, vielleicht hat das ja etwas damit zu tun?"

„Gut kombiniert, Siggi!", lobte Esch den Jungen. „Da könnte tatsächlich ein Zusammenhang bestehen. Die Mutter verkraftet nicht, was sie getan hat, und bringt sich um. Aber warum stirbt dann Hoger?"

Einige Sekunden war es still in dem Raum, alle dachten nach.

„Vielleicht ist es doch Sebastian. Er hat fliehen können und nimmt nun Rache." Siggi sah die beiden anderen Männer erwartungsvoll an.

„Möglich", sagte Koch, „aber das glaube ich nicht."

Esch stimmte ihm mit einem Nicken zu.

„Angenommen, Beirath hat als Gutachter in so einer Kommission gesessen und mit darüber entschieden, ob Sebastian sterilisiert wird, dann ist es nachvollziehbar, dass an ihm Rache genommen wird", führte Koch aus. „Aber warum verdammt noch mal Hoger? Er hatte mit dem Jungen nichts zu tun."

„Immerhin war er mit der Mutter des Jungen verheiratet“, ergänzte Esch.

„Die Frage ist, ob er etwas von dem Jungen wusste. Oder ob sie es vor ihm verheimlicht hat. Sie hatte ihr Kind ja wohl bald nach der Geburt zu den Großeltern gegeben. Hatte sie Kontakt zu dem Jungen? Sah sie ihn oft? Wusste Hoger davon? Fragen, die uns Magdas Mutter beantworten könnte.“

„Wenn sie es könnte.“ Esch setzte sich.

„Kannst du die Frau nicht so weit aufpäppeln, dass sie reden kann?“, fragte Koch und bekam zur Antwort zunächst ein Lachen.

„Nein“, konkretisierte der Arzt dann. „Erstens bin ich kein Psychologe, zweitens glaube ich nicht, dass die Frau sich erinnern will. Ich glaube vielmehr, dass sie sich in ihren Dämmerzustand geflüchtet hat, um zu vergessen.“

„Vielleicht gibt es was …“, begann Siggi laut zu denken.

„Ja, Siggi?“, hakte Koch nach.

„Na ja, der Postmann hat … Weller, genau, der hat doch gesagt, dass Sebastian Briefe von seiner Mutter abgeholt hat. Bei ihm. Vielleicht gibt es die ja noch. Und vielleicht gibt es ja auch ein Tagebuch.“ Er sah die beiden anderen an, die seinen Blick skeptisch erwiderten. „Ich hatte eine Cousine, die …“, erklärte Siggi verunsichert, „die hat alle Briefe aufbewahrt und auch alles in ein Tagebuch geschrieben …“

„Siggi hat Recht“, rief Esch aus. „Wir haben nichts, also ist das eine Chance.“

„Gut“, stimmte Koch zu. „Dann sprechen wir auch noch einmal mit dem Pfarrer und diesem Horst …“

„Fahren wir gleich los! Heute kann ich ja fahren …“, rief Siggi aus.

Esch winkte ab. „Ich kann die nächsten Tage leider nicht. Frühestens nächste Woche. Vielleicht später. Dann gerne …"

Koch grübelte. „So lange will ich nicht warten. Ich frage Arnheim, ob wir einen Wagen bekommen. Ich fürchte zwar, dass er uns den nicht genehmigt, aber mehr als Nein sagen kann er nicht."

Sie diskutierten noch eine Weile weiter, dann drängte der Arzt zum Aufbruch.

Arnheim verweigerte Koch wie erwartet die Genehmigung auf ein Auto für den nächsten Tag.

„Herr Koch!" Siggi fing seinen darüber noch wütenden Vorgesetzten vor der Tür zu Arnheims Büro ab. Seine Schritte auf dem Boden hallten überlaut von den Wänden wider. Ein Kollege sah zu ihnen herüber und schüttelte den Kopf.

„Ich habe eine Nachricht. Also, das heißt, mehr eine Information …"

„Was machen Sie es denn so spannend, Siggi? Was Neues über Hoger …?"

„Nein …" Siggi zögerte. „Es ist dieser Hannappeler …"

Koch hatte den Tod dieses Mannes und seinen Verdacht, dass Reuber ihn absichtlich vom Dach gestoßen hatte, völlig verdrängt.

„Ja?", sagte er, nicht sonderlich interessiert.

„Ein Kollege kam eben zu mir und sagte, dass er mal jemanden kannte, der so heißt. Aus Koblenz, wo er herkommt. Ich habe ihm das Bild vom toten Hannappeler gezeigt. Er sagt, dass er ihn anders in Erinnerung hat, dass der eigentlich ganz anders aussah. Aber das sei schon lange her gewesen, noch in der Schulzeit."

Siggi wunderte sich, dass Koch so wenig Interesse zeigte.

„Der Kollege weiß noch die Straße, wo Hannappeler früher gewohnt hat. Hier …“ Er zog einen zerknitterten Zettel aus seiner Hosentasche. „In Moselweiß, ein Vorort von Koblenz.“

Koch nahm den Zettel und gab Siggi ein Zeichen, dass er gehen könne.

Er selbst stand noch immer vor der Tür zu Arnheims Büro und überlegte, was er mit der neuen Information machen sollte. In Gedanken hatte er die Sache mit Hannappeler schon ad acta gelegt, aber … er sah auf und blickte genau auf Arnheims Namensschild neben der Tür.

LII

Am Montagmorgen saß Koch sehr früh im Zug nach Koblenz. Beim Anblick von Arnheims Türschild war ihm die Idee gekommen, und er hatte um eine weitere Audienz bei dem Leiter der Kriminalpolizei gebeten. Der hatte seinen Kommissar zunächst genervt angeschaut, doch seine Miene hatte sich schnell aufgehellt, sowie Koch mit seinem Vorschlag, gleich nach dem Wochenende nach Koblenz zum Landeskriminalpolizeiamt zu fahren, herausrückte. Koch begründete seinen Entschluss damit, dass er im Moment im Fall der toten Hoger und Beirath nichts tun könne und endlich das Gespräch wegen des zu gründenden Landeskriminalpolizeiamtes erledigt haben wolle. Dass es ihn vor allen Dingen nach Koblenz drängte, um sich nach Hannappelers Vorleben zu erkundigen und um vielleicht zu erfahren, was Reuber mit diesem Mann verband, verriet er natürlich nicht. Und dass er den Gedanken, die nächsten Tage tatenlos auf Eschs Rückkehr und den Fortgang der Ermittlungen in Reichfeld zu warten, ebenso trostlos wie niederschmetternd fand, verschwieg er ebenfalls.

Arnheim war hocherfreut, aber zeigte auch einen Rest Skepsis.

„Woher der plötzliche Sinneswandel, Koch?“, fragte er.

„Irgendwann muss ich es doch machen. Und jetzt passt es zeitlich“, antwortete er, und Arnheim schien sich damit zufriedenzugeben, ließ sich mit der zuständigen Stelle in Koblenz verbinden und konnte für fünfzehn Uhr an dem kommenden Montag einen Termin für Koch vereinbaren.

Den gestrigen Sonntag hatte er bei Dorle verbracht. Zusammen waren sie trotz des starken Regens wählen gegangen, die ersten Landtagswahlen in dem neuen

Bundesland Rheinland-Pfalz, daneben war über die Verfassung des Landes und den so genannten Schulartikel abgestimmt worden, in dem es um die Frage ging, ob die Schulen konfessionsgebunden sein sollten oder nicht. Es ärgerte Koch sehr, dass er sich vorher nicht mit den Parteiprogrammen beschäftigt und auch nicht den Verfassungsentwurf gelesen hatte.

Nun saß er in dem übervollen Zug, in seiner Jackettasche ein Photo des toten Hannappeler. Auf den harten Bänken, auf denen normalerweise zwei Personen Platz fanden, drängten sich mindestens drei oder vier Leute nebeneinander. Koch hatte Glück gehabt und einen Platz am Gang erwischt. Hier konnte er seine Beine wenigstens ein klein wenig ausstrecken und ab und zu seine Sitzposition verändern.

Viele der Mitreisenden führten große Gepäckstücke mit sich, in denen sich, wie er aus den leise geführten Gesprächen entnahm, Tauschware befand.

Bei jedem Halt gab es ein großes Gedränge und Geschubse, weil die ersten Passagiere schon einzusteigen versuchten, um einen Sitzplatz zu ergattern, bevor die anderen ausgestiegen waren. Es kam ständig zu lauten und wütenden Auseinandersetzungen und es fiel Koch schwer, in der Zeitung, die er sich am Bahnhof gekauft hatte, die Berichte zur Wahl zu lesen. Knapp 77 Prozent der Wahlberechtigten hatten abgestimmt. Ihm fiel das Plakat ein, auf dem „Wahlrecht ist Wahlpflicht" propagiert worden war und er nicht gewusst hatte, ob er das gut oder schlecht finden sollte. 48 Prozent hatte die CDU, 34 die SPD erhalten. Mit 8 Prozent war die KPD, die Partei seines Vaters, drittstärkste Kraft geworden. Die Verfassung war nur knapp angenommen worden, ebenfalls knapp war das Votum für die konfessionsgebundene Schule ausgefallen.

„Der Wahlkampf verlief in Mainz und Rheinhessen ohne jede Störung“, hieß es in einem Artikel und Koch dachte an die Zeit vor 1933, als kein Wahlkampf ohne Schlägereien, Saal- und Straßenschlachten vonstattengegangen war. Er las weiter. „Am Samstag wurde in Rheinhessen und in der Pfalz ein illegales Hetzflugblatt unbekannter Herkunft gegen führende Funktionäre der SP in Hessen in Hessen-Pfalz verbreitet. Man geht nicht fehl in der Annahme, daß die Urheber dieser Schmutzblätter in faschistischen Kreisen zu suchen sind. Die Ermittlungen sind eingeleitet. Der Inhalt dieser Blätter und die Art solcher verleumderischer Propaganda wurde allgemein und von allen Parteien aufs Schärfste verurteilt. Wie das Wahlergebnis zeigt, sind diese Hetzblätter ohne jeden Einfluß geblieben.“

Neubert würde er so was zutrauen, überlegte Koch, aber dazu hat er ja jetzt keine Möglichkeit mehr. Er wollte weiterlesen, aber das abrupte Bremsen ließ eine Frau, die im Gang stand, stolpern und auf ihn und die Zeitung fallen. Koch faltete deren zerknitterte Reste zusammen und steckte sie ein.

Hinter Boppard stand Koch auf. Sein Hintern schmerzte und sein rechtes Bein war eingeschlafen. Er ging den Gang entlang, kletterte über die wahllos abgestellten Koffer und Säcke und fand einen Halt in der Nähe einer Tür.

„Sehen Sie da“, sprach ihn ein einarmiger Mann an und zeigte durch die milchige Scheibe auf eine Art Ponton, der im Rhein schwamm und auf dem ein Kran stand. Der Arm des Krans schwenkte über den Fluss und eine Kette lief über ein Rad in den Fluss.

„Deutsche U-Boot-Fahrer“, erklärte der Alte.

Koch nickte. Er hatte keine Lust auf eine Unterhaltung.

Doch der Einarmige ließ sich nicht beirren. „Sind

deutsche U-Boot-Fahrer, die die Wracks aus dem Rhein bergen. Karl-Friedrich Merten. Kennen Sie den?"

Stolz schwang in seiner Stimme mit.

Koch sah kurz zu dem Mann herüber.

„Glauben Sie mir nicht? Der war Kommandant auf U 68. Ritterkreuzträger. Und Heinrich Lehmann-Willenbrock ist auch dabei. Eichenlaubträger."

„Doch, doch", versicherte Koch, was den Alten zum Weitersprechen animierte.

„Die Franzosen haben deutsche U-Boot-Fahrer angestellt, um den Rhein frei zu räumen und die Schiffe instand zu setzen. Ist schon kurios, nicht wahr? Erst versenken sie die Pötte. Und jetzt müssen sie Boote heben und in Ordnung bringen, damit es wieder Transportmittel gibt."

„Ist ein Irrsinn, der Krieg", erwiderte Koch, wofür er sich wieder einen skeptischen Blick einfing.

Bald kündigten die ersten Häuser die Stadt Koblenz an.

Koch war nur einmal in dieser Stadt gewesen, 1912 oder 1913 mit seinem Vater, wo der sich mit einem Funktionär der SPD, der er damals noch angehörte, getroffen hatte. Anschließend hatten sie das Deutsche Eck aufgesucht, wo der etwa zehnjährige Paul von dem riesigen Kaiser Wilhelm zu Pferde, der auf dem Monument thronte, sehr beeindruckt gewesen war und auf der Rückfahrt nach Mainz unbedingt wissen wollte, wie man Kaiser und Pferd da raufbekommen hatte und warum das Ganze nicht herabstürzte. Später waren sie über die Rheinbrücke gegangen und zur Festung Ehrenbreitstein hinaufgelaufen. Von oben konnte er ganz genau sehen, wie sich unter ihnen Rhein und Mosel träge vereinigten.

Der Zug rollte langsam durch das Stadtgebiet, das wie in Mainz sehr stark zerstört war. Zwischen den eingestürzten und ausgebrannten Häusern räumten Frauen den Schutt beiseite, luden ihn auf Loren oder Karren, die dann von anderen fort geschoben wurden. Die Trümmer würden dazu genutzt, hatte ihm eine Frau, die mit drei kleinen Kindern unterwegs war, erzählt, eine Landverbindung zu einer Insel im Rhein zu schaffen. „Neuer Lebensraum", hatte Koch bitter erwidert, worauf die Frau ihn verständnislos angeschaut und sich schnell wieder ihren Kindern zugewandt hatte.

In dem provisorisch hergerichteten Bahnhofsgebäude herrschte die gleiche Betriebsamkeit wie in Mainz. Die Menschen hatten keine Autos und die einzige Möglichkeit, größere Distanzen zurückzulegen, war die Eisenbahn.

Auf dem Platz vor dem Bahnhof fragte Koch einen Ordnungspolizisten nach dem Weg zu der angegebenen Adresse und nach einer Straßenbahnverbindung dorthin.

Der Mann streckte seinen Arm aus und erklärte ihm, dass er der Straße bis zu einer Kirche folgen müsse, der Herz-Jesu-Kirche, und dort in die Linie 6 nach Moselweiß einsteigen solle.

Gut zehn Minuten stand Koch an der Haltestelle, bis die Straßenbahn langsam angerumpelt kam. Er löste eine Fahrkarte und stellte sich in die Nähe der Plattform, um rechtzeitig aussteigen zu können, doch schon nach drei Haltestellen hielt die Bahn und der Schaffner erklärte den Fahrgästen in schnarrendem Ton, das auf dem folgenden Streckenabschnitt am Morgen eine Fliegerbombe gefunden worden war, die man zur Zeit versuche zu entschärfen.

Ein Fahrgast beschrieb Koch den weiteren Weg zu seinem Ziel und dass er zwanzig oder fünfundzwanzig Minuten einplanen müsse. Koch bedankte sich und sah auf seine Uhr. Es war kurz vor elf. Wenn er gegen halb zwölf vor Ort wäre, blieben ihm eine bis eineinhalb Stunden für seine Nachfragen zu Hannappeler, um dann anschließend zu seinem Termin im Landeskriminalpolizeiamt zu gehen.

Nach einer guten halben Stunde stand Koch in der gesuchten Straße. Eine Vielzahl der meist kleinen Häuser in den schmalen Straßen war durch die Bombenangriffe Ende 1944 zerstört worden.

An einer Straßenecke stand eine Frau vor einem großen Topf, der über einem offenen Feuer baumelte. Aus Metallstangen hatte jemand eine Hängevorrichtung gebaut.

„Eine Suppe?“, fragte ihn die Frau.

Koch blickte kurz in den Topf und schüttelte den Kopf.

„Gemüse und auch Schweinefleisch“, versuchte sie ihn zu ködern.

Koch winkte ab und ging weiter, obwohl er Hunger verspürte, da er am Morgen nur zwei Scheiben altes Brot gegessen hatte. Aber seine Skepsis, was sich tatsächlich in dem Topf befand, war zu groß. Er hatte den Zwischenfall im Keller des Metzgers noch immer nicht vergessen. Da hatten seine Zweifel an Reubers Rechtschaffenheit ihren Anfang genommen. Konnte er sie heute zerstreuen?

Auf einer Mauer saß ein kriegsversehrter Mann, dem ein Bein fehlte. Koch blieb vor ihm stehen und lupfte seinen Hut.

„Hannappeler?“, wiederholte der Mann, nachdem Koch seine Frage gestellt hatte, und spuckte auf den Boden. „Haste ’ne Kippe?“, fragte er.

„Abgewöhnt“, entgegnete Koch.

„Hab mir auch abgewöhnt, Fragen zu beantworten.“

Koch verzog den Mund und war versucht den Mann von der Mauer zu reißen. Aus dem Augenwinkel erkannte er aber, dass einige der Menschen auf der Straße, die mit

Aufräumarbeiten beschäftigt waren, interessiert zu ihm herübersahen.

Wortlos wendete Koch sich ab und ging auf eine Gruppe von drei Frauen zu, die einen Bombenkrater mitten auf der Straße mit Schutt füllten.

„He, nicht gleich beleidigt sein, guter Mann“, rief ihm der Einbeinige nach und lachte. „War ein Scherz. So sind wir hier. Immer für einen Spaß zu haben.“

Koch blieb stehen und drehte sich langsam um.

„Dahinten, das Haus an der Ecke.“ Wieder lachte er und zeigte mit dem ausgestreckten Arm auf das letzte Haus in der Straße.

Koch hob seinen Arm zum Dank und ging in die angezeigte Richtung.

„Sie hätten dem Witzbold ruhig eine reinhauen können“, sagte eine der drei Frauen, als Koch an ihnen vorüberging. Sie lächelte ihn verführerisch an. Koch schätzte, dass sie nicht älter als dreiundzwanzig oder vierundzwanzig war. Sie hatte ihre Haare unter ein Tuch gesteckt, nur über der Stirn waren ein paar blonde Strähnen herausgerutscht. Auch die beiden anderen schienen nicht älter zu sein. Die eine von ihnen war so dürr, dass Koch sich nicht vorstellen konnte, wie sie den schweren Schutt tragen sollte.

„Der sitzt den ganzen Tag da rum, säuft, raucht und macht blöde Witze. Bewegt aber ansonsten nicht den kleinen Finger, der Krüppel“, sagte die mit den blonden Strähnen.

Koch lächelte zurück.

„Wen suchen Sie denn?“, versuchte sie das Gespräch in Gang zu halten.

Er nannte den Namen.

„Hannappeler. Habe ich schon mal gehört. Der ist aber tot, glaube ich. Aber, nein, keine Ahnung. Aber warum suchst du einen Kerl? He! Guck dich mal um. Lauter nette Frauenzimmer.“ Sie machte mit ihrem Arm eine Kreisbewegung von sich zu ihren beiden Freundinnen.

„Dienst ist Dienst und Schnaps ist Schnaps“, antwortete Koch, dem die Flirterei besser gefiel, als er sich eingestehen wollte.

„Na, du siehst aber nicht aus wie ein Beamter …“

Die Dürre füllte aus einer großen Ballonflasche, die auf dem Boden stand, Wasser in einen Becher und trank. Dann hielt sie ihn Koch entgegen.

„Auch einen Schluck?“, fragte sie mit unerwartet dunkler Stimme, die überhaupt nicht zu ihrer Figur passte.

Koch nahm den Becher und trank.

„Wenigstens kein kompletter Kostverächter“, sagte die Blonde anzüglich.

„Kann mir denn jemand was über Hannappeler sagen? Er soll früher mal hier gewohnt haben.“

Die Blonde verzog ihren Mund. „Du meinst das ernst, was? Schade, so knackige Kerle haben hier Seltenheitswert. Und gesund scheinst du auch zu sein. Müssen wir warten, bis der Ami herkommt.“

„Sollen nett sein, ich kenne ein paar“, entgegnete Koch.

„Musst du mir vorstellen.“

Koch sah auf seine Uhr. Es war fast halb zwölf.

„Verstehe!“, sagte die Blonde, „musst gehen. Also, das Haus, das der Krüppel dir gezeigt hat, das letzte da, da drin wohnt der Fischer Heinz. Frag den. Wohnt im Keller. Sagst, die Tilly hat dich geschickt.“

Zum Abschied warf sie ihm eine Kusshand zu, die beiden anderen lächelten und winkten übertrieben.

Das Haus, zu dem Tilly ihn geschickt hatte, war bis auf eine Mauer an der Seite völlig eingestürzt. Jemand hatte sich aus alten Kartons und Brettern einen Verschlag an diese Wand gebaut. An der Seite gab es eine Treppe, die hinab zu einer Tür führte.

Koch sah sich noch einmal zu den drei Frauen um, die noch nicht wieder mit ihrer Arbeit begonnen hatten, sondern ihm nachsahen und winkten. Koch hob seine Hand und stieg dann die Stufen hinab, aber in der Mitte der Treppe blieb er mit dem Fuß an etwas hängen und stolperte.

Hinter der Tür hörte er ein Scheppern, Sekunden später wurde sie aufgerissen.

„Was wollen Sie?“, fragte ihn ein dünner hochaufgeschossener Mann, der unter dem Türrahmen seinen Kopf einziehen musste.

Koch erkannte jetzt den Draht, der wenige Zentimeter über eine der Stufen gespannt war. Eine effiziente Warnanlage.

„Muss mich schützen“, erklärte der Mann. „Die Schweine versuchen ständig einzubrechen und einem auch noch das Letzte zu mopsen.“

„Heinz Fischer?“, fragte Koch.

Der Mann nickte. „Was wollen Sie? Wie ein Dieb sehen Sie nicht aus.“

„Ich suche Wigbert Hannappeler“, erklärte Koch und stieg über den Draht zwei weitere Stufen nach unten. Fischer umfasste den Türgriff fester.

„Hannappeler? Zu spät, mein Lieber. Den haben die Amis plattgemacht. Kurz vor Heiligabend ’44. Am 22. haben die hier alles in Schutt und Asche gelegt. B-17-Bomber. Und den Wigbert mit. Hat Pech gehabt, der Gute. Hat unter den Trümmern gelegen. Und als sie ihn gefunden haben und ins Lazarett bringen wollten, ist er auf dem Weg dahin … dahingegangen.“

Fischer grinste über sein Wortspiel.

„War schon komisch“, sagte Fischer mit einem Mal nachdenklicher. „Ich meine, so schlimm war der Wigbert gar nicht verletzt. Vielleicht ein Rippenbruch oder so was. Hatte eigentlich Glück gehabt … Komisch war das schon.“ Er hielt einen Moment inne. „Aber es sind so viele Leute verreckt, da war vieles komisch, will man gar nicht zu viel drüber nachdenken.“

„Hannappeler ist hier gestorben? In Koblenz?“, fragte Koch ungläubig.

„Wenn ich Ihnen das sage! Oder glauben Sie mir nicht?“

Koch griff in seine Jacketttasche, zog das Photo des toten Hannappeler raus und hielt es Fischer unter die Nase.

Der lachte wieder und schüttelte seinen Kopf.

„Nee, Mann, das ist nicht der Wigbert. Nee, nee. Wie kommen Sie darauf?“

„Seine Papiere …“

„Sagen Sie mal, sind Sie von der Schmiere?“

Koch nickte.

„Da hat Ihnen jemand einen Bären aufgebunden. Das da“, er klopfte mit dem Zeigefinger auf das Photo, „das ist Leo Busch, also Leopold Busch. Aber der ist auch hier verreckt, bei dem Bombenangriff.“

Koch war verwirrt.

„Ist ja seltsam“, sagte Fischer. „Wissen Sie, der Bruder von Leo, der Gustav, der hat den Hannappeler damals ins Krankenhaus gebracht.“

„Und die Leiche?“

„Keine Ahnung. Massengrab. Sind so viele Leute verreckt. Hat ja gebrannt hier wie verrückt und die hatten Angst vor irgendwelchen Krankheiten. Warten Sie mal.“

Fischer dachte wieder nach.

„Ja, der Gustav hat damals gesagt, dass vor ihnen ein brennendes Haus eingestürzt ist. Als er den Wigbert ins

Lazarett bringen sollte. Er konnte sich durch einen Sprung retten, aber der Wigbert, wegen der Verletzung …"

Koch dachte nach.

Der Tote auf dem Bild war nicht Hannappeler, sondern ein gewisser Leopold Busch, der angeblich auch tot war. Und soll dennoch in Mainz gelebt und illegale Geschäfte gemacht haben.

„Ist noch was?", fragte Fischer.

„Ja, wo finde ich den Gustav Busch?"

„Den? Die Straße runter, an den drei Grazien vorbei, die nächste rechts und dann das zweite Haus rechts. Wenn Sie noch Straßen und Häuser erkennen können. Steht noch der erste Stock von. Unten war früher mal ein Lokal."

Koch bedankte sich und stieg über den Draht nach oben.

Was, wenn sich der angeblich tote Leo Busch eine neue Identität besorgt hatte? War ja nicht ungewöhnlich in dieser Zeit. Viele hatten Dreck am Stecken. Ihm fiel Beirath ein, der sich in einen Müller verwandelt hatte. Möglich, dass er und sein Bruder Hannappeler umgebracht hatten. Und noch ein anderer Gedanke kam Koch. Er wollte ihn beiseite schieben, aber … er konnte nicht anders, er musste das jetzt wissen.

Er kehrte um. Den Draht berührte er absichtlich mit seiner Fußspitze.

„Ja, was denn noch?", fragte Fischer gereizt.

„Hat schon mal jemand nach Hannappeler gefragt?"

„Nee, so bedeutend ist der auch …" Er stutzte. „Obwohl … doch … ja, so vor einem halben Jahr oder so. Da war auch einer hier. Könnte auch von der Schmiere gewesen sein."

„Wie sah der aus?"

„Das weiß ich doch jetzt nicht mehr."

„Kleiner als ich“, Koch hielt seine Hand ans Kinn, „gedrungen, kräftig, wie ein Boxer, dunkler Schnauzer?“

„Ja, ja, das kann sein. War unangenehm. War ziemlich sauer. Hat gedroht.“

Reuber! Er hatte gewusst, dass Hannappeler nicht der Mann war, für den er sich ausgegeben hatte. Wenn er ihn absichtlich vom Dach gestoßen hatte, dann weil er eben dieser Busch und nicht Hannappeler war. Was verband Gerhard Reuber mit Leo Busch?

„Noch was?“

Fischers barscher Tonfall schreckte Koch aus seinen Gedanken. Er verabschiedete sich von dem Mann, der ihm ein „Hoffentlich zum letzten Mal!“ und „Übrigens: Vorsicht mit dem Gustav! Der hat's nicht so mit der Polente, da sieht der schon mal rot!“ nachrief.

Koch machte sich auf den Weg zu Gustav. Es war fast zwölf Uhr.

Das Haus, in dem der Mann wohnen sollte, war nicht schwer zu finden. Die Kraft der Bomben und des Feuers hatten nicht gereicht, das Gebäude bis auf die Grundmauern zu zerstören. Das Erdgeschoss und die beiden ersten Stockwerke waren weitestgehend unversehrt geblieben, nur die Fensterscheiben waren durch Decken und Holzverschläge ersetzt worden.

Die Tür zu dem Lokal war angelehnt. Koch schob sie beiseite.

„Jupp, was ist?“, rief von drinnen eine Stimme. „Ist noch keine halb eins.“

„Der Jupp kommt pünktlich“, erwiderte Koch und trat in den fast ausgeräumten Schankraum. Die Plätze, an denen die Bänke und Tische einmal gestanden hatten, waren nur durch die Druckspuren auf dem Boden noch zu erkennen. Lediglich der Tresen war zum Teil erhalten und fehlende Holzteile waren durch Gesteinsbrocken ersetzt worden.

Ein Mann mit freiem Oberkörper kam hinter dem Tresen hervor. Er war sehr muskulös, hatte breite Hände und seine Haare waren millimeterkurz geschnitten.

„Was wollen Sie?“, schnauzte er Koch unfreundlich an.

„Wenn Sie Gustav Busch sind, mit Ihnen sprechen“, war Kochs Antwort.

„Habe aber keine Sprechstunde. Zieh Leine, sonst gibt's auf die zwölf!“

Koch ließ sich nicht einschüchtern, trat an den Tresen und beobachtete, dass der Mann sich an seinen Rücken griff.

„Würde ich stecken lassen!“, warnte ihn Koch.

„Biste von der Schmiere?“

Koch nickte.

„Haben hier Hausverbot.“

„Bin nicht von hier. Gilt also nicht für mich.“

Gustav lachte und offenbarte eine lückenhafte und faule Zahnreihe. Er nahm aus der Zigarettenschachtel, die auf dem Tresen lag, eine heraus und zündete sie an. Den Rauch blies er in Richtung Koch, der die Wolke mit einer lässigen Geste beiseite wedelte.

„Für wen das gilt, bestimme ich“, sagte er zwischen zwei Zügen. „Für die örtliche Schmiere genauso wie für ortsfremde.“

Koch versuchte ruhig zu bleiben. So unauffällig wie möglich sah er sich um. Außer ihnen beiden schien niemand in dem Lokal zu sein. Koch glaubte, es mit dem Mann alleine aufnehmen zu können.

„Pass auf!“, sagte Gustav. „Ich zähle jetzt bis drei. Wenn du dann nicht den Laden verlassen hast, dann kracht es hier so gewaltig, dass du deine Arbeit an den Nagel hängen willst. Mit so ’ner Fresse wollen die selbst bei der Schmiere nämlich keinen. Hast du das verstanden?“

„Nein!“, entgegnete Koch trocken und überraschte den Mann für einen Moment.

„Pass auf, Freundchen!“, stieß der hervor, zog aus einem Futteral, das er an seinem Gürtel am Rücken befestigt hatte, ein Messer und sprang über die Theke auf Koch zu.

Der hatte damit gerechnet, machte einen Ausfallschritt und griff nach einem der Steine, mit denen die defekte Theke notdürftig repariert worden war, passte den Moment, kurz bevor Gustav vor der Theke zum Stehen kam, ab und schlug ihm den Stein gegen die Schläfe. Dennoch war Koch nicht schnell genug gewesen, das Messer erwischte ihn am linken Oberarm.

Gustav fiel nicht gleich um, sondern starrte den Mann vor ihm wie eine Erscheinung an, stieß sein Messer kraftlos ins Leere und stürzte erst dann zu Boden.

Sofort war Koch über ihm, entriss ihm das Messer, schleuderte es quer durch den Raum und drückte seine Knie auf die Brust und einen Oberarm des Mannes, der stöhnend und am Kopf blutend vor ihm lag.

„Du Ars…“

Ansatzlos schlug Koch ihm mit der Rechten auf die Nase, die sofort mit einem knackenden Geräusch brach.

Blut lief Gustav aus der Nase in den Mund. Er hustete und röchelte.

Kochs rechter Arm schmerzte. Der Bruch war noch nicht völlig verheilt.

Mit seinem nackten Unterarm wischte sich Gustav durchs Gesicht.

„Arsch!“, zischte er leise.

Koch stand auf, er spürte das feuchte Blut seinen linken Arm hinablaufen.

„Was habt ihr mit Hannappeler gemacht?“

Gustav verzog seinen Mund zu einem Grinsen, was sein blutiges Gesicht mit der schiefen Nase wie eine Grimasse aussehen ließ.

„Dein Bruder ist tot!“, sagte Koch, während er sich sein Jackett auszog. Der Ärmel seines weißen Hemdes war schon rot durchfärbt. Mit seiner rechten Hand drückte er auf den Schnitt, um die Blutung zu stillen.

„Tot?“, stöhnte Gustav. „Leo? Du … lügst!“ Er sprach langsam und leise.

„Ja, tot. Und ich will wissen, wer er wirklich war.“

Wieder verzog Gustav sein Gesicht.

„Dein Bruder, warum hat er die Identität von Hannappeler angenommen? Den du umgebracht hast, nehme ich an.“

„Du hast … keine Ahn…ung, du … Arsch!“ Gustav stieß seine Worte noch langsamer als zuvor hervor. Koch konnte sie kaum verstehen. Er rückte mit seinem Kopf näher an den Mund des Mannes heran, der sich mit einem Ruck aufrichtete und Koch zur Seite stieß, der stolperte nach hinten und stürzte. Benommen registrierte Koch, wie sich Gustav langsam erhob. Er rutschte zurück, um Platz zum Aufstehen zu haben. Doch Gustav war schneller und trat ihm in die Rippen. Koch bekam Gustavs Fuß zu fassen und versuchte ihn aus dem Gleichgewicht zu bringen, doch sein Gegner konnte sich befreien und lief nach draußen.

Koch mühte sich auf und eilte ebenfalls zur Tür. Er ignorierte die Schmerzen in seinem Arm, zu denen sich nach wenigen Metern die in seinem Oberschenkel gesellten. Er humpelte zur Tür und sah gerade noch, wie Gustav auf dem zerbombten Nachbargrundstück verschwand. Er folgte ihm, und da Gustav noch immer benommen von dem Schlag mit dem Stein war, schlingerte er mehr, als er lief. Trotz seines Handicaps kam Koch ihm näher. Zwei Jungs, die mit Steinen auf leere Granathülsen warfen, die sie auf einer Mauer aufgereiht hatten, stellten ihr Spiel ein und sahen den beiden Männern nach.

„Achtung!", rief einer der beiden Gustav zu, „der Boden ...!"

Mit einem Mal brach Gustav ein und verschwand von der Bildfläche. Der Boden des zerstörten Hauses hatte nachgegeben und den Mann verschluckt. Kurz war sein Schrei zu hören, dann war es still. Koch schaffte es noch bis zu dem Rand des Grundstücks, wo jemand eine Latte in den Boden gerammt hatte, auf die mit Farbe „Achtung! Einsturzgefahr!" gepinselt war, dann konnte er sich nicht mehr auf den Beinen halten und sank zu Boden, hörte die beiden Jungs aufgeregt plappernd näher kommen, bis ihm schwarz vor Augen wurde.

LIII

Polternde Laute waren das Erste, das er wahrnahm, ganz nahe an seinem Kopf. Darein mischten sich Stimmen. Er konnte sie nicht orten, sie schienen aus allen Richtungen zu kommen.

Koch fühlte sich matt, jeder Energie beraubt, öffnete mühsam seine Augen und starrte auf eine Decke, die einst weiß gewesen sein musste, aber jetzt aus vielen aufgeplatzten Flecken bestand. Die Stimmen wurden leiser, weniger bedrängend. Langsam wanderten seine Augen nach rechts zu einer Wand. Dort ließ er sie einen Moment verharren, bevor er sie nach links bewegte. Wieder sah er eine Wand, und plötzlich huschte ein Schatten vorbei, schnell und nicht greifbar.

„Aha, der Herr Kommissar ist aufgewacht!“, konnte er aus dem Stimmengewirr heraushören, nahe, laut und bestimmt.

Er spannte seinen Körper an und wollte sich aufrichten.

„Bleiben Sie liegen, schonen Sie sich!“ Wieder die Stimme.

„Wo … bin …?“

„Psst! Machen Sie langsam! Trinken Sie erst einmal was! Schwester! Hier!“

Jemand beugte sich über ihn, blonde kurze Haare, dann spürte er die Feuchtigkeit des Wassers auf seinen Lippen.

„Schlucken! Sie müssen schlucken!“

Koch tat, wie ihm geheißen.

„Wo … bin ich?“

„Im Krankenhaus. Sie haben viel Blut verloren. Der Stich war tief.“

„Wie lange …?“

„Jetzt ist es vier Uhr. Sie sind schon mehr als drei Stunden hier. Wir haben den Schnitt genäht."

„Wie lange …?"

„… Sie hierbleiben müssen? Ein paar Tage, nehme ich an."

„Ich muss …", Koch wollte sich aufbäumen, stützte sich dabei mit seinem Arm auf und stöhnte. Ihm schwindelte.

„Sehen Sie! Das geht noch nicht."

„Helfen Sie mir!"

„Schwester!"

Eine Hand griff unter seinen Kopf und hob ihn an, eine andere schob ein Kissen in seinen Nacken.

Koch blickte an sich herab. Sein linker Oberarm war verbunden. Unter dem Verband pochte es.

„Trinken Sie!" Die Schwester hielt ihm ein Glas mit Wasser entgegen.

Der Kommissar nahm es und trank es in einem Zug leer.

„Kann ich jetzt gehen? Ich habe noch einen Termin."

Der Mann lachte. „Heute nicht mehr."

Koch wollte etwas erwidern, aber gegen die große Müdigkeit kämpfte er nur kurz an, bevor ihm die Augen zufielen.

„Aufstehen!", war das Nächste, das er bewusst vernahm.

Der Befehl riss ihn aus einem Traum, wirr, haltlos, gefährlich. Er konnte sich nicht an ihn erinnern.

Der Vorhang vor dem Fenster wurde mit einem lauten Quietschen zur Seite gezogen, augenblicklich war es hell in dem Raum.

„He, was soll das!", „Mitten in der Nacht …!", wurde gezetert.

Koch blickte sich um. Ein Zimmer, kahle, gelb-weiße Wände, es roch nach Schweiß. Er zählte rechts drei Betten, links zwei. Fünf Personen, außer ihm. Und sie alle redeten durcheinander.

Kurz darauf kam eine Schwester, stellte auf jedes der Tischchen neben den Betten eine kleine Schüssel.

„Essen!“, befahl sie.

„Das geht auch netter!“, „Sind doch nicht mehr im Feld!“, „So ein Fraß!“, wurde ihr geantwortet. Sie reagierte nicht darauf und verließ das Zimmer.

Koch blickte in die Schüssel auf seinem niedrigen Tischchen neben dem Bett. Eine undefinierbare hellbraune, dickflüssige Masse schwamm darin. Er nahm den Löffel, tunkte ihn hinein und führte ihn zum Mund, probierte mit der Zunge und spuckte sofort aus.

Alle anderen in dem Zimmer lachten.

„Willkommen bei den Feinschmeckern!“, meckerte einer.

Am Nachmittag betraten zwei Kriminalpolizisten das Zimmer. Sie halfen Koch aus dem Bett und gingen mit ihm in ein Büro, das ihnen einer der Ärzte zur Verfügung stellte. Bis auf die Schmerzen, wenn er seinen Arm bewegte, und die Mattigkeit fühlte Koch sich schon besser.

Als Kreuter und Sippel stellten die beiden sich vor. Sie wussten bereits, dass Koch ein Kollege aus Mainz war und einen Termin im Landeskriminalpolizeiamt hatte. Was sie nicht wussten war, warum er in Moselweiß den einschlägig bekannten Gustav Busch aufgesucht hatte.

„Private Geschichte“, wollte Koch abwiegeln, aber das ließen die beiden nicht gelten.

„Herr Koch, wenn ich die Einschätzung Ihres Chefs richtig verstanden habe, dann glaubt er, dass Sie in der

Hauptsache wegen Busch nach Koblenz gekommen sind, und nicht wegen des Vorstellungsgesprächs im Landeskriminalpolizeiamt. Also! Was wollten Sie von Busch?“

Koch überlegte und erklärte den Männern dann, dass in Mainz ein gewisser Wigbert Hannappeler im Rahmen polizeilicher Ermittlungen umgekommen war und er den Tipp erhalten hatte, dass dies nicht der richtige Name des Mannes war, sondern Leopold Busch, der Bruder von Gustav. Und dass die beiden den echten Hannappeler umgebracht hatten, damit Leopold dessen Identität annehmen konnte.

„Und warum sollen die das gemacht haben?“

Darauf hatte Koch keine andere Antwort als die Vermutung, dass Leopold Busch während des Krieges irgendeine Schweinerei angestellt hatte, die es ihm ratsam erscheinen ließ, sich einen neuen Namen zuzulegen.

Die Männer nickten.

„Aber Sie haben nicht, um das von Gustav zu erfahren, Gewalt angewendet?“, fragte Kreuter, der kleinere und auch der bissigere der beiden.

Koch schüttelte den Kopf. Wie sie denn darauf kämen.

„Der Mann hatte eine gebrochene Nase, eine ziemliche Beule am Kopf. Könnte natürlich auch von dem Sturz durch den Boden herrühren, bei dem er sich übrigens, falls es Sie interessiert, das Genick gebrochen hat. Könnte aber auch gut ein wohl platzierter Schlag gewesen sein.“

„Und das hier?!“ Wütend hob Koch seinen verletzten Arm und stöhnte auf. Die Bewegung war zu schnell.

Dann berichtete er den beiden, dass er mit Gustav lediglich sprechen wollte, der aber gleich mit dem Messer auf ihn losgegangen war, Koch sich wehren musste und Gustav dann abgehauen war.

Kreuter und Sippel ließen nicht durchblicken, ob sie ihm glaubten.

„Der Arzt sagt, dass Sie frühestens am Freitag entlassen werden. Da können Sie dann zu den Kollegen vom Landeskriminalpolizeiamt gehen, die erwarten Sie bereits. Und wir haben vielleicht auch noch ein paar Fragen."

Damit verabschiedeten sie sich und ließen Koch in dem Büro des Arztes zurück, wo der sich in dem Sessel zurücklehnte.

Die beiden Männer hatten die richtige Frage gestellt: Was hatte Leo Busch angestellt, dass er eine neue Identität brauchte? Und für ihn hieß dies: was hatte Reuber damit zu tun? Er war ebenfalls in Koblenz gewesen und hatte die gleichen Fragen wie Koch gestellt. Warum? Auch ihm war die wahre Identität Hannappelers bekannt. Er hatte ihn vom Dach gestoßen. Das hieß, dass er eine Rechnung mit Busch, nicht mit Hannappeler, offen hatte. War darin auch der Grund für Buschs neue Identität zu suchen?

Doch das war im Moment zweitrangig. Die Aussage, dass er bis mindestens Freitag in Koblenz bleiben sollte, beunruhigte Koch. Esch hatte gesagt, dass er in dieser Woche wieder in Mainz wäre, und er musste unbedingt in den Hunsrück, wollte endlich wissen, warum Hoger und Beirath sterben mussten, was hinter diesen Morden steckte. Und dann war da Dorle, die sich bestimmt schon Sorgen wegen seines Fernbleibens machte.

„Was machen Sie hier?!", hörte Koch hinter sich eine Stimme.

Er war so in Gedanken versunken, dass er erschrocken herumfuhr.

„Die Polizei hat mich …"

„Ach so, Sie sind das. Wo sind denn die Männer?"

„Gegangen. Ich bin noch sitzen geblieben."

„Geht es Ihnen nicht gut?“

„Doch, doch!“, beeilte sich Koch zu sagen, stand auf und drängte sich an dem Arzt vorbei durch die Tür auf den Flur.

LIV

Leise kroch Koch aus dem Bett, um Dorle nicht zu wecken. Über dem Spülbecken machte er sich frisch, um sich anschließend anzuziehen. Er hatte schlecht geschlafen, war immer wieder aufgewacht. Es galt so vieles an diesem Tag zu Ende zu bringen, da war die Unruhe in ihm viel zu groß.

Am gestrigen Freitag hatte er seine Sachen zusammengepackt und das Krankenhaus in Koblenz verlassen, weil er es dort nicht mehr ausgehalten hatte. Koch wäre am liebsten noch früher dort weg, aber der große Blutverlust hatte ihn doch mehr mitgenommen, als er zunächst angenommen hatte, und so musste er noch einige Tage mit den anderen Männern in dem Zimmer verbringen. Diese Zeit hätte er viel besser mit Esch und Siggi im Hunsrück nutzen können. Den Gang zu den Kollegen vom Landeskriminalamt hatte er sich erspart. Der Weg vom Krankenhaus zum Bahnhof war beschwerlich gewesen, ebenso die Fahrt in dem vollen Zug nach Mainz, der bei Bacharach so heftig gebremst hatte, dass die Passagiere wild durcheinander gestürzt waren. Eine junge Frau, fast noch ein Mädchen, das einen kleinen Jungen auf dem Arm trug, hatte dabei das Gleichgewicht verloren und war auf seinen verletzten Arm gefallen. Der Schmerz hatte ihm für Sekunden den Atem geraubt und er hatte gefürchtet, dass die Wunde wieder aufgerissen war.

Am Mittag hatte der Zug Mainz erreicht. Koch hatte sich in seine Wohnung geschleppt, wo er erschöpft auf dem Sessel eingeschlafen war. Irgendwann hatte ihn ein Klopfen geweckt. Er hatte lange gebraucht, bis er sich aus dem tiefen Sessel gequält und es zur Tür geschafft hatte, wo ihn Dorle mit sorgenvollem Blick betrachtete. Sie hatte ihn versorgt, hatte ihm von dem Brot und dem bisschen Schmalz, das sie mitgebracht hatte, eine Mahlzeit bereitet und einen Tee gekocht. Und ihm dann erklärt, dass er am Montag nicht in den Hunsrück fahren könne, weil dann Pfingstmontag wäre. Nun also eine weitere Verzögerung. Er konnte nicht warten, jetzt, wo er spürte, dass er der Lösung des Falles nahe war, und wenn Dorle auch anderer Meinung war und behauptete, dass jeder Tag mehr, an dem er sich schonte und seine Verletzungen auskurierte, ihm guttäte, so war er der Meinung, dass dies allein die Arbeit und der Abschluss des Falles schaffen würden.

Er musste an diesem Samstag in den Hunsrück fahren, um nicht noch weitere Tage im Ungewissen zu bleiben. Bevor er die Wohnung verließ, schrieb er Dorle eine Nachricht auf ein kleines Stück Papier und hauchte ihr einen Kuss auf die Haare, um sie nicht zu wecken.

„Koch!"

Er drehte sich um. Arnheim winkte ihn im Treppenhaus der Direktion zu sich.

„Koch! Was war das in Koblenz? Wissen Sie, was am Montag hier los war? Wie ich hier dagestanden habe, als die Kollegen anriefen und fragten, wo Sie bleiben, eine Stunde nach der vereinbarten Zeit? Und mir dann später mitteilten, dass man Sie gefunden habe? Verletzt, mit einer Stichwunde. Und ein anderer Mann, aktenkundig, tot, vermutlich im Kampf mit Ihnen umgekommen? Koch, Koch! Kann ich Sie denn nirgends alleine hin lassen, ohne dass irgendetwas passiert? Sie sollten ein Vorstellungsgespräch führen, nicht mehr und nicht weniger. Ist doch nicht so schwer? Aber ich wette, dass das für Sie nur sekundär war. Sie sind wegen einer anderen Sache nach Koblenz gefahren, wegen dieses …"

„Hannappeler“, half Koch ihm auf die Sprünge und trank einen Schluck von dem dampfenden Bohnenkaffee, den die Vorzimmerdame ihm gebracht hatte.

„Das ist Reubers Fall. Was mischen Sie sich da ein? Was ist zwischen Ihnen und Reuber vorgefallen?“

„Fragen Sie ihn!“, antwortete Koch, und Arnheim, der sich gerade eine Pfeife stopfte, wurde rot, legte sie wieder beiseite und sah den Kommissar an.

„Ich frage aber Sie, Koch!“, brüllte er. „Wenn ich Sie frage, antworten auch Sie, und verweisen nicht auf einen Kollegen!“

Koch räusperte sich und Arnheim griff wieder nach seiner Pfeife.

„Ich hatte einen Hinweis, dass Hannappeler nicht der ist, für den er sich ausgegeben hatte“, begann Koch. Als er seine Ausführungen beendet hatte, steckte Arnheim die Pfeife an. Süßlicher Tabakgeruch füllte den Raum. Koch leerte seine Tasse.

„Das hätten Sie Reuber sagen müssen. Es wäre seine Aufgabe gewesen, die Sache zu klären. Haben Sie nicht genug zu tun?“

Koch schwieg und Arnheim überlegte.

„Ich rede mit Reuber. Und mit den Kollegen in Koblenz. Sie, Koch, bleiben zunächst mal zu Hause. Bis sich das alles geklärt hat. Die Zeit können Sie ja auch nutzen, um sich mal richtig auszukurieren. Haben Sie mich verstanden?“

Koch schüttelte den Kopf. „Ich kann nicht. Hoger und Beirath, ich bin …“

Arnheim unterbrach den Kommissar. „Ich habe das als Bitte formuliert. Wenn Sie die nicht verstehen, gibt es eine dienstliche Anweisung, oder, wenn Ihnen das lieber ist, eine Suspendierung. Sie gehen jetzt nach Hause und kommen in einer Woche wieder. Keine Minute früher!"

Koch nickte verhalten und verließ das Zimmer.

Im Flur kam ein Kollege von der Sitte vorbei, der ihn mit großen Augen ansah. Hatte sich sein „Unfall" schon herumgesprochen?

Er lächelte den Kollegen kurz an, der schnell weiterging. Koch eilte zu seinem Zimmer, vor dem er zu seiner Überraschung Siggi mit zwei Kaffeebechern in den Händen vorfand.

„Ist der für mich?", fragte Koch und deutete auf den Kaffee.

Siggi nickte.

„Woher wussten Sie …?"

„Ich habe Sie hereinkommen sehen."

„Gut, dass Sie da sind, Siggi."

„Ich will endlich in den Hunsrück."

Siggi schüttelte bedauernd den Kopf. „Esch ist erst nach dem Wochenende zurück", erklärte Siggi und drückte seinem Chef einen der beiden Becher in die linke Hand, der ihn unbedacht nahm und gleich das Gesicht verzog.

„Was ist?", fragte Siggi erschrocken und zog die Hand mit dem Becher so schnell zurück, dass ihm der noch heiße Kaffee über die Hand floss.

„Mist!", stöhnte er auf.

„Entschuldigung, Siggi!", sagte Koch schnell. „Wollte Sie nicht erschrecken. Mein Arm hat was abgekriegt, ist noch nicht ganz in Ordnung. Und jetzt kommen Sie ins Büro, Arnheim muss uns nicht hier draußen sehen."

Drinnen erzählte Koch Siggi was in Koblenz passiert war, unterließ es aber, seine Fragen bezüglich Reubers Interesse an dem falschen Hannappeler weiter zu thematisieren. Er hatte seine Ausführungen gerade beendet, da kam Rütting, der dem Kommissar zu verstehen gab, dass er ihn unter vier Augen zu sprechen wünsche.

Bevor Koch etwas sagen musste, stand Siggi schon auf und verließ das Zimmer.

Rütting, dessen grauer Anzug einen speckigen und abgetragenen Eindruck machte und dessen Hut, den er in der Hand hielt, auch schon aus der Form geraten war, nahm Koch gegenüber Platz.

„Koch", sagte er vergleichsweise milde und sehr förmlich, „wir gehen davon aus, dass Frau Becker nicht die Mörderin von Neubert ist."

„Ja, und?!", fragte Koch zurück, nachdem Rütting keine weiteren Anstalten einer Erklärung machte.

Rütting ließ sich mit der Antwort einen Moment Zeit. „Die Geilheit, mein lieber Koch, die Geilheit hat Neubert das Genick gebrochen. Er wollte eine Bekannte zwingen, dass sie ihm ihre minderjährige Tochter zuführt. Tja, und da hat die Frau keinen anderen Ausweg gesehen als Neubert zu erstechen."

Koch nickte. „Danke für die Information, Rütting! Dann wäre das ja geklärt", rief Koch dem Mann nach, als der zur Tür ging.

„Mit dem Mord an Neubert hat Frau Becker wohl nichts zu tun, aber mit dem an Peter Gerber wird sich der Richter beschäftigen", sagte er an der Tür, bevor er den Raum verließ und Koch so keine Möglichkeit zu einer Erwiderung gab.

Bevor Koch sich auf den Weg zu Dorle machte, gab er Siggi den Auftrag, sich mit Esch in Verbindung zu setzen, damit sie nach dem langen Pfingstwochenende gleich in den Hunsrück fahren konnten.

So schwer ihm die Untätigkeit auch fiel, nutzte Koch die freien Tage sich weiter auszukurieren.

Für die Fahrt überließ Esch Siggi das Steuer, Koch nahm auf der Rückbank Platz. Siggi saß so stolz hinter dem Lenkrad, dass sie die ersten Kilometer schweigend zurücklegten. Er musste sich konzentrieren, weil er zum ersten Mal ein Auto mit Rechtslenkung steuerte. Neben Koch stand auf der Rückbank eine Kiste, auf die er seinen Arm legte.

Statt nach Reichfeld fuhren sie gleich in den Nachbarort zu Pfarrer Albert Weiß, der ihnen den Weg zu der Köhlerhütte, in der Horst hauste, beschrieb.

Nachdem sie die endlich gefunden hatten, untersuchte Esch zunächst dessen Wunde, reinigte sie und legte einen neuen Verband an. Währenddessen sahen sich Koch und Siggi in der Hütte um, die niedrig und halb in die Erde eingelassen war. Der Boden bestand aus festgeklopftem Waldboden, ein Holzgestell, auf dem Heu und zwei Decken lagen, diente als Bett. In den Boden war eine Feuerstelle gegraben, ein kleiner Tisch und ein Holzstuhl, dem ein Bein fehlte und der deshalb an der Wand lehnte, bildeten die spärliche Einrichtung. Eine einzige kleine Öffnung ließ ein wenig Licht in das Innere der Hütte fallen.

„Sebastian", sagte Horst mit gedämpfter Stimme, als Esch fertig war. Zuerst wollte er das Thema abtun, aber Koch zeigte seine Verärgerung darüber so deutlich, dass er zu erzählen begann. Er musste immer wieder kurze Pausen einlegen. „Der war nur selten im Dorf. Keiner wollte mit dem was zu tun haben. War ja eine andere Rasse. Kein Deutscher …"

„Er war Deutscher. Hatte schließlich eine deutsche Mutter …"

„Ja, aber Sie wissen doch, was ich meine. Das Blut."

Koch verkniff sich ebenso wie Esch eine Bemerkung.

„Gab es denn niemand, der einen näheren Kontakt zu dem Jungen hatte? Ein Mitschüler zum Beispiel?"

Horst lachte kurz und gequält und schüttelte dann den Kopf.

„Nein, keiner. Außer … der Erich vielleicht."

„War das ein Freund?"

Horst verzog seinen Mund zu einem schiefen Grinsen.

„Erich. Vorne Er, hinten Ich. … Wissen Sie, was ich meine?"

„Nein", entfuhr es Siggi.

„Ein 175er", erklärte Horst. Siggi verstand immer noch nicht.

„Ein Schwuler", klärte ihn Koch auf.

„Ja, ein warmer Bruder", sprach Horst weiter. „Der Erich Lang hatte einen Laden in Reichfeld. Eigentlich seine Mutter. Aber die war krank. Und dann hat der Erich das gemacht. Der war schon über vierzig. War immer im Anzug. … Mit Tuch und so."

Koch sah kurz zu Esch und zog seine Augenbrauen hoch.

„Und der …?"

„Ja, die beiden verstanden sich. Und … na ja … wie soll ich …". Horst drehte sich auf seinem Bett, auf dem er seit der Reinigung der Wunde lag, herum und stöhnte auf.

„Die Leute haben geredet und gemeint, dass der Erich mit dem Sebastian …"

„Was ist mit Erich Lang? Lebt er noch?"

Esch war näher an das Bett herangetreten und sah auf den jungen Mann herunter.

Der schüttelte den Kopf und umfasste mit seinen Händen das verletzte Bein.

„Ich weiß nicht. Der war irgendwann nicht mehr da."

„Wie? Nicht mehr da?"

Koch bemerkte, dass Esch wütend wurde.

„Weg", antwortete Horst kühl und lapidar.

„Wohin weg? Weggegangen? Weggebracht worden?“

„Woher soll ich das wissen? Ich war ja nicht mit dem befreundet.“

Koch schaltete sich ein. „Ins Lager, das heißt ‚weg‘, oder?“

Horst zuckte mit den Schultern.

Esch hatte genug gehört. Zornig verließ er die Hütte.

„Ins Lager? Nun reden Sie schon!“, hakte Koch nach.

„Ich glaube schon“, sagte Horst kleinlaut.

„Wer hat ihn verraten?“

„Wie verraten? Hat doch jeder gewusst, dass der ein Warmer ist.“

Auch Koch verließ die Hütte, Siggi folgte ihm schnell.

Sie trafen Esch am Wagen gelehnt, eine Zigarette rauchend.

„Du rauchst?“, fragte Koch überrascht.

„Um die Übelkeit zu bekämpfen. Ich könnte jedes Mal kotzen, wenn ich die Leute so reden höre.“ Er schnippte die nur halb aufgerauchte Zigarette auf den Waldboden.

Koch ging ihr hinterher und trat sie aus.

„Was ist mit deinem Arm?“, fragte Esch.

„Was soll damit sein?“

„Du hältst ihn komisch. Als ob er verletzt wäre …“

„Gut beobachtet. Messerstich.“

„Messerstich?!“, wiederholte Esch ungläubig. „Dich kann man wohl keine Sekunde alleine lassen.“

Koch gab dem Arzt eine Kurzfassung, wie es dazu gekommen war.

Der Nächste auf ihrer Liste war Heinrich Weller, der Postmann. Auf ihr Klopfen an seine Tür wurde ihnen nicht geöffnet.

Ein Mann, der vorbeikam, erklärte ihnen, dass Weller

vor zwei Tagen überhastet weggefahren sei und seitdem keine Post mehr ausgetragen worden war.

„Hat Weller das schon öfters gemacht?"

Der Mann deutete ein Lachen an. „Der Heinrich? Das Pflichtbewusstsein in Person." Er wurde wieder ernst. „Deswegen machen sich die Leute schon Sorgen. Wissen Sie, bei anderen, da würde man denken, der hat gesoffen oder was mit einer … Sie wissen schon, aber der Heinrich, nee nee. Was wollen Sie denn von ihm?"

„Wir möchten ihn gerne etwas fragen. Aber …", Koch hielt kurz inne und sah den Mann an. „Kennen Sie den Sebastian?"

„Sebastian …?", fragte der Mann.

„Sebastian Dollberger?"

„Kenn ich nicht", antwortete der Mann, mit einem Mal kurz angebunden, und winkte ab. „Ich muss …" Er brachte den Satz nicht zu Ende und lief los.

Koch klopfte noch einmal an die Tür.

„Seltsam, oder? Wartet mal hier", sagte er zu den beiden anderen, ging um die Ecke und klopfte an der Tür des Nachbarhauses.

Der älteren Frau, die ihm öffnete, zeigte er seinen Polizeiausweis und bat sie, ihn in den Hof zu lassen, wo er sich von ihr die Rückseite von Wellers Haus samt der Poststation zeigen ließ.

„Ist was mit dem Heinrich? Hat der was angestellt?"

„Wann haben Sie ihn zuletzt gesehen?", fragte Koch zurück.

„Vor zwei oder drei Tagen", bestätigte sie die Aussage des Mannes. „Das ist schon komisch."

Koch ging zu einem der Fenster, die zu Wellers Haus gehörten. Es war eine einfache Konstruktion, die sich mittels eines Stücks Drahts, den er sich von der Frau geben ließ und die sein Treiben neugierig beobachtete und mehrmals mit „Dürfen Sie das denn?" kommentierte, problemlos öffnen ließ.

Mühsam und umständlich, weil er seine Arme nicht belasten wollte, kletterte Koch durch das Fenster ins Innere und befand sich in einer Art Lagerraum. Holzregale waren rechts und links an die Wand montiert, die leergeräumt waren. Einzig eine Kiste war neben der Tür abgestellt worden und eine Photographie hing in einem Holzrahmen an der Wand.

Koch ging zum Vordereingang. Die Tür zur Straße war abgeschlossen. Das Fenster daneben mit einer Eisenstange verriegelt, die Koch zur Seite schob.

„Hier!", rief er den beiden erstaunten Männern draußen zu, die gleich durch das offene Fenster ins Innere kletterten.

Nach einer Viertelstunde waren sie sich sicher, dass Weller sein Haus für längere Zeit verlassen hatte. Der Schrank stand offen, Schubladen waren aus einer Kommode gezogen, er schien überhastet aufgebrochen zu sein.

Koch bat die Frau herein und forderte sie auf, sich umzuschauen und ihm zu sagen, ob ihr etwas auffalle.

Sie lief unruhig und unsicher umher und stand bald wieder vor dem Kommissar.

„Und?", fragte der streng.

„Leer ist es. Dabei ist der Heinrich nie weg. Außer ab und zu zur Amalienhöhe. Zu der Grube. Aber immer nur einen Tag. Mit dem alten Motorrad von seinem Vater. Hat er im Krieg versteckt. Aus Angst, dass sie es ihm wegnehmen." Sie lachte. „Meinte, dass das keiner merkt."

„Amalienhöhe?", fragte Esch.

Die Frau zeigte auf die ausgeblichene Photographie an der Wand, die einen hohen Förderturm zeigte. „Da hat sein Vater gearbeitet. Wäre fast geschlossen worden. Nach dem Krieg 14/18 ging das nicht mehr so gut. Erst wieder unter den Nazis. Und der Heinrich war da natürlich froh. Weil sein Vater dann wieder in Arbeit war."

„Lebt der noch?"

Die Frau schüttelte ihren Kopf.

„Kurz nach Kriegsbeginn gestorben. Die Lunge. Ja, so kann es gehen. Der Arzt meinte, wäre von der Arbeit in der Grube. Der Heinrich wollt's nicht glauben, ist dem Doktor an den Hals gesprungen."

Eine weitere Viertelstunde später gaben sie auf. Sie verschlossen das Fenster zur Straße und verließen die Räume durch das Fenster zum Hof.

„Was ist denn mit dem Heinrich?", fragte die Nachbarin.

Statt einer Antwort forderte Koch sie auf ihn sofort zu informieren, falls Weller wieder auftauchte.

Auf dem Dollberger Hof wurden die drei Männer von Heiner und Bärbel Fuchs mit argwöhnischen Blicken empfangen.

„Was wollen Sie schon wieder?!", fauchte der Bauer sie an und schob die Mistgabel in seiner Hand ein kleines Stück nach vorne.

„Mit Frau Dollberger sprechen", entgegnete Koch und wollte an dem Bauern vorbeigehen, doch der stellte sich dem Kommissar in den Weg.

„Ohne meine Erlaubnis geht niemand irgendwo hin, verstanden?"

Unbeeindruckt trat Koch einen Schritt zur Seite, doch der Bauer fasste ihm mit seiner freien Hand an den verletzten linken Arm und riss ihn zu sich herum. Koch schrie auf, drehte sich um, nutzte den Schwung und drosch dem

Mann seine rechte Faust unter das Kinn. Obwohl Heiner Fuchs ein großer und kräftiger Mann war, fiel er wie ein nasser Sack zu Boden. Der Schlag war so überraschend gekommen, dass er keinerlei Abwehr leisten konnte.

Der Kommissar trat neben den Mann, rieb sich seinen schmerzenden Arm und sah ihn von oben herab an.

„Ich warne Sie!", blaffte er. „Wir sprechen jetzt mit Frau Dollberger. Und wenn Sie noch einmal versuchen sollten uns daran zu hindern, lasse ich Ihren Hof auseinander nehmen und die Kollegen kontrollieren, ob Sie wirklich rechtmäßig in seinen Besitz gelangt sind. Haben Sie verstanden?"

Fuchs gab einen unverständlichen Laut von sich.

Seine Frau trat vor Koch. „Sie Idiot!", beschimpfte sie ihn. „Kommen her und machen uns alles kaputt."

Koch erwiderte nichts darauf, sondern winkte Siggi zu sich.

„Sie bleiben beim Auto. Und schießen sofort, wenn es nötig ist." Er zwinkerte Siggi zu. „Ich traue denen jede Sauerei zu!"

„Guter Punch", lobte Esch, schob die Eisenstange an der Tür zur Seite und stieg in dem dunklen Inneren des Schuppens die Treppe nach oben. Koch, der hinter ihm ging, entzündete sein Feuerzeug auf dem Weg zu dem Verschlag von Frau Dollberger. „Aber war das nötig?"

„Manchmal ist es gut für klare Verhältnisse zu sorgen."

„Hauptsache, Arnheim erfährt es nicht", erwiderte Esch.

Die Tür zu dem Verschlag, in dem Maria Dollberger dahinvegetierte, stand offen.

„Frau Dollberger!", rief Koch vorsichtig, aber er erhielt keine Antwort.

Er schob die Tür ganz auf. Der Gestank war weniger

intensiv als bei ihrem letzten Besuch. Nach wenigen Sekunden hatten sich seine Augen an die Dunkelheit gewöhnt.

„Frau Dollberger?“

Wieder erhielt Koch keine Antwort. Esch drängte sich an ihm vorbei.

„Die ist nicht da“, stellte er fest.

Keine zwei Minuten später standen die beiden Männer vor Bärbel und Heiner Fuchs, der sich mittlerweile erhoben hatte und sich sein Kinn rieb.

„Wo ist die Frau?“, schnauzte Koch sie an.

„Tot“, antwortete die Frau kühl.

Siggi kam zu ihnen herüber.

„Wie, tot? Was haben Sie gemacht?“ Koch wurde noch wütender.

„Wir? Sie! Sie haben sie so aufgeregt, dass Frau Dollberger angefangen hat zu schreien und zu kreischen, als Sie weg waren. Und dann ist mein Mann hoch, um nach ihr zu sehen, und die ist an ihm vorbei und hat sich die Treppe runtergestürzt.“

„Da war sie tot!“, bestätigte Heiner Fuchs.

„So ein Zufall“, entgegnete Esch.

„Was wollen Sie“, giftete ihn die Bäuerin an. „Wenn wir die hätten loswerden wollen, dann hätten wir das schon längst machen können.“

Koch gab dem Arzt ein Zeichen nicht weiter nachzuhaken.

„Und, was haben Sie mit der Frau gemacht?“, fragte er.

Die beiden Bauern sahen sich an.

„Beerdigt“, sagte die Frau schließlich.

„Beerdigt?“, fragte Esch. „War der Priester hier?“

Wieder tauschten die beiden Blicke, dann schüttelte die Frau den Kopf.

„Sie haben die Frau ohne Priester beerdigt?"

Einige Sekunden lang schwiegen die beiden, dann antwortete die Frau. „Was hätten wir dem denn sagen sollen? Nachher glaubt uns keiner. Die Leute denken doch, wir hätten denen den Hof weggenommen. Und die sagen dann, wir hätten die abgemurkst …"

Esch sah kurz zu Koch, der schwieg.

„Hören Sie!", sagte der Arzt, „Sie können die Frau nicht ohne den Segen der Kirche beerdigen. Wir schicken Ihnen einen Priester, der der Frau seinen Segen spendet."

Wieder fragende Blicke zwischen den Bauersleuten, bis die Frau schließlich zustimmend nickte. „Aber der soll im Dorf nichts sagen."

„Wir regeln das!", versprach Esch.

Der Bauer kramte aus seiner Arbeitshose eine völlig zerknitterte Zigarette, rollte sie zwischen seinen Fingern halbwegs glatt und steckte sie an. Ein ekelhafter Geruch umfing die Männer.

„Selbst angebaut", sagte er zur Entschuldigung.

„Hat Frau Dollberger Papiere, Briefe, oder so etwas aufgehoben? Wissen Sie das?"

Heiner Fuchs zuckte mit den Schultern und sog an der Zigarette, Koch trat ein kleines Stück zur Seite, um nicht zu viel von dem Tabakqualm abzubekommen.

„Keine Ahnung", sagte seine Frau.

„Wir schauen uns mal um." Mit diesen Worten wandte sich Koch wieder dem Schuppen zu und wies Siggi, der mitkommen wollte, an, vorsichtshalber weiter beim Wagen zu bleiben.

Fast eine Stunde lang durchsuchten Koch und Esch den Schuppen, begannen in dem Raum, in dem die Frau ihr Dasein gefristet hatte, hoben mit spitzen Fingern die Decken und das Heu an, suchten nach Hohlräumen unter den Holzbohlen und hinter den Deckensparren und beendeten die Suche im unteren Stockwerk.

„Nichts!“, sagte Koch ebenso müde wie enttäuscht zu Siggi, als er wieder nach draußen trat und in der Sonne erst einmal tief durchatmete. „Mist, verdammter Mist!“, fügte er dann noch hinzu und kickte mit der Spitze seines Schuhs einen Stein vom Boden, der den Morris nur knapp verfehlte.

„Na ja“, sagte Siggi, der aufatmete, dass der Stein an dem Auto vorbeigeflogen war, „die Frau Dollberger hat doch früher da im Haus gelebt. Da, wo jetzt die Bauern wohnen. Vielleicht hat die die Sachen ja da … auf dem Speicher oder so …“

„Gut, Siggi, sehr gut, was würden wir ohne Sie nur machen!“, rief Koch aus, dann folgte er ihm, der schon auf dem Weg zu dem steinernen Wohnhaus war, in das die Bauersleute nach dem letzten Gespräch verschwunden waren.

„Was denn noch?“, fragte die Bäuerin.

Koch erklärte sein Anliegen.

„Hier im Haus?“, fragte sie ungläubig zurück und schien nicht erbaut von der Vorstellung, die Männer in ihr Haus zu lassen.

„Lass Sie rein!“, rief ihr Mann von hinten. „Je schneller die machen, desto schneller sind die auch wieder weg.“

Koch und Esch drängten sich an der Frau vorbei und ließen sich das Zimmer zeigen, in dem die Frau zuletzt gelebt hatte, bevor man sie in den Schuppen brachte.

Doch in dem Zimmer, in dem nur ein paar alte Möbel und ein zusammengebrochenes Bett standen, fanden sie keinerlei Aufzeichnungen.

„Gibt es einen Speicher?“

Widerwillig zeigte der Bauer ihnen die Luke, die hinauf auf den Dachboden führte. Er stellte eine wackelige Holzleiter an und kletterte vor. Oben entzündete er eine Kerze und zeigte auf eine Ecke, in der sich mehrere Kisten stapelten.

„Das ist alles, was von der Alten noch da ist. Was suchen Sie denn?"

Esch ging mit eingezogenem Kopf zu den Kisten.

„Briefe, Bücher …"

„Na, denn viel Spaß. Konnte die überhaupt schreiben und …?"

Kochs Blick ließ ihn verstummen.

„Hier!", rief Esch plötzlich aus und hob aus einer der Kisten eine Schachtel, die mit buntem Papier beklebt war.

Koch eilte zu ihm herüber. Der Arzt hielt mehrere zusammengeschnürte Packen von Briefen und Kladden, deren Einbände sich schon auflösten, in den Händen.

„Tatsächlich!" Koch stieß einen Pfiff aus. „Ich habe es nicht geglaubt."

„Ich auch nicht", sagte Esch.

Sie durchwühlten die anderen Kisten, aber offenbar hatte Esch gleich mit der ersten den goldenen Griff getan.

Sie trugen den Karton nach unten, wo sie den Bauersleuten mitteilten, dass sie gefunden hätten, was sie suchten, und dass sie auf dem Rückweg den Pfarrer informieren würden, damit der sich um ein würdevolles Begräbnis für Maria Dollberger kümmern könne.

Der war zunächst erbost, dass die Bauern die tote Frau einfach so „verscharrt" hätten, wie er das nannte, gab sich aber nach einigen Minuten versöhnlich und versprach, dass er sich um alles kümmern würde, ohne dass Heiner und Bärbel Fuchs Ärger entstünde.

Es war schon fast sechs Uhr am Abend, als sie Mainz erreichten. Koch schlug vor, zu ihm zu fahren, um Arnheim nicht in die Arme zu laufen, immerhin hatte der ihn zum Auskurieren seiner Verletzung nach Hause verbannt.

Esch organisierte Bier und Wurst, ohne zu verraten, woher er dies so schnell bekommen hatte, während Siggi den Tisch in Kochs Wohnzimmer freiräumte und die Briefe und die anderen Aufzeichnungen darauf ausbreitete.

LV

Sie öffneten die Flaschen und prosteten einander zu, bevor sie zu lesen begannen. Immer, wenn einer von ihnen meinte, ein interessantes Schriftstück oder eine neue Information gefunden zu haben, las er es den anderen laut vor. Es war fast Mitternacht, dann hatten sie alles soweit sortiert, geordnet und in einen zeitlichen und kausalen Zusammenhang gestellt, dass sie sich ein ungefähres Bild des Geschehens der Jahre 1937 bis 1939 machen konnten.

Am aufschlussreichsten war der Brief aus dem Jahr 1937, in dem Magda Dollberger ihrem Sohn ankündigte, dass sie nicht mehr länger leben könne, weil sie einen unverzeihlichen Fehler begangen hatte. Sie hatte ihren Sohn verraten. Zwar habe ihr Mann, Robert Hoger, sie zu diesem Schritt gezwungen, aber sie war es gewesen, die sich hatte zwingen lassen, schrieb sie, und damit ihrem Kind so viel Leid zugefügt. Dazu kam, wie sie in einem anderen Brief andeutete, dass ihre Ehe mit Hoger schon lange zerrüttet war. Er hatte sie zu diesem Schritt gezwungen, weil er sich dadurch für sich und den Sohn Günther Vorteile erhoffte, in erster Linie die Aufnahme Günthers in eine Napola. Nachdem Magda sich zunächst geweigert hatte, der Sterilisierung Sebastians zuzustimmen, habe man sich Hogers bedient, damit der Druck auf sie als die leibliche Mutter ausübe.

In ihrem Abschiedsbrief waren auch die Namen der Personen aufgeführt, die bei der Verhandlung vor der Kommission, die über Sebastians Sterilisierung entschied, anwesend waren. Einer von ihnen war Dr. Hans-Friedrich Beirath. Er hatte sich während der Verhandlung besonders abfällig geäußert und Sebastian und seine Mutter immer wieder gedemütigt.

Koch hielt plötzlich inne.

„Das könnte eine Spur sein", stieß er hervor und die Aufregung, die ihn erfasst hatte, war für die anderen unüberhörbar.

Neben den Namen der Personen, die mittel- und unmittelbar an seiner Sterilisierung beteiligt waren, nannte Magda Dollberger ihrem unehelichen Sohn den Namen seines Vaters, eines französischen Besatzungssoldaten aus Algerien, mit dem sie 1920 in Worms ein Verhältnis begonnen hatte, der aber schon vor der Geburt des Kindes 1922 nach Frankreich zurückbeordert worden war. Sein Name war Rachid Zedouni und er war in der Nähe von Pau in Südfrankreich stationiert gewesen. Eine kurze Zeit hielten Magda und er noch brieflichen Kontakt, bis der schließlich völlig zum Erliegen kam. Magda nannte Sebastian auch den Ort, in dem Rachid mit seinen Eltern und Geschwistern lebte, ein Dorf in der Nähe von Marseille. Sie forderte ihren Sohn auf, Kontakt mit seinem Vater aufzunehmen und zu ihm zu fahren, da sie in Deutschland um sein Leben fürchtete. Sie schloss diesen Brief mit der Aufforderung, dass Sebastian die Briefe gut verstecken müsse, weil sie in den Händen der falschen Leute außerordentlich gefährlich wären.

„Dann stimmt das mit der Flucht nach Frankreich also", stellte Esch fest, nachdem Koch das Vorlesen des Briefs beendet hatte.

„Aber wie wollte er nach Frankreich? Er brauchte Geld und Papiere dafür."

„Vielleicht hilft uns das Tagebuch", warf Siggi ein und hielt eine braune, schon abgeriebene und speckige Kladde in die Höhe. „Ist wohl mal Wasser dran gekommen", erklärte er, „ein paar Stellen am Rand sind kaum zu lesen."

„Dann mal los, Siggi!", forderte ihn Koch auf.

In seinem Tagebuch zeigte sich Sebastian als ein feinfühliger und intelligenter Junge, der unter seinem Außenseiterdasein litt, aber auch Selbstbewusstsein besaß, wie die Beschreibungen und Einschätzungen sowohl seiner Altersgenossen und Mitschüler als auch der Erwachsenen belegten. In Erich Lang, der mit seiner Mutter den kleinen Laden in Reichfeld führte, hatte er einen Mentor gefunden, der den Heranwachsenden an die Literatur und die Kunst führte. Lang hatte wohl, wie Sebastian andeutungsweise schrieb, eine geheime Bibliothek, darin auch eine Reihe von Büchern von Autoren, was er vor Sebastian offensichtlich nicht verheimlichte, mit homoerotischen Neigungen.

In dem Tagebuch offenbarte sich auch Sebastians zwiespältiges Verhältnis zu seiner Mutter, da er sich wünschte, nicht mit dem Gefühl leben zu müssen, eine Belastung für sie zu sein, weil sie sich nicht zu ihm bekannte, ihn verleugnete und ihn zu den Großeltern abgeschoben hatte und offenbar so gut wie nie besucht, ihm dafür aber umso öfter geschrieben hatte. Im Sommer 1937 war sie plötzlich zu ihm gekommen, das erste Mal seit Jahren. Sebastian hatte es zunächst nicht mitbekommen, erst ein lautstarker Streit zwischen der Mutter und seinen Großeltern lockte ihn in die Küche, wo die drei Menschen standen und bei seinem Betreten des Raums sogleich verstummten. Sebastian beschrieb seine Mutter an diesem Morgen als fahrig und aufgeregt. Sie drückte den Jungen immer wieder an sich und mahnte ihn gleichzeitig zur Eile. Auf dem Hof wartete ein Auto, in dem ein ihm fremder Mann saß. Seine Mutter stellte ihn als ihren neuen Mann vor, doch der beachtete den Jungen nicht und sprach während der ganzen Fahrt nach Wiesbaden und zurück kein einziges Wort mit ihm. Magda erklärte Sebastian unterwegs, dass er mit zu einem Gericht müsse, wo man ihn untersuchen werde. Sebastian dachte an Wellers „schnipp, schnapp", aber er wagte nicht, sich seiner Mutter zu widersetzen. In Wiesbaden war er von einer Kommission untersucht worden, von Männern, die ihn sehr verächtlich behandelten. Ein Dr. Beirath war der Schlimmste gewesen. Danach fuhr man ihn in ein Krankenhaus. Mehr schrieb der Junge nicht über diesen Tag, und auch zu den folgenden Tagen und Wochen fehlten Aufzeichnungen. Dann führte Sebastian sein Tagebuch weiter, aber seltener und sprachlich reduzierter als vor dem Besuch seiner Mutter. Nur einmal erwähnte er kurz den Brief der Mutter und deren Aufforderung, Kontakt zu seinem Vater in Frankreich aufzunehmen.

Zunächst wollte Sebastian nichts von seinem Vater und der Flucht wissen. Er fühlte sich gegenüber seinen Großeltern, die ihn großgezogen hatten, verpflichtet. Sie waren schon recht alt, hatten ihn stets gut und wie ihr eigenes Kind behandelt, und waren nun, da sie aufgrund ihres Alters und den häufiger zu Tage tretenden Gebrechen den Hof nicht mehr alleine bewirtschaften konnten, auf seine Hilfe angewiesen.

Doch die Übergriffe der Dorfbewohner auf ihn nahmen zu, besonders der Postbote aus Reichfeld, Heinrich Weller, ein Parteimitglied ganz früher Stunde, ließ keine Gelegenheit verstreichen, den Jungen zu demütigen und als Bastard und Hurensohn und Schmach und Beflecker deutschen Blutes zu beschimpfen. Oft verwehrte er ihm die Briefe der Mutter und händigte sie ihm erst nach vielem Bitten und Betteln aus. Die Kinder aus dem Ort verprügelten ihn immer wieder und wenn er es einmal wagte, sich zu wehren, dann war ihre Rache umso heftiger.

Erich Lang, der einzige Mensch, dem Sebastian vertraute, drängte den Jungen, den Vorschlag seiner Mutter aufzugreifen und Kontakt zu Rachid aufzunehmen, denn wie die Mutter glaubte er, dass es bald nicht mehr bei verbalen Übergriffen durch die Dorfbevölkerung bleiben würde. Weller hatte schon des Öfteren mit einem fiesen Lachen gedroht, dass er bald abgeholt werden würde.

Tatsächlich gelang es Erich Lang Kontakt zu Rachid Zedouni im Süden Frankreichs aufzunehmen. Dabei half ihm ein Studienfreund, der in Stuttgart lebte und der geschäftlich häufig in die Schweiz reisen musste. Er übernahm die Aufgabe des Boten, der in Bern mit Rachid oder einem anderen Boten die Briefe tauschte. Dennoch haderte Sebastian, ob er weggehen dürfe. Er machte sich Sorgen wegen seiner Großeltern, aber dann verschwand Erich von einem Tag auf den anderen, ohne dass jemand im Dorf darüber sprach. Das war für Sebastian die Entscheidung.

Zunächst reagierte Rachid verhalten, doch schien Sebastian ihn mit seinen Briefen, in denen er seine Situation sehr detailliert schilderte, überzeugt zu haben, denn schon bald erklärte er sich bereit, seinen Sohn, den er noch nie gesehen hatte, bei sich aufzunehmen. Im August ließ er ihn durch den Mittelsmann wissen, dass er Sebastian mit gefälschten Papieren im September 1939 aus Deutschland rausholen würde.

Doch das Vorhaben wurde durch den deutschen Überfall auf Polen und die darauf folgende Kriegserklärung durch England und Frankreich an das Deutsche Reich zunichte gemacht. Für Rachid war damit eine Reise nach Deutschland ebenso unmöglich geworden wie Sebastians Aufenthalt in Grenznähe zu Frankreich.

Sebastians Verzweiflung wuchs, zumal die Anzeichen, dass er bald abgeholt würde, wie Weller drohte, ständig zunahmen. In dem letzten Absatz seines Tagebuches vom Oktober 1939 schrieb Sebastian, dass er nun zu Weller gehen werde, um sich bei ihm zu erkundigen, ob ein Brief für ihn gekommen sei.

Später datierte Aufzeichnungen oder Briefe fanden sie nicht.

„Wir wissen nun, dass Sebastian zwangssterilisiert wurde“, resümierte Esch.

„Aber ob ihm die Flucht gelungen ist oder nicht, das wissen wir nicht“, sagte Siggi. „Und wenn er lebt, könnte er der Mörder sein.“

„Ich glaube nicht, dass er lebt“, widersprach Koch heftig.

„Rachid?“, fragte Esch in die Runde und leerte seine Bierflasche.

„Ja“, bestätigte Koch zögerlich. „Aber er hat seinen Sohn nie gesehen und er ist vor über fünfundzwanzig Jahren aus Deutschland weg. Welchen Grund hätte er?“, fragte er in die Runde.

„Immerhin wollte er den Jungen aus Deutschland holen. Vor dem Krieg“, argumentierte Esch.

„Aber nach so langer Zeit …? Vielleicht war es für ihn damals nur ein Abenteuer“, wandte Koch ein, aber aus seinen Worten klang ein deutlicher Zweifel.

„Und was ist mit dem Neffen des Hoteliers aus Worms“, rief Siggi aus.

„Gero Brand?“

„Ja, der war doch in Magda verliebt gewesen. Und Hoger hat ihm die Frau weggenommen …“

„Aber warum sollte er Beirath umbringen? Und wie konnte er von dem wissen?“ Koch schüttelte den Kopf. „Und außerdem, Siggi, er hat eine Frau und ein Kind.“

„Aber Guntersblum ist nicht weit von Worms entfernt

und den französischen Akzent kann man nachmachen", kämpfte Siggi für seine Theorie.

„Aber genau der spricht doch für diesen Rachid", wandte Koch ein. „Er ist Franzose. Nur …", er dachte nach. „Ja, wieso kommt er nach so langer Zeit … Es ist aber unsere einzige Spur. Wir müssen mehr über diesen Mann wissen. Rachid wusste durch die Briefe von beiden, von Hoger und Beirath. Er hat ein Motiv."

So diskutierten sie noch eine Stunde, dann wurden Koch die Anstrengungen der letzten Tage zu viel. Er war müde und brauchte Ruhe zum Nachdenken. Er bat Siggi, da er selbst nicht in die Direktion gehen konnte, ohne einen Streit mit Arnheim zu riskieren, am nächsten Tag herauszufinden, ob Rachid noch an der Adresse gemeldet war, die sie in Magdas Brief gefunden hatten.

Sie verabschiedeten sich voneinander und verabredeten sich für den nächsten Tag am frühen Abend in Kochs Wohnung, um ihr weiteres Vorgehen zu besprechen.

LVI

Gleich nachdem Esch und Siggi die Wohnung verlassen hatten, ließ sich Koch in den Sessel fallen. Er war erschöpft. Die Wunde am linken Arm pochte heftig und die Kopfschmerzen, die sich den ganzen Abend schon angedeutet hatten, wurden heftiger.

Koch öffnete die letzte Bierflasche, und wollte sich gerade wieder in den Sessel setzen, da klopfte es an der Tür.

„Absacker, Puhler!" Bresson hielt ihm eine Flasche entgegen.

„Nur zum Einschlafen", fügte er hinzu, als Koch zögerte.

Ergeben nickte Koch, trat zur Seite und ließ den Photographen in seine Wohnung.

„Spät sind Sie."

„Hatte noch zu tun", sagte Bresson, während er aus der Küche zwei Gläser holte und füllte. „Ich hatte Stimmen bei Ihnen gehört."

Sie stießen die Gläser an.

Koch lehnte sich in seinem Sessel zurück.

„Sie können es nicht lassen, was Koch?", stellte Bresson fest.

„Wie denn auch, wenn der Fall nicht gelöst ist?! Aber wir haben jetzt eine Spur." Er berichtete Bresson, was sie an diesem Tag erfahren hatten.

„Was meinen Sie dazu?", fragte Koch ihn, als er geendet hatte.

Bresson ließ sich einen Moment Zeit, stand auf und ging mit seinem Glas zum Fenster. Eine leichte Brise brachte Abkühlung nach dem heißen Tag.

„Nur Extreme", sagte er schließlich. „Der Winter zu

kalt, der Sommer zu heiß. Und das ausgerechnet jetzt, wo es nicht genug zum Fressen gibt und im Winter nichts zum Heizen."

Koch erwiderte nichts. Er trank und wartete.

„Rachid", sprach Bresson in die Nacht.

„Wie?", fragte Koch aus seinem Sessel. Er war eingenickt.

„Ich glaube auch, dass es Rachid war. Wer sonst? Sebastian ist sein Sohn. Er wollte ihn retten. Er erfährt, dass er ermordet wurde. Er kann von Sebastian, wenn ich Sie richtig verstanden habe, Koch, die Namen der Männer erfahren haben, die an Sebastians Schicksal schuld sind."

Koch streckte sich, stand auf und ging zu Bresson ans Fenster. Er spürte die belebende Wirkung der Brise. Trotzdem musste er gähnen.

„Und", fügte Bresson hinzu, „hatten Sie nicht erzählt, dass der Bauer in Guntersblum gesagt hatte, dass der Mann, der ihm das Geld für das Boot zum Übersetzen gegeben hatte, einen französischen Akzent hatte?"

„Bresson, Mensch, dass Sie das behalten haben … Ja. Natürlich, auch das spricht für Rachid."

„Und, Koch, noch was …", sagte Bresson bedeutungsvoll, vollendete den Satz aber nicht, sondern ging zum Sessel, wo er die Flasche vom Boden nahm. Am Fenster füllte er sein Glas. Koch winkte ab.

„Ja, was denn, Bresson?", fragte Koch und gähnte. Nur mühsam konnte er seine Augen offen halten.

„Ist Ihnen noch nicht der Gedanke gekommen, dass es noch eine Person gibt, mit der Rachid eine Rechnung offen hätte?"

Koch sah ihn erstaunt an.

„Der Postmann, wie hieß er denn noch …?"

„Weller, Heinrich Weller."

„Wenn es stimmt, dass der den Jungen damals verraten hat, und Rachid alle tötet, die für den Tod seines Sohnes verantwortlich sind, dann gehört dieser Weller auf jeden Fall auch dazu."

Koch musste einen Moment überlegen, doch Bresson hatte Recht. Weller hatte Sebastian nicht nur immer wieder beschimpft und gedemütigt, er war es auch gewesen, der ihn nach dem Streit in der Poststation und Sebastians Flucht mit dem Fahrrad angezeigt hatte. Anzeigen *musste*, wie Weller sich ausgedrückt hatte.

„Ja, Bresson …", sagte Koch leise und nachdenklich. „Sie haben ein verdammt gutes Gedächtnis. Ja, wenn er Sebastian an die Gestapo verraten hat und wenn Rachid das erfahren hat, dann wäre Weller der nächste … Und … der Mann ist verschwunden." Der Kommissar schlug mit der Hand auf das Fensterbrett. Staub flog auf. „Es würde passen. Ja, Bresson. Weller ist weg, seit zwei oder drei Tagen. Keiner im Dorf weiß wohin." Koch dachte nach. „Dann müsste er aber wissen, dass Rachid hinter ihm her ist." Koch hielt inne. „Aber wo ist er hin?"

Koch hielt Bresson sein Glas entgegen, der es erneut füllte. Doch der nächste Schluck war zu viel, Koch musste sich wieder in den Sessel setzen und kurz darauf fiel ihm der Kopf auf die Brust. Bresson beobachtete seinen Nachbarn einige Sekunden, während denen er sein Glas leerte, dann legte er eine Decke über Kochs Körper, löschte das Licht und verließ leise die Wohnung.

Koch war aber nicht eingeschlafen. Sein Kopf war viel zu voll mit Fragen. Wo war Rachid jetzt? War er schon im Hunsrück? War Weller vor Rachid geflohen? Wusste er, dass der Mann ihm auf den Fersen war? Und wohin war er geflohen? Die Nachbarin hatte gesagt, dass er mit einem

Motorrad weggefahren war, dem Motorrad seines Vaters. Wenn er geflüchtet war: Wohin?

Er wälzte sich auf dem Sessel hin und her, suchte nach Hinweisen, wohin der Postmann gefahren sein könnte, döste ein, wachte auf und quälte sich gleich wieder mit diesen Fragen. Koch schwitzte unter der Decke, warf sie zur Seite, schlief kurz und wachte wieder auf, kippte die Bierflasche, die er vor Bressons Kommen geöffnet hatte, um, hob sie schnell auf und trank den Rest leer.

Dann schlief er endgültig ein und träumte wirr. Von Motorrädern und Männern, die in Wäldern wohnen, sieht einen Jungen durch den Wald laufen, wieder ein Motorrad, das mit überhöhter Geschwindigkeit auf ihn zurast und er steht da wie festgenagelt, kann sich erst in letzter Sekunde losreißen und laufen, rennt und hört hinter sich den Motor aufheulen. Sein Bein schmerzt, jeder Schritt zerreißt ihn, der unebene Waldboden macht das Laufen fast unmöglich und der Motorenlärm kommt immer näher. Vor ihm lichten sich die Bäume und ein großer Turm wächst zwischen den Bäumen hervor. Er läuft weiter, das Motorrad ist jetzt hinter ihm, er humpelt, schnaubt und stöhnt, die Lichtung kommt näher, der Turm wächst höher in den Himmel, nur noch wenige Meter, da berührt das Vorderrad seine Ferse, er strauchelt, rappelt sich auf, stolpert erneut und fällt vornüber. Das Motorrad ist direkt hinter ihm, sein Blick geht nach oben und da ist der Turm direkt vor ihm, der Turm, den er auf dem Photo bei Weller gesehen hatte, er will die Hand heben, das Motorrad stoppen, schreien, ich weiß, ich weiß, da ist das riesige Vorderrad direkt vor ihm und …

Koch wachte durch seinen eigenen Schrei auf. „Ich weiß, ich weiß …“

Er war halb aus dem Sessel gerutscht, lag quer über der Lehne, das Hemd aus der Hose, die Haare feucht an der Kopfhaut klebend.

Koch richtete sich auf und starrte auf das Fenster, das noch immer offen stand. Draußen dämmerte bereits der Tag herauf.

Er versuchte sich an den Namen des Ortes zu erinnern, den Wellers Nachbarin ihm genannt hatte.

Umständlich erhob er sich aus dem Sessel und steckte das Hemd in die Hose. Amalienhöhe. Mit einem Mal war der Name da. Eine Grube oder Zeche, hatte die Frau gesagt. Den Namen hatte er vorher nie gehört, auch nicht von seinem Vater. Hastig lief er aus der Wohnung über den Flur und klopfte mehrmals an Bressons Tür. Der öffnete ihm nach einigen Minuten und starrte den Kommissar überrascht und verschlafen an.

„Was wollen Sie denn so früh, Koch?“, fragte er, noch zu müde, um seiner Stimme einen aufgebrachten Tonfall zu geben.

„Kennen Sie die Amalienhöhe?“, fragte Koch, ohne Rücksicht auf den Zustand des Photographen.

„Amalienhöhe? Wie kommen Sie denn da drauf?“

„Kennen Sie die?“

„Kommen Sie erst einmal rein! Ich muss mich setzen.“

Koch folgte dem Nachbarn widerwillig in die Wohnung. Lieber wäre es ihm gewesen, er hätte ihm gleich die Information gegeben.

Bresson setzte sich auf einen Stuhl. „Was, Koch, wollen Sie wissen?“, fragte er schläfrig und forderte den Kommissar mit einer fahrigen Bewegung auf Platz zu nehmen.

„Amalienhöhe. Wo ist die?“, fragte er gereizt.

Bresson machte eine Geste, dass er leiser sprechen solle.

„Hinter Bingen“, sagte er schließlich. „Waldalgesheim. Hunsrück.“

Koch erinnerte sich, dass die Nachbarin genau diesen Namen genannt hatte.

„Was ist denn damit?“

„Ich glaube, dass Weller sich da versteckt.“

„Wie kommen Sie …“

Koch ließ den Nachbarn nicht aussprechen. Er stand auf, eilte in seine Wohnung und machte sich hastig über dem Spülbecken frisch, spritzte sich Wasser ins Gesicht und spülte den Mund aus, klopfte die Kleidung ab, kämmte die Haare, nahm seinen Hut von dem Haken an der Wand, verließ die Wohnung und eilte durch die leeren Straßen und die noch frische Morgenluft zur Direktion.

Das Tor stand schon offen für die Polizisten, die bald zum Dienstbeginn eintreffen würden. Er musste sich beeilen. Der Pförtner sah aus seiner leicht erhöhten Loge überrascht hinter dem Kommissar her. Koch überquerte den großen Innenhof zur Halle der Fahrbereitschaft. Das Tor war verschlossen. Er sah auf seine Uhr. Es war noch keine sechs Uhr, in der nächsten Stunde würde kaum jemand kommen. So lange konnte er nicht warten und dass man ihm dann einen Wagen geben würde, bezweifelte er.

Nur kurz wägte er das Für und Wider seines Planes ab, dann machte er kehrt und schritt auf die Loge des Pförtners zu.

„So früh, Herr Kommissar?!“, begrüßte der ihn spöttisch durch das geöffnete Fenster.

Immerhin schien der Mann nicht zu wissen, dass er offiziell nicht arbeiten durfte.

„Wann kommt denn der Jörg von der Fahrbereitschaft? Oder einer der anderen?“, fragte Koch, den Kopf leicht nach oben gereckt.

„Tja“, ließ sich der Mann Zeit, als ob er die Situation genieße. „Vor sieben, halb acht nicht.“

Unruhig trippelte Koch vor der Pförtnerloge hin und her.

„Folgendes: Ich habe gestern etwas im Wagen liegen lassen und das brauche ich heute unbedingt, eine Akte, die ich lesen muss vor der Vernehmung. Haben Sie vielleicht einen Schlüssel zur Halle?“ Koch versuchte ruhig und freundlich zu sprechen.

„Tja“, erwiderte der Pförtner gedehnt, „ob ich Ihnen einfach so … die Halle …“

„Eine Akte. Es ist wirklich sehr wichtig.“ Koch sprach sehr ernst.

„Nun, wenn es so wichtig ist …“, sagte der Pförtner, machte aber keine Anstalten den Schlüssel zu holen.

„Ich wäre Ihnen sehr verbunden.“ Koch musste sich auf die Zunge beißen.

Endlich bewegte sich der Pförtner, ging zwei Schritte zu einem Wandschrank und entnahm ihm einen Schlüssel, den er am Zeigefinger aus der Pförtnerloge baumeln ließ.

„Und bitte gleich zurück!“

„Danke!“, Koch nahm den Schlüssel und eilte über den Hof.

In der düsteren Halle sah Koch sich um. Zuerst den Schlüssel für einen der Wagen organisieren. Er ging in das kleine Büro am Ende der Halle, wo die Zündschlüssel und Papiere verwahrt wurden. Auf dem Weg dorthin sah er sich um. Der Opel P 4 stand da, der BMW 315, den Siggi so mochte, wenn auch wie alle anderen schon mehr als zehn Jahre alt und durch den Krieg arg mitgenommen, der Adler Triumph Junior und ein Motorrad mit Seitenwagen. Koch öffnete den Blechkasten an der Wand, in dem die Schlüssel aufbewahrt wurden. Mit einem dünnen Pinsel hatte jemand die Autotypen auf die Rückseite des Blechs unter die kurzen Haken geschrieben. Koch nahm den Schlüssel für den Adler, zu dem er das meiste Zutrauen hatte.

Die großen Flügel des Tores in die Fahrzeughalle waren schwer und es bereitete Koch mit seinen verletzten Armen Mühe, sie aufzuschieben. Er sah zum Pförtner herüber. Der Mann saß in seiner Loge und nahm keine Notiz von ihm. Schnell ging er zurück zu dem Adler, setzte sich hinters Steuer und startete den Motor. Er musste hoffen, dass genügend Sprit im Tank war. Er kuppelte aus, gab Gas und legte den ersten Gang ein. Das unsynchronisierte Getriebe erforderte viel Gefühl und Erfahrung. Koch würgte den Wagen ab und fluchte. Er startete den Motor erneut. Dieses Mal klappte es besser, langsam rollte der Adler aus der Halle. Koch versuchte so wenig Gas wie möglich zu geben, damit der Pförtner erst so spät wie möglich sein Vorhaben bemerken würde.

Doch der Mann hatte aufgepasst, eilte aus seiner Loge, stellte sich in die Einfahrt und breitete seine Arme aus. Koch gab Gas und der Pförtner musste sich mit einem beherzten Sprung in Sicherheit bringen.

Koch hatte vorgehabt Siggi abzuholen, aber er fürchtete, dass der Pförtner die Kollegen alarmieren würde. Jetzt musste er so schnell wie möglich aus der Stadt. Vielleicht hätte er seine Dienstwaffe einstecken sollen, überlegte er, aber dafür war es nun zu spät. Um diese frühe Stunde waren nur wenige Menschen unterwegs und die Aufräumarbeiten in und um die Ruinen der zerstörten Häuser hatten noch nicht begonnen. Ohne große Schwierigkeiten und ohne in eine Kontrolle zu geraten, erreichte Koch den Stadtrand. Auf der Landstraße fühlte er sich sicherer. Die

Menschen, die schon zu den Bauern unterwegs waren, konnte er meist in einem weiten Bogen überholen.

Durch die Touren mit Siggi und Esch kannte er den Weg, durchquerte Ingelheim, erreichte Bingen und fuhr von dort in den Hunsrück. Anders als der sportliche Morris von Esch quälte sich der Adler den Berg hinauf. Koch hoffte inständig, dass genügend Benzin im Tank war. Bei jedem Stottern des Motors glaubte er, dass dies das Ende seiner Fahrt war, doch dann fing sich die Maschine und lief weiter.

Dann endlich erreichte er Waldalgesheim. Ein alter Mann erklärte ihm den Weg zur Amalienhöhe.

Koch war sich bewusst, dass er mit dieser Unternehmung seine Karriere bei der Polizei aufs Spiel setzte. Er hatte sich Arnheims Anweisung, sich zu Hause auszukurieren, widersetzt, und er hatte einen Wagen aus dem Fuhrpark der Direktion entwendet und zudem fast einen Kollegen überfahren. Auf Milde konnte er allenfalls hoffen, wenn er den Mord an Weller verhindern und Rachid in Gewahrsam nehmen konnte. Vorausgesetzt er hatte mit seiner Vermutung Recht.

Die schmale Straße zu der Grube mit dem hohen Förderturm, den er von der Photographie kannte und den er schon früh erkannte, schlängelte sich durch den Wald. In einem weit ansteigenden Bogen führte die Straße hoch zum Grubengelände, das Koch sich anders vorgestellt hatte. Er hatte Fabrikhallen erwartet, aber das Erste, das er hinter der breiten Einfahrt zu Gesicht bekam, waren große, herrschaftliche Gebäude, die zu einem adligen Landsitz und nicht zu einer Industrieanlage passten. Langsam ließ er den Wagen an den Häusern vorbeirollen.

Koch orientierte sich an dem Turm, der alles überragte und steuerte den Wagen um zwei der Gebäude herum, bis er sich vor einer großen Halle befand. Er verlangsamte die Geschwindigkeit und suchte das Gelände ab, um irgendetwas zu entdecken, das auf Wellers oder Rachids Anwesenheit hinwies, aber Gelände und Gebäude wirkten menschenleer. Das einzig Belebende war die Sonne, die langsam durch die vom Wind bewegten Blätter der Bäume brach und auf dem Boden unruhige Lichtspiele schuf.

Neben einem großen Gebäude, der Maschinenhalle, brachte Koch das Auto zum Stehen. Zweifel überkamen ihn, ob die Spur nicht zu vage gewesen war, ein Photo und die Aussage der Nachbarin, dass Weller früher oft an diesen Ort gefahren war, an dem sein Vater jahrelang gearbeitet hatte.

Er legte den Gang ein und fuhr langsam um die Maschinenhalle, die auf den letzten Metern auf hohen Steinstelen stand, zwischen denen man unter das Gebäude fahren konnte.

Zwischen zwei Stelen entdeckte Koch ein Motorrad. Er trat so heftig auf die Bremse, dass der Wagen schlitterte, bevor er zum Stehen kam. Koch riss die Tür auf und sprang auf den losen Untergrund. Es war völlig ruhig bis auf den Singsang der Vögel im nahen Wald und das Rascheln der Blätter. Langsam gewöhnten sich seine Augen an das wenige Licht. Zwischen zwei der Stelen war tatsächlich ein Motorrad aufgebockt. Hinter dem Vorderrad ragte ein dunkler Gegenstand hervor, in dem Koch beim Näherkommen einen Stiefel zu erkennen glaubte.

Er fluchte in sich hinein. War er also doch zu spät? Ob Rachid noch hier war?

Er lief bis zur nächsten Stele und blieb einen kurzen Augenblick stehen, dann rannte er weiter, rutschte aus, fing sich und hatte gerade die letzte Stele vor der Maschine erreicht, als plötzlich etwas vor ihm auftauchte. Er riss seine Arme nach oben, aber es war zu spät. Der Schlag traf ihn mit voller Wucht.

Koch taumelte zurück, versuchte sich aufrecht zu halten, aber ihm wurde schwarz vor Augen.

LVII

Ein tiefes Stöhnen, flach und in großen Abständen ausgestoßen, war das Erste, das nach dem Aufwachen in Kochs Bewusstsein drang. Sein Schädel pochte heftig, ihm war übel, doch am stärksten schmerzten seine Arme. Mit dem erwachenden Bewusstsein erkannte er den Grund: Er saß mit dem Rücken an einen Pfeiler gebunden. Um ihn herum war es völlig dunkel. Ein rhythmisches Geräusch drang in sein Bewusstsein, leise hallend. Darein wieder etwas, das wie ein Stöhnen klang.

„Ist da … wer?", fragte Koch. Es fiel ihm schwer, die Worte zu formen.

Die Antwort war ein erneutes Stöhnen. Koch konnte nicht orten, woher es kam.

„Wer … ist … da?", fragte er und wandte seinen Kopf nach rechts, weil er die Quelle dort vermutete. Die Bewegung ließ ihn schwindeln.

„Ici …", kam nun endlich eine Antwort.

Die Stimme war sehr schwach gewesen und vor allem, sie klang fremd.

„Rachid?", fragte er.

Er erhielt keine Antwort, nur das rhythmische Geräusch war zu hören, wie Wassertropfen, die in regelmäßigen Abständen auf einen Stein klatschten.

„Rachid?", wiederholte er und versuchte seine Stimme kräftiger klingen zu lassen.

Das strengte ihn so an, dass er nur „Oui!" verstand.

„Rachid? C'est vous?"

Es war wieder still, nur einmal unterbrochen von einem tiefen Stöhnen.

Koch wiederholte seine Frage.

„Ja, ich … bin Rachid …", kam es sehr leise zurück.

„Sind Sie verletzt?"

„Oui. Weller, das Schwein, hat mein Beine gebrochen."

„Les jambes?"

„Oui. Les deux."

„Beide? Merde!", stieß Koch hervor.

Rachid brachte ein kurzes Lachen hervor, kurz, abgehackt, das gleich in ein Stöhnen überging.

„En voilà une belle merde!"

Koch hätte auch gerne gelacht, nur ganz kurz, doch der Schmerz in seinen Armen ließ das nicht zu.

„Weller. Er hat mir gestellt ein Falle. Ich war … Idiot."

„Sie sprechen gut Deutsch."

Rachid begann zu lachen, verschluckte sich und hustete. „Ich habe sept … sieben Jahre Zeit, um mich vorzubereiten auf mein Arbeit", sagte er, nachdem er sich wieder beruhigt hatte.

„Sie haben Hoger und Beirath umgebracht …?"

Rachid fluchte. „Merde! Cette douleur! Diese Schmerz! – Oui!", antwortete der Franzose knapp. „Was ist Ihr Name?"

„Paul Koch. Paul."

„Paul", wiederholte Rachid auf Französisch. „Wie der apôtre … oui, Apostel." Wieder erstickte sein kurzes Lachen in einem Hustenanfall. Er wollte zu einer weiteren Frage ansetzen, aber Koch kam ihm zuvor.

„Was ist mit Sebastian?"

„Sebastian?", wiederholte Rachid leise und sprach den Namen französisch aus.

„Hoger und Beirath … haben ihn umgebracht", sagte er nach einer Weile, in der Koch dem Plätschern der Tropfen lauschte.

„Er ist doch geflohen, an die Grenze …?", fragte Koch unsicher.

„Weller, das Schwein, hat mein Sohn verraten", erklärte Rachid und trotz seiner schwachen Stimme war sein Zorn unüberhörbar.

„Er hat die Brief gefangen und ...", er musste eine Pause einlegen, „... hat die Gestapo informiert. Gestapo." Wieder unterbrach er seinen Satz, um zweimal tief ein- und auszuatmen. „Mein Freund Jean-Luc aus der Schweiz und Sebastian wurden in Mayence, in Mainz, verhaftet."

„Und ...? Was haben sie mit ihm gemacht?"

Rachid hustete kurz. „Was macht die Gestapo? ... Foltern und töten."

Koch schwieg.

„Beide?", fragte er nach einer Weile.

„No. Seulement Sebastian. Jean-Luc wurde gefoltert ... und ist zurück."

Rachid fiel es zunehmend schwerer zu sprechen.

„Wo ist Weller?", fragte er.

„Je ne sais pas", erwiderte Rachid mit seiner dunklen Stimme. „Das Schwein sitzt vielleicht da ... irgendwo und beobachtet uns bei die Sterben."

„Wie haben Sie Hoger und Beirath in die Falle gelockt?"

„Hoger war kein Problem. Aber Beirath. Der war nicht einfach ..."

„Er hat seinen Namen geändert", warf Koch ein.

„Oui. Ja. Aber ich habe gefunden seine Frau. Und so ihn. Jeder hätte ihn finden können."

„Und dann?"

Rachid hustete laut, bevor er antwortete.

„Ich habe ihm gesagt, dass ich weiß, wer er ist. Ich könnte ihm helfen, wenn er mir hilft ..."

„Und er ist darauf eingegangen?"

„Die Angst, Paul, die Angst. Und die Angst hat ihn getötet. Sein Herz. Er konnte nicht mehr erleben das Sterilisation …"

„Warum sollte er in das Hotel, wenn Sie ihn doch töten wollten?"

„Idiot. Beirath, der Idiot, wollte schlau sein, hat das gegen die Abmachung gemacht … aber … egal …"

„Und der Lastwagen von Hoger?"

Rachid hustete. „Merde Maschine", fluchte er röchelnd. „Fing an Feuer …"

Koch überlegte, weitere Fragen zu stellen, aber er musste seine Neugier zügeln.

„Wir müssen hier raus!" Koch hatte laut gesprochen, sich dabei aufgebäumt. Sofort ließen ihn die Schmerzen zusammensacken.

„Wie? Meine Beine sind gebrochen. Was ist mit Ihnen?"

„Gefesselt", entgegnete Koch. „Gut gefesselt", fügte er hinzu.

„Sehen Sie! Was Weller macht, er macht richtig", war Rachids sarkastischer Kommentar.

„Sind Sie gefesselt?", fragte Koch.

„Warum? Mit den Beinen! Weller … ist eine Sadist!"

„Kommen Sie!", forderte ihn Koch auf.

„Gerne!", war Rachids höhnische Antwort.

Koch fragte sich, wie lange Rachid schon in dieser Dunkelheit mit seinen gebrochenen Beinen lag und ob er vielleicht inzwischen wahnsinnig geworden war.

„Ich habe ein Feuerzeug in der Tasche. Vielleicht können Sie mich damit losmachen."

Koch wartete lange auf eine Reaktion.

Dann hörte er ein Schaben und Kratzen, darein ein leises Stöhnen.

„Rachid?"

Er erhielt keine Antwort, doch er spürte die Anwesenheit des anderen in seiner Nähe.

„Wo ist der Feuerzeug?"

„In meiner linken Jacketttasche."

Eine Hand legte sich auf sein Bein und begann sich langsam zu seiner Hüfte vorzuarbeiten.

„Wenn Sie eine schöne Frau wären …", sagte Rachid dabei.

„Ich bin ein hässlicher, alter Deutscher", entgegnete Koch und Rachid lachte, zum ersten Mal klang es befreit.

Die Hand tastete sich zu Kochs Jackett vor und tauchte in die Tasche ab. Rachids Stöhnen war jetzt nahe an seinem Ohr.

„Ich habe", zischte Rachid und nahm die Hand aus der Jacke. Vernehmlich atmete der Franzose ein und aus. Koch meinte am eigenen Körper zu spüren, wie er seine Schmerzen unterdrückte.

Beim dritten Versuch glimmte die Glut auf. Zunächst erkannte Koch nicht mehr als die Konturen des anderen Menschen, erst allmählich schälte sich aus der Dunkelheit ein Gesicht heraus, das von einem Bart bedeckt war. Dann wurde die dünne Flamme so nahe an sein Gesicht geführt, dass sie ihn blendete und er nichts mehr erkennen konnte.

„Nur ein bisschen hässlich", sagte Rachid schließlich und zog die Flamme von Kochs Gesicht weg.

„Wer sind Sie? Was wollen Sie von Weller?", fragte er, nun wieder ernst. Er saß einen Meter von Koch entfernt und hielt mit ausgestrecktem Arm die Flamme zwischen sie beide. Rachids Gesicht war schmerzverzerrt. Seine Beine waren unnatürlich abgewinkelt.

„Ich bin Kriminalkommissar", erklärte Koch. „Ich untersuche die Morde an Hoger und Beirath." Er machte eine Pause. „Oder besser, ich versuche es."

Rachid gab ein glucksendes Lachen von sich und rutschte näher an Koch heran.

„Gute Arbeit … Sie sitzen dem … Mörder gegenüber."

„Nur zu Weller hat es nicht gereicht."

„Ich habe ihn hergelockt. Aber … ich war zu sicher. Ich hatte ihn fast … und dann bin ich in eine Grube gestürzt. Meine Beine. Merde!"

„Binden Sie mich los!"

Rachid ließ sich Zeit mit der Antwort.

„Damit Sie mich dann verhaften, Paul? Ein schlechtes Geschäft."

„So sterben wir beide. Auf deutschem Boden."

„Sie haben Humor, Paul."

„Warum haben Sie Weller nicht angezeigt?"

Für einen Moment war es totenstill, als hätten auch die Wassertropfen ihre Arbeit eingestellt. Dann folgte ein Lachen, sehr kurz nur und erschreckend kalt.

„Anzeigen? Wer hätte diese Mann dann verurteilt?" Rachid hustete. „Merde! Sind Sie wirklich Deutscher? Wo waren Sie im Krieg?"

Nun klang Rachid sehr böse.

„Ich war in Frankreich", erklärte Koch kurz. „Und in Spanien", fügte er hinzu.

„Trotzdem, Paul! Welches Gericht in Allemagne würde Heinrich Weller verurteilen? Oder Beirath? Keines. Was hätten Sie gemacht, Paul?", fragte er bitter. „Hoger hat gezwungen sein Frau, dass sie gibt ein Unterschrift. Damit Sebastian sterilisiert werden kann. Beirath? Wissen Sie, was ist passiert? Jetzt? In Nurnberg? Ärzteprozess? Eine Prozess für der Öffentlichkeit. Wissen Sie, Paul", Rachid unterbrach seinen Redefluss, stieß die Luft pfeifend aus und stöhnte auf, bevor er weitersprach, „wissen Sie, wie viel Ärzte und Wissenschaftler bei die Nazis Menschenversuche gemacht haben? Viele, sehr viele. Und sind jetzt bei die Amerikaner. Und was hat Beirath gemacht? War bei eine Kommission, das hat befohlen eine Sterilisation. Die Mutter hat zugestimmt. Und Weller? Er hat der Polizei gesagt …"

„Gestapo", warf Koch ein und erntete ein Lachen dafür.

„Das ist das Gleiche, Paul. Weller sagt, dass Sebastian hat gestohlen Geld und ist abgehauen. Und illegal über der Grenze will." Das Reden nahm den Mann so mit, dass er sich unterbrechen musste. „Damals war das Gesetz. Und Gesetz ist Gesetz, Paul!" Rachid atmete vernehmlich. „Ehrlich, wer hat … ein Interesse daran heute? Sind Sie naiv … oder eine Idealist?"

Er hustete und die Flamme erlosch. Sie saßen wieder in völliger Dunkelheit.

„Sie sind aber kein Richter, Rachid", wandte Koch ein, aber der Angesprochene erwiderte trocken „Doch!"

Koch war einen Moment verblüfft.

„Darf ich diese Männer lassen gehen? In Freiheit? Die getötet haben mein Sohn?"

Koch antwortete nicht.

„Aber wenn wir alle umbringen, die …"

Rachid ließ Koch nicht aussprechen. „Weller war der Letzte auf meiner Liste. Diese drei …"

„Und Sie hätten dem Mann auch den Schwanz abgeschnitten?"

„Schwanz?", fragte Rachid.

„La queue."

Rachid lachte kurz.

„Oui!"

Mit diesem Wort rutschte er an Koch vorbei in dessen Rücken. Sein leises, stoßweises Stöhnen war jetzt nahe an

Kochs Ohr. Koch spürte die Hitze der Flamme an seinem Handgelenk.

„Guter Knoten“, stieß Rachid keuchend hervor. Er hatte das Feuerzeug beiseite gelegt. Sie saßen im Dunkeln und er versuchte den Knoten zu lösen. Jeder Handgriff des Mannes löste neue Schmerzen bei Koch aus.

„Paul, wissen Sie, was ist …“, er hielt kurz inne, überlegte, „… expiation?“

Koch brummte ein „Nein“.

Rachid nestelte an dem Knoten, zog und zuppelte.

„Suhne“, sagte er mit einem Mal und zog dabei so fest an dem Knoten, dass Koch aufstöhnte. Er sprach das Wort „Sühne“ ohne Umlaut aus.

„Ja, Suhne“, wiederholte er. „Diese Männer sind schuldig geworden. Sehr schuldig, Paul. Und ich habe für Ausgleich gesorgt. Für Sebastian.“

Während des Sprechens hatte Rachid die Arbeit an dem Knoten eingestellt. Paul schwieg, wartete, dass er weitermachte. Rachid zündete das Feuerzeug an und besah sich den Knoten, bevor er weiter versuchte ihn zu lockern.

„Es ist trotzdem nicht richtig“, warf Koch nach einiger Zeit ein.

„Ich musste es tun, Paul!“, entgegnete Rachid leise, ohne seine Arbeit zu unterbrechen. „Und meine Suhne ist vielleicht, dass ich in diese Loch verrecke.“

Rachid musste noch einige Male das Feuerzeug entzünden und sich den Knoten anschauen, bis er ihn so weit gelockert hatte, dass Koch seine Hände aus dem Seil ziehen konnte. Seine Arme waren völlig taub. Er atmete tief durch, erhob sich und begann sie langsam zu bewegen.

„Geben Sie mir das Feuerzeug!“, forderte er von Rachid, der zu seinen Füßen saß. Er streckte seinen Arm langsam aus und wartete, bis Rachid es ihm reichte.

„Gehen Sie! Lassen Sie mich hier verrecken!“

„Damit ich Sie nicht vor Gericht bringen kann?“

„Vielleicht.“

Statt einer Erwiderung entzündete Koch das Feuerzeug und begann die Erkundung des Raumes. Er schritt an den Wänden entlang, um ein Gefühl von dessen Größe zu bekommen. Zwölf Schritte waren es auf der einen, achtzehn auf der anderen Seite. In der Mitte stand der Pfeiler, an den er gebunden gewesen war, neben dem Rachid saß und seine Bewegungen aufmerksam verfolgte.

Es gab keine Tür. Das Mauerwerk war roh und unbehandelt wie der Boden. Koch legte seinen Kopf in den Nacken und sah zur Decke. Vorsichtig streckte er den Arm mit dem Feuerzeug aus.

Die Decke war etwa zwei Meter fünfzig hoch. Langsam und systematisch lief Koch den Raum ab, den Blick dabei immer nach oben gerichtet.

„Hier!“, rief er aus.

„Was?“ Rachid streckte seinen Kopf in Kochs Richtung.

„Eine Art Falltür“, sagte Koch, mehr zu sich selbst als zu seinem Mitgefangenen.

Die Flamme flackerte in dem leichten Luftzug, der durch die Schlitze dieses Einlasses drang.

„Rachid!?

„Oui!“

„Hier kommen wir vielleicht raus, aber es wird schmerzhaft. Verdammt schmerzhaft!“

„Ich habe so große Schmerzen erlitten in den Jahren nach Sebastians Tod …“ Er vollendete den Satz nicht.

Koch ging nicht darauf ein.

„Ich werde Sie auf die Schultern nehmen und Sie müssen versuchen die Luke nach oben zu drücken“, erklärte er kühl.

„Mit meinen Beinen?“

„Mit meinen Armen?“, konterte Koch.

„Ach so“, sagte Rachid sarkastisch. „Wir sind ein … Traumpaar. Wir ergänzen uns superbe, zwei Krüppel. Der eine kann nicht brauchen seine Arme, der andere seine Beine.“

Koch ging langsam zu Rachid, der schon begonnen hatte in seine Richtung zu rutschen.

„Bleiben Sie bei der Säule!“, forderte er ihn auf. „Sie können sich daran abstützen.“

Koch kniete sich neben den Franzosen und ließ sich danach nach vorne auf seine Hände fallen. Er wartete, bis der Schmerz nachließ, dann beugte er seinen Kopf und seine Schultern so weit nach unten, dass sie fast den Boden berührten. Rachid befand sich jetzt genau zwischen seinem Kopf und der Säule.

„Ich nehme Sie Huckepack“, erklärte er.

„Huckepack?“, fragte Rachid verständnislos.

„Auf die Schultern. Stützen Sie sich mit den Armen dabei an der Säule ab!“

Rachid richtete sich auf. Er schrie dabei so laut, dass sich seine Stimme vielfach an den Wänden brach.

„Machen Sie!“, brüllte er Koch an.

„Weiter auseinander!“

Rachid schob seine Beine auseinander. Er schrie noch lauter.

Koch krabbelte vor, senkte seinen Kopf bis fast auf den Boden und drückte ihn zwischen Rachids Oberschenkel hindurch.

Sowie Koch Rachids Gesäß auf seinen Schultern spürte, begann er sich zu erheben. Der Schmerz stellte alles Bisherige in den Schatten. Rachid wog mindestens achtzig Kilo und die drückten auf seine Schultern und seine verletzten Arme. Koch fiel in Rachids Schreien ein, und der Schmerz wuchs mit jedem Zentimeter an, den er sich unter Aufbietung all seiner Kräfte nach oben schob. Ihm wurde schwarz vor Augen, fast hätte er das Gleichgewicht verloren und nur der Pfeiler verhinderte den Sturz der beiden Männer.

Als sie endlich aufrecht standen, lehnten sie sich an den Pfeiler, um wieder zu Atem zu kommen und die Schmerzen abklingen zu lassen.

„Fertig?", röchelte Koch und reichte das Feuerzeug nach oben.

„Allez!", rief Rachid, der es entzündete und gleichzeitig versuchte das Gleichgewicht zu halten. Koch drehte sich langsam um und wankte in Richtung der Luke.

„Links! Etwas rechts!", dirigierte ihn der Franzose und stöhnte auf.

„Stopp!", rief Rachid.

„Kommen Sie an die Luke?"

Rachid streckte sich.

„Oui!"

Er reichte Koch das Feuerzeug nach unten und begann mit beiden Händen gegen die Luke zu drücken.

„Fermé!", rief er aus, ließ seinen Schmerzen freien Lauf und drückte weiter, wobei er dadurch den Druck auf Kochs Schultern verstärkte, dem schwarz vor Augen wurde und der sich höllisch konzentrieren musste, um nicht das Bewusstsein zu verlieren.

„Merde!", überschrie Rachid seine Schmerzen. „Merde! Merde! Merde! Ici … wir verrecken!"

Er drückte weiter mit beiden Händen gegen die Luke, schlug mit den Fäusten dagegen, aber sie gab nicht nach. Aber jede seiner Bewegungen setzte sich zu Kochs Schultern fort und entzündete ein Stakkato von Schmerzen, in dem er nicht mitbekam, dass Rachid mit einem Mal sein Brüllen einstellte und dass der Druck auf seinen Schultern nachließ. Er schrie seine Schmerzen und seine Wut und seine Angst heraus, bis er dunkel und leise, wie aus weiter Ferne, seinen Namen hörte.

Er öffnete seine Augen und wunderte sich, dass es mit einem Mal hell um ihn war. Und dann begriff er, dass Rachid nicht mehr auf seinen Schultern saß und dass erneut sein Name gerufen wurde. Laut und eindringlich. Von einer bekannten Stimme.

„Hier!" Die Stimme drang in Kochs schmerzvernebeltes Bewusstsein.

„Koch, sind Sie da unten?"

Er legte seinen Kopf in den Nacken, aber in dem stärker werdenden Schwindel erkannte er nur einen hellen Lichtschein.

„Ja", stieß er leise hervor. Er konnte sich kaum auf den Beinen halten. Er torkelte, stieß gegen die Säule, stöhnte auf und kämpfte gegen das Bedürfnis einfach zusammen zu sacken.

„Bleiben Sie da!"

Koch hörte den dumpfen Hall von Schritten auf dem Betonboden über ihm. Er kämpfte gegen das Bedürfnis seines Körpers in Ohnmacht zu fallen.

„Greifen Sie das Seil!", weckte ihn Reubers durchdringende Stimme auf.

Koch taumelte. Langsam begriff er die Worte. Etwas prallte gegen seinen Körper und warf ihn zur Seite.

„Los, Koch, nehmen Sie das verdammte Seil!"

Blind griff Koch vor sich. Etwas schlug gegen seine Brust und darauf gegen seine Arme.

„Vor Ihnen, Koch, direkt vor Ihnen!"

Endlich bekam er das Seil zu fassen. Er umklammerte

es mit seinen Händen. Das Seil war rau, und als es angezogen wurde, schrie er auf und ließ es augenblicklich los.

„Binden Sie es um Ihre Brust!“

Koch hob langsam seinen Kopf. Reubers Gesicht ragte über die Luke.

„Oder soll ich runter kommen?“

Statt einer Antwort nahm Koch das Seil, das vor seinem Gesicht baumelte, und schlang es um seine Brust. Mit einer letzten Kraftanstrengung schaffte er es, das Seil zu verknoten.

„Hält das?“, rief Reuber von oben.

„Hoffe“, stöhnte Koch und biss die Zähne zusammen.

Reubers Gesicht verschwand von der Kante.

„Los, Siggi, ziehen!“, hörte Koch dessen Stimme, dann wurde der Druck um seine Brust größer und er erhob sich langsam zur Decke.

„Können Sie ihn halten, Siggi?“, fragte Reuber außer Atem.

„Ja“, stieß der keuchend hervor.

Das Seil rutschte unter seine Arme. Koch schrie auf. Seine Füße lösten sich vom Boden.

Reubers Gesicht erschien wieder am Rande der Luke und seine Arme griffen nach Koch, der sofort aufschrie.

„Egal!“, brüllte er, „ziehen Sie! Ziehen Sie! Machen Sie schon! Schnell! Schnell!!!“

„Siggi, auf drei!“

Auf das Signal zogen die beiden Männer das Seil zu sich und Koch brüllte erneut auf, dann streifte seine Brust über die Kante und kurz darauf lag er auf dem Rücken, mit Tränen in den Augen auf dem Boden und starrte an die Decke der großen Halle.

Reuber saß neben ihm. Siggi kam angelaufen.

„Alles in Ordnung, Herr Koch?“, fragte er besorgt.

Eine halbe Stunde später hatte der Schmerz so weit nachgelassen, dass Koch wieder einen halbwegs klaren Gedanken fassen konnte. Er saß mit dem Rücken gegen eine Mauer gelehnt. Reuber hielt ihm eine Flasche an die Lippen, aus der er kleine Schlucke in Kochs Mund tröpfeln ließ.

Rachid lag ohne Bewusstsein wenige Meter neben ihm auf dem Boden.

„Beide Beine gebrochen", erklärte Koch den beiden anderen. Er tastete seinen Kopf ab, wo ihn der Schlag getroffen hatte.

„Er hat Hoger und Beirath umgebracht." Das Sprechen strengte Koch sichtlich an. Er sprach langsam und versuchte dabei jede Bewegung zu vermeiden. „Wie es in den Briefen stand: Hoger hatte seine Frau gezwungen, die Einwilligung zur Sterilisierung ihres Sohnes zu geben und Beirath hatte sie vorgenommen. Wo ist Weller? Und wie haben Sie mich gefunden?" Koch sah von einem zum anderen. Die Bewegung ließ ihn aufstöhnen.

„Das haben Sie Siggi zu verdanken. Aber wir sollten diesen Mann", er zeigte auf Rachid, der noch immer bewusstlos neben ihnen lag, „möglichst schnell in ein Krankenhaus bringen."

Koch nickte erschöpft.

„Und Sie scheinen auch eine Runde Schlaf gebrauchen zu können." Reuber lachte plötzlich. „Aber vielleicht sollten Sie in dem Zustand zu Arnheim …"

„Ohjeohje", kommentierte Siggi.

„So schlimm?" Koch sah zu ihm herüber.

„Getobt hat er. Ich soll Sie, hat er gesagt, …" Siggi stockte.

„Sagen Sie es ihm ruhig, Siggi!"

„Ich soll Sie ihm bringen. Tot oder lebendig."

Koch rang sich ein müdes Lächeln ab.

„Was ist mit Weller?“

„Er kam uns auf seinem Motorrad entgegen“, erklärte Siggi. „Ich habe ihn erkannt und wir sind ihm nach. Aber …“ Er machte ein verdrießliches Gesicht. „Weg!“, fügte er schließlich hinzu.“

Koch nickte. „Den kriegen wir … Und wie haben Sie mich …, ich meine uns … gefunden?“ Er fühlte sich immer schwächer.

„So laut, wie Sie beide geschrien haben, hätte man Sie bis nach Koblenz gehört“, sagte Reuber und zwinkerte Koch zu.

Koch schaffte es mit Hilfe von Reuber und Siggi gerade noch in den Adler, bevor er endgültig zusammenklappte und auf dem Vordersitz sofort einschlief. Reuber und Siggi trugen den verletzten Rachid ebenfalls zum Wagen und legten ihn auf die Rückbank. Bei jeder Bewegung stöhnte der Mann auf.

„Ich fahre die beiden ins Krankenhaus. Sie, Siggi, nehmen den Opel und fahren zu Arnheim und sagen ihm, dass wir den verlorenen Sohn gefunden haben. Mehr nicht. Ich könnte mir vorstellen, dass unser lieber Kollege mit der speziellen Gerechtigkeitsauffassung ganz eigene Vorstellungen davon hat, wie er mit der Sache umgehen will, und was er mit unserem Racheengel hier“, er deutete auf Rachid, „vorhat.“

Fünf Minuten später fuhren die beiden Autos den Waldweg entlang. Bald war Siggi mit dem Opel aus Reubers Sichtfeld verschwunden, der sehr langsam fuhr. Bei jedem Stein und Schlagloch stöhnte Rachid im Fond auf. Koch bekam davon nichts mit. Sein Kopf war auf die Seite gegen die Scheibe gekippt und schlug im Rhythmus des Schaukelns gegen das Glas.

LVIII

„Gehen Sie ruhig hinein!“

Arnheims Vorzimmerdame sah Dorle nach, wie sie durch die Tür in das Büro des Leiters der Kriminalpolizei verschwand.

„Nehmen Sie Platz, Frau Becker!“, forderte der Mann in dem marineblauen Jackett sie freundlich lächelnd auf.

Dorle hatte die letzte Nacht lange wach gelegen. Sie machte sich Sorgen, weil sich Paul in den letzten Tagen kaum gemeldet hatte und sie fürchtete, dass er sich nach all den Verletzungen, die er sich in den letzten Wochen zugezogen hatte, bei der Arbeit überanstrengte und zu wenig Acht auf sich gab. Am Mittag hatte sie es nicht mehr ausgehalten, hatte ein paar Lebensmittel aus Franzis Vorratskammer eingepackt, und war in die Zahlbach gelaufen, wo Bresson ihr erzählte, dass Paul das Haus sehr früh und total übermüdet und verwirrt verlassen hatte. Sie selbst war so aufgeregt, dass sie sofort loslief und nicht mehr mitbekam, dass Bresson ihr nachrief, dass Siggi auch schon dagewesen sei an diesem Morgen. Sie war gleich in die Direktion geeilt, aber in seinem Büro hatte sie Paul nicht angetroffen und war daraufhin zu dem Büro von Arnheim geeilt.

„Herr Koch ist ein sehr eigenwilliger Polizist“, begann Arnheim, „sehr eigenwillig und steht sich leider sehr oft selbst im Wege. Er könnte Karriere machen, aber …“, er schüttelte seinen Kopf und rührte langsam in dem Kaffee, den die Vorzimmerdame ihm gebracht hatte, „er schafft es immer wieder …“

Er nahm die Tasse und trank, bevor er weitersprach.

„Und jetzt hat er den Bogen überspannt. Er hat einen Wagen entwendet und fast einen Kollegen überfahren.“

Dorle schrak zusammen. „Das kann … nicht sein … Paul …“, stammelte sie. „Gestohlen? Das kann nicht sein.“

„Doch, doch, liebe Frau Becker. Ich hatte gehofft, dass Ihr positiver Einfluss auf Herrn Koch ihn von neuen Dummheiten abhalten würde …“

Dorle unterbrach den Leiter der Kriminalpolizei. „Wo ist Paul?“

„Wenn ich das wüsste“, erwiderte Arnheim resigniert. „Wissen Sie, ich habe Herrn Koch eine hervorragende Karrieremöglichkeit beim Landeskriminalpolizeiamt in Koblenz eröffnet. Und was macht er? Wochenlang schiebt er den Vorstellungstermin vor sich her, um sich dann, als er endlich hinfährt, um eine ganz andere Sache zu kümmern, bei der ein Mann zu Tode kommt und er selbst verletzt wird.“

Obwohl Paul ihr davon erzählt hatte, erschrak Dorle.

„Er ist …“, begann sie, aber in dem Moment wurde die Tür zu Arnheims Büro aufgerissen und ein junger Mann stürmte an der Vorzimmerdame vorbei in den Raum, Arnheims Besuch nicht beachtend.

„Der Kommissar ist aufgetaucht“, rief er Arnheim entgegen.

„Wo ist er?“, fragte Arnheim zurück.

„Wer?“, fragte Dorle erschrocken.

„Koch!“, rief der Mann, ohne sich umzudrehen.

„Auf dem Weg ins Krankenhaus“, sagte der Mann.

„Paul Koch?“

Jetzt erst wandte sich der Mann Dorle zu.

„Ja!“, bestätigte er.

„In welchem Krankenhaus ist er? Ist er schlimm verletzt?“, fragte Dorle aufgeregt.

LIX

Reuber hatte den Ast, der auf der Straße lag, übersehen. Sie waren seit einer halben Stunde unterwegs und hatten den Waldweg schon längst verlassen. Er bremste scharf und versuchte dabei den Wagen herumzureißen, aber durch das Manöver wurde Koch aus seinem Sitz gegen das Armaturenbrett geschleudert, knallte zurück in seinen Sitz und fand sich im Fußraum vor dem Beifahrersitz wieder. Von hinten stöhnte Rachid auf. „Merde!", rief er aus und schlug mit der Faust auf die Rückenlehne des Fahrersitzes.

Koch quälte sich wieder auf den Sitz. Der Schwindel in seinem Kopf war stärker geworden. Mit einer Hand hielt er sich an dem Türgriff fest und starrte geradeaus auf die Fahrbahn.

„Halten Sie an, Reuber!", forderte er, kaum hatte der den Wagen beschleunigt.

Reuber sah kurz zur Seite, erkannte, dass sein Beifahrer würgte, bremste vorsichtig und brachte den Wagen neben einem Baum zum Stehen.

Koch riss die Tür auf, stürzte nach draußen und übergab sich auf das Moosbett unter dem Baum.

Bevor sie wieder losfuhren, sah Reuber in den Fond des Autos. Schwach und blass lag Rachid auf dem Rücksitz.

„Warum haben Sie Koblenz gesagt?", fragte Koch mit belegter Stimme, ohne seinen Blick von der Straße zu lassen.

„Koblenz?", fragte Reuber zurück.

Koch atmete vernehmlich ein.

„Wir hätten so laut geschrien, dass man das bis Koblenz gehört hätte, haben Sie gesagt." Koch sprach sehr langsam und starrte dabei nach vorne.

Reuber antwortete nicht gleich.

„Koblenz, war das Zufall, Reuber?"

Koch hätte den Mann neben sich gerne in die Augen geblickt, während er ihm diese Frage stellte, aber er fürchtete, dass er sich dann gleich wieder übergeben müsste.

„Ich meine mich zu erinnern, Koch", entgegnete Reuber nach einer Weile, während er ein Pferdefuhrwerk überholte, „dass Sie nicht an Zufälle glauben."

„Genau deshalb stelle ich die Frage!", erwiderte er. Er wollte scharf klingen, aber seine Stimme blieb dünn.

Nun war es an Reuber, kurz zu seinem Nebenmann zu schauen, der zusammengesunken in seinem Sitz hing.

„Wir sollten das später besprechen, Koch", sagte er. „Ich fürchte, dass Sie eine Gehirnerschütterung haben und jede Anstrengung vermeiden sollten."

„Die Wahrheit ist immer anstrengend." Kurz blickte Koch zur Seite und bereute es gleich. Der Schwindel verstärkte sich augenblicklich und es brauchte einige Momente, bis sich sein Kopf wieder beruhigt hatte. Die kaum noch vorhandene Federung des Wagens quälte ihn zur Genüge

„Pathos passt nicht zu Ihnen, Koch", erwiderte Reuber schließlich.

„Hannappeler …", begann Koch, doch Reuber unterbrach ihn, wollte etwas sagen, doch ein überlautes Stöhnen von Rachid ließ ihn innehalten. Er fuhr den Wagen an den Straßenrand, stieg aus und gab dem verletzten Franzosen Wasser aus einer Flasche.

Koch starrte durch die Windschutzscheibe auf das Waldstück vor dem Wagen. Ein seltsam heiles Stück Welt, dachte er.

Reuber setzte sich wieder neben ihn, legte den Gang ein und lenkte das Auto zurück auf die Straße.

„Sie waren in Koblenz. Arnheim hat es mir gesagt", begann Reuber.

Koch nickte sehr verhalten.

„Was wollen Sie von mir wissen, Koch? Sie müssen schon konkret fragen. Keine Andeutungen."

„Die haben Sie …", setzte Koch zur Erwiderung an, brach aber im Satz ab. „Gut, Reuber. Ich war in Koblenz …", er merkte, dass er zu schnell gesprochen hatte. Selbst das beförderte seinen Schwindel. „… Ich hatte einen Hinweis, dass Hannappeler … von da kommt."

„Der Fall war geklärt!", warf Reuber ein.

„Ja, aber …"

„Aber Sie haben mir nicht geglaubt, Koch, stimmt's? Sie glauben, dass ich Hannappeler vom Dach gestoßen habe."

„Nicht Hannappeler. Busch, Sie haben Leo Busch vom Dach gestoßen."

„Sie sind ein guter Polizist, Koch. Aber das wusste ich schon vorher und das habe ich Ihnen auch schon gesagt", entgegnete Reuber sarkastisch.

Koch ging nicht darauf ein. Er wusste nicht, wie lange er noch durchhalten würde.

„Hannappeler ist in Wirklichkeit Busch. Leo Busch. Er und sein Bruder haben Hannappeler umgebracht …", er musste eine Pause machen, „… damit der seine Identität annehmen konnte."

„Und wie ich gehört habe, geht Gustav auf Ihr Konto."

„Genickbruch. Auf der Flucht in einen Keller gestürzt."

„Gut!", war Reubers befriedigt klingender Kommentar.

Koch musste den Mann ansehen. Er wollte seinen Gesichtsausdruck sehen, aber Reuber beobachtete ungerührt und konzentriert die Straße vor ihnen.

„Was mich interessiert, Reuber …"

Der ließ ihn nicht aussprechen. „Warum ich den Mann vom Dach gestoßen habe? Was mich mit dem Mann verbindet? Das sind die Fragen, die einem guten Polizisten kommen.“ Da war er wieder, der sarkastische Tonfall.

Koch nickte verhalten. Er musste erneut gegen den Würgereiz ankämpfen.

„Erinnern Sie sich, Koch? Ich habe Ihnen mal von dem Vorgesetzten erzählt, der einen Kameraden erschossen hat, weil der den Vorschlag gemacht hatte, am Ende des Krieges, im Anschluss an die Offensive in den Ardennen, zu den Amerikanern überzulaufen. Dieser Mann, der sich dann selbst aus dem Staub gemacht hat. Und er hatte noch mehr Dreck am Stecken. Hat immer seine Geschäfte gemacht, überall seinen Vorteil gesucht.“

Koch erinnerte sich. „Und das war Busch?“

„Ganz genau.“

„Warum …“

„Soll ich anhalten?“

Koch winkte ab. Er unterdrückte den Würgereiz.

„Warum haben Sie ihn nicht angezeigt?“

Reuber lachte. „Mit unserem Freund hinten alles in Ordnung?“ Er wandte sich um.

Rachid lag auf dem Rücken, die Augen geschlossen und atmete durch seinen leicht geöffneten Mund. Ihm war die Anstrengung, seine Schmerzen zu unterdrücken, ins Gesicht geschrieben.

„Und?“, sagte Koch und sah dabei durch die Vorderscheibe.

Sie durchquerten Heidesheim, bald würden sie Mainz erreichen.

„Und?“, wiederholte Reuber und umrundete einen Steinhaufen am Straßenrand.

„Warum haben Sie …“

„… Busch alias Hannappeler nicht angezeigt?“ Er schüttelte seinen Kopf. „Koch, wie naiv sind Sie? Oder doch ein Idealist durch und durch?“

Koch erinnerte sich, das Gleiche an diesem Tag schon einmal gehört zu haben. „Was wäre geschehen? Was, Koch, frage ich Sie? Wenn ich den Mann angezeigt hätte. Können Sie mir darauf eine Antwort geben?“

Er hatte seinen sarkastischen Tonfall völlig fahren lassen und sprach schnell und erregt.

„Das können Sie nicht, Koch. Es interessiert nämlich niemanden.“

Koch gab ihm mit der Hand ein Zeichen zu halten. Reuber bremste den Wagen vorsichtig ab und hielt an. Koch zog an dem Hebel, um die Tür zu öffnen. Selbst diese leichte Bewegung schmerzte seinen Arm.

Dieses Mal musste er nur würgen. Er blieb dann einige Minuten neben dem Auto stehen und blickte regungslos in das Waldstück vor ihm.

„Geht wieder!“, sagte er und ließ sich auf den Beifahrersitz gleiten. Reuber hatte in der Zwischenzeit dem lauter stöhnenden Rachid Wasser in den Mund geträufelt.

Die ersten Meter schwiegen beide Männer, dann setzte Koch die Diskussion fort.

„Wir können doch keinen neuen Staat, eine neue Demokratie …“, begann er, doch Reuber unterbrach ihn.

„Lassen Sie uns das diskutieren, wenn Sie wieder gesund sind …“

Koch schnitt ihm das Wort ab. Er ignorierte den Schmerz. Er wollte das hier und jetzt klären, er pfiff auf die Schmerzen und das Würgen und den Schwindel.

„Nein! Es ist viel zu wichtig, um zu warten. Wir sind Polizisten, wir sind Vorbilder. Wenn wir beginnen, selbst Recht zu sprechen und Selbstjustiz zu üben, dann sind wir keinen Schritt weitergekommen. Dann ist das schon der Anfang vom Ende."

Reuber reagierte heftig und laut.

„Und was ist die Alternative, Koch? Recht nach den Buchstaben des Gesetzes? Damit so Verbrecher wie Busch ungestraft weiterleben können? Und nicht nur weiterleben, er war ja schon wieder dabei, andere zu betrügen und auch nicht vor Mord zurückzuschrecken. Koch, meinen Sie, es finden sich Zeugen für diese Tat? Leben die noch, die damals dabei waren? Und wenn, werden sie auch aussagen? Und wird man ihnen glauben? Das glauben Sie doch selbst nicht, Koch! Sie mit Ihren Erfahrungen. In zehn Jahren vielleicht, Koch, in zwanzig Jahren, da mag die Rechtsstaatlichkeit in diesem Land soweit hergestellt sein, dass solche Prozesse geführt werden können, aber nicht jetzt, nicht heute."

„Aber was Sie getan haben, Reuber, untergräbt unser Rechtssystem. Besonders wenn wir als Polizisten zu diesem Mittel greifen."

Er atmete heftig in kurzen Stößen.

„Können Sie damit leben, dass Männer wie Busch frei rumlaufen, weiter ihre Geschäfte machen?" Reuber war äußerst erregt. „Ich habe das nicht ausgehalten, dieses Schwein frei rumlaufen zu sehen. Und wie er vor mir auf dem Dach stand und ich ihn mit seiner Tat konfrontiert habe, wissen Sie, was er da gesagt hat?"

Koch schüttelte nur leicht den Kopf, trotzdem löste es gleich wieder eine Schwindelattacke aus.

„Er hat mich verhöhnt. Hat gesagt, dass Männer wie ich immer Verlierer sein werden. Er hat mir angeboten, bei ihm einzusteigen. Jetzt sei die Stunde tatkräftiger Männer. Wer jetzt zupackt, hat ausgesorgt. Und da habe ich zugepackt. Und, Koch, ich sage Ihnen was: Ich bereue es nicht. Allein sein Gesichtsausdruck, als er merkte, dass ich es ernst meinte, als ich ihn stieß. Das entschädigt mich für vieles."

Koch schüttelte seinen Kopf, ohne Rücksicht auf die unausweichliche Schwindelattacke, die ihn wieder würgen ließ. Reuber hielt sofort an. Minutenlang stand der Kommissar am Straßenrand, bis Reuber zur Weiterfahrt mahnte.

„Er muss unbedingt in ein Krankenhaus." Er zeigte auf Rachid. „Und Sie auch!"

Völlig ermattet stieg Koch in den Wagen und ließ sich zu schnell auf den Sitz fallen. Er gab Reuber, der besorgt zu ihm herüber sah, ein unwirsches Zeichen loszufahren und keine Rücksicht auf ihn zu nehmen.

„Selbstjustiz ist falsch", kam es so heftig aus Koch heraus, dass Reuber erschrak.

„Ich verstehe Ihre Haltung nicht, Koch. Von Ihnen hätte ich am ehesten Verständnis erwartet. Mit Ihrer Wut auf die Nazis, Ihrer Geschichte …"

„Vielleicht ja deswegen", erwiderte der matt und starrte nach vorne. Lange würde er es nicht mehr in dem Wagen aushalten. Er krallte sich mit beiden Händen am Armaturenbrett fest. „Weil ich nicht will, dass das noch mal passiert. Denn die Morde und Folterungen der Nazis, das war doch nichts anderes als Recht von eigenen Gnaden."

Koch wusste, was jetzt kommen würde. Diese Frage wurde ihm in den letzten Wochen jedes Mal, wenn sie über dieses Thema sprachen, wie ein Totschläger über den Schädel gezogen. Langsam wandte er seinen Kopf zu Reuber. Der erwiderte für einen Moment den Blick. Der reichte, dass Koch in seinen Augen den Namen des Mannes, den er im letzten Jahr erschossen hatte, deutlich lesen konnte.

Während Reuber langsam vor den Eingang des Krankenhauses fuhr, hing Koch keuchend, den Kopf gegen die Seitenscheibe gelehnt, in seinem Sitz.

LX

Koch lag auf dem Rücken, den rechten Arm in einem Gips, der in einer Schlaufe hing. Wegen der Belastungen in den letzten Tagen hatte der Arzt eine Neueingipsung verfügt, um bleibende Schäden zu verhindern, die den Kommissar bei der Ausübung seiner Arbeit in Zukunft behindern würden.

Er war noch immer erschöpft, obwohl er, wie ihm eine der Schwestern mitgeteilt hatte, zwei Tage lang durchgeschlafen hatte, nur unterbrochen von kurzen Momenten, in denen man ihm etwas Wasser und Brühe zuführte.

Der Arzt hatte eine Gehirnerschütterung diagnostiziert und absolute Bettruhe verordnet. Die drei anderen Männer, die mit Koch im Zimmer lagen, durften schon aufstehen und waren nach draußen gegangen, um zu rauchen.

Koch versuchte sich zu erinnern, was in den letzten Tagen geschehen war, aber mit der Ankunft auf dem Gelände der Amalienhöhe und den Schlägen gegen seinen Kopf schwand die Erinnerung. Nur blass kam ihm zu Bewusstsein, dass er mit Rachid in einem Keller eingesperrt gewesen war und dann in dem Auto neben Reuber saß und mit ihm diskutiert hatte.

Rachid? Was war mit ihm?, überlegte Koch, und der Gedanke an den Mann regte ihn für einen Moment so auf, dass er eine zu schnelle Bewegung machte und sein Kopf Karussell fuhr.

Als nach einer Stunde eine der Schwestern sein Zimmer betrat, um ihm die Schnabeltasse an den Mund zu führen, fragte er sie. Aber sie legte nur ihren Zeigefinger kurz an den Mund, sagte erst „Psst“ und fügte hinzu, dass er sich schön ausruhen solle. Er war erbost, weil sie ihn wie ein kleines Kind behandelte.

Dorle war ständig bei ihm gewesen. Er konnte sich erinnern, dass sie neben ihm auf der Bettkante gesessen und beim Aufwachen seine Hand gehalten hatte. Einmal war eine der Schwestern gekommen und hatte sie ermahnt, nicht auf dem Bett zu sitzen. Artig war Dorle aufgestanden und hatte sich neben Paul gestellt, nur um sich sogleich, nachdem die Schwester das Zimmer verlassen hatte, wieder neben ihn zu setzen. Die anderen Männer hatten in ihren Betten zustimmend gelacht.

Sie hatte Paul für diesen Nachmittag Siggi und Reuber angekündigt, und die beiden kamen tatsächlich, und mit ihnen auch Esch und Bresson. Esch hielt einen Karton in der Hand, den er neben der Tür auf den Boden stellte. Er hatte einen leichten, blauen Sommeranzug an. Bresson hingegen trug trotz des warmen Wetters einen Mantel.

„Sind Sie erkältet?“, fragte Koch, nachdem er alle begrüßt hatte.

Bresson lächelte, schob seine Brille zurück und zog aus einer der beiden Seitentaschen eine Flasche.

„Absacker, Puhler!“, rief er freudig aus und erntete wohlwollende Zustimmung der anderen Männer.

„Hat mir der Arzt verboten. Leider!“, lehnte Koch das Angebot Bressons ab, die Flasche gleich zu öffnen.

„Sehr vernünftig, Herr Koch“, stimmte ihm Esch zu.

„Und jetzt will ich wissen“, forderte Koch, „wie Sie mich gefunden haben.“ Seitdem er wieder bei Bewusstsein war, quälte Koch vor allem diese Frage.

„Siggi, das ist Ihr Part!“, sagte Reuber und schlug dem jungen Kollegen mit der Hand aufmunternd auf die Schulter.

Siggi errötete und räusperte sich.

„Na ja“, begann er, „ich bin morgens in die Direktion … Sie haben doch gesagt, dass ich herausfinden soll, wo

Rachid wohnt … ja, und da kam plötzlich Arnheim auf mich zu, wie ein … Verrückter, ehrlich, hat der gebrüllt … Er wollte von mir wissen, wo Sie sind, aber ich … ich hatte ja keine Ahnung. Und dann hat er gesagt, dass Sie einen Wagen geklaut haben …“

Er sah sich um. Die anderen nickten ihm zu weiter zu erzählen.

„Ich konnte mir das nicht vorstellen und bin erst einmal zu Ihnen nach Hause. Aber da, ja, da hat niemand aufgemacht und dann habe ich bei Herrn Bresson geklopft …“, nun wurde Siggi noch röter.

„Nun sagen Sie es schon, Siggi!“, lachte Reuber.

„Eine Dame hat, ja, sie war …“

„Nun los, Siggi, nicht so prüde. Die Dame war nicht ganz damenhaft gekleidet.“

„Nein, doch …“, stotterte Siggi, und Reuber hatte seinen Spaß.

„Also, das nennen Sie damenhaft? Siggi, Sie sind ja doch ein richtiger Schlingel …“

„Bitte, lassen Sie Siggi doch“, warf Koch ein, der Mitleid mit dem Jungen hatte.

„Ja, Siggi, Ihr Auftritt“, gab sich Reuber geschlagen und machte mit dem rechten Arm eine weit ausholende Geste.

„Ja, also“, setzte Siggi noch einmal an, „als der Herr Bresson dann da war“, er wurde von einem erneuten Lachen der anderen unterbrochen, „da sagte er, dass er sich mit Ihnen über Rachid und Weller und die Amalienhöhe unterhalten hatte …“

Jetzt unterbrach Koch seinen Assistenten. „Ja, Bresson, Sie hatten den entscheidenden Hinweis. Dass nämlich Rachid auch hinter Weller her war.“

„Und dann bin ich wieder zur Direktion und da sagte Arnheim, dass ich kein Auto bekomme, wenn der Kommissar seinen eigenen Leuten einen Wagen klaut, dann … dann kann er auch nichts mehr für ihn tun … Er hat es verboten", setzte Siggi noch kopfschüttelnd hinzu und blickte Reuber an.

„Und so kam Siggi zu mir", sagte Reuber zu Koch gewandt, „und meinte, dass ich bestimmt einen Wagen bekäme, wenn ich Arnheim nicht auf die Nase binden würde, dass er ihn brauchte, um Sie zu suchen."

„Und Herr Reuber hat ihn bekommen und dann sind wir los."

Siggi sah sich wieder um, alle um ihn herum nickten anerkennend.

„Danke, Siggi, Sie haben mir und Rachid das Leben gerettet." Koch machte eine kurze Pause. „Wo ist Rachid? Wie geht es ihm?"

„Nun", begann Esch, der sich bislang zurückgehalten hatte. „Er ist wahrscheinlich in Frankreich. Das Krankenhaus hat ihn den französischen Behörden gemeldet und die haben ihn abgeholt."

„Und wohin? Was haben Sie mit ihm gemacht?", fragte Koch so erregt, dass ihm kurz schwarz vor Augen wurde.

„Wir wissen es nicht." Dieses Mal antwortete Reuber.

„Na ja", sagte Esch, „er wurde von der deutschen Polizei verletzt eingeliefert, mit einem ebenfalls verletzten deutschen Polizisten, da haben sie den Mann wahrscheinlich so schnell wie möglich aus der Schusslinie bringen wollen."

„Man wollte verhindern, dass er vor einem deutschen Gericht aussagen muss. Den Franzosen sind Hoger, Beirath und Weller völlig egal, aber da es noch eine Menge Leute in Deutschland gibt, die ein ähnliches Schicksal verdient hätten, wollten sie kein großes Aufhebens machen und Nachahmungstaten vermeiden", erklärte Reuber mit einem leicht süffisanten Unterton, der bei den anderen Verwunderung hervorrief, bei Koch aber genauso ankam, wie er gemeint war.

„Und dieser Rachid war tatsächlich der Mörder der beiden Männer?"

„Ja", bestätigte Koch. „Die Rache für das, was sie seinem Sohn Sebastian angetan hatten. Hoger hatte die Zwangssterilisierung durchgesetzt und damit letztlich seine Frau in den Selbstmord getrieben und Beirath hatte den Eingriff befürwortet."

„Und Weller?"

„Abgesehen davon, dass er Sebastian jahrelang drangsaliert und gedemütigt hatte, wollte er ihm Rachids Brief, mit dem er ihm die Flucht ermöglichen wollte, erst nicht geben. Als Sebastian ihn sich mit Gewalt holte, hat er den Jungen an die Gestapo verraten."

„Da scheinen sich Deutsche und Franzosen irgendwie zu treffen", erklärte Reuber sarkastisch. „In ihrer Bereitschaft zur privaten Rache."

„Selbstjustiz", korrigierte ihn Koch, und zog sich die verwunderten Blicke von Siggi, Bresson und Esch zu.

Nach einer Viertelstunde sah eine der Schwestern ins Zimmer und bat die Besucher zu gehen, da dies Koch zu sehr anstrenge. Seine Widerrede ließ sie nicht gelten und bestand auf die Befolgung ihrer Anweisung.

Esch drückte Koch die Hand besonders lange. „Es war mir eine Ehre, mit dir zu arbeiten, Paul", sagte er feierlich.

„Was ist, Bardo, so pathetisch?"

„Ich werde in die USA gehen. Meine Schwester ist schon drüben. Ich habe das Angebot bekommen, an einem wissenschaftlichen Projekt mitzuarbeiten."

„Willst du nicht hier bleiben? Ein fähiger Rechtsmediziner ist das, was wir brauchen …"

Esch lachte und fuhr sich mit der Hand durch die Haare.

„Später, vielleicht, Paul. Ich hätte auch nicht gedacht, dass ich dich vermissen würde. Aber erst einmal kommt jetzt die Karriere!“

„Hast du keine Angst, dass du drüben deine alten Kollegen treffen wirst?“

Esch wurde ernst.

„Ob hier oder drüben … das Leben geht weiter.“

Sie drückten sich noch einmal lange die Hand, dann löste sich Esch von dem Kommissar und ging zur Tür, wo er das Paket, das er dort abgestellt hatte, aufhob und neben Koch aufs Bett stellte.

„Ja?“, fragte der verwundert.

„Ein Abschiedsgeschenk.“

„Und was ist das?“, fragte Koch.

„Es sollte eigentlich eine Überraschung sein …“

„Raus damit, Esch!“

„Ein Anzug, Tweed. Dein alter ist auf der Amalienhöhe ziemlich in Mitleidenschaft gezogen worden und ich denke, dass dieser hier dir gut stehen wird. Auch ein passender Hut ist dabei.“

Koch war gerührt von der Geste dieses Mannes, den er anfangs so vehement abgelehnt hatte.

Am nächsten Tag, an dem Arnheim es sich nicht nehmen ließ, ihn im Krankenhaus zu besuchen, erfuhr Koch, dass gegen Dorle keine Anklage erhoben wurde. Der Tod von Peter Gerber war eindeutig Notwehr. Was Kochs Eigenmächtigkeiten anging, gestand Arnheim, und spielte an den inzwischen nachgewachsenen Enden seines Schnurbartes, dass er nicht umhin komme, eine Untersuchung zu veranlassen. Solange sei er vom Dienst suspendiert, aber da er noch einige Zeit krankgeschrieben sei, wäre dies sicher kein Weltuntergang. Und wenn diese Sache ausgestanden sei, wovon er ausgehe, fügte Arnheim noch hinzu, bevor er das Zimmer verließ, wäre da noch die Stelle in Koblenz.

Oktober 1947

Rote und braune Blätter säumten den Vorplatz der Kirche, auf dem Menschen in Gruppen zusammenstanden, sich unterhielten, lachten und gespannt auf die Hochzeit warteten. Koch hätte gerne auf die kirchliche Trauung verzichtet, aber für Dorle hatte er seine Bedenken beiseitegelegt und zugestimmt. Er stand in einiger Entfernung abseits, im Schatten einer Toreinfahrt und beobachtete das Treiben vor dem großen Gotteshaus.

Es war ein warmer Herbsttag, die Sonne schien vom Himmel und ein leichter Wind blies die Blätter über den Boden. Viele der Menschen vor der Kirche waren Koch unbekannt. Alleine die Ankündigung einer Hochzeit hatte sie hergetrieben, die in diesen entbehrungsreichen Zeiten eine ebenso willkommene Abwechslung wie auch ein Hoffnungsschimmer war.

Dorles Unruhe war für ihn unübersehbar. Immer wieder wandte sie sich von ihren Gesprächspartnern ab und blickte um sich. Nach ihm, der doch schon längst neben ihr stehen sollte. Schön sah sie aus, in ihrem weißen Kleid, das sie in wochenlanger Arbeit aus dem Stoff genäht hatte, den Robby aus New York geschickt hatte. Koch selbst trug den Tweed-Anzug, den Esch ihm im Krankenhaus geschenkt hatte, ein helles Grau mit dünnen rot-braunen Karos. Er hatte dem Arzt in die USA geschrieben und ihm von den Heiratsplänen berichtet, aber keine Antwort erhalten.

Zwei Wochen hatte Koch nach dem Besuch der Kollegen und Freunde noch im Krankenhaus verbringen müssen. Die Schläge auf seinen Kopf und die Nachwirkungen waren stärker als die Ärzte zunächst angenommen hatten. Sein rechter Arm hatte durch die frühe Abnahme des Gipses und die anschließende Überbeanspruchung gelitten und der Arzt hatte Koch prognostiziert, dass er möglicherweise eine Einschränkung der Bewegungsfähigkeit zurückbehalten werde. Kochs Disziplinarverfahren endete mit einer schriftlichen Ermahnung, die von nun an seine Personalakte schmücken würde. Auch wenn die gönnerhafte Miene, mit der Arnheim ihm den glimpflichen Ausgang des Verfahrens mitgeteilt hatte, ihn aufregte, so musste er seinem Vorgesetzten doch zugutehalten, dass er sich auf diesen Mann bei allem, was sie beide ideell, politisch und menschlich trennte, in den entscheidenden Momenten verlassen konnte.

Auch Reuber musste keine Konsequenzen wegen seiner Tat befürchten, da Koch eine entsprechende Aussage unterließ und Arnheim die Angelegenheit so in die Akte aufnahm, wie Reuber sie dargestellt hatte.

Er saß oft und lange während des heißen Sommers in Dorles Hof und überlegte, ob es richtig war, dass er sein Wissen über Hannappelers Tod für sich behielt, und dachte über seine Zukunft in diesem Land nach. In einem fernen Winkel seines Herzens war noch ein Rest Sehnsucht nach Frankreich und er hatte überlegt, nach Marseille zu fahren, um Rachid dort zu suchen. Doch er wusste, dass er dann seine Exfrau Béatrice und seinen Sohn Émile aufsuchen würde, und dafür war es noch zu früh.

Rachid war tatsächlich schon einen Tag nach seiner Einlieferung in das Krankenhaus nach Frankreich verlegt worden. Es schien niemand Interesse daran zu haben, dass dem Mann wegen der Morde an Hoger und Beirath der Prozess gemacht wurde. In der Hauptsache, da gab Koch Bresson Recht, weil man fürchtete, dass Rachids Beispiel Schule machen und weitere Opfer der Nazis zur Nachahmung anregen würde. Er hatte viel über Rachids „Sühne“-Gedanken nachgedacht, aber dem nichts abgewinnen können. So wenig Mitleid er mit dem Schicksal Hogers und Beiraths hatte, für ihn blieben Rachids Taten ein Akt der Selbstjustiz.

Offiziell hieß es nun, dass umherstreunende Banden die beiden Männer umgebracht hätten, was Koch mindestens genauso erzürnte, denn dieser Ausdruck war für viele Zeitgenossen gleichbedeutend mit Displaced Persons, die so zu dem in der Vergangenheit erlittenen Unrecht nun aufs Neue stigmatisiert wurden.

Siggi war nur wenige Tage nach dem Geschehen auf der Amalienhöhe nach Reichfeld gefahren, um nach dem Verbleib von Heinrich Weller zu forschen. Dort traf er jedoch nur die Nachbarin an, von der er erfuhr, dass der Postmann noch einmal kurz in seiner Wohnung gewesen wäre, niemanden gegrüßt hätte, und schon nach kurzer Zeit mit dem Motorrad verschwunden und seitdem nicht mehr aufgetaucht wäre. Bislang waren alle Versuche ihn ausfindig zu machen erfolglos geblieben.

Dafür tauchte jemand anderes unverhofft auf. An einem der wenigen Abende, die Koch vor seinem Auszug in seiner Wohnung verbracht hatte, war Bresson wie üblich zu ihm gekommen, hatte das Grammophon in Betrieb genommen, Glenn Miller aufgelegt, eine Flasche Brand geöffnet, zwei Gläser gefüllt und eine Zeitschrift vor Koch auf den Tisch gelegt.

Koch nahm die Zeitschrift. Auf der aufgeschlagenen Seite war ein Photo abgedruckt. Drei Männer waren zu sehen, alle in Uniform, einer trug einen Helm auf dem Kopf, einer hielt ihn im Arm, der dritte eine Maschinenpistole in der Hand. Im Hintergrund stand ein Baum, an dem eine Person aufgehängt worden war.

„Und?“, fragte Koch, der nicht wusste, worauf sein Nachbar hinaus wollte.

„Erkennen Sie nichts?“

Koch blickte noch einmal flüchtig auf das Bild und schüttelte anschließend den Kopf.

„Der Mann links, kommt Ihnen der nicht bekannt vor. Warten Sie!“

Er griff in seine Hosentasche und zog eine kleine Lupe heraus.

„Damit geht es besser.“ Er reichte Koch die Lupe.

Der stand auf und ging ans Fenster, wo er die Lesehilfe nahe über das Photo hielt.

„Das ist …“

„Ja, das sehe ich auch so“, sagte Bresson, ohne dass Koch seinen Satz vollendet hatte.

„Brunner. Helmut Brunner. Wo ist das?“

„Indochina“, klärte ihn der Photograph auf. „Die Zeitschrift heißt ‚Magnum‘, ist im April in Paris gegründet worden. Von Kriegsphotographen. Ich hatte das Bild erst nicht beachtet. Aber dann wollte ich wissen, ob da tatsächlich ein Mensch aufgehängt worden ist. Habe meine Lupe geholt und dann, ja … ich bin sicher, dass das Brunner ist.“

„Was macht der in Indochina?“

„Fremdenlegion, Koch. Und Brunner ist nicht der Einzige, der da einen Unterschlupf findet. Deutsche werden massiv angeworben. Keiner fragt, was die im Krieg gemacht haben. Viele ehemalige SS-Leute sind dabei. Die haben eine 1A-Ausbildung genossen und viel Erfahrung im Umgang mit Waffen und Gewalt, darauf verzichtet keine Armee der Welt gerne. Und die Franzosen haben sie da gut im Griff. Wenn einer von denen das Maul aufreißt, übergibt man ihn den Behörden.“

„Aber Brunner war doch kein SS-Mann.“

„SS-Männer, Wehrmachtssoldaten, Männer, die nur Krieg gelernt haben, Verbrecher, Mörder, Sie finden in der Fremdenlegion alles, auch Abenteurer, Männer, die einfach nur der Enge ihres Dorfes entkommen wollen. Brunner taucht da für ein paar Jahre unter, dann interessiert sich niemand mehr für ihn und er kehrt zurück."

„Dass solche Typen immer durchkommen ...", fluchte Koch. Er hatte den Mann vor einem Jahr im Verdacht gehabt, der Kopf einer Gruppe von Männern zu sein, die Überfälle auf Versorgungslager verübten. Er ertappte ihn auf frischer Tat, doch Brunner konnte entwischen.

Bresson hob sein Glas, stieß mit Koch an, trank und legte dann die Glenn-Miller-Platte nochmals auf.

Koch kämpfte mit sich. Er musste los. Es war nicht richtig, dass er Dorle so lange warten ließ. Aber er konnte sich nicht von dem Tor lösen. Dorle sah immer wieder in die Richtung, aus der er kommen musste. Die anderen unterhielten sich so angeregt miteinander, dass sie ihn nicht zu vermissen schienen.

Drinnen setzte die Orgel ein. Dorle trat ein wenig zur Seite. Sie sprach Siggi an, der den Kopf schüttelte und dann verlegen zu der jungen Frau mit dem braunen Pferdeschwanz an seiner Seite blickte. Als sie sich einmal kurz umwandte, wusste Koch, dass er sie aus der Telefonzentrale kannte.

Arnheims wuchtiger Körper beherrschte die Mitte des Platzes, in einem dunkelblauen Anzug. Neben ihm eine Frau, blond, schmal gewachsen, in einem hellgrünen Kostüm und mit strengem Blick. Reuber stand nicht weit von den beiden, neben ihm eine dunkelhaarige Frau und zwischen ihnen ein kleiner Hund. Er hatte es sich nicht nehmen lassen, Koch Fleisch und Wurst für die Feier zu organisieren, und ihm das Paket mit einem Zwinkern überreicht. Koch wusste nicht, wie er sich verhalten sollte und hatte es nickend entgegengenommen. „Ist toll gewürzt“, hatte Reuber angemerkt und sich über seinen dunklen, dichten Schnurrbart gestrichen, „man schmeckt die Katzen und Hunde nicht heraus.“

Koch verzog seinen Mund und ließ seinen Blick auf die andere Seite schweifen.

Dann war da mit einem Mal Bewegung unter den Hochzeitsgästen, alle Köpfe drehten sich in die andere Richtung. Er selbst konnte nicht erkennen, was dort passierte, bis wenige Sekunden später ein hochgewachsener blonder Mann, mit einem auffälligen hellen Anzug bekleidet, auf Dorle zuging und sie in den Arm nahm. Esch war also eigens aus den USA angereist, um an seiner Hochzeit teilzunehmen. Koch spürte, wie er immer aufgeregter wurde. Aber noch immer war es ihm nicht möglich auf den Vorplatz zu gehen, wo nun auch Franzi und Robby begannen sich umzuschauen.

Sie würden in einigen Tagen zurück in die USA reisen, wo sie selbst heiraten wollten. Franzi war Dorles Trauzeugin und sie hatte Tränen in den Augen.

Die Glocken begannen zu läuten und übertönten die Orgel.

Sie hatten etwas Heimatliches.

Koch drückte sich gegen die Wand.

Nachwort und Danksagung

„Alte Feinde“ ist ein fiktiver Text, alle handelnden Personen sind frei erfunden und haben keine realen Vorbilder. Die historischen Hintergründe habe ich mit Hilfe von Archiven, Büchern, Internetartikeln und persönlichen Gesprächen recherchiert.

In der Folge des verlorenen Ersten Weltkrieges sollten nach den Bestimmungen des Versailler Vertrags die deutschen Gebiete westlich des Rheins einschließlich einiger Brückenköpfe auf der rechten Rheinseite für fünfzehn Jahre von alliierten Truppen besetzt werden. Anders als die alliierten US-Amerikaner und Belgier setzte Frankreich auch Soldaten aus Nordafrika, dem Französisch-Westafrika, Madagaskar und Indochina bei der Besetzung des Rheinlands ein, die in Mainz, Rheinhessen und der Pfalz als „Utschebebbes“ bezeichnet wurden.

Schon während des Krieges hatte man es in Deutschland als entwürdigend empfunden, gegen schwarze Soldaten kämpfen zu müssen. Deutsche Zeitungen sprachen von „einem schmachvollen Schauspiel“ und dass die Westmächte „Neger und Mongolen auf die weiße Rasse hetzten“. Noch demütigender war es nun, diese als Besatzer im Rheinland ertragen zu müssen. Politiker und Publizisten bezeichneten die Anwesenheit dieser Soldaten als „Anschlag auf die deutsche Volksgesundheit“. Sogar Friedrich Ebert reihte sich hier ein, wenn er sich erregte, dass „die Verwendung schwarzer Truppen niederster Kultur als Aufseher über eine geistig und wirtschaftlich so hoch stehende Bevölkerung wie die Rheinländer […] eine dauerhafte Verletzung der Gesetze europäischer Zivilisation [sei]“.

Aber nicht nur in Deutschland empfand man das so. Auch die ehemaligen Bundesgenossen Frankreichs im Kampf gegen das Deutsche Reich sprachen sich gegen den Einsatz von Besatzungstruppen aus den Kolonien aus. Eine internationale Kampagne unter Beteiligung schwedischer, US-amerikanischer und britischer Publizisten und Politiker prangerte die „Schwarze Schmach vom Rhein“ an und forderte den Abzug der „schwarzen“ Soldaten (die nur zum Teil schwarz waren – viele von ihnen kamen aus Nordafrika und Asien). Eine Kampagne, die von deutscher Seite nur zu gerne aufgegriffen wurde, um die Besatzung in ihrer Gesamtheit zu beenden. Schnell sprach man von massenhaften Vergewaltigungen deutscher Frauen durch die „tierhaften Neger“. Doch entgegen den Behauptungen der Propaganda wurde das Verhältnis zwischen der Zivilbevölkerung und den schwarzen Soldaten meist als nicht schlechter als zu den anderen Soldaten aus Frankreich beschrieben. Eine spätere amtliche Untersuchung hob hervor, dass nur eine Frau eine Vergewaltigung als Grund für ihre Schwangerschaft anführte.

Und so kam es statt zu den behaupteten Vergewaltigungen zu Liebesbeziehungen zwischen deutschen Frauen und den „schwarzen“ Soldaten. Die Kinder aus diesen Beziehungen wurden als „Rheinland-Bastarde“ verunglimpft. Ihre Zahl schwankt. Man schätzt, dass im Besatzungsgebiet der französischen Truppen etwa 400 bis 600 Kinder aus diesen Verbindungen hervorgingen.

Schon früh riefen sie Ängste und Vorurteile hervor. So schrieb z. B. 1920 der Arzt Dr. F. Rosenberger: „Sollen wir schweigend dulden, daß künftig an den Ufern des Rheins statt der hellen Lieder weißer, schöngesichtiger, gutgewachsener, geistig hochstehender, regsamer gesunder Deutscher, die krächzenden Laute grauscheckiger niederstirniger, breitschnauziger, plumper, halbtierischer, syphilitischer Mulatten ertönen?"

1927 prüften deutsche Behörden die Möglichkeit, diese „Mischlinge" unfruchtbar zu machen. Das Reichsministerium des Innern, das zuvor in systematischer Kleinarbeit und in Zusammenarbeit mit lokalen Behörden und Wohlfahrtsverbänden recherchiert hatte, stellte dazu die nötigen Unterlagen zur Verfügung. Doch nach der gültigen Rechtslage war eine Zwangssterilisation unzulässig.

Auf diese Erfassung griffen die Nationalsozialisten nach der Machtergreifung 1933 zurück. Laut ihrem Rassen- und Eugenik-Verständnis war das Volk ein Körper, von dem alle schlechten Einflüsse wie eine Krankheit abgehalten und ausgemerzt werden mussten. Zu diesen schlechten Einflüssen auf den deutschen Volkskörper zählten auch die „Rheinland-Bastarde", deren Blut zur Hälfte „Neger"-Blut war, das sich bei der Fortpflanzung weiter verbreiten würde. Und da dem „triebhaften Neger" unterstellt wurde, sich schneller als der Deutsche zu vermehren, rechnete man aus, dass das Rheinland schon in wenigen Jahren völlig „verseucht" sein würde.

Am 1. Januar 1934 trat das „Gesetz zur Verhütung des erbkranken Nachwuchses" in Kraft. Die „Rheinland-Bastarde" fielen allerdings nicht unter die von diesem Gesetz erfassten Menschen (angeborener Schwachsinn, Schizophrenie, zirkuläres Irresein, erbliche Fallsucht oder Epilepsie, erblicher Veitstanz, erbliche Blindheit und Taubheit und schwere erbliche körperliche Missbildung; später kam noch schwerer Alkoholismus hinzu). Zudem hatte das Gesetz im Ausland unliebsames Aufsehen erregt und es sollte verhindert werden, dass man „der feindlichen Propaganda nicht durch die Farbigen-Frage neuen Stoff für die Bekämpfung des neuen Deutschland geben [möge]".

Deshalb betrieben die Nazis die „Lösung der Bastard-Frage" unter strengster Geheimhaltung. 1935 gründete das „Rassenpolitische Amt" unter Walter Groß eine „Arbeitsgruppe Rassenhygiene und Rassenpolitik". 1937 wurde die „Sonderkommission 3" in Berlin beauftragt, die unauffällige Sterilisation der „Rheinland-Bastarde" durchzuführen. Drei Kommissionen in Wiesbaden, Ludwigshafen und Koblenz entschieden dann im Einzelfall über die Sterilisierung. Sie waren ähnlich den Erbgesundheitsgerichten organisiert, mit einem Regierungsrat als Vorsitzenden, zwei Ärzten sowie einem Anthropologen, der ein Gutachten über die rassische Zugehörigkeit der Kinder und Jugendlichen anfertigte.

Um der Aktion einen scheinlegalen Anstrich zu geben, wurde dazu das Einverständnis eines Angehörigen eingeholt, meist der Mutter oder des Vormundes (ein Teil der Kinder lebte in Heimen, andere hatten in dem neuen Mann der Mutter einen Adoptivvater gefunden). Die erhielten eine Belehrung darüber, dass die Nachkommen des Kindes einen artfremden Bluteinschlag behalten würden, und aus diesem Grund die Fortpflanzung des Kindes nicht erwünscht sei. Wurde die Einwilligung nicht freiwillig gegeben, half die Gestapo mit Druck nach.

Es wird geschätzt, dass etwa 385 Kinder im Rheinland zwangssterilisiert wurden, viele wurden später in Konzentrationslagern ermordet.

Durch das Gesetz zur Aufhebung von Sterilisationsentscheidungen der ehemaligen Erbgesundheitsgerichte vom 25. August 1998 wurden sämtliche Beschlüsse der Erbgesundheitsgerichte, die eine Unfruchtbarmachung anordneten, aufgehoben. Der Deutsche Bundestag hat in einer Sitzung am 24. Mai 2007 das „Gesetz zur Verhütung des erbkranken Nachwuchses“ vom 14. Juli 1933 geächtet. Die Opfer wurden bis heute nicht entschädigt.

Erstmals hat sich 1979 der Historiker Reiner Pommerin in seinem Buch „Sterilisierung der Rheinland-Bastarde“ mit dieser Opfergruppe der Nazis auseinandergesetzt (Droste Verlag, Düsseldorf, nur antiquarisch erhältlich).

Andere Bücher und Aufsätze, die mir neben vielen Internet-Beiträgen bei der Recherche zu diesem Thema geholfen haben, sind:

Iris Wigger, „Die Schwarze Schmach am Rhein“, Rassistische Diskriminierung zwischen Geschlecht, Klasse, Nation und Rasse, Münster 2007.

Serge Bilé, „Das schwarze Blut meiner Brüder“, Vergessene Opfer des Nationalsozialismus, Berlin 2006.

Renate Rosenau, „Die Kinder der Utschebebbes“, Rheinhessische Besatzungskinder unter der nationalsozialistischen Rassenpolitik, in: Alzeyer Geschichtsblätter, Heft 38, Alzey 2010.

Peter Martin und Christian Alonzo (Hg.), „Zwischen Charleston und Stechschritt“, Schwarze im Nationalsozialismus, München 2004.

Frederic Ruckert, „Zwangssterilisationen im Dritten Reich 1933 - 1945“, Das Schicksal der Opfer am Beispiel des Städtischen Krankenhauses und der Hebammenlehranstalt Mainz, Beiträge zur Geschichte der Universität Mainz 10, Stuttgart 2012.

Die Figur des Dr. Beirath, der sich im Roman nach Kriegsende in den Kinderarzt Dr. Müller verwandelt, ist eine Erfindung des Autors, nicht jedoch die Praxis, die hinter diesem Wechsel der Identitäten stand. Tatsächlich hat eine Reihe von Ärzten bei Kriegsende ihren Namen geändert, um der Strafverfolgung durch alliierte und deutsche Justizbehörden zu entgehen. Die meisten mit Erfolg, oftmals auch mit Wissen und Duldung von Verbandsfunktionären, Kollegen und Politikern. Selbst eine Rückkehr zu ihren alten Namen war schon in den fünfziger Jahren meist kein Problem.

Wer sich weiter informieren will, sei an folgende Literatur verwiesen:

Jörg Friedrich, „Die kalte Amnestie", NS-Täter in der Bundesrepublik, Berlin 2007.

Jörg Frei (Hg.), „Hitlers Eliten nach 1945", München 2003.

Ernst Klee, „Was sie taten – Was sie wurden", Ärzte, Juristen und andere beteiligte am Kranken- und Judenmord, Frankfurt/M. 1986.

Ernst Klee, „Das Personenlexikon zum Dritten Reich", Wer war was vor und nach 1945, Frankfurt/M. 2003.

Keine Fiktion hingegen ist Otmar Freiherr von Verschuer (1896-1969), ab 1935 Direktor des „Instituts für Erbbiologie und Rassenhygiene" in Frankfurt/M. sowie Richter am Erbgesundheitsgericht, ab 1942 Direktor des Kaiser-Wilhelm-Instituts für Anthropologie in Berlin. Einer seiner Assistenten war Josef Mengele. 1949 Gründungsmitglied der Mainzer Akademie der Wissenschaften und

Literatur, von 1951 bis 1965 Professor für Genetik und Leiter des Instituts für Humangenetik Münster, 1952 Vorsitzender der Deutschen Gesellschaft für Anthropologie. Mehr ist in den oben erwähnten Büchern und im Internet zu erfahren.

Mainz sollte tatsächlich nach dem Krieg nach den Entwürfen des französischen Architekten und Stadtplaners Marcel Lods, einem Schüler von Le Corbusier, nach den Postulaten der „Charta von Athen“ zur „modernsten Stadt der Welt“ neu aufgebaut werden. Massiver Widerstand der Bevölkerung und Stadtverwaltung machte diese Pläne zunichte. 1948 verließ Marcel Lods die Stadt.

Mehr zu diesem Thema ist in dem Aufsatz von Helmut Mathey, „Zerstörung und Aufbau in Mainz 1945-1948“ zu erfahren. Er ist auf www.regionalgeschichte.net zu finden.

Koch bekommt zu Beginn des Romans von Reuber ein Grammophon samt einigen Jazz-Platten geschenkt, die er im Verlauf der Geschichte immer wieder hört. Dabei handelt es sich um so genannte V-Discs (Victory Discs), Aufnahmen, die für die Überseetruppen der amerikanischen Streitkräfte hergestellt wurden. Mehr über die Geschichte der V-Discs ist auf der Internet-Seite www.michaeltelega.de/artikel/v-discs/ zu erfahren sowie in dem Standardwerk zur Frankfurter Jazzgeschichte von Jürgen Schwab, „Der Frankfurt Sound“, Eine Stadt und ihre Jazzgeschichte(n), Societäts Verlag, Frankfurt/M. 2004.

Als Informationsquelle zu zeithistorischen Hintergründen habe ich auf die schon in dem Roman „Unter Trümmern“ im Nachwort erwähnten Bücher und Quellen zurückgegriffen. Ein Buch, das mir seinerzeit leider noch nicht bekannt war, das mir viele wertvolle Informationen zum (Alltags-)Leben in der Nachkriegszeit vermittelt hat, möchte ich an dieser Stelle noch erwähnen:

Alexander Linke, „Schrottelzeit", Nachkriegsalltag in Mainz, Studien zur Volkskultur in Mainz, Mainz 1990.

Sehr hilfreich waren die Aufsätze zur Mainzer Medizingeschichte von Franz Dumont „Unter dem Hakenkreuz", Mainzer Medizin im Nationalsozialismus und „Patienten aus Mainz als Opfer der NS-‚Euthanasie'" von Georg Lilienthal, beide veröffentlicht in dem Buch „Moguntia medica", hrsg. von Franz Dumont, Klaus-Dietrich Fischer, Michael Kutzer, Georg Lilienthal, Sabine Sander, Klaus-Dieter Thomann, Wiesbaden 2000.

Wie schon bei der Arbeit zu „Unter Trümmern" haben mir auch dieses Mal Archive kenntnisreich und unbürokratisch geholfen. An erster Stelle möchte ich das Stadtarchiv Mainz nennen und mich namentlich bei Dr. Frank Teske und Manfred Simonis bedanken. Des Weiteren das Landesarchiv in Speyer und das Landeshauptarchiv in Koblenz, wo es mir Marli Beck ermöglichte, eine Reihe von Wahlplakaten aus dem Jahre 1947 in Augenschein zu nehmen. Im Museum Moselweiß, einem Vorort von Koblenz, hat man mir mit Bildern und Berichten und einem Film von Hans-Peter Volk wertvolle Hilfe gegeben. Allen Beteiligten gilt hier mein Dank.

Eine Reihe von Personen hat mir mit Erzählungen, Hinweisen auf und mit Leihgaben von Literatur geholfen. Danken möchte ich Jürgen Schlemm, der mich auf die Praxis französischer Besatzungsbehörden aufmerksam machte, ehemalige deutsche U-Bootfahrer zur Bergung und Instandsetzung von im Rhein gesunkenen Schiffen anzuheuern; sowie Ralf Rättig, der mir bei Fragen zur Ingelheimer Geschichte kenntnisreich zur Seite stand. Fort Muhl, in dem der tote Hans-Peter Geisler gefunden wird, ist ein Teil der Selzstellung gewesen, einer weitangelegten Festungsanlage in Rheinhessen. Wertvolle Informationen hierzu haben mir Dr. Rudolf Büllesbach und Georg Bertz gegeben. Wer mehr über die Selzstellung wissen möchte, dem sei das Buch „Bollwerk Mainz“, Die Selzstellung in Rheinhessen (morsiel Verlag, München 2013) von Rudolf Büllesbach, Hiltrud Hollich und Elke Tautenhahn empfohlen sowie im Internet die Seite www.bollwerk-mainz.de.

Mein ganz besonderer Dank geht an Philipp Münch, der als Photograph die Nachkriegszeit in Mainz erlebt und dokumentiert und einen wichtigen Beitrag zur deutsch-französischen Aussöhnung geleistet hat. Wie ich erst nach Drucklegung von „Unter Trümmern“ erfahren habe, war er der Photograph des Titelbildes. Mit seinen Erzählungen und Berichten sowie seinen Photos hat er mir einen tiefen Einblick in das Leben der Nachkriegszeit in Mainz ermöglicht.

Mein Dank gilt auch denen, die sich die Zeit nahmen und sich die Mühe machten, das Manuskript nach der Niederschrift zu lesen und kritisch durchzusehen: Frank Grevsmühl, Pepe Bernhard, Liane Diehl und meiner Frau Tanja Heimbach.

Wichtige Wegbegleiter aller meiner Bücher waren und sind Gitta und Thomas Keßler, denen ich an dieser Stelle für ihre Unterstützung ganz herzlich danken möchte.

Danken möchte ich ganz besonders Gérard Scappini,

der nicht nur auf unnachahmliche Weise bei der Verbreitung von „Unter Trümmern“ mitgeholfen hat, sondern auch die Entstehung von „Alte Feinde“ ebenso aufmunternd wie kritisch begleitet hat.

Das trifft in gleicher Weise auf den Verleger Günther Butkus für sein Vertrauen und seine Unterstützung zu sowie auf meine Lektorin Eike Birck für das genaue und instruktive Lektorat und die von großem Vertrauen geprägte Zusammenarbeit.

Zuletzt gilt mein Dank meiner Familie, ohne deren Unterstützung ich dieses Buch nicht hätte schreiben können.

Pendragon Verlag
gegründet 1981
www.pendragon.de

1. Auflage

Gedruckt auf holz- und säurefreiem Naturpapier

Originalausgabe
Veröffentlicht im Pendragon Verlag
Günther Butkus, Bielefeld 2014

Lektorat: Eike Birck, Anja Schwarz
Herstellung und Umschlag: Uta Zeißler, Bielefeld
Foto: ullstein bild – dpa
Satz: Pendragon Verlag auf Macintosh
Gesetzt aus der Adobe Garamond
ISBN 978-3-86532-389-7
Gedruckt in Deutschland

Christian v. Ditfurth

Das Moskau-Spiel

Krimi | 1. Auflage
480 Seiten | PB | Euro 13,99 | ISBN: 978-3-86532-388-0
Auch als eBook erhältlich

Moskau 2014: Der beste Agent des Bundesnachrichtendienstes stirbt bei einem Verkehrsunfall. Der BND schickt Theo Martenthaler, um die Leiche nach Deutschland zu überführen. Doch was als traurige Routinesache beginnt, endet in einem lebensgefährlichen Verwirrspiel der Geheimdienste.
Ein hintergründiger Roman, der in die 1980er Jahre führt, als die Welt am Rand eines Atomkriegs stand.

»›Das Moskau-Spiel‹ ist ein gut recherchierter und vor allem spannend geschriebener Thriller. Und sein Autor erweist sich einmal mehr als ein raffinierter Vertreter der literarischen Spekulation. Was wäre gewesen, hätte der Westen tatsächlich die Sowjetunion mit Atomwaffen angegriffen?«
Katja Eßbach, NDR Info

GESCHICHTE erleben
mit **SPANNUNG**

KRIMI bei Pendragon

Christoph Ernst

Dunkle Schatten

Krimi | 1. Auflage
368 Seiten | PB | Euro 12,95 | ISBN: 978-3-86532-342-2
Auch als eBook erhältlich

Nach 55 Jahren betritt Käthe Hirsch erstmals wieder deutschen Boden. 1938 war sie vor den Nazis in die USA geflohen. Nun folgt sie der Einladung des Berliner Senats und kommt zu einem Besuch. Aber Käthe ist nicht nur da, um sich die Stadt anzuschauen, sondern sie fordert auch das Haus ihrer Eltern zurück, das die Nazis der Familie im Zuge der sogenannten Arisierung geraubt hatten. Wenig später liegt sie tot auf den Bahngleisen. Die Polizei geht von Selbstmord aus.
Maja Schäfer, die sich um die Beerdigung ihrer jüdischen Großtante kümmern soll, glaubt nicht daran und ermittelt auf eigene Faust. Bald darauf stellt sie fest, dass nichts so ist, wie es scheint und die Welt nicht nur schwarz oder weiß ist.
Christoph Ernst nimmt die Leser mit auf eine Reise in das ruhelose Berlin der 1930er Jahre und blickt auch auf die frühen Jahre der Nachwende-Wirren.

In einem bewegenden und packenden Kriminalroman zeigt Christoph Ernst, wie weit die dunklen Schatten von zwei deutschen Diktaturen reichen.

www.pendragon.de